westermann

Heimat und Welt +

Gesellschaftswissenschaften

Saarland

7/8

Herausgeber:
Magnus Mauer-Chowanietz

Autorinnen und Autoren:
Ruwen Bubel
Thomas Krämer
Magnus Mauer-Chowanietz
Daniel Ullrich
Almut Wilhelm

unter Mitwirkung
der Verlagsredaktion

westermann GRUPPE

Druck A[1] / Jahr 2021
Alle Drucke der Serie A sind im Unterricht parallel verwendbar.

Redaktion: Patrick Thies
Druck und Bindung: Westermann Druck GmbH, Georg-Westermann-Allee 66, 38104 Braunschweig

ISBN 978-3-14-113237-3

Zeichenerklärung

M1 Materialien sind mit einem „**M**“ und einer Nummer gekennzeichnet. Zu ihnen zählen neben Grafiken, Tabellen und Fotos auch Quellen- und Arbeitstexte.

ℹ Die zahlreichen **Info-Kästen** enthalten Informationen, die das Verständnis von einzelnen Themen erleichtern und Zusammenhänge erklären.

ERSTAUNLICH In Erstaunlich-Kästen werden weitere, bemerkenswerte Fakten zu einem bestimmten Thema präsentiert.

Fachbegriffe Wichtige Fachbegriffe sind **fett** gedruckt. Sie werden im Anhang in einem Minilexikon in alphabetischer Reihenfolge erklärt (S. 312–318).

Sonderseiten

PROJEKT
Auf den Projektseiten bekommst du Anregungen, wie du zusammen mit deiner Klasse das Gelernte direkt vor Ort, das heißt bei euch im Heimatraum, anwenden kannst. So könnt ihr zum Beispiel Spuren des Mittelalters entdecken, oder Spendenaktionen für Hilfsorganisationen planen und durchführen.

GEWUSST – GEKONNT
Diese Seiten findest du immer am Ende eines Kapitels oder eines Teilkapitels. Hier trainierst du selbstständig dein Wissen und deine Fertigkeiten, die du zuvor im Kapitel erworben hast.

METHODE
Auf den Methodenseiten lernst du Schritt für Schritt Methoden und Arbeitsweisen der Gesellschaftswissenschaften kennen. Die blauen Kästen sind die „Gebrauchsanweisungen“ zur Anwendung der Methoden.
Einige Methodenseiten sind in die Kapitel integriert, weitere befinden sich gesammelt im Anhang des Buches. Die blauen Pfeile an den Aufgaben auf den Arbeitsseiten verweisen auf die passende Methodenseite, die dir beim Lösen der Aufgabe hilft. 311

Aufgaben

Mithilfe der **Aufgaben** kannst du die Inhalte der einzelnen Themen erarbeiten.

1 Standardaufgaben sind orange gekennzeichnet und durchnummeriert.

Z Die Z-Aufgaben sind Zusatzaufgaben. Sie sind zur vertiefenden Behandlung eines Themas gedacht. Sie sind manchmal etwas schwieriger und nicht immer mit dem Buch allein lösbar.

Außerdem gibt es einige Symbole, die dir zusätzliche Hinweise zur Bearbeitung geben. Aufgaben ohne weitere Symbole sollen in Einzelarbeit gelöst werden.

Partnerarbeit: Aufgaben mit diesem Symbol könnt ihr zu zweit lösen.

Gruppenarbeit: Aufgaben mit diesem Symbol eignen sich für eine Gruppenarbeit. Findet euch in Gruppen zusammen und bearbeitet die Aufgaben gemeinsam.

Bei diesen Aufgaben handelt es sich um **Wahlaufgaben**. Sie bieten verschiedene Möglichkeiten der Bearbeitung an. Wähle eine davon aus.

Atlaslinks

100382-082-01
schueler.diercke.de

Alle Karten aus deinem gedruckten Heimat und Welt Universalatlas für das Saarland gibt es auch in digitaler Form. Durch Eingabe des Kartencodes auf der Webseite schueler.diercke.de gelangst du auf die passende Seite im Atlas. Dort erhältst du Hinweise zu ergänzenden Atlaskarten mit Informationen zu den Karten sowie weiterführende Materialien. Den Code findest du ganz oben auf den Buchseiten neben den Seitentiteln.

Inhaltsverzeichnis

Wirtschaft, Gesellschaft und Kultur im Mittelalter 8

Katastrophen und Krisenbewältigung 50

Klima und Klimawandel 190

Wirtschaft, Gesellschaft und Kultur im Mittelalter

Europa – physisch

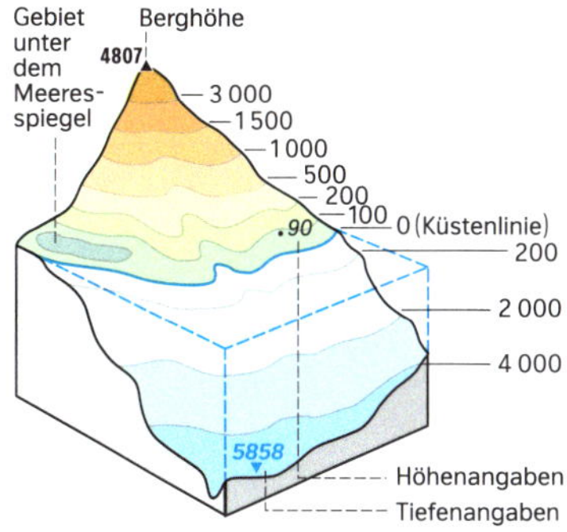

Gewässer

- Fluss
- Kanal
- See
- Sumpf, Moor

Ballungsraum

Einwohner

- über 10 000 000
- 3 000 000 - 10 000 000
- 1 000 000 - 3 000 000

0 200 400 600 km

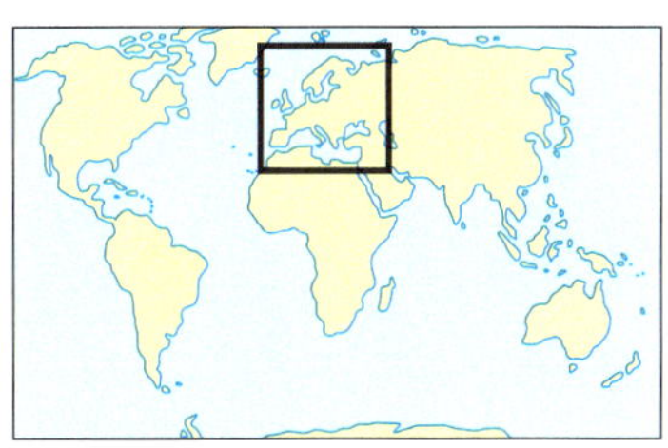

Die Burg Burghausen gilt mit etwas über 1000 Metern Länge als eine der längsten Burganlagen der Welt. Links liegt der Wöhrsee, rechts der Fluss Salzach, der die Grenze zu Österreich bildet.
Was könnte die mächtigen Fürsten im 15. Jahrhundert dazu bewogen haben, hier eine Stadt und eine solche Burg zu errichten?

Herrschaft
Leben auf dem Land
Christliche Weltordnung
Leben in der Stadt
Adel
Bauern
Burgen
Hörigkeit
Stadtrechte
Stadtbild
Bürger
Zunft
Stände und Lehnswesen
Markt
Stadt-Umland-Beziehungen
Zentrale Orte
Stadtentwicklung
Moderne Märkte und Rechte
Wachstum und Sanierung von Städten
Umland
Stadt
Wohnen im Grünen
Versorgung mit Trinkwasser
Behörden, Ämter, Arbeitsplätze
Einkaufsmöglichkeiten wie Fachgeschäfte, Kaufhäuser
Schulische, medizinische und kulturelle Einrichtungen
Freizeit
Naherholung/ Freizeit
Versorgung mit Lebensmitteln
Entsorgung
City/Altstadt
Wohnviertel
Industriegebiet
Erholungsgebiet
© westermann

nzstein Hirzweiler

Burg Illingen

Zehntscheune

M1 *Spuren des Mittelalters bei dir zu Hause*

Das Mittelalter

Das Mittelalter ist der Zeitabschnitt der europäischen Geschichte nach dem Ende des Römischen Reiches bis zur Erschließung Amerikas. Diese Zeit liegt zwischen 500 bis 1500 n. Chr. zwischen der Antike und der Neuzeit.

Zu Beginn veränderten sich die Staaten. Viele Völker zogen umher und besiedelten neue Regionen. Aus einigen dieser Königreiche und Fürstentümer entstanden das Frankenreich und das Heilige Römische Reich. Dessen Name kommt daher, dass sich die deutschen Herrscher als Nachfolger der römischen Kaiser sahen.

Das Mittelalter hat in unserem Heimatraum und in unserer Kultur viele Spuren hinterlassen. Noch heute finden wir in Städten und Dörfern Gebäude aus dem Mittelalter, zum Beispiel Kirchen, Burgen, alte Wohnhäuser oder Straßennamen. Auch in unserer Sprache ist das Mittelalter in Sprichwörtern oder Redensarten noch lebendig.

Drei Schritte zur Suche nach mittelalterlichen Spuren

1. Schritt: Vorbereitung

Besorge einen Ortsplan und Informationen (Internet, Tourismusbüros und Broschüren, Reiseführer). Suche auf dem Stadtplan den Ortskern/die Altstadt. Hier wirst du die meisten Spuren des Mittelalters finden. Trage den Weg zu deinen Informationen auf dem Ortsplan ein.

2. Schritt: Durchführung

Suche in dem Gebiet nach Spuren des Mittelalters. Markiere wichtige Beobachtungen im Ortsplan. Mache Fotos oder Zeichnungen. Achte auf Informationstafeln oder Jahreszahlen an den Gebäuden als wertvolle Hinweise.

3. Schritt: Darstellung und Vorstellung

Wähle aus den Ergebnissen aus und ordne sie richtig zu. Vergleiche die vor Ort gefundenen Informationen mit denen aus der Recherche.

Erstelle ein Produkt zu deinen Suchergebnissen, z. B. eine Wandzeitung zum Thema „Mittelalterliche Spuren in ...“, Plakate mit Informationen zu den einzelnen Stadtteilen oder Präsentationen zu einzelnen Gebäuden (Burg, Kirche, ...) oder Bereichen (Marktplatz) im Ort. Stelle deine Ergebnisse vor.

Burgen, Klöster:
Um Burgen und Klöster herum entstanden oft Städte. Manche Burgen können heute als Museen besichtigt werden.

Gebäude, Kirchen:
Die prächtigsten Gebäude der mittelalterlichen Stadt waren Rathäuser und Kirchen. Sie sind oft gut erhalten. Auch Wohn- und Zunfthäuser mit typischem Fachwerk lassen sich finden.

Mauern, Tore, Türme:
In einigen Städten ist die mittelalterliche Stadtmauer noch teilweise erhalten. Ringstraßen rund um die Altstadt oder einzelne Türme und Tore erinnern an den ehemaligen Verlauf.

Straßennamen:
Straßen sind nach Berufsgruppen benannt. Auch Personen oder Gebäude lassen sich entdecken, ebenso Hinweise, wie manche Orte in der Stadt früher genutzt wurden (z. B. Kornmarkt).

M2 *Mittelalterliche Spuren in deiner Umgebung*

1. Nenne Informationen zum Mittelalter und erstelle eine Mindmap oder führe ein Brainstorming durch.

2. Suche in deiner Umgebung nach Spuren des Mittelalters. Nutze die Drei-Schritte-Anleitung.

M1 *So hat sich der Maler Michael Wolgemut (1434–1519) das jüngste Gericht vorgestellt.*

Das Christentum bestimmte das Leben

Das Leben der Menschen in Europa im Mittelalter wurde durch das Christentum bestimmt. Die christliche Religion prägte das Zusammenleben und die Regeln und Gesetze, nach denen sich die Menschen richteten. Auch Wissenschaft und Kunst orientierten sich an der Bibel. Die Klöster sammelten in Bibliotheken das Wissen der damaligen Welt. Lesen und schreiben lernten nur wenige Menschen. Das waren vor allem künftige Mönche und Nonnen und Kinder aus adeligen Familien. Sie lernten in Klosterschulen. Der Unterricht war auf Latein.

Im Mittelalter glaubte man, dass Gott die Welt erschaffen hat und dass er auch das Ende der Welt festlegt. Den Tag des Weltuntergangs nannte man den Jüngsten Tag. Man glaubte, dann würde ein göttliches Gericht über die Menschen urteilen. Darauf wollten sich die Menschen mit guten Taten vorbereiten, um nach dem Tod ins Paradies zu gelangen. Wer im Leben sündigte, musste fürchten, nach dem Tode in der Hölle gequält zu werden. Das Leben nach dem Tode war nach der kirchlichen Lehre wichtiger als das Leben selbst.

Schlechte hygienische Zustände, Hunger und Krankheit prägten das Leben im Mittelalter. Der Tod war allgegenwärtig. Besonders die Kindersterblichkeit war hoch. Deswegen sah man das Leben vor allem als Durchgangsstation auf dem Weg ins Paradies.

1. Beschreibe das Gemälde M1. 305
2. Erläutere die Rolle des Christentums für das Leben der Menschen im Mittelalter.
3. Warum war den Menschen das Jenseits besonders wichtig? Erkläre.
4. Vergleiche die Bedeutung von Religion für Menschen im Mittelalter und heute.

Drei Kontinente kannten die Europäer im Mittelalter: Asien, Europa und Afrika. Die Karten wurden meist von Mönchen gezeichnet.
Als Mittelpunkt der Welt sahen sie die heilige Stadt Jerusalem. Deswegen zeichneten die Mönche Jerusalem oft in die Mitte ihrer Karten. Auf vielen mittelalterlichen Karten formen das Mittelmeer und die Flüsse Nil und Don ein T, das die Kontinente voneinander trennt. Rund um die Kontinente wurde ebenfalls ein Meer dargestellt. Das T sollte an das christliche Kreuz-Symbol erinnern, an dem Jesus starb. Osten befindet sich auf den Karten oft oben. Man stellte sich vor, dass im Osten, wo die Sonne aufgeht, auch das Paradies liegen müsse. Die oben abgebildete Karte ist auf Lateinisch beschriftet. Das war im Mittelalter die Sprache von Kirche und Wissenschaft. Die Vorstellung, dass die Erde eine Kugel ist, stammt aus der Antike und war auch im Mittelalter verbreitet.

M2 *Diese Karte stammt aus einem Werk von Isidor, Bischof von Sevilla. Er lebte von ca. 560 bis 636 in Spanien und sammelte das Wissen seiner Zeit.*

Muhammad Al-Idrisi, um 1100 in Nordafrika geboren, bereiste große Teile der damals bekannten Welt, zum Beispiel das heutige Spanien, Nordafrika und Anatolien, Portugal und Frankreich. Er gelangte bis nach Ungarn und Nordengland.
Für König Roger II von Sizilien verfasste er das Werk „Reise des Sehnsüchtigen um die Horizonte zu durchqueren“. Darin skizziert er Karten der ihm bekannten Welt und beschreibt ausführlich verschiedene Klimazonen und Regionen. Al-Idirisi befragte für sein Buch Reisende und nutzte das Wissen griechischer und islamischer Gelehrter und seine eigenen Erfahrungen. Die Arbeit an dem Werk dauerte 15 Jahre. Es wurde über drei Jahrhunderte lang von Geographen und Reisenden genutzt. Seine Karte der mittelalterlichen Welt gilt als die genaueste der vormodernen Zeit. Auf Al-Idrisis Weltkarte befindet sich Süden oben.

M3 *Der Geograph Muhammad Al-Idrisi (1100–1165) entwarf diese Karte der mittelalterlichen Welt. Wenn man sie auf den Kopf stellt, kann man das Mittelmeer und das Schwarze Meer erkennen.*

5 a) Beschreibe die Karten M2 und M3.
b) Vergleiche.

b) Wie prägt die christliche Religion die Karte M2? Erläutere.

6 a) Welche heute bekannten Kontinente und Meere fehlen auf der Karte M2? Erkläre, warum das so ist.

7 Beschreibe die Grundlagen der Darstellung in M3. 305

Die Ständeordnung

Im Mittelalter gehörte jeder Mensch einem **Stand** an. Es gab drei Stände. Der erste Stand war der **Klerus** (Geistliche). Der zweite Stand war der Adel. Zum dritten Stand gehörten **Bürger** und Bauern. Er machte die Mehrheit der Bevölkerung aus. In den zweiten und dritten Stand wurde man hineingeboren. Oft entschieden sich jüngere Söhne aus Adelsfamilien, dem Klerus beizutreten. Für Bauern und Handwerker gab es diese Möglichkeit eher selten. Die Menschen akzeptierten diese Ordnung, weil sie glaubten, dass sie von Gott gewollt sei.

M1 *Ständeordnung im Mittelalter (moderne Zeichnung)*

M4 *Christus befiehlt den Ständen: Du bete demütig!, Du schütze!, Und du arbeite! (1492)*

Das Haus Gottes ist dreigeteilt: die einen beten, die anderen kämpfen, die dritten endlich arbeiten. Diese drei miteinander lebenden Schichten können nicht getrennt werden. Die Dienste des einen sind die Bedingung für die Werke der beiden anderen. Jeder trachtet danach, das Ganze zu unterstützen.

(Le Goff, Jacques: Das Hochmittelalter. In: Fischer Weltgeschichte Band 11, Frankfurt (Main): Fischer Verlag 1965, 350 S.)

M2 *Der Bischof von Leon zur Ständeordnung (1016)*

Wegen der Sünde des ersten Menschen ist dem Menschengeschlecht als Strafe Knechtschaft auferlegt worden. Gott hat jenen, für die die Freiheit nicht passt, in großer Barmherzigkeit die Knechtschaft auferlegt. Die einen hat er zu Knechten, die anderen zu Herren eingesetzt.

(Meier, Frank: Gaukler, Dirnen, Rattenfänger – Aussenseiter im Mittelalter. Ostfildern: Thorbecke, Verlagsgruppe Patmos 2005, 207 S. (verändert))

M3 *Der Bischof von Worms zur Ständeordnung (1010)*

1. Beschreibe die Ständeordnung im Mittelalter (Text, M1).
2. a) Erläutere, welche Aufgaben die einzelnen Stände haben (M2–M4).
   b) Erkläre, wie diese Aufgabenverteilung begründet wurde (M2–M4).

M5 *Ein Vasall mit zwei Lehnsherren (Darstellung aus dem Sachsenspiegel, einer Sammlung von Gesetzen aus dem 13. Jahrhundert). Der Ast und die Fahne sowie die Handhaltung sind Symbole für ein Lehen.*

Das Lehnswesen

An der Spitze der Gesellschaft im Mittelalter stand der König. Die Menschen dachten, der König sei von Gott eingesetzt. Er war für die Verwaltung und den Schutz des Landes zuständig. Ihm gehörte auch der größte Teil des Bodens.

Der König verlieh einzelne Gebiete an weltliche und geistliche Adlige, die Herzöge, Grafen und Bischöfe. Diese Gebiete bezeichnete man als **Lehen**. Die Adligen nannte man auch Lehnsmänner oder Vasallen.

Sie verwalteten das Land für den König und dienten ihm als Ratgeber und im Krieg. Sie versprachen dem König ihre Treue. Auch der König war verpflichtet, seinen Lehnsmännern die Treue zu halten und sie zu schützen.

Zu einem Lehen gehörte nicht nur Land, sondern auch Burgen und Dörfer mit den dort lebenden Bauern. Nach dem Tod des Vasallen fiel das Land an den König zurück. Später wurde es üblich, dass die Adligen das Land behalten und ihren Söhnen vererben konnten. Oft verliehen sie Teile des Landes an Ritter, die ihnen dafür Kriegsdienst leisten mussten. Dieses System nennt man Lehnswesen.

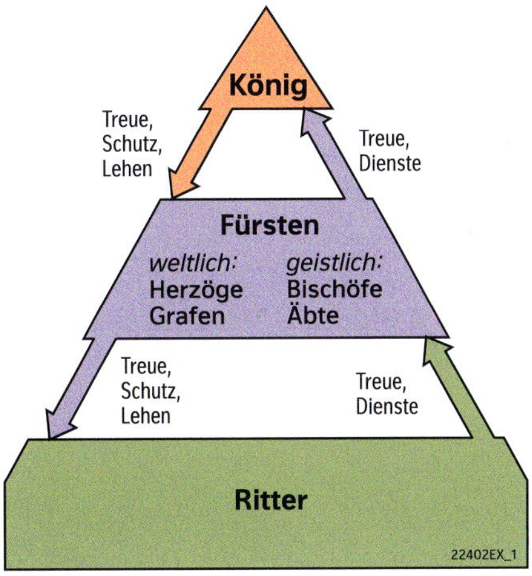

M6 *Das Lehnswesen*

3 a) Erkläre das Lehnswesen im Mittelalter (Text, M6).
b) Beschreibe, welche Vorteile König und Adel in diesem System hatten.

4 Beschreibe die Darstellung M5.
305

Karl der Große – König und Legende

100382-198-02
schueler.diercke.de

M1 *Dieses Porträt malte Albrecht Dürer 1513, rund 700 Jahre nach Karls Tod.*

Karl – ein König im Mittelalter

Karl (747 oder 748 bis 814) herrschte über das fränkische Reich, das einen großen Teil Europas umfasste. Er führte viele Kriege und eroberte neue Gebiete. Er machte das Frankenreich groß und mächtig. 800 wurde er zum Kaiser gekrönt. Damit war Karl einer der mächtigsten Herrscher seiner Zeit. Karl herrschte über Menschen mit verschiedenen Sprachen und Traditionen. Um sein riesiges Reich zu verwalten, beauftragte er weltliche und kirchliche Stellvertreter. Karl hatte keine Hauptstadt. Er war ständig in seinem Reich unterwegs und reiste mit seinem Gefolge von Stadt zu Stadt. In vielen Städten hatte er Paläste, die man Pfalzen nennt. Karls Lieblingspfalz befand sich in Aachen.

Auf seinen Reisen konnte Karl sich einen Eindruck über die Situation in seinem Reich verschaffen und die Fürsten vor Ort kontrollieren. Er kümmerte sich um die Rechtsprechung, hielt Versammlungen ab und verteilte Ämter.

Karl führte in seinem Reich eine einheitliche Währung, Gewichtsmaße und eine Schrift ein. Er förderte die Wissenschaft, Kunst und Literatur. Er holte wichtige Gelehrte an seinem Hof, ließ für seine Hofbibliothek antike und christliche Schriften sammeln und abschreiben. Er ließ auch beeindruckende Kirchen und Paläste bauen.

Karl ist sowohl für Deutsche als auch für Franzosen sehr wichtig. Auf Französisch heißt er „Charlemagne".

Karl ist eine wichtige Figur der Geschichte. Aber er wird heute auch kritisch gesehen. Zum Beispiel hat Karl mit Unterbrechungen über 30 Jahre lang Krieg gegen die Sachsen geführt. Er unterwarf sie und zwang sie, den christlichen Glauben anzunehmen. Tausende, die sich weigerten, wurden getötet.

M2 *Kritik an Karl – Schattenseiten eines Kaisers*

1. Beschreibe die Leistungen von Karl dem Großen (Text).
2. Man nannte Karl auch den Reisekönig. Diskutiere Vor- und Nachteile dieser Herrschaftsform.
3. Vergleiche die Karte des fränkischen Reiches (M3) mit einer Karte des heutigen Europas. Welche heutigen Staaten liegen auf dem Gebiet des fränkischen Reiches?

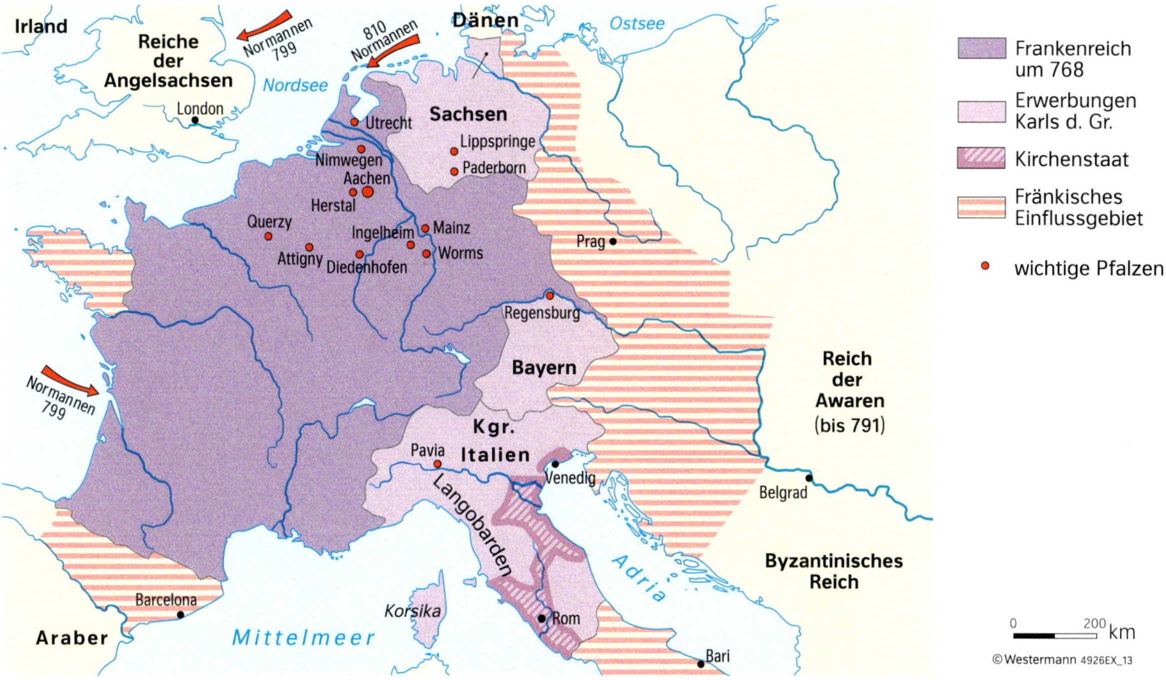

M3 *Das Reich Karls des Großen umfasste weite Teile Europas.*

Er war von breitem und kräftigem Körperbau und von hervorragender Größe. Seine Augen waren sehr groß und lebendig, die Nase ging etwas über das Mittelmaß. Er hatte schöne weiße Haare und ein freundliches, heiteres Gesicht. So war seine Gestalt, mochte er sitzen oder stehen, höchst würdig und stattlich. Ständig übte er sich im Reiten, Jagen und Schwimmen. Er konnte Lateinisch und Deutsch sprechen und konnte rechnen. Auch zu schreiben versuchte er, brachte es aber darin nicht sehr weit, weil er zu spät angefangen hatte.

(Schumann, Gottlob & Heinze, Wilhelm: Lehrbuch der deutschen Geschichte. Nikosia: TP Verone Publishing House, 2017, 816 S. (verändert))

M4 *Einhard, ein enger Vertrauter des Königs, berichtet über Karl.*

Schon zu Lebzeiten wurde Karl „der Große“ genannt. Die Geschichtsschreiber im Mittelalter stellten Karl als idealen Kaiser dar. Sie beschrieben ihn als starken Herrscher und Verteidiger des Christentums. Es entstanden viele Legenden über angebliche Heldentaten Karls.
Die Krönung der deutschen Könige und Kaiser fand jahrhundertelang in der Pfalzkapelle in Aachen statt. Damit wollten die Herrscher sich in eine Reihe mit Karl stellen.

M5 *Legendenbildung*

4 Beschreibe die Darstellung Karls auf dem Gemälde von Albrecht Dürer (M1). Wie macht Dürer die Bedeutung von Karl deutlich? 305

5 Einhard beschreibt Karl den Großen (M4).
a) Erstelle eine Mindmap mit den wichtigsten Informationen.
b) Beurteile Einhards Darstellung.

6 War Karl nun ein „großer“ Herrscher? Diskutiert (M2, M4, M5).

Das Leben auf einer Burg

Bildlegende

① Bergfried
② Burgverlies für gefangene Menschen
③ Vorratslager – Vorräte sind bei einer Belagerung lebenswichtig.
④ Stallungen
⑤ Zugang zum Bergfried
⑥ Burgkapelle
⑦ Schlafraum des Burgherren
⑧ Wohnraum des Burgherren
⑨ Aborterker (= Toilette)
⑩ Der Rittersaal dient als Versammlungsraum der Ritter.
⑪ Burgküche
⑫ Die Burgbrauerei liefert täglich frisches Bier.
⑬ Der Brunnen ist sehr wichtig für die Wasserversorgung der Burgbewohner.
⑭ Bedienstetenhaus
⑮ Toranlage mit Fallgitter
⑯ Der Wehrgang verläuft oben über die gesamte Burgmauer. Hier wird gekämpft.
⑰ Eingang der Burg
⑱ Burggraben
⑲ Zugbrücke
⑳ Pechnase

M1 *Einblicke in eine Burganlage (heutige Zeichnung)*

Die Burg – Sinnbild des Mittelalters und Zeichen der Macht

Burgen sind Wahrzeichen des Mittelalters. Allein in den zwei Jahrhunderten zwischen 1100 bis 1300 wurden in Deutschland über 11000 Burgen errichtet. Burgen waren Zeichen der Macht der **Grundherren** als Besitzer des Landes und der **Ritter**, die dort mit ihrem Gefolge lebten.

1 Erkläre die Textüberschriften:
a) „Sinnbild des Mittelalters und Zeichen der Macht“,
b) „Bauwerke zur Herrschaft und Sicherheit“.

2 Nenne Personen und Berufsgruppen, die auf einer Burg lebten.

3 Du bist ein Spion und sollst das Innere der Burg erkunden. Bewege dich anhand der in der Bildlegende angegeben Nummern durch die Burgbereiche und erstelle einen Bericht für deinen Auftraggeber (M1).

M2 *Was von Burgen übrig ist – oft sind Gebäude und Anlagen noch gut zu erkennen, so wie hier die Burg Gräfenstein bei Merzalben in Rheinland-Pfalz.*

Burgen – Bauwerke zur Herrschaft und Sicherheit

Der Burgherr verwaltete sein Land, überwachte die Handelswege und hielt Märkte und Gericht auf der Burg ab. Die abhängigen Bauern bewohnten kleine Häuser und bearbeiteten das Land.

Burgen dienten ebenso zur Verteidigung und zum Schutz der Bewohner, denn im Krieg suchten auch die abhängigen Bauern dort Zuflucht und Schutz. Zur besseren Verteidigung wurden Burgen häufig auf Bergkuppen oder an steilen Hängen angelegt.

Oft wurden die Burgen von Feinden lange belagert. Darum hatten die Burgherren häufig Vorräte angelegt. Auch Zugang zu frischem Wasser war ein wichtiger Teil der Vorsorge.

Das Leben auf einer Burg war nicht luxuriös. Es roch unangenehm, denn direkt neben den Wohngebäuden lagen die Ställe der Pferde, Rinder, Schweine und Hühner. Im Winter war es kalt, dunkel und feucht. Die Räume waren zugig und nur wenige waren beheizt. Die Ausstattung bestand meist nur aus Bett, Truhe Tisch und Sitzbank.

Die Nahrung bestand hauptsächlich aus Brot und Getreidebrei.

4 Ermittle in der Umgebung deines Heimatortes ein geeignetes Gelände für den Bau einer Burg. Begründe deine Wahl.

5 Vergleiche das Bild, das die Zeichnung vom Leben auf der Burg vermittelt, mit dem Leben auf einer Burg, das im Text beschrieben wird.

6 Bestimme mithilfe der Zeichnung die Gebäude und Anlagen auf den Bildern der Burgruine (M2) und ordne ihnen ihre Funktion zu.

M1 *Ritterweihe (Mittelalterliche Buchmalerei)*

M3 *Ritterturnier*

Ritter
Ritter waren selbst dafür verantwortlich, sich auszurüsten. Pferde, Waffen und Rüstung kosteten aber sehr viel, sodass es sich anfangs nur reiche Adelige leisten konnten, Ritter zu sein.

M2 *Ritterrüstung*

Ausbildung zum Ritter

In der mittelalterlichen Gesellschaft erlernte der Sohn den gleichen Beruf wie der Vater. So auch bei den Burgherren. Im Alter von sieben Jahren wurden die Jungen zu Pagen ausgebildet. Dies geschah meist bei einem anderen Ritter. Sie lernten Reiten und übten den Kampf mit hölzernen Schwertern und Lanzen. Auch Tanzen, Musik und die Benimm-Regeln am Hof wurden ihnen beigebracht. Lesen und Schreiben spielten kaum eine Rolle.
Mit 14 Jahren wurden sie zu **Knappen**. Sie lernten zu jagen und zu kämpfen. Sie begleiteten den Ritter zu Ritterspielen, den **Turnieren**. Auch das Verhalten adligen Damen gegenüber war Teil der Ausbildung. Mit 21 Jahren wurden sie zum Ritter ernannt.

Zu den Turnieren trafen sich die Ritter regelmäßig. Hier verglichen sich die Berufskrieger darin, wie gut sie reiten und mit ihren Waffen kämpfen konnten. Auch wenn meist mit stumpfen Schwertern und Lanzen gekämpft wurde, kam es doch häufig zu Verletzungen.
Die Turniere waren einerseits Übungen für den Krieg, andererseits große Feste, die mehrere Tage dauerten. Die Edelfrauen nahmen als Zuschauer teil.
Vom Ritter wurde nicht nur im Kampf ein vorbildliches und faires Verhalten erwartet. Er musste seinem Lehnherrn treu sein und die Schwachen beschützen. Auch Frauen gegenüber sollte er sich respektvoll verhalten. Allerdings hielt sich nicht jeder Ritter an diese Erwartungen.

1. Erstelle eine Liste oder Tabelle und liste auf, was ein Page und was ein Knappe lernen mussten.

2. Beschreibe ritterliches Verhalten.

3. Ritterweihe (M1) und Ritterturnier (M3) – Wähle aus:
a) Berichte über den Ablauf in einer Reportage.
b) Führt mit Partern ein Rollenspiel durch, in dem ihr beide Veranstaltungen nachspielt.

M4 *Kopfbedeckungen adeliger Damen*

M5 *Schild eines Ritters*

M6 *Schmuck, Kette und Anhänger aus Gold mit Edelsteinen*

Ausbildung der Mädchen

Die adeligen Töchter wurden auf ihre zukünftige Rolle als Edelfrau und Burgherrin vorbereitet. Sie mussten lernen, wie sie einen großen Haushalt und das Personal zu führen hatten. Zu den Grundfertigkeiten gehörten das Kochen sowie das Spinnen und Weben. Sie lernten den Umgang mit Heilkräutern, da auch die Pflege der Kranken und Verletzten zu ihren späteren Aufgaben gehörten.
Anders als die Jungen lernten Mädchen meistens auch schreiben und lesen, manchmal sogar Fremdsprachen wie Latein oder Französisch. Gutes Benehmen, Singen und Musizieren, beispielsweise Harfe spielen, gehörte ebenfalls zur Erziehung.

Im Alter von etwa 14 Jahren wurden die Mädchen verheiratet. Den standesgemäßen Ehemann hatten ihre Eltern für sie ausgesucht. Eine solche Hochzeit hatte oft den Zweck, das Bündnis zwischen zwei Familien zu stärken oder das Herrschaftsgebiet zu erweitern. Auf die Burgherrin warteten viele Aufgaben: Sie musste die alltäglichen Haushaltsarbeiten überwachen und sich um die Übernachtung und Verpflegung von Gästen kümmern. Dabei wurde sie von ihren Zofen unterstützt.
War der Ritter im Krieg, verwaltete die Burgherrin die Burg. Sie musste die Verteidigung organisieren und für den Schutz der Bauern sorgen.

Minnesang

Im Mittelalter war es üblich, adelige Damen durch Gedichte oder Lieder zu verehren. Die **Minnesänger** – meist waren dies Ritter – sangen von Liebe und den guten Eigenschaften der Dame. Dabei ging es ihnen nicht unbedingt um die Zuneigung der Dame, sondern darum, ihr Können unter Beweis zu stellen.

4 Begründe, warum die Burgherrin viel gebildeter war als ihr Mann, der Ritter.

5 Du hast erfahren, was von einem Ritter und einer Edelfrau im Mittelalter erwartet wurde. Vergleiche dies mit heutigen Erwartungen an Männer und Frauen.

6 Die Eltern suchten den Mann aus, den das Mädchen mit 14 Jahren heiraten musste. Nimm Stellung dazu.

Das Leben in Grundherrschaft

1. Arbeit auf den Feldern des Grundherrn
2. Wachdienste
3. Magddienste der Bäuerin
4. Lämmerzehnt am 1. Mai
5. Obst- und Weinzehnt am 25. Mai
6. Fleischzehnt von Rind, Kalb, Ziege und Geflügel am 24. Juni
7. Kornzehnt am 13. Juli
8. Gänsezehnt am 15. August
9. Das beste Stück Vieh, wenn der Bauer stirbt
10. Heirat nur mit Erlaubnis des Grundherrn
11. Bauer darf nicht im Wald jagen.

M1 *Forderungen an die hörigen Bauern*

M2 *Mittelalterliches Dorf (heutige Zeichnung)*

Bauern werden unfrei

Zu Beginn des Mittelalters waren Bauern in der Regel frei. Das bedeutete, ihnen gehörten das Land und der Hof, von dem sie lebten. Allerdings waren die Männer verpflichtet, Kriegsdienst zu leisten. Für einen Bauern war es jedoch unmöglich, seinen Hof längere Zeit zu verlassen, weil seine Familie sonst zu verhungern drohte. Um sich vom Kriegsdienst zu befreien, machten sich Bauern oft freiwillig abhängig von einem Grundherrn. Sie überließen ihm ihr Land. Von einem Grundherrn abhängige Bauern wurden als **Hörige** bezeichnet. Sie konnten das Land zwar frei nutzen, waren im Gegenzug aber zu hohen Abgaben (Feldfrüchte, Haustiere) und zu Arbeitsdiensten, den sogenannten **Frondiensten**, verpflichtet.

Zehnt

Mit dem Begriff **Zehnt** war gemeint, dass der zehnte Teil vom Ertrag abgegeben werden musste. Ursprünglich waren die hörigen Bauern nur zur Abgabe eines Zehnt verpflichtet. Durch teilweise willkürliche Sonderabgaben wurden die Bauern jedoch oft ausgebeutet.

Jeder Bauer gibt als Abgabe 1 Eber, 1 Pfund Garn, 3 Hühner, 18 Eier.
Er liefert 5 Wagenladungen Mist und 12 Wagenladungen Holz. Er bäckt Brot, braut Bier, hütet eine Woche lang die Schweine im Wald. Er bestellt 3 Morgen* Land – das ganze Jahr hindurch. Das heißt: Er pflügt, sät, erntet, bringt die Ernte zum Hof des Grundherrn und drischt das Getreide.
Er bewacht den Besitz, setzt Zäune und pflegt den Garten des Hofes. Seine Frau leistet zwei Tage in der Woche Dienst: Sie näht Kleidung, bearbeitet ein halbes Pfund Flachs usw.

(Ketsch, Peter: Frauen im Mittelalter Bd. I - Frauenarbeit im Mittelalter. Quellen und Materialien. Düsseldorf: Schwann Verlag KG, 1983, 368 S. (verändert)) (* altes Flächenmaß – Fläche, die an einem Vormittag pflügbar ist)

M3 *Abgaben der Bauern an einen Grundherrn*

1. M1 und M3 listen die Leistungen der Hörigen auf. Erstelle daraus eine Tabelle, in der du unterscheidest zwischen Lieferungen (Abgaben), Tätigkeiten (Frondiensten) und Vorschriften.
2. Untersuche das Dorf in M2 und beschreibe den Grundherrenhof, die Häuser der Bauern, Einrichtungen für alle sowie deren Anordnung zueinander.

M4 *Bauern bringen ihrem Grundherrn Geld, Nutztiere und Nahrungsmittel (Holzschnitt, 1479).*

M6 *Hörige Bauern arbeiten unter Aufsicht für ihren Grundherrn (Buchmalerei, um 1300).*

Hörige Bauern

Bauern, die als Hörige eines Grundherren lebten, waren an dessen Scholle, also sein Land, gebunden (Schollenpflicht). Als Mensch waren sie aber nicht sein Eigentum. Dennoch durften diese Bauern ohne Erlaubnis des Grundherrn weder heiraten noch wegziehen. Ihre Kinder wurden von Geburt an ebenfalls zu Hörigen. Der Unfreiheit konnten Hörige nur durch unerlaubte Flucht entkommen. Das bisherige Leben mussten sie dann aufgeben.

Auf der anderen Seite brachte die Grundherrschaft den einzelnen Bauernfamilien die Hilfe des Grundherren, etwa wenn ein Feuer einen Schaden an ihrem Haus angerichtet hatte oder wenn die Familie nach Missernten von Hunger bedroht war. Der Grundherr war ebenfalls Richter in seinen Dörfern.

Zum Ende des Mittelalters gab es kaum noch freie Bauern. Die Hörigkeit wurde erst im 19. Jahrhundert aufgehoben.

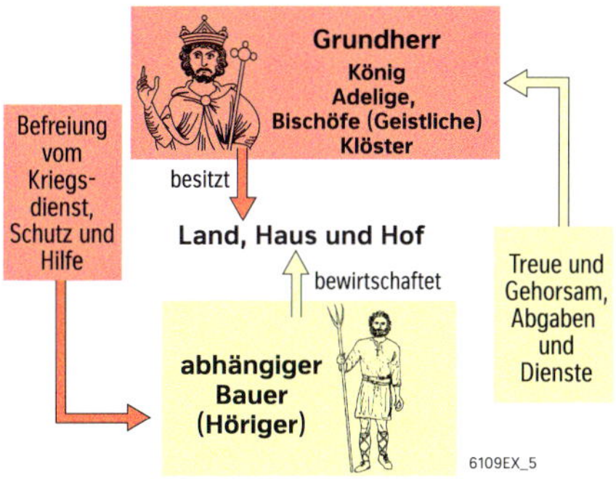

M5 *Die Grundherrschaft*

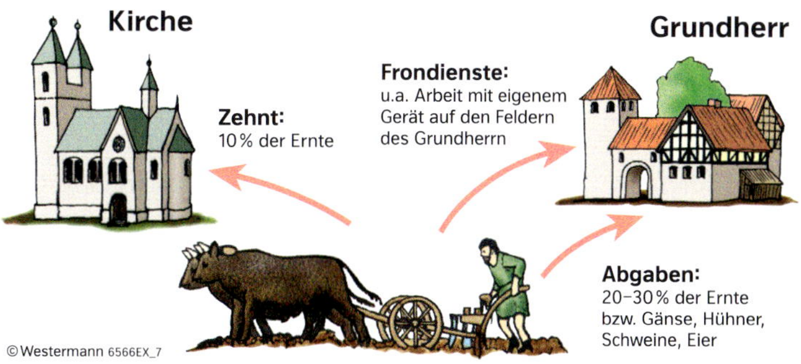

M7 *Abgaben und Dienste der Bauern*

3 Erläutere das in M4 und M6 dargestellte Geschehen. Beachte dabei, was die Körperhaltung der Personen über das Verhältnis vom Grundherrn zum Bauern aussagt.

4 Erkläre die Rechte und Pflichten eines hörigen Bauern mithilfe von M5 und M7.

5 a) Nenne Vor- und Nachteile der Grundherrschaft aus Bauernsicht.
b) Bewerte das Leben der Bauern im Mittelalter.

M1 *Nachbau eines mittelalterlichen Bauernhauses in einem Museumsdorf*

M2 *Menschen im Mittelalter versorgten sich überwiegend selbst mit Nahrungsmitteln.*

M3 *So könnte das Haus eines wohlhabenden Bauern im Mittelalter ausgesehen haben (heutige Zeichnung).*

i 1 Ernährung der Bauern im Mittelalter
Die Bauern ernährten sich hauptsächlich vegetarisch. Gegessen wurde das, was sie selbst anbauten. Oft gab es einen Getreidebrei oder Brot. Obst und Gemüse gab es nur zu bestimmten Zeiten im Jahr. Getrunken wurde meistens Wasser, Bier, Milch oder Molke. Gewürzt wurde mit heimischen Kräutern. Salz und Pfeffer waren sehr teuer. Gesüßt wurde, wenn überhaupt, nur mit Honig. Je wohlhabender ein Bauer war, desto öfter gab es auch Käse und Fleisch zu essen.

Das Leben der Landbevölkerung im Mittelalter

Im Mittelalter lebten die meisten Menschen von der Landwirtschaft, jedoch nicht alle waren im Rang eines Bauern. Sie lebten auf dem Land eines Grundherren in Dörfern (mit Kirche und Marktplatz), in Weilern oder auf Einzelhöfen.
Im Gegensatz zu den wenigen vermögenden Bauern wohnte die Landbevölkerung in sehr einfach gebauten Häusern oder Hütten. Zuerst wurde ein Gerüst aus Holzbalken erstellt. Danach wurden die Zwischenräume mit einem Geflecht aus Weidenruten und Stroh gefüllt und mit Lehm verschmiert. Die Dächer waren mit Stroh gedeckt. Der Rauch der Feuerstelle zog durch eine Öffnung im Dach ab. Der Boden bestand aus festgestampftem Lehm.
Ein solches Fachwerkhaus hatte meist nur einen Raum oder zwei Räume. Die wenigen Fensteröffnungen waren mit Tierhäuten bespannt. Es gab kein fließendes Wasser, keine Toilette und keine Heizung. Die Menschen lebten mit ihren Tieren unter einem Dach, was die Ausbreitung von Krankheiten förderte.

1 a) Beschreibe das Bauernhaus (M3).
b) Untersuche das Bild M2 und erläutere, mit welchen Nahrungsmitteln sich die Menschen versorgten (Info 1).
c) Vergleiche die Häuser in M1 und M3 und begründe, warum der Bauer in M3 wohlhabend war.

2 Stelle den möglichen Tagesablauf eines Kindes dar (Info 2).

3 Erstelle eine Tabelle. Liste die Monate des Jahres untereinander auf und ergänze jeweils die zwölf in M4 abgebildeten Tätigkeiten sowie die verwendeten Arbeitsgeräte.

M4 *Arbeiten der Bauern in den Monaten Januar ① bis Dezember ⑫ (Zeichnung, 1480)*

05:30 Aufstehen
06:00 Tiere füttern, melken
07:30 Frühstück
08:00 Wäsche waschen
10:00 Essen kochen
12:00 Mittagessen
13:00 Brotteig vorbereiten
14:00 Brot backen
16:00 Tiere füttern, melken
17:30 Abendessen
18:00 Wolle spinnen
20:30 Schlafenszeit

M5 *Tagesablauf einer Magd*

Es war nicht leicht, Bauer zu sein

Der Arbeitsalltag einer Bauernfamilie begann, sobald es hell wurde, und endete erst mit Einbruch der Dunkelheit. Die Familien versorgten sich selbst. Pferde, aber auch Rinder spielten als Arbeitstiere eine große Rolle. Rinder, Schweine und Ziegen lieferten Nahrung und Dünger. Schafe hielt man vor allem wegen ihrer Wolle. Alle Arbeitsgeräte und Möbel fertigten die Bauern aus Holz an. Eiserne Geräte wie Töpfe, Messer und Äxte besorgten sie sich beim Schmied.

Die Jungen arbeiteten mit dem Vater, die Mädchen mit der Mutter. So lernten sie, was sie für ihr späteres Leben als Bauer oder Bäuerin brauchten. Zeit zum Spielen blieb kaum und zur Schule gingen sie nicht. Die Menschen wurden kaum älter als 40 Jahre. Die Sterblichkeit war hoch, besonders auch bei Säuglingen und Kindern. Es gab wenig Abwechslung, lediglich einige religiöse Feste und hin und wieder eine Hochzeit oder Taufe.

i ❷ Kinder auf dem Land

Die Kinder auf dem Land wurden von ihren Eltern oft als Altersversorgung angesehen. Außerdem waren Kinder wichtige Arbeitskräfte. Sie halfen auf dem Feld mit, hüteten das Vieh und erledigten Arbeiten im Haushalt. Zur Schule gingen die Bauernkinder nicht und Freizeit gab es nur wenig.

ERSTAUNLICH

Von den heutigen Bewohnern eines Dorfes arbeiten nur noch wenige in der Landwirtschaft.
Die Häuser sind modern und komfortabel ausgestattet (Strom, Wasser, Internet).
Niemand ist mehr hörig. Die Landwirte besitzen Grund und Boden oder haben ihn gepachtet. Sie arbeiten für sich selbst und müssen keine Abgaben leisten.

4 Das Leben einer Magd oder eines Bauern im Mittelalter – Wähle aus:
a) Schreibe einen Bericht über deinen Alltag (Text, M4, M5).
b) Beschreibe deinen Alltag in Form eines Dialogs in einem Rollenspiel.

5 Vergleiche das Leben auf dem Land früher und heute:
a) Erstellt eine Tabelle und notiert Unterschiede und Gemeinsamkeiten mithilfe der Texte.
b) Diskutiert weitere Vergleichspunkte.

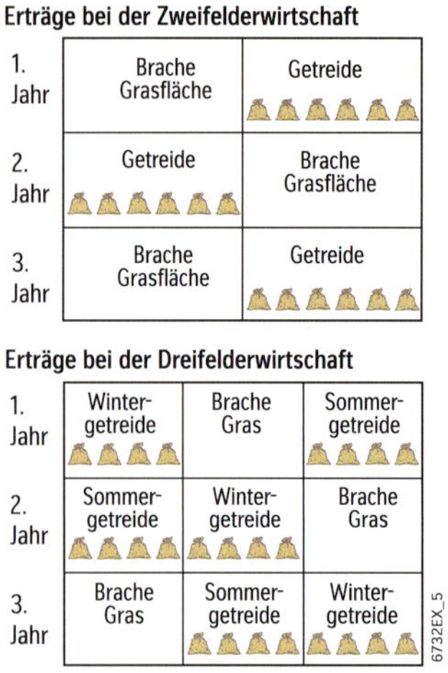

M1 *Ablauf und Erträge der Zwei- und Dreifelderwirtschaft im Vergleich*

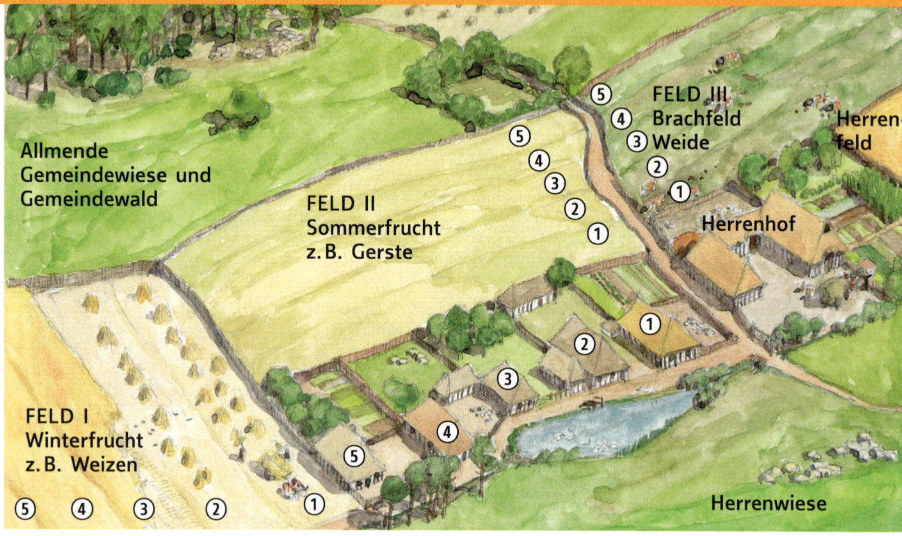

M3 *Die Dreifelderwirtschaft: Bauer ① bewirtschaftet alle Felder ①, Bauer ② bewirtschaftet alle Felder ②, usw. Die Allmende ist der gemeinsame Besitz des Dorfes und darf von allen Dorfbewohnern genutzt werden. Sie umfasst vor allem Wiesen und Wälder.*

Fortschritte beim Ackerbau

Bis ins 14. Jahrhundert wuchs die Bevölkerung stetig. Das machte es erforderlich, den Ernteertrag zu steigern, um die Menschen ernähren zu können. Um mehr Ackerfläche zu gewinnen, wurden im Mittelalter große Waldgebiete gerodet sowie Sümpfe und Moore trockengelegt.

Ein anderer wichtiger Punkt war die Einführung der **Dreifelderwirtschaft**. Bisher hatten die Bauern immer ein Feld genutzt, während das andere brach lag, um sich zu erholen. Es war nur eine Ernte pro Jahr möglich. Fiel diese schlecht aus, drohte der Hungertod. Bei der Dreifelderwirtschaft sind zwei Ernten pro Jahr möglich: Auf einem Feld wurde bereits im Herbst Wintergetreide (z.B. Weizen, Roggen) gesät, das dann früher geerntet werden konnte. Auf dem zweiten Feld baute man Sommergetreide an (Hafer, Gerste), das dritte Feld lag brach. In den folgenden Jahren wurde gewechselt. Auch die Erfindung neuer landwirtschaftlicher Geräte steigerte die Produktion. Der **Räderpflug** ließ sich dank der Räder einfacher lenken. Das eiserne Pflugmesser brach auch schwere Böden tief auf, die Pflugschar zerkleinerte und wendete die Erdschollen. Bisher hatten Ochsen die Pflüge gezogen. Durch die Erfindung des **Kummets** konnten nun die kräftigeren Pferde eingesetzt werden, die vier Mal mehr Arbeitskraft brachten. Ein Kummet ist eine Art gepolsterter Kragen für das Pferd, der das Gewicht des Pflugs gleichmäßig verteilt. Auch neuartige Sensen aus Eisen zum Mähen der Wiesen oder zum Abernten der Getreidefelder und **Dreschflegel** aus Holz erleichterten die Arbeit.

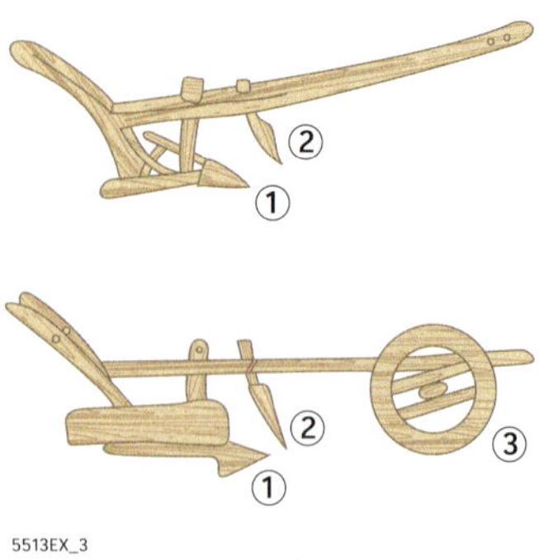

M2 *Erfindungen erleichtern die Arbeit: vom Hakenpflug zum Räderpflug*
① *Pflugschar*
② *Messer*
③ *Rad*

1. Beschreibe anhand von M1 und M3 die Dreifelderwirtschaft.
2. Stelle die Erträge der Zwei- und der Dreifelderwirtschaft gegenüber (M1).
3. Erläutere, wodurch die neuen landwirtschaftlichen Geräte die Produktion steigern konnten (Text, M2, M4).
4. Beschreibe die Ergebnisse einer Flurbereinigung, indem du die Abbildungen in M5 vergleichst.

M4 *Fortschritte in der Landwirtschaft: Räderpflug und Kummet.*

Flurbereinigung

Bei der Flurbereinigung versuchte man, die vielen kleinen Äcker und Felder der Landwirte zu größeren Flächen zusammenzulegen. Wer vorher dutzende kleine, verstreute Besitzstücke hatte, bekam stattdessen 3 oder 4 große zusammenhängende Flächen. Diese ließen sich besser bewirtschaften. Seitdem prägen große Flächen mit einheitlichen Nutzpflanzen (Raps, Mais, Weizen) das Bild des ländlichen Raums.

... und heute?

Durch den technologischen Fortschritt hat sich die Landwirtschaft enorm weiterentwickelt. Moderne landwirtschaftliche Maschinen für Aussaat und Ernte haben die mühselige Handarbeit ersetzt. Ertragreichere und widerstandsfähigere Sorten bringen ein Vielfaches der Erntemengen des Mittelalters. Künstliche Dünge- und Schädlingsbekämpfungsmittel sichern eine gute Ernte.

Damit die großen Maschinen sinnvoller eingesetzt werden konnten, wurde in den 1970er-Jahren die Flurbereinigung durchgeführt.

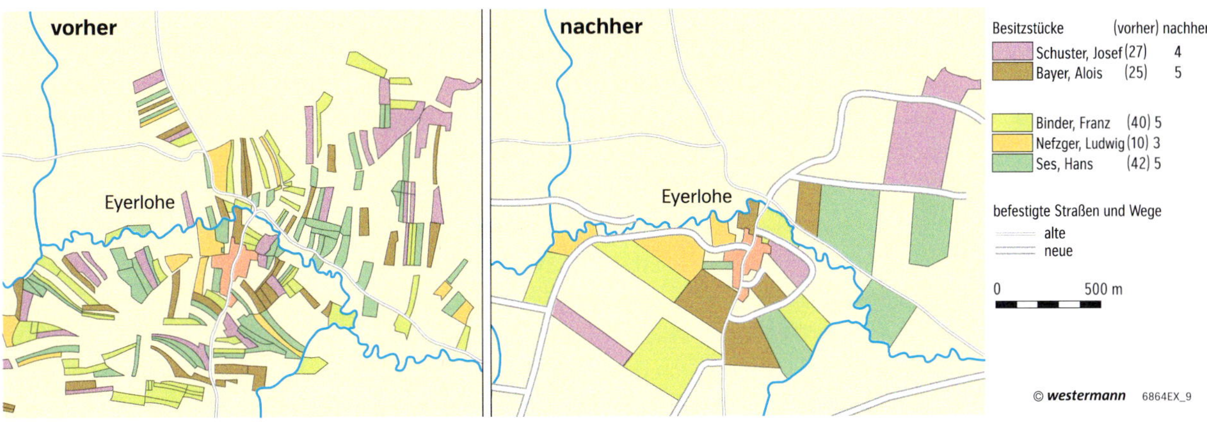

M5 *Modell zur Darstellung der Flurbereinigung*

5 a) Begründe, weshalb aus der Dreifelderwirtschaft eine Feldflur mit vielen kleinen Teilstücken (Parzellen) hervorgegangen ist.
b) Erkläre die Vorteile einer Flurbereinigung für die Landwirte.
c) Recherchiere nach Kritik zur Flurbereinigung und bewerte diese.

6 Vergleiche die Arbeit der Bauern im Mittelalter mit der Arbeit der heutigen Landwirte. Recherchiere auch zum Thema Viehhaltung.

Z Erstelle eine Wirkungskette zu den Folgen der Neuerungen in der Landwirtschaft. 304

M1 *Die wichtige Reichsstadt Nürnberg um 1450*

M4 *Geeignete Standorte für die Gründung von Orten und Städten (Auswahl)*

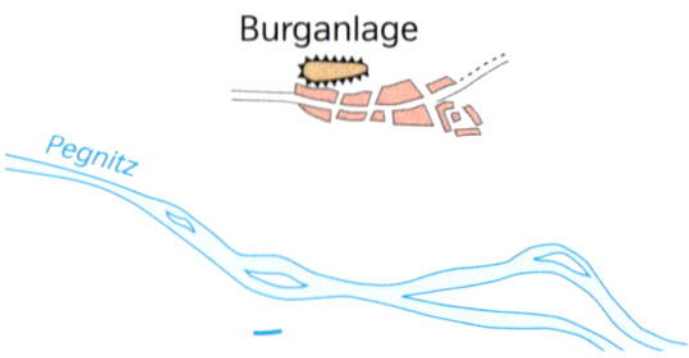

M2 *Nürnberg um 1050*

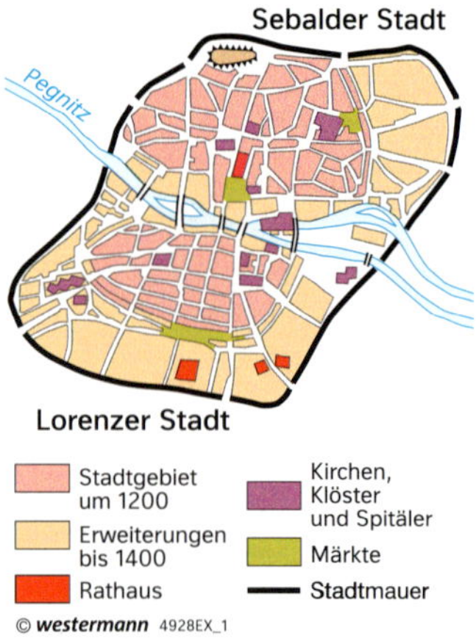

M3 *Nürnberg um 1400*

Städte entstehen

Die ältesten deutschen Städte gehen auf die Römer zurück. Es gab sie an Mosel, Rhein und Donau. Erst ab dem 11. Jahrhundert entstanden zahlreiche neue Städte, denn die Bevölkerungszahl nahm zu. Die Landwirtschaft war inzwischen so leistungsfähig, dass nicht mehr so viele Arbeitskräfte gebraucht wurden.

Wichtige Standortfaktoren zur Entstehung von Städten waren die Nähe zu Burgen, Klöstern oder Bischofssitzen sowie zu Flüssen und dem Meer. So kam es an flachen Flussübergängen (Furten), Buchten oder Brücken und auch an Kreuzungen von Handelswegen zu Stadtgründungen. Viele Stadtnamen verraten dies durch ihre Endung, zum Beispiel auf -berg, -burg, oder -furt. Manche Städte wurden auch von Königen oder Fürsten gegründet. Die Städte zogen vor allem Handwerker und Kaufleute an. Sie fanden dort neue Kunden, Anregungen und Handelspartner.

Die Anlage von Städten

Die typische mittelalterliche Stadt war von einer **Stadtmauer** mit Türmen und Toren umgeben, die abends geschlossen wurden. Hier fühlten sich die Bürger sicher. Die Stadt konnte sich jedoch auch nicht beliebig ins Umland ausdehnen.

Die Häuser waren oft aus Holz gebaut und standen eng beieinander. Später baute man Fachwerkhäuser aus Holz, Ziegeln und Lehm. Die Gassen waren schmal, finster und stickig. Es gab keine Kanalisation. Abwasser floss in offenen Gräben die Straßen entlang. Hühner und Schweine tummelten sich zwischen den Häusern. Brach ein Feuer aus, brannten oft ganze Stadtteile ab. Steinhäuser konnten sich nur reiche Kaufleute leisten. Kern jeder Stadt war der **Marktplatz**. An Markttagen boten hier Bauern, Händler und Handwerker ihre Waren an. Dort befanden sich die prächtige Kirche und das Rathaus, in dem wichtige Entscheidungen

❶ Reichsstadt

Reichsstädte unterstanden keinem Fürsten, sondern direkt dem Kaiser. Sie mussten ihre Steuern direkt an ihn abführen und ihn auf Verlangen im Kriegsfall unterstützen. Reichsstädte durften sich selbst verwalten.

1. Erläutere Standortfaktoren, die die Entstehung und das Wachstum von Siedlungen begünstigen (Text, M4).

2. Untersuche das Aussehen und die Entwicklung von der Stadt Nürnberg (M1 – M3).

3. Nenne Merkmale einer mittelalterlichen Stadt in Bezug auf
   a) ihre Anlage,
   b) das Wohnen und Leben in der Stadt.

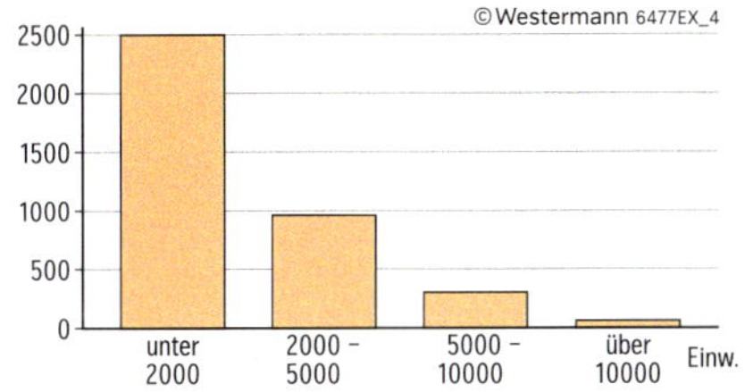

M5 ***Zahl und Größe der Städte in Mitteleuropa um 1430***

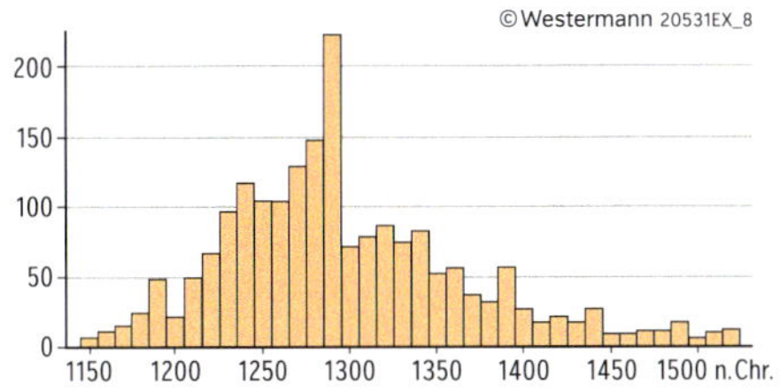

M6 ***Anzahl der Städtegründungen in Deutschland***

M7 ***Nördlingen – das Schrägluftbild zeigt die Anlage der mittelalterlichen Stadt. Sie entstand als Handelsplatz an einer Kreuzung von großen Handelsstraßen. „Nordilinga" wurde im Jahr 898 erstmalig erwähnt. 1215 erhielt Nördlingen die Stadtrechte als Reichsstadt.***

durch den Stadtrat getroffen wurden. Je ärmer eine Bevölkerungsschicht war, desto näher wohnte sie an der Stadtmauer. Ackerbürger hatten ihre Häuser nahe der Stadttore, da sie die Äcker direkt vor den Toren bewirtschafteten.

In vielen Altstädten finden wir noch heute Gebäude, Burganlagen, Kirchen, Rathäuser und Bürgerhäuser aus der Zeit des Mittelalters. Reste von Stadtmauern, erhaltene Stadttore, Gassen und Plätze vermitteln uns ein Bild vom Aussehen der Städte in der Vergangenheit.

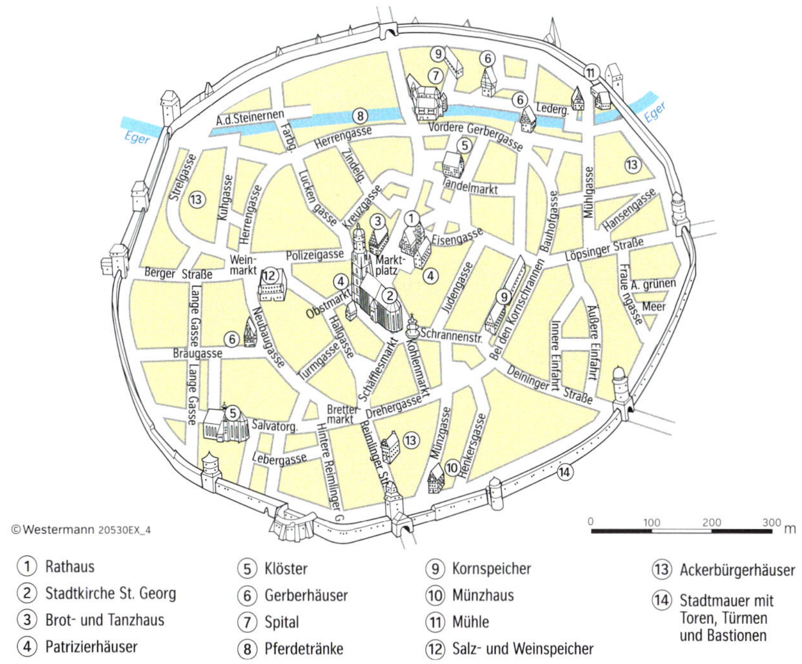

M8 ***Stadtplan mit wichtigen Einrichtungen der mittelalterlichen Stadt Nördlingen – die heutige Innenstadt***

❷ Freie Stadt

Freie Städte waren Städte, die von den Bürgern selbst verwaltet wurden. Sie waren von keinem Herrn abhängig. Rathaus und Stadtsiegel waren Kennzeichen einer freien Stadt. Die Bürger wählten einen Stadtrat und einen Bürgermeister. Er besaß die Schlüssel zu den Stadttoren, leitete die Gerichtsverhandlungen und die Ratsversammlungen.

4 Werte die Diagramme M5 und M6 aus.

5 Untersuche Stadt- und Ortsnamen in deiner Region auf ihre Entstehung im Mittelalter.

6 Vergleiche den Stadtplan von Nördlingen mit dem Schrägluftbild, indem du drei Gebäude aus dem Stadtplan im Schrägluftbild suchst und benennst (M7, M8).

Menschen in der mittelalterlichen Stadt

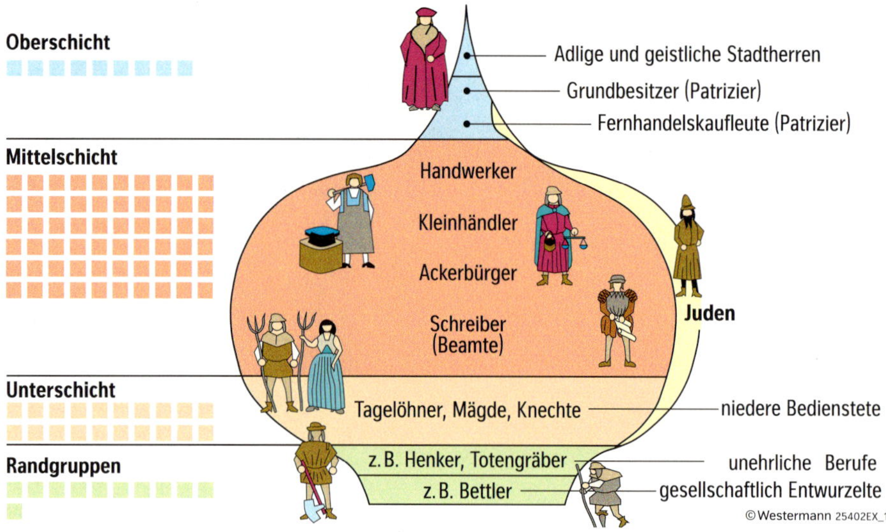

M1 *Aufbau der Gesellschaft in einer Stadt im Mittelalter. Die Quadrate in der Zeichnung zeigen den Anteil der jeweiligen Bevölkerungsgruppe pro 100 Einwohner. Bürgerrechte galten nur für die Ober- und die Mittelschicht.* ▷

Im Mittelalter lebten in fast allen Städten Europas Juden. Sie bildeten gegenüber den Christen eine Minderheit. Die Juden mussten oft in einem abgetrennten Teil der Stadt wohnen. Sie hatten ihre eigenen Regeln, beispielsweise für Kleidung und Speisen. Da es Juden nicht erlaubt war, ein Handwerk auszuüben oder Land zu besitzen, verdienten einige ihren Lebensunterhalt als Geldverleiher. Mehrheitlich schlugen sie sich als kleine Händler und Fuhrleute durch.
In Krisenzeiten, wie bei der großen Pest 1349, machten viele Christen die Juden zum Sündenbock für alles Unheil und beschimpften sie als Christusmörder.

M2 *Juden im Mittelalter*

Frei, aber nicht gleich

Längst nicht alle Bewohner der Stadt konnten das **Bürgerrecht** erwerben. Dazu brauchte man ein Mindestvermögen und eine ehrliche Geburt. Das heißt, dass man nicht von Eltern mit unehrlichen Berufen abstammte. Angehörige unehrlicher Berufe mussten abends die Stadt verlassen und wurden wie Bettler und bedürftige Kranke verachtet.

In vielen Städten hatte zunächst der Stadtherr die ungeteilte Macht. Doch nach und nach erwarben selbstbewusste Bürger zumeist aus der Oberschicht viele Rechte. Den größten Einfluss übten die Patrizier aus. Das waren reiche Fernhandelskaufleute. Sie bildeten den Rat der Stadt und trafen dort alle Entscheidungen. Handwerker und Kleinkaufleute mussten sich das Recht, den Stadtrat mitzuwählen, in vielen Städten erst von den Patriziern erstreiten. Frauen allerdings, auch die der Oberschicht, blieben von allen Ämtern und politischen Entscheidungen ausgeschlossen.

M3 *Einwohner in der mittelalterlichen Stadt*

1. Ermittle die Anteile der einzelnen Gruppen an der Bevölkerung einer mittelalterlichen Stadt (M1).
2. Erläutere die gesellschaftliche Stellung und die Möglichkeit zur Mitbestimmung der Bevölkerungsgruppen einer mittelalterlichen Stadt (Text, M4).
3. Diskutiere: Die mittelalterlichen Städte boten Freiheit, aber keine soziale Gerechtigkeit (M1, M2, M4, Text).

① „Ich wohne mit meiner Frau und den Kindern in der Schmiedegasse. Ich bin Handwerker. Meine Werkstatt liegt im Erdgeschoss. Oben essen und schlafen wir. Ich habe einen Gesellen und einen Lehrling. Nächsten Monat wird der Geselle auf Wanderschaft gehen. Er will auch noch bei anderen Meistern etwas lernen."

② „Ich bin Kaufmann und handle mit Stoffen und Pelzen. In der Schule lernte ich, wie man Briefe schreibt und wie ein Kaufmann rechnet. Ich erledige alle Geschäfte von meinem Haus aus. Gemeinsam mit anderen Kaufleuten sorgen ich dafür, dass unsere Waren sicher befördert werden."

③ „Ich gehöre zum fahrenden Volk. Als Musikant unterhalte ich an Markttagen die Leute. Oft sind noch andere Künstler, Akrobaten und eine Handleserin da. Die Menschen halten uns für unehrlich. Daher müssen wir jeden Abend die Stadt verlassen."

④ „Meine Frau und ich zählen hier zu den reichsten Familien. Wir sind adlige Patrizier. Unser Haus ist prächtig ausgestattet."

⑤ „Als Angehörige einer nicht christlichen Religion müssen wir in einem eigenen Teil der Stadt leben und sind vom städtischen Leben ausgeschlossen."

⑥ „Mich hat der Bäcker als Magd aufgenommen. Der Meister erlaubt, dass ich meiner Familie ab und zu ein altes Brot mitbringe. Ich habe noch acht jüngere Geschwister, die bei meinen Eltern in einer kleinen Hütte leben. Wir sind arm und haben kein Bürgerrecht."

M4 *Bevölkerungsschichten in der mittelalterlichen Stadt*

Rechtsprechung und Strafwesen im Mittelalter

Im Mittelalter gab es keine Anwälte, man verließ sich auf Zeugen. Auch die Folter wurde angewendet, um Geständnisse zu bekommen. Das Gericht traf sich nur an wenigen Tagen im Jahr. Mord, Hochverrat oder Hexerei fiel in die hohe Gerichtsbarkeit. Das bedeutet, dass nur hohe Adelige wie die Grafen darüber urteilen durften. Diebstahl, Körperverletzung und Beleidigung gehörten zur niederen Gerichtsbarkeit. Hier konnten die Grundherren als Richter auftreten. Je nach Schwere des Verbrechens wurden auch Todesurteile oder Verstümmlungen angeordnet, einem Räuber konnte etwa die Hand abgeschlagen werden. Eine andere Strafe war der Pranger (M4, Bildmitte), an dem die Verurteilten öffentlich zur Schau gestellt und gedemütigt wurden.

Patrizier
Den größten Einfluss in der Stadt übten die Patrizier aus. Das waren die reichen Fernhandelskaufleute. Sie bildeten den Rat der Stadt und trafen dort alle Entscheidungen.

4 Ordne die Aussagen ①-⑥ in M4 den Personen auf den Bildern ⓐ-ⓕ in M3 zu.

5 Beschreibe die Szene in M4. Gehe auf die verschiedenen Personengruppen ein.

6 a) Vergleiche die Lebens- und Arbeitsbedingungen einer der Personen aus M3 mit den Bedingungen in der heutigen Zeit.
b) Bewerte die Veränderungen.

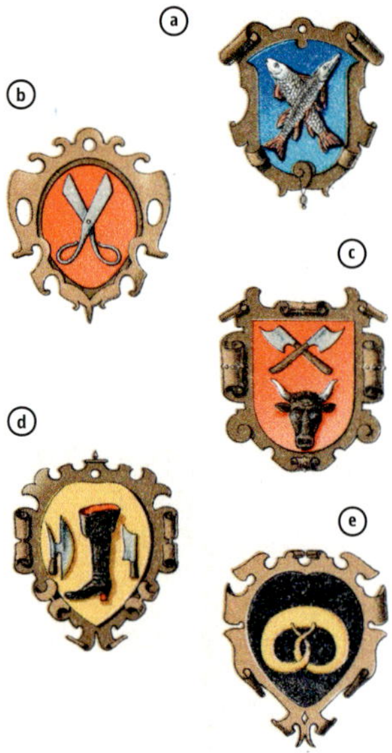

M1 *Zunftwappen*

M3 *Handwerk und Handel (Holzschnitt von 1568)*

M2 *Frühere Zunfthäuser am Hildesheimer Marktplatz: Bäcker (links) und Knochenhauer (rechts)*

Handwerk und Zünfte – Ordnung und Regeln für Arbeit und Leben

Die Städte waren im Mittelalter Zentren des Handwerks. Handwerksmeister und ihre Familien sowie die Gesellen bildeten den Großteil der Stadtbevölkerung. Handwerker hatten Werkstatt und Wohnung in einem Haus und lebten mit anderen Handwerkern des gleichen Berufs nebeneinander in gleichnamigen Straßen. Die Meister eines Berufes schlossen sich in einer sogenannten **Zunft** zusammen. Nur Mitglieder der Zunft durften ihren Beruf ausüben. Die Zünfte sahen sich als große Familien und regelten sowohl die Warenherstellung, die berufliche Ausbildung als auch das Zusammenleben.

Zünfte überwachten durch strenge Kontrollen die Qualität der Erzeugnisse. Sie legten einerseits Preise und Gewichtsmaße, andererseits auch die Anzahl der Meister sowie die Löhne, die Arbeitszeiten und die Ausbildung fest. Es gab zwischen den zugelassenen Familien wenig Konkurrenz und jede hatte ein sicheres Einkommen.

Die Ausbildung eines Lehrlings begann mit etwa 12 Jahren und dauerte je nach Beruf zwei bis zehn Jahre. Die Meister wurden für die Ausbildung bezahlt. Dafür wurde der Lehrling im Haus des Meisters aufgenommen, dieser war auch für die Erziehung des Auszubildenden verantwortlich. Dazu gehörten regelmäßige Gottesdienstbesuche genauso wie das Recht des Meisters, einen Lehrling zu schlagen. Mit Abschluss der Ausbildung wurde man zum Gesellen und ging auf Wanderschaft, die Walz, zur weiteren Lehre bei anderen Meistern.

1. a) Ordne die fünf Zunftwappen ⓐ–ⓔ in M1 je einem der Bilder ❶–❺ in M3 zu.
   b) In M1 fehlt das Zunftwappen für Bild ❻ in M3. Entwirf selbst ein Wappen für dieses Handwerk.
2. Nenne Gründe für die Bildung von Zünften und deren Aufgaben.
3. Die Zünfte hatten die Zahl der Meister begrenzt. Diskutiere Vor- und Nachteile dieser Regelung.

M4 *Marktszene (heutige Zeichnung)*

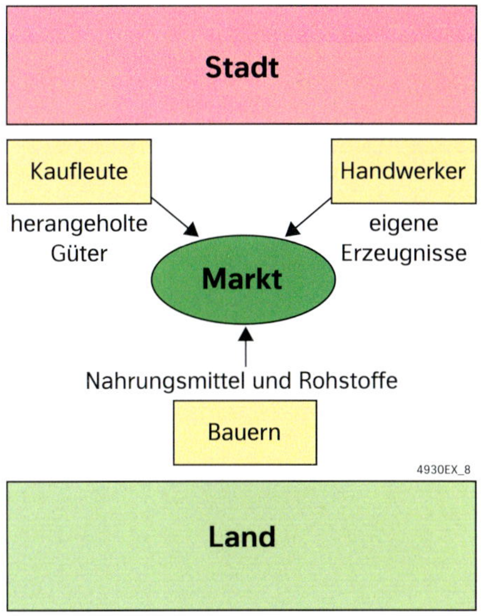

M5 *Treffpunkt Markt*

Für Versammlungen hatte jede Zunft ein eigenes Gebäude, das Zunfthaus. Hier wurden gemeinsame Feste gefeiert. Starb ein Handwerker, kümmerte man sich um dessen Frau und Kinder. Die Sicherheit der Stadt war auch eine Aufgabe der Zünfte. Sie bewachten und verteidigten jeweils einen Teil der Stadtmauer und halfen bei einem Brand als Feuerwehrleute.

Der Markt

Stadtmauer, Stadtkirche, Rathaus und Zunfthäuser waren Kennzeichen einer Stadt – ebenso der Marktplatz. Auf dem **Markt** verkauften Handwerker ihre Erzeugnisse und Kaufleute ihre Waren. Bäcker, Schlachter, Weber, Färber, Töpfer, Schmiede und andere Handwerker zeigten ihre Produkte. Fernhändler handelten mit kostbaren Gewürzen wie Pfeffer und Zimt, Seide, Keramik und Pelzen, die aus Asien kamen. Bauern der Umgebung boten ihre Erzeugnisse und Vieh an.

An den vom Stadtherrn festgelegten Markttagen herrschte reges Treiben, man traf Bekannte und Neuigkeiten wurden ausgetauscht. Auch wurden Bekanntmachungen verkündet.

Das **Marktrecht** wurde vom Marktherrn oder dem Stadtherrn, also Fürsten und Bischöfen verliehen. Für alle verkauften Waren wurden Abgaben geleistet. So war der Markt eine wichtige Einnahmequelle der Stadt und des Marktherrn. Für die Abläufe des Verkaufs erließ er eine Marktordnung. Sie legte die Verkaufsstände fest und welche Maße und Gewichte galten. Verstöße wurden bestraft.

4 Vergleiche die Ausbildung im Mittelalter mit der heutigen Ausbildung.

5 a) Beschreibe das Marktgeschehen (M4). Verwende die in M5 genannten Begriffe.
b) Spiele die Szene nach.

6 Erläutere die Bedeutung des Marktes. Gehe darauf ein, dass Märkte in Städten abgehalten wurden.

7 Begründe den Zweck der Marktordnung (M6). Beachte dabei auch die hohen Strafen.

Wir verordnen, dass außerhalb des öffentlichen Marktes kein Verkauf stattfinden darf. Wer dagegen verstößt, soll der Stadt 6 Schillinge zahlen. Hat er kein Geld, so wird ihm die Hand abgeschlagen.

Wir ordnen ferner an, dass zwei mittelgroße Würste für 1 Pfennig verkauft werden. Sie dürfen nur aus reinem Schweinefleisch hergestellt werden. Wer dagegen verstößt, soll 1 Pfund Pfennige zahlen und für die Dauer eines Jahres vom Handwerk ausgeschlossen werden.

Lotterbuben aller Art und fahrende Schüler mit langem Haar halten wir fern.

(Guggenbühl, Gottfried & Weiss, Otto: Quellen zur Allgemeinen Geschichte des Mittelalters für höhere Schulen. Zürich: Schulthess, 1946, 309 S. (verändert))

M6 *Marktordnung des Herzogs für Landshut (1256)*

M1 *In Merchweiler*

M2 *In Homburg*

M3 *In Saarbrücken*

🛈 Pendler

Pendler sind Menschen, die regelmäßig zwischen ihrem Wohnort und einem anderen Ort hin- und herfahren, also pendeln. Man unterscheidet dabei:

- Berufspendler: Menschen, die täglich zu ihrem Arbeitsort fahren
- Ausbildungspendler: Schüler oder Studenten
- Einkaufspendler: Menschen, die regelmäßig zum Einkaufen in einen anderen Ort fahren.

M4 *Zentrale Orte im Saarland*

Städte – zentrale Orte mit Bedeutungsüberschuss

Städte erfüllen Funktionen, die auch für Menschen aus dem Einzugsgebiet der jeweiligen Stadt von Bedeutung sind. Zum einen pendeln viele Bewohner des Umlandes täglich in den städtischen Raum zur Arbeit. Zum anderen bedient die Stadt die Nachfrage nach täglichen und nicht alltäglichen Dienstleistungen, Gesundheitsversorgung, Bildung und kulturellen Angeboten sowie nach Spezialgeschäften. Die Stadt hat also eine zentrale Bedeutung für das umliegende Einzugsgebiet, sie ist ein **zentraler Ort**.

Man untergliedert zentrale Orte in Unterzentren, Mittelzentren und Oberzentren, je nachdem, ob die Städte kurz-, mittel- oder langfristige Bedürfnisse erfüllen. Das jeweils höherrangige Zentrum deckt dabei immer auch den Bedarf des darunter eingestuften ab.

Die Bedeutung von zentralen Orten hat sich durch die gestiegene Mobilität verstärkt. Durch gute Verkehrswege sind diese mit eigenen oder öffentlichen Verkehrsmitteln einfach und in relativ kurzer Zeit erreichbar.

Das Straßennetz im Saarland zählt gut 7000 Kilometer. Mit über 700 Pkws pro 1000 Einwohner liegt das Saarland deutlich über dem Bundesdurchschnitt (etwa 600 Pkws). Wichtig für das saarländische Verkehrskonzept ist die „Saarbahn“. Diese Schnellbahn fährt auf Gleisen und durch die Stadtstraßen. Die Saarbahnlinie wird durch eigene Busse ergänzt. Entlang der Saarbahn-Trasse sind Parkplätze eingerichtet. Zeitlich abgestimmte Fahrpläne verhindern lange Wartezeiten. Die Saarbahn trägt die Hauptlast des täglichen öffentlichen Verkehrs rund um Saarbrücken.

1. Ordne M1 bis M3 als Ober-, Mittel- oder Unterzentrum ein.
2. Stelle dar, welche Bedeutung dein Wohnort als zentraler Ort hat.
3. Beschreibe die Bedeutung Saarbrückens als einziges Oberzentrum des Saarlandes.
4. Erläutere das Konzept der Saarbahn (Text, M8).

Unterzentrum	Mittelzentrum	Oberzentrum
Versorgung des Nahbereiches (mindestens 8000 Einwohner), erreichbar in 30 Minuten	Versorgung des Mittelbereiches (mindestens 30000 Einwohner), erreichbar in 30–60 Minuten	Versorgung des Oberbereiches (mindestens 100000 Einwohner), erreichbar in 60–90 Minuten
Kindergarten, Grundschule, Sekundarstufe I, praktischer Arzt, Zahnarzt, Apotheke, Einzelhandelsgeschäfte, Supermarkt, Handwerksbetriebe, untere Verwaltungsbehörden (z. B. Gemeindeverwaltung)	*zusätzlich*: Gymnasium, Berufsschule, Fachärzte, Krankenhaus, Stadion, Geschäfte mit vielseitigen Einkaufsmöglichkeiten, höhere Verwaltungsbehörden: Finanzamt, Landratsamt, Amtsgericht u. a.	*zusätzlich*: Hochschulen, Spezialkliniken, Theater, Museen, Großkaufhäuser, größere Banken und Versicherungen, Ministerien

M5 *Versorgungseinrichtungen von zentralen Orten*

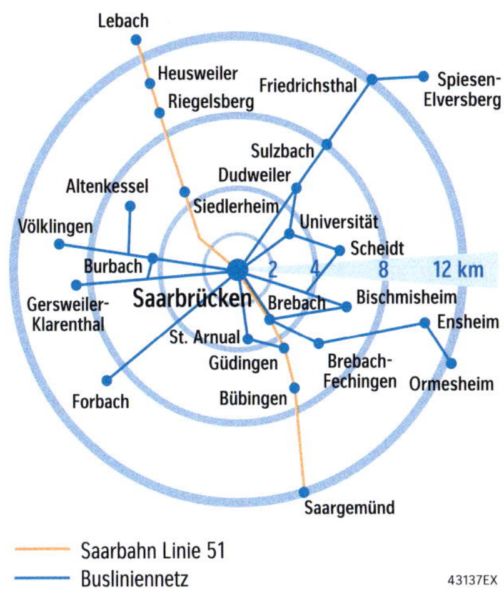

M8 *Linienführung der Saarbahn GmbH*

Saarbrücken – Oberzentrum für das Saarland

Im Saarland gibt es nur ein Oberzentrum: die Landeshauptstadt Saarbrücken. Mittelzentren gibt es elf. Unterzentren sind alle Gemeinden, die eine Gemeindeverwaltung besitzen und die Grundversorgung der Bevölkerung sicherstellen können.

Im Saarländischen Landesplanungsgesetz (SLPG) ist festgelegt, wie die Lebensbedingungen der Bevölkerung in der Stadt und im Umland verbessert und angeglichen werden sollen. Es wird beschrieben, wie das Saarland geordnet sein soll. Hierbei wurden die Stadt Saarbrücken als Oberzentrum und andere Gemeinden als Mittelzentren bzw. Unterzentren festgelegt (M4).

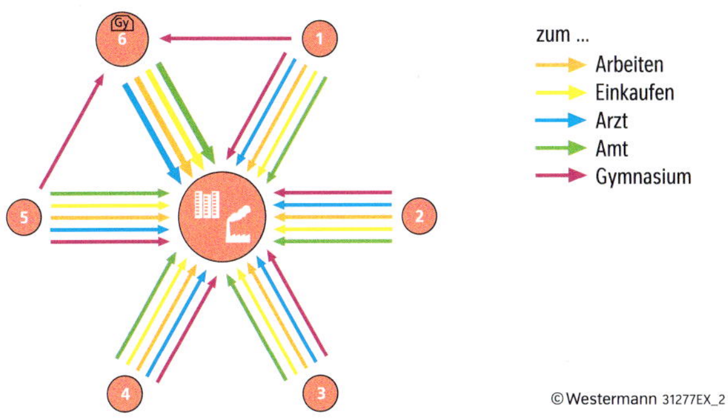

M6 *Verkehr zwischen Stadt und Land am Vormittag eines Wochentages*

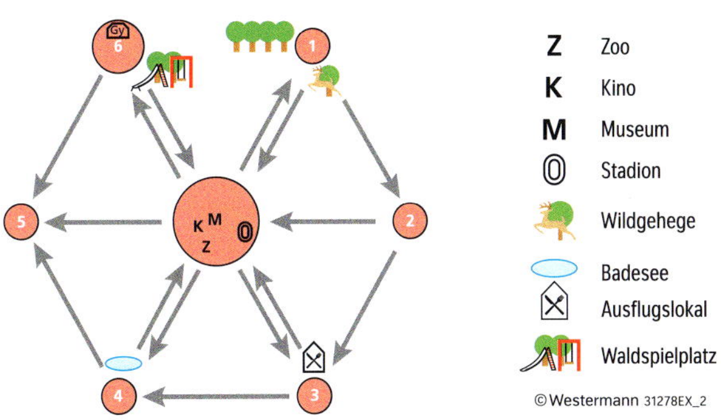

M7 *Verkehr zwischen Stadt und Land am ...*

5 Befrage deinen Familien- und Bekanntenkreis und werte aus: Wer pendelt täglich zur Arbeit? Welche Verkehrsmittel nutzt er/sie und wie lange dauert die Fahrt? Warum arbeitet er/sie an einem entfernt gelegenen Ort?

6 a) Erkläre das Modell zum „Verkehr zwischen Stadt und Land am Vormittag" (M6).
b) Vermute, was sich im Modell M6 am Nachmittag/Abend verändert.
c) Interpretiere, für welche Tage das Modell M7 gilt.

M1 *Auf dem Land in Thailand*

M3 *Bangkok – Hauptstadt Thailands*

Verstädterung
Die Zunahme und das Wachstum der Städte werden als **Verstädterung** bezeichnet. Der Anteil der städtischen Bevölkerung an der Gesamtbevölkerung, der Verstädterungsgrad, informiert über das Ausmaß der Verstädterung einer Region.
Nach Prognosen der Vereinten Nationen wird der Verstädterungsgrad weltweit im Jahr 2035 bei über 60 Prozent liegen.

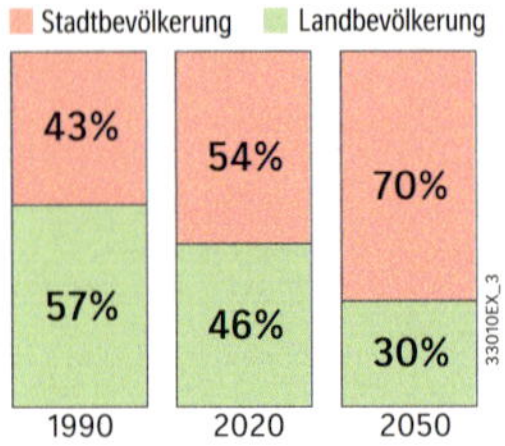

M2 *Anteile von Stadt- und Landbevölkerung weltweit*

Weltweite Zunahme der Verstädterung

Seit Jahrzehnten nimmt die Bevölkerungszahl in den Städten stärker zu als auf dem Land. Während 1975 rund ein Drittel der Weltbevölkerung in Städten wohnte, waren es 2018 schon mehr als die Hälfte.

Besonders stark wachsen die Metropolen. So nennt man Städte, deren wirtschaftliche, kulturelle und politische Bedeutung weit vor den anderen Städten eines Landes liegt. Oft sind die Hauptstädte Metropolen und zugleich Megastädte, also Ballungsräume mit mehr als 10 Millionen Einwohnern. Regierungen, Behörden, große Unternehmen oder auch Universitäten, Veranstaltungsorte und Museen haben hier häufig ihren Sitz. Größter Ballungsraum der Erde war 2018 Tokio mit rund 37 Millionen Einwohnern, gefolgt von Neu-Delhi und Shanghai.

Hauptursache für das Städtewachstum ist die Attraktivität der städtischen Räume. Viele Menschen verlassen deshalb die ländlichen Regionen. Diesen Vorgang nennt man Landflucht. Sie wird gesteuert durch zahlreiche Push- und Pull-Faktoren. Allgemein sind unter Push-Faktoren negative Erscheinungen zusammengefasst, die Menschen aus einem Gebiet „wegdrücken“, Pull-Faktoren umfassen die Erwartungen an bessere Lebensbedingungen, die Personen in ein Gebiet „ziehen“. Der Wohnraum in Städten ist vergleichsweise teuer. Ärmere Bevölkerungsteile müssen in Elendsvierteln leben. Das sind in den Industrieländern Stadtviertel mit verfallener Bausubstanz und in den Entwicklungsländern unkontrolliert errichtete Hüttensiedlungen am Stadtrand, oft ohne Abwasser- und Trinkwasserversorgung.

1. Beschreibe die Bilder M1 und M3. Stelle dar, wie sich die Siedlungen und die möglichen Lebensweisen der Menschen unterscheiden.

2. Beschreibe die Entwicklung der Stadtbevölkerung und den Verstädterungsgrad weltweit (M2, M4).

3. Erstelle eine Tabelle zu den größten Städten der Erde und zu deren Entwicklung (M4).

4. Erläutere Ursachen der Landflucht mithilfe der Push- und Pull-Faktoren (M2, M5).

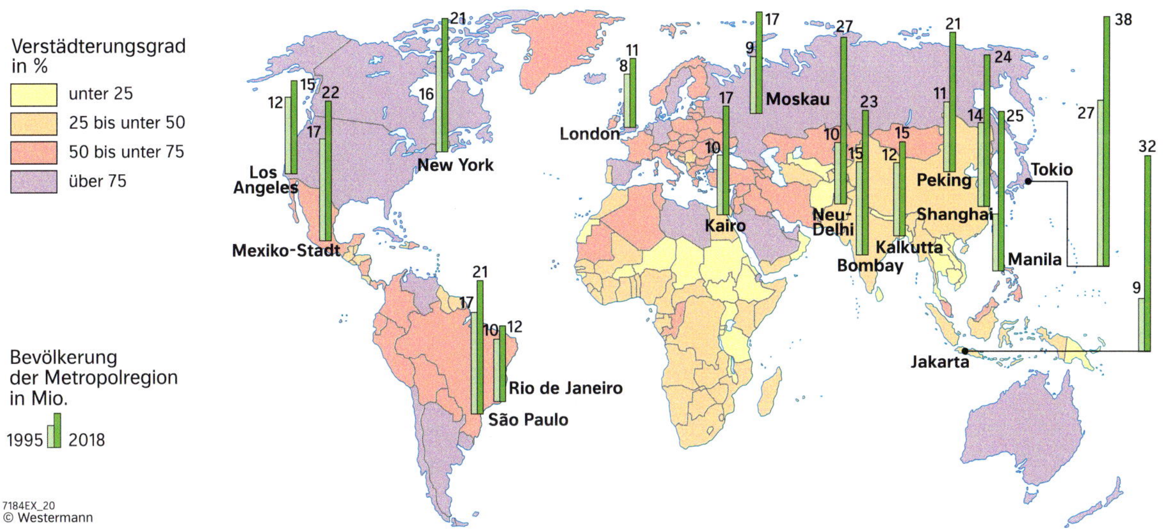

M4 *Weltweite Verstädterung und das Bevölkerungswachstum ausgewählter Großstädte*

Hoffnung und Wirklichkeit

Für viele Menschen aus ländlichen Regionen bedeutet das Leben in der Stadt einen Fortschritt. Häufig verbessern sich die Lebensverhältnisse jedoch auch nicht. Viele Menschen sind für gut bezahlte Jobs nicht ausgebildet oder es fehlen generell Arbeitsplätze. Sie leben dann ohne soziale Absicherung, betreiben Straßenhandel oder verrichten Gelegenheitsarbeiten.

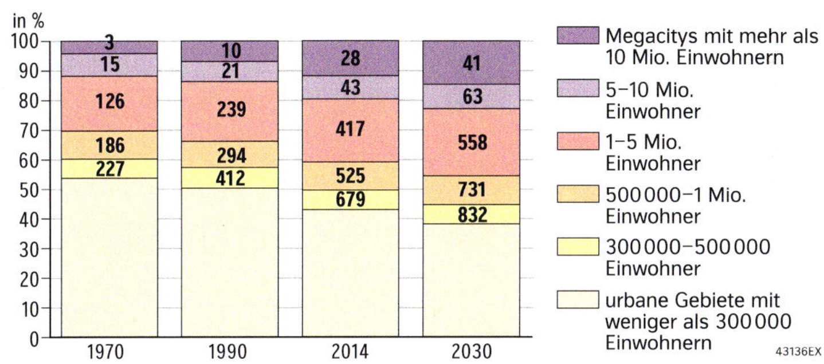

M6 *Weltweite Einwohnerzahl in Städten*

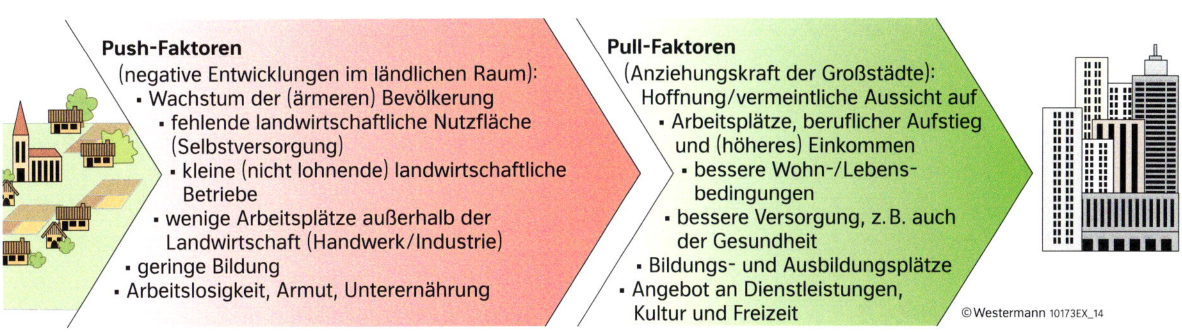

M5 *Ursachen der Landflucht, vorrangig in Ländern mit niedrigem Lebensstandard*

5 Diskutiere, warum Städte für die Menschen nicht immer so attraktiv sind, wie sie scheinen.

6 Beschreibe die weltweite Entwicklung der Einwohnerzahl in Städten, insbesondere mit mehr als einer Million Einwohnern (M6).

Z Recherchiere Informationen zu einer Metropole deiner Wahl und erstelle einen Steckbrief über sie.

311

1. Christliche Weltordnung

Der Künstler Hans Memling (um 1435 bis 1494) hat in dem Gemälde „Das Jüngste Gericht“ die Ängste und Hoffnungen der Menschen seiner Zeit dargestellt. 305

a) Beschreibe die Darstellung von Himmel und Hölle in dem Gemälde.

b) Erläutere die Bedeutung der Religion für die Menschen im Mittelalter.

c) Vergleiche mit der Rolle der Religion heute.

2. Mittelalterliche Burgen

a) Ordne dem Foto typische Bereiche einer Burg zu und beschreibe die Aufgaben verschiedener Gebäude der Burganlage.

b) Erkläre die Bauweise von mittelalterlichen Burgen.

3. Ständeordnung

Erläutere die Ständeordnung im Mittelalter.

4. Buchstabensalat

In den folgenden Sätzen sind bei einigen Wörtern die Buchstaben durcheinander gewürfelt worden. Schreibe die Sätze mit den richtigen Wörtern in dein Heft.

- Die Bauern waren als GIERÖH von ihren RENNGREDUHR abhängig. Sie mussten NORDSTEINEF leisten und den HENZT abgeben.
- Durch die FREITACHSTIRRDELWEFD stiegen die Erträge.
- LÄDERGRUPF und METMUK machten das Arbeiten einfacher.
- In der Stadt bildeten RIZAPRETI und GRÜBER die oberen Schichten. Sie hatten die TÜCHERBERGER.
- Die WARDHENKER waren in TÜFNENZ zusammengeschlossen.

5. Landwirtschaft

Begründe die Vorteile der Dreifelderwirtschaft.

Dreifelderwirtschaft

1. Jahr	Winterfrucht	Brache/ Weide	Sommerfrucht
2. Jahr	Sommerfrucht	Winterfrucht	Brache/ Weide
3. Jahr	Brache/ Weide	Sommerfrucht	Winterfrucht

8. Stadt

a) Nenne typische Bauwerke/ Gebäude einer Stadt.

b) Vergleiche die Bauweise einer Stadt mit der einer Burg.

c) Erkläre die Bedeutung des Marktes für die Stadt.

d) Beschreibe Veränderungen, die die Stadt bis heute erfahren haben könnte.

6. Zünfte

Erläutere den Zusammenhang zwischen den Straßennamen und den mittelalterlichen Zünften.

9. Geschäftsfähigkeit bei Jugendlichen

Diskutiere die folgenden Fälle:

- Janis (15 Jahre) kauft sich von seinem ersparten Geld das sehr teure Mountainbike, das ihm seine Eltern zuvor nicht erlaubt haben.
- Jessy (12 Jahre) schließt mit dem Wissen der Eltern online ein Abo ab. Nach vier Monaten bemerkt sie, dass ihr deshalb von ihrem Taschengeld viel zu wenig übrig bleibt.

7. Leben in der Stadt und auf dem Land

Füge die Sätze richtig zusammen. Schreibe sie vollständig in dein Heft. Wenn du sie richtig zugeordnet hast, ergeben die blauen Buchstaben der rechten Teile ein Lösungswort.

Die Bevölkerungsdichte auf dem Dorf...	... Hauptgeschäftszentrum der Stadt. (E)
Eine Stadt kann in ...	... kommt es häufig zu Staus. (L)
Kleine Dörfer sind heute oft ...	... arbeiten in der Stadt. (I)
Auf dem Dorf können ...	... Stadtviertel untergliedert werden. (T)
Auf dem Dorf gibt es aber ...	... in der City sehr hoch. (T)
Die Mietpreise sind ...	... Familien günstiger bauen als in der Stadt. (D)
Die City ist das ...	... ist geringer als die in der Stadt. (S)
Viele Menschen aus dem Umland ...	... weniger Ausbildungs- und Arbeits möglichkeiten. (T)
Im morgendlichen Berufsverkehr ...	... Ortsteile von Städten geworden. (A)

Fachbegriffe

der Stand
der Klerus
der Bürger
das Lehen
die Burg
der Grundherr
der Ritter
der Knappe
das Turnier
der Minnesänger
der Zehnt
der Hörige
der Frondienst
die Dreifelderwirtschaft
der Räderpflug
das Kummet
der Dreschflegel
die Stadtmauer
der Marktplatz
das Bürgerrecht
die Zunft
der Markt
das Marktrecht
die Geschäftsfähigkeit
das Verbraucherrecht
das Einzugsgebiet
der zentrale Ort

Katastrophen und Krisenbewältigung

Wanderer haben den Ausbruch des 3763 Meter hohen Volcán de Fuego (spanisch für Feuervulkan) im Süden von Guatemala fotografiert. Stell dir vor, du wärst an ihrer Stelle – welche Gedanken würden dir durch den Kopf gehen?

früher

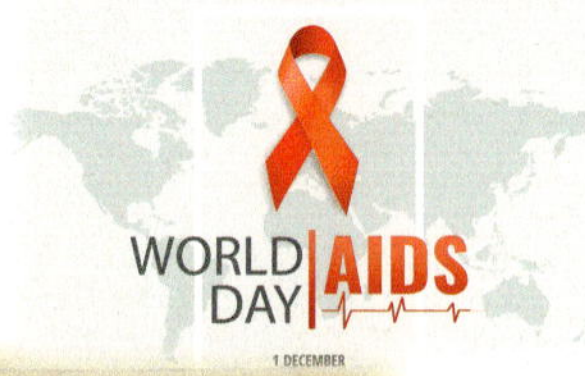

heute

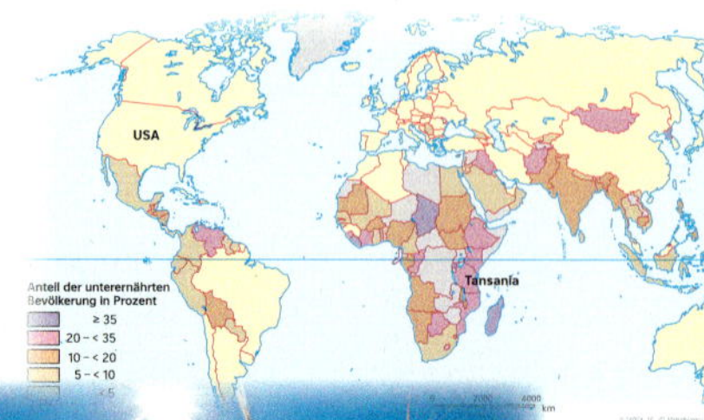

Krankheit

Hunger

Was passiert da?
Und warum?

Was kann
man tun?

Naturkatastrophen

After an earthquake,
a tsunami may
follow.
Move quickly to
higher ground!

Plattentektonik

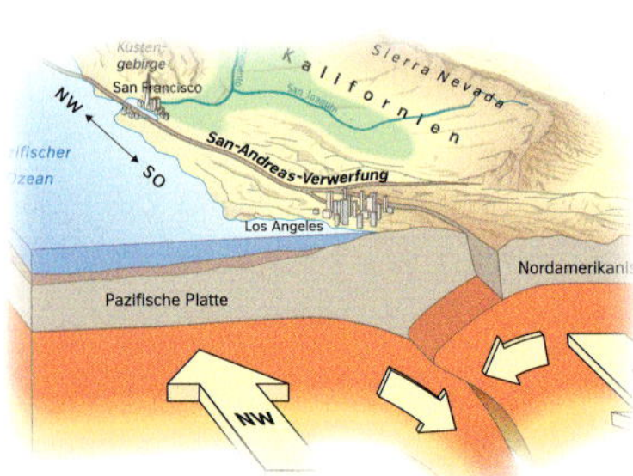

M1 *Überall in Deutschland galten während der Covid-19-Pandemie besondere Hygieneregeln.*

Ein neues Virus verändert unser Leben

Im Januar 2020 gab es die ersten Berichte über eine neue Krankheit in China, die sich zu einer **Pandemie** entwickelte. Forscherinnen und Forscher nannten sie Covid-19, weil sie 2019 zum ersten Mal festgestellt worden war. Im Februar 2020 starben in Italien die ersten Europäer an dem Virus.

Covid-19 ist die Abkürzung für den englischen Ausdruck „Coronavirus disease 2019“. Das heißt: auf Deutsch: „Coronavirus-Krankheit 2019“. Die Krankheit ist eine Infektionskrankheit, die vom Coronavirus SARS-CoV-2 und seinen Varianten verursacht wird. Umgangssprachlich spricht man oft einfach von Corona oder Covid.

Um die Pandemie einzudämmen, wurden in Deutschland im März 2020 weitgehende Einschränkungen für das öffentliche Leben beschlossen, wie gleichzeitig auch in vielen anderen Ländern weltweit.

Mit verschiedenen Maßnahmen versuchten die Regierungen, die Ausbreitung des Virus zu bremsen. Dazu gehörten Regeln zur **Hygiene**, die zeitweilige Schließung von Schulen, Kindergärten und Geschäften sowie Kontaktbeschränkungen und Kontaktnachverfolgung. Des Weiteren wurde das Tragen eines Mund-Nasen-Schutzes zur Pflicht (Maskenpflicht), Corona-Tests wurden durchgeführt und die **Impfung** einer möglichst großen Anzahl von Menschen wurde angestrebt.

Pandemie
Eine Pandemie bezeichnet eine weltweite Ausbreitung einer Infektionskrankheit.
Betrifft die Krankheit nur ein begrenztes Gebiet, spricht man von einer Epidemie.

1. Recherchiere die Entwicklung der Corona-Pandemie und stelle sie in einem Zeitstrahl dar. 311

2. Berichte von deinen Erfahrungen mit der Corona-Pandemie. Was war besonders schwierig? Was hat Angst gemacht? Gab es auch gute Seiten?

3. a) Recherchiere Übertragungswege des Covid-19-Virus, Symptome einer Erkrankung und Möglichkeiten, sich gegen das Virus zu schützen. 311
b) Erkläre die Wirkungsweise der getroffenen Maßnahmen.

M1 *Der Pestarzt schützt sich mit Maske und Handschuhen. Mit dem Stab kann er die Kranken auf Abstand halten.*

Städte im Chaos

Im Mittelalter starben in Europa Millionen von Menschen an der Pest. Die Menschen betrachteten die Krankheit als Strafe Gottes. Sie wussten nichts über die Verbreitung der Krankheit oder mögliche Behandlungen. Die Angst vor Ansteckung war so groß, dass die Menschen sich oft weigerten, kranke Angehörige zu pflegen. Tote wurden in Massengräbern beerdigt oder blieben auf der Straße liegen.

Es kam zu Diebstählen und Plünderungen. In vielen Städten brach die öffentliche Ordnung zusammen. Menschen hörten auf zu arbeiten, um ihre vermeintlich letzten Tage zu genießen. Einige tranken und feierten ausgelassen. Wer es sich leisten konnte, floh aufs Land, um der Seuche so zu entkommen.

Manche Menschen suchten Trost in der Religion, andere zweifelten an Gott und an der bisherigen Ordnung. In ihrer Hilflosigkeit suchten die Menschen Sündenböcke. Es verbreitete sich die Behauptung, Juden hätten Brunnen vergiftet und die Seuche so verursacht. In der Folge kam es zu Massenmorden an jüdischen Bürgerinnen und Bürgern und zur Vernichtung zahlreicher jüdischer Gemeinden.

In der Mitte des 14. Jahrhunderts wütete in Europa die Pest. Die Krankheit wird durch ein Bakterium hervorgerufen. Sie tötete rund ein Drittel der Bevölkerung Europas. Die Pest war auch unter dem Namen **Schwarzer Tod** bekannt.

Vor allem die mittelalterlichen Städte waren betroffen. Dort lebten die Menschen eng zusammen und die hygienischen Bedingungen waren schlecht. Die Städte waren mit Müll und Abwasser verschmutzt und es gab viel Ungeziefer wie Ratten und Flöhe. So konnte sich die Pest sehr schnell ausbreiten.

M2 *Die Pest in Europa*

Schweigen wollen wir davon, dass ein Bürger dem anderen aus dem Wege ging und dass sich schier niemand um seinen Nachbarn kümmerte und dass die Verwandten einander nur zu seltenen Malen oder nie oder nur von weitem sahen, aber diese Heimsuchung hatte in den Herzen der Männer und Frauen einen solchen Schauder erregt, dass ein Bruder den anderen verließ oder der Oheim den Neffen und die Schwester den Bruder und oft die Frau ihren Gatten.

(Klose, Dagmar & Ladewig, Marco (Hrsg.): Freiheit im Mittelalter am Beispiel der Stadt. Potsdam: Universitätsverlag Potsdam, 2009, 327 S.)

M3 *Der Schriftsteller Giovanni Boccaccio (1313–1375) beschreibt die Pest in Florenz.*

1. a) Beschreibe die Darstellung des Pestarztes (M1) und berücksichtige besonders die Schutzmaßnahmen gegen die Pest.
   b) Vergleiche die Schutzmaßnahmen mit den Maßnahmen während der Corona-Pandemie.
2. Stelle dar, wie die Menschen auf die Pestepidemie reagierten (Text, M3, M5).
3. Beschreibe die Ausbreitung der Pest (M4).

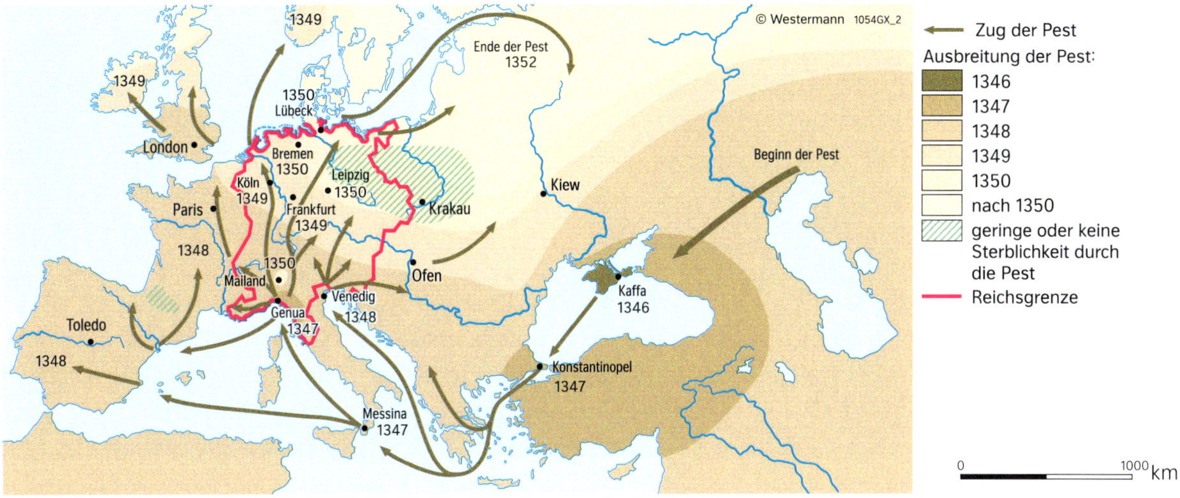

M4 *Die Ausbreitung der Pest 1346–1352*

Wirtschaftliche Auswirkungen der Pest

Durch den Tod so vieler Menschen an der Pest fehlten Arbeitskräfte. Auf dem Land wurden die Felder nicht abgeerntet oder gar nicht erst bestellt. Die Produktion stockte. Die überlebenden Arbeiter konnten höhere Löhne und bessere Arbeitsbedingungen fordern.

Fast überall in Europa wurden deswegen Gesetze erlassen, die Höchstlöhne und eine Arbeitspflicht festlegten.

In den Städten erlangten die Handwerker neuen Wohlstand und gewannen Einfluss. Einige Städte erließen neue Regeln zum Beispiel für die Quarantäne bei Kranken, für Straßenreinigung und Abfallbeseitigung.

Arme und reiche Bürger schenkten der Kirche Geld und Land. Sie hofften, dass Mönche und Nonnen für sie beten und dass ihnen Gott deswegen gnädig wäre. Mit dem Geld wurden an vielen Orten neue Klöster, Kirchen und Universitäten erbaut.

Ich seh‘ eine Zeit, in der sich die Welt rasend ihrem Ende nähert; wo Jung und Alt um mich herum in Scharen dahinsterben. [...] Es gibt, so scheint es, keine Hoffnung auf die ersehnte Rettung. Unzählige Leichenzüge seh‘ ich nur, wohin ich die Augen wende und sie verwirren meinen Blick. [...]
Gleich zu Beginn raffte die Pest innerhalb weniger Tage führende Persönlichkeiten, Richter und Beamte hinweg, danach auch diejenigen, welche deren Platz eingenommen hatten. [...] Die Ärzte besuchten keine Patienten mehr, sondern ergriffen die Flucht.

(Petrarca, Francesco, In: Klaus Bergdolt (Hrsg.): Der Schwarze Tod in Euopa – Die große Pest und das Ende des Mittelalters. München: Verlag C.H. Beck, 2011, 271 S.)

Und in der großen Not unserer Stadt kümmerte sich niemand mehr um die Gesetze, weder die göttlichen, noch die menschlichen. Die Richter und Beamten waren so wie alle anderen entweder tot oder krank oder es fehlte ihnen an Gehilfen, sodass sie die Gesetze nicht durchsetzen konnten. Aus diesem Grunde tat jeder, was er wollte.

(Boccaccio, Giovanni: Das Dekameron. Altenmünster: Jazzybee Verlag Jürgen Beck, 2016, 648 S. (verändert))

M5 *Berichte über die Pest*

4 a) Erstelle eine Mindmap zu den wirtschaftlichen Folgen der Pest.
b) Erläutere mithilfe der Mindmap das Thema einer Mitschülerin oder einem Mitschüler.

5 Berichte über die Pestepidemie in Florenz. Wähle aus:
a) Schreibe einen Zeitungsartikel.
b) Gestalte einen Comic.
c) Erstelle einen Nachrichtenbeitrag und zeichne ihn als Audio- oder Videobeitrag auf.

Der amerikanische Schüler Ryan White brauchte aufgrund einer Erkrankung regelmäßige Bluttransfusionen. Dabei wurde er 1985 im Alter von 13 Jahren mit HIV infiziert.
Daraufhin schloss ihn seine Schule vom Unterricht aus. Ryan und seine Familie klagten vor Gericht und bekamen Recht. Ryan durfte wieder zur Schule gehen. Aber dort wurde er immer wieder beschimpft und beleidigt. Auch seine Mutter wurde beleidigt, das Haus mit Steinen beworfen, die Autoreifen zerstochen. Die Familie zog in eine andere Stadt.

Ryan engagierte sich zwischen 1985 und 1989 gegen die Diskriminierung von Aids-Kranken und wurde sehr bekannt. Er starb 1990 an der Krankheit.

M1 *Ryan Whites Kampf gegen Aids*

M2 *Der Kinderchor der Semperoper singt beim 15. Hope Jubiläumskonzert in Dresden. Die Einnahmen der Veranstaltung kommen der Bekämpfung von Aids zugute.*

Aids – Anfänge einer Pandemie

1981 gibt es erste Berichte über eine neue Krankheit. Sie wird bei homosexuellen Männern in den USA beobachtet. 1982 werden erste Fälle in Europa bekannt. Auch Drogenkonsumenten und heterosexuelle Männer und Frauen sind betroffen. Die Krankheit wird als Acquired Immune Deficiency Syndrome, kurz **Aids**, bezeichnet.

Wissenschaftlerinnen und Wissenschaftler finden 1983 heraus, dass die Krankheit von einem Virus ausgelöst wird. Das Virus wird **HIV** genannt. Die Übertragung ist durch Blut und Sexualkontakte möglich. Ende der 1980er-Jahre entwickeln Forscher erste wirksame Medikamente gegen die Krankheit.

1983 wird die Deutsche Aids-Hilfe gegründet; 1987 beginnt in Deutschland die Bundeszentrale für gesundheitliche Aufklärung die Kampagne „Gib Aids keine Chance“. Seit 1991 ist die rote Schleife Symbol für die Solidarität mit HIV-Infizierten und Aidskranken.

In den 1980er- und 90er-Jahren werden Aids-Infizierte häufig diskriminiert: Die USA untersagen ab 1987 HIV-Positiven die Einreise; die Regelung wird erst 2010 abgeschafft. Die katholische Kirche sieht die Krankheit als Zeichen unmoralischen Lebens. Bayern verpflichtet bis 1995 Beamtenanwärterinnen und -anwärter zu einem HIV-Test.

In Deutschland leben 2019 rund 90700 Menschen mit HIV. Bis heute gibt es kein Heilmittel und keine Impfung. Dank Medikamenten können die Infizierten aber ein weitgehend normales Leben führen. Diese Medikamente sind allerdings teuer und nicht überall auf der Welt verfügbar.

1. Erstelle einen Zeitstrahl mit wichtigen Ereignissen im Zusammenhang mit Aids (Text). Recherchiere und ergänze mehr Informationen.

2. a) Berichte über das Schicksal von Ryan White (M1).
b) Diskutiere: Hätte ein Junge wie Ryan heute dieselben Probleme wie Ryan in den 1980er-Jahren?
Warum wurden und werden noch heute Aids-Kranke diskriminiert?

M3 *Eine Wandbemalung in Johannesburg (Südafrika) weist auf die Gefahren von Aids hin.*

M6 *Menschen in Washington, D. C. (USA) fordern mehr Aufmerksamkeit für das Thema HIV und Aids.*

In Russland gehört Aids zu den Dingen, über die man nicht spricht. Der Blogger Jurij Dud hat 2020 einen Film über das Thema gedreht. Schon in der ersten Woche nach Veröffentlichung auf YouTube sahen 14 Millionen Menschen den Film.
Er zeigt Menschen, die sich auf unterschiedliche Weise mit HIV angesteckt haben. Er spricht auch über Selbsttests und Wege, sich vor der Ansteckung zu schützen.
Jurij Dud zeigt in seinem Film, dass in Russland HIV-Infizierte und Aidskranke häufig diskriminiert werden. Viele Russinnen und Russen wissen nichts über Übertragung und Therapiemöglichkeiten. Es gibt weder Informationskampagnen noch Aufklärungsunterricht in Schulen. Politiker haben nach dem Erfolg des Films angekündigt, sich stärker für Behandlung und Prävention von Aids einzusetzen.

M4 *Russland – ein Film bringt Aufmerksamkeit*

„Für junge Leute ist es wichtig, mit anderen jungen Leuten zu reden“, sagt Claudia Ndinundjene. Die 20-Jährige arbeitet als Beraterin in einem Zentrum für Verhütung und sexuelle Gesundheit in Windhoek in Namibia. Dort können sich junge Leute informieren, wie sie sich vor ungewollter Schwangerschaft oder sexuell übertragbaren Krankheiten schützen. Auch Aids-Tests bietet das Zentrum an. Mit positivem Testergebnis kann man in eine Klinik in der Nachbarschaft gehen.
Das Gesundheitszentrum sieht aus wie ein Jugendclub. Die Wände sind mit bunten Bildern bemalt, es gibt Billard-Turniere und WLAN. Hierher kommen die jungen Leute gerne. Sie können ohne Scham Fragen stellen und Verhütungsmittel bekommen. Das ist nicht selbstverständlich in Namibia, wo Sexualität ein Tabuthema ist.

M5 *Namibia – Gesundheitsservice für junge Leute*

UNAIDS ist das gemeinsame Programm der Vereinten Nationen für HIV und Aids. Die Organisation sammelt Informationen zu der Krankheit und den Auswirkungen in verschiedenen Ländern. Dabei geht es zum Beispiel um die Lebensumstände von HIV-Infizierten. Außerdem unterstützt sie Staaten in deren Kampf gegen Aids.
Kein Land spendet pro Kopf so viel Geld an UNAIDS wie Luxemburg. 5,2 Millionen Dollar waren es im Jahr 2018. Luxemburg fördert besonders die Aids-Bekämpfung in West- und Zentralafrika. Unterstützt werden die medizinische Versorgung von Kindern und Gesundheitsprogramme in den Gemeinden.

M7 *Luxemburg – Spenden für den Kampf gegen Aids*

3 Recherchiere zu Übertragung und Symptomen von HIV und Therapiemöglichkeiten. Stelle deine Ergebnisse vor. 311

4 a) Recherchiere zur weltweiten Verbreitung und Entwicklung von HIV. Stelle deine Ergebnisse in Form eines Lernplakats dar. 306
b) Erläutere die Ergebnisse.

5 Beschreibe Möglichkeiten, sich im Kampf gegen HIV und Aids zu engagieren (M2–M7).

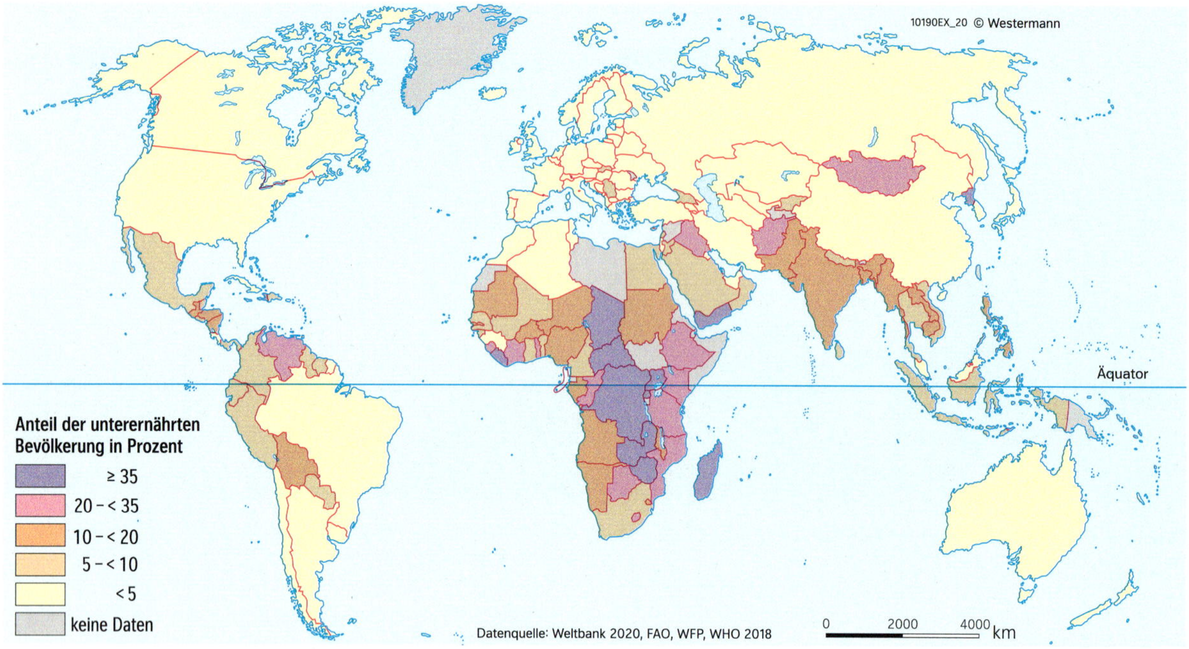

M1 *Verbreitung und Ausmaß von Hunger weltweit*

Viele Menschen hungern

Ein schweres Erdbeben, eine große Überschwemmung, eine lang andauernde Dürre – das sind typische Ursachen von Hungerkatastrophen.

Weltweit hungern 842 Millionen Menschen. Anders gesagt: Jeder achte Mensch auf der Erde hat nicht genug zu essen. In Afrika ist es sogar jeder vierte Mensch. Aber die meisten haben kein Erdbeben oder eine ähnliche Katastrophe erlebt. Sie leiden an chronischem Hunger. Das heißt: Sie haben dauerhaft weniger zu essen, als ihr Körper braucht.

Aber nicht nur die Menge an Nahrung ist wichtig, sondern auch eine ausgewogene Ernährung. Viele Menschen auf der Welt leiden unter Mangelernährung – dem sogenannten verborgenen Hunger. Wer jeden Tag nur Weizen, Mais oder Reis auf dem Teller hat, bekommt zu wenig Vitamine und Mineralstoffe (zum Beispiel Zink oder Eisen), um gesund zu bleiben. Von Mangelernährung sind gut zwei Milliarden Menschen auf der Welt betroffen.

Wer ständig hungert, hat weniger Ausdauer, weniger Kraft und wird in der Folge öfter krank.

Unterernährte oder mangelernährte Menschen sind außerdem weniger leistungsfähig. Sie können weniger gut arbeiten und verdienen dadurch noch weniger Geld.

Kinder, die hungern, entwickeln sich schlechter. Sie bleiben körperlich klein und können in der Schule nur schlecht lernen. Wenn sie erwachsen werden, sind sie weniger leistungsfähig als Menschen, die immer genug zu essen hatten.

1. Erkläre,
   a) was Hunger ist,
   b) was verborgener Hunger ist,
   c) welche Folgen Hunger für die Menschen hat (Text).

2. Nenne Länder, in denen es viel und Länder in denen es wenig Hunger gibt (M1). Ordne sie den Kontinenten zu.

Zu wenig Land

Die meisten Menschen, die auf der Welt hungern, leben in ländlichen Gebieten. Aber sie haben nur wenig Ackerland. Deswegen ernten sie nicht genug, um sich und ihre Familie zu ernähren.

Krieg

In vielen Ländern herrscht Krieg. Dort können die Bauern die Felder nicht bearbeiten und nichts ernten. Viele Menschen in Kriegsgebieten flüchten. Sie lassen ihren Besitz zurück und leben in Flüchtlingslagern. Dort haben sie keine Möglichkeit, sich selbst zu ernähren.

M2 *Vertrocknete Felder – oft führen lange Dürren zu Hungerkatastrophen. Durch den Klimawandel kommt das heute häufiger vor als früher.*

Keine Gleichberechtigung

In vielen Ländern haben Frauen eine niedrige Stellung in der Gesellschaft. Sie haben häufig keine Schulbildung, besitzen kein Land und haben deswegen kaum Möglichkeiten, ihren Lebensunterhalt zu verdienen.

Zu niedrige Preise

Auf dem Weltmarkt sind die Preise, zum Beispiel für Kakao oder Baumwolle, niedrig. Deswegen zahlen Einkäufer den Bauern nur wenig für ihre Ernte. Auch manche Arbeiterinnen und Arbeiter erhalten Hungerlöhne für ihre Arbeit – nicht genug, um sich ausreichend Nahrung zu kaufen.

M3 *Ursachen für Hunger*

- Kleinbauern erlernen bessere Anbaumethoden, zum Beispiel bei der Düngung und Bewässerung.
- Wenn man einer Frau einen Kredit gibt, kann sie damit ein kleines Unternehmen gründen, zum Beispiel etwas herstellen und verkaufen. Dann verdient sie Geld für sich und ihre Familie.
- Hilfsorganisationen kaufen Nahrung und bringen sie in die Flüchtlingslager. Dazu brauchen sie Spenden.
- Forscher entwickeln neue Pflanzensorten, die besser gedeihen.
- Es wird gefördert, dass Mädchen zur Schule gehen. Dann können sie eine Ausbildung machen, einen Beruf ergreifen und genug Geld verdienen.
- Wir können Produkte aus fairem Handel kaufen. Bei diesen Produkten bekommen die Bauern gute Preise für die Ernte und Arbeiter genug Lohn.

M4 *Maßnahmen gegen Hunger*

3 Arbeitsteilige Gruppenarbeit:
a) Erstellt Diagramme zu den Hungerursachen (M3).
b) Ordnet den Hungerursachen passende Maßnahmen zu (M4).
c) Tauscht eure Ergebnisse aus.
d) Erstellt gemeinsam ein Lernplakat und erläutert es. 306

Hilfsorganisationen unterstützen die Opfer von Kriegen, Katastrophen, Krankheiten und Armut.

Manche konzentrieren sich auf bestimmte Themen. Unicef kümmert sich um Kinder, Amnesty International hilft den Opfern von Menschenrechtsverletzungen, das Rote Kreuz kümmert sich um Katastrophenhilfe.

Hilfsorganisationen sammeln Spenden, um ihre Arbeit zu finanzieren. Einige rufen zum Handeln auf. Zum Beispiel lässt Amnesty International Briefe schreiben, um politische Gefangene zu unterstützen, Eine-Welt-Läden verkaufen fair gehandelte Produkte.

M1 *Hintergrund*

M2 *Hilfskräfte vom Roten Kreuz helfen Menschen in Haiti nach einem schweren Erdbeben. Hilfsorganisationen benötigen viel Geld für ihre Arbeit. Deswegen sammeln sie Spenden.*

Planspiel: Wir tun etwas gegen Hunger und Krankheit

Ihr gründet nun eine eigene Hilfsorganisation. Und natürlich braucht ihr Unterstützung von Spenderinnen und Spendern. Also müsst ihr euch gut vorbereiten, damit ihr Menschen davon überzeugt, für euch zu spenden.

1. Schritt: Die Hilfsorganisation gründen

A Ein Thema auswählen
Ihr wählt ein Problem aus den Bereichen Aids oder Hunger aus, um das ihr euch kümmern wollt. Ihr könnt euch auf einen Staat oder eine Region konzentrieren, eine Hungerursache oder ein bestimmtes Problem im Zusammenhang mit Aids behandeln oder eine Personengruppe in den Blick nehmen.

B Eine Lösung finden
Für euer Problem müsst ihr nun die passende Lösungsstrategie aussuchen. Wollt ihr Geld für ein bestimmtes Entwicklungsprojekt sammeln, fairen Handel betreiben, eine Informationskampagne über Aids starten oder das Alltagsverhalten eurer Mitschülerinnen und Mitschüler verändern? Entscheidet euch für eine Strategie, die bei dem gewählten Problem nutzt.

C Aufgaben verteilen
Die Hilfsorganisation vergibt verschiedene Ämter. Trotzdem müssen natürlich alle Mitglieder bei der anstehenden Arbeit mithelfen. Ihr seid ein Team.
Der Sprecher oder die Sprecherin ist für die Darstellung der Organisation in der Öffentlichkeit verantwortlich.
Der oder die Vorsitzende ist dafür zuständig, dass die Arbeit in der Organisation gut und gerecht aufgeteilt wird.
Der Sekretär oder die Sekretärin sorgt dafür, dass alle Materialien vorhanden sind, Unterlagen nicht verloren gehen und stellt sicher, dass die Arbeit im Zeitplan ist.
Der Aktivist und die Aktivistin packen überall dort mit an, wo Hilfe gebraucht wird.

2. Schritt: Die Arbeit gestalten

A Einen Namen finden
Sucht zusammen einen passenden Namen für eure Organisation aus.

B Ein Logo gestalten
Das Logo soll zu eurer Organisation passen und so einfach sein, dass die Leute es wiedererkennen.

C Einen Infotext formulieren
Beschreibt das Problem, das ihr ausgewählt habt und eure Lösungsstrategie in einem Text. Der Text muss so ausführlich sein, dass die Leserinnen und Leser verstehen, was ihr tun wollt. Ihr könnt einen Artikel schreiben oder eure Inhalte in Form von Fragen und Antworten darstellen.

D Eine Zeitungsanzeige gestalten oder ein Werbevideo drehen
Ihr gestaltet eine Zeitungsanzeige für eure Organisation, in der ihr den Namen, das Logo und euren Infotext oder Teile daraus benutzt.
- oder -
Ihr realisiert ein Video, um eure Organisation vorzustellen. Ihr benutzt den Namen und das Logo und transportiert die wichtigsten Informationen aus eurem Infotext. Ihr könnt zum Beispiel einen Sprecher oder eine Sprecherin vor einem gestalteten Hintergrund sprechen lassen oder ein Interview zwischen zwei Personen aufzeichnen.

E Die Kampagne erweitern
Ihr möchtet mehr tun? Dann entwerft doch ein Unterstützer-T-Shirt, nehmt einen Werbe-Song oder einen Radio-Spot für eure Organisation auf.

3. Schritt: Unterstützung finden

A Präsentieren
Ihr präsentiert eure Hilfsorganisation mit eurer Anzeige / eurem Video der Klasse.

B Auswerten
Welche Gruppe hat die beste Strategie gegen Aids oder Hunger erarbeitet?
Stimmt ab: Jeder Schüler und jede Schülerin darf 5 Punkte an die Hilfsorganisation vergeben, deren Präsentation er am besten findet (aber nicht an die eigene). Die Hilfsorganisation, die am meisten Punkte sammelt, hat am besten überzeugt.

4. Schritt: Reflektieren

Ihr habt in der Gruppe eine Organisation gegründet, präsentiert und Unterstützung gesucht. Nun schaut gemeinsam auf den Arbeitsprozess und die Ergebnisse

A Die Ergebnisse
Welche vorgeschlagenen Maßnahmen sind geeignet, um das gewählte Problem zu lösen, welche findet ihr weniger geeignet? Wo entstehen Schwierigkeiten?

B Der Arbeitsprozess
Ist die Gruppe mit den Ergebnissen zufrieden?
Welche Arbeitsschritte haben gut geklappt, welche nicht?
Wie hat die Arbeit im Team geklappt?
Was sollte nächstes Mal besser laufen?

M4 *Amnesty International setzt sich weltweit für die Wahrung der Menschenrechte ein.*

M5 *Unicef kümmert sich um die Rechte von Kindern.*

M6 *Ärzte ohne Grenzen leisten medizinische Nothilfe für Opfer von Kriegen und Krisen.*

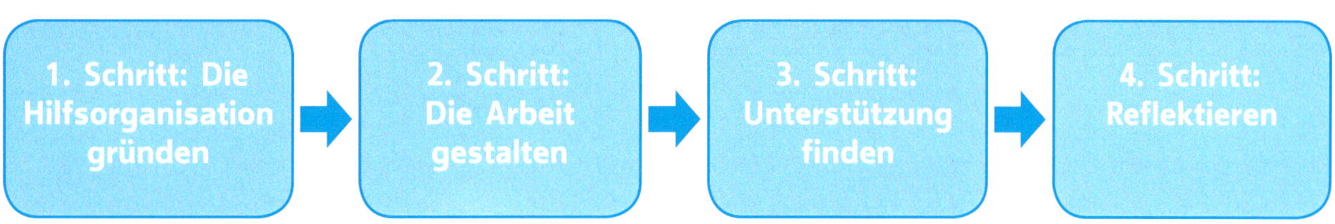

M3 *Das Planspiel im Überblick*

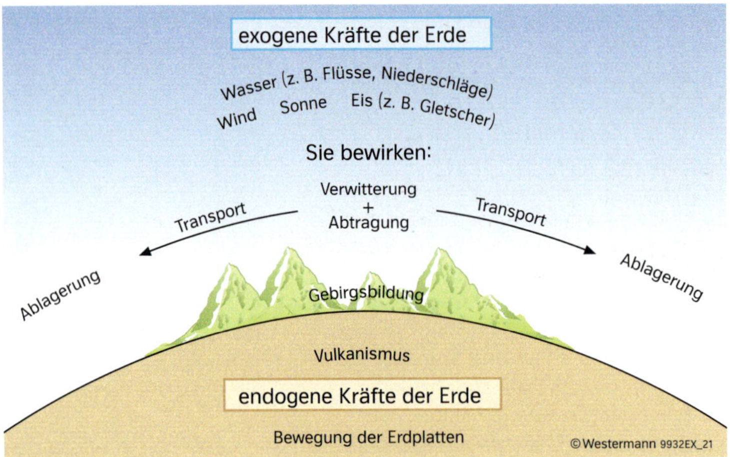

M1 *Erdinnere (endogene) und erdäußere (exogene) Kräfte*

Kräfte formen die Erde

Auf unserer Erde existieren sehr viele unterschiedliche Landschaften: Wüsten und Regenwälder, Hochgebirge und Tiefländer. Ihr unterschiedliches Aussehen verdanken diese Landschaften den formenden Kräften der Erde. Kräfte aus dem Erdinneren (endogene Kräfte) können beispielsweise Gebirge entstehen lassen. Diese Gebirge werden anschließend durch erdäußere Kräfte (exogene Kräfte) wie Wasser und Wind wieder abgetragen.

Die Kräfte der Erde bestimmen auch unser Leben. Die sehr kalten Polargebiete stellen für den Menschen eine lebensfeindliche Umgebung dar, wohingegen die großen Flusstäler Deutschlands dem Menschen ein gemäßigtes Klima und ausreichend Leben spendendes Wasser bieten. Bei lang anhaltenden Regenfällen oder Schneeschmelzen können diese Flüsse Hochwasser führen und so den Menschen gefährden.

Ⓐ Hurrikan „George“ fegt über Key West in Florida hinweg. Wind und Wasser können den Lebensraum des Menschen erheblich gefährden.

Ⓑ Lava ergießt sich auf Big Island (Hawaii) ins Meer und schafft neue Landfläche.

Ⓒ Monument Valley im Südwesten der USA – Wind, Wasser und Sonne schaffen die Gestalt dieser Landschaft und die dortigen Lebensbedingungen.

Ⓓ Eine Tsunami-Welle, hervorgerufen durch ein untermeerisches Erdbeben, überschwemmt die japanische Küste bei Miyako im März 2011.

Ⓔ Windpark in Niedersachsen – der Mensch nutzt die Energie des Windes für die Erzeugung von elektrischem Strom.

Ⓕ Durch die Bewegung der Erdplatten entstandene Gipfelregionen von Hochgebirgen können vom Menschen nicht dauerhaft besiedelt werden.

M2 *Naturkräfte und ihre Wirkungen*

1 a) Nenne die Kräfte der Erde, die die Formen der Erdoberfläche schaffen.
b) Erläutere den Unterschied zwischen den endogenen und den exogenen Kräften der Erde.

2 a) Ordne den Bildern ①–⑥ die passenden Bildunterschriften Ⓐ–Ⓕ zu.
b) Ordne den Bildern ①–⑥ zu, ob es sich um eine endogene Kraft oder eine exogene Kraft handelt.

Eines der schlimmsten Erdbeben der letzten Jahrzehnte ereignete sich am 12.01.2010 in Haiti. Neben den vielen Todesopfern (über 300 000) wurden 1,2 Millionen Menschen obdachlos.

M3 *Erdbeben in Haiti*

Der Wirbelsturm Irma war ein schwerer Wirbelsturm im September 2017. Er zog über die Karibik und Florida. Wind, Starkregen und die Flut richteten Schäden von über 300 Milliarden US-$ an.

M4 *Wirbelsturm in den USA*

Der Vulkan Eyjafjallajökull auf Island schleuderte bei seinem Ausbruch 2010 riesige Mengen Asche in die Luft. Die Aschewolken behinderten den Flugverkehr stark.

M5 *Vulkanausbruch auf Island*

Am 26.12.2004 bebte der Meeresboden vor Indonesien. Das Beben löste einen Tsunami aus, der mehr als 230 000 Todesopfer in den betroffenen Länder rund um den Indischen Ozean forderte.

M6 *Tsunami in Südostasien*

Naturereignisse werden zu Naturkatastrophen

In den Nachrichten hörst du oft von bedeutenden Naturereignissen. Das sind Erdbeben, Vulkanausbrüche, Tsunamis, Wirbelstürme oder auch Überschwemmungen. Oft passieren diese Naturereignisse plötzlich und unerwartet. Die Menschen können sich dann nicht darauf vorbereiten.

Andere Naturereignisse kündigen sich an. Die Bevölkerung in den betroffenen Gebieten kann dann gewarnt werden. Die Menschen haben somit meistens die Chance, sich in Sicherheit zu bringen. Die Folgen für die Natur, insbesondere für die Pflanzen- und Tierwelt einer Region, können dennoch drastisch sein.

Naturereignisse werden zu Naturkatastrophen, wenn viele Menschen davon betroffen sind, zum Beispiel indem Menschen verletzt oder getötet werden. Auch Häuser und ganze Straßenzüge können im Zuge einer Naturkatastrophe zerstört werden.

Im Jahr 79 n. Chr. brach der Vulkan Vesuv in Italien aus. Der Ausbruch tötete über 5000 Menschen und begrub die römischen Städte Pompeji und Herculaneum unter einer 25 Meter dicken Schicht aus heißer Asche.

Was damals eine Katastrophe war, ist heute ein Glücksfall für Wissenschaftler. Sie haben durch die Ausgrabungen viel über das Alltagsleben in einer römischen Stadt erfahren.

M7 *Straße in der ausgegrabenen Stadt Pompeji*

3 Beschreibe M3 und M4: Wann wird ein Naturereignis zu einer Naturkatastrophe?

4 Diskutiere, ob es sich bei M5 um eine Naturkatastrophe handelt.

5 a) Erkläre, weshalb der Fall von Pompeji zugleich eine Katastrophe sowie ein Glücksfall für die Altertumskunde war (Text, M7).
b) Recherchiere (neueste) Funde und Erkenntnisse aus Pompeji. 311

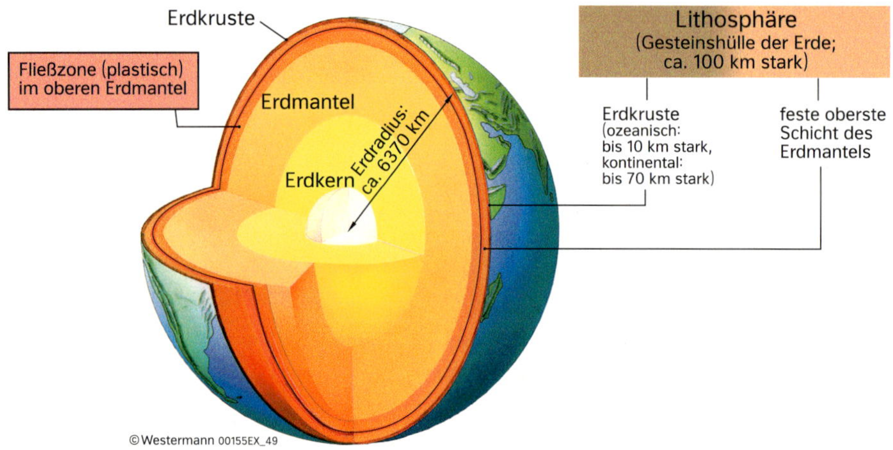

M2 *Schalenbau der Erde*

Konvektionsströme

Durch die enormen Temperaturen im Erdinneren erhitzt sich das zähflüssige Gestein sehr stark. Es ist weniger dicht als das umgebende Gestein und steigt langsam auf. Etwas Ähnliches kannst du beobachten, wenn du Wasser in einem Topf erhitzt: Blubbernd steigt heißes Wasser von unten auf.

Kräfte aus dem Erdinneren

Die Erde ist aus Schalen aufgebaut, ähnlich den Schichten eines Pfirsichs. Die äußere, feste Schale nennt man **Erdkruste**, im Erdzentrum liegt der **Erdkern**. Dazwischen liegt der **Erdmantel**. Dessen äußerer Rand bildet zusammen mit der Erdkruste die **Lithosphäre,** die Gesteinshülle der Erde. Sie gliedert sich in mehrere, verschieden große **Erdplatten**. Diese Lithosphärenplatten gliedern sich in Anteile aus entweder kontinentaler Kruste (bis zu 70 Kilometer dick, unter den Kontinenten) oder aus ozeanischer Kruste (bis zu 10 Kilometer dick, unter den Ozeanen). Die relativ leichten Lithosphärenplatten schwimmen auf dem schweren und zähflüssigen Gesteinsmaterial in der Fließzone des oberen Erdmantels, dem Magma. Durch dort vorhandene **Konvektionsströme** (Info) werden die Platten in unterschiedliche Richtungen bewegt. Sie veränderten im Laufe von Millionen Jahren ihre Lage und sind weiterhin in Bewegung. Am Meeresboden gibt es riesige Gebirge mit bis zu 4000 Meter hohen Bergen. An einigen Stellen ragen sie sogar aus dem Ozean heraus und bilden Inseln, wie zum Beispiel die Insel Island.

Solche Gebirgszüge werden allgemein **Mittelozeanische Rücken** genannt und sind insgesamt 65 000 Kilometer lang. In ihrer Mitte tritt immer wieder Magma aus. Das flüssige Gestein erstarrt in der kühlen Umgebung. So entstehen die Gebirge unter dem Meer.

M1 *An der Nahtstelle zweier Erdplatten – Erdspalte auf Island*

1. Beschreibe den Schalenbau der Erde (M2).
2. Nenne die Merkmale von Magma und die der Lithosphäre (Text, M2).
3. a) Nenne jeweils ein Beispiel, wo Platten auseinanderdriften und wo sie sich aufeinander zubewegen (M3).
   b) Erkläre die Ursache dieser Bewegungen und ihre Folgen.

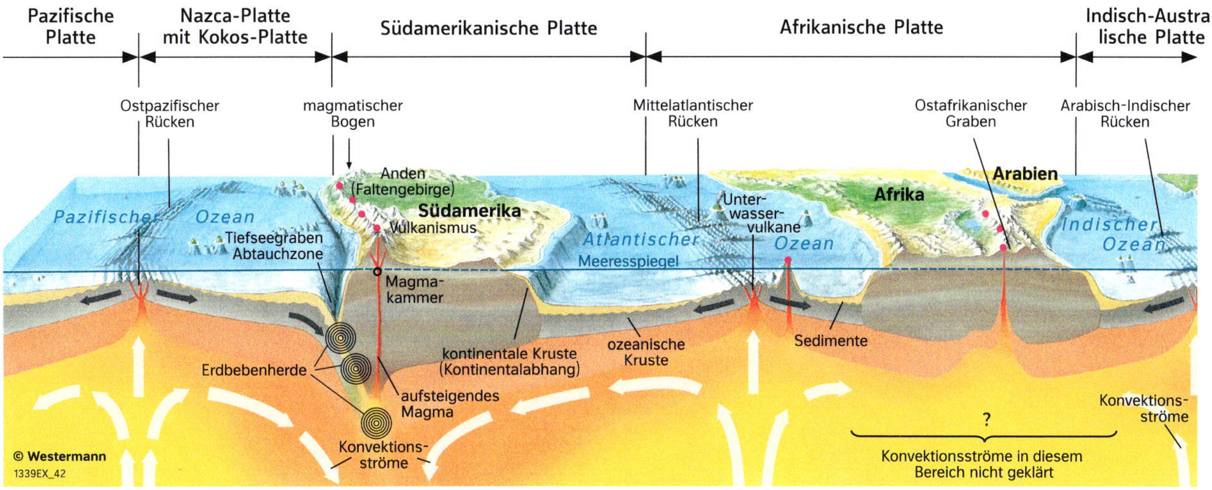

M3 *Querschnitt durch die Gesteinshülle der Erde*

Kontinente wandern

Lange Zeit hielt man die Lage der Kontinente für unveränderlich. Der deutsche Forscher Alfred Wegener machte 1911 einige Entdeckungen:

- Die Ostküste Südamerikas und die Westküste Afrikas passen wie bei einem Puzzle zusammen.
- Gletscherspuren und Gebirge in Afrika setzen sich in Südamerika fort.
- Man findet die gleichen versteinerten Tiere und Pflanzen auf beiden Kontinenten.

Wegener folgerte, dass es früher eine große zusammenhängende Landmasse gegeben haben musste, den Urkontinent Pangäa. Dieser ist zerbrochen und die Erdteile sind im Lauf von Jahrmillionen an ihre heutige Stelle gewandert. Diese Theorie der Kontinentaldrift glaubten damals nur wenige Menschen. Erst lange nach Alfred Wegeners Tod erkannte man, dass er mit seinen wesentlichen Aussagen Recht hatte.

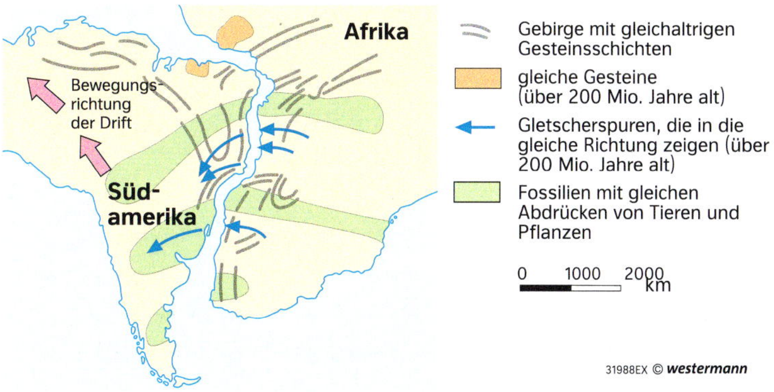

M4 *Wegeners Theorie für die Kontinentaldrift*

An der Küste Brasiliens leben die Grünen Meeresschildkröten. Jedes Jahr schwimmen sie durch den Atlantik, um ihre Eier an den Stränden der Insel Asension bei Afrika abzulegen. Dieses Verhalten wurde wahrscheinlich vor 100 Millionen Jahren in das genetische Programm der Schildkröten aufgenommen. Damals lag die Insel Ascension vor der Küste Südamerikas. Durch die Kontinentaldrift ist sie heute über 1500 Kilometer von Brasilien entfernt.

M5 *Das Geheimnis der Grünen Meeresschildkröten*

4 Untersuche: Welche Mittelozeanischen Rücken und welche Erdplatten findest du in M3?

5 Stelle Belege für Wegeners Theorie der Kontinentaldrift dar (Text, M4).

6 Erkläre, warum die Grüne Meeresschildkröte zum Eierlegen den Atlantik überquert (M5).

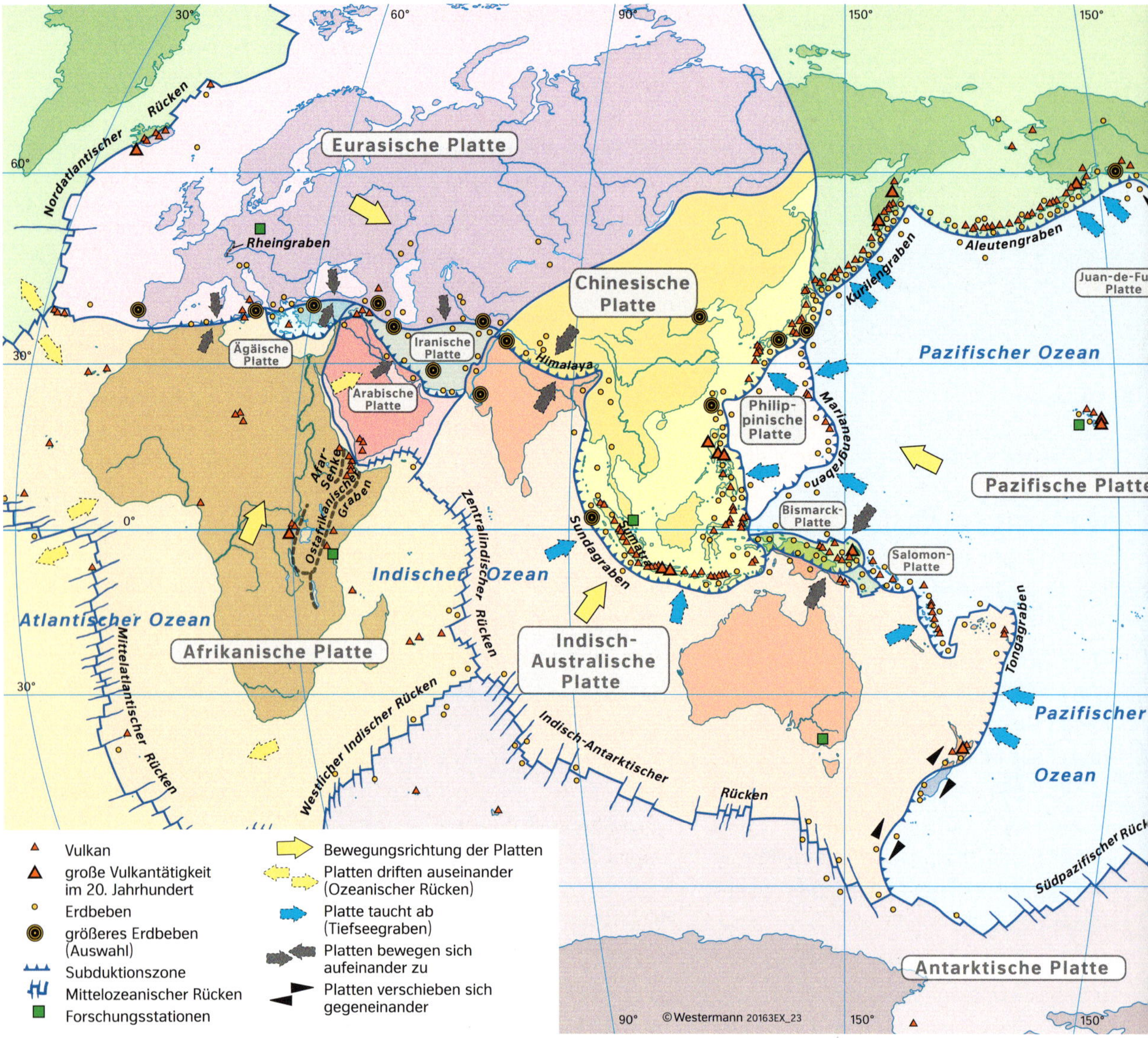

M1 *Die Erdplatten der Erdkruste*

Immer in Bewegung

Heute weiß man, dass nicht die Kontinente alleine wandern. Die Erdkruste besteht aus mehreren großen und vielen kleinen Platten. Auf diesen Erdplatten liegen die Kontinente (M1).

Diese Erdplatten bewegen sich unterschiedlich schnell in verschiedene Richtungen (M2). Man misst ihre Bewegungen mit dem Global-Positioning-System (GPS).

1 Betrachte M1 und liste je zwei Beispiele für Platten auf,
a) die sich auseinander bewegen,
b) bei der sich die eine unter die andere schiebt,
c) die zusammenstoßen,
d) die sich seitlich gegeneinanderschieben.

Entweder bewegen sich die Platten
- voneinander weg
- aufeinander zu oder
- aneinander vorbei.

Unterschiedliche Plattengrenzen

a) Bewegen sich die Platten voneinander weg, bildet aufsteigendes Magma neue Erdkruste. Dies geschieht an den Mittelozeanischen Rücken (siehe S. 64)

b) Wenn sich zwei Platten aufeinander zu bewegen, kann es sein, dass die eine unter die andere abtaucht (Subduktion). An dieser **Subduktionszone** entsteht ein **Tiefseegraben**. Je tiefer die Platte eintaucht, desto wärmer wird sie und schmilzt schließlich. Es entsteht Magma, das nach oben steigt und **Vulkane** bildet.

c) Wenn zwei Platten zusammenstoßen (Kollision), werden dort die Gesteinsschichten aufgefaltet und ein **Faltengebirge** entsteht. So ist zum Beispiel der Himalaya mit dem höchsten Berg der Erde dort entstanden, wo die Indisch-Australische und die Chinesische Platte zusammenstoßen.

d) Schrammen zwei Platten aneinander vorbei, kommt es häufig zu Erdbeben. Diese entstehen, wenn sich die Platten verhaken und ruckartig wieder lösen.

Station	Verlagerung der Platte pro Jahr
Potsdam (Deutschland)	2 cm nach NO
Osterinseln (Chile)	7 cm nach O
Galapagos (Ecuador)	5 cm nach O
Melbourne (Australien)	6 cm nach N
Boston (USA)	2 cm nach W
Mombasa (Kenia)	3 cm nach O
Hawaii (USA)	6 cm nach NW
Singapur (Singapur)	4 cm nach SO

M2 *Forschungsstationen und ihre jährliche Verlagerung*

Plattentektonik

Die Plattentektonik beschäftigt sich mit dem Aufbau und den Bewegungen der Erdplatten.
Auch die Alpen, das höchste Gebirge Deutschlands, sind durch Plattentektonik entstanden. Die afrikanische Platte drückt gegen die eurasische Platte und hat so in Millionen von Jahren das Gebirge aufgefaltet. Dieser Prozess dauert bis heute an.

2 Schildere die Vorgänge an den Plattengrenzen mit eigenen Worten (Text).

3 Ordne die Forschungsstationen in M2 den Erdplatten zu (Atlas).

4 Untersuche die Plattenränder rund um den Pazifischen Ozean nach Besonderheiten und erkläre diese.

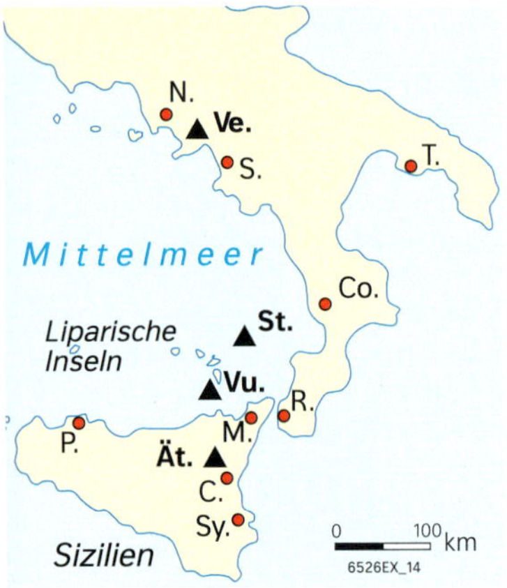

M1 *Vulkane in Süditalien*

M4 *Während eines Ausbruchs des Ätna*

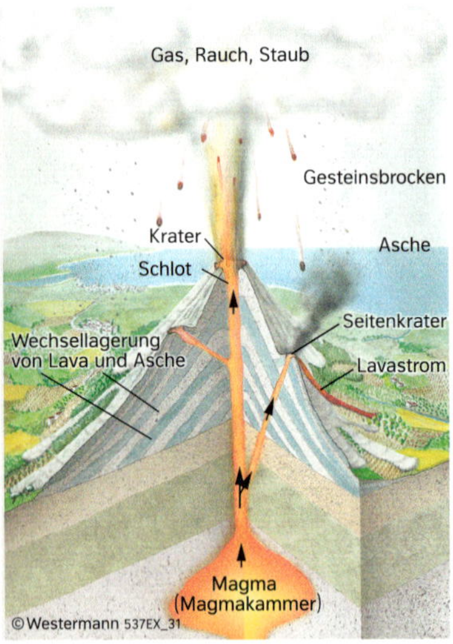

M2 *Steiler Schichtvulkan*

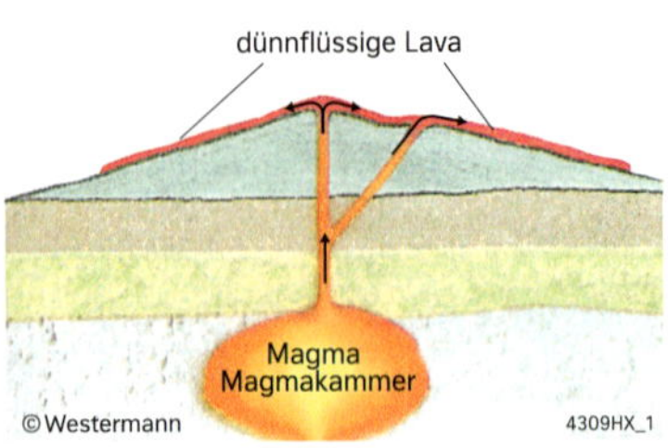

M3 *Flacher Schildvulkan*

Verbindungen aus dem Erdinneren

Vulkane treten meistens dort auf, wo die Erdkruste schwach oder dünn ist, beispielsweise an den Rändern der Erdplatten. In einem Vulkan steigt eine flüssige Gesteinsschmelze, das Magma, auf. Zuvor sammelt sich das Magma in einem unterirdischen Hohlraum, der Magmakammer. Wenn sich ausreichend Druck gebildet hat, kommt es zu einem Ausbruch. Glühendes Magma tritt aus den Kratern des Vulkans aus. Das fließende, glühende Gestein wird nun Lava genannt. Beim Ausbruch können Rauch und Gase austreten. Gesteinsbrocken und heiße Asche werden kilometerhoch in die Luft geschleudert. Tritt Lava im Wechsel mit Asche aus, lagern sich verschiedene Schichten am Vulkanhang ab und lassen diesen zu einem kegelförmigen Berg wachsen. Ein solcher schlagartiger, eruptiver Ausbruch von zähflüssiger, gashaltiger Lava bildet oft einen Schichtvulkan mit steilen Hängen (M2).

Ist die Lava dünnflüssig, verteilt sie sich weiträumig und langsam fließend. Diese Art wird effusiver Ausbruch genannt. Dabei entstehen flache Schildvulkane (M3).

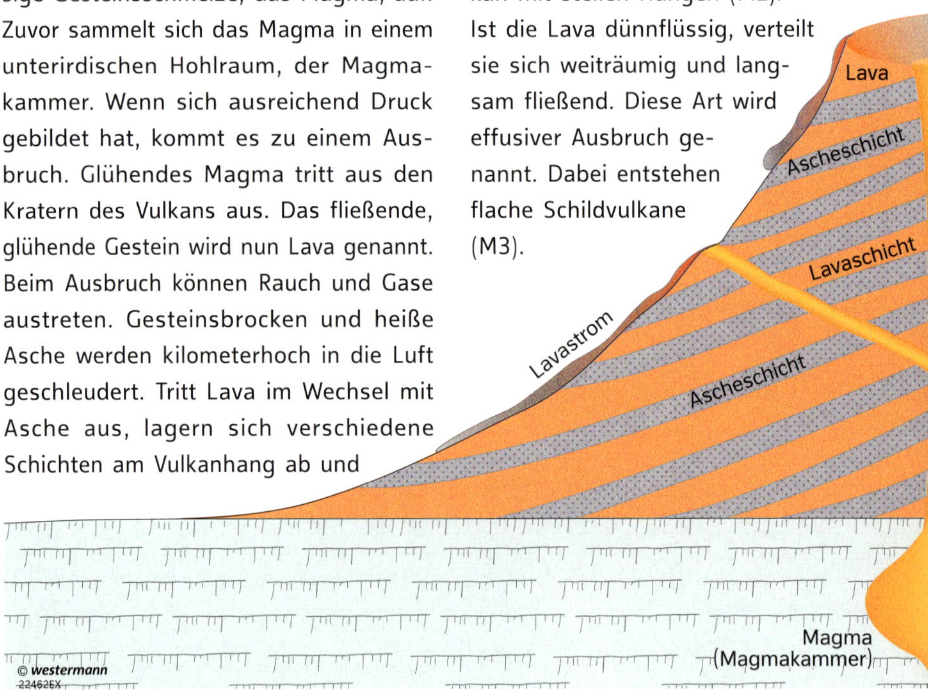

M5 *Schnitt durch den Schichtvulkan Ätna (links) und Bodennutzung (rechts)*

1. Nenne die Städte und Vulkane Süditaliens in M1 (Atlas).
2. Erkläre, wie Vulkane entstehen (Text).
3. Beschreibe den Aufbau des Ätna (M5).
4. Vergleiche den Aufbau eines Schicht- mit dem eines Schildvulkans und erkläre die Unterschiede.

Leben mit dem Vulkan

Trotz der Gefahren leben Menschen an den Hängen und in der Umgebung von Vulkanen. Aus Lavagestein und Asche entstehen fruchtbare Böden. Die Ernten sind gut. Vulkane sind auch bei Touristen beliebt. Der Vulkantourismus ist eine wichtige Einnahmequelle.

Viele Bauern pflanzen oberhalb der Stadt Catania an den Hängen des Ätna Gemüse und Obst an. Auch nachdem ein Lavastrom eines der Felder überrollt und hunderte Obstbäume verbrannt hat, möchten sie nicht weggehen. Ihre Familien bauen hier schon seit 140 Jahren Zitrusfrüchte an. Die Bauern haben gelernt, mit den Gefahren des Ätna zu leben.

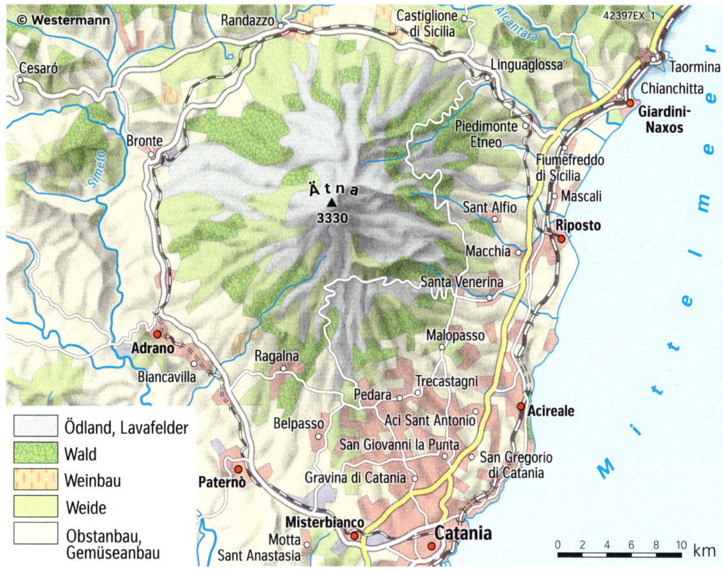

M6 *Bodennutzung in der Ätna-Region*

28. März: Die Luft ist voller Staub und Asche. Man kann keine hundert Meter weit sehen.

29. März: Asche geht über der Stadt Catania nieder. Der Flugplatz wird geschlossen.

30. März: Lava wälzt sich auf einen Ort zu. Feuerwehrleute spritzen riesige Mengen Wasser auf den Lavastrom. Sie wollen ihn abkühlen, damit er zum Stehen kommt.

1. April: Die Lava ist nicht zu stoppen. Sie ist etwa 1100 °C heiß. Sträucher und Bäume gehen in Flammen auf.

3. April: Aus einem neuen Krater ergießen sich weitere Lavaströme. Sie begraben einzelne Häuser unter sich.

4. April: Der Ätna gibt endlich Ruhe.

M7 *Verlauf eines Vulkanausbruchs (Auszug)*

5 Beschreibe die wirtschaftliche Nutzung am Ätna (Text, M5, M6).

6 Wähle aus: Erläutere:
a) „Der Ätna gibt und nimmt."
b) „Der Ätna schläft nicht, er döst."

7 Diskutiert, ob ihr an einem Vulkan leben möchtet (Text, M7).

Z Informiere dich im Internet über die letzten Aktivitäten des Ätna und präsentiere deine Ergebnisse. 311

M1 *Krater des Vesuv*

Die Kraft und die Schönheit feuerspeiender Berge ziehen die Menschen an. Es sind allerdings andere Gründe, weshalb sie sich in der Umgebung von Vulkanen ansiedeln:
- Die Lava fördert große Mengen von Mineralien an die Erdoberfläche. Diese sorgen für fruchtbaren Ackerboden.
- In vulkanischem Gestein gibt es viele Rohstoffe, zum Beispiel Uran, Kupfer, Schwefel und Gold.

M2 *Leben am Vulkan*

Der Vesuv – Leben mit dem Risiko

Im Gebiet von Italien stoßen die Afrikanische Platte und die Eurasische Platte zusammen, wobei die Afrikanische Platte unter die Eurasische Platte abtaucht. Im Erdmantel werden die abgetauchten Plattenteile aufgeschmolzen. Diese Schmelzmasse steigt als Magma wieder im Erdmantel auf und sucht sich durch Risse und Spalten in der Erdkruste einen Weg nach oben. Erreicht das Magma die Erdoberfläche, kann sich ein Vulkan bilden. Vor etwa 30000 Jahren entstand so der Vesuv. Die plattentektonischen Prozesse im Erdinneren dauern bis heute an. Der Vesuv ist immer noch aktiv. Er ist circa 1300 Meter hoch und für ihn sind lange Ruhephasen typisch, ehe er in einer gewaltigen Eruption explodiert.

Insgesamt leben etwa drei Millionen Menschen im Umfeld des Vulkans, ein Großteil davon in der Stadt Neapel. Bei den Ausbrüchen des Vesuv in der Vergangenheit, zuletzt 1944, kamen viele Menschen ums Leben. Bei einem erneuten Ausbruch könnte eine Aschewolke etwa 20 Kilometer in den Himmel aufsteigen und diesen verdunkeln. Regen aus Asche und Lavasteinen würde auf Menschen, Häuser und Städte fallen und diese zerstören. Weiterhin würden etwa 800 °C heiße Lawinen aus Asche und Gas den Berg herabfließen und besiedelte Regionen erreichen.

Wissenschaftler versuchen heute durch Erdbebenmessungen sowie durch Messung der Gas- und Aschekonzentration in der Luft, Hinweise auf einen erneuten Ausbruch des Vulkans zu bekommen. Im Falle einer Eruption müssten Hunderttausende Menschen sofort evakuiert werden. Bereits heute wird der Bevölkerung aus der sogenannten Roten Zone Geld für eine Umsiedlung angeboten. Das ist der Bereich um den Vulkan, der bei einem Ausbruch von Lava bedeckt werden würde.

1. Erstelle eine Wirkungskette, in der Entstehung, Folgen und Maßnahmen zum Thema „Der Vesuv in Italien" übersichtlich dargestellt werden. 304
2. Stelle Gründe für und gegen die Besiedlung nahe des Vesuv dar (Text, M2, Atlas).
3. Recherchiere zu den Folgen eines Ausbruchs des Vesuv in der Vergangenheit. 311

M3 *Der Schaumberg – ein sanfter Vulkan?*

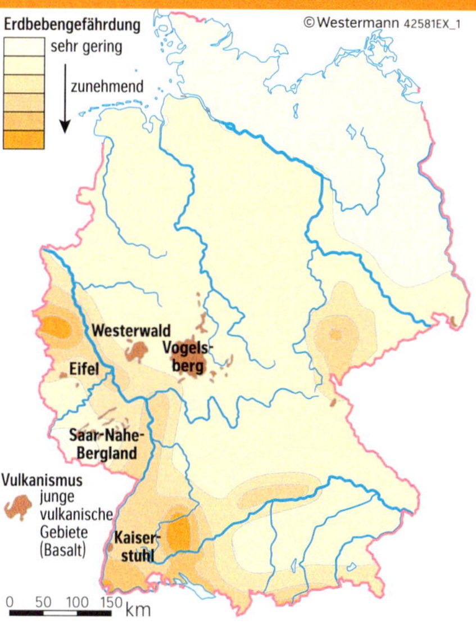

M4 *Vulkanismus in unserer Region*

Vulkanismus in Deutschland – auch im Saarland

Einige Berge im Saarland hast du bestimmt schon kennengelernt, nicht nur in der Schule, sondern auch auf einer Wanderung. Wusstest du, dass einige Berge im Nordosten unseres Bundeslandes im Zusammenhang mit Vulkanismus stehen? Der Schaumberg nahe des Ortes Tholey wird oft als Hausberg der Saarländerinnen und Saarländer bezeichnet. Er besteht aus Gestein, das durch Magma gebildet wurde. Unter der heutigen Erhebung gab es vor sehr langer Zeit eine Magmakammer. Aus dieser ist die glutflüssige Gesteinsschmelze jedoch nicht bis an die Erdoberfläche gelangt: der Vulkan ist nicht ausgebrochen. Anstatt als Lava hervorzutreten, ist das Gestein als Magma unterirdisch erkaltet und hat einen sogenannten Härtling gebildet. Diese Form von Vulkanismus nennt man Plutonismus. Der Schaumberg ist ein Pluton.

Über Millionen von Jahren wurde das Gestein durch Wasser, Eis und Wind abgetragen. Da das vulkanische Gestein fester ist, bleibt es länger bestehen und bildet einen Berg, der wie ein Vulkan aussieht.
Das Gestein des Schaumbergs hat eine besondere Zusammensetzung. Es gehört zu den Basalt-Gesteinen und wird nach dem Ort Tholey „Tholeyit" genannt.
Beim Abkühlen von Basalt entstanden auch die typischen Säulen mit ihren eckigen Formen. Diese Basaltsäulen lassen sich beispielsweise auch auf der schottischen Insel Skye bewundern.
Neben dem Tholeyit sind Gesteine nach dem Weiselberg bei Freisen oder nach dem Ort Kusel in der westlichen Pfalz benannt. Verwendung finden die Gesteine besonders als Pflastersteine für den Straßenbau.

M5 *Klapperstorchenstein bei Tholey – ein keltischer Kultstein aus dem Basaltgestein Tholeyit*

4 Beschreibe die Merkmale eines Plutons (Text).

5 Vergleiche einen Pluton mit einem Vulkan (Text).

6 Erstelle eine Übersicht zur Bedeutung von Vulkanen und zur Verwendung von magmatischen Gesteinen in unserer Region (Text, M3–M5, Recherche). 311

M1 *Links: Rainbow Bridge, Mitte: Tokio City, rechts:Tempel Senjo-ji*

Erdbebenkonferenz in Tokio

Tokio ist 2020 mit über 37 Mio. Einwohnern die größte Metropolregion der Welt. Sie liegt im Osten der japanischen Hauptinsel Honshu.

Wissenschaftler sind sich einig: Tokio droht ein sehr starkes Erdbeben. Bei Japan treffen gleich vier Lithosphärenplatten aufeinander: die Pazifische, Chinesische, Philippinische und Nordamerikanische Platte. Die Pazifische und die Philippinische Platte schieben sich unter die Chinesische, wodurch diese gewölbt und gestaucht wird. An dieser Subduktionszone entstehen Vulkane und Erdbeben.

Das letzte große Erdbeben im Großraum Tokio forderte 1923 etwa 140 000 Tote. Laut Statistik, die ungefähr im Rhythmus von 60 Jahren solch starke Beben vorhersagt, ist ein Erdbeben in Tokio bereits überfällig. In den letzten Jahren ist in der Bevölkerung die Angst vor der drohenden Katastrophe gestiegen.

Tokio, 20.02.2021

Sehr geehrte Damen und Herren,

Wissenschaftler sagen voraus, dass es im Großraum Tokio mit hoher Wahrscheinlichkeit in den nächsten Jahren ein schweres Beben mit der Stärke 7 auf der Richterskala geben wird. Bei dieser Stärke würde es zu einer großflächigen Zerstörung kommen.

Aus großer Sorge um das Wohl von Tokio und dessen Einwohnern möchte ich Sie daher zu einer Konferenz einladen. Gemeinsam mit Fachvertreterinnen und Fachvertretern unterschiedlicher Gruppen möchte ich mit Ihnen darüber diskutieren, was in Anbetracht einer möglicherweise bevorstehenden Katastrophe zu tun ist.

Mit freundlichen Grüßen

Shintaro Ishihara

Gouverneur von Tokio

M2 *Einladung*

Geologe/-in

Du arbeitest als Wissenschaftler/-in an der Universität in Tokio und leitest die Konferenz. Du erklärst den Teilnehmern mithilfe einer Skizze der Plattengrenzen, warum Tokio besonders erdbebengefährdet ist. Warne vor einem starken Erdbeben in den nächsten Jahren und weise auf die Gefahren und Auswirkungen hin. Fordere dazu auf, die Region bei Anzeichen von Erdbeben zu evakuieren, also die Menschen an sichere Orte zu bringen.

Stadtverwaltung

Du arbeitest bei der Stadtverwaltung in Tokio. Nach deiner Meinung ist es zu teuer, die Menschen bei jedem Anzeichen eines Erdbebens aus der Stadt zu bringen. Auch gibt es kein Geld für die Notunterkünfte und für die Versorgung. Wer soll entscheiden, wann die Stadt evakuiert wird? Deiner Meinung nach muss man aber gut auf ein Erdbeben vorbereitet sein, sodass Straßen, Eisenbahnverbindungen, Telefone und Stromversorgung noch funktionieren. Auch müssen die Menschen über Vorsorgemaßnahmen informiert werden.

Bauingenieur/-in

Du weißt bereits ganz genau, dass man Erdbeben nicht exakt vorhersagen kann. Deiner Meinung nach kann man nicht bei jedem Anzeichen für ein eventuelles Beben gleich die Bevölkerung einer so großen Region wie Tokio in Panik versetzen. Schon öfter haben sich die Seismologen bei ihrer Vorhersage eines Erdbebens geirrt. Du bist der Auffassung, dass man sich durch eine erdbebensichere Bauweise vor den Folgen schwerer Beben schützen kann. Man könnte zum Beispiel elastische Baumaterialien verwenden oder die Gebäude auf biegsamen Pfeilern errichten. Diese Gebäude kommen bei einem Erdbeben zwar ins Schwanken, stürzen dabei aber nicht ein.

Seismologe/-in

Du beschäftigst dich schon seit Jahren mit der Vorhersage von Erdbeben. Um die Bewegung im Inneren der Erde zu messen, habt ihr Seismographen als spezielle Instrumente. Damit könnte man ein Warnsystem zur Vorhersage von Erdbeben einrichten. Das wird Menschen retten. Deshalb erklärst du die Funktionsweise eines Seismographen und setzt dich dafür ein, bei Anzeichen für ein Erdbeben die Stadt sofort zu evakuieren. Du hast auch beobachtet, dass Tiere bei bevorstehenden Erdbeben sehr unruhig sind. Sie können offenbar die nahende Gefahr spüren.

Caritas International

Du bist Vertreter/-in der Caritas International Katastrophenhilfe. Aufgrund deiner jahrelangen Erfahrung schlägst du vor, Maßnahmen hinsichtlich eines möglicherweise bevorstehenden Bebens zu treffen. Du hältst es für sinnvoll, die Bevölkerung für den Notfall vorzubereiten. Dazu sollten Katastrophenschutzpläne entwickelt und die Gebäude möglichst erdbebensicher gebaut werden. Da in der Region Tokio kaum ein Haus länger als 30 Jahre stehen bleibt, wäre diese Maßnahme tatsächlich gut umsetzbar. Die Caritas würde die Stadtverwaltung bei der Planung und bei einem Notfall unterstützen, die Menschen medizinisch und bei der Versorgung zu unterstützen – genauso wie sie es nach dem schweren Tsunami 2011 in Japan getan hat.

Bürgerinitiative

Wie viele andere Bewohner bist du vor Jahren nach Tokio gekommen, weil du in einem Unternehmen eine Arbeit gefunden hast. Dein ganzes Geld hast du in den Bau eines Hauses gesteckt. Jetzt bekommst du allerdings, genau wie viele andere Bürger von Tokio, Angst. Du forderst die Stadtverwaltung auf, dich und die anderen, z. B. mit Geld, zu unterstützen, damit du umziehen kannst. Auch hältst du es für verantwortungslos, wenn die Stadt weiter wachsen wird. Um die Auswirkungen eines Erdbebens für die Region Tokio zu verdeutlichen, berichtest du über vergangene Erdbeben und deren Auswirkungen für Menschen und Bauten.

M3 *Rollenkarten*

1 Führt ein Rollenspiel „Erdbebenkonferenz in Tokio“ durch. Recherchiert zuvor im Internet nach weiteren Informationen zu eurer Rolle. Stellt euch als die Person eurer Rolle jeweils mit einer kurzen Präsentation vor.

311

M1 *Unterschiedliche Talformen*

Wasser – eine exogene Kraft

Wasser prägt durch seine Bewegung Landschaften. Besonders deutlich wird dies im Bereich von fließenden Gewässern.

Am Oberlauf

Aufgrund hoher Niederschläge sind Gebirgsregionen häufig die **Quelle** zahlreicher Flüsse. Sobald ein Fluss einen Berghang mit starkem **Gefälle** herabfließt, hinterlässt er im Laufe der Zeit tiefe Einschnitte im Gestein. Besonders nach starken Regenfällen reißt das Wasser große Gesteinsmengen mit (**Erosion**). Selbst große Gesteinsbrocken können so abgetragen werden. Am häufigsten bilden sich am Oberlauf Kerbtäler (M3). Schneidet sich ein Fluss in besonders hartes Gestein ein, entsteht eine Klamm (M3).

Am Mittellauf

Lässt das Gefälle im Mittellauf am Rand des Gebirges nach, verlangsamt sich die Fließgeschwindigkeit. Es entstehen Sohlenkerbtäler (M3) mit Ablagerungen von kleiner werdenden Steinen, die sich durch das Aneinanderreiben beim Transport abgeschliffen haben. Die Talsohle verbreitert sich durch zunehmende Erosion an den Flussufern (M4).

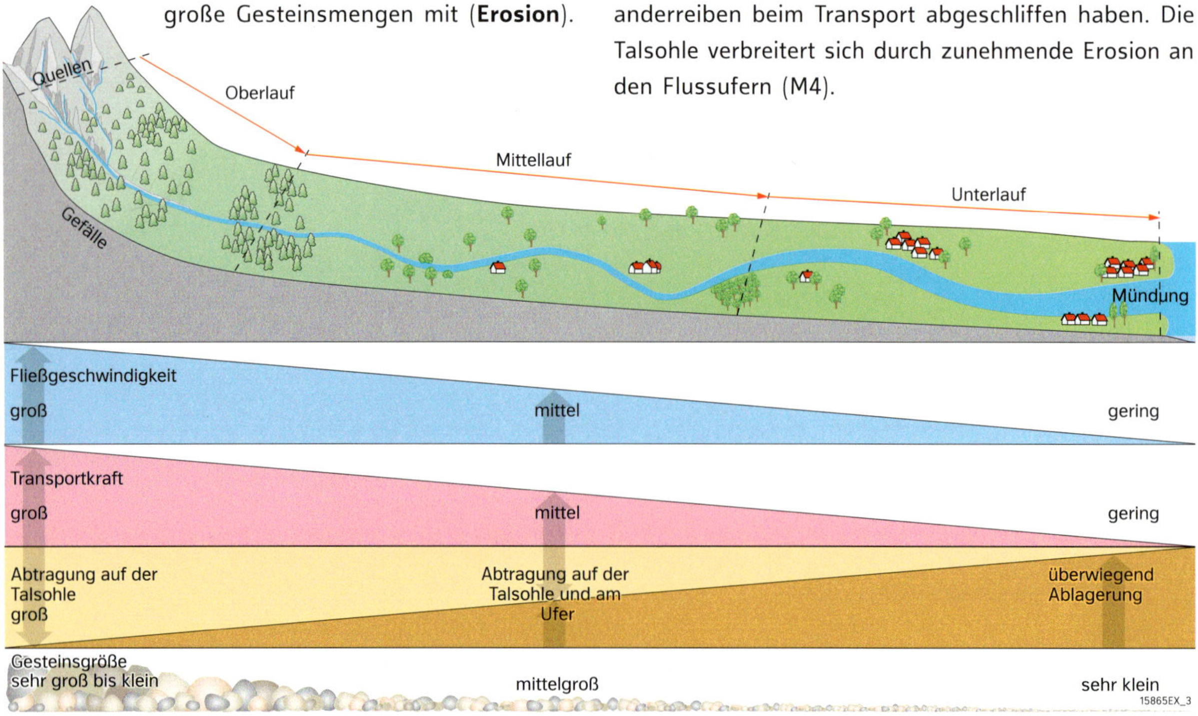

M2 *Längsprofil eines Flusses mit seinen Flussabschnitten und Vorgänge*

Am Unterlauf

Am Unterlauf eines Flusses, nahe der **Mündung**, ist das Gefälle gering. Das Wasser fließt träge dahin und lagert mitgeführtes Material ab (**Sedimentation**). Selbst nach starken Regenfällen transportiert der Fluss hier nur fein zerriebenes Material, vor allem Sand. Bei niedrigem Wasserstand wird das Material abgelagert. Es bildet sich ein Muldental (M3) mit einer flachen, breiten Talsohle und niedrigen Talhängen (M4).

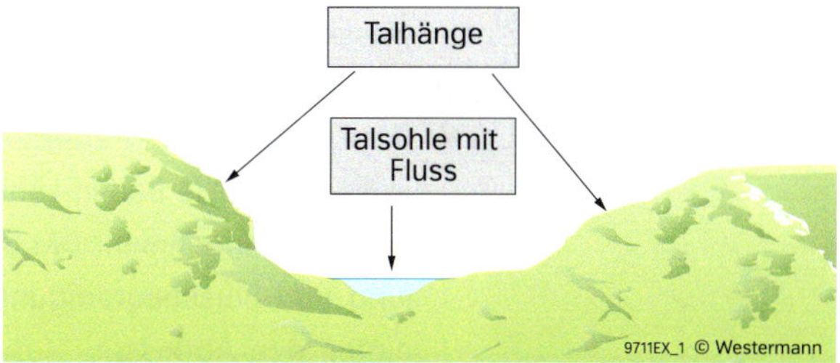

M4 *Modell eines Tals*

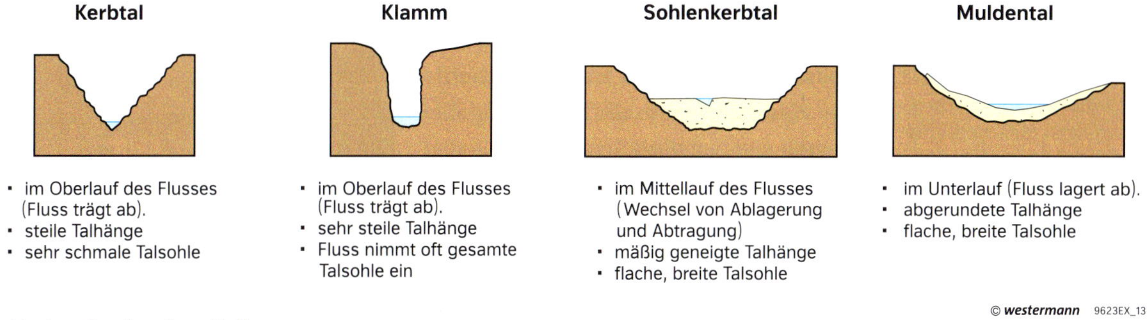

M3 *Merkmale einzelner Talformen*

1. Begründe, warum Wasser eine exogene Kraft ist.

2. Erläutere den Begriff Erosion.

3. Ordne die Fotos aus M1 den Talformen in M3 zu.

4. a) Beschreibe den Zusammenhang von Gefälle, Fließgeschwindigkeit und Sedimentation. Beginne mit „Je stärker das Gefälle, desto … ."
b) Erläutere, wie sich deshalb die Vorgänge bei einem Fluss von der Quelle zur Mündung ändern (M2).

1. Ansteckende Krankheiten früher und heute

a) Beschreibe, wie der Künstler Arnold Böcklin 1898 die Pest darstellt. 305

b) Könnte das Gemälde von Arnold Böcklin auch für die Corona-Pandemie stehen? Begründe.

c) Erläutere, mit welchen Maßnahmen wir uns heute gegen ansteckende Krankheiten schützen und warum diese Maßnahmen wirksam sind.

d) Erkläre, warum Menschen, die mit HIV infiziert sind, diskriminiert wurden und werden. Was kann man dagegen tun?

2. Hunger und Armut

a) Erkläre Ursachen und Folgen von Hunger.

b) Beschreibe mögliche Maßnahmen gegen Hunger.

Dürre in Afrika

Frauen in Afghanistan

Flüchtlingscamp in Syrien

3. Naturkräfte

a) Ordne die Bilder ① bis ④ einer Naturkraft zu.

b) Berichte über Gefahren, die von verschiedenen Naturkräften ausgehen können.

c) Vergleiche die Abbildungen ③ und ④.

d) Zeichne schematisch einen Schnitt durch einen Schichtvulkan und beschrifte diesen.

e) Begründe: „Ein Schichtvulkan wächst mit jedem Ausbruch."

f) Finde die richtigen Fachbegriffe:

1. Skala zur Messung der Erdbebenstärke;
2. Punkt, der sich direkt über dem Erdbebenherd an der Erdoberfläche befindet;
3. Gerät zum Aufzeichnen der Erdbebenwellen;
4. Schicht zwischen Erdkern und Erdkruste.

①

②

③

④

4. Wegeners „Beweis“

Nenne mithilfe der Karte Argumente, mit denen sich Alfred Wegeners Idee der Kontinentaldrift belegen lässt.

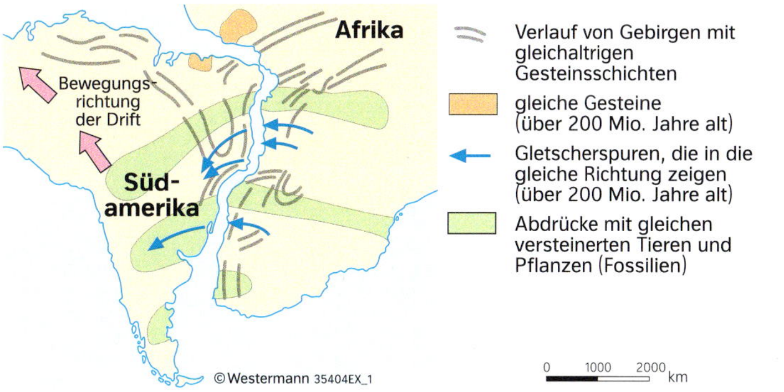

5. An den Plattengrenzen

a) Ordne das Foto einer der beiden Zeichnungen zu.

b) Begründe die Zuordnung.

6. Flusslauf

a) Beschrifte das Blockbild des Flussprofils.

b) Erläutere die Veränderung der Fließgeschwindigkeit, der Abtragung und der Ablagerung in den einzelnen Flussabschnitten von der Quelle bis zur Mündung.

c) Benenne die Talformen 1 bis 4 und ordne sie den Flussabschnitten zu.

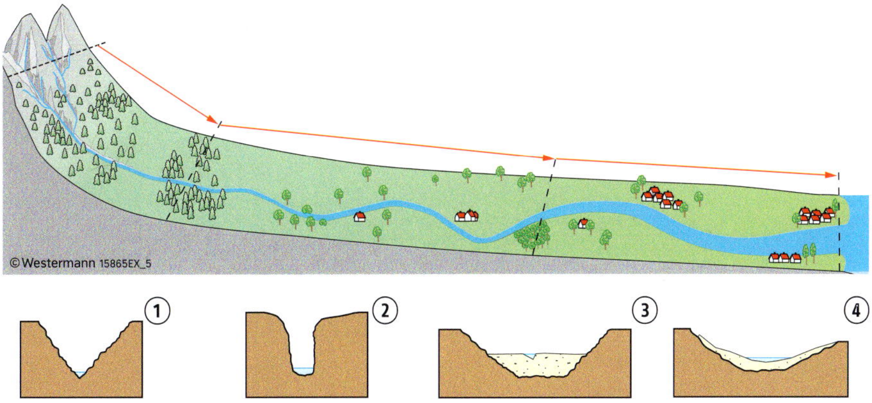

Fachbegriffe

die Pandemie
die Hygiene
die Impfung
der Schwarze Tod
die Aids-Erkrankung
das HI-Virus (HIV)
die Erdkruste
der Erdkern
der Erdmantel
die Lithosphäre
die Erdplatte
der Konvektionsstrom
der Mittelozeanische Rücken
die Subduktionszone
der Tiefseegraben
der Vulkan
das Faltengebirge
die Quelle
das Gefälle
die Mündung
die Sedimentation
die Aue

Umbrüche und Aufbruch

Das Foto zeigt Dreharbeiten eines Spielfilms über Christoph Kolumbus und die Entdeckung Amerikas. Rechts ist ein Nachbau des Segelschiffs „Santa Maria" zu sehen, auf der Kolumbus segelte.
Welchen Bedingungen könnten die Seefahrer während ihrer Reise ausgesetzt gewesen sein?

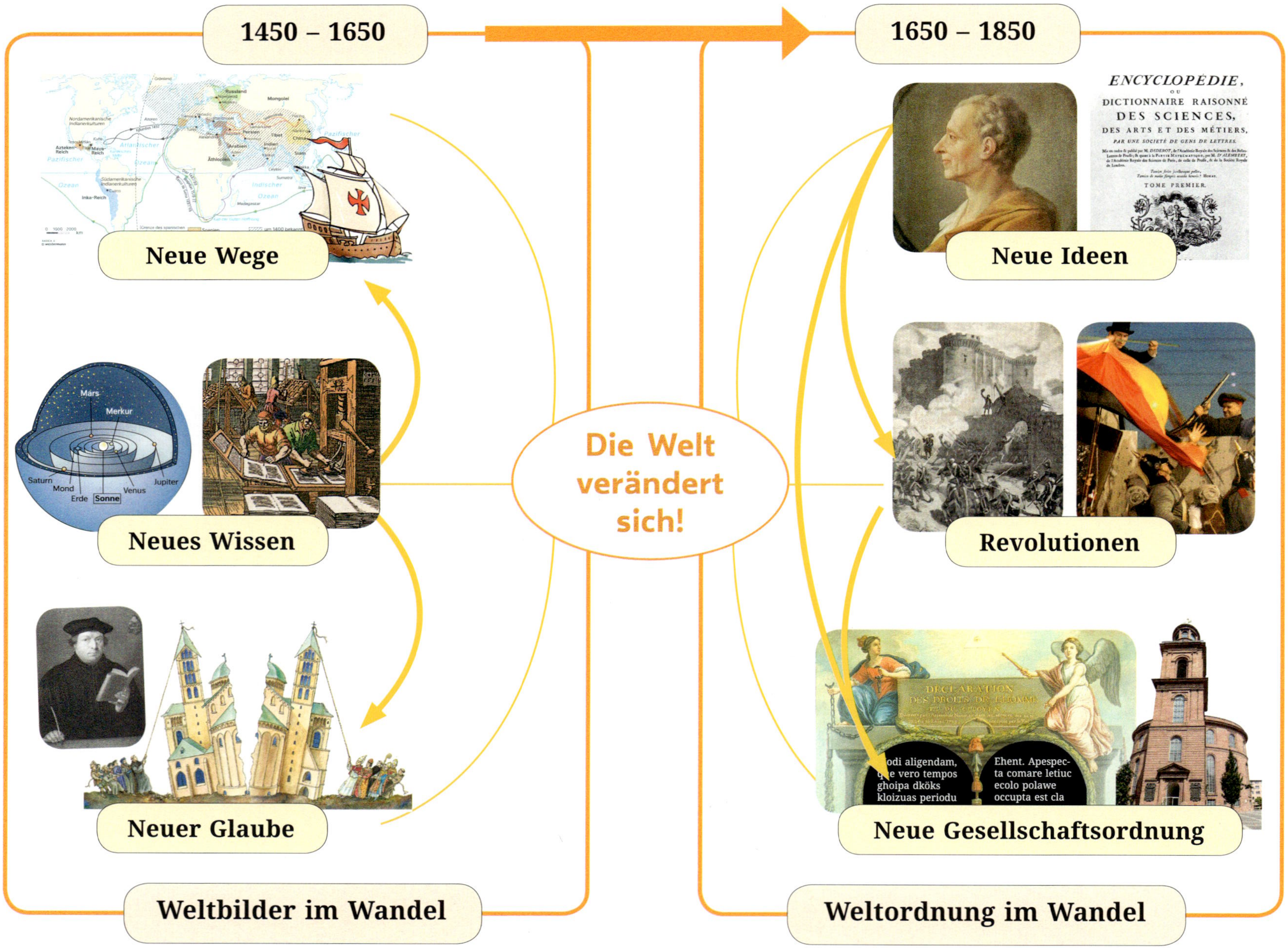
1450 – 1650
1650 – 1850
Neue Wege
Neues Wissen
Mars
Merkur
Saturn
Mond
Erde
Sonne
Venus
Jupiter
Neuer Glaube
Weltbilder im Wandel
Die Welt verändert sich!
ENCYCLOPÉDIE,
OU
DICTIONNAIRE RAISONNÉ
DES SCIENCES,
DES ARTS ET DES MÉTIERS,
PAR UNE SOCIÉTÉ DE GENS DE LETTRES.
TOME PREMIER.
Neue Ideen
Revolutionen
DECLARATION DES DROITS DE L'HOMME
odi aligendam, que vero tempos ghoipa dköks kloizuas periodu
Ehent. Apespecta comare letiuc ecolo polawe occupta est cla
Neue Gesellschaftsordnung
Weltordnung im Wandel

M1 *Zeitleiste – Beginn der Neuzeit*

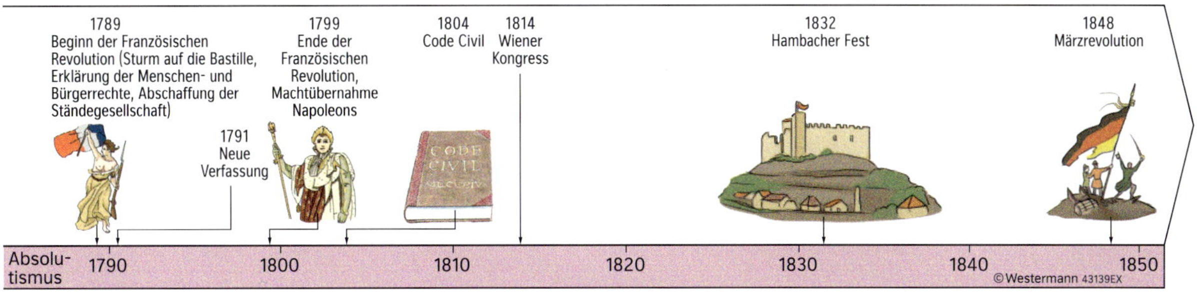

M2 *Zeitleiste – vom Absolutismus zu den europäischen Revolutionen*

Eine neue Zeit beginnt

Vom Mittelalter gelangst du nun in die Neuzeit. Damit ist der Zeitraum um das Jahr 1500 bis heute gemeint. Die Neuzeit unterteilt sich wiederum in die frühe Neuzeit (1500 bis 1800) und die Moderne (ab 1800). Im Vergleich zum Altertum und zum Mittelalter ist die Neuzeit zwar ein recht kurzer Zeitabschnitt, doch hat es in ihr besonders viele Erfindungen, Entdeckungen und Veränderungen gegeben, die heute noch bedeutsam sind.

Zu Beginn der frühen Neuzeit wurde zum Beispiel der Buchdruck entdeckt, wodurch sich Wissen viel schneller in Europa verbreiten konnte. Erfindungen wie der Kompass, Neuerungen im Schiffsbau und bessere Seekarten ermöglichten Reisen an zuvor unbekannte Orte und erweiterten so das Wissen über die Welt. Durch Martin Luther spaltete sich die Kirche in den katholischen und evangelischen Glauben.

Der Übergang in die Moderne wird durch die europäischen Revolutionen eingeleitet. Die Menschen in Frankreich und Deutschland wollten mitbestimmen, was im Staat passierte. Das Volk sollte regieren und nicht mehr die Könige. Ergebnisse dieser gewaltsamen Auseinandersetzungen waren beispielsweise die Erklärung von Menschen- und Bürgerrechten, die Entstehung von Verfassungen oder die Errichtung von Parlamenten mit gewählten Volksvertretern.

M3 *Originaldruck der Gutenberg-Bibel. Sie entstand 1452 bis 1454.*

1. Erkläre den Begriff Neuzeit.
2. Nenne Entdeckungen, Erfindungen und Veränderungen der Neuzeit.

1453 eroberten die Osmanen Konstantinopel (heute Istanbul), die Hauptstadt des Byzantinischen Reiches.
Viele Gelehrte, Künstler und Schriftsteller zogen in der Folge nach Italien. Sie brachten viel Wissen über Philosophie, Architektur und Naturwissenschaften mit. Dieses Wissen stammte aus antiken Schriften, die im Byzantinischen Reich aufbewahrt worden waren. Durch dieses Wissen veränderte sich der Blick der Menschen auf die Welt. Auch die arabische Kultur und Wissenschaft gewann in dieser Zeit an Einfluss.

M1 *Antikes Wissen gelangt nach Europa.*

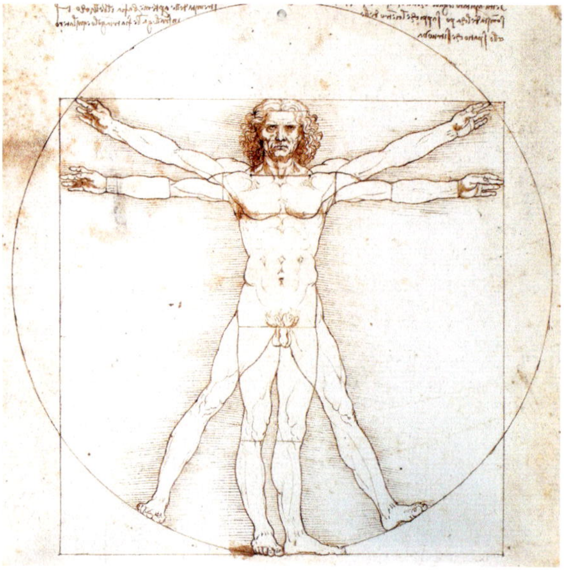

M2 *Leonardo da Vincis Zeichnung des vitruvianischen Menschen untersucht die Proportionen des menschlichen Körpers.*

M3 *Selbstporträt von Leonardo da Vinci*

Der Mensch im Mittelpunkt

Ausgehend von Venedig und Florenz entwickelte sich ab dem 13. Jahrhundert ein neues Lebensgefühl. Reiche Händler und Politiker in Norditalien begannen, sich sehr für die Antike zu interessieren. Die Stadtherrscher ließen sich prächtige Paläste bauen. Sie sammelten antike Schriften und förderten Künstler und Dichter. Im 15. und 16. Jahrhundert verbreiteten sich **Humanismus** und **Renaissance** über große Teile Europas.
Die Bewegung des Humanismus stellte den Menschen in den Mittelpunkt. Durch Bildung sollte der Mensch sich entfalten. Dabei orientierte man sich an der Philosophie der Antike und legte viel Wert auf die antiken Sprachen Latein und Griechisch. Selbstbewusst verließen sich die Humanisten auf ihren eigenen Verstand und ihre Fähigkeiten.
Eng verbunden mit dem Humanismus war die Kultur der Renaissance. Diese orientierte sich ebenfalls an der Antike. Man interessierte sich für die Natur und ihre Gesetze. Wissenschaft und Technik hatten große Bedeutung; technische Erfindungen eröffneten neue Möglichkeiten in Bergbau, Metallverarbeitung, Bautechnik und Transport.
Künstler schufen perspektivische Darstellungen und zeigten echte Menschen statt idealisierter Heiliger. Sie untersuchten den menschlichen Körper genau, um ihn naturgetreu darstellen zu können.

1. a) Beschreibe die Kernideen von Humanismus und Renaissance.
   b) Vergleiche mit der Weltsicht im Mittelalter.

2. Erläutere, inwiefern die Darstellung des vitruvianischen Menschen typisch für die Renaissance ist (M2, M4).

3. Erstelle eine Mindmap über Leonardo da Vinci (M4). Ergänze durch eigenen Recherchen. Erläutere.

Er wollte wissen [...] wie ein menschlicher Körper innen aussieht – die Muskeln, Knochen und Sehnen. So hat er sich Leiber von Verstorbenen aus den Spitälern erbeten und sie zerlegt und untersucht. Das war damals etwas ganz Ungewöhnliches. Er ist aber dabei nicht stehen geblieben. Pflanzen und Tiere hat er neu angeschaut und nachgedacht, wie die Vögel es anfangen, dass sie fliegen. Da kam er auf den Gedanken, ob das die Menschen nicht ebenso könnten. Er war der erste Mensch, der genau und ausführlich die Möglichkeit erforschte, einen künstlichen Vogel, eine Flugmaschine zu bauen. [...] Wenn er etwas wissen wollte, zum Beispiel, wie es zugeht, wenn das Wasser Wirbel bildet, oder wie die heiße Luft aufsteigt, dann hat er es eben versucht. Er gab nicht viel auf die Bücherweisheit seiner Zeitgenossen und war der erste Mensch, der darauf ausging, alle Dinge in der Natur durch Versuche herauszubekommen.

(Gombrich, Ernst Hans Josef: Eine kurze Weltgeschichte für junge Leser. Köln: DuMont Buchverlag, 2012, 352 S.)

M4 *Der Historiker Ernst H. Gombrich über Leonardo da Vinci (1452–1519)*

M6 *Bildnis des Danziger Kaufmanns Georg Gisze in London (1532) – Der Renaissance-Maler Hans Holbein der Jüngere schuf diese naturgetreue Abbildung des Händlers.*

Denn alles, das uns umgibt, ist unser eigenes Werk, das Werk des Menschen: alle Wohnstätten, alle Schlösser, alle Bauten auf der ganzen Welt, die so zahlreich sind und so edel, dass sie eher den Werken der Engel, denn denen von Menschen gleichen. Von uns sind die Gemälde, die Skulpturen, von uns der Handel, die Wissenschaft und die Systeme der Philosophie. Von uns kommen alle Erfindungen und alle Arten von Sprachen und Literatur, und wenn wir über ihre Anwendung nachsinnen, fühlen wir uns umso mehr zu Bewunderung und Erstaunen veranlasst.

(Manetti, Giannozzo: Über die Würde und Erhabenheit des Menschen. August Buck (Hrsg.), Übersetzer: Hartmut Leppin, Hamburg: Felix Meiner Verlag, 1990, 150 S.)

M5 *Der Humanist Giannozzo Manetti (1396–1459) schreibt in seinem Werk „Über die Würde und Erhabenheit des Menschen".*

Wichtige Denker, Erfinder und Wissenschaftler der Renaissance waren zum Beispiel Johannes Kepler, Nikolaus Kopernikus, Galileo Galilei, Giovanni Pico della Mirandola und Johannes Gutenberg. Recherchiere Leben und Werk einer Person. Präsentiere deine Ergebnisse.

M7 *Projektidee*

4 a) Beschreibe, wie Giannozzo Manetti die Rolle des Menschen in der Welt sieht (M5).
b) Vergleiche Manettis Sicht auf den Menschen mit der Darstellung von Hans Holbein (M6). 305

5 Die Menschen in der Renaissance haben viel darüber nachgedacht, was den Menschen ausmacht. Was macht dich als Menschen aus? Was macht dich besonders? Gestalte eine Collage.

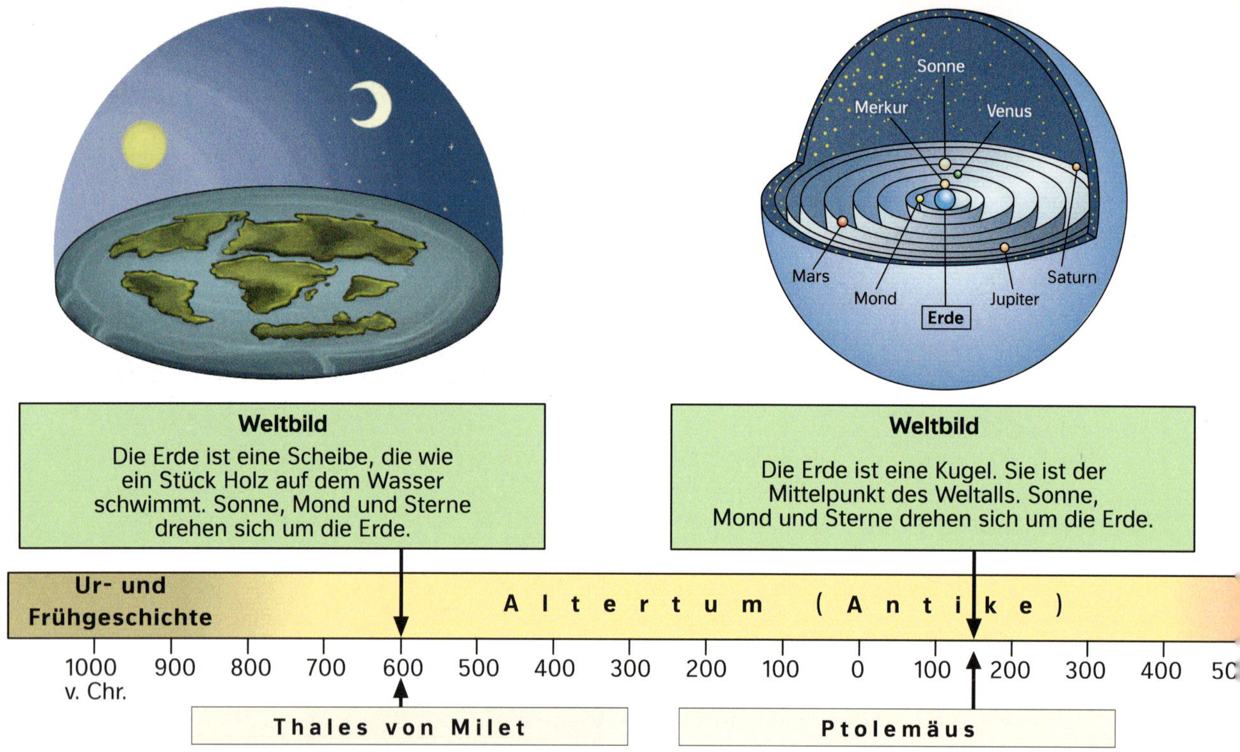

M1 *Das Weltbild im Wandel der Geschichte*

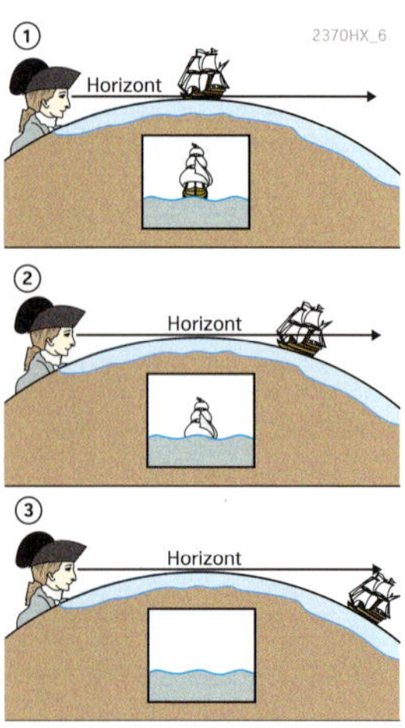

M2 *Beobachtung eines Schiffs am Horizont*

Die Erde – Scheibe oder Kugel

Welche Form hat die Erde? Diese für uns so einfache Frage war lange ein Problem und führte zu Auseinandersetzungen unter den Wissenschaftlern. Bereits in der Antike gab es dazu zwei Auffassungen: Der griechische Wissenschaftler Thales von Milet vertrat die Meinung, dass die Erde eine Scheibe sei, die auf dem Wasser schwimmt.

Der griechische Naturforscher Claudius Ptolemäus nahm hingegen an, dass die Erde eine Kugel sei. Als Beweis für die Krümmung der Erdoberfläche nannte er folgende Beobachtung: Bei wegfahrenden Schiffen verschwindet immer zuerst der Bootskörper aus dem Blickfeld, dann der Mast und zuletzt die Mastspitze (M2). Seine Annahme von der Kugelgestalt der Erde setzte sich schließlich durch. Bewiesen wurde die Kugelgestalt jedoch erst mit der Umsegelung der Erde durch den Portugiesen Ferdinand Magellan in den Jahren 1519 bis 1521 (siehe S. 98).

Heute wissen wir, dass die Erde nicht genau die Form einer Kugel hat. Sie ist an den Polen abgeflacht und auf der Südhalbkugel etwas ausgedehnter als auf der Nordhalbkugel. Sie hat in etwa die Form einer „birnenförmigen Mandarine".

1. Beschreibe, wie sich das Weltbild von der Antike bis heute verändert hat (M1).

2. Lasse ein Schiffsmodell hinter einem großen Ball nach oben gleiten.
   a) Schildere deine Beobachtungen.
   b) Erkläre mithilfe von M2.

3. Erkläre, warum die Lehre von Kopernikus etwas ganz Neues war (Text, M1).

4. Entwickelt ein Rollenspiel zum Streit zwischen Galileo Galilei und der Kirche.

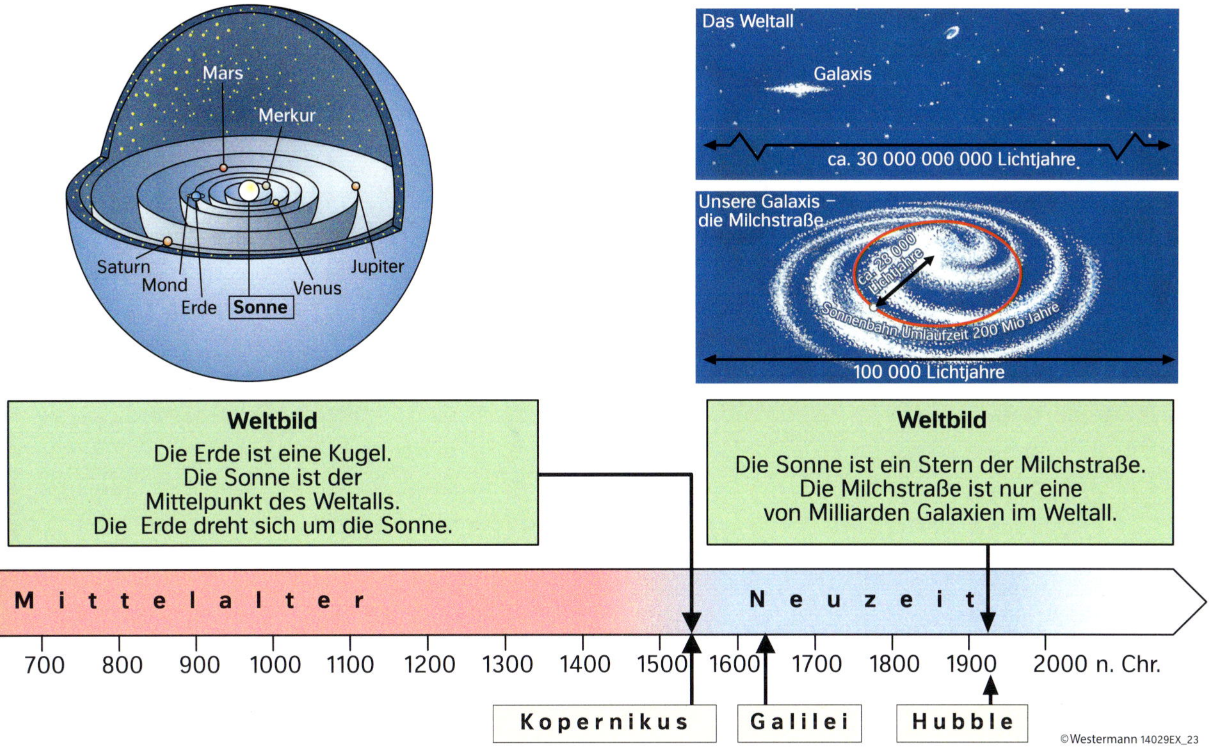

Die Erde – Mittelpunkt des Weltalls

Lange Zeit glaubten Menschen, dass sich Sonne, Mond und Sterne um die feststehende Erde im Mittelpunkt des Weltalls drehten. Man nannte diese Vorstellung auch das **geozentrische Weltbild** (griechisch: „geo" = Erde). Auch Claudius Ptolemäus und die katholische Kirche waren dieser Auffassung. Im Jahr 1543 kam es zu einer wissenschaftlichen Revolution. Der polnische Priester Nikolaus Kopernikus vertrat die Annahme, dass die Sonne (griech.: „helios") der Mittelpunkt des Weltalls und die Erde nur ein Planet der Sonne sei. Im Jahr 1632 stellte der Mathematiker Galileo Galilei dieses neue **heliozentrische Weltbild** in einem Buch vor. Seine Vorstellung stand aber im Widerspruch zur Meinung der katholischen Kirche. Sie ließ das Buch verbieten und Galilei musste seine Auffassung widerrufen. Heute weiß man, dass die Sonne nur ein Stern am Rand unserer Galaxie ist. 1923 konnte Edwin Hubble nachweisen, dass es neben unserer Galaxie noch zahllose weitere Galaxien im Weltall gibt. Wissenschaftler nehmen an, dass das Weltall durch eine gewaltige Explosion, den Urknall, vor etwa 14 Milliarden Jahren entstanden sei. Seitdem dehne es sich mit Lichtgeschwindigkeit aus.

ℹ ❶ Galaxie
Sie ist eine Ansammlung von Sternen, Planetensystemen und Gasnebeln, die sich um ein gemeinsames Zentrum drehen.

ℹ ❷ Lichtgeschwindigkeit
Das Licht bewegt sich mit einer Geschwindigkeit von ca. 300 000 Kilometern in einer Sekunde. Ein Lichtjahr ist die Strecke von ca. 9 460 700 000 000 Kilometern.

5 Arbeite mit M1:
a) Benenne unsere Galaxie.
b) Bestimme ihren Durchmesser.
c) Bestimme die Entfernung unserer Sonne zum Zentrum.

6 Recherchiere zu einer der auf diesen Seiten genannten Wissenschaftlern im Internet. 311
Wähle aus:
a) Erstelle einen Steckbrief.
b) Schreibe einen Lexikonartikel.
c) Führe ein Interview mit ihm.
d) Bereite eine Präsentation vor.

Schon im Mittelalter gab es Uhren. Sie waren aber sehr groß und meistens in Kirchtürme eingebaut. Um das Jahr 1510 baute der Nürnberger Peter Henlein einen Federantrieb in eine Uhr und konnte sie auf Taschengröße verkleinern.

M1 *Die erste Taschenuhr*

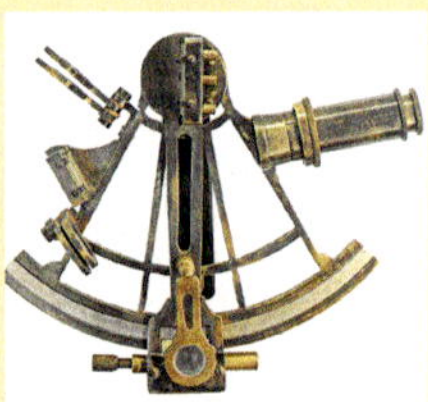

Der **Sextant** ersetzt ab 1730 den Jakobsstab. Er war viel genauer und verlor erst durch die Erfindung der Satellitennavigation mit GPS in der Seefahrt an Bedeutung.

M2 *Der Sextant*

M3 *Mit dem Jakobsstab ist es möglich, den Winkel zwischen der Sonne und dem Horizont zu messen. So konnte man sich tagsüber auf dem Meer besser orientieren.*

Das offene Meer – Wagnis und Abenteuer

Die Seefahrer fürchteten das unbekannte offene Meer. Die Schiffe blieben deshalb meistens in der Nähe der Küste. Das änderte sich, als die Kapitäne genauere Karten, bessere Schiffe und neue Instrumente zur Orientierung auf dem offenen Meer hatten.

So ein Instrument war der **Magnetkompass**. Mit ihm hielt der Steuermann den Kurs seines Schiffes. Da die Kompassnadel stets nach Norden zeigt, wussten die Seeleute jetzt immer, in welche Himmelsrichtung ihr Schiff fuhr.

Die Bestimmung des Standortes auf dem Meer dagegen war viel schwieriger. Eine wichtige technische Neuerung war die Erfindung des **Jakobsstabs**. Damit konnten die Seeleute die geographische Breite feststellen, auf der sich das Schiff befand. Weiterhin brauchten die Seefahrer ein hochseetüchtiges, schnelles und gut steuerbares Schiff. Die Schiffbauer entwickelten im 15. Jahrhundert die **Karavelle** (siehe S. 98, M2). Ältere Schiffe hatten nur einen Mast mit einem schweren viereckigen Segel und ein Seitenruder. Es befand sich auf der rechten Seite. Die Karavelle dagegen war mit zwei bis drei Masten ausgestattet. So konnte man mehr Segel setzen und eine höhere Geschwindigkeit erreichen. Das Seitenruder ersetzten die Schiffbauer durch ein Heckruder. Es war leichter zu bedienen und machte das Schiff besser steuerbar.

Am Heckmast setzte man ein dreieckiges Segel. Damit kam man auch bei ungünstigen Winden schneller vorwärts. Eine schlanke Bauweise und ein geringer Tiefgang waren weitere Verbesserungen. Diese Erfindungen und Verbesserungen waren die Voraussetzungen für die Reisen der großen Entdecker und Seefahrer.

1. Begründe, warum Magnetkompass und Jakobsstab so wichtig für die Seefahrt um 1450 waren.
2. Nenne Vorteile der Karavelle.
3. Ermittle in M3 ② den Winkel zwischen Sonne und Horizont mit deinem Geodreieck. Bestimme nun den Breitengrad und überprüfe (Atlas).
4. Recherchiere im Internet: Stelle eine der auf diesen Seiten genannten Personen vor. 311

M4 *In einer Buchdruckerwerkstatt um 1550*

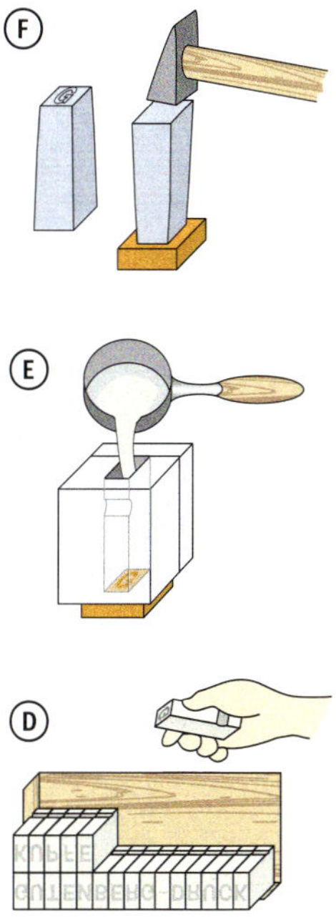

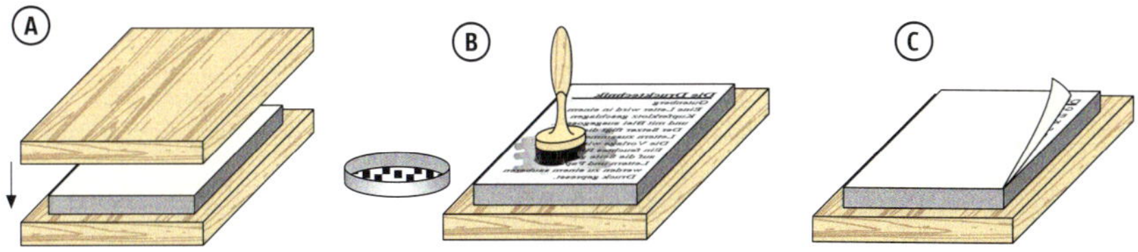

M5 *Schritte des Buchdrucks*

Naturwissenschaftliche Erkenntnisse und die Erfindung des Buckdrucks

Viele Wissenschaftler begannen, die Natur zu erforschen, Experimente durchzuführen und Maschinen zu erfinden. Leonardo da Vinci war Maler, Bildhauer, Architekt, Erfinder, Musiker und Ingenieur. Er malte die Mona Lisa und in seinen Notizbüchern finden sich sogar Zeichnungen von Flugapparaten. Viele seiner Ideen wurden erst später verwirklicht, da die technischen Möglichkeiten und das Geld fehlten.

Ärzte schnitten damals Leichen auf, um das Innere des menschlichen Körpers zu erforschen. Sie entdeckten Blutbahnen, die Organe und Ursachen von Krankheiten. Auch das Mikroskop und das Thermometer waren wichtige Erfindungen dieser Zeit.

Die wissenschaftlichen Erkenntnisse verbreiteten sich schnell, weil um 1450 Johannes Gutenberg den **Buchdruck** erfand. Zuvor mussten Bücher mühsam von Hand abgeschrieben werden. Mit der neuen Methode wurden einzelne Buchstaben (**Lettern**) in Metall gegossen. Diese wurden dann auf einer Holzplatte zu Wörtern zusammengesetzt, mit Druckfarbe eingepinselt und mit einer **Druckerpresse** auf Papier gepresst. So konnten Texte schnell vervielfältigt werden.

Da wir erkannt haben, dass durch die Buchdruckkunst sehr viele Bücher gedruckt worden sind, die viele Irrtümer und der christlichen Religion feindliche Lehren enthalten, verbieten wir allen Buchdruckern in Zukunft Bücher zu drucken, ohne vorher eine ausdrückliche Erlaubnis der Bischöfe oder ihrer Stellvertreter erhalten zu haben.

(Papst Alexander VI. (1501), In: Hermann Weißbach (Hrsg.): Deutsche Buchhändler Akademie, Band 3, Weimar: Verlag von Herm. Weißbach, 1886, 664 S.)

M6 *Papst Alexander VI. im Jahr 1501*

5 a) Ordne den Bildern Ⓐ–Ⓕ in M5 folgende Arbeitsschritte des Buchdrucks zu: ① Lettern werden geprägt, ② Lettern werden gegossen, ③ Lettern werden gesetzt, ④ Lettern werden geschwärzt, ⑤ Papier wird auf Druckplatte gelegt, ⑥ Papier wird bedruckt.

b) Ordne die Arbeitsschritte in der richtigen Reihenfolge an.

c) Vergleiche die Arbeitsschritte mit M4.

6 Begründe, warum der Papst den ungenehmigten Druck von Büchern verboten hatte (M6).

M1 *Der Bau des Petersdoms (1506–1635) in Rom wurde mit Geldern aus dem Ablasshandel finanziert. Der Dom bietet bis zu 20000 Menschen Platz und sein Innenraum ist mit berühmten Kunstwerken geschmückt.*

ⓘ ❶ Buße
Nach christlichen Vorstellungen können sich Menschen durch die Buße von ihren Sünden befreien, indem sie sich z. B. durch Fasten und Beten zu Gott wenden. Die Buße wird bereits in der Bibel beschrieben.

ⓘ ❷ Ablass
Ablass bedeutet den „Nachlass einer Kirchenstrafe". Ein Christ konnte sich von seinen Sünden befreien, wenn er Geld an die Kirche bezahlte. Der Ablass wird nicht in der Bibel beschrieben.

Die Kritik an der Kirche wächst

Im ausgehenden Mittelalter gab es in Europa nur eine christliche Kirche – die katholische Kirche mit dem Papst als Oberhaupt. Was er sagte, galt als richtig. Wer ihn kritisierte oder nicht an Gott glaubte, konnte mit Strafe und Folter rechnen oder sogar zum Tode verurteilt werden.

Die Kirche galt als Vermittler zwischen Gott und den Gläubigen. Sie lehrte, dass Menschen, die gesündigt hatten, nach dem Tod in die Hölle kommen. So war die Angst vor der Hölle allgegenwärtig. Viele Gläubige versuchten deshalb, durch Buße oder den Kauf von Ablassbriefen (Info 1, Info 2), ihre Sünden auszugleichen.

Zu Beginn der Neuzeit um 1500 wurde die Kritik an der Kirche lauter: Die Päpste in Rom zeigten ihren Reichtum durch prunkvolle Bauten wie den Petersdom (M1). Viele Kirchenführer führten ein ausschweifendes Leben, in dem Macht, Reichtum und Luxus im Mittelpunkt standen. Dies machte die Kirche bei vielen Menschen immer unglaubwürdiger.

Zunehmend geriet auch der Ablasshandel in die Kritik.

1. Beschreibe den Stellenwert der Religion im Leben der Menschen zu Beginn der Neuzeit.
2. Erkläre den Unterschied zwischen Buße und Ablass (Info).
3. Erläutere, warum zu Beginn der Neuzeit immer mehr Menschen die Kirche kritisierten.
4. Begründe, warum die Angst der Menschen vor der Hölle für die Kirche von Vorteil war.

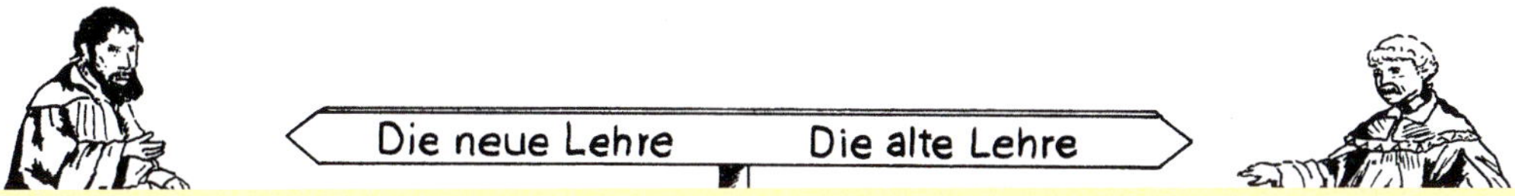

Luther sagt:
- Nur der Glaube und Gottes Gnade sind für das Seelenheil wichtig. Gute Werke (Fasten, Beten, Arme unterstützen) nutzen ohne Glauben nichts.
- Kein Christ kann gezwungen werden, etwas zu glauben, was nicht in der Bibel steht. Nur das Evangelium ist entscheidend.
- Der Papst kann irren, weil er ein Mensch ist.
- Es gibt keinen Unterschied zwischen Priestern und Laien (Nichtgeistlichen). Ein Grund dafür ist, dass es eine Taufe, ein Evangelium und ein Glaubensbekenntnis gibt.
- Die Sprache im Gottesdienst soll Deutsch sein.

Der Papst sagt:
- Mit guten Werken (Fasten, Beten, Arme unterstützen) kann man sich für die Ewigkeit den Himmel verdienen.
- Der Papst und die Kirche bestimmen, was der richtige Glaube ist. Nur der Papst kann die Bibel richtig auslegen (verstehen).
- Der Papst kann nicht irren, weil er der Stellvertreter Gottes auf der Erde ist.
- Es gibt einen großen Unterschied zwischen Priestern und Laien. Nur wer durch den Papst oder einen Bischof geweiht ist, darf Priester sein.
- Die Sprache im Gottesdienst ist Latein.

M2 *Zwei unterschiedliche Lehren*

Die Kirche spaltet sich

In Wittenberg lebte der Mönch Martin Luther. Er beobachtete, dass viele Wittenberger Bürger Ablassbriefe kauften und konnte diesen unehrlichen Handel nicht länger ertragen. Am 31. Oktober 1517 schrieb er als Antwort auf die Ablasspredigten der Kirche 95 Thesen (Streitsätze) auf. Dies war der Beginn der Reformation, der Erneuerung der Kirche.

Immer mehr Menschen folgten Martin Luther und seinen neuen Ideen, die sich durch die Erfindung des Buchdrucks rasch verbreiteten. Die Anhänger Luthers nannten sich evangelisch, nach dem Evangelium, das allein den Glauben bestimmen sollte. Für den Papst war dies Verrat und er schloss Luther aus der Kirche aus. 1521 wurde Luther zum Reichstag in die Stadt Worms am Rhein bestellt. Vor dem anwesenden Kaiser und den versammelten Fürsten sollte er seine Glaubensthesen widerrufen. Doch Luther weigerte sich und reiste aus Worms ab. Als Strafe wurde er für vogelfrei erklärt. Jeder durfte ihn töten. Aber Luther hatte Glück. Kurfürst Friedrich von Sachsen versteckte ihn auf der Wartburg bei Eisenach. Dort übersetzte Luther das Neue Testament ins Deutsche, welches sich durch den Buchdruck schnell auch unter den einfachen Bürgern verbreitete. Zahlreiche deutsche Fürstentümer und Reichsstädte schlossen sich Luthers Lehre an. Damit kam es zur Spaltung der Kirche in zwei Konfessionen: die katholische und die evangelische.

M3 *Luthers Thesenanschlag an der Schlosskirche zu Wittenberg (Gemälde aus dem 19. Jahrhundert)*

M4 *In der Wartburg bei Eisenach versteckte sich Luther und übersetzte ab 1521 die Bibel in die deutsche Sprache.*

5 Recherchiere im Internet: 311
a) Suche Luthers 95 Thesen. Notiere dir drei davon, die dir besonders wichtig erscheinen, in eigenen Worten.
b) Erstelle einen Steckbrief zu Martin Luther und den wichtigsten Stationen in seinem Leben.

6 Du lebst im Jahr 1517 und hörst von Luthers Lehre (M3):
a) Schildere einem Freund, welche Auffassungen Luther vertritt.
b) Kannst du Luther zustimmen? Begründe.

M1 *Christoph Kolumbus*

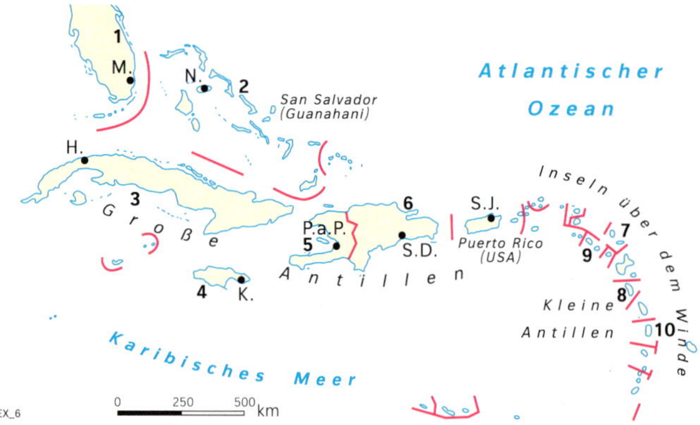

M3 *Das Gebiet um die Insel Guanahani heute*

M2 *Landung des Kolumbus auf Guanahani (Holzschnitt, 1493, Florenz)*

Im Namen Gottes und für Gold

Christoph Kolumbus aus Genua ging als Entdecker von Amerika, der **Neuen Welt**, in die Geschichte ein. 1477 kam Kolumbus nach Lissabon. Zu der Zeit wollten die Portugiesen den Seeweg nach Indien finden. Von dort holten Händler begehrte Waren wie Seide und Gewürze. Indien war bisher nur über den Landweg auf gefährlichen Routen über Damaskus, Bagdad, Teheran, Kabul und Lahore erreichbar. Kolumbus folgte der Idee des Kartografen Toscanelli: nach Westen segeln, um Indien zu erreichen. Doch das portugiesische Königshaus interessierte sich nicht für Kolumbus teures Vorhaben. Deshalb wandte er sich 1485 an das spanische Königshaus. Nach langen Verhandlungen erhielt er drei Schiffe. Am 3. August 1492 stach Kolumbus in See – nicht ahnend, dass er einen für die Europäer neuen Kontinent entdecken würde. Es ist jedoch nicht abschließend geklärt, ob Kolumbus tatsächlich der Entdecker Amerikas war. Auch die Wikinger, die Karthager und arabische Seefahrer kommen als Entdecker infrage.

„Freitag, den 12. Oktober 1492. Es ist eine Insel, eine bewohnte Insel*. Am Strand erblickten wir Eingeborene, nackend, wie Gott sie erschaffen hat. Ich konnte von ihren Mienen nur Erstaunen und feindselige Gefühle ablesen. Ich kniete nieder, als ich festen Boden unter den Füßen hatte und dankte Gott, indem ich die Erde küsste. Ich bin überzeugt, auf einer Indien vorgelagerten Insel gelandet zu sein. Dann entfaltete ich das königliche Banner und ergriff im Namen des Königs und der Königin von Spanien von der Insel Besitz.“ (*gemeint ist die Insel Guanahani/San Salvador (siehe M3)

(Robert Grün (Hrsg.): Christoph Columbus – Das Bordbuch. Lenningen: Edition Erdmann, 1970, 345 S.)

M4 *Auszug aus dem Bordbuch des Kolumbus*

1. Arbeite mit dem Atlas:
   a) Ordne den im Text genannten Städten das heutige Land zu, in dem sie liegen.
   b) Bestimme die heutigen Namen der Inselstaaten und Städte in M3.
2. Erläutere, warum Kolumbus einen Seeweg nach Indien finden wollte.
3. Erkläre die Bezeichnung „Indianer“ für die Völker Amerikas.

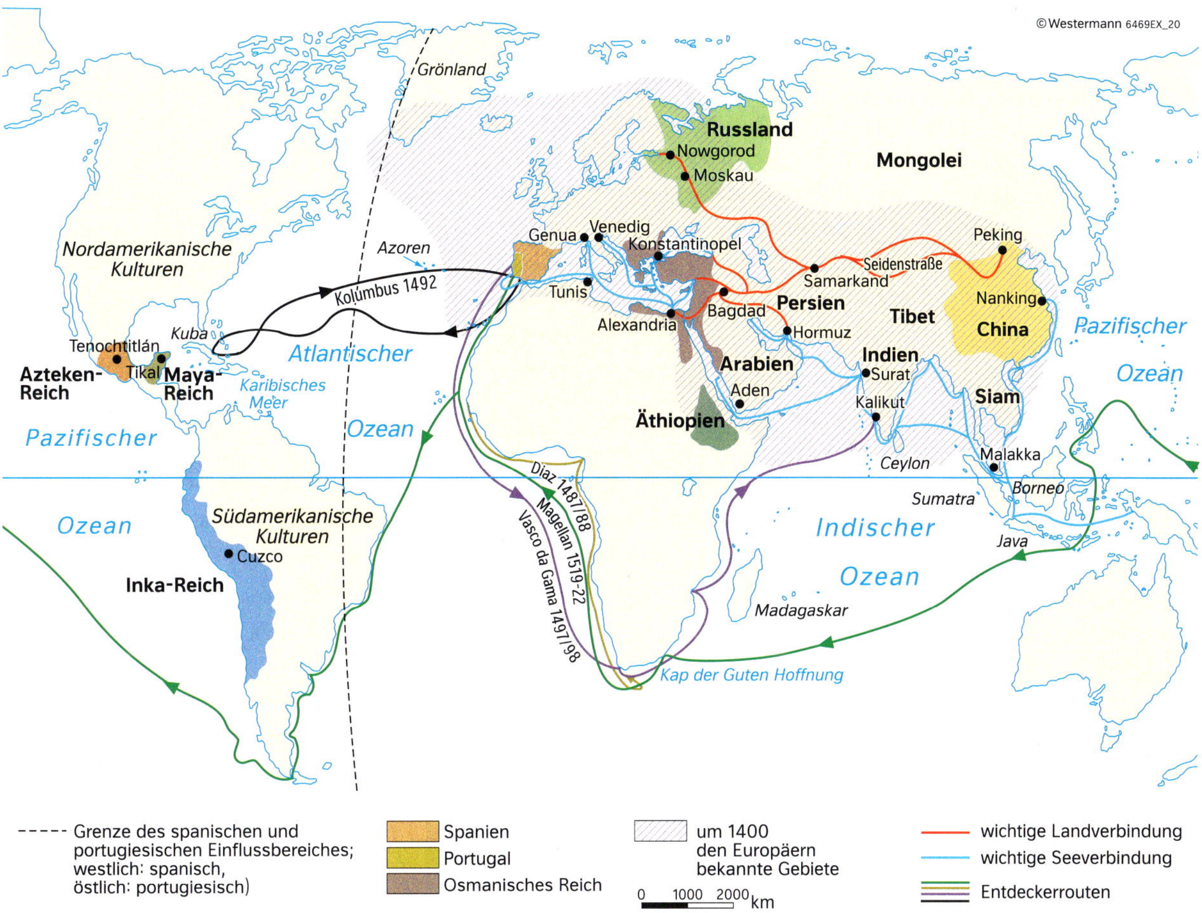

M5 ***Seefahrer und Entdecker fanden Wege zu ihnen unbekannten Kontinenten.***

Um einen bewaffneten Konflikt zu verhindern, schlossen die damals vorherrschenden Seemächte Portugal und Spanien am 7. Juni 1494 in der Stadt Tordesillas einen Teilungsvertrag. Vereinbart wurde, dass Spanien alle Gebiete erhält, die 370 Seemeilen (etwa 700 Kilometer) westlich der Inselgruppe der Azoren liegen. Portugal wurden alle Gebiete zugesprochen, die östlich dieser Linie lagen.
Andere Seemächte erkannten diesen Vertrag jedoch nicht an. Zudem wurde in diesem Vertrag keine Rücksicht auf die Interessen der Menschen in den dadurch aufgeteilten Ländern genommen.

M6 ***Der Vertrag von Tordesillas – die Neue Welt wird aufgeteilt.***

Lateinamerika

Lateinamerika umfasst alle Länder Amerikas, in denen heute überwiegend Spanisch und Portugiesisch gesprochen wird. Dazu zählen auch die spanischsprachigen Länder der Karibik.

4 Werte die Abbildung M2 aus.
305

5 Beurteile aus heutiger Sicht die Inbesitznahme der Insel durch Kolumbus (M4).

6 „Kolumbus hat Amerika entdeckt." Beurteile diese Aussage.

7 Beschreibe die Auswirkungen des Vertrages von Tordesillas (M6) für Amerika.

Große Reiche und herrliche Bauwerke

Als die europäischen Seefahrer nach Amerika kamen, wussten sie nicht, dass dieser Kontinent von Völkern mit Hochkulturen besiedelt war. Diese Völker beherrschten große Reiche und hatten herrliche Bauwerke geschaffen. Bei ihnen bestimmte ihre Religion das ganze Leben. Die Menschen Amerikas kannten die anderen Erdteile und deren Bewohner nicht. Sie ahnten nicht, dass die angekommenen Fremdlinge Eroberer, sogenannte **Konquistadoren** (spanisch: „conquistadores") waren, die in wenigen Jahren ihre Reiche zerstören und viele von ihnen wegen des Goldes und anderer Schätze ermorden würden.

M1 *Aztekische Goldmaske*

M3 *Spanische Soldaten ermorden unbewaffnete Indianer (Gemälde, 16. Jhd.).*

M2 *Der Beutezug des Hernán Cortés*

Einer der Eroberer war Hernán Cortés. Im Februar 1517 setzte er im Auftrag des spanischen Königshauses mit etwa 600 Soldaten und elf Schiffen von Kuba aus nach Mexiko über. Dort lebten die Azteken. Die Gier nach Gold, Silber und anderen Schätzen trieb Cortés von der Halbinsel Yucatán ins Landesinnere. Damit die einheimische Bevölkerung ihr Gold hergab, behaupteten die Spanier, sie hätten eine Krankheit, die nur mit Gold heilbar sei.
Auf seinem Beutezug wurde Cortés von Kriegern anderer indigener Stämme, die von den Azteken unterworfen worden waren, unterstützt. Kenntnisse über Land und Leute erhielt Cortés durch Malinche, die Tochter eines verstorbenen Häuptlings.
Zu dieser Zeit war Moctezuma Herrscher der Azteken. Er wollte nicht glauben, dass Cortés und seine Soldaten in feindlicher Absicht gekommen waren. Am 8. November 1519 erreichten die Spanier Tenochtitlán, die Hauptstadt des Aztekenreiches.

1. a) Liste die Merkmale einer Hochkultur auf.
   b) Nenne Hochkulturen, die dir bereits aus vergangenen Schuljahren bekannt sind.
2. Lege einen Zeitstrahl an, der die wichtigsten Ereignisse der Eroberung des Aztekenreiches durch Hernán Cortés erfasst (M2, M4).

Als Cortés mit seinen 600 Soldaten in Tenochtitlán ankam, hatte er einen Vorteil: Durch seine weiße Haut, die hellen Haare und den Bart hielten die Azteken ihn für den erwarteten Gottkönig Quetzalcoatl.
Beim Eintreffen in der Hauptstadt begrüßte der Azteken-Herrscher Moctezuma Cortés mit prächtigen Geschenken wie Gold, Edelsteinen und kunstvollem Federschmuck. Moctezuma erkannte zu spät, dass Cortés kein Gott war. Bereits einige Tage nach dem Eintreffen in Tenochtitlán wurde er von Cortés als Geisel genommen. Die Soldaten zerstörten die Götterbilder und richteten unter den Einwohnern ein Massaker an.
Als 1520 die spanischen Eroberer aztekische Priester töteten, löste das einen Aufstand aus. Moctezuma, der Nachsicht gegenüber den Spaniern zeigte, wurde vermutlich von eigenen Landsleuten getötet.
Die Spanier versuchten am 30. Juni 1520 aus Tenochtitlán zu fliehen, doch Azteken schnitten ihnen die Fluchtwege ab. Viele Spanier kamen um oder versanken mitsamt ihrer Beute im Texcocosee.
Cortés konnte fliehen, kam jedoch ein Jahr später mit verstärkten Truppen und verbündeten Indio-Kriegern zurück und begann im Mai 1521 mit der Belagerung der Hauptstadt.
Er ließ Schiffe bauen, die, in Teile zerlegt, zum See geschafft wurden. So konnten die spanischen Truppen die Versorgungswege zur Hauptstadt unterbinden und die Bevölkerung aushungern. Hinzu kam, dass viele Azteken durch Krankheiten geschwächt waren, welche die Spanier eingeschleppt hatten. Nach erbitterten Kämpfen fiel am 13. August 1521 Tenochtitlán in die Hände der Spanier. Die Stadt wurde fast vollständig zerstört.

M4 *Die Eroberung der Azteken-Hauptstadt Tenochtitlán (heutige Darstellung)*

3 Beschreibe die Besonderheiten der Stadt Tenochtitlán (Lage, Wegenetz, Gebäude ...) (M4).

4 Führt ein Rollenspiel zur Ankunft von Cortés in Tenochtitlán durch. Bestimmt dazu vier Schülerinnen oder Schüler, die folgende Rollen übernehmen: Cortés, Malinche, Moctezuma, eine Moderatorin oder einen Moderator (M2, M4).

M1 *Die Gefangennahme von Inka Atahualpa durch Francisco Pizarro (Kupferstich von 1596, rechts: Francisco Pizzaro)*

ℹ ❶ Inka
Eigentlich beschreibt der Begriff Inka nur den Herrscher des Stammes.
Im Allgemeinen wird mit Inka jedoch die gesamte Volksgruppe bezeichnet. Selbst bezeichneten die Stammeszugehörigen ihr Reich auch mit Tawantinsuyu, was Land der vier Teile bedeutet. Dies bezogen sie auf die landschaftliche Vielfalt und die Himmelsrichtungen.

Das Reich der Inka und seine Zerstörung

Nach einer Legende sollen der erste Inka Manco Cápac und seine Schwester Mama Ocllo vom Sonnengott Inti gesandt worden sein, um die Welt zu verbessern. Inti gab ihnen einen goldenen Stab mit. Sie sollten ihren Wohnsitz dort auswählen, wo es ihnen gelang, den Stab mit einem Schlag in die Erde zu schlagen. Nach einer Wanderung fanden sie eine Stelle und gründeten dort die Stadt Qusqu (Cuzco). Nach dem Verständnis der Inka war diese Stadt der Nabel der Welt.
Die Inka herrschten zwischen dem 13. und dem 16. Jahrhundert über ein Reich, in dem etwa 200 verschiedene Volksgruppen lebten. Zur Zeit der größten Ausdehnung war das Inkareich dreimal so groß wie Deutschland. Cuzco war die Hauptstadt, das religiöse und kulturelle Zentrum, von dem aus das Reich verwaltet wurde.
An der Spitze des Inkareiches stand der König. Er wurde wie ein Gott verehrt. Er legte die Abgaben und die Arbeitsleistungen für die Bauern fest. Meist mussten die Bauern zwei Drittel ihrer Ernte abgeben. Diese Abgaben erhielten der Inkakönig, die Beamten und die Soldaten. Die Bevölkerung wurde bei Überschwemmungen oder Dürrekatastrophen aus den Vorräten versorgt.
Die Inka lebten in den Anden und nutzten Terrassen für den Obst- und Gemüseanbau. Sie bauten ein weit verzweigtes Wegenetz mit befestigten Straßen und Brücken. Zu jener Zeit eine unglaubliche Leistung in einem Hochgebirge.

1. Die Inka-Kultur war eine Hochkultur. Erläutere (Text, Info 1).
2. Beschreibe mithilfe einer Atlaskarte die Lage von Cuzco.
3. Erkläre, wie es Pizzaro und seinen Soldaten möglich war, trotz der zahlenmäßigen Unterlegenheit die Inka zu besiegen.

M2 *Machu Picchu – Ruinenstadt der Inka in den Anden, 70 Kilometer von Cuzco entfernt.*

2 Machu Picchu
Machu Picchu wurde um 1440 vom Herrscher Pachacútec Yupanqui auf einem Bergrücken in den Anden in 2430 Meter Höhe errichtet. Bis heute ist der Grund für die Errichtung Machu Picchus nicht vollständig geklärt. Es könnte eine Art Sommerresidenz des Herrschers gewesen sein oder ein Rückzugsort bei feindlichen Angriffen. Machu Picchu wurde während der spanischen Eroberung von Pizarro übersehen.

Am 15. November 1532 traf Pizarro mit etwa 215 spanischen Soldaten bei Cajamarca ein, das 1000 Kilometer Luftlinie von der Hauptstadt des Inka-Reiches, Cuzco, entfernt lag. Inkaherrscher Atahualpa erwartete die Spanier mit Tausenden Kriegern. Nach Verhandlungen durch Pizarros Gefolgsmann zog Pizarro in das von den Inka geräumte Cajamarca ein. Nach weiteren Verhandlungen entschied sich Atahualpa dazu, die Spanier in Cajamarca aufzusuchen.
Am folgenden Tag zog der Inka mit großem Aufgebot (etwa 4000 bis 5000 Getreuen) nach Cajamarca. Die Spanier rechneten damit und lockten die Inka in einen Hinterhalt. Ein Priester trat mit einer Bibel und einem Kreuz in der Hand vor Atahualpa und begann seine Anrede mit: „Höre das Wort Gottes …“. Als Atahualpa den Priester unterbrach und fragte, woher das Wort Gottes komme, reichte dieser ihm die Bibel. Da Atahualpa mit der Schrift nichts anfangen konnte, hielt er das Buch an das Ohr. Da er das angekündigte Wort nicht vernahm, warf er beleidigt die Bibel zu Boden. Pizarro nahm dieses Sakrileg (Vergehen gegen etwas Heiliges) als Vorwand zum Angriff.
Die Spanier schossen mit ihren Kanonen und **Musketen** auf die Inka, bevor sie mit den einfachen Waffen (Keulen, Lanzen, Schwertern) zum Angriff übergingen. Es kam zu einem Gemetzel. Atahualpa wurde von den Spaniern gefangen genommen.
Die Spanier hatten keine Verluste. Die Inka wurden vermutlich aufgrund des Überraschungseffektes geschlagen. Dazu kamen der ungewohnte Anblick der Pferde der Spanier und das Getöse der Feuerwaffen. Das zurückgelassene Hauptheer der Inka verharrte führer- und bewegungslos, um den Inkaherrscher nicht zu gefährden und weil sie aufgrund ihres streng hierarchischen Systems nicht gewohnt waren, selbst die Initiative zu ergreifen.

M3 *Schlacht von Cajamarca*

4 Wähle eines der nachfolgenden Themen für eine Internetrecherche und erstelle aus den Informationen eine Präsentation: 311
- Aufstieg und Ende des Inkareiches,
- Das Leben des Francisco Pizzaro,
- Die Entdeckung von Machu Picchu durch Hiram Bingham.

100382-202-05
schueler.diercke.de

M1 *Darstellung aus einer Schrift des 1787 in Großbritannien gegründeten Komitees zur Abschaffung der Sklaverei*

Hochkulturen werden europäische Kolonien

Die Feldzüge von Cortés und Pizarro gegen die Azteken und die Inka waren nur der Anfang der Eroberungen (siehe S. 100 – 103). Die Maya wurden von den Spaniern 1542 besiegt. Weite Teile Südamerikas gerieten nach und nach unter spanische Herrschaft. Man zwang die einheimische Bevölkerung zur Annahme des katholischen Glaubens. Die indianischen Siedlungsgebiete wurden zu **Kolonien** (Info 2) Spaniens erklärt.
Nachdem die Eroberer die Schätze der Indianer durch Gewalt oder Tauschhandel an sich gebracht hatten, nahmen sie auch die Gold- und Silberminen in Besitz.
Bald schon erkannten die Europäer, dass sich auch mit südamerikanischen Nutzpflanzen Geld verdienen ließ. Sie führten in den Kolonien die Plantagenwirtschaft ein. Auf großen Flächen wurde der Wald gerodet und Zuckerrohr, Kaffee oder Kakao wurden angebaut.
Zehntausende Indios starben an Krankheiten und aufgrund der unmenschlichen Arbeitsbedingungen in den Bergwerken und auf den Plantagen. Sie wurden durch Afrikaner ersetzt, die als Sklaven mit Schiffen nach Amerika verschleppt wurden. Zwischen 1500 und 1800 entwickelte sich ein Dreieckshandel. Dabei machten die Kaufleute aus Europa riesige Gewinne. Sie organisierten den Handel und führten ihn durch.

❶ Sklaverei

Ein Sklave ist ein Mensch, der das Eigentum eines anderen Menschen ist. Sklaven können auch verkauft werden.
Sklaverei und Sklavenhandel existierten bereits in der Antike. Im 16. und 17. Jahrhundert erreichte der Menschenhandel seinen Höhepunkt.
Als erste Kolonialmacht verbot Großbritannien 1807 den Sklavenhandel. Andere europäische Mächte folgten. In den USA wurde das Halten von Sklaven 1865 unter Präsident Abraham Lincoln verboten. Im Jahr 1948 wurde die Sklaverei von den Vereinten Nationen (UN, UNO) als Verbrechen gegen die Menschlichkeit unter Strafe gestellt. Dennoch geht die UNO derzeit von etwa einer Million Menschen aus, die Sklaven sind.

Der Dreieckshandel verlief folgendermaßen: *Billige Fertigwaren (Alkohol, Stoffe, Waffen)* wurden von *Europa* nach *Afrika* transportiert. Dort wurden sie gegen *Sklaven* eingetauscht. Die Sklaven wurden nach *Amerika* verschifft. Hier mussten sie zumeist auf Zuckerrohr-, Tabak- und Baumwollplantagen sowie in Bergwerken schwer arbeiten.
Die gewonnenen *Rohstoffe (Zucker, Tabak, Baumwolle, Gold und Silber)* wurden wiederum nach Europa gebracht. Der Dreieckshandel fand erst mit der Abschaffung der Sklaverei in England 1807 ein Ende.

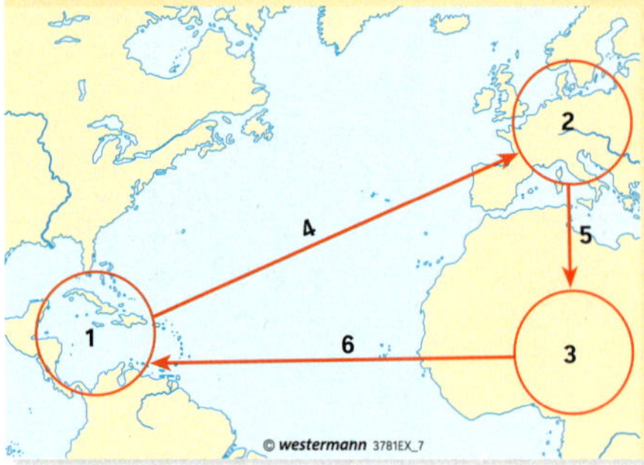

M2 *Der Dreieckshandel (Foto: Nachbau eines Sklavenschiffes)*

❶ a) Übersetze die Frage in M1.
b) Erläutere die Bildaussage in M1.

❷ Übertrage das Schema M2 in dein Heft. Ordne den Ziffern die schräg gedruckten Begriffe zu (M2).

❸ Ordne den Sprachgebieten (Englisch, Französisch, Spanisch, Portugiesisch) heutige Länder zu (M3).

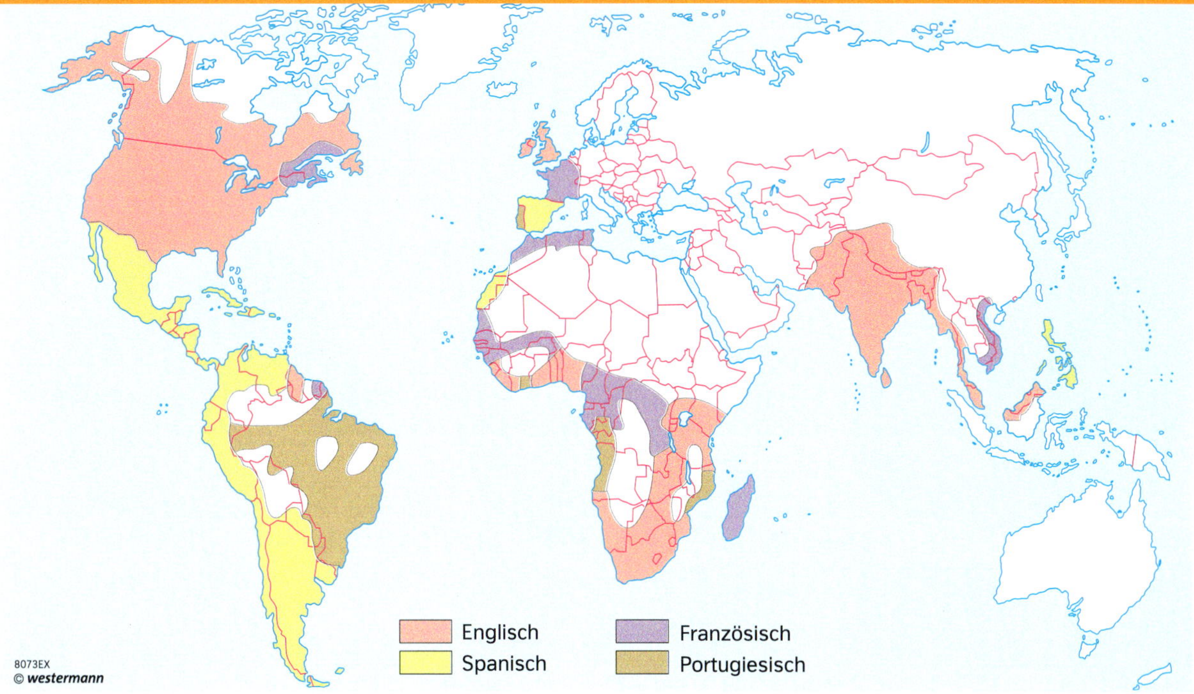

M3 *Die Sprachgebiete der Kolonialmächte Mitte des 19. Jahrhunderts (Auswahl)*

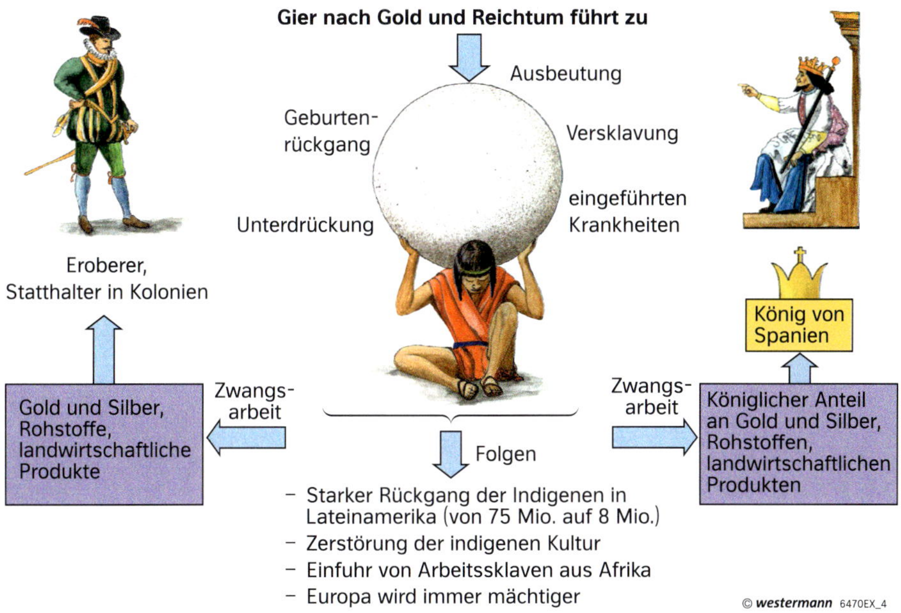

M4 *Die Folgen der europäischen Herrschaft*

❷ Kolonien und Kolonialisierung

Unter einer Kolonie versteht man eine Region, die in Abhängigkeit von einem Staat steht und keine eigene politische und wirtschaftliche Macht hat. Den Prozess der Landnahme nennt man auch Kolonialisierung.

4 Verfasse einen Text zu den Folgen der Kolonialisierung (M4). Beginne mit: „Die Gier der Kolonialherren nach Gold und Reichtum führte zu … ."

5 Beurteile die Folgen der Kolonialisierung Amerikas für
- die Europäer,
- die Ureinwohner Amerikas,
- die afrikanischen Sklaven.

1. Weltbilder

Ordne den Weltbildern Ⓐ bis Ⓒ die richtige Beschreibung ① bis ③ zu. Übertrage die Lösung als Text in dein Heft/deine Mappe.

14029EX_15

Ⓐ

Ⓑ

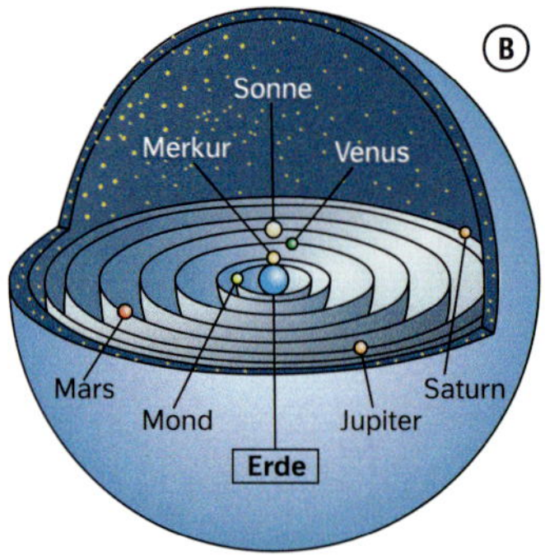

Ⓒ

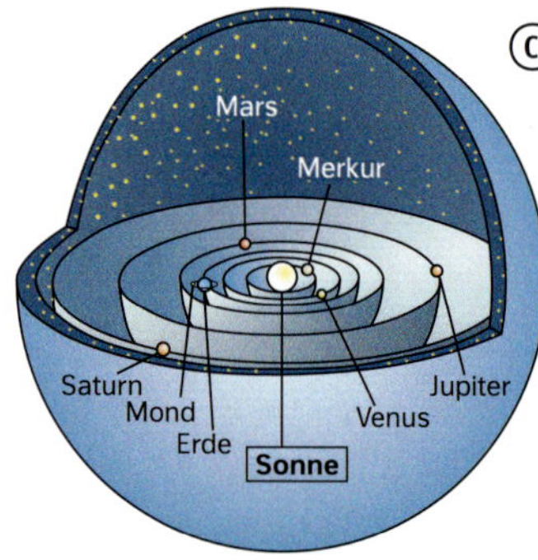

Weltbild	Weltbild	Weltbild
① Die Erde ist eine Kugel. Sie ist der Mittelpunkt des Weltalls. Sonne, Mond und Sterne drehen sich um die Erde.	② Die Erde ist eine Scheibe, die wie ein Stück Holz auf dem Wasser schwimmt. Sonne, Mond und Sterne drehen sich um die Erde.	③ Die Erde ist eine Kugel. Die Sonne ist der Mittelpunkt des Weltalls. Die Erde dreht sich um die Sonne.

2. Zeitstrahl

a) Beschreibe den Inhalt der Bilder.

b) Bringe die Bilder in die korrekte zeitliche Reihenfolge.

c) Wähle drei Bilder aus und erläutere die Bedeutung des Abgebildeten für die Neuzeit.

①

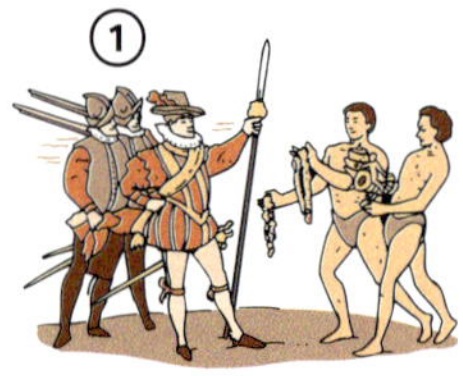

②

③

④

⑤

⑥

3. Einen Bericht schreiben.

Schreibe einen Bericht zum Thema Entdeckungen oder Eroberungen aus verschiedenen Sichten. Wähle aus:

a) Bericht über die Ankunft des Kolumbus aus der Sicht eines Spaniers,

b) Bericht über die Ankunft des Kolumbus aus der Sicht eines Inselbewohners,

c) Bericht eines Mönchs, der sich beim spanischen König über die Herrschaft der Spanier über die Ureinwohner beklagt,

d) Bericht eines Sklaven von der Gefangennahme in Afrika bis zur Ankunft im Hafen des neuen Kontinents.

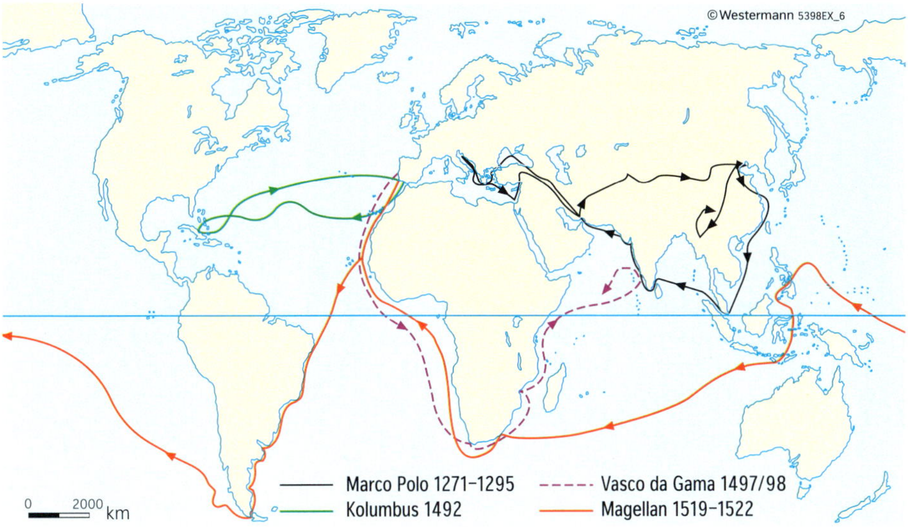

4. Reisen von vier Entdeckern

a) Verfolge die Reisen der vier „Entdecker“ und nenne zu jeder Route die entdeckten Kontinente.

b) Wähle einen der Entdecker und erläutere die Bedeutung seiner Entdeckung für unser heutiges Weltbild.

5. Zwei Männer bestimmen das Schicksal von Tenochtitlán.

a) Berichte über Tenochtitlán.

b) Nenne die Namen der Männer in der Abbildung.

c) Erkläre, inwiefern sie das Schicksal von Tenochtitlán bestimmten.

6. Welcher Begriff passt nicht zu den anderen? Begründe deine Wahl.

a) Dreieck – Geoid – Scheibe – Kugel

b) Altertum – Neuzeit – Renaissance – Mittelalter

c) Kolumbus – Magellan – Vasco da Gama – Marco Polo

d) Amerika – Aserbaidschan – Indianer – Indien

e) Inka – Azteken – Ägypter – Spanier

f) Jakobsstab – Karavelle – Kompass – Sextant

Fachbegriffe

der Humanismus
die Renaissance
das geozentrische Weltbild
das heliozentrische Weltbild
der Sextant
der Magnetkompass
der Jakobsstab
die Karavelle
der Buchdruck
die Letter
die Druckerpresse
die Neue Welt
der Konquistador
die Muskete
die Kolonie

Immanuel Kant, deutscher Philosoph, 1724–1804:

„Habe Mut dich deines eigenen Verstandes zu bedienen."

Charles de Montesquieu, französischer Philosoph, 1689–1755:

„Freiheit ist das Recht, alles zu tun, was die Gesetze erlauben."

Voltaire, französischer Philosoph, 1694–1778:

„Das englische Volk ist das einzige, das die Macht der Könige durch seinen Widerstand gegen sie regelt."

Jean Jacques Rousseau, französischer Philosoph, 1712–1778:

„Solange ein Volk gehorcht, handelt es gut; sobald es sein Joch abschüttelt, handelt es besser."

M1 *Wichtige Denker der Aufklärung*

Ich denke, also bin ich – die Aufklärung

Die Aufklärung bezeichnet eine geistige Bewegung im 18. Jahrhundert. Philosophen und Dichter entwickelten ganz neue Ideen, die die Welt verändert haben. Die Aufklärung gilt als Beginn des modernen Denkens.

Die Denker der Aufklärung lebten in einer Zeit, als der König und die Kirche das Leben der Menschen bestimmten. Sie legten fest, was gut und richtig ist und was nicht. Sie sagten den Menschen, wie sie leben sollten.

Die Aufklärer wollten, dass die Menschen selbst denken und vernünftig entscheiden. Sie sollten tolerant, respektvoll und kritisch sein. Sie sollten die Chance haben, sich zu entwickeln und ihr Leben nach ihren Vorstellungen zu leben.

Klaus sagt zu Gil: „Das mit dem Ramadan verstehe ich nicht. Wie kann man ohne Essen auskommen? Erklär' mal!

Maja hat eine neue Frisur: kurze blaue Haare, die wie Stacheln vom Kopf abstehen. Klaus sagt: „Du siehst ja blöd aus – wie ein Alien!"

Klaus hat Maja im Unterricht immer wieder mit Papierkugeln beworfen. Sein Lehrer schimpft mit ihm. Klaus ist sauer und ruft: „Ich habe doch gar nichts gemacht. Sie können mich einfach nicht leiden!"

Maja hat von Gil in der Mathearbeit abgeschrieben. Beide haben deswegen eine Sechs bekommen. Christina findet, Maja sollte der Lehrerin sagen, dass sie abgeschrieben hat.

M2 *Was hat Aufklärung mit uns zu tun?*

1 Die Aufklärer wollten, dass Menschen sich vernünftig, tolerant, respektvoll und kritisch verhalten.

a) Diskutiere, inwiefern sich die Personen in M2 vernünftig, tolerant, respektvoll und kritisch verhalten. Finde zusätzliche Beispiele.

b) Definiere: Was bedeuten die Begriffe „vernünftig", „tolerant", „respektvoll" und „kritisch" für dich?

Vernünftig sollen nicht nur die Menschen handeln, sondern auch der Staat, forderten die Aufklärer. Sie lehnten ab, dass der König alle Macht im Staat hat.
Wenn der König alles bestimmt, kann es im Land keine Freiheit, sondern nur Unterdrückung geben, fand Charles de Montesquieu.
Damit die Menschen frei sind, müssen die Staatsgewalten geteilt werden. Montesquieus Vorschlag hieß *Gewaltenteilung*. Sie soll verhindern, dass die Regierenden ihre Macht missbrauchen. Gewaltenteilung ist bis heute eine sehr wichtige Regel in jedem demokratischen Staat.

M3 *Montesquieu und die Gewaltenteilung*

Die Aufklärer forderten, dass die Bürger selbst entscheiden sollten, wie ihr Land aussieht. Dieses Prinzip nennt man *Volkssouveränität*. Jean-Jacques Rousseau schrieb: „Solange ein Volk gehorcht, handelt es gut. Sobald es sein Joch [das heißt: seine Unterdrückung] abschüttelt, handelt es besser.“
In einem Staat wie Deutschland mit über 80 Millionen Menschen können nicht alle gemeinsam entscheiden. Deswegen wählen die Bürgerinnen und Bürger Stellvertreterinnen und Stellvertreter (Abgeordnete), die das übernehmen. Im deutschen Grundgesetz heißt es: „Alle Staatsgewalt geht vom Volke aus“.

M5 *Rousseau und die Volkssouveränität*

Auch die *Menschenrechte* sind eine Idee der Aufklärung. Die Denker der Aufklärung fanden: Alle Menschen sind frei und gleich. Alle haben einen Verstand, den sie benutzen können. Kein Mensch hat von Natur aus mehr Rechte als ein anderer.
Die Menschenrechte sind heute die Grundlage jeden demokratischen Staates. Sie sind im Grundgesetz der Bundesrepublik Deutschland verankert, in den Verfassungen Frankreichs und der USA und von allen anderen demokratischen Staaten. Auch die Vereinten Nationen (UNO) haben 1948 eine Allgemeine Erklärung der Menschenrechte festgeschrieben.

M6 *Die Aufklärer und die Menschenrechte*

M4 *Demonstranten setzen sich für die Rechte von People of Color in den USA ein.*

Gewaltenteilung in Deutschland

Gewählte Volksvertreterinnen und -vertreter beschließen im Landtag und im Bundestag Gesetze. Sie bilden die *Legislative* (gesetzgebende Gewalt).
Die Bundesregierung, die Landesregierung und die Gemeinde wenden Gesetze im Alltag an. Sie sind die *Exekutive* (ausführende Gewalt).
Die Gerichte entscheiden darüber, ob eine Tat gegen das Gesetz verstößt. Sie bilden die *Judikative* (richterliche Gewalt).

2 a) Erkläre die Prinzipien Gewaltenteilung, Volkssouveränität und Menschenrechte (M3, M5, M6).
b) Erläutere, welche Ziele die Denker der Aufklärung mit diesen Ideen verknüpften.

3 Erkläre die Begriffe „Legislative“, „Exekutive“ und „Judikative“ (Info).

4 Recherchiere und diskutiere die aktuelle Situation der Menschenrechte (M4). 311

M1 *Der Spiegelsaal im Schloss von Versailles – das Zentrum absolutistischer Macht*

M2 *Ludwig XIV. König von Frankreich 1638–1715 (Gemälde von 1701) Dieses Porträt gilt als beispielhafte Darstellung eines absolutistischen Herrschers: Fast drei Meter hoch, zwang es die Betrachter, zu ihm aufzuschauen.*

Ludwig XIV. – ein absolutistischer Herrscher

Die Wiege der Demokratie liegt im antiken Griechenland. In Athen entschieden um 500 v. Chr. 40000 freie Männer in Volksabstimmungen. Sie mussten über 20 Jahre sein und Kriegsdienst leisten. Jeder von ihnen hatte eine Stimme. Dies war der Beginn der Demokratie. Frauen, Einwanderer und Sklaven hatten jedoch keine politischen Rechte.

Danach gab es in Europa rund 2000 Jahre lang keine Demokratie mehr. Es herrschten Könige, die ohne Zustimmung ihrer Völker in ihre Ämter kamen. Einer von ihnen war König Ludwig XIV., der Frankreich von 1661 bis 1715 regierte.

In Ludwigs Augen waren alle Menschen seine Untertanen. Seine Herrschaftsform war der **Absolutismus**. Er sah sich durch die Gnade Gottes in sein Amt eingesetzt und bestimmte, was Gesetz war. Der Absolutismus war im 17. und 18. Jahrhundert die Herrschaftsform in fast allen europäischen Ländern.

Frankreich war in dieser Zeit ein Land, in dem die Adligen zahlreiche Vorrechte (Privilegien) hatten:

- Sie zahlten fast keine Steuern.
- Nur sie konnten hohe Posten in Armee und Kirche besetzen.
- Sie wurden vor Gericht besser behandelt als Nichtadlige.

1 Du bist um 1700 zu Gast im Schloss von Versailles. Schreibe einen Bericht über deine Eindrücke (M1, M2, M5, Atlas S. 206).

2 a) Beschreibe M2.
b) Ludwig nannte sich selbst „Sonnenkönig“. Erkläre (M4).

3 Gestaltet ein Standbild, in dem ihr die Haltung Ludwigs XIV. nachstellt (M2).
a) Der König-Darsteller beschreibt, wie er sich fühlt.
b) Die anderen beschreiben, wie der König auf sie wirkt.

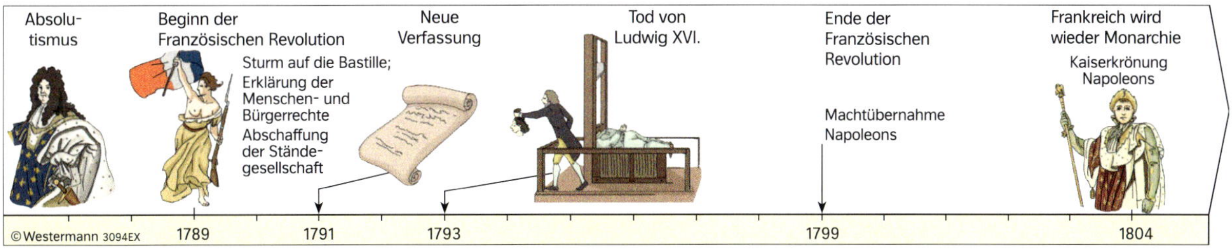

M3 *Zeitleiste – Absolutismus in Frankreich*

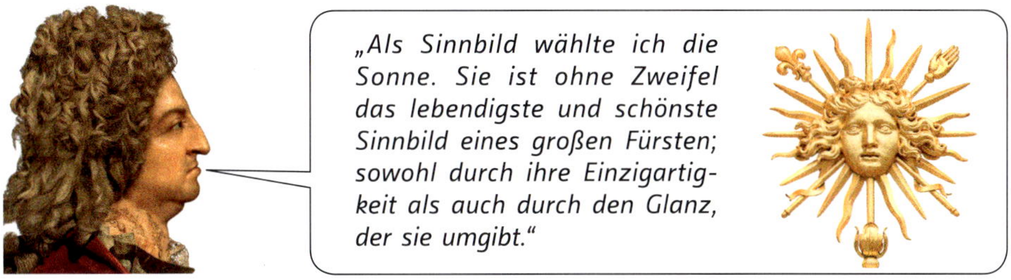

M4 *Ludwig XIV. als Sonnenkönig*

Um acht Uhr früh weckte der erste Kammerdiener den König. Ludwig nahm Weihwasser und sprach ein Gebet. Dann kamen einige Minister, die Vorleser, die Apotheker, Ärzte, Offiziere und Kammerdiener.
Nachdem der König eine Perücke aufgesetzt hatte, traten die Kirchenfürsten und weitere Adlige ein. Der König zog sein Nachthemd aus und übergab es dem ersten Kammerdiener. Er verlangte sein Taghemd. Dies war der Höhepunkt der Zeremonie: Das Recht, dem König das Hemd zu reichen, stand zunächst dem Bruder des Königs zu; wenn dieser abwesend war, den Söhnen und Enkeln des Königs. War der König angezogen, ging er mit großem Gefolge zur Morgenmesse.

(Steudel, Theodor: Der Fürstenstaat. In: Teubners Quellensammlung für den Geschichtsunterricht, Bd. 4, Leipzig: B. G. Teubner, 1933, S. 1)

M5 *Der König steht auf.*

Der Bischof Bossuet, Hofprediger Ludwigs XIV. und Prinzenerzieher:
Die Fürsten handeln als Gottes Diener. Durch sie übt Gott seine Herrschaft aus. Deshalb ist der königliche Thron nicht der Thron eines Menschen, sondern Gottes Thron. Daraus ergibt sich, dass die Person der Könige geheiligt ist. Wer sich an ihnen vergreift, begeht Gotteslästerung. Der König ist niemandem Rechenschaft schuldig.
Ohne diese absolute Gewalt kann er weder das Gute tun noch das Böse unterdrücken.
Niemand kann daran zweifeln, dass der ganze Staat in der Person des Fürsten verkörpert ist. Bei ihm liegt die Gewalt.

(Bossuet, Jacques Bénigne: Die Politik nach den Worten der Heiligen Schrift. In: Lautemann & Schlenke (Hrsg.): Geschichte in Quellen, Band 3, München: Bayerischer Schulbuchverlag, 1966, 759 S.)

M6 *Begründung des Absolutismus*

4 Nenne zwei Vorrechte des Königs oder des Adels, die du als ungerecht empfindest. Begründe deine Entscheidung.

5 Erkläre den Begriff Absolutismus.

6 a) Arbeite aus M6 heraus, wie Bischof Bossuet die absolutistische Herrschaft begründet.
b) Erkläre die Absicht, die hinter einer solchen Veröffentlichung steckte (M6).

Die Stützen der Macht

Die Beamten

Damit seine Entscheidungen auch in den entfernten Gebieten Frankreichs befolgt werden, entmachtet der König den dortigen Adel. Er ersetzt die Adligen durch zuverlässige Beamte. Es sind gebildete Bürger, die ihm treu ergeben sind. Sie wissen, dass sie sofort entlassen werden, wenn sie die Befehle des Königs nicht richtig ausführen.
Die Beamten treiben die Steuern der Untertanen ein und sind zuständig für die örtliche Verwaltung, die Gerichte, die Polizei, den Straßenbau und die Versorgung der Bevölkerung mit Lebensmitteln.
Durch den Einsatz der Beamten wird ganz Frankreich zentral und einheitlich verwaltet.

Die Soldaten

Ludwig XIV. vergrößert sein Heer von 45 000 auf 400 000 Mann. Damit besitzt er die stärkste Armee in Europa. Wenn ein Krieg beendet ist, werden die Soldaten nicht entlassen, sondern bleiben dem König als stehendes Heer erhalten. Dann helfen sie beim Bau des Schlosses, beim Straßenbau und dabei, die Befehle des Königs durchzusetzen.
Ludwig XIV. führt Kriege gegen seine Nachbarn und erobert Gebiete im Osten des Landes. Waffen, Uniformen und Nahrungsmittel für die Soldaten sind sehr teuer. Der Unterhalt der Armee und der Bau von Festungen umfasst etwa ein Drittel der Staatsausgaben.

Die Einnahmen

Der König erhebt Steuern. Die Höhe der Steuerzahlungen richtet sich nach Einkommen und Besitz der Untertanen. Aber der Adel und die Geistlichen müssen kaum Steuern bezahlen. Sie zahlen nur indirekte Steuern als Zuschläge auf einzelne Waren. Diese Steuern werden beim Kauf der Ware (Salz, Tabak, Seife) mitbezahlt. Um zusätzliche Einnahmen zu ermöglichen, fördert der Staat den Handel. Er entwickelt das System des Merkantilismus.

1. In der Zeichnung auf dieser Seite ist der französische König auf besondere Weise dargestellt. Erkläre, was damit gemeint ist.

2. Wähle aus:
   a) Beschreibe die Stützen der Macht des Königs.
   b) Erstelle ein Schaubild zu den drei Stützen der Macht des Königs.

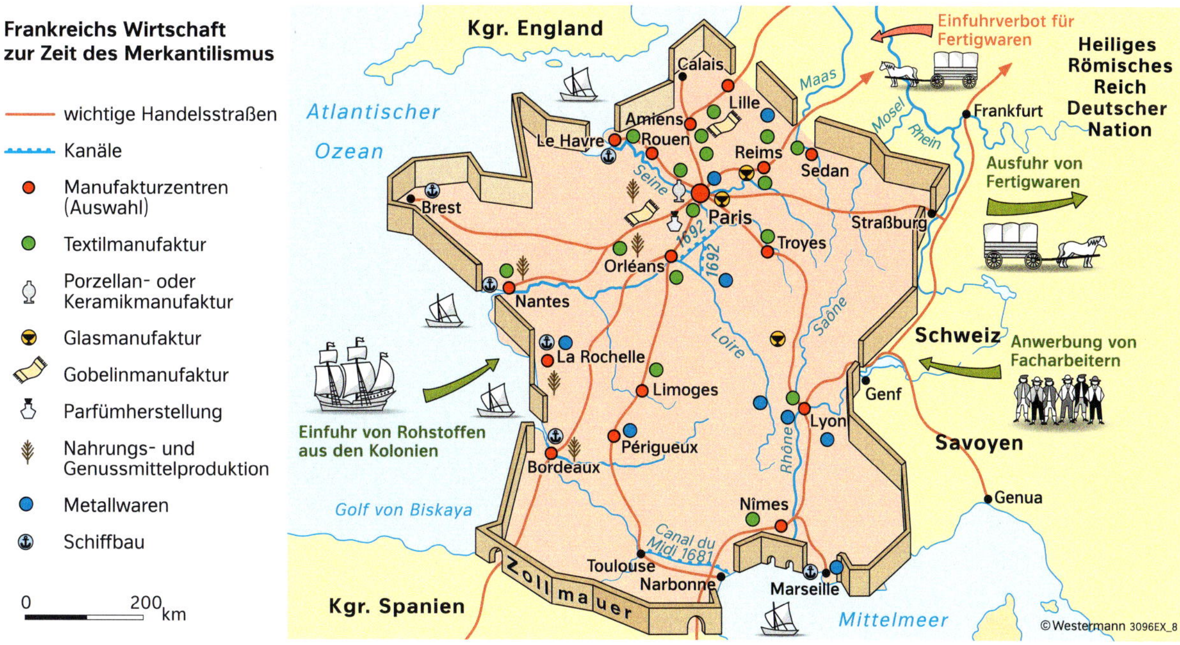

M1 *So funktioniert der Merkantilismus.*

Der König sichert seine Macht

In der Zeit des Absolutismus sorgte der König auf dreifache Weise für die Erhaltung seiner Macht: Die Soldaten setzten seine Politik durch. Die Beamten verwalteten den Staat. Mit den Einnahmen finanzierte der König seine Politik.

Einer der Finanzminister unter Ludwig XIV. war Colbert (1619 – 1683). Er entwickelte das System des Merkantilismus und unterstützte den Bau von Manufakturen. In diesen Betrieben verrichteten Arbeiter nur noch einzelne Handgriffe bei der Herstellung einer Ware. Die Waren konnten so kostengünstiger und schneller hergestellt werden.

Unter Merkantilismus verstehe ich, dass wir günstige Rohstoffe aus unseren Kolonien holen, sie in unseren Manufakturen verarbeiten und die fertigen Waren mit Gewinn im Ausland verkaufen. Damit der Transport klappt, schaffen wir eine eigene Handelsflotte und bauen Straßen und Kanäle aus.
Fertige Waren aus dem Ausland dürfen nicht eingeführt werden. Wir lassen sie nicht ins Land. Sonst könnten wir unsere Waren nicht verkaufen und hätten weniger Geld in der Staatskasse. Unsere Rohstoffe hingegen dürfen nicht ausgeführt werden. Sonst könnten im Ausland daraus Fertigwaren hergestellt werden. Das wollen wir nicht. Wir führen dieses System in Frankreich ein, weil in der Staatskasse kein Geld mehr ist. Die Steuern können wir nicht erhöhen. Sie sind eigentlich schon zu hoch. Also müssen wir Geld im Ausland verdienen. Der König braucht Geld für den Unterhalt des Heeres, für Kriege, für die Gehälter der Beamten, für kostspielige Bauten, wie zum Beispiel Schloss Versailles, und für sein aufwendiges Leben.

Jean Baptiste Colbert

M2 *Möglicher Brief von Colbert an einen Freund*

3. Arbeite aus dem Text ein mögliches Problem heraus, welches durch die drei Stützen der königlichen Macht entstehen könnte.

4. Erläutere die Karte M1 mithilfe von M2.

5. Du bist Colbert und willst deinen König vom Merkantilismus überzeugen. Erstelle einen Vortrag (M2).

6. Vergleiche die Produktion im mittelalterlichen Handwerk mit der Produktion in Manufakturen.

M1 *Die Stadt Saarlouis wurde 1680 im Auftrag Ludwigs XIV. erbaut.*

M2 *Reste der Bastion VI am heutigen Saaraltarm*

ERSTAUNLICH

Um das heutige Stadtzentrum vor Hochwasser zu schützen, wurde 1972 der Lauf der Saar verändert und nach Osten gelegt. Der Altarm der Saar ist heute ein Naherholungsgebiet.

Die Stadt des Sonnenkönigs

Um die Ostgrenzen Frankreichs zu schützen, baute Ludwig XIV. sogenannte Garnisonsstädte als Grenzfestungen und als Unterkunft für seine Soldaten. Eine dieser Städte war die 1680 errichtete Festungsstadt Saarlouis (ursprünglicher Name: Sarre-Louis). Sie sollte als Hauptstadt der neugeschaffenen Province de la Sarre (Saarprovinz) dienen.

Entworfen hat die Stadt der französische Baumeister Sébastien Le Prestre de Vauban. Zur besseren Verteidigung wählte er für den Grundriss eine symmetrische Sternform mit sechs vorspringenden Bastionen, auf denen Kanonen aufgestellt werden konnten.

Ein weiteres wichtiges Verteidigungselement war die Schleusenbrücke. Zwischen ihre Pfeiler konnten große Holzbanken eingelegt werden, um so das Wasser der Saar zu aufzustauen und das Umland zu überfluten. Dies sollte es Angreifern erschweren, ihre Kanonen dicht an die Stadt bringen zu können.

Auch heute noch finden sich im Stadtbild Reste ehemaliger Verteidigungsanlagen, wie die dicken Mauern der Bastionen (M2) und Kasernenbauten. Inmitten der Stadt liegt der fast unverändert erhaltene große Markt. Er war früher als Parade- und Exerzierplatz für die Soldaten gedacht.

1. Nenne Gründe für den Bau der Festungsstadt.

2. a) Verorte M2 und M5 im Schrägluftbild M1.
   b) Beschreibe, wie die Stadt im Kriegsfall verteidigt werden konnte (Text, M2, M5).

3. Recherchiere im Internet und schreibe einen kurzen Lexikonartikel zu Sébastien Le Prestre de Vauban. 311

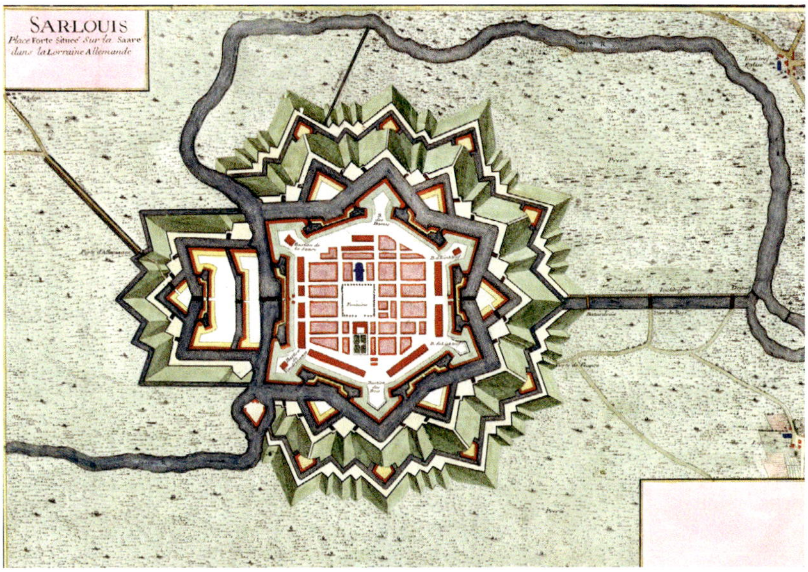

M3 *Plan von Saarlouis mit den städtischen Befestigungsanlagen (um 1709)*

M5 *Die Schleusenbrücke über den Saaraltarm*

M4 *Luftbild von Saarlouis heute*

Das Wappen wurde der Stadt 1683 durch Ludwig XIV. verliehen. Es zeigt eine durch Wolken strahlende goldene Sonne. Darüber sind drei goldene Lilien abgebildet, die für Frankreich stehen. Über dem Schild befindet sich ein rotes Band mit dem lateinischen Spruch: „dissipat atque fovet“. Übersetzt bedeutet er so viel wie „die Sonne zerstreut die Wolken und erwärmt die Erde“. Umgeben ist das Wappen von einem Lorbeerkranz mit roten Beeren und blauer Schleife.

M6 *Wappen der Stadt Saarlouis*

4 a) Beschreibe den Plan in M3.
b) Vergleiche den Plan in M3 mit dem Luftbild in M4.

5 Erstelle mithilfe der Materialien und des Internets einen Vortrag über die Stadt Saarlouis.

6 Interpretiere die Bedeutung des Spruches: „ Die Sonne zerstreut die Wolken und erwärmt die Erde (M6).“

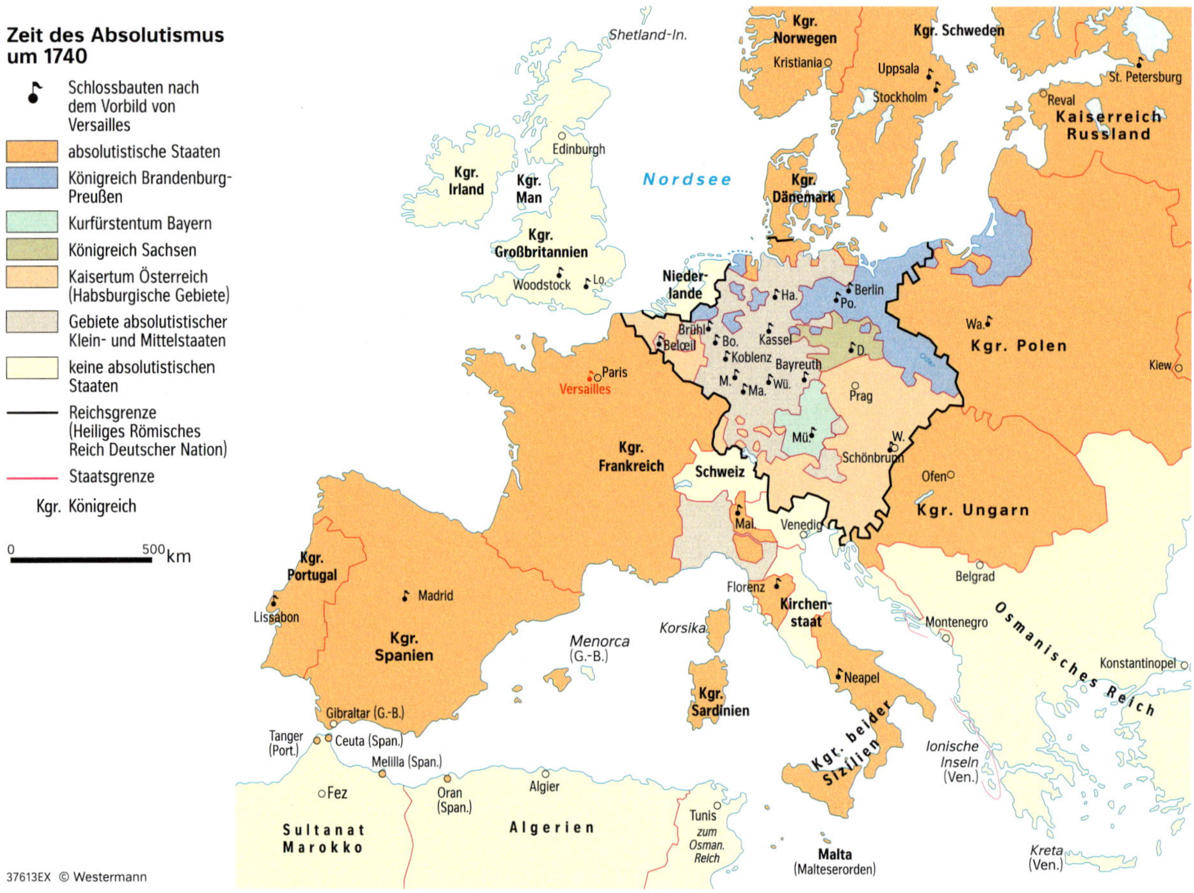

M1 *Absolutistische Staaten in Europa um 1740*

Viele absolutistische Staaten

Die Regierungsform und das Hofleben in **Versailles** entwickelten sich zum Vorbild für ganz Europa. Mode, Musik, Malerei und Literatur lehnten sich an französische Vorbilder an. Die französische Sprache wurde an allen europäischen Höfen gesprochen. Sie wurde auch zur Sprache der Diplomatie.
Die europäischen Könige und Fürsten bewunderten Ludwig XIV. Sie wollten eine ähnliche Residenz wie Versailles haben und ebenfalls absolutistisch über ihre Untertanen herrschen.
Deutschland war zu dieser Zeit im Gegensatz zu Frankreich noch kein geeintes Land. Zwar gab es das Heilige Römische Reich Deutscher Nation mit einem Kaiser in Wien. In Wahrheit bestand Deutschland aber aus vielen Einzelstaaten, in denen Fürsten und Könige weitgehend unabhängig und eigenständig regierten.

1 Liste die absolutistischen Staaten Europas und die Residenzen ihrer Herrscher um 1740 auf (M1).

2 Beschreibe, wie sich das Vorbild Frankreichs und Ludwigs XIV. auf Deutschland und Europa auswirkten.

M2 *Schloss Sanssouci mit barocker Gartenanlage in Potsdam*

Barock
(portugiesisch: „Perle“). Der Barock ist eine Epoche der europäischen Kunstgeschichte von etwa 1575 bis 1770. Kennzeichnend bei der Bauweise von Schlössern und Kirchen im Barock sind die perlenartigen, ovalen und runden Formen. Die Parks sind geometrisch angelegt mit symmetrischen Achsen, die auf zentrale Punkte zulaufen.

„Ich bin das Oberhaupt, der oberste Diener des Staates und auch ein Teil vom Volk. Ich muss härter arbeiten als alle anderen und so regieren und verwalten, dass es allen Bürgern im Land gut geht.“

M3 *Friedrich II., König von Preußen: seine Sicht zur Rolle des Herrschers*

Preußen und Friedrich II.

Eine besondere Rolle nahm Brandenburg-Preußen ein. Seit dem Dreißigjährigen Krieg hatte sich Preußen von einem armen zersplitterten Staat zu einem recht wohlhabenden, starken und einheitlichen Staat gewandelt.

Von 1740 bis 1786 regierte dort König Friedrich II., der „Große“. Er war beeinflusst von den Ideen der Aufklärung und führte viele Reformen durch. So ließ er zum Beispiel sumpfige Gebiete trockenlegen und führte die Kartoffel als Grundnahrungsmittel ein.

Im Gegensatz zu anderen Fürsten mischte er sich nicht in das Rechtswesen ein und ließ seine Untertanen ihren Glauben frei wählen.

In der Außenpolitik führte Friedrich II. mit seinem gut ausgebildeten Militär viele Kriege. So stieg Preußen zur fünften Großmacht neben Frankreich, Großbritannien, Russland und Österreich-Ungarn auf.

3 Wähle aus:
a) Beschreibe den Aufbau von Schloss Sanssouci in Potsdam (M2).
b) Zeichne das Schloss als Senkrechtluftbild (M2).

4 Vergleiche, wie Friedrich II. und Ludwig XIV. die Rolle des Herrschers verstanden (M3, S. 110–111).

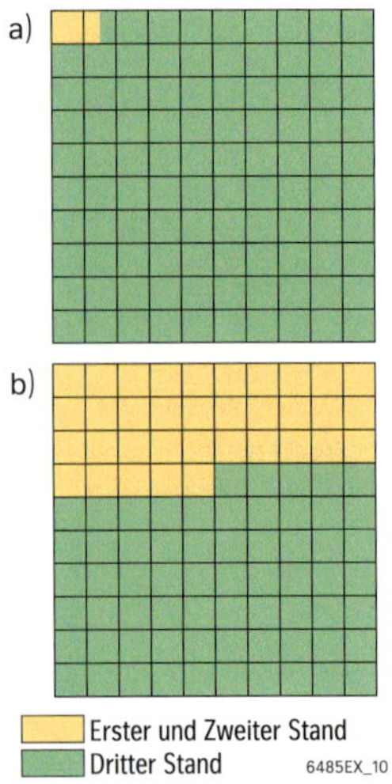

M1 *Anteil der Stände an den Steuerzahlungen (a) und am Grundbesitz (b) um 1780*

M2 *Austernfrühstück (Gemälde von Jean François de Troy, 1679 – 1752)*

M3 *Anonyme Karikatur, 1789*

Die französische Gesellschaft

Um 1780 lebten die Menschen in Frankreich in einer **Ständegesellschaft**. Jeder wurde in einen bestimmten Stand hineingeboren. Für jeden Stand gab es genaue Vorschriften, wie man sich zu verhalten und zu kleiden hatte.

Dem Adel und den Geistlichen ging es sehr gut. Sie zahlten keine direkten Steuern. Die Bauern aber mussten ihren Grundherren einen Teil ihrer Ernte abgeben und zusätzlich Steuern an den König und die Kirche zahlen. Ihnen blieb kaum die Hälfte ihres Einkommens zum Leben. Durch Missernten verschlechterte sich 1788 die Versorgung mit Nahrungsmitteln und die Brotpreise stiegen. Dies traf vor allem die Armen hart. Die Adeligen und Geistlichen weigerten sich aber, die Abgaben zu verringern, die die Bauern an sie leisten mussten. So drohte der Bevölkerung große Armut.

1. a) Beschreibe die in M2 und M4 dargestellten Szenen. 305
   b) Erläutere die Probleme, die die Gemälde verdeutlichen.
2. Beschreibe den Aufbau der französischen Ständegesellschaft (M5).
3. Werte die Grafik M1 aus.

M4 *Bauernfamilie beim Essen (Gemälde von Louis le Nain, 1593–1648)*

... Wir fordern, dass alle Steuern von allen drei Ständen ohne irgendwelche Ausnahmen gezahlt werden. Außerdem wünschen wir das gleiche Gesetz und Recht im ganzen Königreich. Ebenso ist es an der Zeit, alle Abgaben und Dienste der Bauern abzuschaffen. ...

M6 *Bauern eines Dorfes schrieben 1789 an den König.*

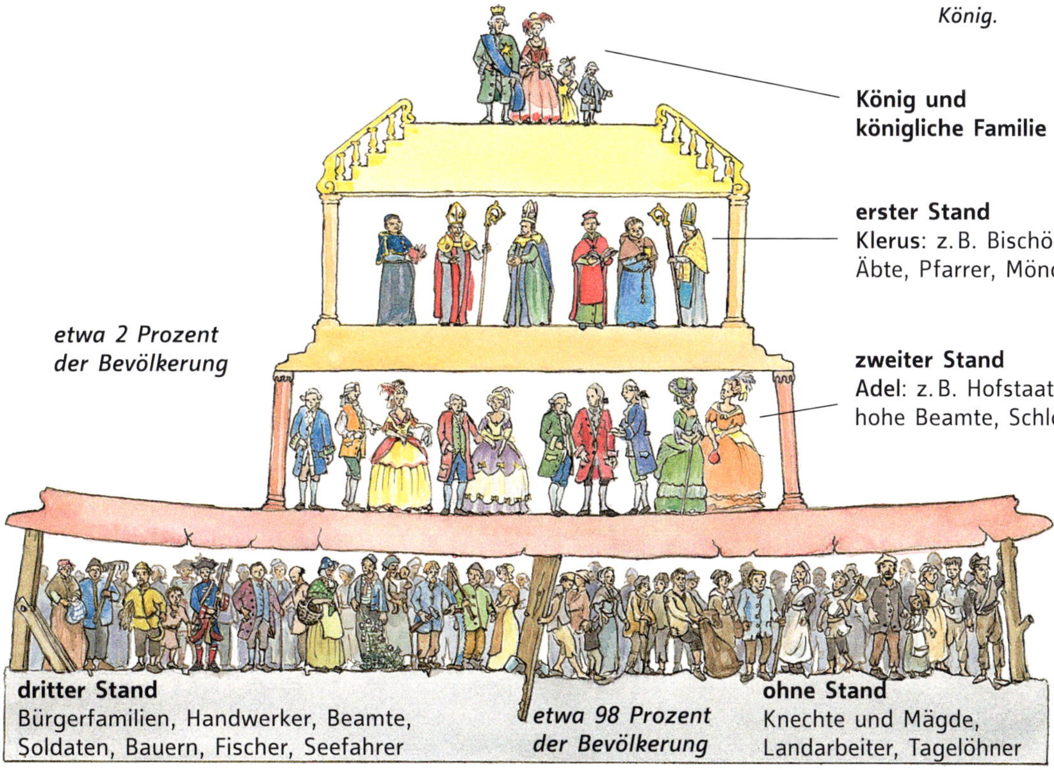

M5 *Aufbau der französischen Gesellschaft um das Jahr 1780*

4 Interpretiere die Karikatur M3.

5 Nenne Gründe für die wachsende Unzufriedenheit der Bauern (M1, M3, M6, Text).

6 Welche Forderung der Bauern ist dir besonders wichtig (M6)? Begründe deine Entscheidung.

7 „Die Revolution fiel nicht vom Himmel.“ Beurteile diese Aussage.

M1 *Vertreter der drei Stände (Bürger, Klerus, Adel) treten in der Generalversammlung zusammen (Holzstich, 1875). Die Generalstände gab es in Frankreich seit 1302. In der Zeit des Absolutismus hatten sie allerdings keine Bedeutung mehr.*

Die Kassen sind leer!

Im Jahr 1788 litt der größte Teil der Bevölkerung Frankreichs Hunger und Not. König Ludwig XVI. dagegen lebte auf seinem Schloss Versailles bei Paris in Saus und Braus. Das Leben am Hof des Königs kostete viel Geld. Hinzu kamen die Ausgaben für den Hofstaat, die königlichen Beamten im Land und das Heer. Die Ausgaben des französischen Staates waren viel höher als die Einnahmen. Der König lieh sich deshalb Geld beim Adel und von reichen Bürgern.

Dafür musste er hohe Zinsen zahlen. Die Staatsschulden wuchsen immer mehr an. Frankreich stand kurz vor dem Bankrott. In dieser schwierigen Situation war der Finanzminister des Königs der Meinung, dass der Klerus (erster Stand) und der Adel (zweiter Stand) direkt an den König Steuern zahlen sollten. Er empfahl König Ludwig XVI., die **Generalstände** einzuberufen. Nur sie konnten die Steuergesetze ändern.

Die Wut des dritten Standes

Im Mai 1789 tagten die Generalstände im Schloss. Der König wollte höhere Steuern durchsetzen. Bevor die Verhandlungen begannen, ging es darum, wie abgestimmt werden sollte. Bisher hatte jeder Stand nur eine Stimme. Der dritte Stand fühlte sich dadurch betrogen. Er verlangte, dass jeder Einzelne der gewählten Abgeordneten eine Stimme abgeben durfte. König Ludwig XVI. lehnte diese Forderung ab.

Die Vertreter des dritten Standes waren empört. Sie verstanden sich als die wahren Vertreter der Bevölkerung Frankreichs. Als sich der dritte Stand nicht durchsetzen konnte, trennte er sich von den übrigen Ständen und erklärte sich zur **Nationalversammlung**. Er beriet sich in einer Sporthalle des Schlosses, dem sogenannten Ballhaus. Zahlreiche Abgeordnete anderer Stände schlossen sich an. Alle schworen, so lange zusammenzubleiben, bis Frankreich eine Verfassung erhalten würde (Ballhausschwur).

Verfassung

In seiner Verfassung legt ein Staat fest, wie er organisiert ist und wie das Zusammenleben der Menschen funktionieren soll. Geregelt wird unter anderem, ob es eine frei gewählte Regierung oder einen König geben soll und was die Regierung oder das Parlament und die Gerichte dürfen.

Jahr	Einnahmen	Ausgaben
	in Mio. Livres*	
1726	181	182
1751	259	256
1775	377	411
1788	472	634

M2 *Einnahmen und Ausgaben des französischen Staates; (*damalige Währung)*

	in Mio. Livres*	Anteil in %
Hof	43	7
Heer	159	25
Rückzahlungen (Schulden/Zinsen)	261	41
sonstige Ausgaben	171	27

M3 *Staatsausgaben 1788; (*damalige Währung)*

1. Vergleiche die Entwicklung der Einnahmen und Ausgaben des französischen Staates (M2).

2. Der Finanzminister schlägt vor, dass der erste Stand und der zweite Stand mehr Steuern zahlen sollen.
   a) Benenne Gründe, die er anführen könnte (M2, M3).
   b) Wie wird der König auf diesen Ratschlag reagieren? Formuliere eine Antwort, die du von ihm erwartest.
   c) Spielt ein Gespräch zwischen dem König und dem Minister nach.

M4 *Die Nationalversammlung legte am 20. Juni 1789 einen Eid, den sogenannten Ballhausschwur, ab.*

Die alte Ordnung ist in Gefahr
Der dritte Stand erklärt sich zur einzigen rechtmäßigen Vertretung der Nation. Dies ist eine offene Kampfansage an den König. Vor allem die Forderung nach einer Verfassung bedeutet Zündstoff. Sollte eine Verfassung zustande kommen, wäre natürlich auch der König daran gebunden. Das würde das Ende des Absolutismus bedeuten. Und sollten zudem noch die Vorrechte des Adels abgeschafft werden, so wäre auch die Ständegesellschaft am Ende.

M5 *Gibt es Veränderungen?*

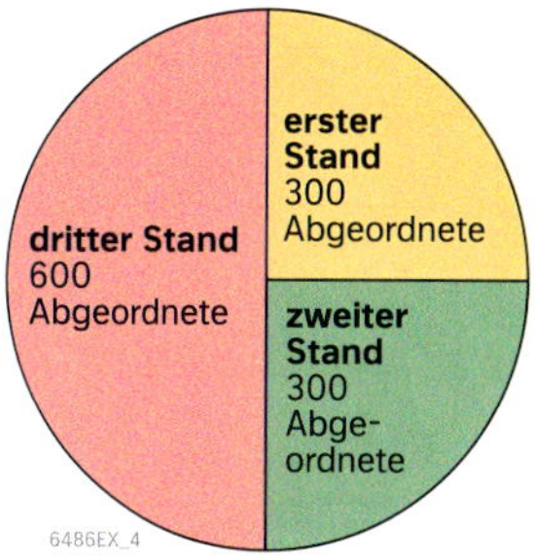

M6 *Zusammensetzung der Generalstände im Mai 1789*

3 Erläutere, warum sich der dritte Stand durch die bisherige Abstimmung nach Ständen betrogen fühlte (Text).

4 a) Der dritte Stand forderte, dass bei einer Abstimmung jeder einzelne Abgeordnete eine Stimme hat und nicht jeder Stand. Erkläre die Bedeutung dieser Forderung (M6).
b) Der dritte Stand forderte auch eine neue Verfassung. Erläutere, warum diese Forderung beim König und beim Adel Ängste hervorrief (M5).

M1 *Die Kommandanten der Bastille wurden verhaftet und ermordet. Ihre abgeschlagenen Köpfe wurden der johlenden Menge gezeigt.*

M2 *Nach der Erstürmung wurde die Bastille bis auf die Grundmauern niedergerissen.*

Bastille

Die Bastille war eine mächtige Festung in Paris. König Ludwig XIV. ließ dort seine politischen Gegner einsperren. Die Bastille war ein Symbol des Absolutismus, der unumschränkten Herrschaft des Königs. Zu Beginn der Französischen Revolution stürmte am 14. Juli 1789 die Pariser Bevölkerung die Bastille und befreite die Gefangenen.
Der Tag der Erstürmung der Bastille, der 14. Juli, ist seit 1880 in Frankreich Nationalfeiertag zum Gedenken an den Beginn der **Französischen Revolution**.

„Auf zur Bastille!"

14. Juli 1789: Die Straßen von Paris sind voller Menschen. Die Leute haben gehört, dass König Ludwig XVI. Soldaten nach Paris schicken will. Sie glauben, dass er die Nationalversammlung einschüchtern und seine Macht sichern will.

Vor allem die sogenannten einfachen Leute sind darüber sehr empört. Sie haben dem König vertraut, aber die Versorgung mit Lebensmitteln verschlechterte sich weiter. Die Wut gegen den König und die Anhänger des Absolutismus ist nicht mehr zu bremsen. Mit Gewalt stürmt die Menge die Bastille, Ludwigs Staatsgefängnis. Sie befreit die Gefangenen. Dabei gibt es viele Tote.

Bauern lehnen sich auf

Die Nachricht von der Erstürmung der Bastille verbreitet sich wie ein Lauffeuer in ganz Frankreich. Die Ereignisse von Paris ermutigen die Bauern, sich gegen die Grundherren und die Kirche aufzulehnen. Ihre Wut über die hohen Steuern und Abgaben ist groß. Überall auf dem Land kommt es zu Unruhen.

Die Bauern finden sich zusammen. Sie bewaffnen sich mit Mistgabeln, Sensen, Dreschflegeln und Jagdgewehren. Sie dringen in Klöster und in die Schlösser der Adligen ein. Damit rächen sie sich für die jahrelange Unterdrückung. Tausende Adelsfamilien fliehen ins Ausland, weil sie um ihr Leben fürchten.

1. Erstelle einen kommentierten Zeitstrahl zu den Ereignissen in Frankreich im Jahr 1789 (Text, M1–M5).

2. Begründe, warum sich die Wut des Volkes besonders gegen die Bastille richtete.

3. Wähle aus:
   a) Berichte in einem Zeitungsartikel über den Sturm auf die Bastille (M1–M4).
   b) Erstelle ein Interview mit einem Handwerker, der am Sturm auf die Bastille beteiligt war.
   c) Stell dir vor, du wärst bei dem Sturm auf die Bastille dabei gewe-

M3 *Wütende Bauern*

Sturm auf die Bastille
Gegen 15:30 Uhr kamen wir an der Bastille an. Jeder von uns gab ungefähr sechs Gewehrschüsse ab. Erst als wir die Kanone zünden wollten, wurde die Zugbrücke heruntergelassen. Die Tür dahinter war verschlossen.
Nach etwa zwei Minuten öffnete ein Soldat die Tür von innen. Er fragte uns, was wir wollten. „Übergebt die Bastille!", antworteten die anderen und ich. Da ließ uns der Soldat hinein.

(Paschold, Chris E. u. a. (Hrsg.): Die Französische Revolution. Stuttgart: Reclam, 1989, 395 S.)

M4 *„Übergebt die Bastille!"*

Ein Adliger berichtet der Nationalversammlung
Am 29. Juli 1789 stürmte eine Horde wild gewordener Bauern in mein Schloss. Ich stellte mich vor sie, aber sie warfen mich zu Boden.
So etwas hatte ich bislang noch nie erlebt. Ich bekam große Angst. Zum Glück waren meine Frau und meine zwei Kinder nicht im Schloss.
Die Bauern durchsuchten jedes Zimmer. Sie brachen die Schränke auf und durchwühlten die Schubladen. Sie nahmen alle Urkunden mit. Darin waren ihre Abgaben und Pflichten festgelegt. Sie haben die Papiere im Wald neben dem Schloss sofort verbrannt.
Aber das war den Bauern wohl noch nicht genug. Sie drehten auch meinen Gänsen und Tauben den Hals um.

(Markov, Walter: Revolution im Zeugenstand: Frankreich 1789 – 1799: Gesprochenes und Geschriebenes, Bd. 2., Leipzig: Reclam, 1982, 724 S.)

M5 *Bauern in meinem Schloss*

sen. Halte deine Erlebnisse in einem Tagebucheintrag fest.

4 a) Beschreibe die in M3 dargestellte Szene. Benutze dabei die Begriffe „Dreschflegel, „Orden", „Bischofsmütze (Mitra)" und „Degen".
b) Interpretiere die in M3 dargestellte Szene.

5 Erläutere, warum die Bauern die Urkunden ihrer Grundherren verbrannten (M5).

Z Begründe, warum der 14. Juli in Frankreich heute ein Nationalfeiertag ist.

Frankreich bekommt eine neue Verfassung

M1 *Auszug aus der „Erklärung der Menschen- und Bürgerrechte" von 1789 – sie umfasste im Original 17 Punkte.*

ⓘ ❶ Menschen- und Bürgerrechte
Bereits einige Jahrzehnte vor der Französischen Revolution schrieben Gelehrte, dass alle Menschen von Natur aus frei sind und die gleichen Rechte haben. Diese angeborenen Rechte nannten sie Menschenrechte. Zu den Menschenrechten zählt auch, dass die Herrschaft in einem Staat beim Volk liegt. Es darf keinen Alleinherrscher geben.

Hoffnung auf ein besseres Leben

Die Unruhen fanden kein Ende. Die Aufstände der Armen gegen die Reichen waren nicht mehr zu kontrollieren. Die Nationalversammlung musste handeln, damit in ganz Frankreich wieder Ruhe einkehrte. Deshalb schuf sie in der Nacht vom 4. auf den 5. August 1789 alle Vorrechte des Adels ab. Auch der Klerus (die Kirche) musste auf bisherige Rechte verzichten. Die Bauern brauchten zum Beispiel an die Kirche nicht mehr den zehnten Teil ihrer Ernten abzuliefern. Durch die Beschlüsse der Nationalversammlung wurden die Grundlagen der Ständegesellschaft beseitigt. Eine neue Gesellschaftsordnung musste geschaffen werden.

Das alte Frankreich wurde am 5.8.1789 endgültig zu Grabe getragen. Die Bauern waren nicht mehr Leibeigene der Grundherren. Sonderrechte der Adligen und des Klerus, wie zum Beispiel Steuerbefreiungen, wurden aufgehoben. Jetzt musste jeder Steuern zahlen. Jeder Staatsbürger sollte zu jedem Amt zugelassen werden, wenn er dazu fähig war.

(Sethe, Paul: Die großen Tage. Von Mirabeu zu Bonaparte. Frankfurt a. M.: Verlag Heinrich Scheffler, 1953, 327 S.)

M2 *Gleiche Rechte und Pflichten*

❶ Viele Bauern hofften nach den Beschlüssen vom 5. August 1789 auf ein besseres Leben. Erkläre (M2).

❷ a) Erläutere die neue Verfassung Frankreichs (M3).
b) Prüfe, ob sie mit Punkt 3 der Menschen- und Bürgerrechte übereinstimmt (M1).

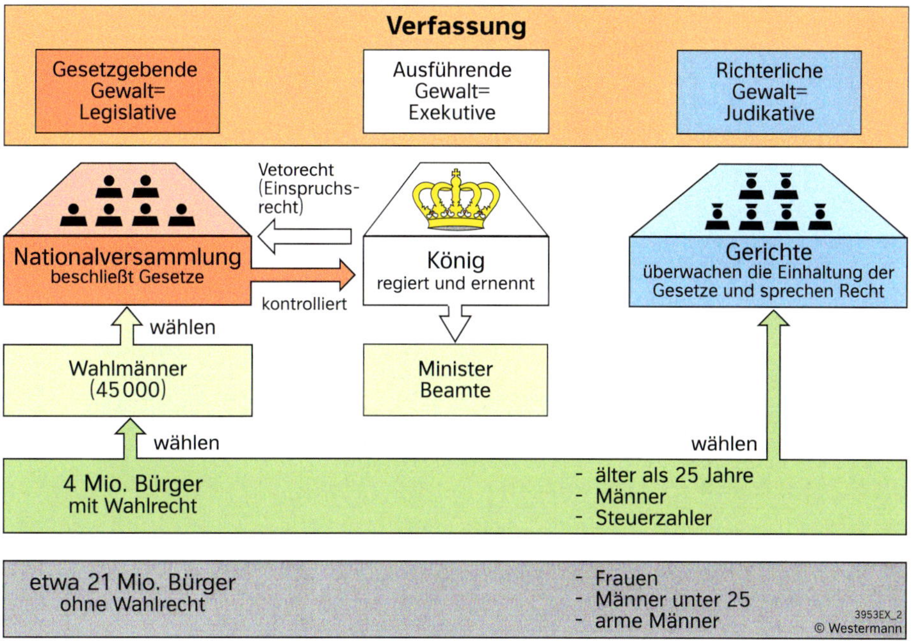

M3 *Frankreichs neue Verfassung von 1791*

❷ Konstitutionelle Monarchie
Im Gegensatz zur absolutistischen Monarchie ist die konstitutionelle Monarchie so organisiert, dass der König durch eine Verfassung (Konstitution) in seiner Macht eingeschränkt wird. Die gewählte Volksvertretung, auch Nationalversammlung oder Parlament genannt, kontrolliert den König und seine Regierung. Der König kann ohne das Parlament keine Gesetze erlassen und nicht allein über die Einnahmen (Steuern) und Ausgaben bestimmen.

Eine neue Ordnung entsteht

Die Abgeordneten der Nationalversammlung diskutierten lange über die neue Gesellschaftsordnung. Eine wichtige Entscheidung war die „Erklärung der Menschen- und Bürgerrechte“. Diese Rechte wurden am 26. August 1789 verkündet. Sie galten für alle Franzosen, auch für den König. Die Erklärung der Menschen- und Bürgerrechte war die Grundlage einer neuen Verfassung. In ihr wurde festgelegt, wie Frankreich regiert werden sollte. Die Macht des Königs wurde eingeschränkt. Er konnte nun nicht mehr wie früher allein regieren und herrschen, wie er wollte. Frankreich wurde eine konstitutionelle Monarchie.

M5 *Der König im Käfig der Verfassung (zeitgenössische Karikatur)*

Artikel 2 (2): Die Freiheit der Person ist unverletzlich. In diese Rechte darf nur aufgrund eines Gesetzes eingegriffen werden.
Artikel 4 (1): Die Freiheit des Glaubens, des Gewissens und die Freiheit des religiösen und weltanschaulichen Bekenntnisses sind unverletzlich.
Artikel 4 (2): Die ungestörte Religionsausübung wird gewährleistet.
Artikel 5 (1): Jeder hat das Recht, seine Meinung in Wort, Schrift und Bild frei zu äußern und zu verbreiten.

M4 *Auszüge aus dem Grundgesetz der Bundesrepublik Deutschland (1949)*

3 a) Erkläre, was sich mit der Verfassung (M3) an der Stellung des Königs verändert hat.
b) Interpretiere die Karikatur M5.

4 Beurteile die Bedeutung der Nationalversammlung (Text, M1, M3).

5 Vergleiche die ausgewählten Regelungen aus dem Grundgesetz der BRD (M4) mit den Menschen- und Bürgerrechten von 1791 (M1).

Ludwig XVI. hat eine Verschwörung gegen die Republik angezettelt. Er hat Verbindungen mit Fürsten im Ausland aufgenommen. Mit ihrer Hilfe wollte er die Revolution in Frankreich rückgängig machen. Ein solcher König gefährdet das Glück seines Volkes. Er wird deshalb zum Tode verurteilt. Ludwig muss sterben, weil das Vaterland Frankreich leben soll.

(Peter, Karl Heinrich (Hrsg.): Reden, die die Welt bewegten. Stuttgart: Cotta Verlag, 1961, 576 S. (verändert))

M1 *Am 21. Januar 1793 wurde Ludwig XVI. mit einer Guillotine (Fallbeil) hingerichtet.*

Frankreich hat keinen König mehr

Ludwig XVI. fühlte sich nicht mehr sicher. Im Juni 1791 floh er mit seiner Gemahlin Marie Antoinette. Sie wollten so schnell wie möglich das Land verlassen. Unterwegs wurde das Königspaar erkannt und nach Paris zurückgebracht. Viele Franzosen betrachteten den Fluchtversuch als Verrat am Vaterland. Die Fürsten in Europa hatten Angst, dass es auch in ihren Ländern zu einer Revolution kommt. Österreich und Preußen drohten Frankreich mit Krieg, falls in Frankreich die Monarchie abgeschafft wird. Sie ließen Soldaten an den Grenzen zu Frankreich aufmarschieren. Daraufhin erklärte Frankreich diesen Ländern 1792 den Krieg.

Nun überschlugen sich die Ereignisse. Nach wie vor herrschten überall Armut und Hunger. Das Volk war unzufrieden. Im August 1792 wurde Ludwig XVI. schließlich von aufgebrachten Bürgern gefangen genommen. Die Nationalversammlung setzte den König ab. Frankreich wurde eine Republik. Es war das erste Land in Europa ohne König.

1. Schildere, warum König Ludwig XVI. abgesetzt und zum Tode verurteilt wurde (M1, Text).

2. a) Beschreibe das Geschehen in M1.
b) Stell dir vor, du stehst auf dem Platz vor der Guillotine. Berichte über deine Gedanken und mögliche Handlungen.

3. Nach der Hinrichtung des Königs waren viele Zuschauer begeistert, andere wiederum waren traurig. Nenne mögliche Gründe dafür.

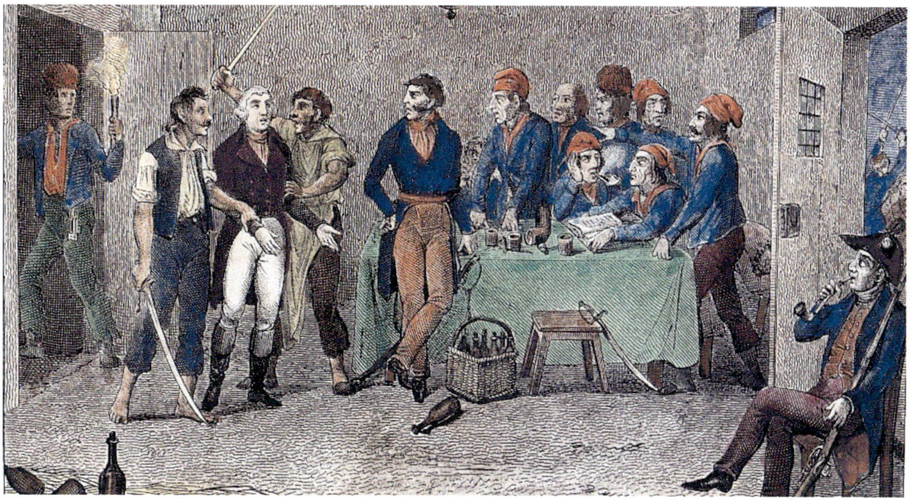

M2 *Verdächtiger vor dem Revolutionsgericht 1793 (kolorierte Radierung)*

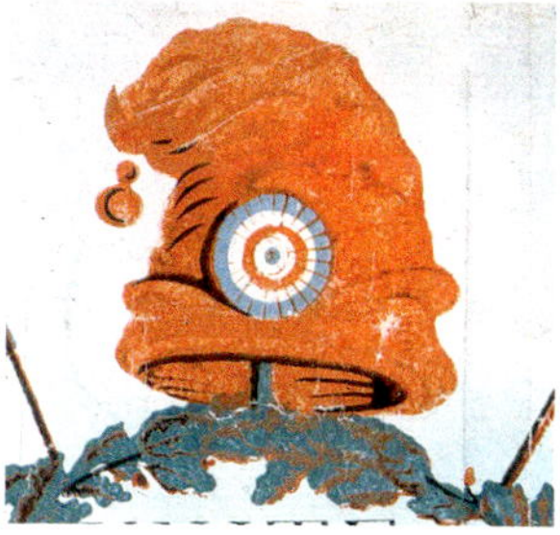

M4 *Die Jakobinermütze wurde zum Symbol der Anhänger der Republik, dann aber auch zum Zeichen der Schreckensherrschaft.*

Die Herrschaft des Schreckens

Mit der Abschaffung des Königtums war Frankreich zur Republik geworden und die neu gewählten Abgeordneten erarbeiteten eine neue Verfassung. Einige dieser Abgeordneten nannten sich Jakobiner. Man erkannte sie an einer roten Wollmütze. Die Jakobiner wollten Freiheit und Gleichheit um jeden Preis. Obwohl sie eine Minderheit waren, gelangten sie mit ihren radikalen Parolen an die Macht. Ihr Vorsitzender Maximilien de Robespierre forderte, Terror zum Mittel der Politik zu machen. Kritiker und Andersdenkende wurden verhaftet. Überall im Land wurden Revolutionsgerichte gebildet. Sie verurteilten ohne faire Verhandlung Unschuldige zum Tod durch die Guillotine. Eine Schreckensherrschaft begann, die schließlich mit der Hinrichtung von Robespierre und seinen Anhängern endete.

Ungefähre Zahl der Opfer von September 1793 bis Juli 1794:

16 000 Todesurteile
16 000 Tote in den Gefängnissen
600 000 Verhaftungen

M5 *Opfer der Revolution*

„Man muss die inneren und die äußeren Feinde der Republik beseitigen oder mit ihnen untergehen. Deshalb ist der erste Grundsatz unserer Politik, das Volk durch die Vernunft und die Volksfeinde durch Terror zu lenken. Der Terror ist nichts anderes als strenge und unbeugsame Gerechtigkeit."

M3 *Robespierre im Februar 1794*

4 a) Beschreibe M2. 305
b) Bewerte die Chancen der Angeklagten auf ein faires Verfahren.

5 Diskutiere die Aussage Robespierres (M3) mit einem Mitschüler. Stimmst du zu oder nicht?

6 Beurteile die Schreckensherrschaft der Jakobiner im Hinblick auf die Erklärung der Menschen- und Bürgerrechte von 1789 (S. 124 M1).

M1 *Kaiserkrönung in der Pariser Kathedrale Notre-Dame im Beisein des Papstes (rechts sitzend) – Napoleon setzt seiner Frau Josephine die Krone auf, nachdem er sich zuvor selbst gekrönt hatte (Gemälde von 1806).*

M2 *Napoleon in seinem Studierzimmer (Gemälde von Jacques-Louis David, 1812)*

Napoleon prägt Europa

Nach der Französischen Revolution (1789) führte Frankreich Kriege mit seinen europäischen Nachbarn. Viele kleinere Fürstentümer verloren dabei ihre Selbstständigkeit.

An der Spitze Frankreichs stand seit 1799 Napoleon Bonaparte. Er hatte sich vom einfachen Soldaten zum General hochgearbeitet. In den gegnerischen Armeen der Preußen, Russen oder Österreicher wäre das unmöglich gewesen; hier blieben die Offiziersposten den Adligen vorbehalten. Im Dezember 1804 krönte sich Napoleon zum Kaiser. Das war das Ende der Republik. Frankreich war wieder eine Monarchie. Im Jahr 1807, auf dem Höhepunkt seiner Macht, beherrschte Napoleon halb Europa.

Napoleon beseitigte die Zollschranken, sorgte für eine moderne Verwaltung, schaffte die Leibeigenschaft der Bauern ab und führte einheitliche Münzen und Maße ein. Sein fortschrittliches Gesetzbuch, der **Code Civil**, garantierte persönliche Freiheit, Gleichheit vor dem Gesetz, die Trennung von Staat und Kirche sowie Gewerbe- und Handelsfreiheit.

1812 zog Napoleon gegen Russland in den Krieg. Dort erlitt er eine schwere Niederlage. Immer mehr Länder verbündeten sich, um gegen Napoleons Herrschaft Krieg zu führen. Ihr Erfolg stellte sich 1815 ein: Napoleon verlor seine letzte Schlacht bei Waterloo und wurde auf die Insel St. Helena im Südatlantik verbannt. Dort verstarb er im Jahr 1821.

1 a) Beschreibe, wie Napoleon in M1 dargestellt wird und welche Wirkung das Bild hat.
b) Napoleon krönt sich selbst und seine Frau. Charakterisiere anhand dieser Handlung sein Selbstverständnis als Herrscher.

2 Wähle aus:
a) Erstelle mithilfe des Internets einen Steckbrief zu Napoleon, in dem die wichtigsten Ereignisse seines Lebens skizziert werden.
b) Erstelle mithilfe des Textes einen Zeitstrahl zu Napoleons Herrschaft.

Unter den französischen Königen hatte es kein einheitliches, für ganz Frankreich gültiges Recht gegeben. Nach der Französischen Revolution hatten ab 1790 verschiedene Regierungen begonnen, ein einheitliches Zivilrecht zu erarbeiten. Napoleon setzte diese Arbeit fort und wollte ein Gesetzbuch schaffen, das die Errungenschaften der Revolution gesetzlich verankerte. Er ließ von Juristen einen Entwurf erarbeiten, der Punkt für Punkt beraten wurde. An vielen Beratungen nahm Napoleon persönlich teil. Am 23. März 1804 trat der *Code Civil*, wie das Gesetzbuch genannt wurde, in Kraft. Ab 1807 wurde es in *Code Napoleon* umbenannt.
Der Code Civil ist trotz vieler Änderungen bis heute in Frankreich gültiges Zivilrecht. Der Code Civil galt auch in Deutschland bis zur Einführung des Bürgerlichen Gesetzbuches (BGB) im Jahr 1900. Auch das BGB ist vom Code Civil maßgeblich beeinflusst.

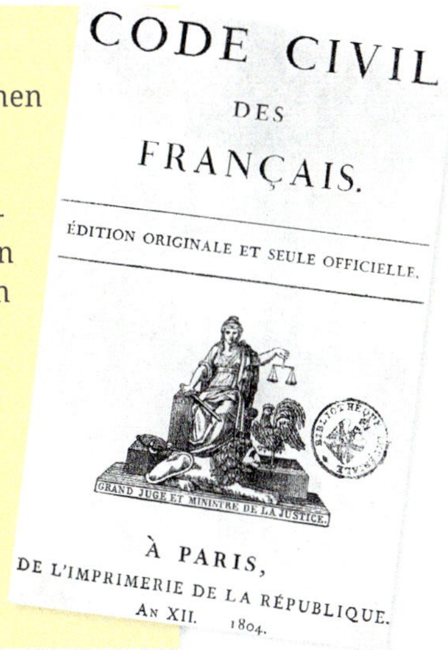

M3 *Code Civil*

M4 *Der Herrschaftsbereich Napoleons 1812*

- Freiheit für jeden
- Gewerbefreiheit und freie Berufswahl
- Abschaffung des Zunftzwangs
- Gleichheit vor dem Gesetz
- vollkommene Trennung von Staat und Kirche
- Schutz des Privateigentums
- Aufzeichnung von Geburten und Todesfällen

M5 *Auszüge aus dem Code Civil von 1804*

3 Ermittle mithilfe des Atlas, welche heutigen Staaten Europas im ehemaligen Herrschaftsbereich Napoleons und seiner Verbündeten liegen (M4).

4 Erläutere die Bedeutung des Code Civil (Text, M3, M5).

5 „Napoleon brachte Gutes und Schlechtes“. Begründe, in wieweit du dieser Aussage zustimmen kannst.

M1 *Der Deutsche Bund (Ausschnitt)*

Der Wiener Kongress

Napoleon hatte die politische Landkarte Europas verändert. Die französische Armee eroberte weite Teile Deutschlands. Viele Kleinstaaten waren verschwunden. Die Menschen litten unter der Besatzung und machten die Franzosen für die sich ausbreitende Armut verantwortlich. Dadurch entstand innerhalb der deutschen Bevölkerung ein nationales Zusammengehörigkeitsgefühl (**Nationalismus**).
Nachdem die französische Vorherrschaft auf dem europäischen Kontinent beendet war, blickten die Deutschen erwartungsvoll nach Wien. Dort verhandelten Vertreter aller europäischen Staaten 1814/1815 über die zukünftige Ordnung in Europa. Nach mehr als 20 Jahren Krieg sollte es endlich einen dauerhaften Frieden geben. Viele Deutsche träumten von einem einheitlichen freien Nationalstaat. Die europäischen Fürsten, insbesondere die Vertreter der beiden deutschen Großmächte Österreich und Preußen, sahen ihre Interessen durch die nationalen Bewegungen in den deutschen Staaten gefährdet. Immer mehr Menschen forderten politische Mitsprache. Doch auf dem Kongress war niemand, der diese Forderung vertrat. Nach den Vorstellungen des österreichischen Außenministers Fürst Metternich wurde ein loser Zusammenschluss von 38 Staaten gebildet: Der deutsche Bund. Dieser entsprach den Wünschen der Fürsten (Restauration). Es gab keine Möglichkeit für die Bevölkerung, an den Beschlüssen des Kongresses mitzuwirken.

i ❶ Restauration
Wird etwas restauriert, so wird es wieder in den alten Zustand gebracht. Nach der endgültigen Niederlage Napoleons hatten die Fürsten Europas das Ziel, die alten politischen Verhältnisse (Vorrechte des Adels, absolute Monarchie) und ein Gleichgewicht der Macht wiederherzustellen (zu restaurieren). Dies gelang ihnen zum Teil auf dem Wiener Kongress. Daher nennt man die Zeit nach dem Ende des Wiener Kongresses auch Restaurationszeit.

1 Erkläre, warum in den deutschen Gebieten ein starkes Zusammengehörigkeitsgefühl entstand.

2 a) Nenne die beiden mächtigsten Staaten des Deutschen Bundes (M1).
b) Nenne die Staaten, zu denen die Gebiete des heutigen Saarlandes gehörten.

3 „Die deutschen Fürsten hatten 1815 andere politische Ziele als viele Bürger.“ Erkläre diese Behauptung.

M2 *Auf dem Weg zur Wartburg (Holzstich, 1817)*

> *„Wir wünschen uns unter den einzelnen Staaten Deutschlands einen größeren Gemeinsinn, größere Einheit in ihrer Politik, keine eigene Politik der einzelnen Staaten, sondern das engste Bundesverhältnis; überhaupt, wir wünschen, dass Deutschland als ein Land und das deutsche Volk als ein Volk angesehen werden."*

i ❷ Burschenschaft
1815 vereinigten sich die Studenten in Jena zu einer Burschenschaft (Studentenvereinigung), um gemeinsam zu forschen und über politische Fragen zu diskutieren. 1819–1848 waren diese Vereinigungen verboten.

Ein Freiheitsfest und die Folgen

Die Beschlüsse des Kongresses sorgten vor allem bei Dichtern, Journalisten und Studenten für heftigen Protest. Der Unmut richtete sich auch gegen manche Fürsten, die ihr Versprechen, eine Verfassung zu gewähren, nicht einhielten.

Studenten schlossen sich zu Burschenschaften zusammen und diskutierten die politischen Ereignisse. Im Oktober 1817 lud die Jenaer Burschenschaft zu einem Fest auf die Wartburg ein. 500 Studenten und einige Professoren kamen. Sie forderten die deutsche Einheit sowie Meinungs- und Redefreiheit. Solche Ideen und Forderungen waren den Fürsten zu gefährlich. Sie verboten daraufhin die Burschenschaften. Bei Büchern und Zeitungen wurde darauf geachtet, dass sie positiv über den Staat berichteten. Auf Drängen Österreichs wurden die Karlsbader Beschlüsse zur Bekämpfung freiheitlicher Ideen vereinbart.

> Es soll bei jeder Universität die strengste Vollziehung der bestehenden Gesetze bewacht werden. Es dürfen Schriften, die in der Form täglicher Blätter oder heftweise erscheinen, in keinem deutschen Bundesstaate ohne vorgängige Genehmigung der Landesbehörden zum Druck befördert werden.

M3 *Auszug aus den Karlsbader Beschlüssen (1819)*

4 Erläutere, wofür die Studenten auf dem Wartburgfest demonstrierten (Text, M2).

5 Die Studenten im M2 tragen schwarz-rot-gelbe Flaggen und Bänder. Recherchiere deren Bedeutung.

6 a) Erkläre, was in den Karlsbader Beschlüssen festgelegt wurde (M3).
b) Beurteile die in M3 festgelegten Beschlüsse aus heutiger Sicht.

7 Recherchiere den Begriff „Liberalismus". 311

Das Hambacher Fest

In Europa gab es zwischen 1820 und 1830 viel Unruhe in der Bevölkerung und auch Aufstände gegen die Fürsten. Der Ruf nach politischer Mitbestimmung und nationaler Einheit wurde in Frankreich und Belgien laut. In Polen, das durch eine Vereinbarung auf dem Wiener Kongress seine Selbstständigkeit verloren hatte, gingen die Bürger für einen eigenen Staat auf die Straße.

Auch in Deutschland setzten sich immer mehr Bürger für einen gemeinsamen Staat ein. Sie forderten die Freiheit, sich in der Öffentlichkeit versammeln und ihre Meinung äußern zu dürfen. 1832 zogen über 30000 Menschen zum Hambacher Schloss, um für diese Ziele zu demonstrieren. Es kamen auch sehr viele Frauen. Das war ungewöhnlich in einer Zeit, in der Frauen sich fast gar nicht politisch betätigen durften. Unter den Teilnehmerinnen und Teilnehmern waren auch Bürger aus anderen Ländern wie Frankreich und Polen, die sich ebenfalls für mehr Freiheit einsetzten. Die Fürsten im Deutschen Bund reagierten mit Verboten und Verhaftungen. Zeitungen und Schriften wurden verstärkt kontrolliert. Texte, in denen Kritik an Regierung und Verwaltung geäußert wurde, durften nicht veröffentlicht werden.

M1 *Zug zum Hambacher Schloss im Mai 1832 (zeitgenössische Lithografie)*

M2 *Männer marschieren in originalgetreuen Uniformen während einer Gedenkfeier zum Hambacher Fest (2007).*

1. Nenne Forderungen, die auf dem Hambacher Fest aufgestellt wurden (Text).

2. a) Beschreibe, wie die Obrigkeit auf das Fest reagierte.
   b) Erläutere die Befürchtungen, die zu diesen Maßnahmen führten.

3. Teilnehmer des Hambacher Festes treffen sich und sprechen über ihre Erlebnisse. Schreibe ein solches Gespräch auf.

4. Auf das Hambacher Fest folgten keine direkten Veränderungen. Erkläre, was es dennoch bewirkt hat.

Armut und Elend nehmen zu

Die Unzufriedenheit mit den Verhältnissen im Deutschen Bund hatte noch weitere Ursachen. Viele Bauernfamilien litten unter Missernten. Davon waren auch andere Teile der rasch anwachsenden Bevölkerung betroffen. Knechte, Mägde, Handwerker oder Arbeiter waren stets von Hunger und Arbeitslosigkeit bedroht.
Ab 1840 verschlimmerte sich die Lage der Bevölkerung nochmals durch erneute Missernten und kalte Winter. Der Gegensatz zwischen Reich und Arm wurde größer sowie die Wut und der Protest gegen die Regierungen, die ihre Bürger in der Not im Stich ließen.

M4 *„Die Pfändung" (Gemälde von Peter Schwingen, um 1846)*

Männer aus dem Proletariat! Handwerksburschen, die ihr am Bettelstabe Deutschland durchzieht, geschunden von den jammervollsten Polizeischergen, geprügelt und geplagt von den erbärmlichsten Gendarmentröpfen, lasst euch nicht länger mehr als Hunde behandeln [...] wendet euch an die Männer des Volks [...].
Deutsche Handwerksburschen, ihr seid der Kern des Volkes, zeigt euch dessen wert, erhebt euer Haupt stolz. Zeigt, dass ihr Männer seid und wenn die Zeit des Kampfes kommt, schlagt zu.

M3 *Ein Flugblatt aus Frankfurt (1847)*

Von Sankt-Martins-Tag (11. November) bis Weihnachten wurde alle Tage zweimal bloß Rüben gegessen, die zu Mittag gekocht und am Abend wieder aufgewärmt wurden ...

Von Weihnachten bis Ostern wurden in derselben Weise täglich zweimal Erbsen gegessen, die mit Rüböl (Rapsöl) mundgerecht gemacht wurden, und von Ostern an, bis die frischen Gemüse herankamen, zweimal Linsen. Gegessen wurde aus einer Schüssel, das heißt, jeder langte mit seinem Löffel in die Schüssel hinein.
Fleisch wurde nur an den vier Hauptfesten gegessen ...

Anderes Brot (als aus Kartoffeln gemachtes) kannte man in den meisten Häusern fast nicht; denn die kleinen Bauern, wenn sie auch zwei Pferde hielten, produzierten nicht mehr Korn, als sie dem Gutsherrn als Pacht abliefern mussten.

M5 *Ernährung der Bauern um 1840 (zeitgenössischer Bericht)*

5. Beschreibe die Situation auf dem Bild „Die Pfändung" (M4).

6. Erläutere die Stimmung, die in dem Flugblatt (M3) zum Ausdruck kommt.

7. a) Erstelle eine Liste von Speisen, von denen sich eine Bauernfamilie ernährte (M5).
b) Erläutere die Folgen einer solchen Ernährung (M5).

8. Erkläre, warum Armut und Elend im Deutschen Bund Vorboten einer Revolution waren.

M1 *Straßenkämpfe auf dem Berliner Alexanderplatz während der Märzrevolution von 1848 (nachgestellt 2008)*

Bald waren in allen Richtungen die Straßen mit Barrikaden gesperrt, [...] auf denen dann schwarz-rot-goldene Fahnen flatterten – und hinter ihnen Bürger aus allen Klassen [...] hastig bewaffnet mit dem, was eben zur Hand war – Kugelbüchsen, Jagdflinten, Pistolen, Spießen, Säbeln, Äxten, Hämmern usw. Es war ein Aufstand ohne Vorbereitung, ohne Plan, ohne System. Jeder schien nur dem allgemeinen Instinkt zu folgen [...]. Und hinter den Barrikaden waren die Frauen geschäftig, den Verwundeten beizustehen und die Kämpfenden mit Speise und Trank zu stärken, während kleine Knaben eifrig dabei waren, Kugeln zu gießen oder Gewehre zu laden [...].

(Schurz, Carl: Lebenserinnerungen. Berlin: Elektronischer Verlag, 2012)

M3 *Der Revolutionär Carl Schurz erinnert sich an den 18. März 1848.*

M2 *Die Frankfurter Paulskirche wird heute als Ausstellungs- und Versammlungsort genutzt.*

Für ein einiges Vaterland – auf die Barrikaden!

Im Deutschen Bund kam es 1848 zu zahlreichen Aufständen, die in manchen Kleinstaaten für ein vorläufiges Ende der Fürstenherrschaft sorgten.
Dramatisch war die Lage in Berlin. Am 18. März 1848 versammelte sich vor dem Schloss des preußischen Königs eine große Menschenmenge und forderte die Freiheit der Presse, einen deutschen Einheitsstaat sowie die Bewaffnung der Bürger.
Bei schweren Kämpfen fielen 254 Aufständische. Da der preußische König Friedrich Wilhelm IV. die Ausdehnung der Revolution auf das ganze Land fürchtete, zog er am 19. März seine Truppen zurück. Als die gefallenen Aufständischen in den Schlosshof gebracht wurden, verneigte sich der König demütig vor ihnen.
Nach den revolutionären Ereignissen im März 1848 wurden in den Ländern des Deutschen Bundes Volksvertreter gewählt. Diese bildeten in der Frankfurter Paulskirche die Nationalversammlung, um eine Verfassung auszuarbeiten. Viele Demokraten glaubten, nun endlich am Ziel angekommen zu sein. Den Abgeordneten gelang eine Einigung über die Grundrechte. Ihr Ziel war, eine Verfassung zu beschließen.

1. Nenne Forderungen der Revolutionäre von 1848.
2. Beschreibe die Vorgänge in Berlin im März 1848 (M1, M3).
3. Stelle den Verlauf der Revolution 1848/1849 in einem kommentierten Zeitstrahl dar.
4. Erläutere Gründe für das Scheitern der Revolution.

M4 *Die Nationalversammlung tagt in der Paulskirche (Lithografie, 1848).*

Paulskirche
Als im März 1848 ein Tagungsort für das erste gesamtdeutsche Parlament gesucht wurde, bot sich die Paulskirche als größter und modernster Saal Frankfurts an. Anstelle des Altars platzierte man ein Pult für Präsidium und Redner. Die große Orgel wurde mit einem Gemälde verhüllt. Auf der umlaufenden Galerie konnten Besucher den Sitzungen folgen.

Die Revolution scheitert

Es waren jedoch noch zahlreiche schwierige Fragen zu entscheiden:

- Wer sollte wählen dürfen? Alle Bürger oder nur jene, die Steuern zahlen?
- Sollte Österreich, in dem viele Menschen wohnten, die nicht Deutsch sprachen, überhaupt zu Deutschland gehören?
- Sollte es besondere Rechte für die vielen Minderheiten geben?

Die Nationalversammlung diskutierte lange über diese Fragen, doch in wichtigen Punkten wurde keine Einigung erzielt.

Die Zeit verging, und die Fürsten nutzten sie für sich: Nach und nach eroberten sie die Macht zurück. Als eine Gruppe der Abgeordneten dem preußischen König Friedrich Wilhelm IV. im Jahr 1849 die deutsche Kaiserkrone anbot, lehnte dieser ab. Er wolle keine Krone, die ihm eine revolutionäre Versammlung gab, sondern eine, die den Stempel Gottes trägt, sagte er.

Die österreichischen Abgeordneten hatten das Parlament inzwischen verlassen. Reste der Nationalversammlung wurden gewaltsam aufgelöst und Aufstände gewaltsam niedergeschlagen. Viele Revolutionäre wurden erschossen oder flüchteten ins Ausland. 1850 beschlossen die Fürsten, alle Grundrechte, die sie gewährt hatten, wieder aufzuheben.

§ 3 Jeder Deutsche hat das Recht, an jedem Orte des Reichsgebietes seinen Aufenthalt und Wohnsitz zu nehmen, [...]
§ 7 Vor dem Gesetz gilt kein Unterschied der Stände. Der Adel als Stand ist aufgehoben.
§ 8 Die Freiheit der Person ist unverletzlich.
§ 10 Die Wohnung ist unverletzlich.
§ 13 Jeder Deutsche hat das Recht, durch Wort, Schrift und bildliche Darstellung seine Meinung frei zu äußern.
§ 14 Jeder Deutsche hat volle Glaubens- und Gewissensfreiheit.

M5 *Aus dem Katalog der Grundrechte, den die Nationalversammlung am 27. Dezember 1848 verkündete.*

5 Recherchiere im Internet über Carl Schurz und stelle deine Ergebnisse vor (M3). 311

6 a) Vergleiche M4 mit M1 auf S. 138.
b) Vergleiche M5 mit M4 auf S. 125.

7 „Soll die Krone deutscher Nationen wieder vergeben werden, bin ich es und meinesgleichen, die sie vergeben werden“ schrieb Wilhelm IV. später.
Erläutere diese Aussage.

❶ linearer Verlauf
Der Verlauf einer Entwicklung wird als linear bezeichnet, wenn sie gleichmäßig und in eine Richtung verläuft.

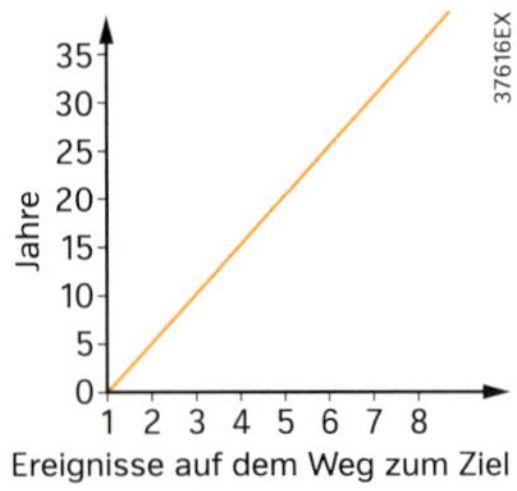

M1 *Linearer Verlauf*

Ziele, Verlauf und Ergebnisse von Revolutionen

Revolutionen bezeichnen tiefgreifende Veränderungen und können sich auf alle Lebensbereiche beziehen. Bei politischen Revolutionen ist meistens das Volk eines Staates mit den Herrschaftsverhältnissen unzufrieden und möchte eine Veränderung. Revolutionen können friedlich ablaufen, oft geschieht der Umsturz allerdings gewaltsam. Nicht immer erreicht das Volk am Ende die Ziele, wegen derer es die Revolution begonnen hat. In diesem Fall spricht man von einem nicht-linearen Verlauf der Revolution.

Die Französische Revolution

Ausgangssituation:
Große Teile der Bevölkerung sind mit dem System des Absolutismus, der starren Ordnung der Ständegesellschaft und den ungleichen Rechten der Bürger unzufrieden.

Ergebnis:
Viele Ziele wurden erreicht, aber: Napoleon Bonaparte steht an der Spitze Frankreichs und krönt sich 1804 selbst zum Kaiser, Frankreich ist wieder eine Monarchie.

M3 *Nicht-linearer Verlauf der Französischen Revolution*

M2 *Kunstwerk im Garten der deutschen Botschaft in Prag*

Die friedliche Revolution und die deutsche Wiedervereinigung

Ausgangssituation:
Die Bevölkerung der DDR (Deutsche Demokratische Republik) war mit der politischen und wirtschaftlichen Situation im Staat unzufrieden. Ein wichtiger Grund für die Unzufriedenheit war die eingeschränkte Reisefreiheit. Die Menschen in der DDR durften zum Beispiel nicht ohne Genehmigung des Staates in die BRD, die USA oder nach Frankreich reisen.

Verlauf:
1978: Die Unzufriedenheit im Volk wächst; eine Friedensbewegung entsteht.
1988: Verhaftung von Regierungsgegnern in Ost-Berlin
August 1989: Beginn der friedlichen Demonstrationen in Leipzig
September 1989: DDR-Bürger fliehen in die Botschaft der BRD in Prag und einige Wochen später gestattet die DDR-Führung diesen DDR-Flüchtlingen die Ausreise (in die BRD).
Oktober 1989: Rücktritt von Erich Honecker, Staatschef der DDR
November 1989: Mauerfall in Berlin
Dezember 1989: Öffnung des Brandenburger Tores, ungehinderter Reiseverkehr; im Anschluss Vorbereitung der deutschen Wiedervereinigung

M4 *Verlauf der friedlichen Revolution in Deutschland (verkürzte Darstellung)*

1 a) Erkläre, warum der Verlauf der Französischen Revolution als „nicht-linear" bezeichnet wird (M1, M3, Info 1, S. 122–127).

b) Stelle den Verlauf der Französischen Revolution grafisch dar (M1, M3, S. 122–127).

M5 *Graffiti zur Facebook-Revolution in der ägyptischen Hauptstadt Kairo*

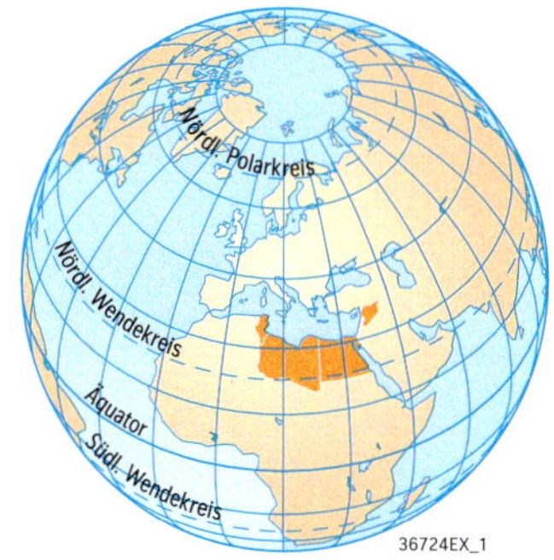

M8 *Länder des Arabischen Frühlings (Auswahl)*

Arabischer Frühling

Ausgangssituation:
Die Bevölkerung in den arabischen Staaten (zum Beispiel Tunesien, Ägypten, Libyen und Syrien) war mit der undemokratischen Regierungsform unzufrieden. Die Menschen wollten demokratische Verhältnisse und bessere Lebensbedingungen.

Ergebnis:
Aufgrund unterschiedlicher politischer, wirtschaftlicher und sozialer Bedingungen in den arabischen Staaten traten massive Konflikte auf, die in manchen Ländern teilweise unterdrückt wurden, in anderen Ländern zu Gewalt bis hin zum Staatszerfall führten.

M6 *Arabischer Frühling*

Vom Arabischen Frühling in eine Militärdiktatur

Von der Idee des Arabischen Frühlings ist nichts geblieben, das neue Regime von Präsident Al-Sisi regiert autoritär. Die Unterstützer der Demokratiebewegung erleiden schwere Menschenrechtsverstöße und das Land wird immer wieder von Terroranschlägen erschüttert. Der Präsident hat seine Versprechen für Stabilität und wirtschaftliche Entwicklung nicht eingelöst. 2018 wurde er bei einer neuen Wahl mit 97 Prozent Ja-Stimmen bestätigt. Aber: Alle ernst zu nehmenden Konkurrenten hatten sich Wochen vor der Abstimmung zurückgezogen und über Repression geklagt. Die Wahlbeteiligung lag nur bei 40 Prozent.

M7 *Medienbericht zum Arabischen Frühling in Ägypten*

i ❷ Facebook-Revolution

Die Demonstrationen in Ägypten und anderen arabischen Staaten ab Januar 2011 wurden vor allem durch soziale Netzwerke wie Facebook und Twitter im Internet organisiert.
25.01.2011: Erster „Tag des Zorns“ in Ägypten. Demonstrationen richten sich gegen Armut, Arbeitslosigkeit, Korruption und die 30-jährige Herrschaft von Präsident Mubarak.
28.01.2011: Die ägyptische Regierung schaltet die Handynetze und das Internet ab, um die Kommunikation der Gegner über soziale Netzwerke wie Facebook zu unterbinden. Präsident Mubarak lehnt seinen Rücktritt ab.

2 Wähle aus: Vergleiche den Verlauf der Französischen Revolution:
a) mit der friedlichen Revolution zur deutschen Einheit (M3, M4).
b) mit der Facebook-Revolution in der arabischen Welt (M3, M6–M8, Info 2). Werte dazu auch das Graffiti in M5 aus.

1. Berühmte Franzosen

a) Nenne die Namen der drei abgebildeten Personen.
b) Ordne ihnen die unten genannten Begriffe zu.

Absolutismus **Aufklärung** **Feldherr** **Versailles**

Gewaltenteilung **Kaiser** **Sonnenkönig** **Code Civil**

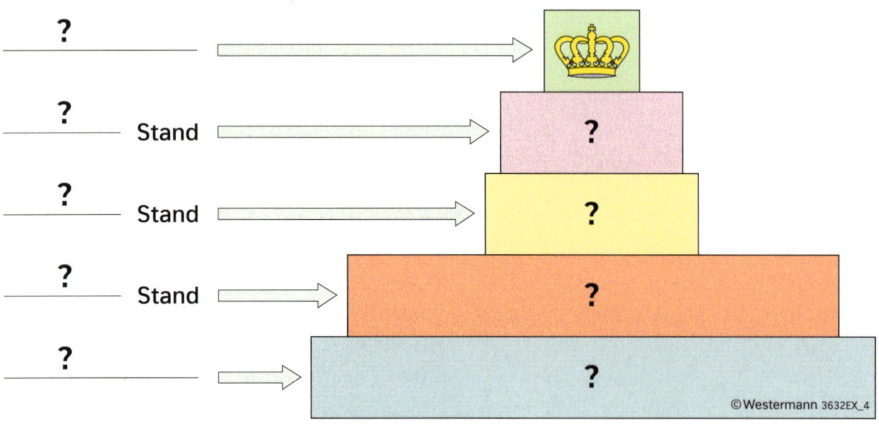

2. Die französische Gesellschaft vor der Revolution

a) Übertrage die Abbildung in dein Heft und beschrifte dann das Bild.
b) Stelle ausgehend davon dar, dass der dritte Stand in Frankreich benachteiligt war.

3. Welcher Begriff passt nicht zu den anderen? Begründe deine Wahl.

a) Liberalismus – Absolutismus – Nationalismus
b) Beamte – Soldaten – Adelige
c) Revolutionsgericht – Generalstände – Nationalversammlung
d) Wiener Kongress – Wartburgfest – Hambacher Fest

4. Fünf Bilder zur Französischen Revolution

a) Bringe die fünf abgebildeten Ereignisse in die richtige zeitliche Reihenfolge.
b) Berichte anschließend anhand der Bilder, was in Frankreich damals geschah.
c) Eines der Bilder zeigt Napoleon. Bewerte sein Wirken.

5. Karikatur

Erläutere, was der Zeichner mit seiner Karikatur sagen will.

Fachbegriffe

der Absolutismus
Versailles
die Ständegesellschaft
die Generalstände
die Nationalversammlung
die Französische Revolution
der Code Civil
der Nationalismus
der Vormärz

Industrialisierung und ihre Folgen

Blick auf die beleuchtete Völklinger Hütte bei Dämmerung. Auf dem Gelände des 1873 gegründeten Eisenwerks und jetzigem Industriedenkmals finden heute vielfältige Kulturveranstaltungen statt. Wie stellst du dir diesen besonderen Ort vor?

Mechanisierung

Kohle, Eisen und Stahl

Industriegesellschaft

Industrialisierung

Gewerkschaften

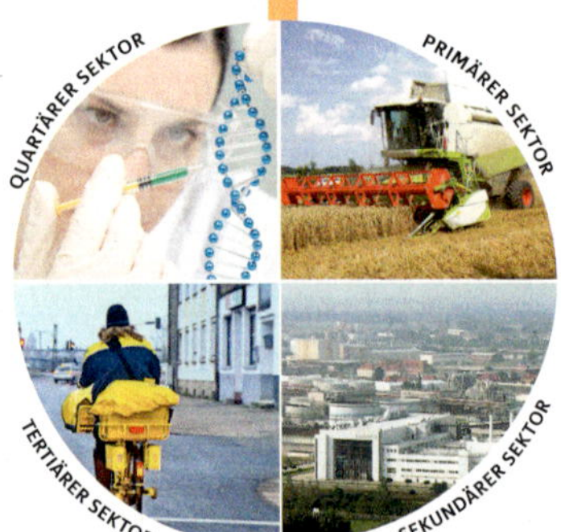

Umweltpolitik

Wirtschaftsstruktur

Export

Dienstleistungsgesellschaft

soziale Frage

Arbeitsbedingungen

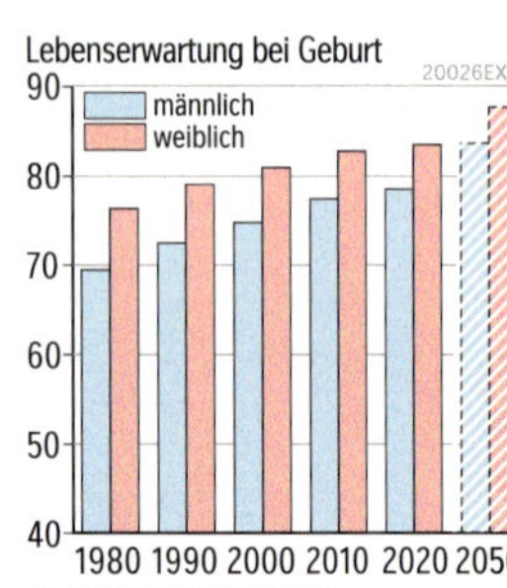

Generationenvertrag

soziale Sicherung

M1 *Alte und neue Industrieanlagen im Saarland: Das Steinkohlekraftwerk Weiher bei Quierschied und Photovoltaik-Anlagen auf der stillgelegten Grube Göttelborn in direkter Nachbarschaft.*

Nicht nur die Industrie braucht Energie

In der Industrie werden Rohstoffe oder Vorprodukte in Fabriken zu Erzeugnissen weiterverarbeitet. Die Industrie spielt sowohl im Saarland als auch in Deutschland eine bedeutende Rolle in der Wirtschaft. Sie gibt vielen Menschen Arbeit und stellt technisch hochwertige Produkte her, die weltweit verkauft werden. Diese Industriewirtschaft entwickelt sich schon seit über 150 Jahren. Grundlage war das Vorkommen von Steinkohle, die zur Metallerzeugung und zur Energiegewinnung für die gesamte Wirtschaft von Bedeutung war.

Im Frühjahr 2021 wurde bekannt, dass die Steinkohlen-Elektrizität AG (STEAG) ihre Kraftwerke im Saarland stilllegen will, zum Beispiel auch das Kraftwerk Weiher in Quierschied.

Länger schon ist der Kohleausstieg durch die Politik beschlossen: Bis 2038 soll kein Strom mehr durch das Verbrennen von Kohle erzeugt werden.

Benötigt Deutschland keinen Strom mehr, obwohl es ein wohlhabendes Industrieland ist? Die Antwort ist: Eher sogar noch mehr – aber anders erzeugt. Der Energiebedarf bleibt trotz Einsparungen hoch. Moderne Computertechnik in den Dienstleistungsbereichen und in Privathaushalten benötigt viel Strom und auch immer mehr Autos fahren elektrisch.

Die industrielle Produktion und die nicht nur dafür notwendige Energiegewinnung sollen sowohl heute allen Menschen genügend Wohlstand bringen, als auch in Zukunft – so etwa durch Umwelt- und Klimaschutz.

Deshalb werden Kraftwerke gebaut, die alte Kraftwerke auf Basis von Verbrennung und Atomenergie ersetzen und Energie mit Hilfe umweltfreundlicher Technologie gewinnen: Wasserkraft, Wind- und Solarenergie sind hier von besonderer Bedeutung.

So wurde auch das Steinkohle-Bergwerk Göttelborn geschlossen und auf der Halde der ehemaligen Grube eine große Photovoltaik-Anlage errichtet. Hier wird nun das Sonnenlicht zu elektrischer Energie umgewandelt.

ehemalige Bergwerke und Schachtanlagen:
Die Steinkohlevorkommen im Saarland wurden im Untertagebau tief aus der Erde geholt.

Halden, Weiher:
Der „Abraum“, also das Gestein, das keine Kohle enthält, wurde zu Berge-Halden aufgeschüttet. Die Kohle wurde gewaschen und das Wasser in Weihern gereinigt.

Industriegebäude von Gruben, Eisen- und Stahlwerken, Kraftwerken:
Viele alte Gebäude sind erhalten und werden heute auch anders genutzt.

Wohnhäuser, Siedlungen, Villen:
Viele Menschen kamen dorthin, wo die Industrie neue Arbeit bot. Einfache Arbeiter oder Unternehmensleiter – alle brauchten eine Wohnung.

M2 *Spuren der Industrialisierung bei dir zuhause*

1. Erläutere die Entwicklung, dass Kohlekraftwerke abgeschaltet und durch andere ersetzt werden.

2. Erkunde deine Umgebung nach Spuren der Industrialiserung (siehe S. 11, Projekt „Spuren des Mittelalters“).

Wir sehen eine Dampfmaschine mit der Stärke von 100 Pferden, die bis zu 50 000 Spindeln in Bewegung setzt. Das Ganze bedienen 750 Arbeiter. Diese Maschinen können aber so viel Garn erzeugen, wie früher kaum 200 000 Menschen hätten spinnen können, sodass ein Mensch nun so viel zu leisten vermag wie früher 266 Menschen.

(Treue, Wilhelm u. a. (Hrsg.): Quellen zur Geschichte der industriellen Revolution. Göttingen: Musterschmidt Verlag, 1966, 285 S.)

M1 *Bericht aus England von 1835*

In einem Ofen ① wird Feuer gemacht. Das Wasser im Kessel ② verdampft. Der Wasserdampf wird so in den Zylinder ③ geleitet, dass er den Kolben ④ nach oben und unten drückt. Diese Bewegung wird durch das Gestänge ⑤ auf zwei Zahnräder ⑥ übertragen. Diese treiben das Schwungrad ⑦ an, das über einen Lederriemen ⑧ mit einer Maschine verbunden ist.

M2 *So funktioniert eine Dampfmaschine.*

Maschinen ersetzen Naturkräfte

Vor rund 200 Jahren gab es keine Maschinen. Der Mensch musst im vorindustriellen Zeitalter schwere Arbeiten durch Muskelkraft verrichten. Wo es möglich war, nutzte er Wind- und Wasserkraft, zum Beispiel bei Getreidemühlen oder auch die Kraft von Tieren, wie im Bergbau. Die meisten Menschen arbeiteten in der Landwirtschaft. Die Armut war groß, deshalb versuchten viele durch Heimarbeit oder durch die Arbeit in kleinen Manufakturen (arbeitsteilige Werkstätten) ein zusätzliches Einkommen zu erzielen. Ein Unternehmer lieferte die Rohstoffe (zum Beispiel Wolle) und bezahlte bei Ablieferung der bestellten Ware (zum Beispiel Garn oder Stoffe).

Das änderte sich mit der Erfindung der **Dampfmaschine** durch den Engländer James Watt im Jahr 1769. Ihm gelang es, die Kraft des Dampfes in Bewegung umzuwandeln. Nun konnten zunächst in England Rohstoffe in Fabriken mit Maschinen verarbeitet werden. Mit dieser **Mechanisierung** der Verarbeitung von Rohstoffen setzte die Industrialisierung ein (Info).

In Deutschland begann dieser Prozess später. Im Saarland wurden beispielsweise erst um etwa 1830 Dampfmaschinen im Bergbau und in der Eisenherstellung verwendet.

Die Folgen dieser Erfindung waren so bedeutsam, dass die Veränderungen als „industrielle Revolution" bezeichnet wurden und einer ganzen Epoche ihren Namen gab. Zahlreiche Unternehmen gründeten neue Fabriken. Es wurde deutlich mehr produziert.

ℹ Industrialisierung

Als Industrialisierung wird der Übergang von der handwerklichen zur industriellen Produktion bezeichnet. Dabei werden Waren mithilfe von Maschinen in Fabriken in großen Mengen produziert.

1. Nenne Merkmale der vorindustriellen Produktionsweise.
2. Erkläre die Funktionsweise einer Dampfmaschine (M2).
3. Vergleiche das Weben und Spinnen zu unterschiedlichen Zeiten (M3, M5).

M3 *Vorindustrielle Arbeitsweise in der Behausung einer armen Weberfamilie (Wandbild um 1800)*

M5 *Industrielle Produktionsweise in einer Spinnfabrik um 1880 in England*

Industriegebiete entstehen

Die Industrialisierung begann in England Mitte des 18. Jahrhunderts. Dort gab es alle Voraussetzungen, um eine industrielle Produktion aufzubauen: Zugang zu Rohstoffen, genügend Arbeitskräfte, Fachwissen und günstige Transportmöglichkeiten. Leistungsfähige dampfbetriebene Maschinen arbeiteten rund um die Uhr. Die Produktion vereinfachte und beschleunigte sich. Fertigwaren verbilligten sich rasch.
Neben dem Einsatz in Spinnereien setzte man Dampfmaschinen für den Antrieb von Lokomotiven und Schiffen ein. Dampfbetriebene Pumpen entwässerten nun Bergwerke und ermöglichten den Abbau von Steinkohle und Erzen.
Ab 1835 setzte schnell auch in anderen Teilen Europas die Industrialisierung ein. Vor allem die Schwerindustrie schob die wirtschaftliche Entwicklung an. Es entstanden Unternehmen mit großer wirtschaftlicher Bedeutung, teils bis heute.

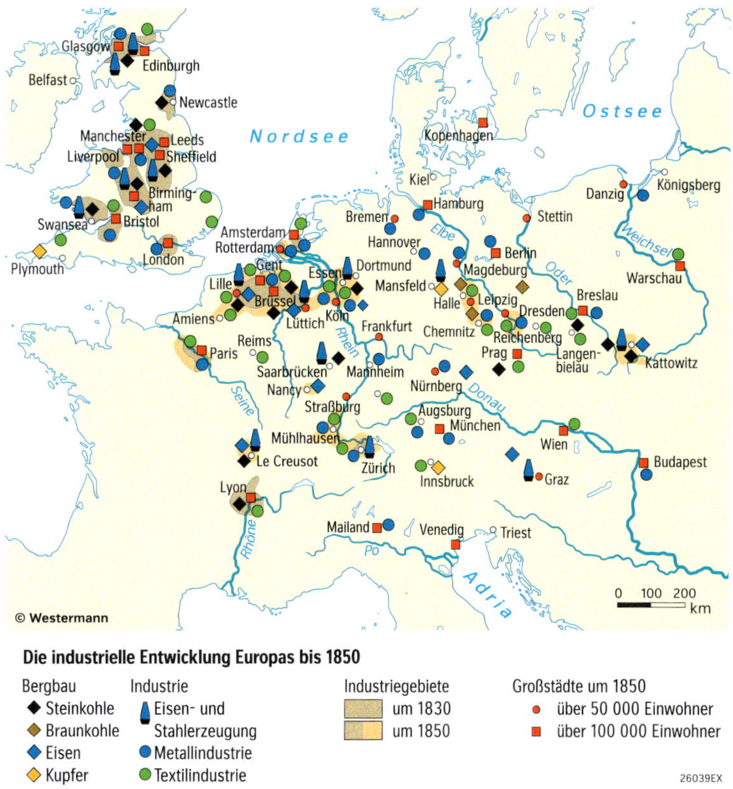

M4 *Industrieräume Europas vor 1850*

---

4 Erläutere die Voraussetzungen für die Industrialisierung in England (Text, M4).

5 Liste drei Industriegebiete mit dort vorkommenden Industrien auf (M4).

6 Die Erfindung der Dampfmaschine hatte gravierende (tiefgreifende) Veränderungen zur Folge. Erläutere diese Aussage (M1, M3, M5).

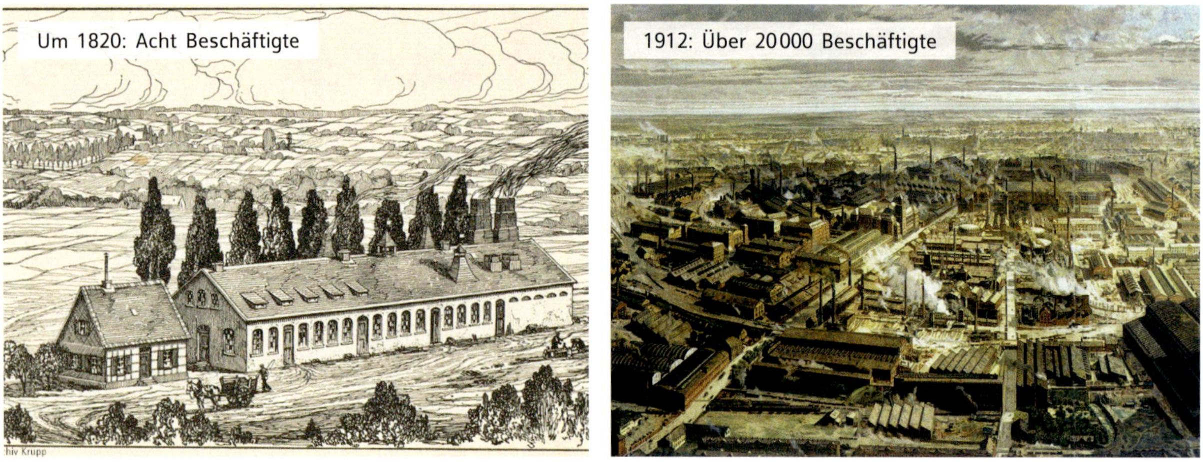

M1 *Die Friedrich Krupp AG in Essen entwickelte sich zwischen 1820 und 1912 zum größten Industrieunternehmen Europas.*

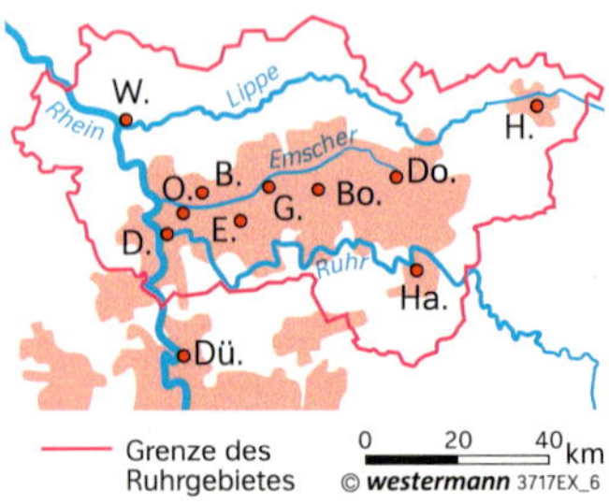

M2 *Übungskarte Ruhrgebiet*

Das Ruhrgebiet – Wandel im 19. Jahrhundert

In Deutschland begann die Industrialisierung später als in England. Ab 1850 bildete sich das Ruhrgebiet zum wichtigsten deutschen Industriezentrum und zu einer der bedeutendsten Industrieregionen Europas heraus. Hier gab es Kohle- und Eisenerzvorkommen. Mit dem Bergbau entstanden erste Eisen- und Stahlhütten sowie andere Industriebetriebe. Sie siedelten sich in der Nähe der Zechen (Bergwerke) an.

Neben der Steinkohle waren auch die Wasserwege, wie die Flüsse Rhein und Ruhr, von besonderer Bedeutung. Auf ihnen konnten Kohle und Stahlprodukte mit dem Schiff schnell und günstig vom Ruhrgebiet in andere Regionen transportiert werden.

Im Laufe der Zeit arbeiteten immer mehr Menschen als Bergmänner im Steinkohleabbau. Parallel dazu erlebte auch die Eisen- und Stahlindustrie im Ruhrgebiet einen starken Aufschwung. Es wurden immer mehr Arbeitskräfte benötigt. Von überall her zogen Menschen ins Ruhrgebiet und innerhalb weniger Jahre stieg die Bevölkerungszahl stark an.

Dörfer wurden zu Städten und vorhandene Städte, wie zum Beispiel Essen, wurden zu Großstädten.

Auch das Verkehrsnetz wurde ständig weiter ausgebaut. Es entstanden neue Verkehrswege, wie Straßen, Eisenbahnlinien und Kanäle.

1. Nenne Gründe für die Herausbildung des Ruhrgebiets zum wichtigsten deutschen Industriezentrum (Text, M4).
2. Benenne die Städte in M2.
3. Begründe das schnelle Wachstum des Ruhrgebiets (Text).
4. Beschreibe die Entwicklung der Kruppwerke Essen (M1).

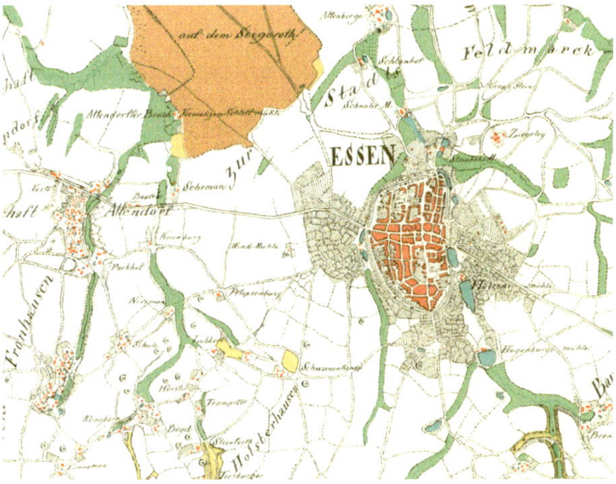

M3 *Essen im Jahr 1842*

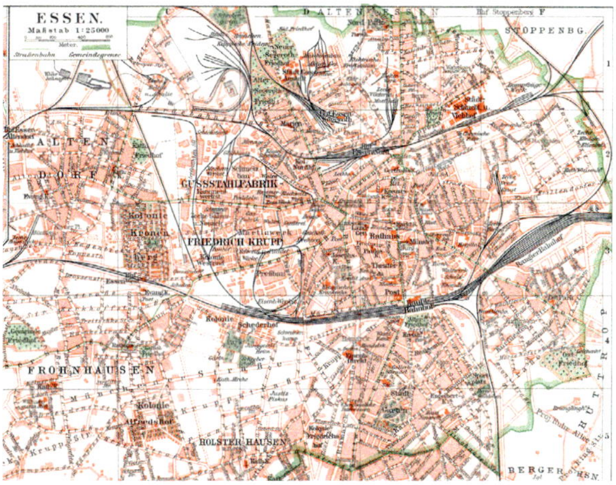

M6 *Essen im Jahr 1906*

Mit nur 14 Jahren übernahm Alfred Krupp die Firma seines Vaters. Dieser kämpfte vor seinem Tod gegen die Pleite seiner kleinen Gussstahlfabrik. Dem talentierten Alfred gelang es, mit Fleiß, Klugheit, Unternehmergeist und Erfindungsreichtum einen Weltkonzern zu schaffen.
Mit der Herstellung von bruchsicheren, nahtlosen Eisenbahnrädern zog Alfred 1854 der Konkurrenz davon. Alfred Krupp schuf die Grundlage für eine sichere und schnelle Eisenbahn. 1862 produzierte seine Firma in einem neu errichteten Stahlwerk einen besonders hochwertigen Stahl. Im 20. Jahrhundert war die Produktion von rost- und säurebeständigen Stählen ein weiterer Meilenstein; die Firma Krupp war zu Beginn des 20. Jahrhunderts der größte Industriebetrieb Europas.
Die Beschäftigten erhielten lange vor der landesweiten Einführung eine Kranken- und Rentenversicherung, sie konnten in firmeneigenen Geschäften einkaufen und bekamen Wohnraum gestellt.

M4 *Anfänge des Stahlkochers Alfred Krupp*

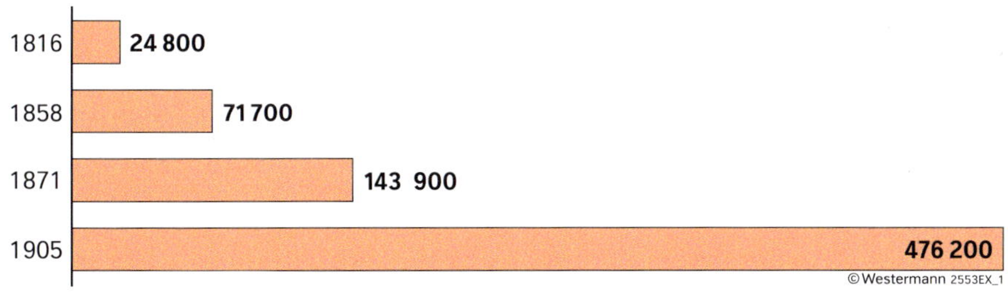

M5 *Bevölkerungsentwicklung in Essen 1816 – 1905*

5 a) Beschreibe die Entwicklung der Einwohnerzahl Essens (M5).
b) Erläutere den Einfluss der Firma Krupp auf diese Entwicklung (M4).

6 Vergleiche die beiden Karten M3 und M6.

7 Recherchiere zu neuen Berufen, die durch die Industrialisierung entstanden sind und stelle einen Beruf vor. 311

M2 *Neunkirchen im Saarbergbaurevier im 19. Jahrhundert*

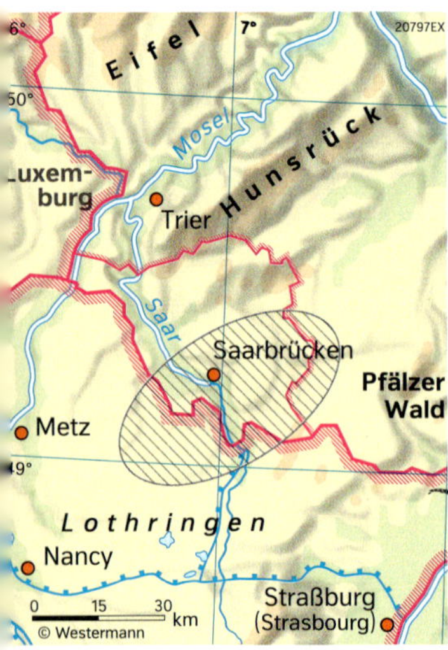

M1 *Das Saarbrücker Steinkohlebecken*

Das Saarland früher – Kohl, Eisen, Stahl

Bis zum 19. Jahrhundert verdienten die Menschen im Saarland ihren Lebensunterhalt vor allem in der Landwirtschaft. Das Gebiet war ländlich geprägt.

Steinkohlevorkommen waren schon damals bekannt. Man baute die Kohle aber nur in kleinem Rahmen ab und verwendete sie hauptsächlich zum Heizen.

Anfang des 19. Jahrhunderts setzte im Saarland die Industrialisierung ein. Sie konzentrierte sich auf die Standorte der Kohlegewinnung und der Stahlproduktion. In der zweiten Hälfte des 19. Jahrhunderts wurde das Saarland in ganz Mitteleuropa bekannt. In dieser Zeit begann man damit, die Kohlevorkommen in größerem Umfang abzubauen. Die Kohle wurde zur Herstellung und Verarbeitung von Eisen und Stahl benötigt. Eisen- und Hüttenwerke, wie Dillingen, Völklingen oder Neunkirchen, steigerten in dieser Zeit ihre Produktion um ein Vielfaches. Das Eisenerz erhielten die Hütten aus dem benachbarten Luxemburg und Lothringen. So entstand ein neuer Wirtschaftsraum, das Industrierevier Lothringen-Luxemburg-Saar.

Außerdem setzte man Kohle auch zur Elektrizitätsgewinnung in Kohlekraftwerken ein.

1. Beschreibe mithilfe des Atlas die Lage des Saarbrücker Steinkohlebeckens (M1).
2. Beschreibe die Abbildung M2.
3. Verfasse einen kurzen Text über die Industrialisierung an der Saar (Text).
4. Recherchiere den Unterschied zwischen Stollenbau und Schachtbau (Internet). 311

M3 *Schichtwechsel in den Stumm'schen Werken in Neunkirchen (Holzschnitt, 1899)*

M4 *Prämienhäuser in Göttelborn*

Neue Siedlungen entstehen

Mitte des 19. Jahrhunderts stieg durch den Einsatz neuer Techniken wie dem Schachtbau die Kohleförderung an der Saar rasch an.

Die Kohlegruben und Industriebetriebe benötigten daher dringend Arbeitskräfte. Um Arbeiter in die Region zu holen und die Arbeiter vor Ort dauerhaft an sich zu binden, förderten die Betriebe den Bau von Eigenheimen. Sie gaben den Arbeitern günstige Darlehen und Prämien, mit denen sie ein Haus errichten konnten. Von diesen „Prämienhäusern" wurden fast 8000 Stück bis zum Beginn des ersten Weltkriegs errichtet. Dies ist auch der Grund für den heute noch hohen Anteil an privaten Ein- und Zweifamilienhäusern im Saarland. Vielerorts entstanden so neue Bergarbeiter-Kolonien wie Bildstock (Friedrichsthal), Göttelborn (Quierschied), Heinitz (Neunkirchen), Altenwald (Sulzbach) oder Jägersfreude (Saarbrücken).

Jahr	Kohleförderung (in Mio. Tonnen)	Arbeiter im Bergbau
1850	0,6	4500
1860	2,0	12800
1870	4,2	20000
1880	5,0	keine Angabe
1890	6,4	30300
1900	9,4	42400
1910	11,0	54500

M5 *Entwicklung der Kohleförderung und der Arbeitskräfteanzahl im Saarbergbau (1850–1910)*

Darlehen und Prämie

Die Prämie war eine finanzielle Beihilfe für den Kauf eines Baugrundstücks.
Als Darlehen erhielten die Arbeiter Geld, das sie den Betrieben mit günstigen Zinsen zurückzahlen mussten.

ERSTAUNLICH

Die Prämienhäuser wurden nach standardisierten Musterplänen gebaut.
Man findet sie auch heute noch vielerorts im Saarland.

5 Erläutere, wie die Eigentümer der Industriebetriebe und Kohlegruben ihre Beschäftigten an ihre Betriebe gebunden haben (Text, Info).

6 a) Erstelle aus der Tabelle M5 ein Diagramm.
b) Werte dein Diagramm aus.

7 a) Recherchiere nach Spuren des Bergbaus und der Stahlindustrie in deiner Umgebung.
b) Erstelle eine kurzen Vortrag und präsentiere deine Ergebnisse.

M1 *Das Bergwerk Reden im Jahr 1959. Es galt lange nach dem Zweiten Weltkrieg als eine der modernsten Anlagen Deutschlands und beschäftigte bis Mitte der 1950er-Jahre rund 8200 Menschen.*

M2 *Das ehemalige Bergwerk Reden heute*

Der Weg an die Spitze

Die Kohlevorkommen des Saarlandes weckten schon früh Begehrlichkeiten beim Nachbarn Frankreich. Im letzten Jahrhundert erhielt Frankreich nach den beiden Weltkriegen zwei Mal die Kontrolle über den Kohlebergbau und die Eisen- und Stahlindustrie des Saarlandes.

Nach 1945 wurde die Kohleförderung im Saarland hochgefahren, um die Kriegsschäden Frankreichs auszugleichen. Als das Saargebiet 1957 wieder der Bundesrepublik Deutschland beitrat, zählten die Saargruben zu den wichtigsten Steinkohlerevieren Europas.

Die 18 saarländischen Bergwerke förderten 16,3 Millionen Tonnen Kohle und beschäftigten rund 65 000 Menschen. Damit war der Bergbau einer der wichtigsten Arbeitgeber des Landes.

Als Zankapfel zwischen Deutschland und Frankreich wechselten die Saarländer mehrmals ihre Nationalität. Von 1680 bis 1697 war das Gebiet erstmals an Frankreich angegliedert. Nach der Französischen Revolution von 1789 wurde das gesamte linke Rheinufer wieder an Frankreich angeschlossen. Der Wiener Kongress von 1814/1815 machte dies rückgängig, und das heutige Saarland fiel den Königreichen Preußen und Bayern zu. Nach dem Ersten Weltkrieg wurde das Saargebiet abermals vom Deutschen Reich abgetrennt. Am 13. Januar 1935 entschieden sich die Saarländer in einer Volksabstimmung zur Rückkehr ins Deutsche Reich. Nach dem Zweiten Weltkrieg war das Saarland zunächst wirtschaftlich und politisch an Frankreich angebunden. Nach der Gründung der Bundesrepublik und der DDR 1949 erhielt das Saarland einen Sonderstatus (eigene Pässe). Ein Ende der Nationalitätenwechsel kam 1957: Seitdem gehört das Saarland wieder zu Deutschland.

(Saarland – Ein Überblick. In: https://www.uni-saarland.de/uploads/media/gsaarland_09.pdf [20.09.2021] (verändert))

M3 *Wechselnde Nationalitäten im Saarland*

1. Die Saarländer wechselten mehrfach ihre Identität. Erläutere (M3).

2. Stelle die Entwicklung des Steinkohlebergbaus im Saarland anhand eines Zeitstrahls dar (Text).

3. Wähle aus:
   a) Führe ein Interview: Befrage Mitglieder deiner Familie zum Bergbau im Saarland.
   b) Erstelle eine Präsentation zum Bergbau im Saarland.

M4 *Das Saarpolygon auf der Bergehalde des Bergwerks Ensdorf wurde 2016 zur Erinnerung an den im Jahr 2012 eingestellten Steinkohlebergbau errichtet.*

ERSTAUNLICH

Das 30 Meter hohe Saarpolygon ist so gestaltet, dass es aus jeder Richtung, aus der es betrachtet wird, eine andere Form hat. Man sieht entweder einen rechteckigen Torbogen, ein auf der Spitze stehendes Dreieck oder ein Kreuz mit Querstrich. Sein Grundriss hat die Form eines Zett.

Das Ende des Kohlebergbaus im Saarland

Anfang der 1960er-Jahre hat die Kohlekrise die Lage der Bergwerke im Saarland verändert. Die Bedeutung der Kohle ging stark zurück. Früher wurden viele Haushalte und Industriebetriebe mit Kohle beheizt. Nach und nach stellte man die Heizungsanlagen auf Erdöl und Erdgas um. Das war billiger und sauberer. Durch neu entwickelte Techniken benötigte die Eisen- und Stahlindustrie weniger Kohle. Hinzu kam Konkurrenz durch billigere Importkohle aus anderen Ländern. Dort liegt die Kohle nicht so tief unter der Erde und die Lohnkosten sind niedriger. So gingen innerhalb weniger Jahre die Fördermengen an Kohle und die Anzahl der Beschäftigten im saarländischen Bergbau stark zurück.

Die 18 Kohlebergwerke, die es 1957 noch gab, wurden nach und nach geschlossen. 2012 stellte das letzte Bergwerk im Saarland den Betrieb ein.

Mit der Stilllegung der Gruben gingen viele Arbeitsplätze verloren. Die ehemaligen Grubengelände wurden für die Neuansiedlung von Industrie- und Dienstleistungsbetrieben, als Solarparks oder Naherholungsgebiete genutzt.

M6 *Der Tag des Bergmanns erinnert an den Saarbergbau.*

Seit dem Ende des aktiven Steinkohlebergbaus im Saarland am 30.06.2012 findet jedes Jahr am letzten Sonntag im Juni der „Tag des Bergmanns“ statt. Der Landesverband der Bergmanns-, Hütten- und Knappenvereine lädt dann zu einem Festakt ein, um die Traditionen der Bergleute zu bewahren und an den Wohlstand zu erinnern, den der Bergbau über Jahrzehnte im Saarland geschaffen hat.

Für viele ehemalige Bergmänner ist der Tag des Bergmanns weniger eine fröhliche Festlichkeit sondern vielmehr eine Veranstaltung, die zum besinnlichen Nachdenken über die gemeinsame, prägende Vergangenheit genutzt wird.

M5 *Gedenken an den Bergbau*

4 a) Nenne Möglichkeiten, wie ehemalige Grubengelände heute genutzt werden (M2, M4).

b) Recherchiere im Internet über die heutige Nutzung des ehemaligen Bergwerks Reden (M1, M2). 311

5 Der Bergbau hat die Menschen im Saarland geprägt. Erläutere (M5, M6).

www.das-erbe-ontour.de
(Virtuelle Landesausstellung zu 250 Jahren Bergbau im Saarland)

M1 *Werke der Burbacher Hütte bei Saarbrücken (Holzstich, 1886)*

Smog
Das Wort Smog setzt sich aus den englischen Wörtern **sm**oke (Rauch) und **fog** (Nebel) zusammen. Bezeichnet wird damit die hohe Konzentration von Schadstoffen in der Luft über dicht besiedelten Gebieten.

Schattenseiten der Industrialiserung

Mit der Industrialisierung im 19. Jahrhundert begannen der Raubbau an der Natur und die Verschmutzung der Umwelt in zuvor unbekannten Ausmaßen.

- Einzigartige Landschaften wurden durch die Gewinnung von Rohstoffen oder durch den Bau von Verkehrswegen und Industriebetrieben zerstört.
- Ganze Wälder wurden für Brenn- und Bauholz gefällt.
- Viele Flüsse wurden begradigt, gestaut und durch Industrieabwässer verschmutzt.
- Schornsteine von Fabriken, Kraftwerken, Häusern oder Dampflokomotiven pusteten schwarzen Rauch in die Luft. Ätzende Abgase wie Ammoniak, Chlor oder das giftige Schwefeldioxid, das Bäume schädigt, wurden ausgestoßen.
- Industrie- und Haushaltsmüll wurde achtlos beseitigt. Aus undichten Rohrleitungen oder durch Chemieunfälle gelangten gesundheitsschädigende Schwermetalle (Blei, Quecksilber, Arsen) in den Boden und verseuchten das Trinkwasser.
- Durch die stark wachsende Bevölkerung vergrößerten sich die Städte. Neue Wohngebiete mussten gebaut werden. Immer größere Bodenflächen wurden versiegelt. Der Wasserverbrauch stieg an und damit auch das Abwasser. Auch der Verkehr nahm zu, denn die Menschen mussten zwischen Wohnung und Arbeit hin und her pendeln.

Weltweit gibt es Zusammenhänge zwischen fortschreitender Industrialisierung und zunehmender Umweltverschmutzung.

1. Wähle aus:
   a) Nenne Beispiele der Umweltzerstörung durch die Folgen der Industrialisierung.
   b) Erstelle eine Mindmap zum Thema Umweltzerstörung durch Industrialisierung.
2. Beschreibe die in M1 dargestellten Umweltbelastungen.
3. Erläutere die Folgen der Industrialisierung für die Saar (Text, M2).

Die Industrie verschmutzt die Saar

Mit zunehmender Industrialisierung wurden auch die Belastungen für die Natur im Saarland immer spürbarer. Die Berg- und Stahlwerke, Glasfabriken und andere Industrien leiteten ihre Abwässer in die Saar und ihre Nebenflüsse. Der darin enthaltene Kohlenschlamm sowie Cyanide, Arsenverbindungen und Sulfate verschlechterten die Wasserqualität erheblich.
Die Menschen in den schnell wachsenden Städten im Saartal verbrauchten immer mehr Wasser für Toilettenspülungen und Körperhygiene. Die entstandenen Abwässer wurden ebenfalls in die Saar geleitet. So kam es Anfang der 1930er-Jahre regelmäßig zu Fischsterben. Nach 1945 galten nur noch knapp 10 Prozent der 77 Kilometer langen Saar als gesund, dagegen 38 Prozent als tot. Die Strecke zwischen Völklingen und der Niedmündung bei Rehlingen-Siersburg glich einem Abwasserkanal voll giftiger, stinkender Brühe. Durch die Einleitung von Grubenwasser schwankte die Wassertemperatur der Saar erheblich. Im Sommer war die Saar an manchen Stellen bis zu 45 °C warm. Anfang der 1960er-Jahre galt der Fluss als einer der schmutzigsten Wasserläufe Westdeutschlands. Erst in den 1980er-Jahren verbesserte sich langsam die Situation. Die Behörden erhöhten die Umweltauflagen für die Industrie und auch die Zahl der Kläranlagen hat sich bis heute fast verdreifacht.

M3 *Saar-Ufer an der Völklinger Hütte 1935. Auch die Völklinger Hütte leitete damals ihre Abwässer in die Saar ein.*

Üble Gerüche, Schlammablagerungen, Gasentwicklung und auf dem Wasser schwimmender Unrat, in erster Linie von der Zersetzung der durch häusliche Abfälle zugeführten fäulnisfähigen Stoffe herrührend, machten sich vor den großen Abwasserzuflüssen in starkem Maße bemerkbar. Die durch die Industrie herbeigeführte [...] Verunreinigung ist sehr wechselnd. An manchen Tagen ist sie kaum erkennbar, zeitweise hingegen ist das Wasser durch Kohleteilchen schwarzgrün verfärbt und der Fluß auf weite Strecken mit Schlackensand und einer dünnen Ölschicht bedeckt, die sich [...] in zuweilen fingerdicken Schichten sammelt."

(Kipp, Michael: Die Saar – Geschichte eines Flusses: Die Saar liegt im Sterbebett. 09.12.2018. https://In: www.saarbruecker-zeitung.de/sz-serien/diesaar/die-industrie-und-die-menschen-vergiften-die-saar_aid-35009631 [20.09.2021])

M2 *Aus einem Untersuchungsbericht kurz nach dem Ende des Ersten Weltkrieges 1918*

4 Diskutiert, warum Menschen nicht verhinderten, dass es zu den beschriebenen Umweltschäden kam.

5 Schau dir Filmausschnitte (Internetlink) aus den 1960er-Jahren zu Luftverschmutzung, Wasserverschmutzung oder Fischsterben an der Saar an. Schreibe dazu einen kurzen Zeitungsartikel.

www.sr-mediathek.de
(Filmausschnitte aus den 1960er-Jahren über die Suchbegriffe: Luftverschmutzung, Wasserverschmutzung und Fischsterben)

M1 *Flächenverbrauch durch eine Autobahnkreuzung – Trennung von Lebensräumen*

M2 *Grünbrücken verbinden Lebensräume – trotz des Straßenbaus.*

ERSTAUNLICH

Wusstest du, dass Kaugummi 5 Jahre, ein Tetra Pak 100 Jahre, eine Aluminiumdose 200 bis 500 Jahre, ein Plastikbeutel 500 bis 1000 Jahre und Glas 4000 Jahre benötigt, um vollständig zu verrotten?

Der Mensch verändert seine Umwelt

Seit die Menschen sesshaft wurden, nahmen sie Veränderungen in ihrer Umwelt vor. Wälder wurden gerodet, um Ackerflächen und Siedlungen anzulegen.

Mit der Industrialisierung wuchs der Bedarf an Flächen für Industrieanlagen und Verkehrswege, Stein- und Braunkohle wurden abgebaut und Staudämme angelegt.

All diese Eingriffe führen zu Veränderungen, die zwar unser Leben angenehmer machen, aber auch unserer Umwelt schaden können.

Wir nutzen Rohstoffe zur Herstellung von Nahrung, Strom oder Waren. Wir erholen uns in der Natur, brauchen saubere Luft zum Atmen und sauberes Wasser.

Die Umwelt gehört uns nicht allein, sondern allen Lebewesen. Die Veränderungen durch uns Menschen zerstören Lebensräume. Beispielsweise verschwinden jährlich viele Flächen unter Asphalt oder Beton, wenn neue Straßen, Parkplätze oder Einkaufszentren gebaut werden. Pflanzen und Tiere müssen weichen.

Jährlich produzieren wir in Deutschland rund 417 Tonnen Müll. Das macht 457 Kilogramm pro Einwohner. Abgase aus Industrie und Verkehr belasten unsere Luft und letztendlich auch das Klima.

Ziel muss es daher sein, dass wir sorgsam mit unserer Umwelt umgehen. Luft, Wasser und Boden müssen nachhaltig geschützt werden.

1 Beschreibe, welche Bedeutung die Umwelt für unser Leben hat.

2 Erstelle eine Wirkungskette zu Umweltproblemen, die der Mensch verursacht. 304

3 Bewerte die Veränderungen der Natur durch den Menschen (M1, M2).

M3 *Fahrverbote für Dieselfahrzeuge sollen die Luftqualität in Innenstädten verbessern.*

M5 *Naturschutzgebiet*

Nachhaltigkeit
Nachhaltigkeit bedeutet, dass wir bei der Deckung unserer Bedürfnisse fürsorglich mit unserer Umwelt umgehen.
Auch für zukünftige Generationen soll das Leben auf unserem Planeten lebenswert sein.
Luft, Wasser und Boden sauber zu halten, Pflanzen und Tiere zu schützen und sorgsam mit den Ressourcen der Erde umzugehen, sind die Grundlagen dafür.

Gesetze und Verordnungen zum Umweltschutz

Um die Umwelt nachhaltig zu schützen, erlässt der Staat Gesetze und Verordnungen.
Das Kreislaufwirtschafts- und Abfallgesetz regelt zum Beispiel alle wichtigen Fragen zur Produktion, Entsorgung und Verwertung von Abfällen. Der wichtigste Grundsatz lautet, dass Abfälle bereits bei der Produktion zu vermeiden sind und dennoch anfallender Müll verwertet werden soll.
Ein weiteres Beispiel ist das Fluglärmgesetz. Es regelt den Lärmschutz in der Nähe von Flughäfen zum Schutz der Anwohner, etwa durch die Festlegung von Lärmschutzbereichen und Nachtflugverbot.
Das Naturschutzgesetz regelt die Einrichtung von Landschaftsschutzgebieten und Nationalparks, die die Funktionsfähigkeit von Naturhaushalten sichern sollen.
Ziel des Gebäudeenergiegesetzes ist ein möglichst sparsamer Einsatz von Energie und die zunehmende Nutzung erneuerbarer Energien zur Erzeugung von Wärme, Kälte und Strom in Gebäuden.

Jedes Bundesland hat einen eigenen Umwelt-Bußgeldkatalog. Bei Umweltverstößen wie Wasserverschmutzung, falscher Müllentsorgung oder Verletzung der Naturschutz- und Immissionsbestimmungen können Strafen von mehreren Tausend Euro fällig werden.

M6 *Umwelt-Bußgeldkatalog*

Artikel 20a
Der Staat schützt auch in Verantwortung für die künftigen Generationen die natürlichen Lebensgrundlagen und die Tiere im Rahmen der verfassungsmäßigen Ordnung durch die Gesetzgebung und nach Maßgabe von Gesetz und Recht durch die vollziehende Gewalt und die Rechtsprechung.

M4 *Auszug aus dem Grundgesetz – seit 1994 ist Umweltschutz auch staatliche Aufgabe.*

4 Begründe die Notwendigkeit von Gesetzen und Verordnungen zum Schutz der Umwelt (Text, M4).

5 Diskutiert in der Gruppe, warum Umweltschutz so schwierig ist.

6 a) Recherchiere im Internet nach der Höhe von Umwelt-Bußgeldern im Saarland (M6, Internetlink).
b) Nimm Stellung, ob du die Bußgelder für angemessen hältst.

www.bussgeldkatalog.org/umwelt
(Übersicht über die Umwelt-Bußgeld-Kataloge in den deutschen Bundesländern)

M1 *Auf einer Fridays for Future Demonstration*

ⓘ Umweltpolitik und Nachhaltigkeit
Die Umweltpolitik orientiert sich am Leitbild der Nachhaltigkeit. Nachhaltige Entwicklung meint eine Entwicklung, die die Bedürfnisse der Gegenwart befriedigt, ohne zu riskieren, dass künftige Generationen ihre eigenen Bedürfnisse nicht befriedigen können. Natürliche Ressourcen sollen so für die Zukunft bewahrt und die Umwelt dauerhaft gesichert bleiben.

Die Umweltpolitik

Durch unser Verhalten schädigen wir oft die Umwelt oder zerstören sie gar unwiederbringlich. Vielen Menschen ist dies jedoch gar nicht bewusst.

Um unsere Umwelt auch für nachfolgende Generationen erhalten zu können, müssen wir darauf achten, die Folgen umweltschädlichen Verhaltens gering zu halten und Umweltschäden zu beseitigen. Dabei kommt der Umweltpolitik eine wichtige Rolle zu. Ihr Ziel ist vor allem die Verminderung der Schadstoffbelastung von Böden, Wasser und Luft sowie ein Zusammenführen von wirtschaftlichen und ökologischen Interessen, um ein nachhaltiges Wirtschaften zu ermöglichen.

Die Umweltpolitik greift in viele andere Politikfelder (M2) mit ein und berührt nahezu alle Lebensbereiche des Menschen. Sie beschäftigt sich zum Beispiel mit dem Klimaschutz, dem Verbrauch natürlicher Ressourcen oder dem Erhalt der Artenvielfalt. Dementsprechend gibt es in der Umweltpolitik auch eine Vielzahl von Akteuren, die sowohl auf nationaler als auch auf internationaler Ebene umweltpolitische Entscheidungen treffen.

Politikfeld	Umweltaktivität
Verkehrspolitik	Förderung von sparsamen Motoren, Förderung von Biokraftstoffen, Lärmschutz, Euro-Normen
Energiepolitik	starke Förderung erneuerbarer Energien, Emissionshandel
Baupolitik	Klimaschutz/Energieeinsparung, Förderung von ökologischem Bauen
Agrarpolitik	Förderung des ökologischen Landbaus, Förderung erneuerbarer Energien

M2 *Einflüsse der Umweltpolitik auf andere Politikfelder*

1. Nenne Handlungsfelder der Umweltpolitik.
2. Begründe, warum eine staatliche Umweltpolitik notwendig ist.
3. Erläutere, wie Umweltpolitik auf andere Politikfelder einwirkt (M2).
4. Erläutere, wie du selbst auf die staatliche Umweltpolitik Einfluss nehmen kannst (M1).

„Wer die Kosten für Umweltschäden zu tragen hat? Na, das ist doch klar: derjenige, der den Schaden verursacht hat. Wenn jemand giftige Abfälle in einen See kippt, dann soll er auch dafür bezahlen, dass der See wieder gereinigt wird!“ Ⓐ

„Wer muss bezahlen? In vielen Fällen ist es doch so, dass letztlich der Geschädigte selbst zahlen muss. Ein Beispiel: Wegen der Luftverschmutzung gehen in deinem Garten Bäume ein. Wer bezahlt die Neuanpflanzung? Du!“ Ⓑ

„Es ist schwierig, immer genau zu sagen, wer für eine Schädigung der Umwelt verantwortlich ist. Nehmen wir zum Beispiel die Luftverschmutzung. Wer ist dafür verantwortlich? Ja klar: „die“ Industrie, „die“ Autofahrer, „die“ Verbraucher. Aber wie soll man die zur Kasse bitten? Wenn zum Beispiel durch den CO_2-Ausstoß der Klimawandel zunimmt und es mehr Stark-regen mit Überflutungen gibt, kann man doch nicht für jeden Autofahrer ausrechnen, wie viel Euro er oder sie für die Beseitigung von Flutschäden bezahlen soll? Diese Kosten muss die Allgemeinheit tragen!“ Ⓓ

„Eigentlich sollte man nicht zuerst an das Bezahlen der Umweltschäden denken, sondern alles dafür tun, dass gar nicht erst Schäden entstehen. Umweltschäden schon im Ansatz zu vermeiden, das wäre für mich das Wichtigste.“ Ⓒ

„Die Zusammenarbeit aller Gruppen halte ich für wichtig im Umweltschutz. Zum Beispiel so wie in der Automobilindustrie in Deutschland: Sie hat sich verpflichtet, Autos, die ab Herbst 2006 zugelassen wurden, kostenlos wieder zurückzunehmen und wiederzuverwerten.“ Ⓔ

M3 ***Verschiedene Meinungen zur Umweltpolitik***

Grundsätze der Umweltpolitik

Die Umweltpolitik folgt in ihrer Ausgestaltung und Umsetzung einer Reihe allgemeiner Grundsätze (Prinzipien):
Beim *Vorsorgeprinzip* geht es darum, umweltpolitische Maßnahmen so zu gestalten, dass Umweltbelastungen gar nicht erst entstehen.
Nach dem *Verursacherprinzip* soll derjenige die Kosten tragen, der die Umweltschäden verursacht hat. Damit soll verhindert werden, dass diese Kosten von der Allgemeinheit getragen werden müssen. Kann der Verursacher einer Umweltschädigung nicht mehr ermittelt werden, wird nach dem *Gemeinlastprinzip* verfahren. Der Staat setzt dann öffentliche Mittel zur Beseitigung der Schäden ein. Da diese aus Steuergeldern stammen, fallen sie damit letztlich der Allgemeinheit zur Last.
Werden neben dem Staat auch gesellschaftliche Gruppen wie Umweltverbände, Unternehmen oder Gewerkschaften in umweltpolitische Entscheidungen einbezogen, erfolgt das nach dem *Kooperationsprinzip*. Es geht darum, dass möglichst alle beteiligten Gruppen eine Mitverantwortung übernehmen und dadurch die Akzeptanz der Maßnahmen erhöht wird. So kann der Staat beispielsweise mit bestimmten Branchen Abkommen über Produktionsverfahren treffen.

5 Die Personen in M3 nennen unterschiedliche Wege, wie man in der Umweltpolitik mit Umweltschädigungen umgehen kann.
a) Ordne die Aussagen in M3 den Prinzipien der Umweltpolitik zu.
b) Welche der fünf Wege lassen sich deiner Meinung nach leichter verwirklichen? Begründe.

Z Erstelle ein Schaubild zu den Prinzipien der Umweltpolitik.

M1 *Arbeiterwohnung – 24 Quadratmeter für sieben Personen*

M3 *Speisesaal des Unternehmers Krupp*

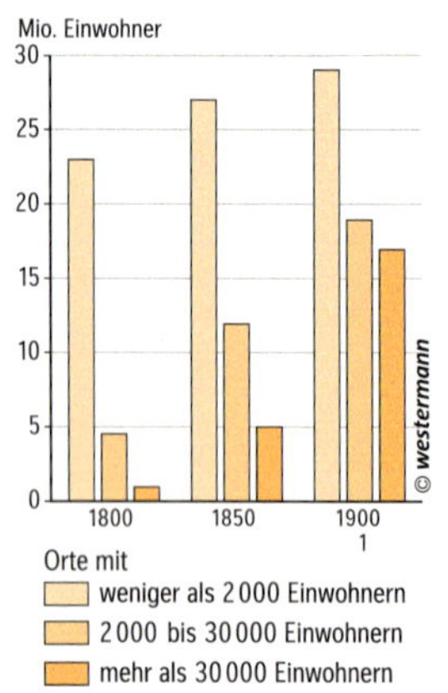

M2 *Einwohnerzahlen in Deutschland 1800 – 1910 nach der Größe des Wohnortes*

Wohnungsnot und Wohnungsbau

Die Hoffnung auf Arbeit und Verdienst in den neu entstandenen Fabriken lockte ab 1850 immer mehr Menschen aus den ländlichen Gebieten in die Städte. Die Zahl der Einwohner stieg in kurzer Zeit sehr stark an.

In älteren Häusern wurden die Keller und Dachböden zu Mietwohnungen umgebaut. Trotzdem herrschte große Wohnungsnot. Wer keine Wohnung oder kein Bett fand, baute sich eine notdürftige Behausung aus Brettern. Viele hausten in Ställen oder Schuppen.

Die damit verbundenen mangelhaften sanitären Einrichtungen sowie schmutzige und dunkle Hinterhöfe und enge Gassen führten zur Ausbreitung zahlreicher Krankheiten.

Arbeiter, die gut verdienten, konnten sich eine kleine Wohnung leisten. Andere konnten meist nur ein Zimmer mieten. Manche Familie vermietete an alleinstehende Arbeiter ein Bett, um ihr karges Einkommen aufzubessern. Der Bedarf an neuen Unterkünften war groß.

Es gab auch einige Unternehmer, die Arbeitersiedlungen errichteten. Diese befanden sich in unmittelbarer Nähe der Fabriken oder Bergwerke. Mitarbeiterwohnungen der Firma Krupp besaßen sogar einen Vorgarten und einen eigenen Wasseranschluss. Die Jahresmiete war günstig. Ein Arbeiter musste nur ungefähr ein Zehntel seines Lohnes für die Miete aufwenden. Kündigte ein Arbeiter bei Krupp, musste er allerdings ausziehen.

1. Stelle mithilfe von M2 die Entwicklung der städtischen Einwohnerzahlen im 19. Jahrhundert dar.

2. Nenne Ursachen für die ärmlichen Wohnverhältnisse der Arbeiter (M1).

3. a) Beschreibe anhand von M1 und M4 die Situation in einer Arbeiterwohnung um 1900.
   b) Vergleiche die Wohnsituation einer Arbeiterfamilie mit der eines reichen Unternehmers (M1, M3, M4).

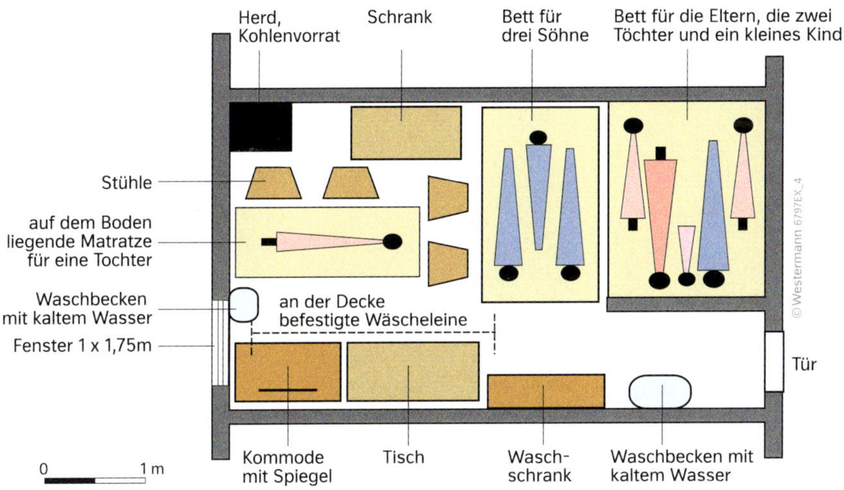

M4 *Beispiel für eine Arbeiterwohnung um 1900*

Hauptmahlzeiten einer Arbeiterfamilie

Mo. Kartoffelsuppe
Di. Sauerkraut und weiße Bohnen
Mi. Suppe mit Erbsen
Do. Kartoffeln mit roten Rüben
Fr. zwei Heringe mit Kartoffeln
Sa. Linsensuppe
So. Brühe von Knochen und Kartoffeln

Arbeitsbedingungen und soziale Frage

Der Lohn eines Arbeiters und seiner Frau reichte trotz 12- bis 14-stündiger Arbeit kaum aus, um eine Familie zu ernähren. Selbst Neunjährige mussten in den Fabriken arbeiten und Geld verdienen.

Die Tätigkeit in einer Fabrik bestand oft aus den immer gleichen Handgriffen. Dort war es sehr laut und staubig. Viele Arbeiten erforderten ein ständiges Sitzen oder Stehen.

Die Arbeitskräfte waren den Unternehmern meist schutzlos ausgeliefert. Diese konnten den Beschäftigten jederzeit grundlos kündigen. Die Arbeitszeit war durch kein Gesetz geregelt. Kranken- oder Unfallversicherungen gab es nicht. Wer krank wurde oder sich in der Fabrik bei der Arbeit verletzte und deshalb nicht weiterarbeiten konnte, bekam keinen Lohn.

Viele Menschen konnten die Arbeit nur etwa bis zum 40. Lebensjahr aushalten, dann wurden sie krank. Sie starben früh. Eine Rente erhielten sie nicht. Deshalb waren sie auf die Unterstützung durch Familienangehörige angewiesen.

Die Benachteiligung der Arbeiter und ihr großes Elend fasst man unter dem Begriff **soziale Frage** zusammen (siehe S. 166/67). Das Massenelend führte in der zweiten Hälfte des 19. Jahrhunderts zu zahlreichen Arbeitsniederlegungen.

Nach 1833 entstanden in Europa die ersten Gesetze, die im Verlauf vieler Jahre die sozialen Verhältnisse der Lohnarbeiter Schritt für Schritt verbesserten.

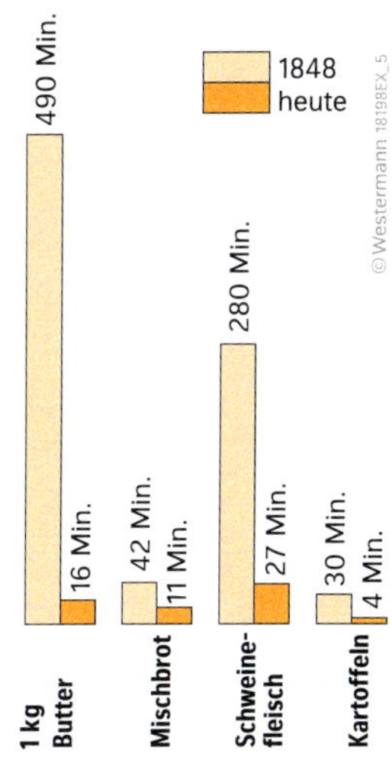

M5 *Arbeitszeit für den Erwerb von ausgewählten Grundnahrungsmitteln*

4 Erkläre, warum die Wohnverhältnisse von Arbeitern der Firma Krupp besser waren als die der anderen Arbeiter.

5 Stelle die Ernährungssituation einer damaligen Arbeiterfamilie dar (M5).

6 a) Vergleiche die Arbeitsbedingungen der Menschen in Deutschland damals und heute.
b) Erläutere den Begriff „soziale Frage".
c) Recherchiere, wie viel Prozent die Menschen heute von ihrem Einkommen für Miete ausgeben. 311

M1 *Kinder bei der Arbeit unter Tage*

M4 *Kinder in einer Baumwollspinnerei*

Es scheint vernünftiger, die Kinder Arbeit verrichten zu lassen, weil
... ihnen Verwilderung droht;
... die Not in den Arbeiterfamilien ansonsten größer wäre;
... ungenügende Nahrung für die Kinder schlechter ist als Fabrikarbeit.

M2 *Aus einer Stellungnahme deutscher Industrieller zur Kinderarbeit 1884*

Kinderarbeit im 19. Jahrhundert

Kinderarbeit war billig und deshalb bei den Unternehmern beliebt. In den Fabriken standen Neunjährige bis zu vierzehn Stunden am Tag an den Maschinen; sechs Tage in der Woche. Sechsjährige arbeiteten in der Textilindustrie. Sie konnten gut unter die Maschinen kriechen und mit ihren kleinen Händen Fäden wieder zusammenflicken.

Doch die langen Arbeitszeiten und die gesundheitsschädigenden Arbeitsbedingungen blieben nicht ohne Folgen. Die Kinder waren unterernährt und wurden häufig krank. Sie litten unter Wachstumsstörungen und an der Schwindsucht (Tuberkulose), einer damals weit verbreiteten Lungenkrankheit.

in Dortmund	10–12 Stunden
in Berlin	7–12 Stunden
in Hagen	10–12 Stunden
in Magdeburg	9–14 Stunden

M5 *Tägliche Arbeitszeit für Kinder in Textilfabriken 1825*

Ein Kind unter zehn Jahren darf nicht in einer Fabrik arbeiten. Jedes Arbeiterkind soll einen dreijährigen Schulbesuch nachweisen können. Die Höchstarbeitszeit für Kinder beträgt zehn Stunden am Tage. Zwischen diesen zehn Stunden sollen zwei Freistunden liegen, in denen Bewegung in freier Luft gewährt werden soll.

M3 *Auszug aus einem Gesetz von Preußen (1839)*

Jungen arbeiten in einer Glasbläserei (Zeichnung, um 1880).

1. Erkläre, warum Kinder im 19. Jahrhundert häufig arbeiten mussten und nur selten zur Schule gingen (Text, M1, M2).
2. Erstelle eine Liste für einen möglichen Tagesablauf eines kindlichen Fabrikarbeitenden (M3–M5).

M6 *Waschtag um 1908*

M8 *Fabrikarbeiterinnen um 1908*

Frauenarbeit um 1900

Bereits vor der Industrialisierung arbeiteten Frauen in Handwerker- und Bauernfamilien mit. Seit Beginn des 19. Jahrhunderts waren die Frauen der Arbeiter auch in Fabriken tätig. Nur so reichte das Familieneinkommen zum Überleben.

Neben der schweren Fabrikarbeit erledigten die Frauen zusätzlich die anstrengende Hausarbeit. Dort, wo es möglich war, sorgten sie mit einer eigenen Kleintierhaltung für zusätzliche Nahrungsmittel. Kleidung wurde oft selbst genäht und immer wieder ausgebessert. Wäsche wurde von Hand auf einem Waschbrett gerubbelt (kräftig gerieben) und anschließend ausgewrungen.

Frauen aus wohlhabenden Familien gingen in der Regel keiner bezahlten Arbeit nach. Ihre Aufgabe bestand vornehmlich in der Führung des Haushaltes und der Erziehung der Kinder.

Die Frauen der damaligen Zeit waren den Männern rechtlich nicht gleichgestellt.

Um 5 Uhr morgens beginnt ihr Arbeitsalltag, da muss sie Feuer machen, Kaffee kochen, Fleisch und Gemüse fürs Mittagessen vorbereiten und die Betten machen. Um 6:45 Uhr muss sie mit den Kindern aus dem Haus. Die Frau geht in die Fabrik, aus der sie um halb 12 Uhr vormittags für anderthalb Stunden heimkommt. Nun wird das Essen gewärmt und verzehrt. Dann wird so viel häusliche Arbeit wie möglich gemacht. Um 13:00 Uhr beginnt die Fabrikarbeit von Neuem. Nach Feierabend [etwa gegen 19:30 Uhr] von Neuem Hausarbeit bis 22:00 Uhr. An einem Abend wird Wäsche gewaschen, am nächsten gebügelt.

(Plößl, Elisabeth: Augsburg auf dem Weg ins Industriezeitalter. München: Haus der Bayerischen Geschichte, 1985, 96 S.)

M7 *Normaler Arbeitsalltag einer Arbeiterfrau 1910*

Die wirtschaftliche Entwicklung brachte es mit sich, dass immer mehr Frauen aus der Familie gerissen und in die Fabrik [...] gedrängt wurden. Sie arbeiteten für viel geringeren Lohn als die Männer [...]. Hand in Hand ging damit die Verlotterung des Hauswesens und die Vernachlässigung der Kinder.

(Baader, Ottilie: Ein steiniger Weg. Lebenserinnerungen einer Sozialistin. Berlin/Bonn: Verlag J. H. W. Dietz (Nachfolger), 1979, 116 S.)

M9 *Die Arbeitervertreterin Ottilie Baader zur Berufstätigkeit von Arbeiterfrauen um 1900*

3 Berechne die ungefähre Arbeitszeit einer Arbeiterfrau. Unterscheide dabei Fabrik- und Hausarbeit (M7).

4 Erläutere die Sorgen, die sich Ottilie Baader wegen der zunehmenden Fabrikarbeit von Frauen machte (M9).

M1 *Arbeitsbedingungen in einem Eisenwalzwerk (Gemälde von Adolph von Menzel, 1875)*

Notwendige Schritte

Lohnfortzahlung im Falle von Krankheit, Arbeitslosengeld, Rente im Alter, finanzielle Unterstützung bei Notfällen, Mutterschutzgeld oder Kindergeld sind Beispiele sozialer Leistungen, die in Deutschland heute üblich sind.

Ende des 19. Jahrhunderts herrschten in Deutschland noch ganz andere Bedingungen. So gab es beispielsweise keine Unfallversicherung. Viele Arbeiter wurden bereits mit 40 Jahren erwerbsunfähig. Ohne Einkommen war die Versorgung der Familien nicht sichergestellt. Oft verarmten diese. Hilfe kam in der Regel nur vonseiten der Kirchen oder von Selbsthilfeeinrichtungen der Arbeiterinnen und Arbeiter.

Erst seit Ende des 19. Jahrhunderts sah der Staat es als seine Aufgabe an, seine Bürger im Krankheitsfall und bei Armut zu schützen. Infolge von immer wieder aufflammenden Arbeiterprotesten wurden Sozialgesetze beschlossen.

Als Begründer der Sozialgesetze gilt der damalige Reichskanzler Fürst Otto von Bismarck, der ein scharfer Gegner der Sozialdemokratie war. Bismarck wollte die Arbeiter mithilfe der Sozialgesetze von den Vorzügen des vom Kaiser geführten Staates überzeugen.

1. Beschreibe Gefahren, mit denen Arbeiter um 1900 im Berufsleben konfrontiert waren (M1).

2. Begründe die Einführung der Sozialgesetzgebung duch Otto von Bismarck (Text).

3. a) Stelle die Zahlen zur Wochenarbeitszeit (M2) in einem Säulendiagramm dar.
   b) Werte dein Diagramm aus

4. a) Kläre dir unbekannte Begriffe in M4 (Internet). 311

Im Jahr 1800 musste ein Arbeiter 65 Stunden in der Woche arbeiten. 1880 musste er etwa 70 Stunden arbeiten. 1891 wurde die Sonntagsarbeit verboten. 1914 lag die durchschnittliche Wochenarbeitszeit bei 60 Stunden, 1949 bei 50 Stunden. 1956 wurde in vielen Branchen die 5-Tage-Woche eingeführt. Der gesetzliche Höchstrahmen für die durchschnittliche Wochenarbeitszeit liegt heute in Deutschland bei 48 Stunden. Allerdings haben Arbeitgeber und Gewerkschaften in vielen Branchen eine geringere Arbeitszeit von etwa 40 Stunden pro Woche vereinbart.

M2 *Entwicklung der Wochenarbeitszeit*

M3 *Meilensteine der Sozialgesetzgebung (Auswahl)*

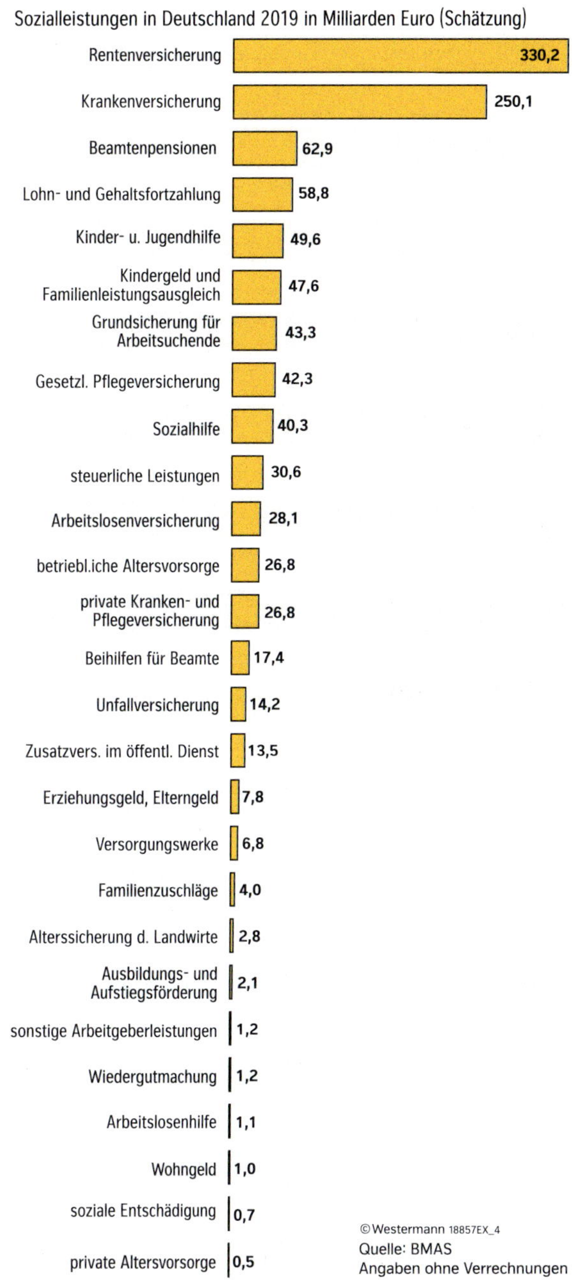

M4 *Die Kosten des sozialen Netzes*

b) Liste auf, welche Leistungen regelmäßig und welche nur notfalls gezahlt werden (M4, Internet).

5 Vergleiche die ersten Sozialgesetze mit unserem heutigen sozialen Sicherungssystem (M3, M4).

6 „Die Bundesrepublik ist ein demokratischer und ein sozialer Bundesstaat" (Art. 20 Grundgesetz). Unternimmt der deutsche Staat genug, um für soziale Gerechtigkeit zu sorgen?
Begründe deine Meinung.

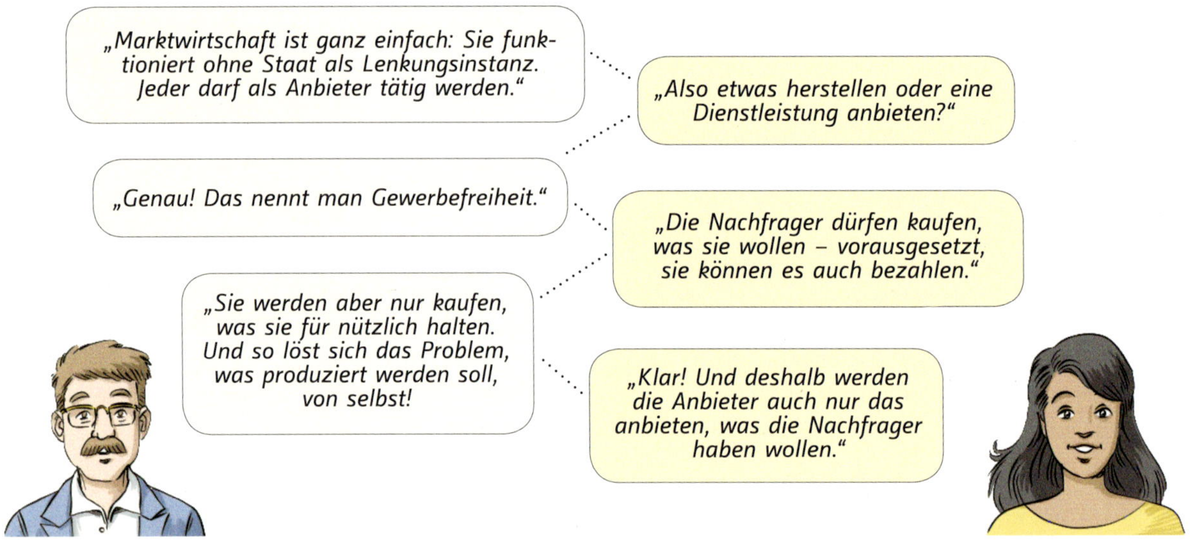

M1 *Marktwirtschaft – einfach besprochen*

ⓘ ❶ Wirtschaftspolitik
Unter Wirtschaftspolitik versteht man alle staatlichen Maßnahmen, die darauf abzielen, das Wirtschaftsgeschehen zu beeinflussen. Die wirtschaftspolitischen Ziele des Staates sind unter anderem die Beschäftigung aller arbeitsfähigen Personen, die Stabilität des Geldwertes und Wirtschaftswachstum.

Wirtschaftsordnungen – Ziele und Umsetzung im Vergleich

In Deutschland leben über 80 Millionen Menschen. Sie benötigen Essen und Trinken, Wohnraum und Kleidung, und sie wollen sich nach ihren eigenen Vorstellungen fortbewegen. Es gibt eine Vielzahl unterschiedlicher Bedürfnisse.

Viele Millionen unterschiedliche Produkte und Dienstleistungen werden deshalb täglich hergestellt, transportiert und verkauft – alles muss zur richtigen Zeit am richtigen Ort sein. Es gibt eine große Vermengung von Aktivitäten und damit die Aufgabe, die Wirtschaft eines Landes zu organisieren.

Die Wirtschaftsordnung beschreibt die Regeln, mit denen die wirtschaftlichen Handlungen aufeinander abgestimmt werden, damit beispielsweise die Versorgung der Menschen sichergestellt ist, genügend Arbeitskräfte zur Verfügung stehen und sie ausreichend Einkommen erzielen können.

Außerdem beantwortet die Wirtschaftsordnung Fragen zum Eigentum, zur Lenkung des Wirtschaftsgeschehens, zur Entstehung von Preisen und zur Planung von Unternehmen. So unterscheidet man zwischen Planwirtschaft und Marktwirtschaft.

Bei der Planwirtschaft gibt der Staat das Wirtschaftsgeschehen vor und erstellt Pläne, nach denen die Versorgung durch staatliche Unternehmen erfolgen soll. Dabei gibt es im eigentlichen Sinn kein Privateigentum. Die Preise werden durch den Staat festgelegt.

Eine Wirtschaftsordnung heißt Marktwirtschaft, wenn über den Kauf und Verkauf von Waren auf dem Markt entschieden wird.

1. Nenne Waren und Dienstleistungen, die für dich besonders wichtig sind. Vergleiche deine Ergebnisse mit einer Partnerin oder einem Partner.
2. Erkläre, warum ein Land eine Wirtschaftsordnung benötigt.
3. Erläutere die Begriffe freie Marktwirtschaft und soziale Marktwirtschaft (Text, M1, M3).

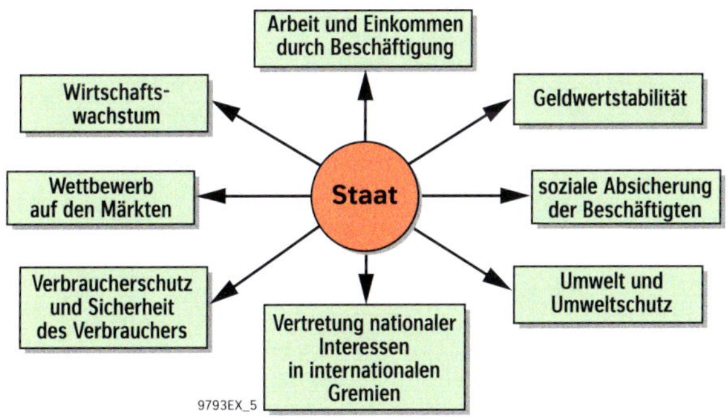

M2 *Wirtschaftspolitische Ziele des Staates*

M4 *Sozial-ökologische Marktwirtschaft – gerecht, aber aufwendig*

Die sozial-ökologische Marktwirtschaft in Deutschland

In einer *freien Marktwirtschaft* werden die Preise für Waren und Dienstleistungen frei nach Angebot und Nachfrage gestaltet. Der Staat greift nicht ein.

Bei der *sozialen Marktwirtschaft* hat der Staat die Aufgabe, soziale Ungerechtigkeiten und soziale Unterschiede zwischen Armen und Reichen in der Gesellschaft zu verringern. Der Zusatz sozial weist darauf hin, dass die Bevölkerung finanziell abgesichert wird. Dieses Konzept wurde von Ludwig Erhard als Bundeswirtschaftsminister ab 1949 umgesetzt. In der Bundesrepublik Deutschland gehört die soziale Marktwirtschaft zu den Eckpfeilern der deutschen Gesellschaftsordnung.

In den letzten Jahrzehnten ist die ökologische Verantwortung als weiterer gleichermaßen bedeutender Eckpfeiler hinzugekommen. Nachhaltigkeit und Umweltschutz sind als wichtige politische Kategorien in Deutschland gesetzlich verankert worden. So bildete sich die *sozial-ökologische Marktwirtschaft* heraus.

❷ Wettbewerb

Auf dem Markt herrscht Wettbewerb zwischen den Anbietern. Der Markt entscheidet, ob eine Ware einen Abnehmer findet. Der Preis regelt sich über Angebot und Nachfrage. Wird eine Ware zu überhöhten Preisen angeboten, dann kauft der Kunde bei der Konkurrenz. Ist ein Angebot zu günstig, dann macht das Unternehmen keine Gewinne. Der Wettbewerb kommt den Verbrauchern zugute. So bleiben die Preise niedrig.

soziale und ökologische Marktwirtschaft			
Ziel: Ausgeglichenheit zwischen Ökonomie (Wohlstand) Sozialem (Absicherung) Ökologie (Nachhaltigkeit)			
Markt	+	Staat	
Freiheit Leistung Wettbewerb	+	soziale Sicherung sozialer Ausgleich sozialer Fortschritt	hochwertige Lebensbedingungen natürliche Grundlagen zukunftsorientierte Entwicklung
Eigennutz	+	Gemeinnutz	

M3 *Ziele einer sozialen und ökologischen Marktwirtschaft*

M5 *Ludwig Erhard, Vater der sozialen Marktwirtschaft*

4 Werte M1 und M4 hinsichtlich Vorteilen und Nachteilen der freien und der sozial-ökologischen Marktwirtschaft aus.

5 Analysiere die wirtschaftspolitischen Ziele der sozial-ökologischen Marktwirtschaft im Hinblick auf Nachhaltigkeit (M2, M3).

Recht auf Hilfe
Wer nicht in der Lage ist, aus eigenen Kräften seinen Lebensunterhalt zu bestreiten oder in besonderen Lebenslagen (Krankheit, Behinderung, Pflegebedürftigkeit) sich selbst zu helfen [...] hat ein Recht auf persönliche und wirtschaftliche Hilfe, die seinem besonderen Bedarf entspricht und die Führung eines menschenwürdigen Lebens sichert.

M1 *Aus dem Sozialgesetzbuch (Paragraph 9)*

M3 *Die Sozialversicherung*

Drei Säulen der sozialen Sicherung

In Deutschland gibt es für Arbeitnehmerinnen und Arbeitnehmer eine gesetzlich vorgeschriebene **Sozialversicherung**, die fünf Versicherungen umfasst (M2). Nach dem *Versicherungsprinzip* sind Berufstätige gesetzlich dazu verpflichtet, einen festen Beitrag dafür einzuzahlen. Er ist von der Höhe des Einkommens abhängig und wird direkt vom Bruttolohn abgezogen. Daraus ergibt sich der Nettolohn, der zur freien Verfügung steht. Die Gemeinschaft hilft so dem Einzelnen, wenn er oder sie in Not gerät, krank oder arbeitslos wird, einen Unfall erleidet oder pflegebedürftig ist.

Beamtinnen, Beamte oder auch selbstständige Ärzte und Anwälte sind nicht in der Sozialversicherung. Nach dem *Versorgungsprinzip* erhalten sie eine soziale Entschädigung für ihre Aufgaben für die Allgemeinheit. Sie müssen nicht selbst einzahlen, sondern werden über Steuereinnahmen bezahlt.

Wenn in einer Notlage weder das Versorgungs- noch das Versicherungsprinzip ausreichen, greift das *Fürsorgeprinzip* des Staates. So muss niemand unter dem Existenzminimum leben, sondern wird mit allgemeinen Steuergeldern unterstützt. Zu diesen sozialen Aufgaben hat sich der Staat durch Gesetze verpflichtet.

Leistungen nach dem ...	Versicherungsprinzip	Versorgungsprinzip	Fürsorgeprinzip

durch die ...	Sozialversicherung	öffentliche Versorgung	Sozialhilfe
erhalten ...	• Mitglieder der Sozialversicherung, wenn sie Versicherungsbeiträge gezahlt haben.	• bestimmte Bevölkerungsgruppen, wenn sie besondere Opfer oder Leistungen für die Gemeinschaft erbracht haben.	• alle Bürgerinnen und Bürger, wenn sie bedürftig sind.
finanziert durch ...	Versicherungsbeiträge und Staatszuschüsse	Steuermittel	Steuermittel

M2 *Prinzipien der sozialen Sicherung*

1. Formuliere mithilfe von M2 treffende Aussagen zu den drei Versorgungsprinzipien. Vergleiche deine Ergebnisse.
2. Untersuche, weshalb die Sozialversicherungen (M3) als ausgeglichen bezeichnet werden können.
3. a) Erkläre das Prinzip des Generationenvertrags (Text, M4)

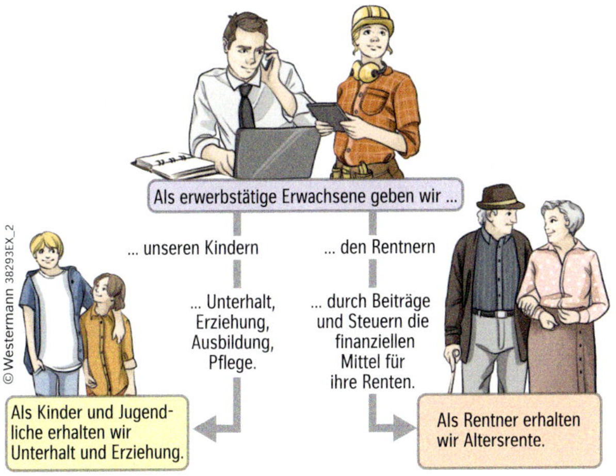

M4 *Der Generationenvertrag*

M5 *Ist dieses Verfahren noch zeitgemäß? („rationalisieren“ bedeutet einsparen)*

Ein Vertrag zwischen den Generationen – hält er auch in Zukunft?

Es klingt selbstverständlich: Eltern unterstützen ihre Kinder und sorgen dafür, dass sie eigenständig werden. Die Kinder sorgen später im Alter für ihre Eltern.

Heute ist an die Stelle der familiären Altersversorgung der sogenannte Generationenvertrag der gesetzlichen Rentenversicherung getreten. Erwerbstätige zahlen von ihrem Arbeitseinkommen Rentenbeiträge. Diese kommen nicht unmittelbar den eigenen Eltern zugute, sondern werden für die derzeitige Rentnergeneration verwendet. Die Gelder werden also nicht angesammelt, sondern gleich wieder für Leistungen ausgegeben.

So werden die derzeitigen Renten aus den Beiträgen der heutigen Arbeitnehmer bezahlt. Diese wiederum erwerben einen Anspruch auf Versorgung im Alter: Die aktive Generation vertraut auf die nachfolgende Generation.

Die gesetzliche Rentenversicherung sitzt in einer demografischen Falle: Wegen der hohen Lebenserwartung und der niedrigen Geburtenrate hat sich der Altersaufbau der deutschen Bevölkerung verändert. Die berufstätige Generation muss immer mehr Leistungen erbringen, denn die Dauer der Rentenzahlungen verlängert sich durch die zunehmende Lebenserwartung. Außerdem sinkt die Bevölkerungszahl mittelfristig.

Ohne eine Veränderung des Rentensystems würden die heutigen Erwerbstätigen, wenn sie Rentner sind, weniger Leistungen bekommen. Diese Entwicklungen können durch Zuwanderung zwar gedämpft, aber nicht aufgehalten werden. Schon heute fließen jährlich über 90 Milliarden Euro Steuergelder an die gesetzliche Rentenversicherung, damit die Renten weiter gezahlt werden können.

M6 *Werden sich diese Wünsche erfüllen lassen?*

b) Diskutiere seine möglichen Nachteile (Text, M5).

4 Begründe, warum man auch vom „Drei-Generationen-Vertrag“ spricht.

5 Erstelle ein Lernplakat zum Thema Sozialversicherungen. 306

6 Diskutiere die Wünsche der jungen Menschen (M6).

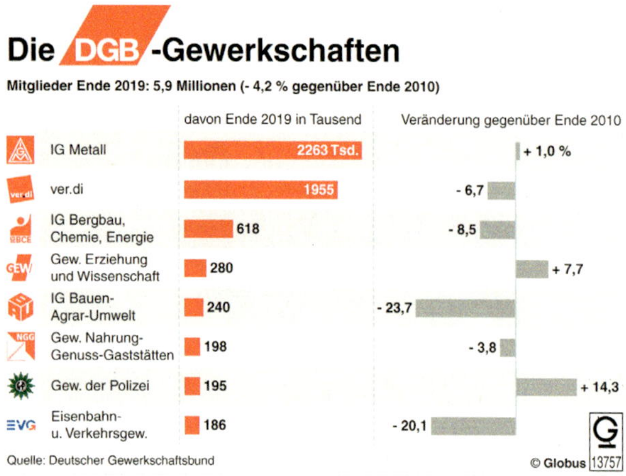

M1 *Gewerkschaften des DGB und ihre Mitglieder*

M2 *Streik von Erzieherinnen und Erziehern*

❶ Arbeitskampf

Der Arbeitskampf ist eine Maßnahme, mit der Arbeitnehmer versuchen, ihre Forderungen durchzusetzen. Während die Arbeitnehmer den Streik als Mittel eines Arbeitskampfes einsetzen, können die Arbeitgeber mit Aussperrungen antworten.

❷ Aussperrung

Eine Aussperrung ist ein Kampfmittel des Arbeitgebers gegen die Arbeitnehmer. Sie werden aus dem Betrieb ausgesperrt, sie werden daran gehindert zu arbeiten und erhalten keinen Lohn mehr. Aussperrungen sind die Reaktionen auf zuvor begonnene Streiks.

Welcher Lohn für welche Arbeit? – (K)eine Aufgabe des Staates

Gewerkschaften sind Zusammenschlüsse von Arbeitnehmerinnen und Arbeitnehmern zur Vertretung ihrer Interessen gegenüber Arbeitgebern. Ihre Bildung ist im Grundgesetz festgehalten.

In der Bundesrepublik Deutschland haben sich Einzelgewerkschaften in einem Dachverband, dem Deutschen Gewerkschaftsbund (DGB), zusammengeschlossen. Auch gibt es Zusammenschlüsse von Einzelgewerkschaften zu Großgewerkschaften. 2019 zählte der DGB knapp sechs Millionen Mitglieder. Zur Finanzierung der Gewerkschaften zahlen sie Mitgliedsbeiträge (etwa ein Prozent des Bruttolohns). Im Falle von Streiks (siehe Info S. 167) zahlen diese an ihre Mitglieder Streikgeld als Ausgleich für den Verdienstausfall.

Auf der anderen Seite haben sich die Arbeitgeber für ihre Interessen zu Verbänden zusammengeschlossen. Arbeitnehmer können mit einem Arbeitgeber je einen eigenen **Arbeitsvertrag** abschließen, dann handelt es sich um einen Einzelvertrag (individueller Vertrag). Ein Tarifvertrag ist eine gemeinschaftliche Vereinbarung (kollektiver Vertrag), die für eine ganze Gruppe von Arbeitnehmerinnen, Arbeitnehmern und Arbeitgebenden gilt.

Die Höhe von **Löhnen** und Gehältern sowie die Arbeitsbedingungen werden allgemein über Tarifverträge geschlossen. In **Tarifverhandlungen** werden diese nach den Spielregeln des Tarifvertragsgesetzes (TVG) festgelegt. Das Ergebnis der Verhandlungen ergibt einen Tarifvertrag, der für beide Parteien gilt.

Jedoch müssen sich diese Verträge an das Mindestlohngesetz halten. Hiermit bestimmt der Staat seit 2015 den allgemein mindestens zustehenden Lohn.

1. Nenne Merkmale und Zwecke von Gewerkschaften und Arbeitnehmerverbänden (Text).

2. a) Notiere die Forderung auf dem Plakat in M2 in dein Heft.
   b) Erläutere in eigenen Worten, was mit der Forderung auf dem Plakat (M2) gemeint sein könnte.

M3 *Partner in Tarifverhandlungen?*

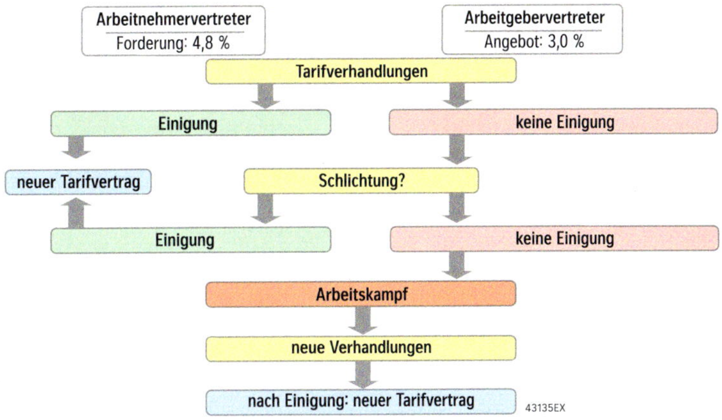

M4 *Ablauf von Tarifverhandlungen*

Die Tarifverhandlung

Die Arbeitsbedingungen vieler Arbeitnehmerinnen und Arbeitnehmer sind durch Verträge geregelt. Der Staat ist als Arbeitgeber für die Beschäftigten im öffentlichen Dienst auch eine Tarifpartei. Alle anderen Tarifverhandlungen und -verträge darf dieser jedoch nicht beeinflussen. Die sogenannte **Tarifautonomie** ist im Grundgesetz festgeschrieben.

Die Tarifpartner (Arbeitgeberverbände und Gewerkschaften) sind zuständig für Löhne, Gehälter und Ausbildungsvergütungen, für Pausenregelungen, Wochenarbeitszeit und den Urlaub. Hier ist eine staatliche Beeinflussung nicht zulässig.

Eine Ausnahme ist die Verletzung von Gesetzen, zum Beispiel dem Mindestlohngesetz.

Tarifverhandlungen sind durch Interessenkonflikte der Tarifparteien geprägt. Die Arbeitnehmerseite wünscht hohe Löhne, die Arbeitgeber in der Regel das Gegenteil.

Können sich die Parteien über einen längeren Zeitraum nicht einigen, haben die Arbeitnehmerinnen und Arbeitnehmer die Möglichkeit, in den Streik zu treten: Ihre Arbeit wird nicht ausgeführt. Der Druck auf die Arbeitgeber wird so erhöht und der Wert der Arbeit wird verdeutlicht. Für Streiks gibt es allerdings klare Regeln und es gibt zudem die Pflicht zu Verhandlungen.

Mit oder ohne Schlichtung oder Streik schließen die Vereinigungen ein Abkommen, den Tarifvertrag. Er regelt die Beschäftigung für eine bestimmte Zeit verbindlich.

Nach dem Abschluss eines Tarifvertrages besteht bis zu dessen zeitlichem Ende die Friedenspflicht, also die Einhaltung der Bestimmungen des Vertrages.

i ❸ Schlichtung

Ein Arbeitskampf kann durch eine Schlichtung verhindert werden. Dazu bilden Arbeitgeber- und Arbeitnehmervertreter freiwillig einen Schlichterausschuss. Dieser besteht aus einem unparteiischen Vorsitzenden, dem Schlichter und der gleichen Zahl von Arbeitnehmern und Arbeitgebern. Der Ausschuss empfiehlt eine Lösung. Wird sie nicht angenommen, kann die Gewerkschaft nach einer Urabstimmung zum Streik aufrufen. Mindestens drei Viertel der Mitglieder müssen zustimmen, damit er durchgeführt wird. Die Arbeitgeber können ihrerseits eine Aussperrung beschließen.

3 Erkläre den Begriff Tarifautonomie. Verdeutliche, welche Ziele damit verbunden sind.

4 a) Beschreibe die Karikatur in M3.
b) Interpretiere, was die Karikatur verdeutlichen soll.

5 a) Schildere mithilfe der Grafik M4, wie Tarifverhandlungen ablaufen.
b) Führe eine Tarifverhandlung in einem Rollenspiel durch.

1. Verkehrswege:
Straßen, Eisenbahnen, Kanäle, Häfen und Flughäfen haben großen Einfluss auf die Leistungsfähigkeit einer Region: Wie viel Zeit muss man aufwenden, um den Arbeitsplatz zu erreichen oder Waren zu befördern? Wann fährt der letzte Bus nach Hause?

2. Bildung:
Die Ausstattung einer Region mit Bildungsmöglichkeiten (z. B. Schulen). Je besser die Ausbildungsmöglichkeiten, desto eher findet man ein passendes Angebot. Die Wirtschaft ist auf gut ausgebildete Fachkräfte angewiesen.

3. Energie und Wasserversorgung:
Haushalte und Fabriken brauchen Wasser, Strom, Gas oder Heizöl. Dafür sind Leitungen erforderlich.

4. Gesundheitswesen:
Hierzu gehören Krankenhäuser, Ärzte, Rettungsdienste, also alle Einrichtungen, die für schnelle Hilfe in Krankheits- und Notfällen erforderlich sind.

5. Kultur, Freizeit:
Ein vielfältiges Freizeitangebot macht eine Region lebenswert: Hierzu zählen Theater, Kinos, Museen und Sportmöglichkeiten.

6. Kommunikationswege:
Informationen müssen jederzeit schnell verfügbar sein. Dazu gehören Presse, Fernsehen, Hörfunk und Post. Auch eine stabile Internetleitung ist unverzichtbar geworden.

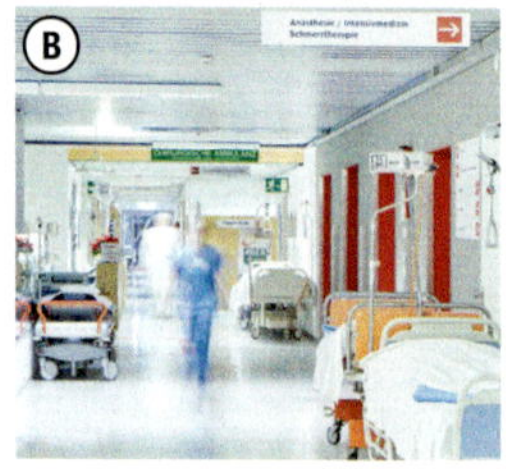

M1 *Industrieland Deutschland – die Versorgung der Menschen ist gesichert.*

❶ Bruttonationaleinkommen (BNE)
Das Bruttonationaleinkommen (BNE) ist die Summe aller Einkommen, die die Menschen in einem Land in einem bestimmten Zeitraum erzielen (z. B. durch ihre Arbeit oder durch Zinsen). Das BNE zeigt, wie stark die Wirtschaft eines Landes ist.

Schweiz	85 500
Norwegen	82 500
Luxemburg	73 900
Island	72 850
USA	65 850
Irland	64 000
Dänemark	63 950
Katar	61 180
Singapur	59 590
Deutschland	57 410

M2 *Länder der Erde 2019 mit dem höchsten BNE pro Einwohner (in US-$)*

Die Grundbedürfnisse der Menschen sind erfüllt

Ein Industrieland ist ein technisch hoch entwickeltes Land mit einer bedeutenden eigenen Industrie von Gütern. Es ist durch eine starke Arbeitsteilung gekennzeichnet. Die Grundbedürfnisse der großen Mehrheit der Bevölkerung sind erfüllt. Das Bruttonationaleinkommen pro Einwohner (BNE/Einw.) ist hoch. Die meisten Menschen arbeiten im Dienstleistungsbereich oder in der Industrie. Weniger als zehn Prozent der Menschen sind hingegen in der Landwirtschaft tätig. Da in den Industrieländern die Stundenlöhne sehr hoch sind, versuchen die Unternehmer, die Arbeitsvorgänge so weit wie möglich zu automatisieren und Handarbeit durch Automaten und Roboter zu ersetzen.

In einem Industrieland sind die Verkehrswege gut ausgebaut. Bildung, Versorgung und Gesundheitswesen sind hoch entwickelt. Allerdings gibt es Unterschiede innerhalb eines Landes bei der Ausstattung mit Schulen, Arbeitsplätzen, Krankenhäusern, Erholungsmöglichkeiten und der Erreichbarkeit von Autobahnen, Schnellbahnstrecken und Flughäfen. Die Verdichtungsräume sind zumeist gut ausgestattet, die ländlichen Räume hingegen oft benachteiligt.

1. Nenne die Kennzeichen eines hoch entwickelten Industrielandes.

2. Ordne den Bereichen 1–6 die Fotos Ⓐ–Ⓕ zu.

3. Erläutere den Zusammenhang zwischen den Merkmalen eines Industrielandes.

Wirtschaftsräumliche Gliederung

Deutschland ist ein hoch entwickeltes Industrieland mit einer leistungsfähigen Landwirtschaft.

Für die wirtschaftsräumliche Gliederung eines Landes wird die Produktionsstruktur herangezogen. Darunter versteht man die Gliederung der Produktion in Bereiche und Branchen, zum Beispiel in Bergbau, verarbeitendes Gewerbe, Baugewerbe, Land- und Forstwirtschaft. Darin wird deutlich, welche Wirtschaftsbereiche und -zweige vertreten sind und welche Anteile sie an der Gesamtproduktion haben.

Auf diese Weise können unterschiedliche Wirtschaftsräume ausgegliedert werden: Industrieräume, die meist Verdichtungsräume sind (Info 2), daneben Agrarräume, die auch als ländliche Räume bezeichnet werden, und Erholungsräume.

Räumliche Unterschiede sind sowohl innerhalb Deutschlands, insbesondere zwischen Ost- und Westdeutschland, als auch innerhalb der einzelnen Bundesländer zu verzeichnen (M4).

M4 *Die wirtschaftsräumliche Gliederung Deutschlands*

M3 *Verdichtungsraum, Agrarraum und Erholungsraum (von links nach rechts)*

i 2 Verdichtungsraum

Ein Verdichtungsraum ist eine größere räumliche Konzentration von Einwohnern und Arbeitsplätzen. In Deutschland ist damit ein Raum definiert, in dem mindestens 1250 Einwohner und Arbeitsplätze pro Quadratkilometer sind, bei einer Mindesteinwohnerzahl von 150 000 in einem zusammenhängenden Gebiet von mindestens 100 Quadratkilometern Fläche.

4 Untersuche die Ausstattung in der Umgebung deines Wohnortes (Atlas), z. B. hinsichtlich Versorgung, Verkehrswegen (Autobahn, ICE-Bahnhof), Schulen, Freizeitangeboten.

5 Beschreibe die wirtschaftsräumliche Gliederung Deutschlands (Text, M4).

6 Diskutiere Pro- und Kontra-Argumente für das Leben im ländlichen Raum.

100382-042-01
schueler.diercke.de

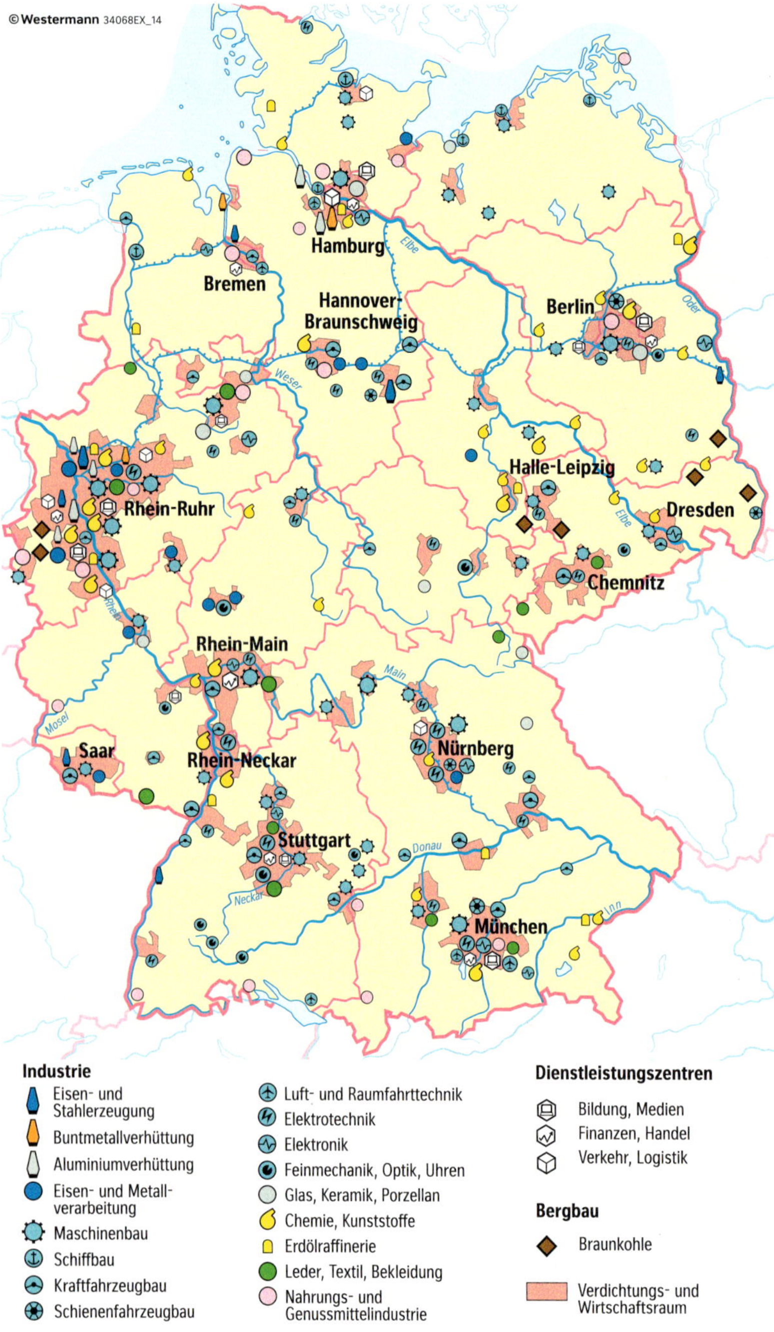

M1 *Standorte von Industrie- und Dienstleistungszentren in Deutschland*

M2 *Harte und weiche Standortfaktoren*

Industrie als Wirtschaftsgrundlage

In Deutschland befinden sich die meisten Industriebetriebe in Verdichtungsräumen. Mehr als die Hälfte aller Industriebeschäftigten arbeitet hier. Verdichtungsräume sind zudem durch eine hohe Bevölkerungsdichte, Dienstleistungseinrichtungen, Siedlungen und Verkehrseinrichtungen gekennzeichnet. Eine Großstadt oder mehrere Großstädte bilden dabei die Kerne. Verdichtungsräume sind bevorzugte Gebiete für Neuansiedlungen von Industrie- und Gewerbegebieten. Großunternehmen gründen neue Standorte meist am Rand großer Städte, wobei im Vorfeld der Standortwahl ausführliche Analysen durchgeführt werden (M1).

1 Erstelle eine Übersicht, welche Industriezweige in Deutschland besonders häufig vertreten sind. Nenne auch deren Standorte (M1).

2 a) Untersuche die Verteilung der Industrieregionen (M1).
b) Recherchiere, welche Industriebereiche Zukunftsindustrien darstellen. 311

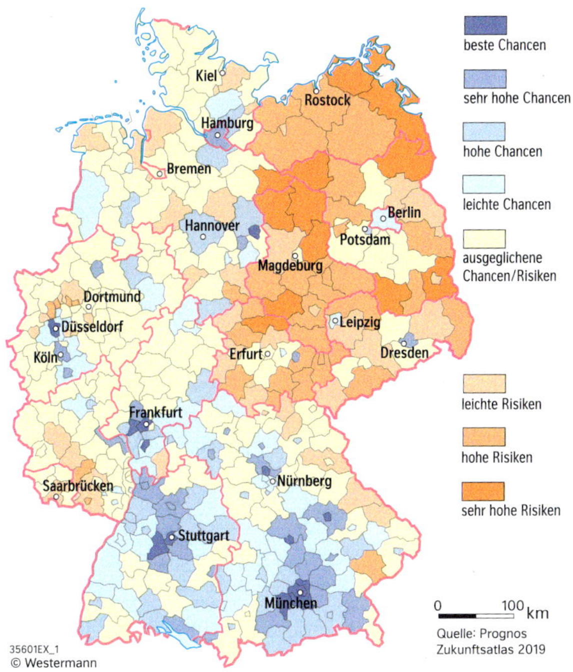

M3 *Regionen und ihre Zukunftschancen 2019*

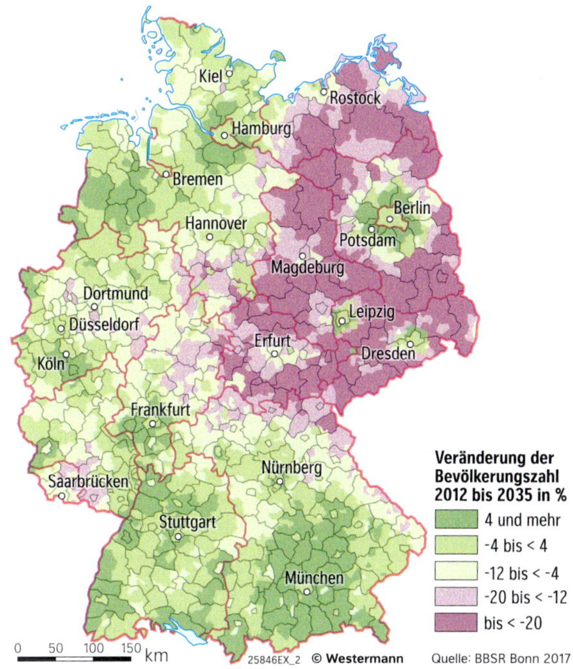

M4 *Bevölkerungsentwicklung nach Regionen*

Standorte der Wirtschaft – Zukunft der Menschen

Jedes Unternehmen wählt seinen Firmensitz nach bestimmten Kriterien aus, den sogenannten Standortfaktoren. Das sind alle Gründe, die für oder gegen die Errichtung eines Betriebes an einem bestimmten Ort sprechen. Man unterscheidet dabei harte und weiche Standortfaktoren (M1).

Harte Standortfaktoren wirken sich direkt auf die Produktionskosten aus. Sie sind kalkulierbar. Weiche Standortfaktoren beziehen sich auf die Lebensbedingungen der Mitarbeiterinnen und Mitarbeiter. Sie sind schwieriger messbar.

Die Entscheidung für den Standort eines Betriebes hängt vom Gesamtpaket des jeweiligen Standortangebotes mit harten und weichen Faktoren ab. Heute, in der Zeit weltweiter wirtschaftlicher Verflechtungen, wird die Standortwahl auch im globalen Zusammenhang entschieden.

Standortnachteile werden deshalb häufig durch finanzielle Förderungen der Kommune, des Landes oder der Europäischen Union ausgeglichen.

Hierzu zählen beispielsweise das vorhandene Flächenangebot mit einer gut ausgebauten Verkehrsanbindung, zur Verfügung stehende Arbeitskräfte und auch attraktive Wohnmöglichkeiten für das Führungspersonal.

3 Erkläre den Begriff Standortfaktor (Text, M2).

4 Begründe, welche Standortfaktoren für die deutsche Wirtschaft von besonderer Bedeutung sind.

5 Untersuche, welche Industrieregionen
a) gute, neutrale oder schlechte Zukunftschancen haben (M1, M3).
b) eine wachsende oder sinkende Bevölkerung vorweisen (M1, M4).

M2 *Karikatur*

M4 *Zu wenige Kinder in Deutschland!*

❶ Demographischer Wandel
„Demos" (griechisch) bedeutet „Volk"; „graphisch" bedeutet „beschreibend". Von einem demographischen Wandel spricht man, wenn sich die **Altersstruktur** der Bevölkerung ändert, zum Beispiel wenn sich die Gruppe der Alten im Verhältnis zu den Jungen vergrößert.

Immer weniger Kinder

Anders als in den wirtschaftlich schwächer entwickelten Ländern, wo die Bevölkerung häufig stark zunimmt, werden in Deutschland weniger Menschen geboren, als im selben Jahr sterben. Mit durchschnittlich rund 1,5 Kindern je Frau ersetzt die Kindergeneration nicht zu gleichen Teilen die Elterngeneration. Um das zu erreichen, müsste jede Frau 2,1 Kinder haben. Dieser demographische Wandel ist auch in den Nachbarstaaten zu beobachten. Praktisch kein europäisches Land erreicht ein Geburtenniveau, das notwendig wäre, um die Bevölkerungszahl ohne Zuwanderung zu halten.

Westdeutsche Frauen waren 1980 bei der Geburt ihres ersten Kindes durchschnittlich 26 Jahre alt, 2019 waren sie bereits 30 Jahre alt.

Etwa jede fünfte Frau im Alter zwischen 40 und 50 Jahren ist in Deutschland kinderlos. Lange Zeit hatte sich Kinderlosigkeit in Deutschland stetig vergrößert. Das ist gegenwärtig nicht mehr so. Zu vermuten ist, dass die bessere Vereinbarkeit von Beruf und Familie, vor allem der Ausbau der Kinderbetreuung, dazu geführt hat, dass eine Zunahme von Kinderlosigkeit gestoppt werden konnte.

Die durchschnittliche **Lebenserwartung** ist in Deutschland in den letzten Jahrzehnten gestiegen. Im Jahr 2000 lebten 5937 Hundertjährige in Deutschland, 2020 waren es bereits über 20 000.

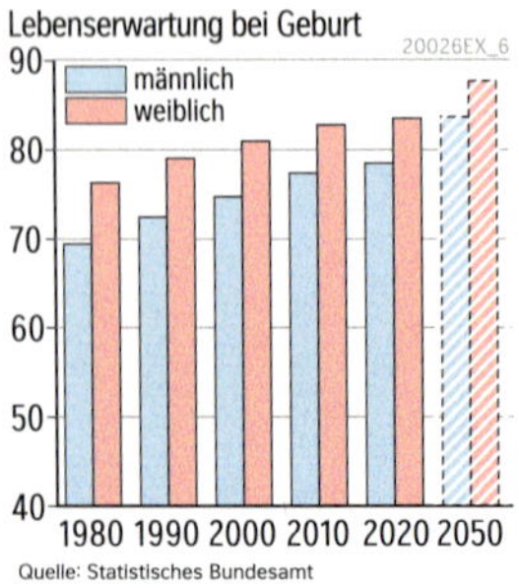

M1 *Lebenserwartung in Deutschland*

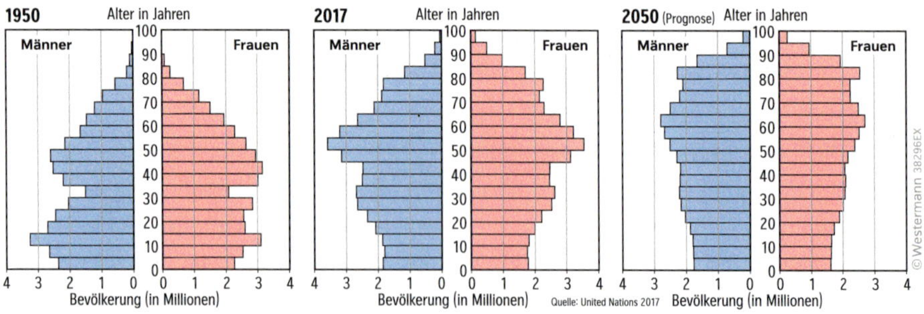

M3 *Entwicklung der Altersstruktur in Deutschland*

❶ Beschreibe, wie sich die altersmäßige Zusammensetzung der deutschen Bevölkerung verändert hat und vermutlich verändern wird (M3). 308

❷ Erläutere Probleme, die sich aus der Bevölkerungsentwicklung für die Rentenversicherung heute und in Zukunft ergeben (M1, M3, M6).

M5 *In Deutschland leben eingewanderte Menschen aus über 150 Ländern.*

Deutschland – ein Einwanderungsland

Ohne Zuwanderung würde die Bevölkerungszahl schon seit 1970 sinken. 1970 gab es in Westdeutschland fast drei Millionen Menschen ohne deutsche Staatsbürgerschaft (etwa 4,8 Prozent der Bevölkerung). Ende 2020 lebten rund 11,4 Millionen Ausländer in Deutschland. Gut 21 Millionen der rund 83 Millionen Einwohner in Deutschland haben einen Migrationshintergrund.
Im Saarland trifft dies beispielsweise auf etwa jede fünfte Person zu.

❷ Migrationshintergrund
Mit dem Begriff wird eine Person beschrieben, die selbst oder bei der mindestens ein Elternteil nicht mit deutscher Staatsangehörigkeit geboren wurde.

Der gesetzlichen Rentenversicherung liegt in Deutschland das Umlageverfahren zugrunde. Das bedeutet, dass die einbezahlten Beiträge nicht gesammelt, sondern sofort für die Finanzierung der Renten der aktuellen Rentnergeneration herangezogen werden. Wenn die Menschen immer älter werden, erhöht sich die Zahl der Rentenempfänger. Die Kosten für die Rentenversicherung steigen. Wenn gleichzeitig weniger Kinder geboren werden, nimmt die Bevölkerungszahl ab. Langfristig hat dies zur Folge, dass in Zukunft weniger Menschen sozialversicherungspflichtig beschäftigt sein werden.

M6 *Kosten für die Rentenversicherung steigen.*

Schon seit dem Jahr 1972 ist in Deutschland die jährliche Zahl der Sterbefälle größer als die Zahl der Geburten. Die deutsche Gesellschaft hat mittlerweile verstanden, dass sie vor einer demographischen Herausforderung steht. Um das wachsende Ungleichgewicht zu verringern, wäre es wünschenswert, dass wieder mehr Kinder geboren würden.
Die Mehrheit der jungen Menschen möchte zunächst gern Kinder. Allerdings ändern viele später ihre Meinung. Hier könnte eine kinderfreundliche Familienpolitik ansetzen.

M7 *Kinderfreundliche Familienpolitik als Lösung für den demographischen Wandel?*

3. Analysiere die Karikatur (M2) und nimm Stellung zu der Aussage des Zeichners.

4. a) Nenne mögliche Gründe, die junge Menschen veranlassen, auf eigene Kinder zu verzichten.
b) Erörtere, ob mit staatlichen Maßnahmen versucht werden sollte, die Zahl der Geburten in Deutschland zu erhöhen.

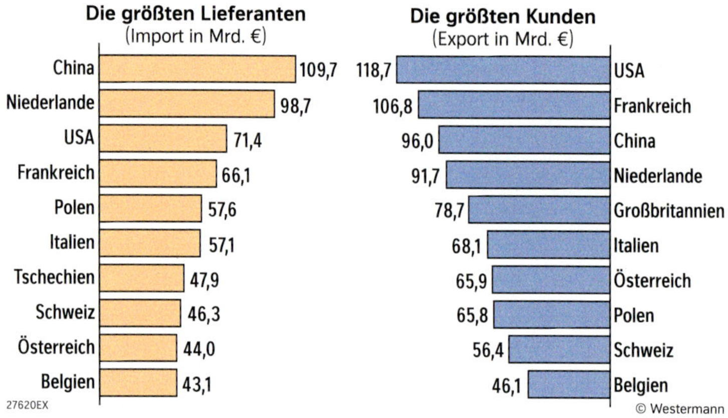

M1 *Deutschlands wichtigste Handelspartner (2019)*

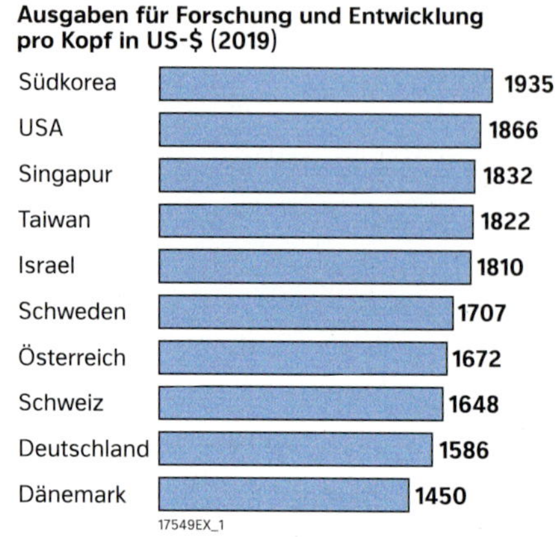

M3 *Länder mit den höchsten Ausgaben pro Kopf für Zukunftsinvestitionen weltweit*

- die Infrastruktur für Transport und Logistik,
- das Qualifikationsniveau der Arbeitskräfte,
- das soziale Klima im Land,
- die politische und rechtliche Stabilität und Transparenz,
- die Attraktivität des deutschen Binnenmarktes.

M2 *Attraktive Standortfaktoren von Deutschland für ausländische Investoren*

Exportland Deutschland – weltweiter Handel, neue Produkte

Deutsche Produkte sind weltweit gefragt. Deutschland war in den letzten Jahrzehnten immer unter den Ländern, die die meisten Industrieprodukte und Dienstleistungen exportierten. Ein Grund dafür ist die hohe Qualität deutscher Produkte. Daher sind Kunden bereit, einen höheren Preis zu bezahlen.

Deutschland gehört mit China und den USA zu den wichtigsten Exportländern der Erde. Seit Jahren sind Kraftfahrzeuge und Kraftfahrzeugteile (z. B. Motoren), Maschinen und chemische Erzeugnisse (z. B. Kunststoffe, Düngemittel) die erfolgreichsten deutschen Exportwaren.

Die deutsche Industrie entwickelt auch immer wieder neuartige Produkte, sogenannte Innovationen. Forschung und Innovation sind für hoch entwickelte und rohstoffarme Länder wie Deutschland unersetzlich. Innovative Güter und Dienstleistungen schaffen Arbeitsplätze und hohe Einkommen.

Um auf Dauer konkurrenzfähig zu bleiben, investieren die Unternehmen im Forschungsbereich, zum Beispiel für umweltfreundliche Antriebstechniken in Autos. Deutschland ist auf dem Gebiet von hochwertigen Waren, wie beispielsweise bei medizinischen Instrumenten oder Spezialmaschinen, weltweit konkurrenzfähig.

Produkte mit hohen Lohnkosten werden immer häufiger im Ausland in Niedriglohnländern produziert, beispielsweise Kleidung. Auch Dienstleistungen werden ins Ausland verlagert. In Indien arbeiten zum Beispiel viele Fachkräfte im Bereich der Informationstechnologie (IT) für deutsche Unternehmen.

1. Beschreibe die deutschen Handelsbeziehungen (M1).
2. Erläutere, was Deutschland für ausländische Investoren attraktiv macht (Text, M2).
3. Begründe die Bedeutung von Zukunftsinvestitionen für den Wirtschaftsstandort Deutschland (Text, M3, M5).

Wer sich ein neues Auto gekauft hat, stellt fest, dass die Airbags durch einen Computerchip gesteuert werden. Solche Chips werden in Boston (USA) produziert, dann zum Testen auf die Philippinen geschickt und von dort weiter nach Taiwan, wo sie verpackt werden. Von Taiwan werden die Chips per Flugzeug nach Deutschland transportiert, wo sie in die Autos eingebaut werden. Die Autos werden anschließend zum Beispiel nach Brasilien exportiert, wo eine Firma mehrere Geschäftswagen kauft.
Ein Facharbeiter in Boston arbeitet also mit einem angelernten Arbeiter auf den Philippinen zusammen und der wiederum mit einem angelernten Arbeiter auf Taiwan. Und sie alle arbeiten mit einer gut ausgebildeten, hoch bezahlten Arbeitskraft in Deutschland zusammen. Sie arbeiten für einen Chip, der 50 Dollar kostet, und sind abhängig von einem Absatzmarkt in Brasilien. So wird internationaler Handel zu einem globalen Geflecht aus Wirtschaftsbeziehungen.

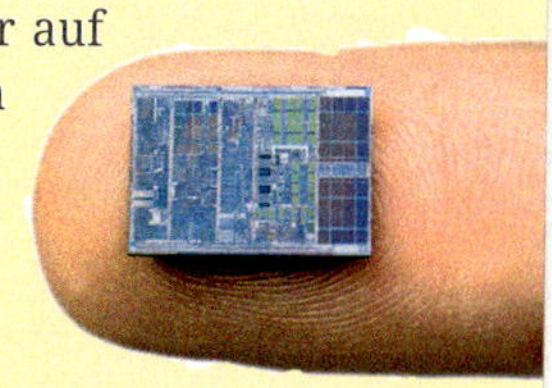

M4 *Ein Chip geht um die Welt.*

Neue Märkte für die deutsche Wirtschaft

Der Erfolg deutscher Firmen auf dem Weltmarkt liegt nicht nur an den qualitativ hochwertigen Waren. Großunternehmen sowie viele mittelständische Unternehmen produzieren Waren auch an zusätzlichen Standorten im Ausland. Sie umgehen dadurch im Außenhandel (Import und Export) Handelshemmnisse und sie achten auf passende Standortfaktoren.

Einer davon ist ein direkter Zugang zum dortigen Absatzmarkt. Die Firmen müssen keinen Zoll mehr für die Waren bezahlen, die bisher aus Europa kamen, und die Kosten für den Transport verringern sich. In vielen Ländern Asiens dürfen sich europäische Firmen nur niederlassen, wenn sie mit einem Unternehmen vor Ort zusammenarbeiten. Europäische Unternehmen gründen dann mit einem einheimischen Unternehmen eine Tochtergesellschaft, ein Joint Venture. Davon profitieren beide Seiten: Die europäischen Firmen bringen das Kapital und Fachwissen ein, die einheimischen Unternehmen kennen den Markt und die Kunden mit ihren Vorlieben und Bedürfnissen. Gemeinsam sollen so mehr Produkte verkauft werden.

„Um zu erkunden, welche Produkte Menschen in Zukunft brauchen, arbeiten Unternehmen mit Experten aus der Wissenschaft zusammen. Sollen in Zukunft zum Beispiel Einparkhilfen in allen Autos sein, müssen die Kunststoffe der Karosserie für infrarotes Licht durchsichtig sein. Nach diesen Erkenntnissen entwickeln Chemieunternehmen solche Kunststoffe. Eine ebenfalls interessante Entwicklung sind die Wearables. Das sind Kleidungsstücke mit eingebauten Computern. Mit Wearable-Uniformen kann man Atmung und Puls von Feuerwehrleuten überwachen. Was aber heute noch als modernste Technik gilt, ist morgen schon veraltet und wird im Ausland preiswerter produziert. Deshalb benötigen wir immer wieder Innovationen.“

M5 *Die Leiterin der Forschungsabteilung eines deutschen Chemieunternehmens berichtet.*

4 Begründe, warum deutsche Firmen ihre Produkte teilweise im Ausland produzieren lassen (Text, M4).

5 Erstelle eine Übersichtskarte, in die du alle Länder einzeichnest, die an der Herstellung eines Computerchips beteiligt sind (M4).

ⓘ ❶ Wertstoffe
Wertstoffe sind Stoffe, die nach ihrem Gebrauch wieder genutzt, zu anderen Produkten umgewandelt oder in Rohstoffe aufgespaltet werden können. Man kann sie wiederverwerten, wodurch sie in den Wirtschaftskreislauf zurückkehren. In Deutschland kann man Wertstoffe an Wertstoffhöfen abliefern. Dabei muss man z. B. Schrott, Papier, Zeitungen, Holz- und Metallabfälle in unterschiedlichen Containern entsorgen.

M2 *Auf einer Mülldeponie*

ⓘ ❷ Recycling
Der Begriff ist ein Lehnwort aus dem Englischen („recycling": Wiederverwertung oder Wieder-aufbereitung). Er bezeichnet jedes Verwertungsverfahren, durch das Abfälle zu Erzeugnissen, Materialien oder Stoffen für andere Zwecke aufbereitet werden.

Was passiert mit unserem Müll?

Jeden Tag produzieren wir eine beachtliche Menge an Müll. Im Jahr 2019 betrug das gesamte Abfallaufkommen in Deutschland 416,5 Millionen Tonnen. Rund 44,4 Millionen Tonnen davon sind Haushaltsabfälle. Auf jeden einzelnen Menschen in Deutschland umgerechnet ergibt sich ein Wert von 535 Kilogramm Haushaltsabfällen im Jahr. Wer daher schon beim Einkaufen nachdenkt, kann das Entstehen von Müll in beachtlichem Maße verringern.

Unser Müll besteht aus einer Mischung ganz verschiedener Stoffe und Materialien, die wertvoll sind und wiederverwertet werden können. Neben der **Müllvermeidung** werden immer bessere Verfahren entwickelt, um das Recycling der Abfälle zu verbessern und die Wertstoffe zurückzugewinnen. Rund 70 Prozent des gesamten Abfallaufkommens wurden durch Recycling stofflich wiederverwertet. Auf Mülldeponien wurden 16,5 Prozent der Abfälle entsorgt.

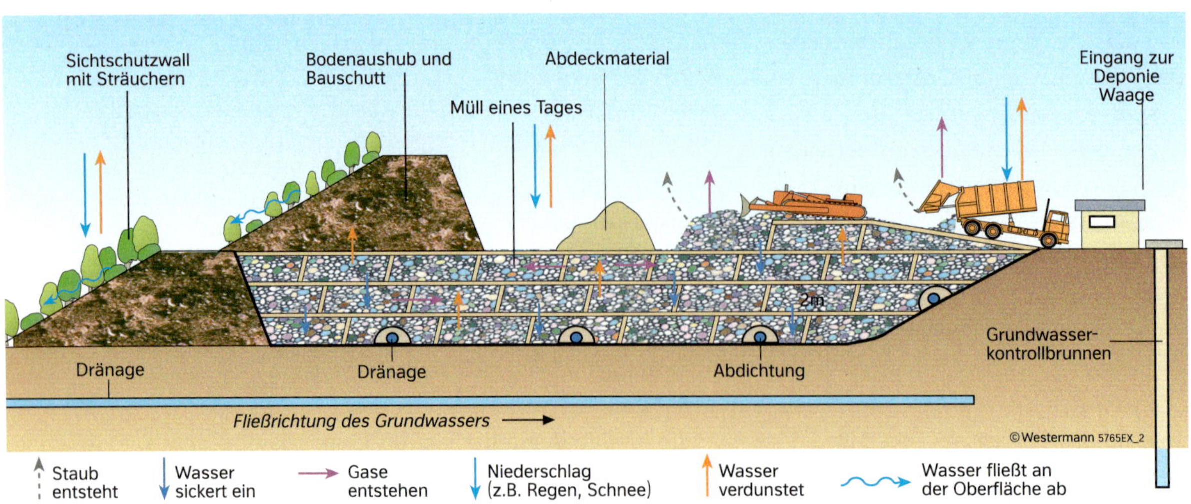

M1 *Schnitt durch eine Mülldeponie*

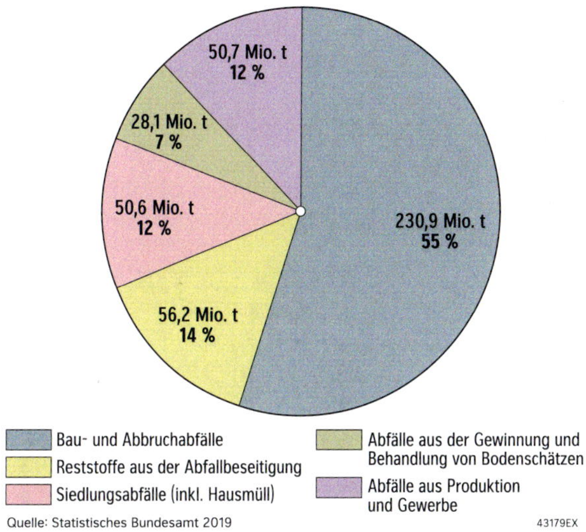

M3 *Zusammensetzung des Abfallaufkommens in Deutschland (2019) in Millionen Tonnen und prozentualer Anteil am Abfallaufkommen*

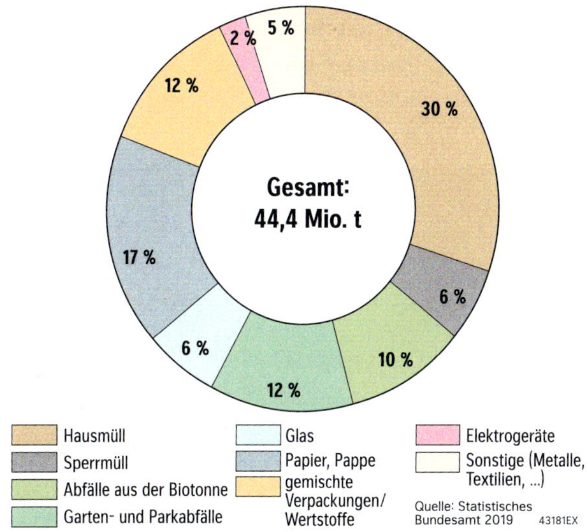

M5 *Gesamtsumme (in Millionen Tonnen) der Haushaltsabfälle in Deutschland (2019) und deren Zusammensetzung in Prozent*

Die Firma Elektrocycling macht aus Schrott Geld. Fast zwei Drittel des Umsatzes stammen aus dem Verkauf von Aluminium und Kupfer.
Diese Rohstoffe bleiben übrig, nachdem ein Schredder alte Elektrogeräte wie Kaffeemaschinen oder Föhne zu kleinen Körnern zermalmt hat. Ein Windgebläse trennt die Körner. Es wirbelt die Plastikteilchen auf, während die schwereren Metallkörner liegen bleiben. Von Handys bleibt sogar Gold übrig. Die Kontakte in den Mobiltelefonen sind mit dem Edelmetall überzogen.

M4 *Geld aus Schrott*

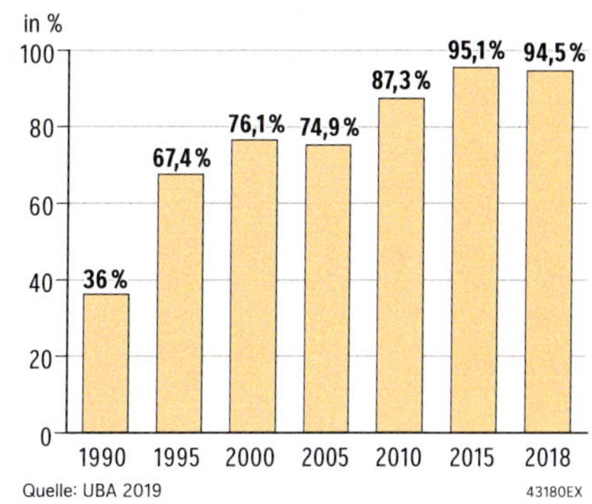

M6 *Recycling von Verpackungen aus Privathaushalten in Prozent*

1. Erkläre die Begriffe Rohstoff, Wertstoff und Müll.

2. a) Beschreibe den Aufbau einer Mülldeponie (M1).
   b) Recherchiere, wo es in deiner Nähe Mülldeponien und Müllverbrennungsanlagen gibt.

3. a) Beschreibe M3.
   b) Beschreibe M5 und erläutere die Bedeutung des Hausmülls am Gesamtmüllaufkommen in Deutschland.

4. Erläutere Möglichkeiten des Recyclings (M4).

5. Diskutiert in der Gruppe, wie ihr schon beim Einkaufen darauf achten könnt, das Entstehen von Müll zu vermeiden.

Z. Erstelle ein Plakat mit Tipps zur Vermeidung von Müll in euer Schule. 306

1. *Vorindustrielle Arbeitsweise*

a) Beschreibe das abgebildete Geschehen.
b) Nenne Merkmale der vorindustriellen Arbeitsweise.

2. *Eine Maschine verändert die Welt.*

a) Nenne den Namen und den Erfinder der abgebildeten Maschine.
b) Beschreibe in Stichpunkten ihre Funktionsweise.
c) Erkläre, warum und inwiefern diese Maschine die alten Produktionsbedingungen stark veränderte.

3. *Industrielle Revolution*

Erkläre, warum man die Industrielle Revolution auch als Revolution der Schattenseiten bezeichnen kann.

4. *Soziale Sicherung*

Übertrage die Tabelle in dein Heft und ergänze sie mit den folgenden Begriffen (einige Begriffe können zwei Mal vorkommen):

Staat – Sozialversicherung

alle Mitglieder – jeder Mensch in Not – Menschen, die Leistungen für die Allgemeinheit erbringen – Steuergeld – Mitgliederbeiträge und Staatszuschüsse

Arbeitslosenversicherung – Kindergeld – Sozialhilfe

	Versorgungsprinzip	Versicherungsprinzip	Fürsorgeprinzip
Wer trägt die Kosten?			
Wer erhält Leistungen/ Zahlungen?			
Womit wird das finanziert?			
Beispiele			

5. *Generationenvertrag*

a) Vervollständige die fehlenden Erklärungen zum Generationenvertrag. Schreibe die Erklärungen in dein Heft.
b) Erörtere aus der Sicht deiner Generation, ob der Generationenvertrag weiterhin gültig sein sollte.

6. *Säulen der Sozialversicherung*

a) Benenne die Säulen der Sozialversicherung.
b) Welche der Säulen ist dir besonders wichtig? Begründe.

7. *Altersstruktur in Deutschland*

a) Beschreibe die im Diagramm dargestellte Altersstruktur.
b) Vergleiche die Altersstruktur mit der Aussage der Karikatur.
c) Erörtere, ob Menschen in Deutschland später als mit 67 Jahren in Rente gehen sollten.

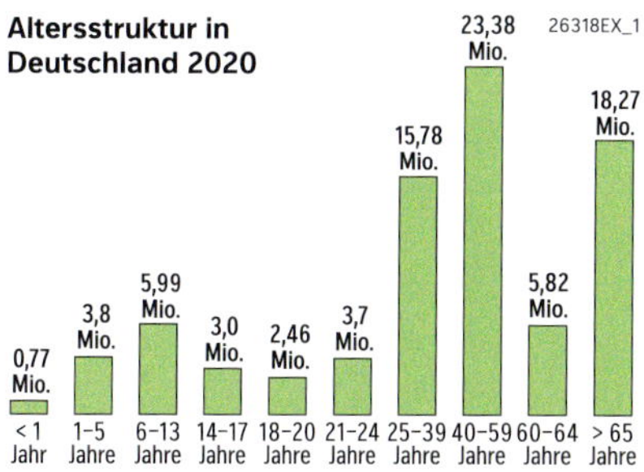

8. *Wirtschaftssektoren*

a) Erkläre die Wirtschaftssektoren.
b) Erläutere die Bedeutung der Industrie für Deutschland.
c) Erkläre, weshalb Deutschland ein Dienstleistungsland ist.
d) Erstelle eine Tabelle mit harten und weichen Standortfaktoren, die für Deutschland von besonderer Bedeutung sind.

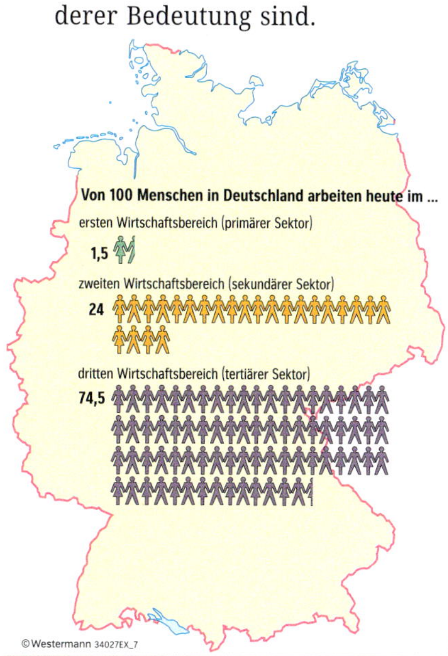

Fachbegriffe

die Dampfmaschine
die Mechanisierung
die soziale Frage
der Arbeiterverein
die Gewerkschaft
der Streik
die Sozialversicherung
der Arbeitsvertrag
der Lohn
die Tarifverhandlung
die Tarifautonomie
der Export
der Import
die Altersstruktur
die Lebenserwartung
die Müllvermeidung

Klima und Klimawandel

Schülerinnen und Schüler demonstrieren für mehr Klimaschutz.
Welche Gründe haben sie dafür?

Klima
Klimaelemente
Klimafaktoren
Klimawandel
Verbreitung
Nutzung
Vegetation

M1 *Auf dem Mount Everest ist die Atmosphäre besonders dünn.*

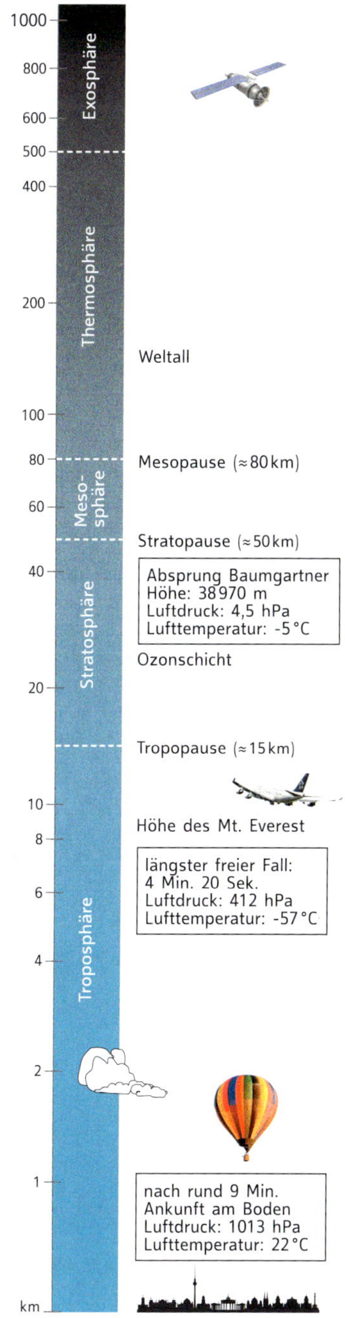

M2 *Aufbau der Atmosphäre*

Die Atmosphäre – Schutzhülle unseres Planeten

Als Felix Baumgartner im Oktober 2012 seinen Rekordsprung mit 1342 Kilometern pro Stunde Überschallgeschwindigkeit aus der 39 Kilometer hohen Stratosphäre, einer Schicht unserer **Atmosphäre**, erfolgreich absolvierte, hielt die Weltöffentlichkeit den Atem an.

Allgemein bekannt war doch, dass bereits Bergsteiger beim Aufstieg auf Hochgebirgsgipfel von über 8000 Meter unter Sauerstoffmangel und Erfrierungen leiden können (M1).

Die Atmosphäre ist die Lufthülle der Erde, die menschliches Leben überhaupt erst ermöglicht, indem sie die Erdtemperatur von durchschnittlich -18 auf erträgliche +15 Grad Celsius erhöht.

Sie schützt uns vor gefährlicher Sonnenstrahlung ebenso wie vor kosmischen Teilchen und Extremtemperaturen. Vertikal besteht sie aus mehreren Schichten, die durch sogenannte Pausen (Übergangsbereiche) voneinander getrennt sind.

Die unterste Schicht der Atmosphäre ist die Troposphäre, auch Wetterhülle genannt. In dieser durchschnittlich 12 Kilometer mächtigen Schicht spielt sich das Wettergeschehen ab.

Neben gasförmigen Bestandteilen enthält die Troposphäre auch Staub, Ruß, Eiskristalle und Wassertröpfchen. Druck, Dichte und Temperatur der Luft verändern sich mit zunehmender Höhe.

1. Diskutiere mithilfe des Advance Organizers, was in dem Kapitel Klima und Klimawandel wichtig ist.
2. Beschreibe den Aufbau und Merkmale der Atmosphäre (Text, M2).
3. Nenne Gründe, warum die höchsten Gipfel der Erde lebensfeindlich sind (Text, M1).

M3 *Blick auf die Biosphäre Bliesgau*

Witterung
Als Witterung wird das beständige Wetter an einem Ort über einen Zeitraum von einigen Tagen bis hin zu Wochen bezeichnet. Auch die Witterung wird mithilfe der Klimaelemente beschrieben.

a) „Gestern hat es fürchterlich geregnet."

b) „Die Sommer in Norddeutschland sind recht kühl."

c) „Was für ein toller Tag! 10 cm Schnee in zwei Stunden!"

d) „Wir waren in den Ferien auf Mallorca. Dort ist es im Sommer warm."

M1 *Aussagen zu Wetter und Klima*

Vom Wetter zum Klima

Heute scheint die Sonne, morgen regnet es. Solche kurzfristigen Erscheinungen, beziehungsweise den augenblicklichen Zustand der Troposphäre in einem eng begrenzten Gebiet, bezeichnen wir als Wetter. Monatlich zusammengefasste Messwerte des Wetters, die über mindestens 30 Jahre gemittelt werden, ergeben das **Klima** eines Raumes. Temperatur- und Niederschlagswerte lassen sich in einem Klimadiagramm darstellen (S. 196/197). Mithilfe der messbaren Klimaelemente lässt sich das Klima eines Ortes beschreiben. Geprägt wird es durch die Klimafaktoren, die am jeweiligen Ort vorherrschen. Klimaelemente und Klimafaktoren beeinflussen sich gegenseitig (M4).

Im Klimasystem der Erde stehen die Atmosphäre, das Land und die Gewässer miteinander in Verbindung. Beispielsweise führt hohe Sonneneinstrahlung zu einer erhöhten Verdunstung. Die Verdunstung lässt wiederum den Wasserdampfgehalt der Atmosphäre steigen. Wolkenbildung und Niederschläge sind die Folge. Dadurch können Flüsse über die Ufer treten. Das Klimasystem und die darin ablaufenden Prozesse und Entwicklungen sind bislang nicht in all ihren Einzelheiten und Zusammenhängen erforscht.
Sicher ist aber, dass der Mensch seit Beginn der Industrialisierung verstärkt zu einer Änderung des Weltklimas beigetragen hat.

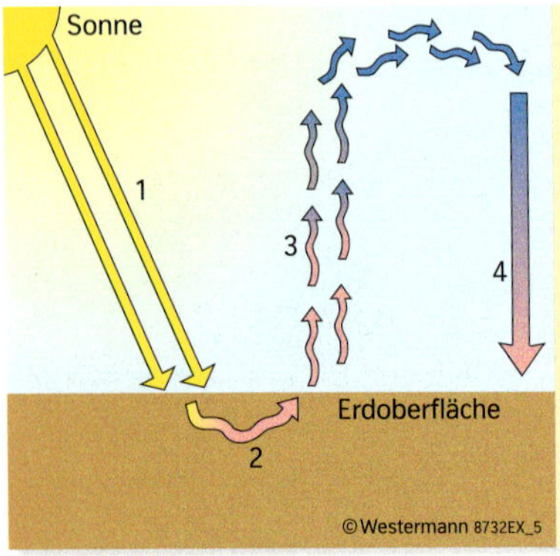

Die Luft wird nicht direkt von der Sonne erwärmt, sondern indirekt über die Erwärmung der Erdoberfläche.

① Die Strahlen der Sonne treffen auf die Erdoberfläche. Vorher wurde ein Teil der Energie, z.B. durch Wolken, reflektiert und aufgenommen.

② An der Erdoberfläche wird das Licht in Wärmeenergie umgewandelt.

③ Die Wärmestrahlen erwärmen die Luftschicht unmittelbar über der Erdoberfläche. Warme, leichte Luft steigt auf und kühlt sich dabei ab. So wird die Troposphäre von unten nach oben erwärmt.

④ Kalte, schwere Luft sinkt nach unten, dabei erwärmt sie sich. Die Luft wird durchmischt.

M2 *Die indirekte Erwärmung der Luft*

1 a) Charakterisiere die Begriffe Wetter, Witterung und Klima (Info, Text).
b) Ordne die Begriffe Wetter und Klima den Aussagen in M1 zu.

2 a) Erkläre die Begriffe Klimaelement und Klimafaktor sowie deren Zusammenhänge (M4–M7).
b) Begründe die Schneefelder in M7.

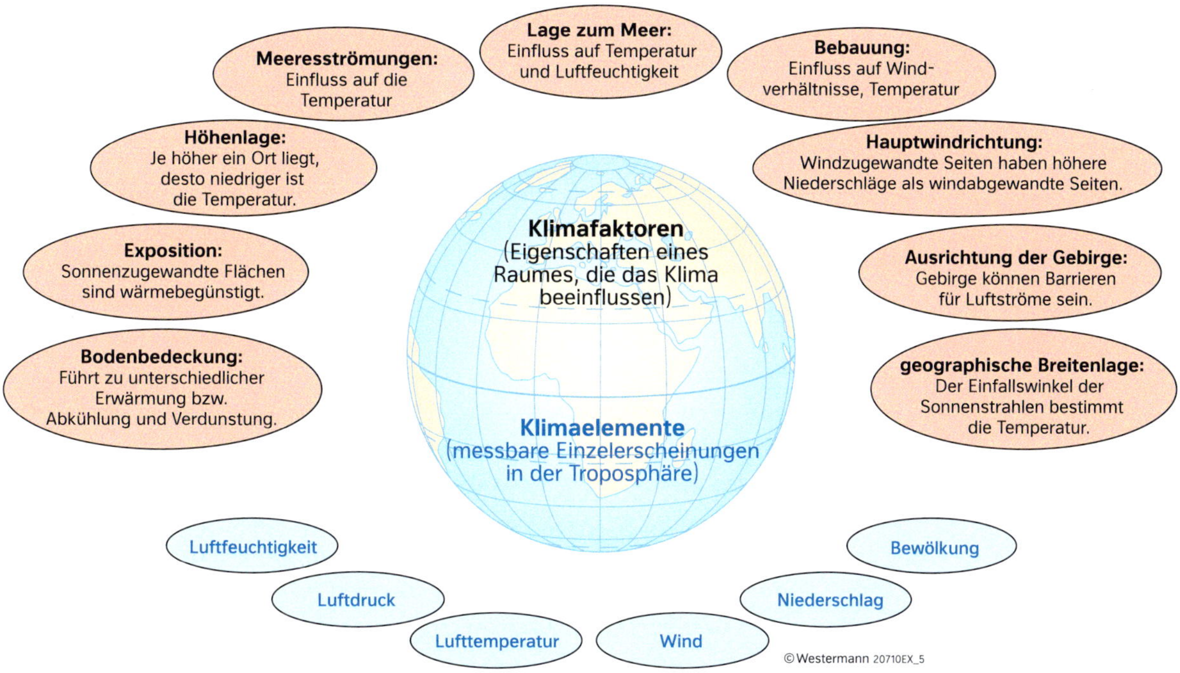

M4 *Überblick der Klimaelemente und Klimafaktoren*

M5 *Klimaelemente: Bewölkung und Niederschlag*

M6 *Klimafaktor: Lage zum Meer*

M7 *Klimafaktoren: Höhenlage und Bebauung*

3 a) Beschreibe das Wetter in M3.
b) Vergleiche deine Beschreibung mit der deiner Nachbarin oder deines Nachbarn.

4 Erkläre mit eigenen Worten, wie es zum Anstieg der Tagestemperaturen kommt (M2).

Humide und aride Monate

Humide Monate sind feuchte Monate. Es fällt mehr Niederschlag, als Wasser verdunstet. Die Niederschlagssäulen ragen im Klimadiagramm über die Temperaturkurve hinaus. **Aride** Monate sind trockene Monate. Hier liegen die Niederschlagssäulen unter der Temperaturkurve.

Von der Klimatabelle zum Klimadiagramm

In Klimatabellen (M1) werden die Durchschnittswerte des Niederschlags sowie der Temperatur eines jeden Monats an einem Ort dargestellt. So kann anhand einer Klimatabelle der typische Jahresverlauf der Temperatur und des Niederschlags beschrieben werden. Gleichzeitig enthalten die Tabellen auch die Jahresdurchschnittstemperatur und die Jahresniederschlagssumme eines Ortes. Anschaulicher als eine Klimatabelle ist aber ein Klimadiagramm (M3). Es setzt sich aus einer roten Temperaturkurve und blauen Niederschlagssäulen zusammen. Die Temperaturen werden dabei auf der linken Achse, die Niederschläge auf der rechten Achse abgelesen.

Bei der Beschriftung der Achsen ist zu beachten, dass die Werte des Niederschlags immer doppelt so hoch eingezeichnet sind wie die Werte der Temperatur: 20 mm (Niederschlag) steht also auf gleicher Höhe wie 10 °C (Temperatur). Ein Klimadiagramm beschreibst du am besten mithilfe der Schrittfolge M5.

Name der Station: **Saarbrücken-Ensheim (Deutschland)**
Höhenlage: **319 m ü. M.**

Monate	J	F	M	A	M	Jun.	Jul.	A	S	O	N	D	Jahr
T (in °C)	0,9	1,8	5,2	8,3	12,9	15,6	18,0	17,7	13,9	9,4	4,4	2,1	9,2
N (in mm)	70	59	65	57	74	78	78	60	66	82	85	93	867

Monatsdurchschnittstemperaturen und mittlere Monatsniederschläge (T = Temperatur, N = Niederschlag)

Jahresdurchschnittstemperatur und Jahresniederschlagssumme

M1 *Aufbau einer Klimatabelle am Beispiel von Saarbrücken*

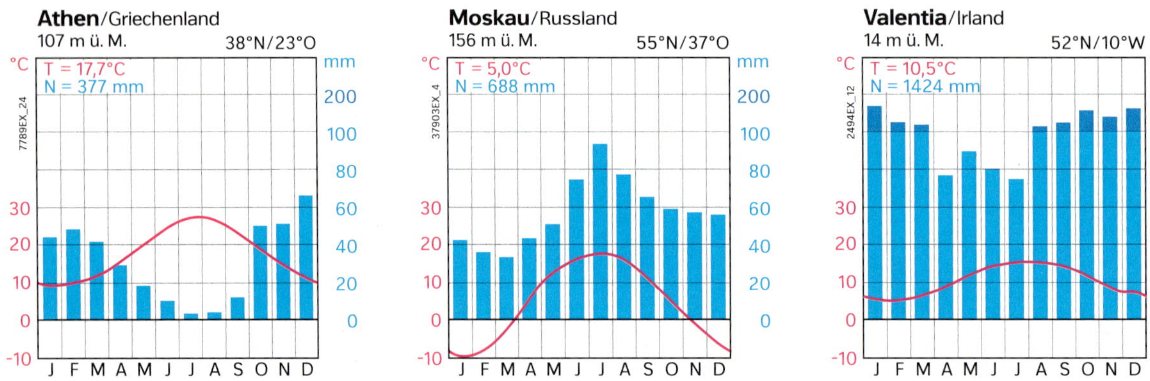

M2 *Klimadiagramme europäischer Städte*

1. Nenne Vorteile und Nachteile von Klimatabellen gegenüber Klimadiagrammen (M1, M3, Text).

2. Nenne die in einem Klimadiagramm dargestellten Informationen (M3).

3. Lies das Klimadiagramm von Saarbrücken mithilfe der Anleitung (M4).

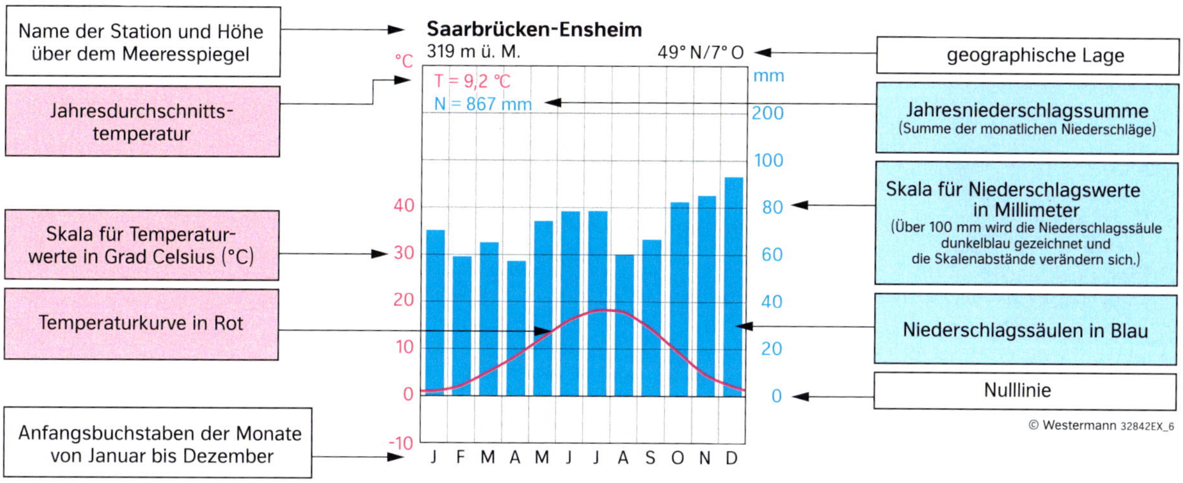

M3 *Aufbau eines Klimadiagramms am Beispiel von Saarbrücken*

Lesen der Temperaturkurve

- Wenn du mit dem Januar beginnen willst, lege deinen Finger auf das erste J für Januar.
- Wandere mit deinem Finger senkrecht nach oben, bis du die rote Temperaturkurve erreichst.
- Lies den Wert für Januar auf der Höhe der Fingerspitze an der Temperaturachse links ab.
- Wiederhole den Vorgang für die anderen Monate.
- Die Jahresdurchschnittstemperatur findest du oben links in Rot (T=). Lies den Wert ab.

Lesen der Niederschlagssäulen

- Wenn du mit dem Januar beginnen willst, lege deinen Finger auf das erste J für Januar.
- Wandere mit deinem Finger senkrecht die Säule nach oben, bis du den Rand erreichst.
- Lies den Wert für Januar auf Höhe der Fingerspitze an der Niederschlagsachse rechts ab.
- Wiederhole den Vorgang für die anderen Monate.
- Den Jahresniederschlag findest du oben links in Blau (N=). Lies den Wert ab.

M4 *Anleitung zum Lesen eines Klimadiagramms*

Drei Schritte zum Beschreiben eines Klimadiagramms

1. Schritt: Lage der Klimastation (zum Teil mit dem Atlas zu bearbeiten)
- Lage (welcher Kontinent, welches Land, welche Region?)
- Höhe über dem Meeresspiegel

2. Schritt: Temperatur
- Angabe der Jahresdurchschnittstemperatur
- Gang der Temperatur von Januar bis Dezember
- Angabe der Temperatur des wärmsten Monats (= *Temperaturmaximum*) und des kältesten Monats (= *Temperaturminimum*) sowie des Temperaturunterschieds zwischen diesen beiden Monaten (= *Jahrestemperaturamplitude*)

3. Schritt: Niederschlag
- Höhe der Jahresniederschlagssumme
- Gang der Niederschläge von Januar bis Dezember
- Angabe des Monats mit dem höchsten und dem geringsten Niederschlagswert
- Anzahl der humiden und ariden Monate (Info)

M5 *Anleitung zur Beschreibung eines Klimadiagramms*

4 Wähle aus: Beschreibe mithilfe von M5:
a) das Klimadiagramm von Saarbrücken (M3).
b) das Klimadiagramm eines Ortes aus M2.

Z Gras wächst ab einer Temperatur von 5 °C. Zähle für jeden Ort in M2 die Monate, in denen es eine Wachstumspause gibt.

M1 *Genauigkeit ist beim Zeichnen wichtig.*

Auf die Skala kommt es an

Das Klima eines Ortes kann in einem Klimadiagramm veranschaulicht werden. Dazu müssen die Durchschnittstemperaturen der einzelnen Monate (rote Temperaturkurve) und die monatlichen Niederschlagssummen (blaue Niederschlagssäulen) in ein Klimadiagramm eingezeichnet werden.

Es ist sehr wichtig, sich beim Zeichnen eines Klimadiagramms an die Vorgaben für die Temperatur- und Niederschlagsskalen zu halten (siehe S. 196/197).

So kann die Anzahl der humiden und ariden Monate richtig dargestellt werden. Reichen die Niederschlagssäulen höher als die Temperaturkurve, fällt mehr Niederschlag als verdunstet. Es ist ein feuchter Monat. Den Pflanzen steht in der Regel genügend Wasser zum Wachstum zur Verfügung.

Trockenmonate oder aride Monate erkennt man daran, dass die Temperaturkurve über der Niederschlagssäule liegt.

List/Sylt, 26 m ü. M.

	J	F	M	A	M	J	J	A	S	O	N	D	Jahr
T (in °C)	1,6	1,5	3,3	6,5	11,1	14,0	16,2	16,6	13,8	10,1	5,9	3,3	8,7
N (in mm)	59	38	49	37	37	54	55	71	85	88	90	72	735

Hamburg, 15 m ü. M.

	J	F	M	A	M	J	J	A	S	O	N	D	Jahr
T (in °C)	0,5	1,1	3,7	7,3	12,2	15,5	16,8	16,6	13,5	9,7	5,1	1,9	?
N (in mm)	61	41	56	51	57	74	82	70	70	63	71	72	?

Berlin, 58 m ü. M.

	J	F	M	A	M	J	J	A	S	O	N	D	Jahr
T (in °C)	-0,4	0,6	4,0	8,4	13,5	16,7	17,9	17,2	13,5	9,3	4,6	1,2	8,9
N (in mm)	43	37	38	42	55	71	53	65	46	36	50	55	591

Braunschweig, 81 m ü. M.

	J	F	M	A	M	J	J	A	S	O	N	D	Jahr
T (in °C)	1,2	1,5	4,7	8,2	13,1	15,7	17,7	17,6	13,9	9,5	4,9	2,5	9,2
N (in mm)	45	33	48	42	52	70	56	57	48	46	47	55	599

M2 *Klimatabellen verschiedener Orte in Deutschland*

https://diercke.westermann.de/klimagraph

Mit dem „Diercke Klimagraph" können aus Klimadaten ganz einfach Klimadiagramme online erstellt werden.

1 Beim Zeichnen von Klimadiagrammen muss man sehr genau arbeiten. Begründe (Text).

2 Zeichne das Klimadiagramm von Braunschweig mithilfe der Klimatabelle (M2) und der Schrittfolge M4.

3 a) Bei der Klimatabelle von Hamburg (M2) fehlen zwei Werte. Vervollständige sie im Heft.
b) Zeichne das Klimadiagramm von Hamburg.

M3 *Burgplatz in Braunschweig*

Das brauchst du zum Zeichnen eines Klimadiagramms:
- Geodreieck oder Lineal,
- Bleistift, roter und blauer Buntstift,
- Millimeterpapier, oder kariertes Papier,
- Klimawerte des Ortes.

M7 *Material zum Zeichnen eines Klimadiagramms*

Vier Schritte zum Zeichnen eines Klimadiagramms

1. Schritt: Zeichnen der Vorlage (M5)
- Zeichne mit Bleistift die waagerechte Grundlinie von 12 cm. Teile sie in 12 gleiche Abschnitte.
- Schreibe die Anfangsbuchstaben der 12 Monate in diese Abschnitte ①.
- Zeichne an die linke Seite der Grundlinie eine senkrechte Linie für die Temperaturen. Unterteile sie in gleichmäßige Abstände von 1 cm ②. Schreibe an die Teilungsstriche die Temperaturwerte (10 °C-Abstände).
- Zeichne an der rechten Seite der Grundlinie eine senkrechte Niederschlagslinie. Unterteile sie in gleichmäßige Abstände von 1 cm. Schreibe an die Teilungsstriche die Niederschlagswerte (20 mm-Abstände) ③.
- Verbinde die Nullwerte mit einer Linie ④.

2. Schritt: Zeichnen der Temperaturkurve (M6)
- Markiere die Höhe der Werte der Monatsdurchschnittstemperaturen von M2 in der Mitte des jeweiligen Monats ⑤. Verbinde die Markierungen mit einem roten Buntstift ⑥.

3. Schritt: Zeichnen der Niederschlagssäulen (M8)
- Markiere die Höhe der Niederschläge für jeden Monat. Zeichne für jeden Monat Säulen, die du mit einem blauen Buntstift ausmalst ⑦.

4. Schritt: Beschriften des Klimadiagramms (M8)
- Trage oben den Namen, die Höhe sowie die geographische Lage des Ortes ein. Ergänze die Werte für die Jahresdurchschnittstemperatur mit einem roten und den Jahresniederschlag mit einem blauen Stift ⑧.

M4 *Schrittfolge zum Zeichnen eines Klimadiagramms*

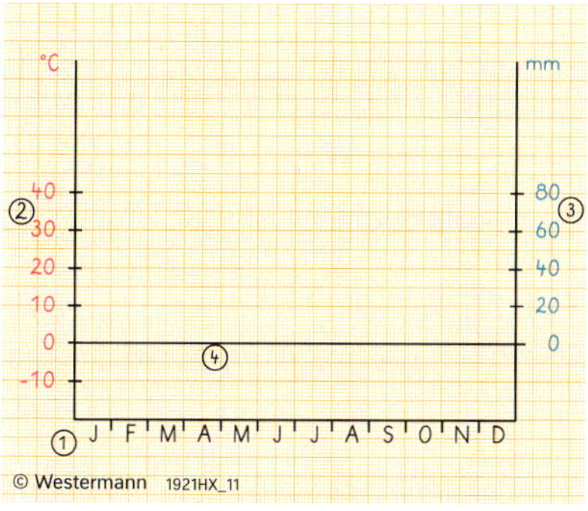

M5 *Die Achsen eines Klimadiagramms*

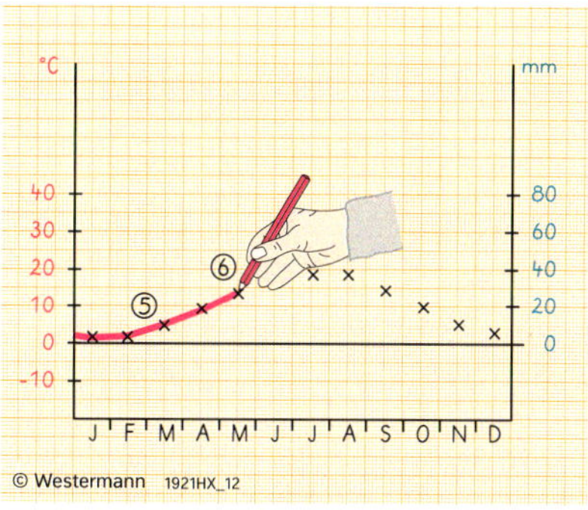

M6 *Zeichnen der Temperaturkurve (Monatsdurchschnittstemperaturen)*

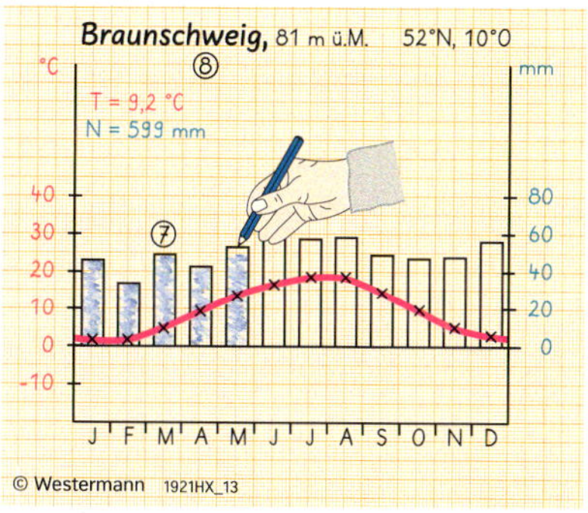

M8 *Zeichnen der Niederschlagssäulen (Monatsniederschläge, Beschriftung)*

4 Zeichne eines der folgenden Klimadiagramme: List oder Berlin (M2).

5 Wähle aus:
a) Erstelle mit dem „Diercke Klimagraph“ (Internet) das in Aufgabe 3 gezeichnete Klimadiagramm und überprüfe, ob du richtig gezeichnet hast.
b) Erstelle mit dem „Diercke Klimagraph“ (Internet) ein weiteres Klimadiagramm mit den Daten aus M2.

M1 *Zwei Orte auf der Erde zur selben Zeit (21. Juni um 14 Uhr)*

Licht und Wärme – große Unterschiede

Die Erde hat etwa die Form einer Kugel. Aufgrund der Erdkrümmung treffen die Sonnenstrahlen in unterschiedlichen Winkeln auf die Erdoberfläche. Dieser Einfallswinkel hat einen großen Einfluss auf die Erwärmung der Erdoberfläche:

- In der Nähe des Äquators fallen die Strahlen der Sonne steil ein. Die Sonne verteilt ihre Energie auf eine kleine Fläche (M2 Ⓐ). Die Erdoberfläche wird daher stark erwärmt. An den Polen fallen die Strahlen dagegen flach ein. Ihre Energie verteilt sich dort über eine größere Fläche und erwärmt diese weniger stark (M2 Ⓑ).
- Auf ihrem Weg zur Erdoberfläche durchdringen die Sonnenstrahlen die Atmosphäre. Dabei werden sie unter anderem durch Staubteilchen und Wolken abgeschwächt, sodass nur ein Teil der ursprünglichen Energie die Erdoberfläche erreicht.

Aufgrund der unterschiedlich starken Sonneneinstrahlung werden verschiedene Beleuchtungszonen der Erde unterschieden. Um den Äquator liegt die tropische Beleuchtungszone. Hier ist die Energie der Sonnenstrahlen das ganze Jahr über besonders hoch. In Richtung der Pole schließen sich die gemäßigten Beleuchtungszonen an, in die die Sonnenstrahlen bereits weniger Energie liefern, da ihr Weg durch die Atmosphäre weiter ist und sie in einem flacheren Winkel auftreffen. Um den Nord- und Südpol befinden sich die polaren Beleuchtungszonen. In diese liefert die Sonne nur noch wenig Energie.

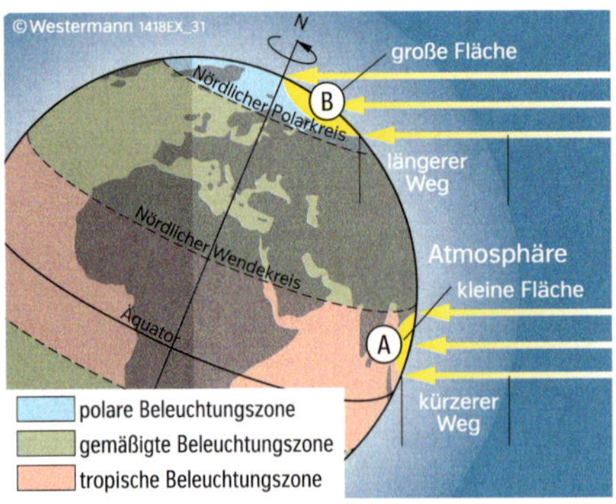

M2 *Unterschiedliche Wirkung der Sonnenstrahlen auf der Erde (hier: 21. Juni) – Die Nordhalbkugel ist in unseren Sommermonaten der Sonne zugewandt.*

1 a) Vergleiche die Junitemperaturen der beiden genannten Orte in M1.
b) Nenne Gründe für diese Unterschiede mithilfe von M2 und dem Text.

2 Beschreibe, wie sich die Jahresdurchschnittstemperaturen vom Nordpol zum Äquator verändern (M3).

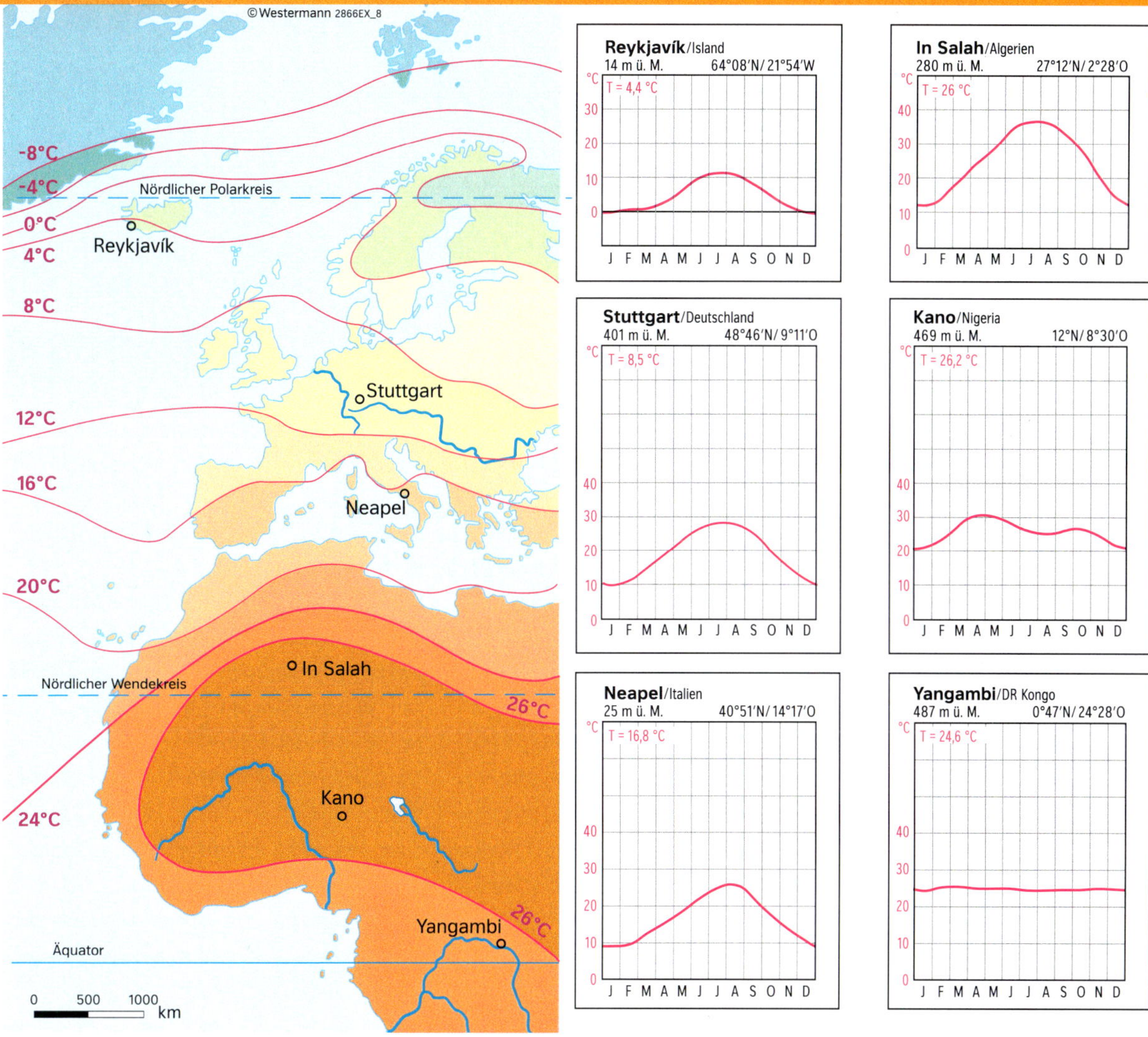

M3 *Jahresdurchschnittstemperaturen vom Polarkreis zum Äquator und Temperaturdiagramme einiger Städte*

Die Erde bewegt sich in etwa einem Jahr einmal um die Sonne. Zudem ist die Erdachse gegenüber der Umlaufbahnebene um 23,5° geneigt. In unserem Sommer ist die Nordhalbkugel der Sonne zugewandt und wird stärker beschienen. In unserem Winter drehen sich die Verhältnisse um. Nun wird die Südhalbkugel stärker beleuchtet. Am 20. oder 21. Juni steht die Sonne bei 23,5° n. B. (nördlicher Wendekreis) mittags im Zenit, d. h. die Sonnenstrahlen treffen dort senkrecht, also in einem Winkel von 90°, auf die Erde. Dieser Tag bedeutet auf der Nordhalbkugel Sommeranfang. Es ist dort der längste Tag des Jahres. Der zeitliche Abstand zwischen Sonnenaufgang und Sonnenuntergang ist am größten. Am 21. oder 22. Dezember steht die Sonne bei 23,5° s. B. (südlicher Wendekreis) im Zenit. Das bedeutet für die Nordhalbkugel Winteranfang. Es ist dort der kürzeste Tag des Jahres.

M4 *Sonnenstand und Jahreszeit*

3 Berechne die Temperaturdifferenz zwischen dem kältesten und dem wärmsten Ort in M3.

4 a) Beschreibe den Jahreslauf der Temperaturen dieser Orte.

b) Erkläre die Unterschiede in den Jahresverläufen.

Z Übertrage die in M4 formulierte Erklärung auf die Südhalbkugel.

M1 *Sturzregen in Kenia*

Wasserdampf und Luftfeuchte

Wasser im gasförmigen Zustand wird als Wasserdampf bezeichnet.
Die relative Luftfeuchte gibt in Prozent an, wie viel Wasserdampf sich im Verhältnis zur maximal möglichen Menge in einem Kubikmeter Luft befindet.
Die maximal mögliche Menge ist abhängig von der Temperatur (M2). Hat beispielsweise eine 10° C warme Luftmasse mit 9,4 g absoluter Feuchte den maximalen Wert erreicht, dann ist die Luft gesättigt. Das bedeutet 100 Prozent relative Luftfeuchte.

Wasser in der Luft

Die Luft nimmt Wasser überwiegend mithilfe von Verdunstung auf: aus dem Meer, aus Flüssen und Seen sowie von der Erdoberfläche. Der Anteil des Wasserdampfes an der Luft wird als Luftfeuchtigkeit bezeichnet.
Auch Lebewesen, wie Menschen, Tiere und Pflanzen, geben durch Schwitzen und Transpiration (Verdunstung) Wasser an die Luft ab – ein ausgewachsener Laubbaum an einem warmen Tag bis zu 600 Liter.
Warme Luft kann mehr Wasserdampf aufnehmen als kalte Luft. Das bedeutet, dass kalte Luft schneller mit Wasserdampf gesättigt ist.
Wenn bei gesättigter Luft noch mehr Wasser verdunstet oder sich die Luft abkühlt, bilden sich aus dem unsichtbaren Wasserdampf zunächst Dunst und Nebel (Kondensation).
Danach entstehen kleine, später größere Wassertröpfchen, die als Wolken sichtbar sind. Wenn die Tröpfchen schwer werden, fällt schließlich Niederschlag.
Als Faustregel gilt: Wenn feuchte Luft abkühlt, entstehen Wolken und es gibt Niederschlag.

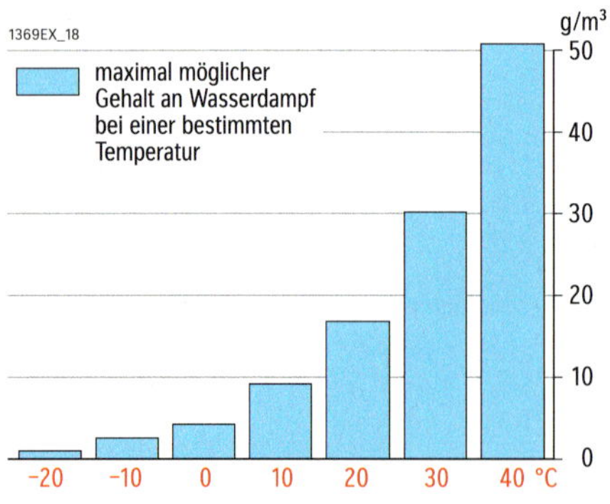

M2 *Maximal möglicher Wasserdampfgehalt der Luft bei unterschiedlichen Temperaturen* ▷

M3 *Im Winter*

1. Stelle Vermutungen über das winterliche Phänomen in M3 auf.

2. Erläutere, wie Regen entsteht (Text).

3. a) Nenne ungefähr den maximal möglichen Wasserdampfgehalt der Luft bei 30° C und bei 0° C (M2).
b) Berechne mithilfe von M2: Die Luft ist etwa -20° C kalt, die relative Luftfeuchte beträgt 100 %. Die Luft erwärmt sich auf 20° C.

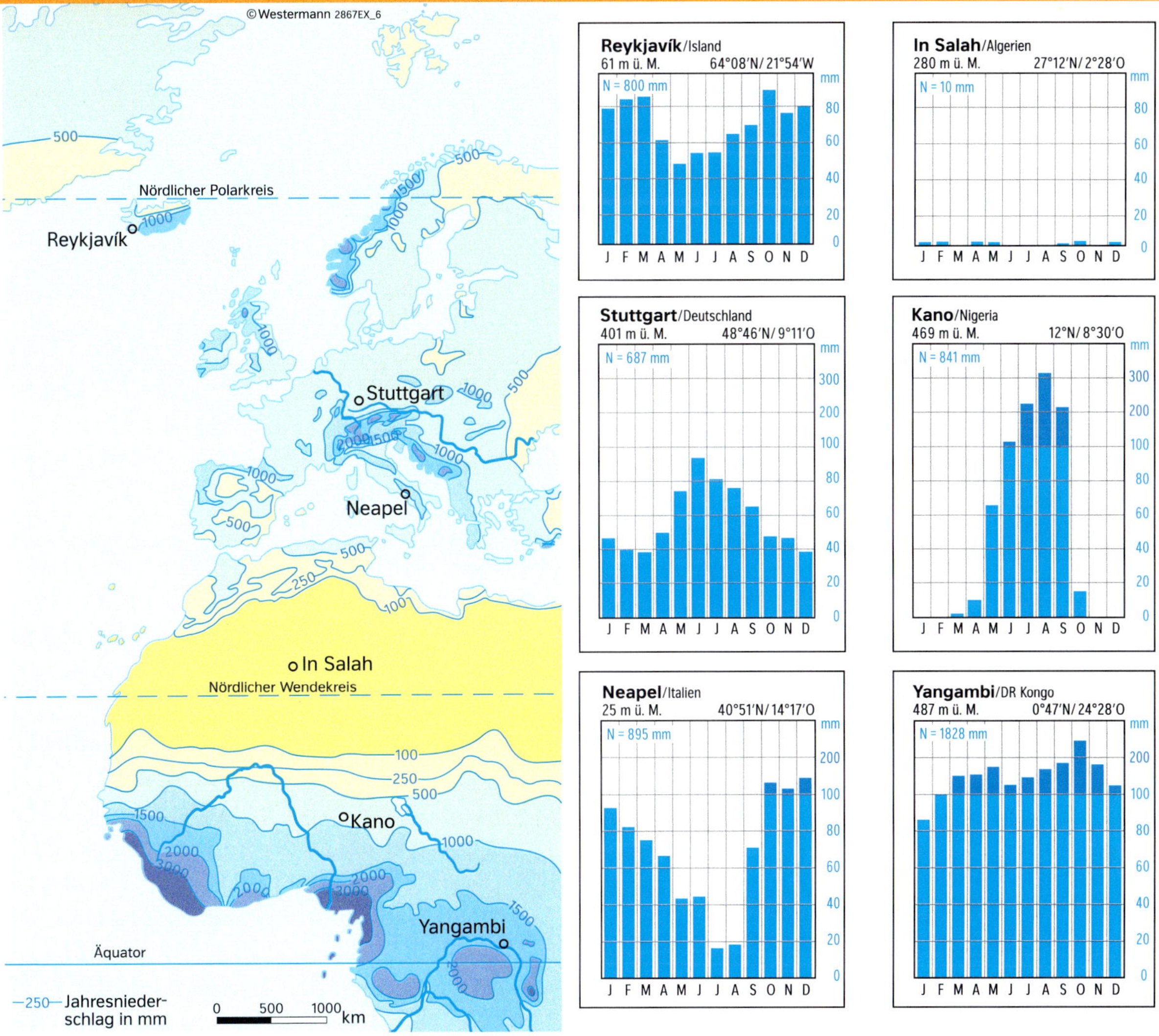

M4 *Durchschnittliche Jahresniederschläge vom Polarkreis zum Äquator und Niederschlagsdiagramme einiger Städte*

Wo fällt Niederschlag?

Besonders niederschlagsreich sind Gebiete, über denen sich häufig feuchte Luft abkühlt. Dies führt beispielsweise an Gebirgshängen dazu, dass der in der Luft enthaltene überschüssige Wasserdampf kondensiert und es zu Niederschlag kommt.

Auch wenn sich warme und kalte Luftmassen treffen, kommt es zu Niederschlägen.

Wird die Erdoberfläche, wie am Äquator, stark erhitzt, verdunstet das reichlich vorhandene Wasser. Die feuchte Luft kühlt beim Aufsteigen ab und es regnet täglich.

Wie viel Wasser kann die Luft ungefähr noch aufnehmen (in g/m³), bis sie gesättigt ist?

4 Beschreibe die räumliche Verteilung der Niederschlagsmengen entlang einer gedachten Linie, die die sechs Orte von Nord nach Süd verbindet (M4).

Z Erläutere, warum die Niederschläge in Yangambi höher sind als an anderen Stationen (Text, M4, siehe auch S. 200/201).

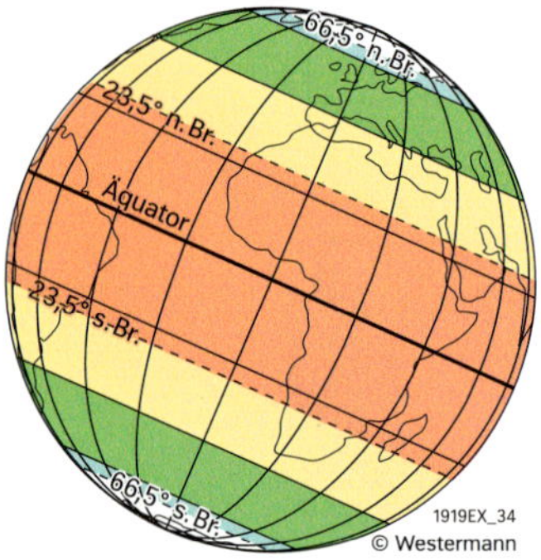

M1 *Klimazonen der Erde (stark vereinfacht)*

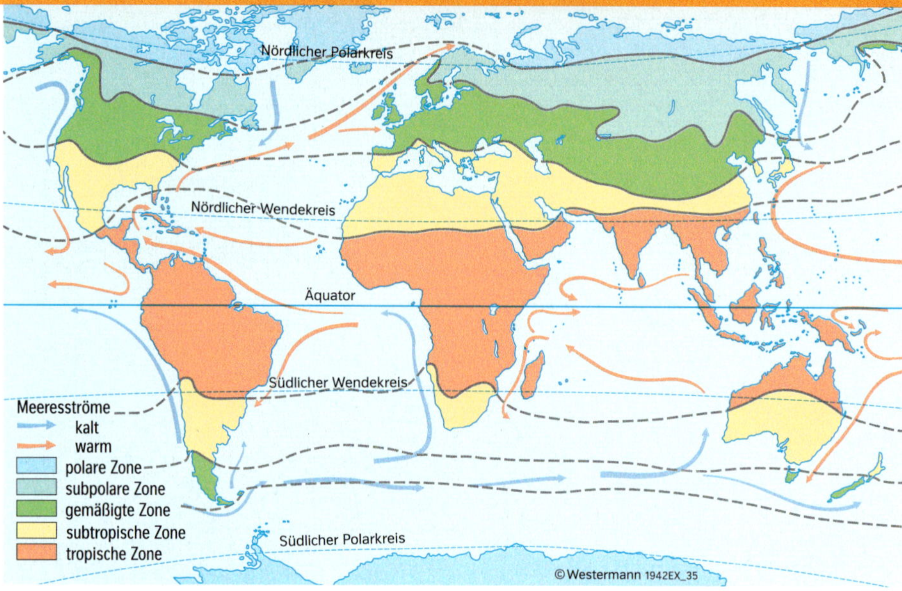

M3 *Klimazonen der Erde (vereinfacht)*

polare Zone (Polarzone)
Die Jahresmitteltemperatur liegt unter −10° C. Es gibt große Temperaturunterschiede zwischen Sommer und Winter. Der geringe Niederschlag fällt überwiegend als Schnee.

subpolare Zone (Subpolarzone)
Die Jahresmitteltemperatur liegt zwischen −10° C und 0° C. Kurze, frostfreie Sommer wechseln mit langen, kalten Wintern.

gemäßigte Zone (Mittelbreiten)
Die Jahresmitteltemperatur liegt zwischen 0° C und 12° C. Niederschläge fallen das ganze Jahr über. Es gibt ausgeprägte Jahreszeiten.

subtropische Zone (Subtropen)
Die Jahresmitteltemperatur liegt zwischen 12° C und 24° C. Es gibt meist heiße, trockene Sommer und milde, feuchte Winter.

tropische Zone (Tropen)
Die Jahresmitteltemperatur liegt über 24° C. Es gibt keine Jahreszeiten. Weite Gebiete werden von Regen- und Trockenzeiten geprägt. Die Regionen um den Äquator sind sehr regenreich. Die Regionen an den Wendekreisen sind sehr trocken.

M2 *Kennzeichen der Klimazonen*

Als Gürtel um die Erde

Das Klima einer Region wird wesentlich durch die Temperatur, die Summe der Niederschläge und deren Verteilung über das Jahr bestimmt. Gebiete mit ähnlichen Temperatur- und Niederschlagswerten werden zu **Klimazonen** zusammengefasst. Diese ziehen sich wie Gürtel um die Erde. Der lateinische Begriff „sub" (= unter) verdeutlicht, dass es sich bei der subpolaren und der subtropischen Zone um Übergangsbereiche zwischen den Hauptklimazonen handelt. Das Klima eines Ortes ist insbesondere von der geographischen Breite abhängig. Klimazonen verlaufen daher ungefähr parallel zu den Breitenkreisen, ragen jedoch zum Teil in benachbarte Zonen hinein. Hier wird das Klima durch die Lage zum Meer sowie durch warme und kalte Meeresströmungen oder hohe Gebirge beeinflusst.

1 Erstelle eine Tabelle mit den Kontinenten und den dort vorhandenen Klimazonen (M3).

2 a) Beschreibe die Lage der Klimazonen auf der Erde.
b) Begründe, warum die Grenzen der Klimazonen ungefähr parallel zu den Breitenkreisen verlaufen (Text, M3).
c) Nenne Gründe, warum die Klimazonen „ausgebeult" sind.

M4 *Bei 53° 16′ n. B. / 10° 25′ ö. L.*

M5 *Bei 78° 10′ n. B. / 15° 40′ ö. L.*

M6 *Bei 3° 10′ s. B. / 60° w. L.*

M7 *Bei 32° n. B. / 5° ö. L.*

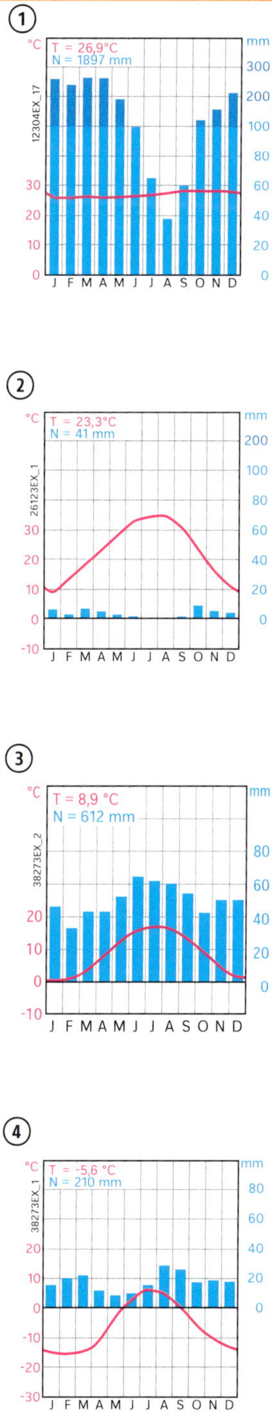

M8 *Klimadiagramme*

3 Beschreibe die Fotos M4–M7.

4 Ordne die in M4–M7 dargestellten Landschaften den Klimazonen zu und begründe (M1–M3).

5 a) Ordnet den Fotos M4 bis M7 das jeweils passende Klimadiagramm aus M8 zu und begründet. 196
b) Ermittelt, in welchen Ländern die Fotos aufgenommen wurden (M4–M7, Atlas).

Der Passatkreislauf

M1 *Die Segelschifffahrt war in den Tropen auf die Passate angewiesen.*

Innertropische Konvergenzzone

Die Innertropische Konvergenzzone (ITC) ist die Zone, in der der Nordost- und der Südostpassat zusammenströmen (konvergieren). Die starke Sonneneinstrahlung in der ITC erwärmt die Luftmassen und verursacht einen Luftmassenaufstieg mit Wolkenbildung und zum Teil kräftigen Niederschlägen.

Der Luftdruck – ein wichtiges Klimaelement

Die meisten Klimaelemente, zum Beispiel Temperatur, Wind, Bewölkung und Niederschlag, nehmen wir unmittelbar wahr – den **Luftdruck** jedoch nicht. Doch gerade dieses Klimaelement ist von besonderer Bedeutung bei der Entstehung von Hoch- und Tiefdruckgebieten, für die weltweiten Windsysteme und letztlich auch für die Ausprägung der Klima- und Vegetationszonen. Benachbarte Regionen mit Luftdruckunterschieden werden als Hoch- oder Tiefdruckgebiete bezeichnet (M3). Die Luft ist bestrebt, den Unterschied auszugleichen, und strömt grundsätzlich vom Hochdruck- zum Tiefdruckgebiet, was wir als **Wind** wahrnehmen.

Passate – beständige Winde in den Tropen

Passate sind ganzjährig gleichmäßig wehende Winde in den Tropen. Der Nordostpassat und der Südostpassat (M2) bilden zusammen ein Windsystem, das man auch Passatzirkulation nennt (M4, M5). Als Folge der Passatzirkulation stehen sich in den Tropen zwei gegensätzliche Gebiete gegenüber: die sehr trockenen äußeren Tropen und die immerfeuchten inneren Tropen. Zwischen diesen Extremen liegen die wechselfeuchten Tropen, die einen Übergangsbereich darstellen.

Die Passatwinde waren in der Zeit der Segelschifffahrt Voraussetzung für die Überquerung der Ozeane (französisch: „passage“ = Durch-/Überfahrt).

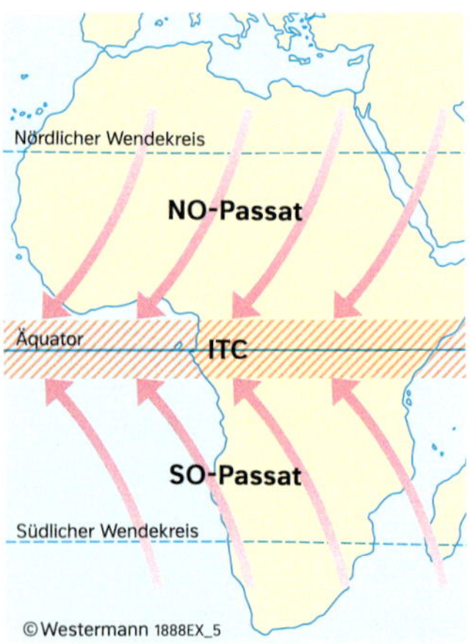

M2 *Passate 21.3./23.9.*

Wird Luft erwärmt, so dehnt sie sich aus. Die Luftteilchen benötigen mehr Raum. Sie steigen nach oben. Hier entsteht Hochdruck (H). Am Boden hat die Anzahl der Luftteilchen abgenommen – es herrscht Tiefdruck (T). Wenn Luft aufsteigt, kühlt sie sich ab. Die Fähigkeit der Luft, Wasser aufzunehmen, sinkt mit ihrer Temperatur. Deshalb kommt es bei aufsteigender Luft zu Wolkenbildung und Niederschlag (siehe auch S. 202/203).

Wenn die Luftmassen absinken, erwärmen sie sich. Wolken lösen sich auf und die Sonne scheint. Es hat sich ein bodennahes Hoch ausgebildet. In die Tiefdruckgebiete fließt aus benachbarten Gebieten Luft ein und aus den Hochdruckgebieten strömt die Luft aus. Es bildet sich somit ein geschlossener Kreislauf.

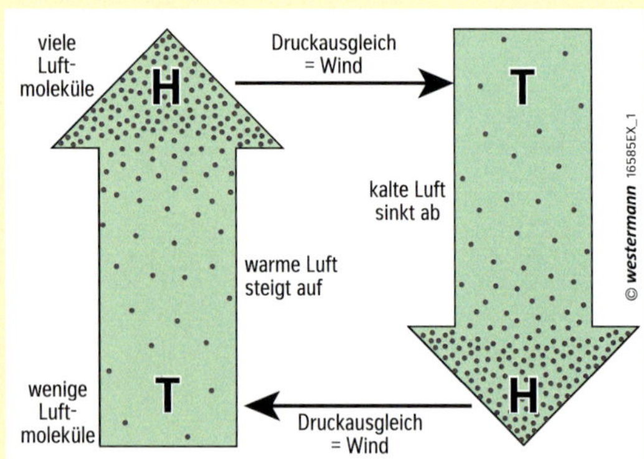

M3 *Wie entstehen Hoch- und Tiefdruckgebiete?*

1 a) Erläutere, wie sich Hoch- und Tiefdruckgebiete bilden (M3).
b) Beschreibe, wie Wind entsteht (Text).

2 Beschreibe die Passatzirkulation. Zeichne dafür das Schema (M5) ab und ordne die Aussagen (① bis ⑦) aus M4 deiner Zeichnung zu.

Aufwärtsbewegung der Luft
Die *äquatorialen Gebiete* ① erwärmen sich intensiv, denn *hier fallen die Sonnenstrahlen ganzjährig sehr steil bis senkrecht ein* ②. Die erwärmte Luft steigt auf, kühlt mit zunehmender Höhe ab und *es bilden sich Wolken* ③. Aus diesen ergießen sich ergiebige Niederschläge, die meistens täglich am Nachmittag fallen. Die aufsteigende Luft führt dazu, dass am Boden *ein Tiefdruckgebiet entsteht.* ④. Dieses breitet sich wie ein Gürtel um den Äquator aus. Es gehört zur innertropischen Konvergenzzone (Info).

Abfließen in der Höhe
Die im Äquatorgebiet aufgestiegene Luft strömt in der Höhe polwärts nach Norden und nach Süden. Im Bereich der beiden *Wendekreise* ⑤ sinken Luftmassen wieder ab. Dabei erwärmt sich die Luft ganz allmählich. Da warme Luft mehr Feuchtigkeit aufnehmen kann als kühle Luft, fällt kein Niederschlag. In diesen regenarmen Gebieten bilden sich oft Wüsten aus. Durch das Absinken der Luft entstehen an den Wendekreisen *bodennahe Hochdruckgebiete* ⑥.

Zurückfließen am Boden
Die Luft aus den Hochdruckgebieten im Bereich der Wendekreise *strömt bodennah zurück Richtung Äquator* ⑦. Die dabei entstehenden Winde nennt man Passate. Durch die Erdrotation werden die Passate abgelenkt, sodass sie auf der Nordhalbkugel aus Nordosten und auf der Südhalbkugel aus Südosten in Richtung Äquator wehen. Im Äquatorgebiet treffen die Passate aufeinander, die Luft wird dadurch erneut zum Aufsteigen gezwungen. Der Kreislauf der Luft, die Passatzirkulation, setzt sich fort.

M4 *Der Passatkreislauf in den Tropen*

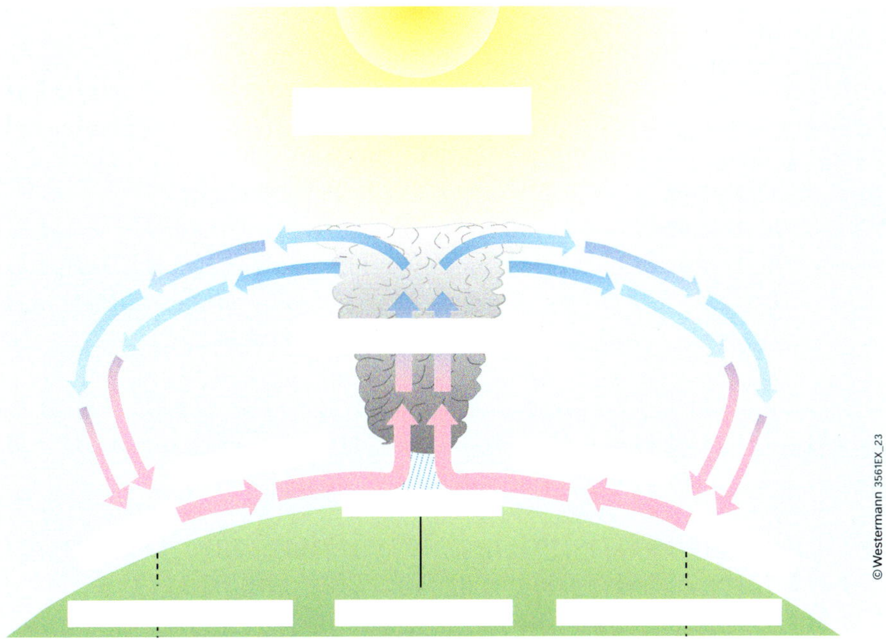

M5 *Schematische Darstellung der Passatzirkulation*

ERSTAUNLICH

Durch die stärkere Beleuchtung der Nordhalbkugel in unserem Sommer verlagert sich die gesamte Passatzirkulation in diesen Monaten einige Breitengrade nach Norden. In unserem Winter hingegen verlagert sie sich etwas nach Süden. Dadurch liegen einige Gebiete in den Tropen im Jahresverlauf zeitweise im Bereich aufsteigender und zeitweise im Bereich absteigender Luftmassen (M4). In diesen wechselfeuchten Tropen wechseln sich dadurch Regen- und Trockenzeiten ab.

3 Erkläre die Bedeutung der Hoch- und Tiefdruckgebiete für die Entstehung der Passatzirkulation.

4 Erkläre den Begriff „wechselfeuchte Tropen" (Erstaunlich).

M1 *Tundra in Nordrussland – so könnte es in Deutschland vor 12000 Jahren ausgesehen haben.*

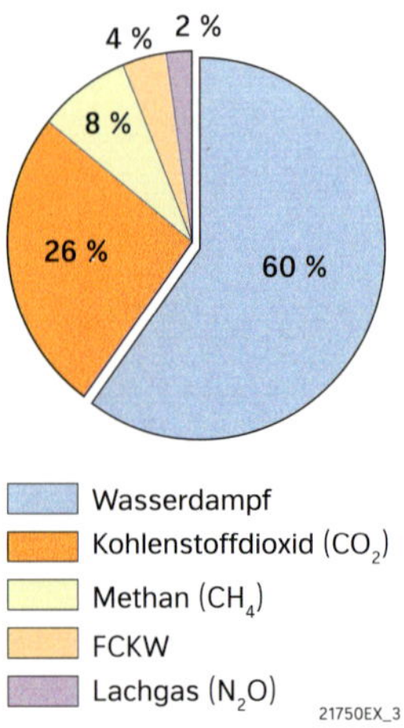

M2 *Anteile am natürlichen Treibhauseffekt*

Natürliche Klimaschwankungen

In der Erdgeschichte gab es schon immer Klimaschwankungen. Warmzeiten und Kaltzeiten, die jeweils mehrere Zehn- bzw. Hunderttausend Jahre dauerten, wechselten sich ab (Info).

Auch während der Warm- und Kaltzeiten schwankten die Temperaturen. So folgten in Europa einer wärmeren Zeit im Mittelalter kältere Phasen zwischen 1400 und 1880 („Kleine Eiszeit", M3). Diese Kaltphasen trugen zum Teil zum Auftreten von Missernten und Hungersnöten bei.

Die Ursachen für die **natürliche Klimaveränderung** sind vielfältig. In großen Zeiträumen ändert sich zum Beispiel der Abstand der Erde zur Sonne. Ist er geringer, verstärkt sich die Sonneneinstrahlung auf der Erde und es wird wärmer.

Auch bei gesteigerter Sonnenaktivität erhöht sich die Energiemenge durch Sonnenstrahlen und damit die Temperatur auf der Erde. Die hohe Aktivität der Sonne wird beispielsweise durch Sonnenflecken sichtbar, die durch Magnetfeldstörungen entstehen.

Auch Aschewolken von Vulkanausbrüchen verändern die Sonneneinstrahlung auf die Erdoberfläche. Das führt zu geringeren Temperaturen (M5).

Der natürliche Treibhauseffekt

Unsere Erde bezieht fast ihre gesamte Energie von der Sonne. Sie reicht aber nur aus, um die Erde auf -18°C zu erwärmen. Einige Gase in der Atmosphäre wirken wie die Glasscheiben in einem Treibhaus. Diese **Treibhausgase** lassen die Sonnenstrahlung weitgehend ungehindert auf die Erdoberfläche treffen. Dort werden die kurzwelligen, energiereichen Sonnenstrahlen in langwellige Wärmestrahlung umgewandelt und an die Atmosphäre abgegeben. Diese Wärmestrahlung kann die Atmosphäre aber nur zum Teil durchdringen und wieder in den Weltraum entweichen. Sie wird zum Großteil zur Erdoberfläche zurückgestrahlt. Das liegt vor allem an den in der Atmosphäre vorhandenen Treibhausgasen: Kohlenstoffdioxid (CO_2), Fluor-Chlor-Kohlenwasserstoff (FCKW), Methan (CH_4) und Lachgas (N_2O). Auch Wasserdampf verhindert, dass die Wärmestrahlung vollständig in den Weltraum entweichen kann. Dadurch erhöht sich die Temperatur auf der Erde um 33°C auf durchschnittlich etwa 15°C.

Ohne diesen natürlichen Treibhauseffekt wäre die Erde eine Eiswüste. Erst der natürliche Treibhauseffekt macht das Leben auf der Erde möglich.

M3 *Entwicklung der Temperaturen auf der Erde in den letzten 10000 Jahren* ▷

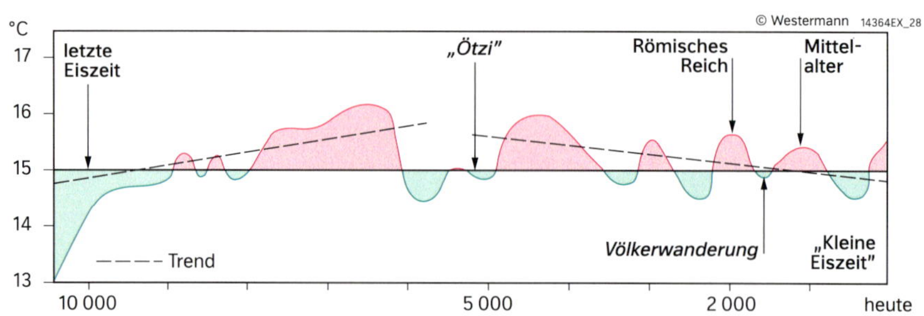

1. a) Nenne Folgen von Temperaturschwankungen in Europas Vergangenheit (M3, M5, M6).
   b) Nenne Länder Europas, die in der letzten Eiszeit ganz oder teilweise unter Eis lagen (M6, Atlas).
2. Führe den Versuch in M4 zum Treibhauseffekt durch und erkläre den Prozess, der dabei abläuft.
3. a) Beschreibe die Wirkung von Treibhausgasen.

Das benötigt ihr:
zwei Einweckgläser, drei Thermometer, drei feste Unterlagen (z. B. Karton), ein Holzklötzchen, drei Stück weißes Papier

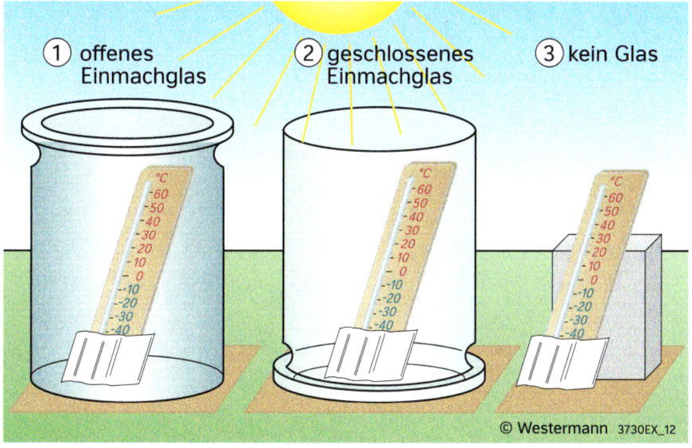

So geht ihr vor:
- Stellt ein Einweckglas mit der Öffnung nach oben und das andere mit der Öffnung nach unten auf eine Unterlage in die Sonne (siehe Abbildung).
- Stellt je ein Thermometer in die Gläser hinein. Lehnt das dritte Thermometer an das Holzklötzchen an.
- Deckt die Thermometerfühler mit je einem Stück weißem Papier ab.
- Lest die Temperatur auf den drei Thermometern nach zehn Minuten ab. Vergleicht die Temperaturen.
- Übertragt eure Ergebnisse auf das „Treibhaus Erde".

M4 *Versuch zum Treibhauseffekt*

Im Jahr 1815 explodierte der Vulkan Tambora auf der Insel Sumbawa in Indonesien. Er schleuderte riesige Mengen an Gas, Staub und Asche in die Luft. Sie wurden durch Winde über die ganze Erde verteilt und verfinsterten die Sonne. Die Durchschnittstemperatur auf der Erde sank um 0,7 °C. Im Jahr darauf (1816) kam es in Europa zu Missernten und Hungersnöten. Es starben etwa 200 000 Menschen.

M5 *1816 war das sogenannte Jahr ohne Sommer.*

M6 *Vereisung Europas während der letzten Eiszeit*

Eiszeit
Eiszeiten sind Abschnitte der Erdgeschichte, in denen es durch den weltweiten Rückgang der Temperaturen zum Vorrücken von Eis und Gletschern kam. Eiszeiten bestehen aus einem Wechsel von Warm- und Kaltzeiten. Die jüngste Kaltzeit (Weichsel-Kaltzeit) der letzten Eiszeit in Europa begann vor rund 115 000 Jahren und endete vor etwa 10 000 Jahren.

b) Zeichne eine Skizze, die den natürlichen Treibhauseffekt darstellt.

4 Erläutere natürliche Ursachen von Klimaschwankungen (Text, M5).

5 Recherchiert zu klimatischen Einflüssen auf die Geschichte der Menschheit. Findet Zusammenhänge zwischen Klima und historischen Ereignissen, die in M3 dargestellt sind. 311

Durch den Menschen verstärkter Treibhauseffekt

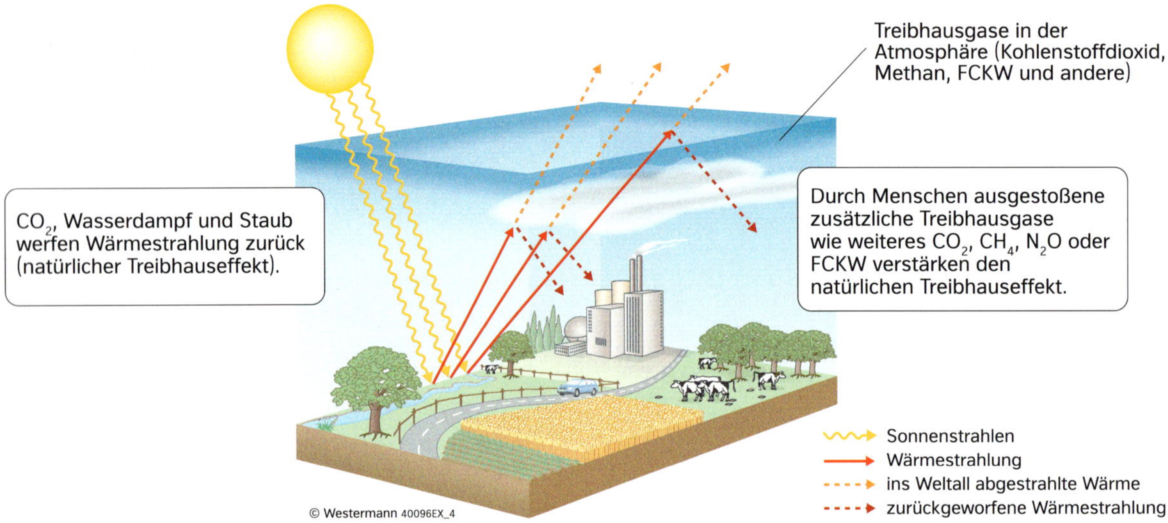

M1 *Menschen verstärken den natürlichen Treibhauseffekt.*

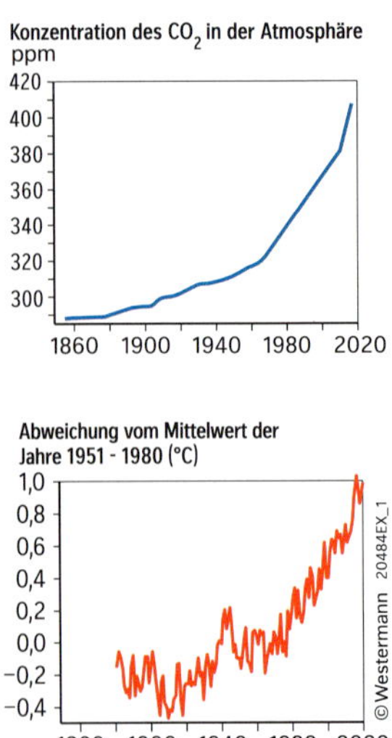

M2 *Temperaturanstieg und Anteil von CO_2 in der Atmosphäre (ppm „parts per million“ = Anzahl der Teile pro einer Million Teile)*

Der Einfluss des Menschen auf das Klima

Menschen beeinflussen durch ihre Lebensweise die Zusammensetzung der Atmosphäre (M5). Durch Verbrennungsprozesse setzen Menschen zusätzlich Kohlenstoffdioxid (CO_2) und andere Treibhausgase frei. Das führt zu einem größeren Anteil von Treibhausgasen in der Atmosphäre. Aufgrund dieser **Emissionen** (M3) verstärkt sich der natürliche Treibhauseffekt. Er wird zum anthropogen verstärkten Treibhauseffekt (griechisch: „anthropos“ = Mensch). Aus diesem Grund sprechen wir auch von einem **anthropogenen Klimawandel** (M1). Die Atmosphäre erwärmt sich auf diese Weise weltweit (M2). Kohlenstoffdioxid befindet sich in der Atmosphäre, in der Vegetation, im Boden und in den Ozeanen. Durch Gasaustausch entsteht ein natürlicher Kohlenstoffkreislauf (M4). Menschen greifen in den Kohlenstoffkreislauf durch Verbrennung von Kohle-, Gas, Öl- und Holzvorräten ein. Kohlenstoffdioxid, das nicht mehr im Boden lagert oder in Pflanzen gebunden ist, gelangt in die Atmosphäre. Die Wälder der Erde, die Böden, vor allem aber das Plankton im Meer binden CO_2 und stellen große CO_2-Speicher dar. Werden die Wälder gerodet oder abgebrannt, reduziert sich dieser Speicher. Das CO_2 entweicht in die Luft und verstärkt den Treibhauseffekt.

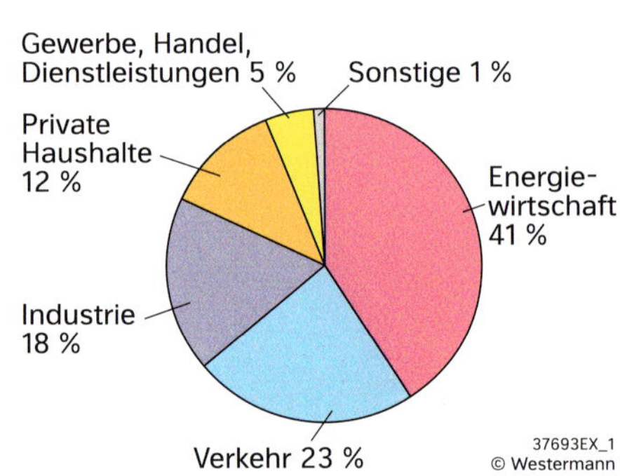

M3 *Emissionen von Treibhausgasen (2019)*

1. Erkläre den Begriff „anthropogen verstärkter Treibhauseffekt“ (Text, M1).
2. Beschreibe den Kohlenstoffkreislauf (M4).

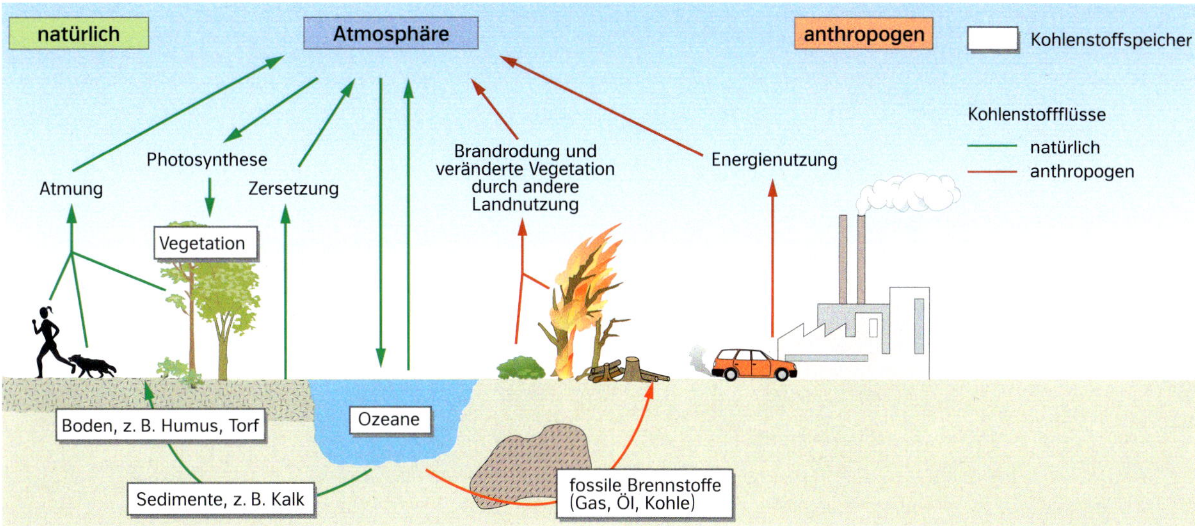

M4 *Der Kohlenstoffkreislauf*

Produzenten von Treibhausgasen	Aktivitäten	So tragen sie zum Treibhauseffekt bei
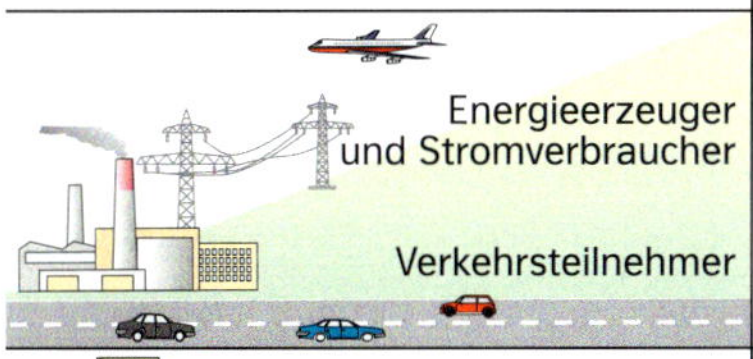 Energieerzeuger und Stromverbraucher	Verbrennung von Energierohstoffen, wie Kohle, Öl und Gas, zur Wärme- und Stromerzeugung	Durch Verbrennung entsteht Kohlenstoffdioxid (CO_2).
Verkehrsteilnehmer	Fahrten mit Kraftfahrzeugen, Flugreisen	Aus Auspuffrohren und Flugzeugdüsen entweicht Kohlenstoffdioxid (CO_2).
 Landwirte	Düngung der Felder	Zu große Düngermengen werden von Pflanzen nicht mehr aufgenommen. Bakterien wandeln diese in Distickstoffoxid (N_2O) um.
Viehzüchter	Zucht großer Rinderherden	Rindermägen produzieren Methan (CH_4).
Reisbauern	Reisanbau	Im Wasser von Reisfeldern setzen Bakterien beim Abbau von Pflanzenabfällen Methan (CH_4) frei.
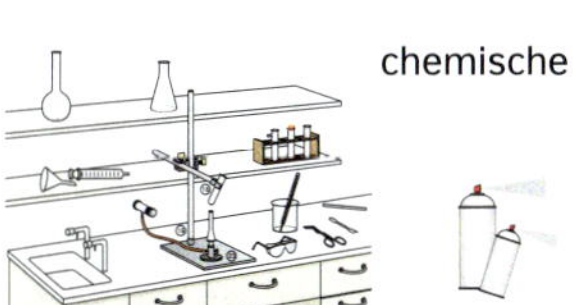 chemische Industrie	Produktion von Kühlmitteln, Treibmitteln für Spraydosen, Schaumstoffen usw.	Fluorchlorkohlenwasserstoffe (FCKW) entweichen in die Atmosphäre.
 Holzindustrie	Fällen von Bäumen, Abholzung	Bäume binden Kohlenstoff. Besonders viel Kohlenstoff ist im tropischen Regenwald gebunden.
Menschen, die Brandrodung betreiben	Rodungsfeuer im tropischen Regenwald zur Landgewinnung	Durch Verbrennung wird CO_2 freigesetzt. Der verbrannte Wald kann keinen Kohlenstoff mehr binden.

M5 *Treibhausgasproduktion und anthropogener Treibhauseffekt*

3 Beurteile die Bedeutung von Kohlenstoffdioxid für den anthropogen verstärkten Treibhauseffekt.

4 Erläutere Eingriffe des Menschen in die Atmosphäre und deren Folgen zum anthropogen verstärkten Treibhauseffekt mithilfe einer Wirkungskette (M1, M3–M5). 304

Globale Folgen des Klimawandels

172° W

„Gradwanderung um die Erde“
Die Warnung der Klimaforscher vor den Folgen des Klimawandels ist noch nicht von allen Staaten ernst genug erhört worden. Noch hoffen viele Menschen darauf, dass sie nicht in den betroffenen Gebieten leben.
Jedoch zeigt die Forschung, dass die Anstiege der Temperaturen und des Meeresspiegels die Lebensweise auf unserer Erde verändern werden.

Durch die wachsende Anzahl an Dürreperioden sowie verschwindende Küsten- und Schneegebiete werden zukünftig immer mehr Menschen die Wirtschaftsgrundlagen entzogen. Dennoch gibt es auch Gebiete, in denen positive Aspekte des Klimawandels beobachtet werden können. Vor- und Nachteile langfristig abzuwägen, ist im Interesse der gesamten Menschheit.

① Gambell, Alaska/USA
(63° N / 171° W)
Die Kultur der Ureinwohner ist bedroht. Die Yupik sind Inuit und leben vor allem von der Waljagd. Durch die Meereserwärmung hat sich die Öffnung im arktischen Meereis vergrößert. Nun tauchen Wale zum Atmen immer weiter entfernt vom Festland auf. Mit ihren Kajaks wird es für die Yupik immer schwieriger, in der dort rauen See zu jagen.

② Samoa
(14° S / 172° W)
Die Bewohner des Inselreichs müssen sich von den bedrohten Küsten zurückziehen. Durch weltweit höhere Luft- und Wassertemperaturen steigt der Meeresspiegel. Die Wirbelstürme häufen sich. Die höheren Wassertemperaturen führen zum Bleichen der Korallen und die Riffe sterben ab. Der Kalk wird abgebaut und die Riffe bieten keinen Schutz mehr vor der Gewalt der Wellen.

1 Lokalisiere die genannten Orte ①–⑧ mithilfe des Atlas und ordne sie einer Klimazone zu.

2 a) Fasse die globalen Folgen des Klimawandels zusammen.
b) Unterscheide positive und negative Folgen.

③ Saarland, Deutschland
(49° N / 7° O)
Die Erderwärmung verändert auch die Lebensräume vieler Tierarten. Manche werden zu regelrechten Klimagewinnern. So z. B. der Admiral, ein Schmetterling, der auf fast allen Kontinenten zu Hause ist. Durch die Erderwärmung kann er sich den Flug in den Süden Europas sparen und in Deutschland überwintern – als Ei, Puppe, Raupe oder Falter.

⑥ Spitzbergen, Norwegen
(78° N / 10° O)
Einerseits beklagt der norwegische Staat den Temperaturanstieg und unterstützt die internationale Klimaforscherbasis in Ny Ålesund. Andererseits fördert er mit dem Kohleabbau den größten Klimasünder. Die längere Eisfreiheit des Meeres sorgt für eine Zunahme von Kreuzfahrten zu den Fjorden und Inseln der Polarregion und so für eine zusätzliche Einnahmequelle.

④ Oristano, Sardinien/Italien
(39° N / 8° O)
Die Bewohner von Oristano haben verstärkt mit Waldbränden und Wasserknappheit zu kämpfen. Durch die Trockenheit fällt die Bewässerung der Zitrusplantagen immer schwerer. Die Zusammensetzung der Tierwelt verändert sich stark.

⑦ Schlans, Schweiz
(46° N / 9° O)
Bergbauernfamilien müssen ihr Dorf verlassen. Verheerende Gerölllawinen donnern die Hänge hinunter. Der nahe gelegene Gletscher und der Dauerfrostboden der hohen Bergregionen sind abgetaut, sodass das Geröll nicht mehr gehalten werden kann.

⑤ Zinder, Niger
(13° N / 8° O)
In der ohnehin schon trockenen Region nimmt die Dürre weiter zu. Wasserholen und -tragen gehören zum Alltag. Kämpfe ums Wasser führen zum Bürgerkrieg zwischen den Stämmen. Die Bewohner Zinders ziehen in ein Flüchtlingslager.

⑧ Ugep, Nigeria
(5° N / 8° O)
Für die Bewohner der kleinen Dörfer südlich von Ugep bildeten über viele Jahre die Jagd und der Holzeinschlag im tropischen Regenwald die Lebensgrundlage. Nun ist der artenreiche Wald verschwunden. Starkregen schwemmt den Boden weg.

M1 *Eisfreie Küste im Winter (Norwegen)*

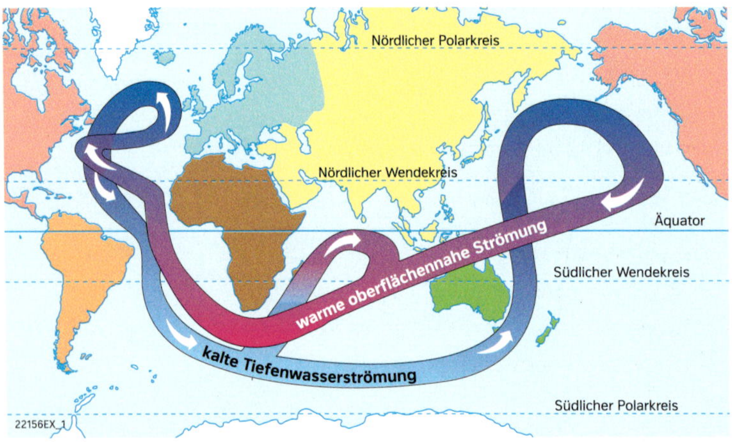

M2 *Globales Förderband*

Das Weltmeer als CO_2-Speicher

Die Erde ist zu fast drei Vierteln vom Weltmeer bedeckt. Das Weltmeer stellt einen riesigen CO_2-Speicher dar. Es speichert etwa 50-mal mehr Kohlenstoffdioxid als die Atmosphäre.

Doch infolge des Klimawandels verändert sich auch die Oberflächentemperatur des Weltmeeres. Mit einem Temperaturanstieg des Wassers sinkt jedoch dessen Fähigkeit, CO_2 aus der Atmosphäre aufzunehmen. Somit verbleibt mehr klimaschädliches CO_2 in der Atmosphäre.

In den Polargebieten sinkt das CO_2-reiche Oberflächenwasser durch Abkühlung in die Tiefe. Durch eine kalte Tiefenströmung wird es weiträumig in den Tiefen des Weltmeeres verteilt. Der Transport auf dem globalen Förderband in die Tiefe erfolgt nur sehr langsam (M2), sodass Kohlenstoff lange gebunden bleibt.

Zwei Drittel des im Weltmeer gelösten CO_2 nimmt das Phytoplankton auf. Diese einzelligen Algen werden von Bakterien zersetzt und sinken auf den Meeresboden. Dadurch wird CO_2 über lange Zeit im Weltmeer gespeichert.

Erwärmt sich die Atmosphäre infolge des anthropogenen Treibhauseffektes allerdings weiter, kühlt das Oberflächenwasser an den Polen nicht genügend ab, um dort mitsamt dem aufgenommenen CO_2 in die Tiefe zu sinken. Das globale Förderband droht zu blockieren. Das CO_2 kann wieder schneller in die Atmosphäre gelangen und damit den anthropogenen Treibhauseffekt verstärken.

1. Beschreibe den Verlauf der globalen Meeresströmungen (M2, M3).

2. Erkläre, wie die Erwärmung der Erde auf das Weltmeer wirkt und welche Auswirkungen dies auf das Klima hat (Text, M2).

3. Erläutere die Wechselwirkungen zwischen dem Golfstrom und dem Klima in Europa. Erstelle dazu eine Wirkungskette (Text, M3).
304

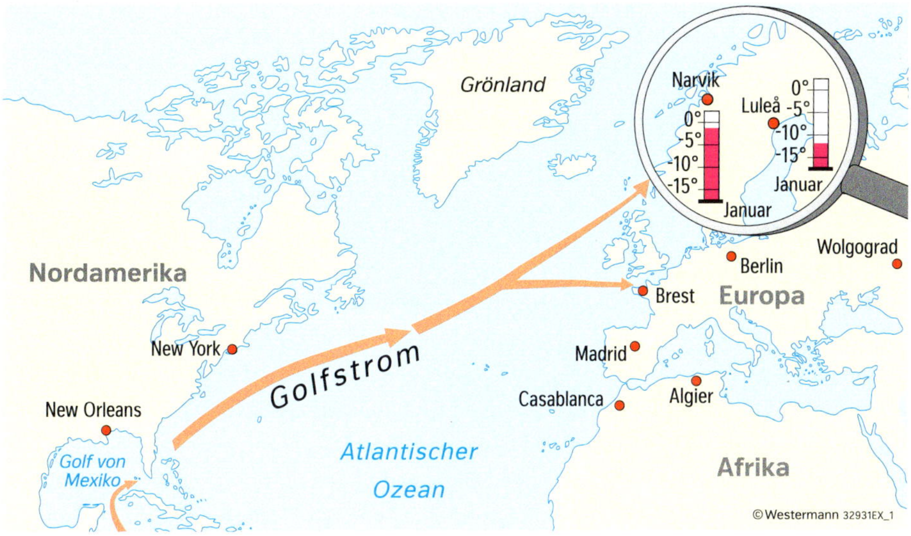

M3 *Verlauf und Wirkung des Golfstroms*

Der Golfstrom – schwächelt Europas Fernwärmeheizung?

Das Klima und die Vegetation Nord- und Mitteleuropas werden maßgeblich vom Golfstrom bestimmt. Diese Meeresströmung transportiert das ganze Jahr über warme Wassermassen vom Golf von Mexiko nordostwärts bis in die Polarregion Nordeuropas. Dies führt dazu, dass die küstennahen nordeuropäischen Regionen das ganze Jahr über ein gemäßigtes Klima haben. Deshalb wird der Golfstrom auch als die Fernwärmeheizung Europas bezeichnet. Ohne ihn wären die Temperaturen in Nordeuropa erheblich niedriger. Die Luftmassen über der Meeresströmung werden so stark erwärmt, dass auch nordeuropäische Häfen am Atlantik und in der Nordsee im Winter nicht zufrieren (M1). Das Wasser, das die Nordpolarregion erreicht, ist sehr salzreich und schwer. Durch seinen hohen Salzgehalt und die Abkühlung im Norden sinkt es in die Tiefen des Atlantiks. Warmes, tropisches Wasser strömt nach. Schmelzen die Gletscher Grönlands ab, verringert deren Süßwasser den Salzgehalt im Meer. Das Wasser kann nicht mehr absinken, also strömt auch kein warmes Wasser nach. Das Klima wird in Europa kühler. Das kann für die Landwirtschaft katastrophale Folgen haben. Durch die Temperaturerhöhungen kommt es auch zu einer Ausdehnung des Wassers, was zu einer weiteren Erhöhung des Meeresspiegels führt und damit vor allem bewohnte Küstenabschnitte bedroht.

M4 *Ein mögliches Szenario?*

4 Simuliere einen Meeresspiegelanstieg mithilfe der Internetseite http://flood.firetree.net. Wähle aus: Beschreibe die Folgen
a) für Deutschland.
b) für die Niederlande.

Z Du bist ein Zeitungsredakteur im Jahre 2100. Der Golfstrom hat seinen Verlauf geändert (M4). Erstelle Schlagzeilen, die Auskunft über die Lebensverhältnisse in Europa geben und schreibe einen Artikel zur Situation in deiner Heimatregion.

M1 *Die Pasterze, der größte Gletscher Österreichs (links um 1960, rechts heute)*

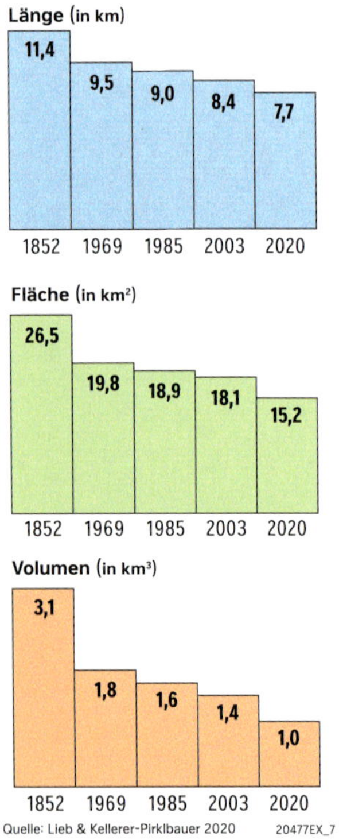

M2 *Entwicklung der Pasterze*

Der Klimawandel verändert unser Leben

Die Folgen der globalen Erwärmung sind bereits jetzt erkennbar und werden zukünftig noch deutlicher und dramatischer in Erscheinung treten. Wie stark sie ausfallen werden, darüber geben uns Prognosen Auskunft. Diese beruhen auf Klimamodellen und Berechnungen, die aktuell und zukünftig abgegebene Treibhausgase einbeziehen und daraus den zu erwartenden Temperaturanstieg ermitteln. Aufgrund zahlreicher Faktoren, die durch eine Temperaturzunahme beeinflusst werden, sind die Auswirkungen nie eindeutig abzuschätzen. Deswegen gibt es auch verschiedene Prognosen.

Relativ einig ist man sich darüber, dass der Meeresspiegel durch den Klimawandel ansteigen wird. Wie stark und wie schnell, darüber gehen die Annahmen auseinander.

Die globale Erwärmung kann regional sehr unterschiedlich ausfallen (M3). Sie kann zudem Luft- und Meeresströmungen beeinflussen, die wiederum Auswirkungen auf lokale Niederschläge haben, was letztlich das Abschmelzen der Gletscher verlangsamt oder beschleunigt. Insgesamt sind sich Forscher allerdings einig, dass die Gletscher in den Alpen mehr und mehr abschmelzen werden (M1, M2).

Eine weitere Folge des Klimawandels in Deutschland ist die Zunahme extremer Wetterereignisse. So kommt es bereits heute zu langen Hitze- und Dürreperioden im Sommer. Bei manchen Menschen führt dies zu gesundheitlichen Problemen. Aber auch Pflanzen leiden unter dem Wassermangel und Hitzestress (M4). Auf der anderen Seite treten verstärkt Stürme und Starkregenereignisse auf.

Manche Prognosen sehen zumindest auf ganz begrenztem Raum auch positive Auswirkungen des Klimawandels wie beispielsweise verlängerte Anbauzeiten.

1 a) Vergleiche die beiden Abbildungen in M1.
b) Analysiere die Entwickung der Pasterze zwischen 1852 und heute (M1, M2).

2 Erkläre, warum die Folgen des Klimawandels nicht eindeutig vorhergesagt werden können (Text).

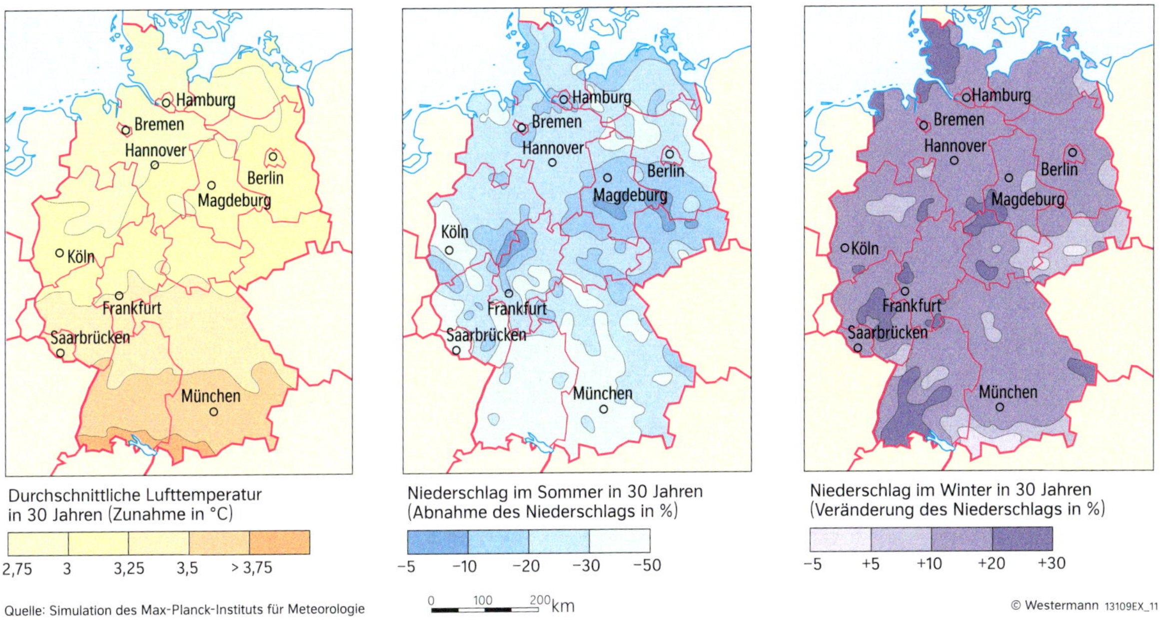

M3 *Folgen des Klimawandels in Deutschland*

M4 *Ungewöhnlicher Einsatz der Feuerwehr Saarbrücken infolge der Trockenheit im April 2020*

Unter folgender Internetadresse erhält man Informationen zum Klimawandel im Saarland: https://www.saarland.de/mwaev/DE/portale/energie/klima/klima_node.html

3 a) Nenne Folgen des Klimawandels für unseren Lebensraum in Mitteleuropa (M1, M3, M4, Text).
b) Untersuche Folgen des Klimawandels für das Saarland (M3, Text).
c) Entwirf ein Szenario für Deutschland für das Jahr 2100 (M3).

4 Bewerte Folgen des Klimawandels für dich und deine Familie.

Agenda 21

Agenda (lateinisch) bedeutet sinngemäß „Was zu tun ist“. Die Agenda 21 ist eine 1992 getroffene Willenserklärung der Regierungen von 172 Staaten der Erde, die Zukunft der Menschheit umweltschonend, sozial gerecht und nachhaltig zu gestalten. Sie fordert für eine nachhaltige Entwicklung:

- Armutsbekämpfung
- Veränderung der Konsumgewohnheiten
- Schutz der Erdatmosphäre
- Förderung einer nachhaltigen Landwirtschaft
- Schutz der Süßwasserressourcen

Mittlerweile findet die Agenda 21 in der Agenda 2030 ihre Fortsetzung (siehe S. 287).

M2 *Der frühere Präsident der Malediven unterzeichnete 2009 eine Erklärung zum Klimawandel. Dies war Teil einer Aktion, die schon damals auf die Folgen des Klimawandels aufmerksam machen sollte.*

Gemeinsam gegen den Klimawandel

Das einzige Mittel, den Klimawandel zu verlangsamen oder gar zu stoppen, ist eine deutliche Reduktion der Treibhausgase, die der Mensch produziert. Die Klimapolitik hat das Ziel, hierfür Anreize und Vorschriften zu schaffen. Klimapolitik kann aber nur global funktionieren, denn alle Staaten – manche mehr, andere weniger – sind an der Verursachung des Klimawandels beteiligt und von dessen Folgen betroffen. Aus diesem Grund einigten sich auf der Klimakonferenz 1992 viele Länder auf ein gemeinsames Aktionsprogramm: die Agenda 21 (Info).

Auf den jährlichen Klimakonferenzen wird versucht, gemeinsame Schritte zu vereinbaren. Verbindliche Vereinbarungen über die Einsparung von Treibhausgasen sind jedoch oft schwierig zu treffen und meist nicht weitreichend genug.

Einige Staaten fürchten die Kosten klimaschützender Maßnahmen und wirtschaftliche Einbußen. Zudem befürchten viele Menschen, vor allem in den Industrieländern, dass ihr hoher Lebensstandard unter der Umsetzung der Ziele leiden könnte.

M1 *Karikatur*

1. Begründe die Notwendigkeit von Strategien zur Minderung des Klimawandels und die Notwendigkeit einer weltweiten Zusammenarbeit von Staaten und Organisationen.
2. a) Beschreibe die Karikatur (M1) und gib ihr einen passenden Titel.
   b) Erkläre, was der Karikaturist ausdrücken möchte.

Klimakonferenzen – alle in einem Boot?!

Im Jahr 1997 wurde das sogenannte Kyoto Protokoll verabschiedet. Es trat 2005 in Kraft. Die teilnehmenden Industrieländer verpflichteten sich, ihren jährlichen Treibhausgasausstoß von 2008 bis 2012 jährlich im Durchschnitt um 5,2 Prozent gegenüber dem Stand von 1990 zu senken. Es war das erste völkerrechtliche Abkommen zur Bekämpfung der Ursachen globaler Erwärmung. Nach mehreren Jahren, in denen jährlich um eine Verlängerung des Kyoto-Protokolls gerungen wurde, gelang 2015 der Durchbruch (M3). Das Übereinkommen von Paris wurde als Erfolg der Weltgemeinschaft gefeiert. Nichtsdestotrotz verfügte der ehemalige US-Präsident Donald Trump bald darauf den Austritt der USA aus dem Abkommen. Ohne die USA wäre ein Erreichen der Ziele des Pariser Abkommens allerdings nahezu unmöglich. Sein Nachfolger Joe Biden machte unmittelbar nach seiner Wahl im Jahr 2021 diesen Schritt wieder rückgängig.

Bereits vorher hatten verschiedene Bundesstaaten und Städte der USA darüber informiert, dass sie zu der Vereinbarung von Paris stehen – nicht zuletzt auch deshalb, weil bestimmte Regionen wie Kalifornien bereits unter den Folgen des Klimawandels leiden, zum Beispiel durch verstärktes Auftreten von Waldbränden.

1992 Rio de Janeiro
...
1997 Kyoto
1999 Bonn
...
2010 Cancún
...
2012 Doha
2015 Paris
...
2019 Madrid
...
2021 Glasgow

M5 *Tagungsorte der Klimakonferenzen (Auswahl)*

195 Länder, und damit fast die ganze Weltgemeinschaft, haben sich geeinigt, die weitere Erwärmung der Atmosphäre durch den Klimawandel bis 2030 deutlich unter 2 °C, wenn möglich auf 1,5 °C, zu begrenzen.

Ergebnisse:

1. Die Industrie- und Schwellenländer vereinbaren ein gemeinsames Vorgehen zum Klimaschutz.
2. Die Erderwärmung soll auf möglichst 1,5 °C im Vergleich zur vorindustriellen Zeit beschränkt werden.
3. Die wirtschaftlich starken Länder unterstützen Klimaschutzmaßnahmen in den schwächeren Ländern der Erde mit 100 Mrd. US-$ im Jahr.
4. Die Unterzeichnerstaaten verpflichten sich, ihre selbstgesteckten nationalen Ziele alle fünf Jahre zu überprüfen.
5. Der Klimaschutz hat eine wissenschaftliche Grundlage, den Weltklimabericht des IPCC (Intergovernmental Panel on Climate Change).

M3 *Ergebnisse der Weltklimakonferenz in Paris*

M4 *Demonstration für mehr Klimaschutz*

3 Wähle aus: a) Verorte die Lage der Tagungsorte der in M5 aufgeführten Klimakonferenzen.
b) Übertrage die Lage der Tagungsorte in eine stumme Karte (M5).

4 Diskutiert, warum es schwierig ist, Einigung zwischen allen Staaten der Erde zu erzielen.

Jahr	Ausstoß pro Kopf
1990	12,9
1995	11,3
2000	10,7
2005	10,3
2010	10,1
2015	9,6
2018	9,1
2019	8,5

M1 *CO_2-Ausstoß in Deutschland in Tonnen pro Kopf seit 1990*

M4 *Das Kraftwerk Niederaußem (Nordrhein-Westfalen) wird mit Braunkohle betrieben.*

M2 *Braunkohletagebau in Garzweiler (Nordrhein-Westfalen)*

Klimasünder weltweit

Deutsche verbrauchen im Durchschnitt siebenmal so viel Energie wie beispielsweise Ägypter. Selbst wenn die Menschen in den Industrieländern nachts schlafen, verbraucht jeder von ihnen durchschnittlich mehr Energie als ein Mensch in den ärmeren Ländern tagsüber. Schon deshalb ist der CO_2-Ausstoß von Region zu Region auf der Erde verschieden. Im Schnitt beträgt der CO_2-Ausstoß pro Kopf 4,97 t pro Jahr.

Die sechs wirtschaftsstärksten Länder der Erde erzeugen etwa 60 % des weltweiten CO_2 Ausstoßes (M3). Deshalb tragen sie seit Jahrzehnten stark zum Klimawandel bei. Die CO_2-Emissionen von sogenannten Schwellenländern, wie China und Indien, steigen durch deren enormes wirtschaftliches Wachstum deutlich an. Dagegen tragen wirtschaftlich schwache Länder nur im geringen Maße zum vom Menschen gemachten Treibhauseffekt bei.

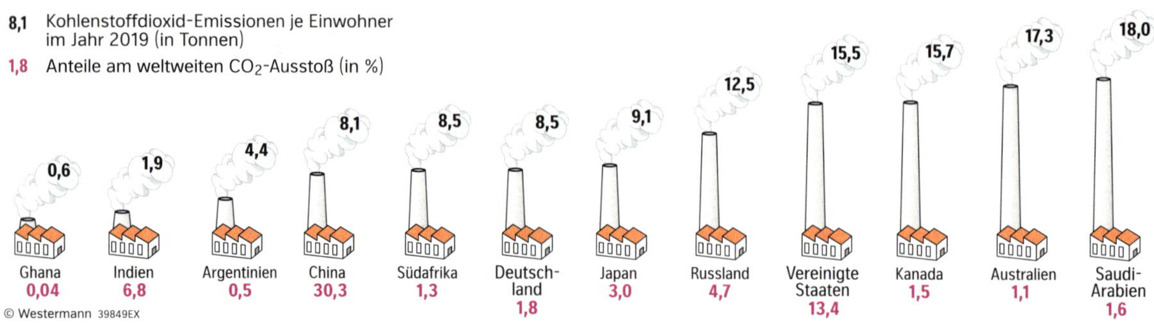

M3 *CO_2-Ausstoß ausgewählter Länder*

1 a) Werte das Diagramm zum CO_2-Ausstoß ausgewählter Länder aus (M3).
b) Begründe die unterschiedlichen Anteile beim Gesamtausstoß und dem Ausstoß je Einwohner (M3).

2 a) Stelle die Zahlenwerte von M1 grafisch dar und beschreibe die Entwicklung.
b) Vergleiche die Werte mit denen anderer Staaten (M1, M3).

Klimaziele Deutschlands

Deutschland hat seit 1990 seinen Treibhausgasausstoß um rund 40 Prozent verringert. Im internationalen Vergleich liegt das Land im Jahr 2020 im oberen Mittelfeld. Dennoch wurden die selbstgesteckten Klimaziele verfehlt. Die Ursache dafür liegt vor allem in höheren Emissionen beim Verkehr und im Gebäudebereich.

Das Klimaschutzprogramm 2030 sieht u.a. eine neue CO_2-Bepreisung für Verkehr und Gebäudewärme vor. Erwartet wird, dass der Ausstoß von Treibhausgasen bis 2030 um 65 Prozent reduziert wird. Bis zum Jahr 2045 soll Deutschland klimaneutral sein, das bedeutet, dass nur noch so viel CO_2 ausgestoßen wird, wie von der Natur wieder aufgenommen werden kann.

Deutschland setzt beim Klimaschutz auf den Ausstieg aus Kohle und Öl und auf den erhöhten Einsatz von erneuerbaren Energien. Schon 2020 kamen 47 Prozent Strom aus erneuerbaren Energien wie Wind und Sonne. Bis 2030 soll der Anteil erneuerbarer Energien am Bruttostromverbrauch weiter deutlich steigen.

„Die großen Besitzer fossiler Rohstoffe auf der Welt werden nicht darauf verzichten, Kohle, Erdöl und Erdgas zu fördern und zu verkaufen. Deswegen glaube ich kaum an die Vorreiterrolle."
(Professorin am Institut für Wirtschaftsforschung an der Universität in Saarbrücken)

„Wir müssen von der Braunkohleverstromung wegkommen."
(Mitglied des BUND-Landesverbands Saarland)

„Zurzeit stoßen wir in Deutschland pro Kopf rund 8,5 t CO_2 aus. Die Zielgröße für das Jahr 2050 ist dann irgendwo zwischen 3,5 t und 4 t. Das ist eine gewaltige Herausforderung für die nächsten Jahre."
(Politiker der Partei „Die Grünen")

„Papier ist geduldig. Das Setzen von Zielen ist eine Sache, sie müssen aber auch in die Praxis umgesetzt werden. Das Problem ist, dass wir in Europa bis vor kurzem keine deutlichen Auswirkungen des Klimawandels spüren, diese sind in anderen Regionen offensichtlicher. Während wir „nur" zunehmend heißere und trockenere Sommer erleben, kämpfen andere Erdteile mit Überschwemmungen, verheerenden Stürmen und Wetterextremen. Erst wenn wir den Klimawandel vor unserer Haustür haben, spüren wir die tatsächliche Dringlichkeit des Problems."
(Teilnehmerin einer Demonstration gegen die Verstromung von Kohle)

„Wir haben eine Reihe von Wirtschaftsbranchen, die davon abhängig sind, dass sie 24 Stunden am Tag, sieben Tage in der Woche und 365 Tage im Jahr Energie bekommen, und zwar konstant. Das kann erneuerbare Energie im Moment gar nicht leisten."
(Mitglied der Industriegewerkschaft Bergbau, Chemie, Energie in Saarbrücken)

„Sich Klimaziele zu setzen, ist an sich positiv zu bewerten. Ist es nicht aber äußerst naiv zu glauben, dass die EU plus ein paar weitere Staaten eine globale klimatische Verbesserung erreichen können?"
(Leserzuschrift an eine Tageszeitung)

M5 *Meinungen zur Klimapolitik*

3 Diskutiert die Klimaziele Deutschlands (Text).

4 Wähle aus den in M5 aufgeführten Meinungen die beiden Argumente aus, die dir beachtenswert erscheinen. Begründe deine Wahl.

Z „Deutschland – Vorreiter beim Klimaschutz?" Überprüfe diese Frage mithilfe von M1 und einer Internetrecherche. Hilfreich können dafür unter anderem Webseiten des BMU und von Germanwatch sein. 311

M1 *Jeder von uns kann einen Beitrag zum Klimaschutz leisten.*

Als Klimadetektive unterwegs

Keiner von uns kann das Klimaproblem allein lösen, aber jeder von uns kann dazu einen Beitrag leisten. Wir wissen, dass das Treibhausgas CO_2 durch die Verbrennung von fossilen Energieträgern in die Atmosphäre gelangt. Verbrauchen wir weniger Energie, sorgen wir dafür, dass weniger CO_2 in die Atmosphäre gelangt.

Das Thema Energiesparen könnt ihr in Unterthemen aufteilen, wie zum Beispiel Strom oder Verkehr. Ihr könnt in einer Gruppe beispielsweise untersuchen, welche Verkehrsmittel Lehrer und Schüler nutzen, um zur Schule zu kommen. Findet heraus, aus welchem Grund sie ein bestimmtes Verkehrsmittel benutzen. Vielleicht könnt ihr bewirken, dass der eine oder andere in Zukunft ein umweltfreundlicheres Verkehrsmittel benutzt. Die Ergebnisse des Projektes solltet ihr auf einem Informationsblatt zusammenfassen.

Was?	Wie?	Wo?	Wer?	Wann?
benutzte Verkehrsmittel für den Weg zur Schule: • Fahrrad • öffentliches Verkehrsmittel (z. B. Bus, Bahn) • Auto • Sonstiges (z. B. zu Fuß)	Fragebogen erstellen und kopieren Smartphone	Haupteingang der Schule am Birkenweg Schulhof	Aliya, Rieke, Max und ... befragen Schülerinnen und Schüler der Klasse 9b. Jonas, Kerem und Bian fotografieren.	Befragung am 4. Juni Auswertung der Befragung am 10. und 17. Juni Präsentation am 24. Juni in der dritten Unterrichtsstunde

M2 *Arbeitsplan der Gruppe Verkehr (Auszug)*

1. Beschreibe, wie die Schüler zum Klimaschutz beitragen (M1).

2. Führe einen Energie-Check bei dir zu Hause durch. Liste Energiesparmöglichkeiten auf (M3).

3. a) Ermittelt Möglichkeiten zum Energiesparen an eurer Schule.
b) Analysiert die Nutzung von Verkehrsmitteln für den Schulweg an eurer Schule und präsentiert die Ergebnisse (M2).

Tatbestand / Täter	Besondere Vorkommnisse (Beispiele)
Sinnlos leuchtendes Licht, Lichtschaltung ist nicht sinnvoll.	Raum ist leer, Tageslicht wäre hell genug, Lampen können nicht einzeln (z. B. Fensterseite – Wandseite – Tafel) geschaltet werden.
Geräte im Stand-by-Zustand	Welche Geräte (z. B. TV, Smartphone, Tablet)? Spurensicherung: Leistung messen! Wann und wie lange werden die Geräte genutzt?
Geräte sinnlos in Betrieb	Welche Geräte (z. B. Kopierer, Computer, Drucker) sind angeschaltet, ohne dass sie genutzt werden? Leistung messen!
Herd, Warmhaltegerät	Sind die Geräte länger eingeschaltet als notwendig?
Kühl-/Gefrierschrank	Was steht in dem Gerät? Sinnlos in Betrieb?
Spülmaschine	Läuft sie bei halber Auslastung?

M3 *Dem Stromverbrauch auf der Spur (Auswahl)*

Mit jeder Kilowattstunde elektrischer Energie, die in deutschen Kraftwerken erzeugt wird, gelangen 682 g CO_2 in die Atmosphäre. Beim Autofahren wird diese Menge nach rund 3,7 Kilometern Fahrt erreicht.

M5 *Energiesparen tut dem Klima gut!*

M4 *Wege zu einem umweltfreundlichen Alltagsverkehr (Auswahl)*

4 a) Liste weitere Möglichkeiten auf, wie CO_2-Emissionen verringert werden können (M3).
b) Erläutere der Klasse eine Maßnahme zum Energiesparen bzw. zur Einsparung von CO_2-Emissionen.

5 Überprüfe, inwieweit die Klimaziele bzw. -vorschläge für einen umweltfreundlichen Alltagsverkehr in deinem Wohnort bereits umgesetzt werden (M4, M5).

M1 *Klimazonen*

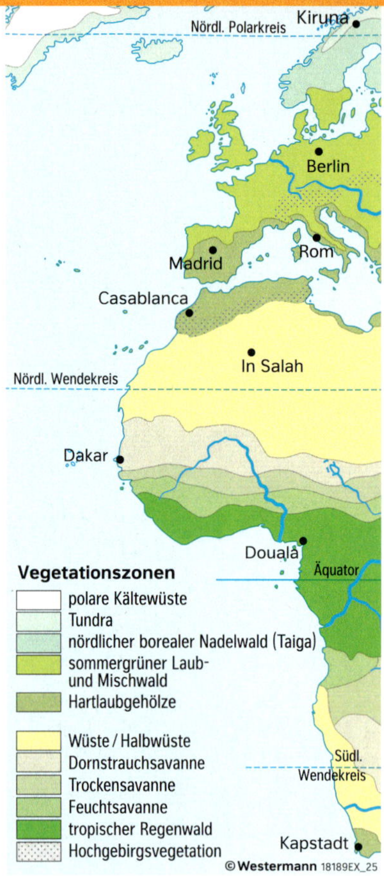

M2 *Vegetationszonen*

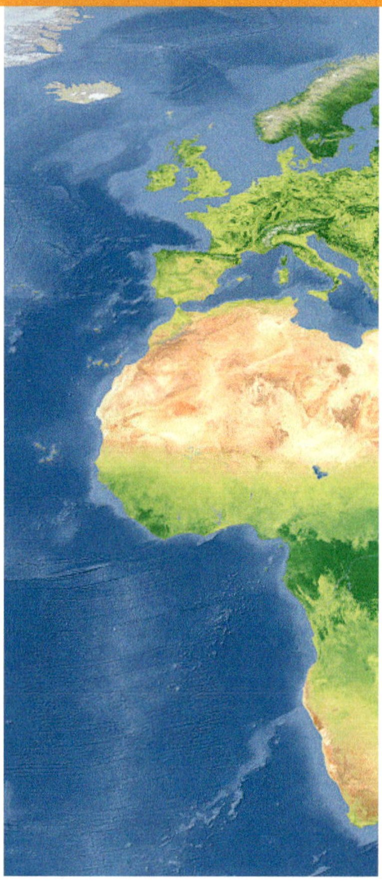

M3 *Satellitenbild*

Klima und Vegetation passen zusammen

Auf der Erde gibt es verschiedene **Vegetationszonen**. Dies sind Gebiete, in denen gleiche oder ähnliche Pflanzenbedeckung vorherrscht. Die Vegetationszonen ziehen sich, ebenso wie die Klimazonen, gürtelartig um die Erde (M1 – M3).

Pflanzen benötigen zum Wachsen Licht, Wasser und Wärme. Die vorherrschende **Vegetation** in einer Vegetationszone hängt davon ab, wie hoch die Temperaturen sind und wie viel Niederschlag fällt. Somit stehen Klima und Vegetation in einem engen Zusammenhang.

Pflanzen in trockenen Gebieten, wie zum Beispiel die Schirmakazie (M4 ①), kommen mit wenig Wasser aus. Orchideen im Regenwald dagegen brauchen ganzjährig hohe Temperaturen und viel Niederschlag. Eichen und Buchen im sommergrünen Laub- und Mischwald der gemäßigten Klimazone vertragen einen jahreszeitlichen Wechsel der Temperaturen und gedeihen bei mittleren Niederschlagsmengen. Durch die Wärme vom Frühling bis zum Herbst beträgt ihre Wachstumszeit mehr als 180 Tage.

1. Du fliegst mit dem Flugzeug von Kiruna nach Kapstadt. Beschreibe die Veränderung der Vegetation und nenne die Vegetationszonen, die du überfliegst (M2–M4).

2. a) Vergleiche die Lage der Vegetationszonen und der Klimazonen (M1–M2).
b) Erläutere, warum Klima und Pflanzen zusammenpassen (Text).

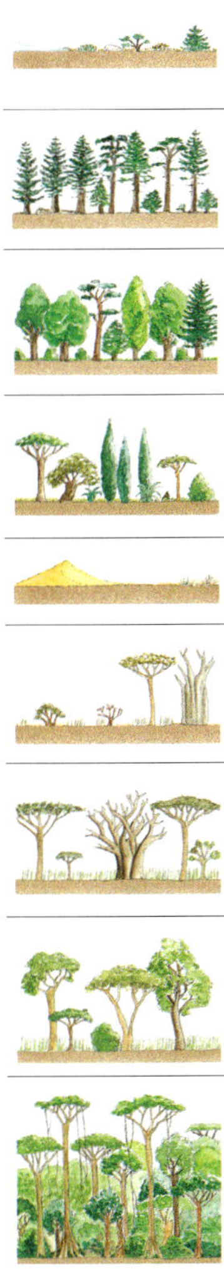

- **polare Kältewüste**
- **Tundra** (pflanzenarm; nur Moose, Flechten, Sträucher)
- **nördlicher borealer Nadelwald** (Taiga) (z. B. Lärchen, Fichten, Kiefern)
- **sommergrüner Laub- und Mischwald** (z. B. Eichen, Buchen, Kiefern)
- **Hartlaubgehölze der Winterregengebiete** (z. B. Zypressen, Pinien, Macchie)
- **Wüste/Halbwüste** (kaum Pflanzenwuchs, Kakteen)
- **Dornstrauchsavanne** (kniehohes Gras, Sträucher, vereinzelt Bäume)
- **Trockensavanne** (brusthohes Gras; Bäume wie Schirmakazien, Affenbrotbäume)
- **Feuchtsavanne** (bis zu mannshohes Gras, Baumgruppen, kleine Wälder)
- **tropischer Regenwald** (Schlingpflanzen; über 40 000 immergrüne Baumarten, darunter Edelhölzer wie Teak, Mahagoni)

M4 *Vegetationszonen und ausgewählte Fotos (passend zu M2); Hinweis: Alle Vegetationszonen und dazugehörige Informationen sind auf der nachfolgenden Doppelseite im Überblick dargestellt.*

3 a) Ordne die Fotos 1–4 den jeweiligen Vegetationszonen zu (M2, M4).
b) Begründe deine Zuordnung zu den jeweiligen Vegetationszonen (M4).

Z Erstelle einen zweiminütigen Kurzvortrag über eine Vegetationszone deiner Wahl. Nutze dazu die Informationen auf der folgenden Doppelseite.

Klimazonen	polare Zone (Polarzone)	subpolare Zone (Subpolarzone)	gemäßigte Zone (Mittelbreiten)		subtropisc… (Subtrope…)

Vegetationszonen	**Tundra und polare Kältewüste**	**nördlicher borealer Nadelwald (Taiga)**	**sommergrüner Laub- und Mischwald**	**Steppe**	**Hartlaubgehöl… der Subtropen**
Vegetation	Zwergsträucher	Lärchen, Fichten, Kiefern Moore	Eichen, Buchen, Kiefern	bis übermannshohes Gras	mediterrane Vegetati… (Zypressen, Pinien, Macchie)
				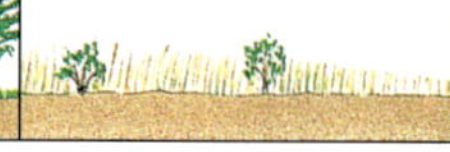	
Jahreszeiten	ausgeprägte Jahreszeiten				
	über 8 Monate Winter	6 bis 8 Monate Winter	milde Winter, warme Sommer	kalte Winter, heiße Sommer	deutliche Temperaturunterschiede zwische… Sommer und Winter
Jahresdurchschnittstemperatur	unter -10 °C	-10 °C bis 0 °C	0 °C bis 12 °C		12 °C bis 24 °C
Niederschlag	weniger als 300 mm	weniger als 600 mm	mehr als 600 mm	weniger als 600 mm	400–1000 mm, im Sommer trocken im Winter Niederschlag (Winterrege…
mögliches Wachstum	weniger als 30 Tage	30–180 Tage	mehr als 180 Tage	weniger als 180 Tage	mehr als 150 Tage
Pflanzenwachstum eingeschränkt durch	**Kälte**				
Anbaumöglichkeiten	zu kalt, Dauerfrostboden	nur vereinzelt	eine Ernte	eine Ernte, dürregefährdet	z.T. mit Bewässerung (z.T. Versalzung)
Anbauprodukte		häufig Forstwirtschaft	Roggen, Kartoffeln, Mais, Weizen	Weizen, Zuckerrüben, Sonnenblumen	Wein, Oliven, Obst, Zitrusfrüchte, Reis
Viehhaltung	Rentiere (Nomadismus)		Rinder, Schweine	Schafe, Rinder	Schafe, Ziegen

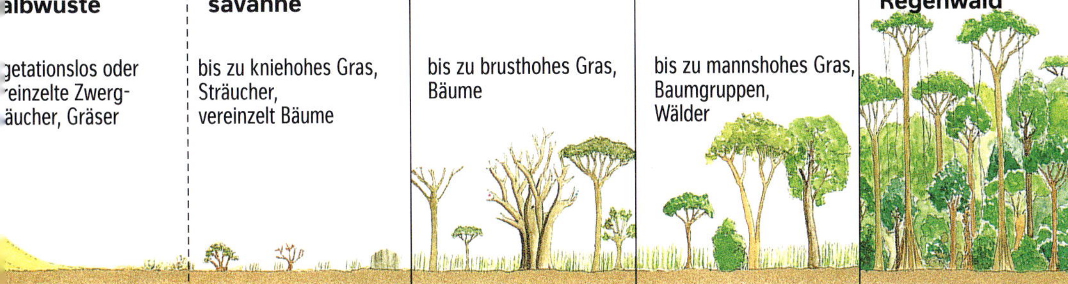

ɔne	tropische Zone (Tropen)				Klimazonen
	wechselfeucht			immerfeucht	
üste und albwüste	Dornstrauch- savanne	Trockensavanne	Feuchtsavanne	tropischer Regenwald	Vegetations- zonen
ȷetationslos oder ʳeinzelte Zwerg- äucher, Gräser	bis zu kniehohes Gras, Sträucher, vereinzelt Bäume	bis zu brusthohes Gras, Bäume	bis zu mannshohes Gras, Baumgruppen, Wälder		Vegetation
	keine Jahreszeiten				Jahreszeiten
utliche Temperatur- terschiede zwischen mmer und Winter					
	über 24 °C				Jahresdurch- schnitts- temperatur
ɛniger als 250 mm, hr kurze Regenzeit, t Dürre	250 – 500 mm, bis 4 Monate Regenzeit, oft Dürre	500 – 1000 mm, 4 – 6 Monate Regenzeit	über 1000 mm, 6 – 10 Monate Regenzeit	über 1500 mm, ganzjährig feucht	Niederschlag
ɛniger als 60 Tage	weniger als 180 Tage	mehr als 180 Tage	mehr als 300 Tage	ganzjährig	mögliches Wachstum
Trockenheit					Pflanzen- wachstum eingeschränkt durch
r mit Bewässerung T. Versalzung)	nur mit Bewässerung (z.T. Versalzung)	eine Ernte, dürregefährdet	zwei Ernten, z.T. schlechte Böden	ununterbrochen Anbau, z.T. schlechte Böden	Anbau- möglichkeiten
ɑsenkulturen, umwolle, Reis	Reis, Baumwolle	Hirse, Mais, Erdnüsse, Baumwolle	Maniok, Mais, Erdnüsse, Baumwolle	Maniok, Bananen, Kakao, Kaffee, Zuckerrohr, Edelhölzer	Anbauprodukte
mele, Schafe	Schafe, Ziegen, Rinder, Kamele (Nomadismus)	Rinder, Schafe	Rinder		Viehhaltung

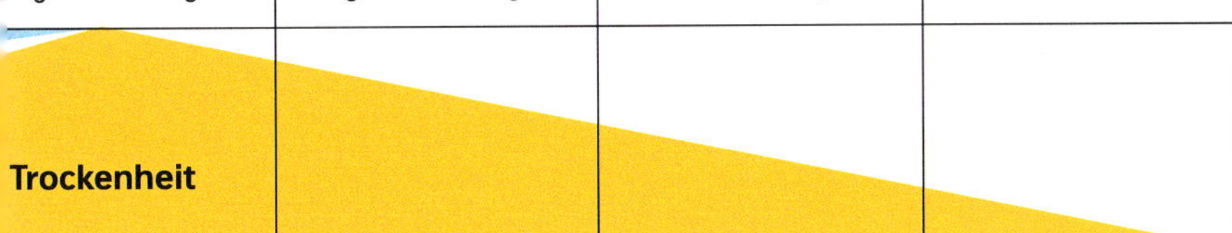

Trockengrenze des Regenfeldbaus

16080EX_27

Baobab

Der Baobab (Affenbrotbaum) ist neben der Schirmakazie das Wahrzeichen der afrikanischen Savanne. Sein Stamm dient als Wasserspeicher. Zudem schützt ihn das besondere Holz seines Stammes vor Feuer.
In seiner Heimat in Afrika gilt der Baobab als Lebensbaum, da er sowohl für die Menschen als auch für die Tiere besondere Bedeutung hat: Er liefert Nahrungsmittel (z. B. Blätter, Blüten und Früchte), dient aber auch der Herstellung von Medikamenten und Kleidung. Außerdem bietet der dicke, oftmals hohle Stamm Unterschlupf bei Unwettern.

M1 *Baobab in der Savanne*

Savannen – Grasländer in den Tropen

Zwischen den Wüsten und den tropischen Regenwäldern am Äquator erstrecken sich in den wechselfeuchten Tropen ausgedehnte Grasländer, die **Savannen** genannt werden (spanisch: „savana“ = weite Ebene). Die Vegetation der Savannen besteht aus Gräsern sowie aus einzeln oder in Gruppen stehenden Sträuchern und Bäumen. Zu den bekanntesten Bäumen gehören der Baobab (Affenbrotbaum) und die Schirmakazie.

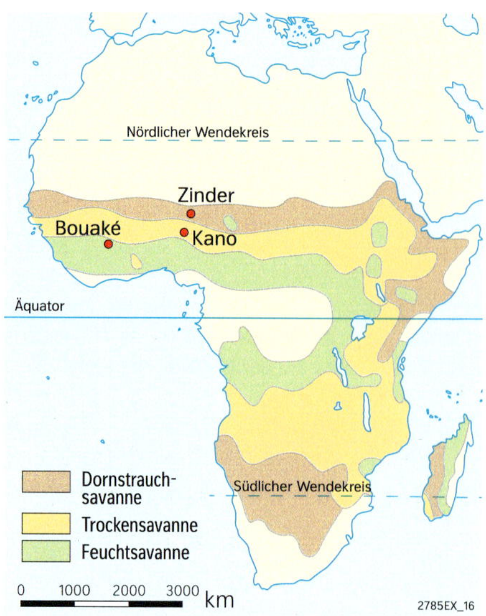

M2 *Die Zonen der Savannen in Afrika*

In den wechselfeuchten Tropen herrschen ganzjährig hohe Temperaturen. Außerdem stehen die Savannen abwechselnd unter dem Einfluss trockener und feuchter Passatwinde (siehe S. 206), sodass sich Regenzeiten und Trockenzeiten abwechseln. In der Trockenzeit fällt weniger Niederschlag als Wasser verdunstet und die Monate sind arid (trocken). Die Gräser verdorren, Büsche und Bäume werfen ihre Blätter ab. Wenn der Regen einsetzt, erwacht die Natur, da mehr Niederschlag fällt als Wasser verdunstet. Alles beginnt zu grünen und die Monate sind humid (feucht).
Die Menge der Niederschläge und die Dauer der Regenzeit nehmen in Richtung der Wendekreise ab. Dadurch haben sich mit der Feuchtsavanne, der Trockensavanne und der Dornstrauchsavanne drei Savannenarten ausgebildet (M3).

1. Definiere, was man unter einer Savanne versteht (Text).
2. Beschreibe die Lage der Savannen in Afrika (M2).

Dornstrauchsavanne	Trockensavanne	Feuchtsavanne
Übergangsraum zur Wüste	Raum zwischen Dornstrauchsavanne und Feuchtsavanne	Übergangsraum zum tropischen Regenwald
Jahresniederschläge 250 – 500 mm, 2 – 4 humide Monate, kurze Regenzeit, oft Dürre	Jahresniederschläge 500 – 1000 mm, 4 – 6 humide Monate, mittlere Regenzeit	Jahresniederschläge 1000 – 1500 mm, 6 – 10 humide Monate, lange Regenzeit
Pflanzen: Dornsträucher, vereinzelt Bäume (Baobab), bis zu kniehoher Grasbewuchs, Lücken im Grasbewuchs	Pflanzen: einzelne Bäume (Schirmakazie, Baobab), Sträucher, bis zu brusthoher Grasbewuchs, dichtes Gras	Pflanzen: Baumgruppen, zum Teil kleine Wälder, immergrüne Pflanzen, bis zu mannshoher Grasbewuchs, dichtes Gras

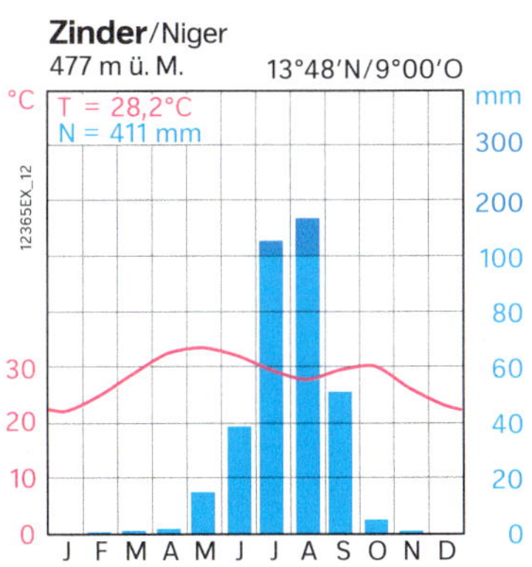

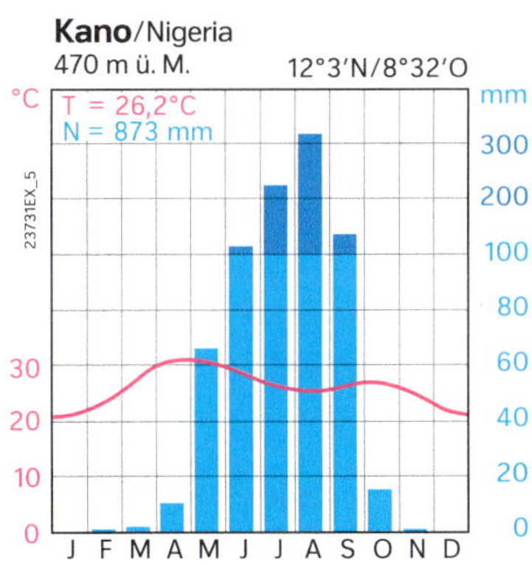

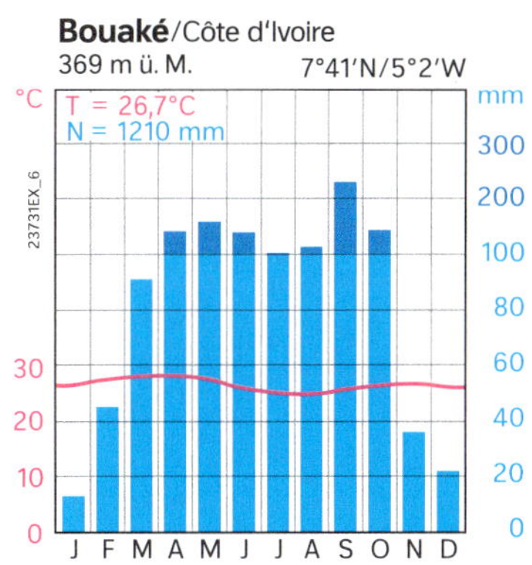

M3 *Savannenarten – Zusammenhang zwischen Klima und Vegetation in Afrika*

3 a) Vergleiche Merkmale der drei Savannenarten (Text, M3).
b) Erläutere die unterschiedliche Vegetation als Folge der klimatischen Gegebenheiten (Text, M3).

4 Erkläre am Beispiel des Baobabs, wie sich die Vegetation der Savannen an das Klima angepasst hat.

Z Vergleiche das Klima der unterschiedlichen Savannenarten (M3). 196

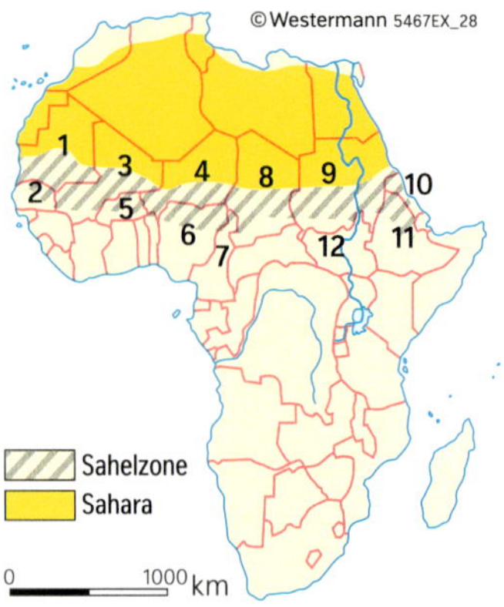

M1 *Die Sahelzone südlich der Sahara*

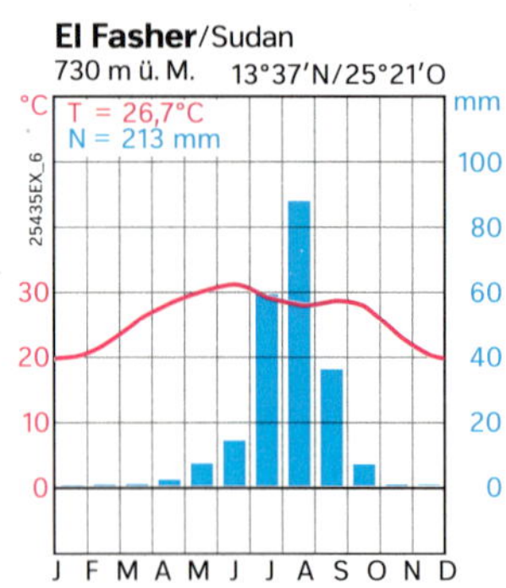

M2 *Klimadiagramm von El Fasher*

M3 *Lagerplatz der Nomaden*

Wandern mit dem Regen

Am Südrand der Sahara erstreckt sich die Sahelzone. Das Wort Sahel kommt aus dem Arabischen und heißt rettendes Ufer. Für Reisende und Nomaden aus der Sahara bedeutete die Dornstrauchsavanne der Sahelzone früher Hoffnung auf Wasser und Weiden.

Die Sahelzone ist von einer ausgedehnten Trockenzeit und einer kurzen Regenzeit geprägt. Der Regen ermöglicht, dass Gräser und widerstandsfähige Büsche wachsen können. Mensch und Tier haben sich dem Wechsel von Regen- und Trockenzeit angepasst. Nomadenvölker wandern mit ihren Tierherden der Regenzeit und damit dem frischen Weideland entgegen. Sie haben keinen festen Wohnsitz und wandern während eines Jahres über Hunderte Kilometer. Sind die Herden nicht zu groß und hat das Gras Zeit nachzuwachsen, nutzen die Menschen das Land, ohne ihm zu schaden, also nachhaltig.

Anders ist es, wenn sie ihre Herden vergrößern, weil sie mehr Fleisch verkaufen wollen oder müssen. Größere Herden fressen die Grasflächen kahl. Da der Boden dann keine schützende Pflanzendecke mehr hat, kann er durch anhaltenden Wind abgetragen werden. Kostbare Nutzfläche geht verloren. Eine solch anhaltende Überweidung führt zusammen mit weiteren Ursachen schließlich zur Ausbreitung der Wüste, zur Desertifikation.

Noch ist unklar, ob es durch den Klimawandel in diesem Raum zu einem Rückgang der Niederschläge und damit zur weiteren Wüstenausbreitung im Gebiet der Sahelzone kommen wird.

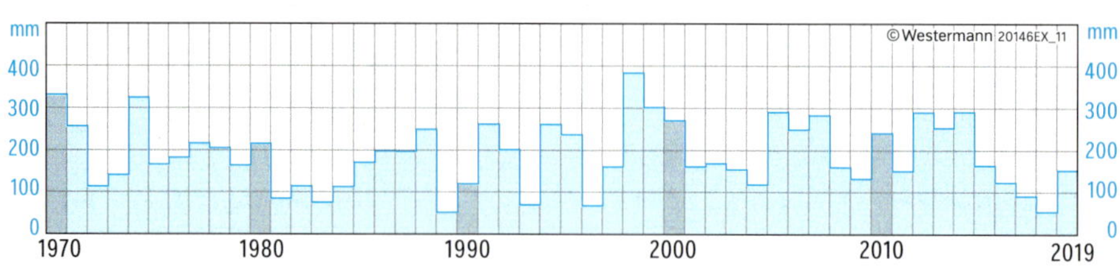

M4 *El Fasher: jährliche Niederschlagssummen 1970 – 2019*

1. a) Beschreibe die Lage der Sahelzone und ermittele ihre West-Ost-Ausdehnung (M1, Atlas).
   b) Nenne die Staaten (Zahlen 1–12), die im Sahel liegen bzw. daran angrenzen (M1, Atlas).
2. Werte die Grafik M4 aus. Benenne die Jahre, in denen die Lebensbedingungen besonders schlecht waren.

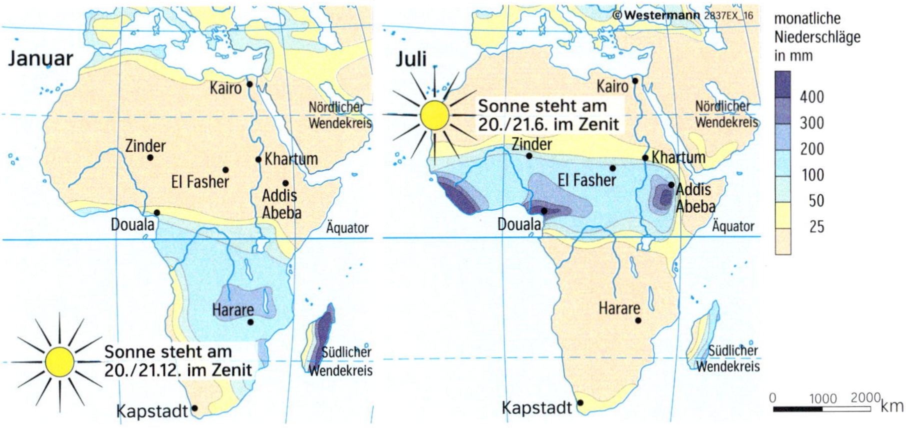

M5 *Afrika – monatliche Niederschläge im Januar und Juli*

Wenn zu wenig Regen fällt

Die Niederschläge in der Sahelzone sind von Jahr zu Jahr sehr unterschiedlich. In manchen Jahren regnet es kaum. Dann herrscht eine solche Dürre, dass an den Wasserstellen nicht genug Wasser zum Tränken des Viehs vorhanden ist. Es wächst auch kaum Gras und viele Tiere sterben.

Vor allem in diesen Dürrejahren ziehen die Nomaden weit nach Süden. Dabei kommt es zu Konflikten zwischen ihnen und den Ackerbauern am Südrand der Sahelzone. Der Konflikt um Wasserstellen führt in manchen Regionen sogar zu Kämpfen zwischen beiden Gruppen.

Das Bevölkerungswachstum führt dazu, dass Felder in Bereichen angelegt werden, die in der Vergangenheit zeitweise von den Nomaden als Viehkorridor oder Weideland genutzt wurden.

Der Konflikt entwickelt sich also dann, wenn Feldfrüchte wachsen und die Nomaden das Land für ihre Herden beanspruchen.

Halima muss regelmäßig ihre Sachen packen und umziehen. Sie hat keinen festen Wohnsitz. Halima gehört zu einem Nomadenvolk, das mit Kamelen, Kühen und Ziegen durch die Sahelzone wandert – immer auf der Suche nach Weideland und Wasser. Halima sammelt Feuerholz, melkt die Kühe, hilft beim Kochen und holt Wasser.

M6 *Halima – ein Nomadenmädchen vom Volk der Kababish*

„Wo die Nomaden vorbeiziehen, da wächst kein Gras mehr! Und unsere Brunnen haben nicht genug Wasser, dass es auch für ihre riesigen Herden reichen würde. Wie oft habe ich erlebt, dass sie ihre Kühe absichtlich in unsere fast reifen Hirsefelder treiben, weil sie dort Nahrhafteres zu fressen finden als auf den Weiden. Das ruiniert uns, denn die Böden sind eh nicht mehr so fruchtbar wie früher. Wir brauchen die Flächen, um unsere Familien zu ernähren. Um unsere Kosten zu decken, müssen wir außerdem Erdnüsse und Baumwolle anbauen, die wir verkaufen können. Deshalb dürfen die wenigen Flächen, die uns für den Hirseanbau bleiben, nicht noch verwüstet werden.“

M7 *Bericht eines Bauern aus der südlichen Sahelzone*

3 Erläutere Schwierigkeiten bei der Landnutzung in der Sahelzone duch Nomaden (Text, M2–M5).

4 Vergleiche das Leben Halimas mit deinem Leben (Text, M3, M6).

5 Diskutiere die Meinung des Bauern und entwickle ein Streitgespräch zwischen einem Bauern und einem Nomaden (M7).

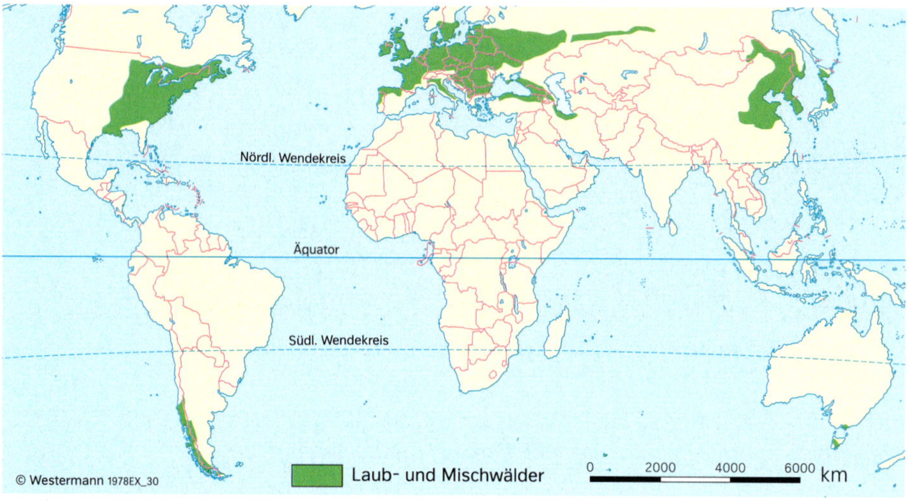

M2 *Verbreitung der sommergrünen Laub- und Mischwälder*

Sommergrüne Laub- und Mischwälder

Im Sommer schwitzt du, trägst T-Shirts und kurze Hosen. Im Winter musst du dich mit Handschuhen und einem Schal vor der Kälte schützen. Trotz der unterschiedlichen Jahreszeiten, trotz heißer und kalter Tage, trotz tagelanger Regenfälle oder Trockenheit wird unser Klima als gemäßigt bezeichnet.

Denn hier in Mitteleuropa ist es durchschnittlich nicht so kalt und nicht so heiß, nicht so feucht und nicht so trocken wie in anderen Teilen der Erde. Und es gibt in der gemäßigten Zone genug Niederschlag und Wärme, damit Gräser, Sträucher und Bäume wachsen können (M1).

Durch das günstige Klima gedeiht in der gemäßigten Zone eine reiche natürliche Vegetation, die vorwiegend aus **sommergrünen Laub- und Mischwäldern** besteht (M2). Ihre Ausbreitung beschränkt sich hauptsächlich auf die Nordhalbkugel.

Der sommergrüne Laub- und Mischwald besteht aus bis zu 30 Meter hohen Laubbäumen wie Buchen und Eichen. Zu einem geringeren Anteil wachsen in ihm auch Nadelbäume wie Fichten, Tannen oder Kiefern. Während in den küstennahen Gebieten vorwiegend Laubbäume zu finden sind, steigt der Anteil der Nadelbäume mit zunehmender Entfernung vom Meer und mit der Höhe an.

Das liegt daran, dass Laubbäume eine jährliche Wachstumszeit von etwa drei Monaten mit Temperaturen über 5 °C und ausreichend Niederschlägen benötigen. Nadelbäume sind anspruchsloser, sie benötigen eine Wachstumszeit von mindestens einem Monat mit Temperaturen über 5 °C und weniger Niederschläge.

Im Gegensatz zu den meisten Nadelbäumen werfen Laubbäume im Herbst ihre Blätter ab (M5). Die Wurzeln der Bäume und Sträucher schützen den Waldboden vor Abtragung durch Wind und Wasser.

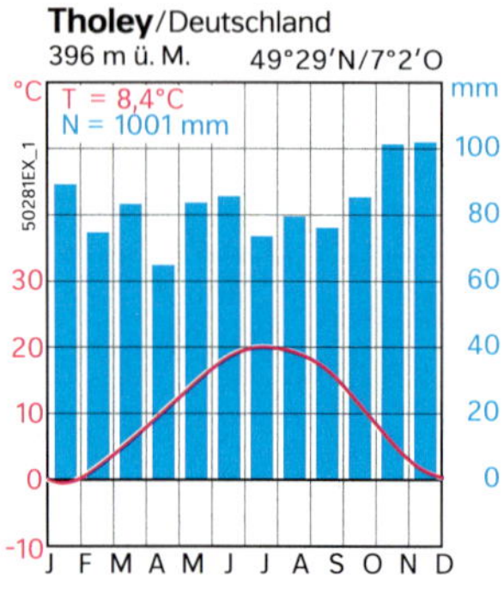

M1 *Klimadiagramm von Tholey im Saarland*

1 a) Beschreibe die Verbreitung der sommergrünen Laub- und Mischwälder auf der Erde (M2).
b) Begründe, warum man sommergrüne Laub- und Mischwälder überwiegend auf der Nordhalbkugel findet.

2 Nenne Merkmale des sommergrünen Laub- und Mischwaldes (Text, M3).

M3 *Sommergrüner Laub- und Mischwald im Saarland*

Jahresringe verraten etwas über das Alter eines Baumes. Dazu vermitteln Jahresringe Informationen über die jeweiligen Wachstumsbedingungen im Verlauf eines Jahres. Breite Ringe zeugen von guten Wachstumsbedingungen mit optimalen Temperaturen und ausreichend Niederschlag.
In unseren Breiten entstehen die Jahresringe durch das unterschiedliche Wachstum im Verlauf eines Jahres. Im Frühjahr wächst der Baum schnell und bildet das Frühholz aus, den meist heller gefärbten größeren Teil eines Jahresringes. Nach dem Sommer verlangsamt sich das Wachstum und die schmalere dunkle Schicht des Jahresringes entsteht, bis der Baum sein Wachstum einstellt. Die helle und dunkle Schicht zusammen bilden einen Jahresring.

M4 *Jahresringe und ihre Entstehung*

M5 *Laubbäume im Jahresverlauf*

M6 *Blätter von Laubbäumen*

3 Erkläre den jahreszeitlichen Wechsel der Vegetation als Folge des Klimas (M1, M5, Text). 196

4 Ordne die Blätter (M6) den passenden Bäumen zu: Haselnuss, Kastanie, Buche, Eiche, Birke, Pappel.

Z Erkläre, warum es am Äquator im tropischen Regenwald keine Jahresringe an den Bäumen gibt (M4).

M1 *Naturnaher Wald*

M3 *Forstwirtschaftlich genutzter Wald*

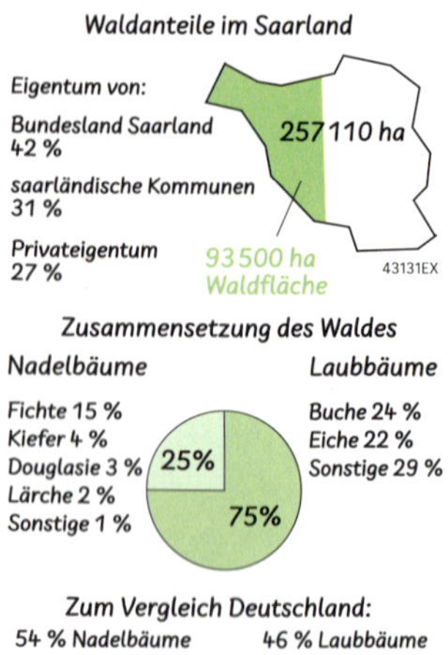

M2 *Zahlen und Fakten zum Wald im Saarland*

Naturnaher Wald oder Forst?

Bevor die Menschen unsere Region besiedelten, gab es hier ausgedehnte, undurchdringliche und artenreiche Wälder. Großflächige Rodungen der Wälder, auch im Saarland, erfolgten im Mittelalter für den Ackerbau. Es wurde zudem Platz für Siedlungen geschaffen und das Holz als Brennmaterial gebraucht. Ortsnamen, die zum Beispiel auf „-wald“, „-holz“ oder „-scheid“ enden, zeugen von diesen Rodungen.

Holz wird heute mit modernen Maschinen viel schneller gewonnen als früher. Allerdings hat sich das Saarland seit längerer Zeit verpflichtet, nicht mehr Holz zu entnehmen, als nachwächst. Zudem wird auf Kahlschlag verzichtet und es erfolgt eine Wiederaufforstung.

Sobald ein Wald wirtschaftlich genutzt wird, bezeichnet man ihn als Forst. In der Vergangenheit wurden beispielsweise Fichten von Menschen großflächig angepflanzt. Bei der Wahl der Baumarten wurde auf kurze Wachstumszeiten geachtet, damit neues Holz in kurzer Zeit wieder zur Verfügung stehen konnte. Eine Fichte benötigt von der Pflanzung bis zum Abholzen nur etwa 80 bis 120 Jahre. Deshalb gibt es heute noch viele Fichtenwälder, auch in den Gebieten, in denen Fichten ursprünglich nicht heimisch waren.

Der Wald hat aber viele unterschiedliche Funktionen und wird vielfältig genutzt (M4). So ist er zum Beispiel wichtig für unsere Gesundheit und dient als Lebensraum für Tiere und Pflanzen. Wanderer und Fahrradfahrer nutzen den Wald zur Erholung. Dabei kommt es manchmal zu Nutzungskonflikten.

Um den Auswirkungen des Klimawandels in unseren Regionen entgegenzuwirken, strebt man zukünftig wieder einen artenreichen naturnahen Laub- und Mischwald an, so wie er in etwa vor den ersten Eingriffen des Menschen aussah.

1. Beschreibe den Unterschied zwischen einem naturnahem Wald und einem Forst (M1, M3, Text).
2. Nenne Ursachen für die verstärkte Waldrodung im Mittelalter (Text).
3. Erläutere die Funktionen des Waldes für Menschen, Tiere und Pflanzen (M4).

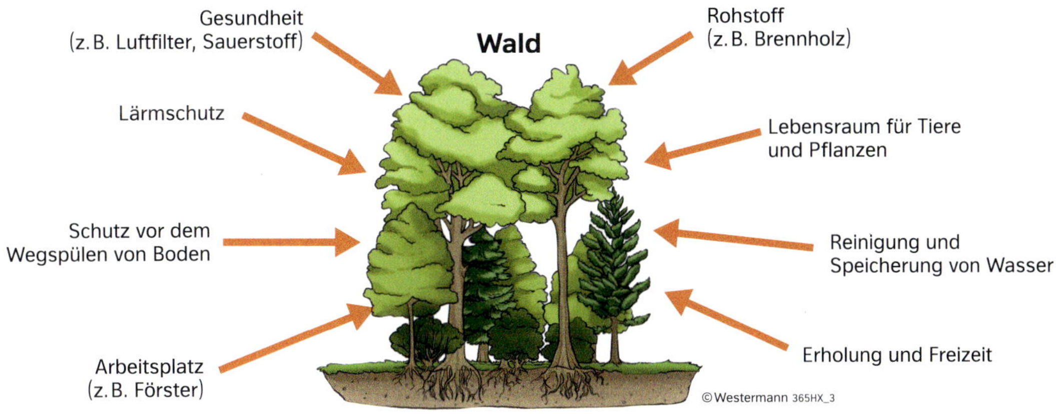

M4 *Funktiones des Waldes (Auswahl)*

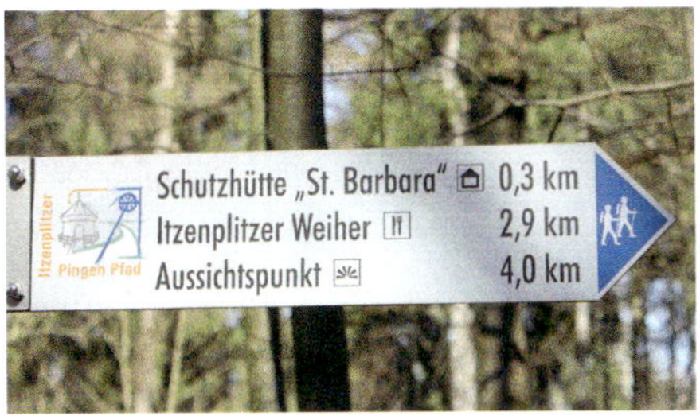

M5 *Nutzung des Waldes zur Erholung und Freizeitgestaltung*

M7 *Holzerntemaschine in einem Forst*

Immer öfter waren die Sommer der letzten Jahre heiß und trocken in Deutschland. Darunter haben auch die Bäume stark gelitten. Wenn der Boden über lange Zeit und bis in tiefe Schichten hinunter austrocknet, dann leiden die Pflanzen unter Trockenstress. Pflanzenkrankheiten breiten sich stärker aus. Die Pflanzen sind weniger widerstandsfähig gegenüber Schädlingen und der Schädlingsbefall nimmt zu.
Bei den Bäumen leidet besonders die Fichte unter der Trockenheit. Es sterben jedes Jahr mehr Fichten ab.
Das Absterben der Fichten gefährdet den Waldbestand in Deutschland erheblich, da große Waldflächen aus Fichtenwald bestehen.
Aber auch andere Baumarten leiden immer stärker. Eichen zum Beispiel verlieren in ihren Kronen viele Blätter. Fast die Hälfte der Eichen in deutschen Wäldern ist davon betroffen. Selbst die Buche, die eigentlich gut mit dem veränderten Klima zurechtkommt, leidet immer mehr unter dem Verlust erheblicher Blattmengen in den Kronen.

M6 *Gefährdung des Waldes infolge des Klimawandels*

M8 *Wiederaufforstung*

4 Diskutiert Konflikte bei der Nutzung des Waldes. Berücksichtigt dabei auch den Aspekt der Nachhaltigkeit (Text, M4, M5, M7, M8).

5 Beurteile Folgen des Klimawandels für die Laub- und Mischwälder unserer Region (Text, M6).

M1 *Straße im Bereich des Permafrostbodens im Sommer*

Extreme Bedingungen für die Vegetation

Weite Teile Russlands sind nahezu unbewohnt – und das hat Gründe. Die klimatischen Bedingungen sind einfach zu extrem. An vielen Orten sind die Temperaturen gering und die Niederschläge sind niedrig. Dies verhindert das Pflanzenwachstum. So gibt es in der polaren Eiswüste auch nahezu keine Vegetation. Im südlich davon gelegenen Bereich der **Tundra** wachsen lediglich Gräser, Moose, Flechten und kleinere Sträucher. Der Begriff Tundra bedeutet flache, waldlose Landschaft. Er hat seinen Ursprung in der Sprache der Sámi – ein Volk, das in Nordeuropa beheimatet ist. Weiter nach Süden hin wachsen die nördlichen oder **borealen Nadelwälder**, die in Nordasien auch **Taiga** genannt werden. Lärchen und immergrüne Nadelhölzer wie Fichten, Tannen und Kiefern sind an die Bedingungen dieses Raumes optimal angepasst.

Typisch für die Tundra und Teile der Taiga sind der **Permafrostboden** (Dauerfrostboden, M1) sowie Sumpf- und Moorlandschaften. Dauerfrostboden bildet sich vor allem in kalten Gebieten mit geringen winterlichen Niederschlägen. Die fehlende Schneedecke lässt den Boden bis in mehrere Hundert Meter Tiefe gefrieren. Im Sommer taut er an der Oberfläche auf. Da das Wasser nicht versickern kann, bilden sich Sümpfe.

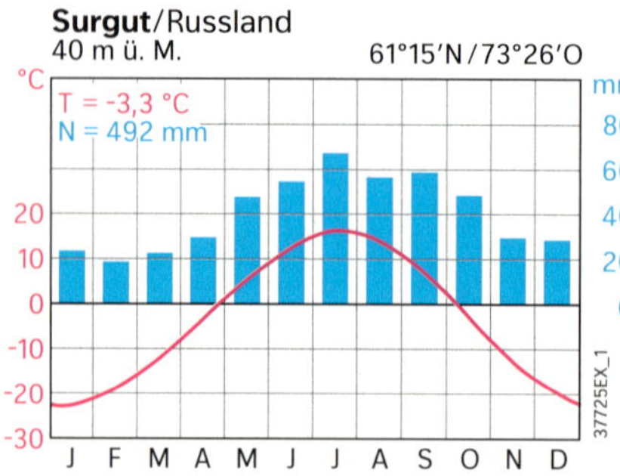

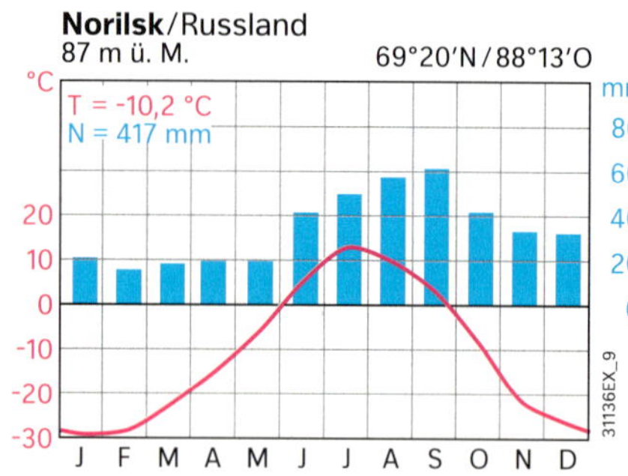

M2 *Klimadiagramme von Surgut und Norilsk*

1 a) Beschreibe die Lage der Taiga und Tundra in Russland (M3).
b) Verorte weitere Gebiete auf der Erde mit Taiga und Tundra (Atlas).

2 a) Charakterisiere die Merkmale der Taiga und Tundra.
b) Ordne die Vegetationszone der Taiga und Tundra den Bildern ① und ② in M4 begründet zu.

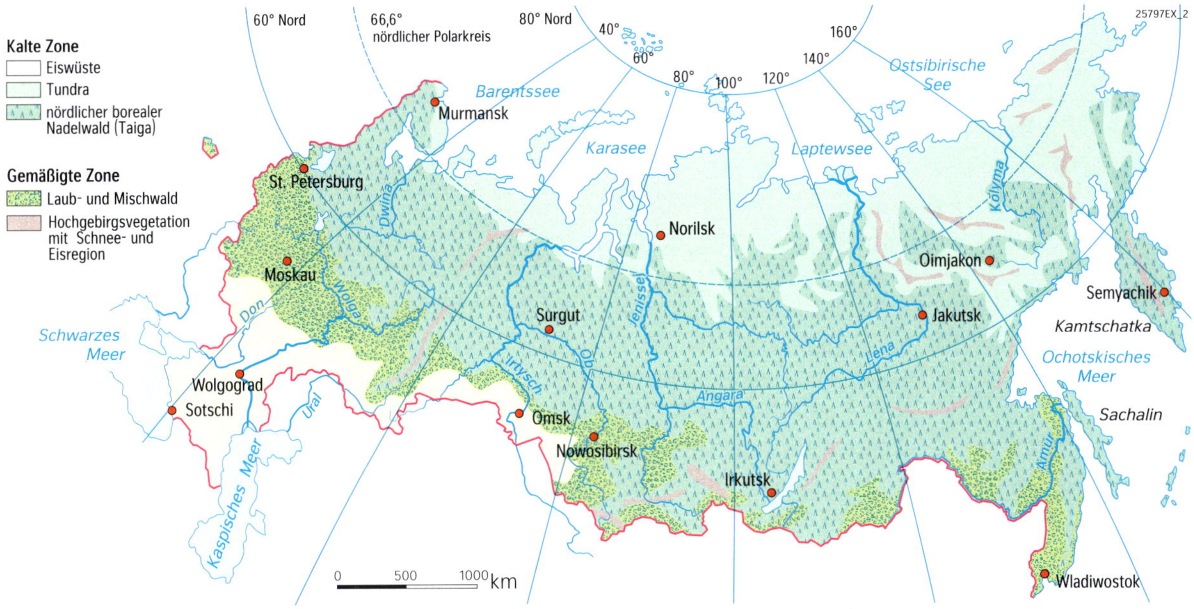

M3 *Verbreitung der Taiga und Tundra am Beispiel Russlands*

M4 *In den Vegetationszonen Russlands im Frühsommer*

3 Erkläre die unterschiedliche Vegetation der Taiga und Tundra als Folge des Klimas (M2, Text). 196

4 Beschreibe die Eigenschaften des Permafrostbodens im Wechsel der Jahreszeiten (Text, M1).

Z Erstelle einen Steckbrief zu je zwei Pflanzenarten der Taiga und Tundra (Internet). 311

M1 *Folgen des Auftauens des Permafrostbodens*

M3 *Rohrleitungen auf Stelzen*

Sibirien – schwer erreichbare Schatzkammer

„Gott flog mit allen Schätzen der Erde über das Land, um sie gleichmäßig zu verteilen. Über Sibirien aber erforen seine Hände und die Schätze fielen zu Boden." So heißt es in einem alten russischen Märchen.

Tatsächlich ist Russland reich an **Bodenschätzen**, nämlich an Rohstoffen. In Sibirien werden knapp 90 Prozent des russischen Erdgases sowie 70 Prozent des Erdöls und der Kohle gewonnen. Auch den bei der Stahlherstellung eingesetzten Rohstoff Nickel findet man in Russland, zum Beispiel in der Gegend um Norilsk.

Dabei gestaltet sich die Gewinnung der Rohstoffe als sehr schwierig. Zahlreiche Ungunstfaktoren erschweren deren Förderung.

Der Permafrostboden in Sibirien erschwert den Bau von Gebäuden und Straßen. Während er fast das ganze Jahr tiefgefroren ist, taut er im Sommer an der Oberfläche auf. Dabei besteht die Gefahr, dass Häuser versinken und Eisenbahnschienen sich verformen (M1). Spezielle Vorkehrungen beim Bau der Gebäude und der Rohrleitungen kosten viel Geld (M3, M4). Zudem sind die Straßen im Sommer nur schwer zu befahren (M2). Somit sind die weit abseits liegenden Rohstoffvorkommen und Städte Sibiriens fast nicht zu erreichen.

Diese Transportwidrigkeiten werden durch eine fehlende Infrastruktur noch verstärkt. So fehlen fast überall in Sibirien gut ausgebaute Straßen und Eisenbahnlinien. Aber auch die Arbeitsbedingungen mit der extremen Kälte im Winter tragen dazu bei, dass die Rohstoffe Sibiriens nur schwer zu gewinnen sind.

M2 *Im Sommer in Nordsibirien*

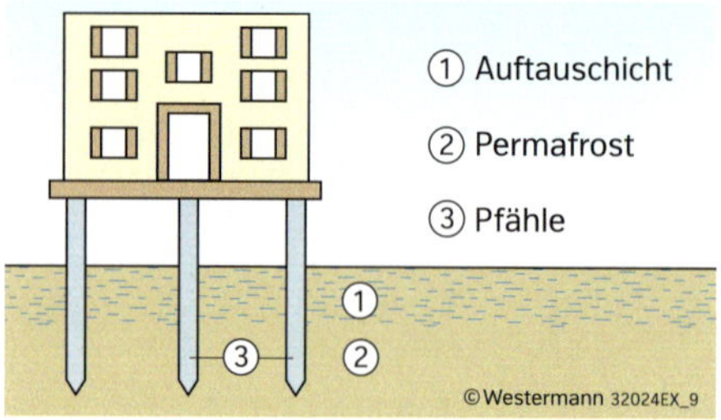

M4 *Hausbau bei Permafrostboden*

1. Beschreibe die Lage Sibiriens (M5).
2. Erläutere die Ungunstfaktoren, die in Sibirien die Rohstofferschließung erschweren (M1 – M5, Text).
3. Werte die Karte zu der Verbreitung von Rohstoffen in Russland aus und erkläre die Aussage „Sibirien ist die Schatzkammer Russlands" (M5, Text).

M5 *Rohstoffvorkommen in Russland*

Norilsk mit seinen knapp 180 000 Einwohnern gilt als nördlichste Großstadt der Welt und als angeblich reichste Stadt Russlands. Der Reichtum resultiert vielfach aus der Rohstoffförderung um Norilsk. Um die Bodenschätze in der Gegend nutzbar zu machen, beschloss die russische Regierung im Jahr 1935 in Norilsk einen Industriestandort zu gründen. Inzwischen hat sich die Firma „Nornickel" zu einem der gewinnbringendsten Unternehmen der Welt entwickelt. Die Einkommen in Norilsk sind mit die höchsten, die in Russland gezahlt werden. Doch die widrigen Lebensbedingungen und die Abgeschiedenheit vom Rest der Welt sind für die Menschen nicht leicht zu ertragen. Zudem hat die Stadt traurige Berühmtheit erlangt: Es ist der Ort, an dem die Umweltverschmutzung besonders groß ist (M7, M8).

M6 *Rohstoffgewinnung und Rohstoffverarbeitung in Norilsk*

M7 *Industrieproduktion in Norilsk*

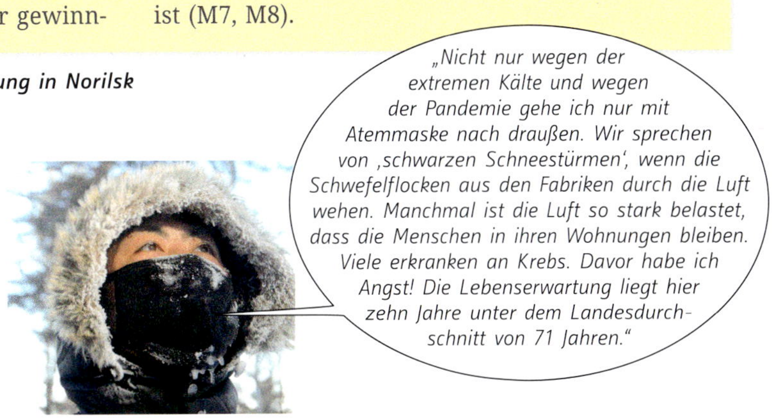

M8 *Ein Teenager aus Norilsk berichtet im Jahr 2021.*

4 Beurteile Folgen der Rohstoffgewinnung und Rohstoffverarbeitung für Mensch und Umwelt im Sinne der Nachhaltigkeit (M6–M8).

Z Entwickle ein Streitgespräch zwischen einem Jugendlichen und seinen Eltern, ob die Familie weiter in Norilsk leben soll oder nicht.

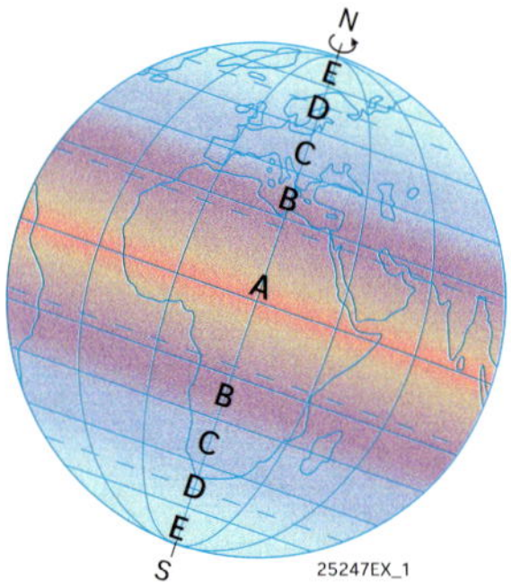

1. *Klimazonen*

a) Beschreibe die Gliederung der Erde in Klimazonen.

b) Erläutere, warum sich die Klimazonen meist parallel zu den Breitenkreisen erstrecken.

c) Erläutere, warum es sich bei nebenstehender Abbildung nur um ein vereinfachtes Modell der Klimazonen handelt.

d) Charakterisiere eine der Klimazonen A bis E.

e) Ordne den Klimazonen die Vegetationszonen zu.

2. *Klimatabelle und Klimadiagramm*

a) Zeichne ein Klimadiagramm von Sodankylä. 198

b) Werte das Klimadiagramm aus. 196

c) Ordne den Ort einer Klimazone zu.

d) Leite aus deinen Ergebnissen ab, wie die Vegetation rund um Sodankylä aussieht. Beschreibe sie stichpunktartig.

	J	F	M	A	M	J	J	A	S	O	N	D	Jahr
T (in °C)	-14	-13	-9	-2	5	11	15	11	6	-1	-6	-10	0
N (in mm)	27	26	20	31	31	56	74	71	57	43	39	31	506

Klimawerte von Sodankylä

3. *Klimawandel*

a) Beschreibe die sichtbaren Veränderungen auf den nebenstehenden Fotos.

b) Erläutere Gründe für die beschriebenen Veränderungen.

4. *Vom Regenwald bis zur Tundra*

Benenne die Vegetationszonen Ⓐ bis Ⓘ und charakterisiere jeweils die Vegetation.

5. *Klimakonferenzen*

a) Beschreibe die Karikatur.

b) Erläutere den Konflikt, der dargestellt wird.

Jährlich treffen sich Politiker vieler Länder, um auf den Klimakonferenzen über die Zukunft der Erde zu verhandeln.

Tuvalu ist einer der vielen kleinen pazifischen Inselstaaten. Der Staat liegt im Durchschnitt lediglich zwei Meter über dem heutigen Meeresspiegel. Der höchste Punkt liegt vier Meter darüber.
Bei einer Klimakonferenz fragte Tuvalus Premierminister daher: „Werden wir überleben oder werden wir im Meer verschwinden?"
Dieses Problem haben alle flachen Inselstaaten, obwohl sie den Meeresspiegelanstieg selbst nicht verschuldet haben.

6. *Meeresspiegelanstieg und Folgen*

a) Fasse die Problematik zusammen, der sich ein Inselstaat ausgesetzt sieht.

b) Erstelle eine Rede für den Premierminister von Tuvalu, in der er auf Probleme seines Landes hinweist und die reichen Staaten anklagt.

c) Begründe, warum es reichen Ländern möglicherweise leichter fällt, auf Folgen des Klimawandels zu reagieren.

7. *Vegetationszone*

a) Beschreibe die Abbildung.

b) Begründe, in welcher Vegetationszone das Bild aufgenommen wurde.

Fachbegriffe

- die Atmosphäre
- das Klima
- humid
- arid
- die Klimazone
- der Luftdruck
- der Wind
- die natürliche Klimaveränderung
- das Treibhausgas
- die Emission
- der anthropogene Klimawandel
- die Vegetationszone
- die Vegetation
- die Savanne
- der sommergrüne Laub- und Mischwald
- die Tundra
- der boreale Nadelwald (die Taiga)
- der Permafrostboden
- der Bodenschatz

Imperialismus und Entwicklungspolitik

1914: Von Berlin aus ziehen Soldaten in den Krieg.
Warum jubeln ihnen die Menschen freudig zu? Wie kann man sich über einen Krieg freuen?

Militarismus

Deutsches Reich

Außenpolitik

Reichsgründung

1871

Erster Weltkrieg

1914

2. Extraausgabe Sonnabend, den 9. November 1918.

Vorwärts

Berliner Volksblatt.

Zentralorgan der sozialdemokratischen Partei Deutschlands.

Der Kaiser hat abgedankt!

Der Reichskanzler hat folgenden Erlaß herausgegeben:

1918

Imperialismus

Unterdrückung

Ausbeutung

Kolonialismus

Afrika heute

Naturraum

Wirtschaft

Entwicklungs-zusammenarbe

Entwicklungspolitik

M1 *Das alte Amtsgericht in Swakopmund (Namibia) wurde zwischen 1906 und 1908 erbaut und sollte ursprünglich als Schule dienen.*

Imperialismus und Entwicklungspolitik

Mit der Gründung des Deutschen Reiches 1871 entstand eine neue Großmacht in Europa. Dadurch wurden die Machtverhältnisse in Europa verändert. Das Deutsche Reich wollte als Großmacht anerkannt werden und betrieb eine aggressive Außenpolitik.

Zudem versuchten die europäischen Großmächte, ihren Herrschaftsraum (lateinisch: „imperium") zu vergrößern, indem sie weltweit Gebiete unter ihre Kontrolle brachten. Ermöglicht wurde dies durch den technischen Fortschritt und die wachsende Industrieproduktion (zum Beispiel Schiffe, Eisenbahn, Waffen). Die neuen Kolonien boten den europäischen Großmächten dabei Rohstoffquelle und Absatzmarkt zugleich.

Der Wettlauf unter den europäischen Großmächten Großbritannien, Frankreich, Russland und dem Deutschen Reich um die Vormacht in Europa erzeugte zunehmend politische Spannungen, die sich letztendlich 1914 mit dem Beginn des Ersten Weltkrieges vollends entluden.

Heute sind zwar nahezu alle ehemaligen europäischen Überseegebiete selbstständige (souveräne) Staaten, doch sind die Auswirkungen des Kolonialismus, besonders in Afrika, immer noch spürbar. Die zehn ärmsten Länder der Welt liegen in Afrika.

M3 *Straßenschilder in Swakopmund (Namibia)*

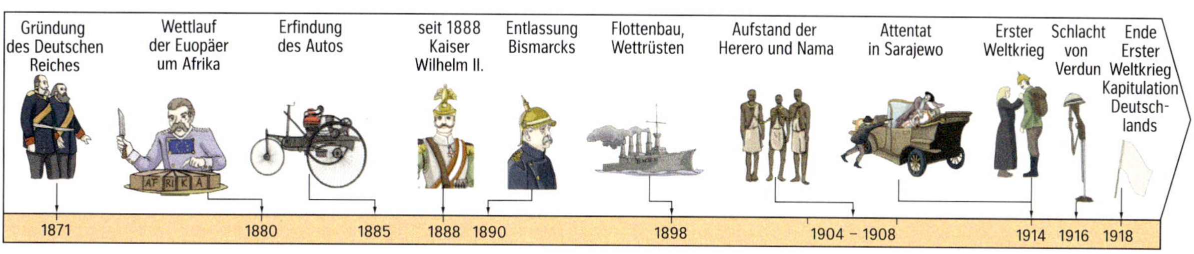

M2 *Zeitleiste von der Gründung des Deutschen Reichs bis zum Ende des Ersten Weltkrieges*

1 a) Recherchiere die zehn ärmsten Länder der Welt und liste sie in einer Tabelle auf. 311

b) Ordne diesen Ländern ihre ehemalige Kolonialmacht zu (S. 252, M1).

M1 *Otto von Bismarck (1815 – 1898)*

M3 *Ernennung des preußischen Königs Wilhelm I. zum Kaiser des Deutschen Reiches am 18. Januar 1871 im Spiegelsaal von Versailles (Gemälde, 1876)*

Der König ging auf das Podium, auf dem sich bereits die Unteroffiziere mit den Fahnen aufgestellt hatten. Nachdem seine Majestät eine kurze Ansprache an die deutschen Fürsten gehalten hatte, trat Bismarck in blauer Uniform vor und hielt seine Ansprache „an das deutsche Volk“. Nun trat der Großherzog von Baden hervor und rief laut mit erhobener rechter Hand: „Es lebe seine kaiserliche Majestät der Kaiser Wilhelm!“ Ein donnerndes Hurra durchbebte den Raum, während die Fahnen über dem Kopf des neuen Kaisers von Deutschland wehten.

(Böhme, Helmut (Hrsg.): Die Reichsgründung, München: dtv Verlag, 1967, 317 S.) (verändert)

M2 *Aus dem Tagebuch des preußischen Kronprinzen Friedrich Wilhelm*

Durch Krieg zur Einheit

Auch wenn Einheit und Freiheit in Deutschland nicht erreicht wurden, so hatten die Revolutionen von 1848 ein Ergebnis in jedem Fall hervorgebracht: Die Mehrheit der Deutschen wollte einen Nationalstaat. Sie setzten damit die deutschen Fürsten unter Druck.

Im deutschen Bund, der seit 1815 bestand, verschärfte sich die Rivalität zwischen den beiden Großmächten Österreich-Ungarn und Preußen (deutscher Dualismus). Die Frage war, ob ein zukünftiges geeintes Deutschland Österreich-Ungarn einschließen würde, das wäre eine großdeutsche Lösung. Oder sollte Österreich einen eigenen Staat bilden; das wäre eine **kleindeutsche Lösung**. 1866 kam es zwischen beiden Großmächten zum Krieg, den Preußen gewann. Unter Führung Preußens bildete sich zunächst der Norddeutsche Bund in Form einer kleindeutschen Lösung. Nachdem der preußische Ministerpräsident Otto von Bismarck eine Kriegserklärung provozierte, führten die verbündeten deutschen Staaten vier Jahre später Krieg gegen Frankreich, das versuchte, die deutschen Einigungsträume zu verhindern. Nach dem Sieg über Frankreich wurde 1871 das deutsche Reich im Spiegelsaal von Versailles geründet. Der preußische König Wilhelm I. wurde zum Kaiser ernannt, Otto von Bismarck wurde **Reichskanzler**.

1. Stelle die Entwicklung Deutschlands von 1815 bis 1871 in einem Zeitstrahl dar (Text, Info).
2. Erläutere mithilfe des Infotextes, warum häufig von Einigungskriegen gesprochen wird.
3. Erstelle mithilfe des Internets einen Steckbrief zu Otto von Bismarck (M1). 311
4. a) Schildere anhand von M2 den Ablauf der Kaiserkrönung.
   b) Vergleiche M2 mit M3.

M4 *Eine neue Macht entsteht in Europa.*

ℹ Entstehung des Deutschen Reiches

1864: Deutsch-Dänischer Krieg um Schleswig und Holstein: Dänemark unterliegt dem Deutschen Bund unter der Führung von Preußen und Österreich.
1866: Deutscher Krieg zwischen Preußen und Österreich: Preußen besiegt Österreich, das den Deutschen Bund verlässt; preußische Vormachtstellung im Deutschen Bund.
1867: Gründung des Norddeutschen Bundes unter der Führung Preußens: Die süddeutschen Staaten treten diesem Bund nicht bei.
1870/71: Deutsch-Französischer Krieg: Sieg Deutschlands; Gründung des Deutschen Reiches.

Eine neue Großmacht in Europa

Mit der **Reichsgründung** ging für viele Deutsche ein Traum in Erfüllung. Auch die Freiheitskämpfer von 1848, die noch von Militär und Polizei der Fürsten verfolgt worden waren, stimmten jetzt in Jubel ein. Der Wunsch nach nationaler Einheit war zwar erfüllt worden, ungewiss blieb jedoch, ob auch andere Forderungen der demokratischen Bewegung, wie zum Beispiel freie Wahlen und politische Mitbestimmung umgesetzt würden. Offen war zudem, wie die anderen europäischen Großmächte auf die Gründung eines neuen mächtigen Staates in der Mitte Europas reagieren würden. Bismarck erkannte, dass insbesondere Großbritannien und Russland den Aufstieg des deutschen Reiches mit Skepsis betrachteten. Und wie würde sich Frankreich verhalten?

So erklärte Bismarck gegenüber den anderen europäischen Staaten, dass mit dem Krieg gegen Frankreich die Einigung des Deutschen Reiches abgeschlossen sei und das Deutsche Reich keine weiteren Gebietsansprüche mehr habe. Er wolle Frieden in Europa. Dazu sollten Streitereien zwischen den Großmächten durch Verhandlungen gelöst werden. Mit einem Netzwerk von Verträgen gelang es Bismarck, die Großmächte in ein Bündnissystem einzubinden und einen Krieg zu vermeiden.

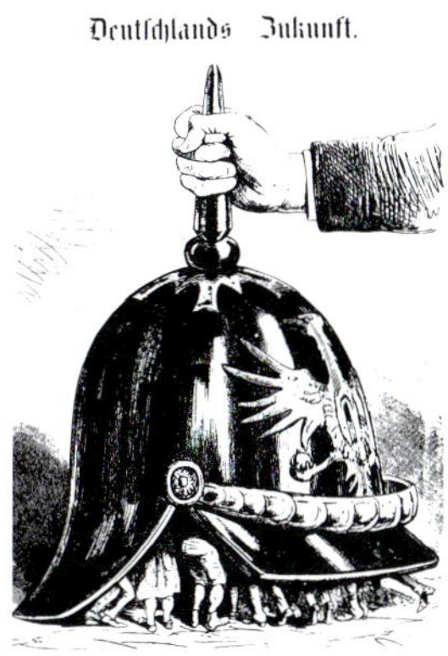

M5 *„Kommt alles unter einen Hut? Ich glaube, es kommt eher unter eine Pickelhaube!" (Karikatur, 1870) (Pickelhaube: militärische Kopfbedeckung der preußischen Armee)*

5 Vergleiche die Grenze des Deutschen Reiches 1871 (M4) mit der Grenze des Deutschen Bundes (S. 130, M1).

6 a) Beschreibe die Karikatur M5.
b) Interpretiere M5.

7 Begründe, warum die anderen Großmächte den Aufstieg des Deutschen Reiches mit Skepsis betrachteten.

8 Erkläre, wie Bismarck den Frieden in Europa sicherte.

M1 *Der Reichsadler – Wappen des Deutschen Reiches*

„*Gott hat uns gerufen, um die Welt zu zivilisieren; wir sind die Missionare des menschlichen Fortschritts und das Salz der Erde.*

Begegnet euch ein Feind, so wird er geschlagen. Gnade wird nicht gegeben, Gefangene werden nicht gemacht. Wer euch in die Hände fällt, sei in eurer Hand.

Ohne den deutschen Kaiser darf keine große Entscheidung mehr fallen. Geschähe das, so wäre es ein für alle Mal mit der Weltmachtstellung des deutschen Volkes vorbei, und ich bin nicht gewillt, es dazu kommen zu lassen.“

M2 *Wilhelm II. in Uniform*

Konflikte zwischen Kaiser und Kanzler

- Außenpolitik: Bismarck suchte den Ausgleich mit den anderen europäischen Großmächten. Über ein Bündnissystem versuchte er, den Frieden zu sichern. Wilhelm II. vertrat eine imperialistische Außenpolitik, die zu Konflikten mit den etablierten europäischen Kolonialmächten führte.
- Innenpolitik: Zwar begrüßte Bismarck Sozialgesetze, dennoch war er ein scharfer Gegner einer arbeiterfreundlichen Politik. In dieser Frage war Wilhelm II. eher auf einen Ausgleich bedacht.

Wilhelm II. übernimmt das Regiment

Nach dem Tod des greisen Wilhelm I. und seines Sohnes Friedrich III. im Jahr 1888 bestieg schließlich Friedrichs Sohn Wilhelm den Kaiserthron. Kaiser Wilhelm II. hatte jedoch wenig mit seinem Großvater gemein. Er wollte nicht im Schatten des übermächtigen Reichskanzlers Bismarck stehen. Die vorhandenen Meinungsverschiedenheiten über den politischen Weg Deutschlands führten bald zum Bruch zwischen den beiden mächtigen Männern. Im März 1890 musste Bismarck zurücktreten und Wilhelm II., der sich selbst in der Rolle eines Alleinherrschers sah, konnte nun mehr Einfluss auf den politischen Kurs Deutschlands nehmen.

M3 *Der Lotse geht von Bord (1890).*

1. Benenne Konfliktpunkte zwischen Wilhelm II. und Bismarck (Info, Text).
2. Beschreibe, wie Wilhelm II. sich und Deutschland darstellt (M2).
3. a) Beschreibe die Karikatur M3.
   b) Interpretiere die Karikatur M3.
4. Nenne die Nachbarstaaten des Deutschen Reichs (M4).

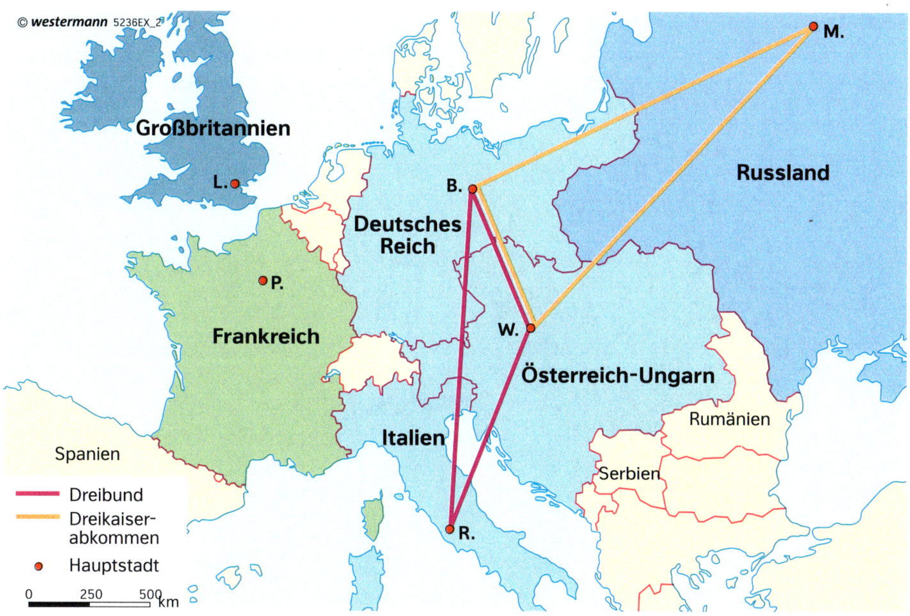

M4 *Bündnisse des Deutschen Reiches seit der Zeit von Bismarck (1892, Auswahl)*

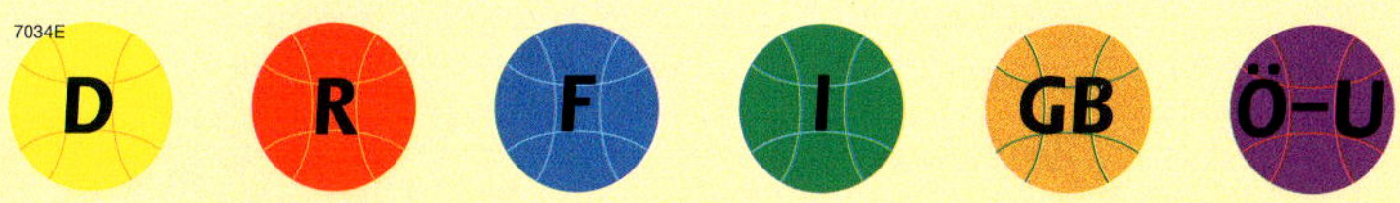

Einem Dreikaiserabkommen von 1873 zwischen Deutschland, Russland und Österreich-Ungarn folgte von 1879 bis 1918 ein Zweibund zwischen Deutschland und Österreich-Ungarn, der von 1882 bis 1915 durch den Beitritt Italiens zum Dreibund erweitert wurde. 1887 schloss das Deutsche Kaiserreich einen Rückversicherungsvertrag mit Russland, der die Neutralität Russlands bei einem Konflikt Deutschlands mit Frankreich versicherte. Der Versuch Bismarcks, ein Bündnis mit Großbritannien zu schließen, scheiterte. Wilhelm II. verlängerte den Rückversicherungsvertrag mit Russland nicht. Dadurch entstand eine neue Konstellation. Auch die anderen Staaten schlossen Bündnisse: Großbritannien und Frankreich die Entente Cordiale („Herzliche Übereinkunft"), die mit dem britisch-russischen Vertrag 1907 zur Triple Entente erweitert wurde; Frankreich und Italien vereinbarten 1902 einen geheimen Nichtangriffspakt. Deutschland war eingekreist.

M5 *Das europäische Bündnissystem*

Großbritannien
Die führende Seemacht war an stabilen Verhältnissen in Europa interessiert. Sie misstraute dem erstarkenden Deutschland.

Russland
Russland war mit Deutschland befreundet.

Österreich-Ungarn
Die Beziehungen Österreichs zu Deutschland waren freundschaftlich.

Frankreich
Das Verhältnis zu Deutschland war von Misstrauen und Hass geprägt. Nach der Niederlage gegen Deutschland 1870/71 musste Frankreich hohe Kriegskosten an Deutschland zahlen und Gebiete abtreten.

M6 *Europäische Großmächte und ihre Beziehungen zu Deutschland*

5 Erstelle ein Schaubild zu:
a) Bismarcks Bündnispolitik (1873 bis 1890) (M4, M5).
b) Wilhelms II. Bündnispolitk (1890 bis 1918) (M4, M5).
Vergleiche eure Ergebnisse.

6 a) Nenne Bismarcks Beweggründe für ein Bündnissystem (M4–M6).
b) Erkläre, warum sich das Bündnissystem nach Bismarcks Rücktritt zum Nachteil Deutschlands entwickelte (M5).

Das Militär – die Schule für das Leben

Nach dem Willen des Kaisers war die Armee die Schule der Nation und der Ort zur Verbreitung des Nationalismus. Die wehrpflichtigen jungen Männer lernten während ihrer mehrjährigen Dienstzeit bedingungslose Kaisertreue, **Patriotismus** (Vaterlandsliebe), Disziplin und Gehorsam. Das Straßenbild der Städte war von Uniformen und Orden geprägt. Die Damen ließen sich gern in Begleitung von Offizieren sehen.

Offiziere hatten eine herausgehobene gesellschaftliche Stellung. Polizisten hatten nicht das Recht, einen Offizier festzunehmen oder auch nur Hand an ihn zu legen. Sollte dies geschehen, durfte der Offizier die Waffe gebrauchen. Nur wenige Bürger wagten es, diesen **Militarismus** im Alltag zu kritisieren. Das Bürgertum und auch die einfachen Leute übernahmen militärische Umgangsformen. Die Eltern erzählten ihren Kindern vom heldenhaften Sieg Deutschlands gegen Frankreich im Krieg von 1870/71. Sie verherrlichten das Soldatenleben und kauften ihren Kindern Kriegsspielzeug.

In den Schulen unterrichteten viele ehemalige Unteroffiziere. Diese zwangen die Schulkinder durch Prügelstrafen zu Unterwerfung und Gehorsam. Schließlich prägte die Militärzeit die jungen Männer für ihr ganzes Leben. Getreu dem Motto „Mit Gott für Kaiser und Vaterland“ galt es als höchste Ehre eines Mannes, Soldat zu sein. Bürgerliche Umgangsformen, alles Weiche oder Rücksichtsvolle wurde bei Männern als „schlapp und unmännlich“ verlacht und verachtet.

M1 *Militarismus im Alltag*

„Jawohl, Herr Hauptmann“

Um die Wende zum 20. Jahrhundert waren die europäischen Gesellschaften zu militarisierten Gesellschaften geworden. War der Krieg im Zeitalter des Absolutismus eine Angelegenheit von Königen oder Fürsten und einer Gruppe von Berufsmilitärs, so war er jetzt eine Angelegenheit des gesamten Volkes, die Streitkräfte verkörperten die Nation.

Monarchen hoben ihre Rolle als nationale Führergestalten hervor. Sie traten so oft wie möglich in Uniformen auf. Militärparaden, Militärkapellen und militärische Zeremonien lieferten der Nation ein Selbstverständnis, mit dem sich alle Schichten der Bevölkerung identifizieren sollten. Kinder wurden schon frühzeitig durch Kleidung und Spiel an die Befürwortung von Befehl und Gehorsam herangeführt.

M2 *Matrosenkleidung*

Wir tragen unser Schießgewehr
Wie richtige Soldaten.
Weithin schallt unser Kriegsgeschrei
Und kündet unsere Taten.
Die Mädchen aber müssen stricken
Und den Soldaten Strümpfe schicken!

M3 *Der Weltkrieg im Kleinen (Kindergedicht von Fritz Schön)*

1. Beschreibe den Einfluss des Militarismus auf das Leben der Menschen im Kaiserreich (Text, M1).
2. Erkläre, wie im Kaiserreich die Einstellung der Kinder zum Militär geprägt wurde (M1–M3).
3. Erläutere die Aussage: „Die Armee war zur Kaiserzeit die Schule der Nation“ (Text, M1).
4. Diskutiert das Gedicht M3. Welches Rollenverständnis wird hier deutlich?

M4 *Salutieren vor dem Kaiser*

Die Filmhandlung spiegelt die gesellschaftlichen Zustände in Deutschland zur Kaiserzeit und die Macht der Uniformen in diesem wider. Der Inhalt beruht auf einer wahren Begebenheit:
Der arbeitslose Schuster Wilhelm Voigt fand 1906 in Berlin keine Arbeit, weil er keine Aufenthaltsgenehmigung besaß. Er kaufte sich eine gebrauchte Offiziersuniform, übernahm als falscher Hauptmann das Kommando über eine Abteilung Wachsoldaten, besetzte das Rathaus von Köpenick bei Berlin und beschlagnahmte die Stadtkasse, mit der er anschließend verschwand. Die Uniform öffnete ihm alle Türen und alle gehorchten seinen Befehlen. Als Kaiser Wilhelm II. davon hörte, soll er gesagt haben: „Das macht ihm so schnell keiner nach."

M5 *Der Hauptmann von Köpenick (Filmszene mit Heinz Rühmann als Hauptmann)*

5 In der Schule haben viele ehemalige Unteroffiziere unterrichtet. Erläutere, was das für den Unterricht bedeutete.

6 Begründe, warum Wilhelm Voigts Raubüberfall gelingen konnte (M5).

Z Gehe auf Entdeckungstour: Erkunde, ob es in deinem Heimatraum ein Denkmal aus der Kaiserzeit gibt. Gib an, woran es erinnern soll. 310

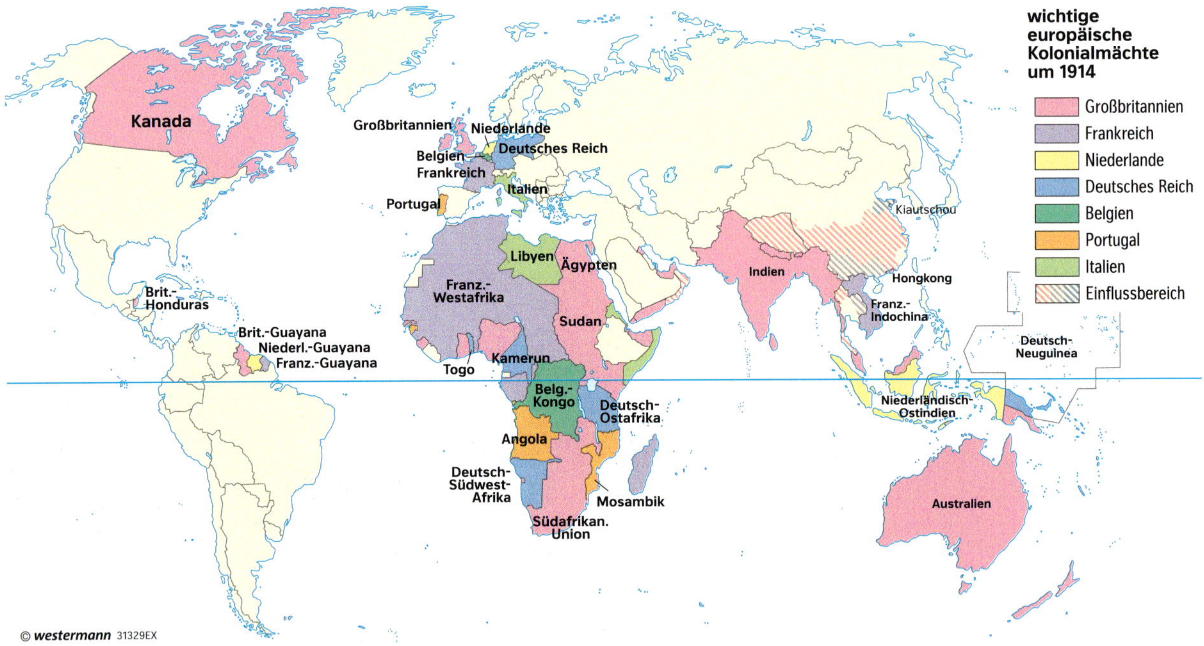

M1 *Kolonien europäischer Staaten in Übersee (1914)*

ⓘ ❶ Nationalismus
Ein übersteigertes Bewusstsein vom Wert und der Bedeutung der eigenen Nation. Andere Nationen werden herabgesetzt.

ⓘ ❷ Kolonialismus
Beim Kolonialismus stehen der Landbesitz und die wirtschaftliche Ausbeutung der Kolonien im Vordergrund.

Kolonialreiche entstehen

Seit dem Beginn der Neuzeit im 15. Jahrhundert hatten europäische Seefahrer immer neue Regionen der Erde in Amerika, Afrika, Asien und Australien entdeckt. Ihnen folgten Eroberer, Missionare und Kaufleute, die in den gewonnenen Gebieten Handelsniederlassungen und Missionsstationen errichteten. Aus dem Zusammenschluss dieser Besitzungen in Übersee entstanden die **Kolonialreiche** Spaniens, Portugals, Großbritanniens, Deutschlands und anderer europäischer Staaten. Fast alle Erwerbungen neuer Kolonien folgten dem Grundsatz „Die Flagge folgt dem Handel". Angetrieben durch einen übersteigerten Nationalismus versuchten die großen Industrieländer verstärkt ab Ende des 19. Jahrhunderts, weltweit Gebiete unter ihre direkte Kontrolle zu bringen. Statt einzelne Gebiete zu erwerben, versuchten sie, künftig einen möglichst umfangreichen Herrschaftsraum (lateinisch: „imperium") zu gewinnen. Ermöglicht wurde die Ausdehnung ihrer Herrschaftsgebiete durch den technischen Fortschritt und die wachsende Industrieproduktion (z. B. Schiffe, Eisenbahnen, Telegrafie, Waffen). Vor allem die europäischen Mächte strebten zwischen 1880 und 1914 nach weltweiter Herrschaft. Dieses Streben nach umfassender Beherrschung fremder Gebiete nennt man **Imperialismus**.

1. Fertige eine Tabelle an:
   a) Benenne drei britische und drei französische Gebiete in Afrika (M1, Atlas).
   b) Ordne die Kolonien den heutigen Staaten zu (Atlas).
2. Nenne Aspekte, die den Imperialismus ermöglichten.
3. „Die Flagge folgt dem Handel". Erkläre diese Aussage.
4. Interpretiere M4. Nutze dazu M1.

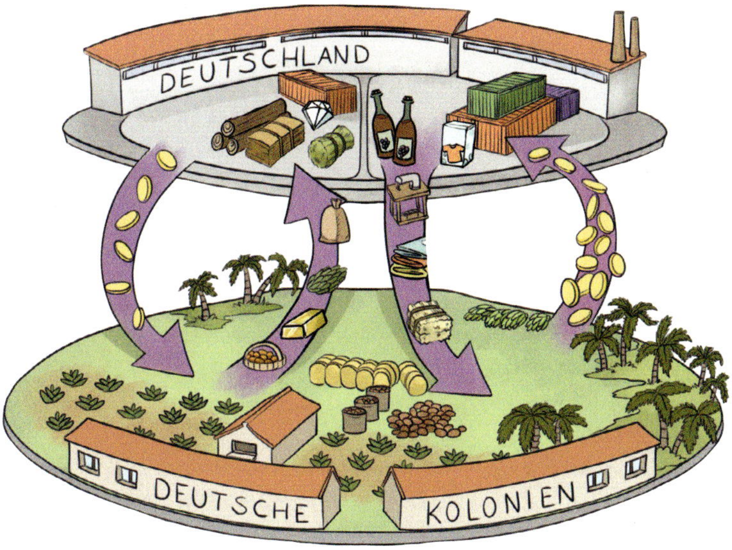

M2 *Geld- und Warenströme zwischen Mutterland und Kolonien*

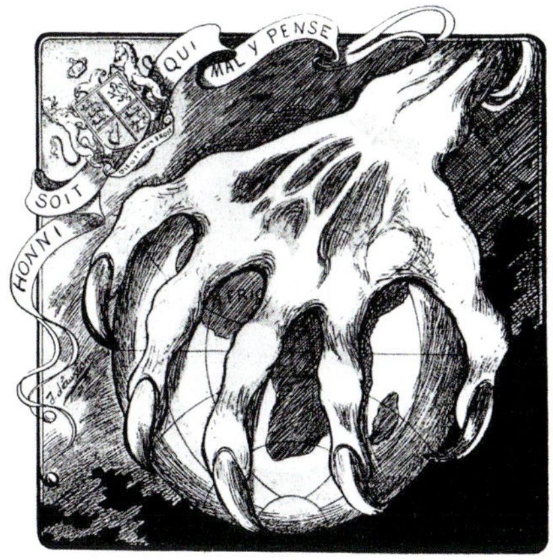

M4 *Französische Karikatur von 1889 – sie zeigt die Erde in den Krallen Großbritanniens. Die Übersetzung des französischen Textes lautet: „Verachtet sei, wer Böses dabei denkt!"*

Die wirtschaftlichen und politischen Auswirkungen der Kolonialherrschaft auf Afrika waren tiefgreifend. Traditionelle politische Systeme wurden zerschlagen. Häufig führte die Bevorzugung einzelner Volksgruppen durch die Kolonialmacht zu Auseinandersetzungen zwischen den Volksgruppen, die bis heute anhalten.
Nachteilig war auch die Ausrichtung der Infrastrukturnetze auf den Zweck, landwirtschaftliche Gebiete sowie Bergbauregionen mit Häfen und Hauptstädten zu verbinden. Sie begünstigt bis heute internationale Wirtschaftsstrukturen, bei denen die ehemaligen Kolonialgebiete meist lediglich die Rolle des Lieferanten von Rohstoffen spielen. Wanderarbeit und Geldwirtschaft schwächten die Familienbande und die Stellung der Frau, die vom Gelderwerb weitgehend ausgeschlossen war. In einer späteren Phase trat eine Verbesserung des Gesundheitswesens ein. Dadurch sank die Sterblichkeitsrate und ein hohes Bevölkerungswachstum setzte ein. Trotz der mit diesem Wachstum verbundenen Probleme sind sowohl die Verbesserung des Gesundheitswesens als auch die Verbesserungen im Bildungswesen zwei positive Auswirkungen des Kolonialismus. Auch der Aufbau einer Infrastruktur wäre in so relativ kurzer Zeit kaum möglich gewesen.

(Mair, Stefan: Ausbreitung des Kolonialismus, In: www.bpb.de, 21.05.2005. www.bpb.de/themen/6P1FJG,3,0,Ausbreitung_des_Kolonialismus.html [20.09.2021])

M3 *Folgen des Kolonialismus*

5 a) Beschreibe die Geld- und Warenströme zwischen Mutterland und Kolonie (M2).
b) Erläutere Vorteile des Handels mit den Kolonien für Mutterländer, deren Bevölkerung und deren Unternehmen (M2).

6 a) Beschreibe die Folgen des Kolonialismus in den Kolonien (M3).
b) Beurteile Vor- und Nachteile des Kolonialismus aus der Sicht eines Menschen aus Afrika heute.

M1 *Drei Missionare mir einer Gruppe Ruander (um 1910)*

M3 *Frankreich bringt Afrika die Zivilisation und den Wohlstand (französische Zeitschrift 1911)*

Eine Bedingung jeder Kolonisation wird es bleiben, dass das Missionswesen voll und ganz hergestellt wird [...] wir werden die Eingeborenen nicht niederschießen oder ausrotten; wir werden sie zivilisieren, wir werden sie uns herangewöhnen und zu wirklichen christlichen Menschen erziehen.

M2 *Forderung von Ludwig Windhorst von der katholischen Zentrumspartei (1885)*

Die Aufteilung der Welt ...

Von den europäischen Mächten betrieb zuerst Großbritannien als früh entwickeltes Industrieland eine imperialistische Politik, Deutschland als spät entstandener Nationalstaat zuletzt. Unter ihnen herrschte die Meinung, dass nur durch die Inbesitznahme neuer Kolonien die eigene Macht dauerhaft gesichert werden könnte. Hinzu kam, dass durch die Industrialisierung immer mehr Rohstoffe für die Produktion von Waren benötigt wurden. In den Kolonien konnte man die Rohstoffe günstig erwerben, sie in Europa zu industriellen Fertigprodukten weiterverarbeiten und diese dann mit Gewinn wieder in die Kolonien verkaufen. Für die stetig steigende Menge der Industrieprodukte suchte man gleichzeitig immer neue Absatzmärkte. Zudem hoffen Banken, Aktiengesellschaften und Privatleute auf große Gewinne, zum Beispiel durch die Finanzierung und den Bau von Bahnlinien und Häfen in den Kolonien.

Der Erwerb von Kolonien sollte aber auch von innenpolitischen Problemen in den Mutterländern ablenken, wie beispielweise den sozialen Problemen im Deutschen Kaiserreich.

So gerieten die europäischen Großmächte in einen unerbittlichen Wettbewerb (**Großmachtstreben**). Es begann ein regelrechter Wettlauf um Kolonien. Dadurch nahmen die Spannungen zwischen den Großmächten immer mehr zu und es begann ein Macht- und Rüstungswettlauf um die Vormachtstellung in der Welt.

1. Erkläre, welche Vorteile sich die Kolonialmächte vom Besitz der Kolonien erhofften (Text, M2).

2. Wähle aus: M4 oder M5.
   a) Beschreibe die Karikatur.
   b) Interpretiere die Karikatur.

3. Erläutere, welche Auswirkungen der Kolonialismus auf die Beziehungen zwischen den europäischen Staaten hatte (Text).

M4 *Die Plünderer der Welt – amerikanische Karikatur von 1885*

M5 *Der Koloss Rhodes mit einem Schritt von Kapstadt bis Kairo (Dezember 1912)*

... und ihre Rechtfertigung

Die Europäer hatten die feste Überzeugung, dass sie höher entwickelt seien und somit über den Völkern in Übersee ständen.

Dieses Überlegenheitsdenken ging auf den britischen Naturforscher Charles Darwin zurück. Er entwickelte die Theorie, dass sich Tier- und Pflanzenarten durch eine natürliche Auslese über einen langen Zeitraum verändern. Nur die Arten, die sich am besten anpassen, könnten dadurch ihr Fortbestehen sichern. Anhänger des Sozialdarwinismus übertrugen Darwins Theorie auf die Menschheit. Sie vertraten das „Recht des Stärkeren" und teilten Menschen in ungleichwertige Rassen (Rassismus) ein.

Der Imperialismus rechtfertigte sich aber auch mit der angeblichen „Mission des weißen Mannes", die westliche Zivilisation in allen Teilen der Welt zu verbreiten. Die Europäer glaubten, dass sie mit ihrer Lebensart Heil und Fortschritt brächten, da die zu kolonialisierenden Völker weder über eine Kultur noch einen technischen Fortschritt verfügen würden.

Dieses **Sendungsbewusstsein** und ein übersteigerter Nationalismus führten dazu, dass die Kolonien mit sogenannten Schutzverträgen unter Waffengewalt gegründet wurden. Die einheimische Bevölkerung hatte die Lasten dieser Machtpolitik zu tragen.

Cecil Rhodes war ein einflussreicher britischer Unternehmer und Politiker. Er handelte mit Diamanten aus Südafrika und wollte die britischen Kolonien von Kapstadt bis Kairo mit einer Eisenbahnlinie verbinden.
1877 äußerte Rhodes: „Ich behaupte, dass wir die erste und beste Rasse auf der Erde sind und dass es umso besser für die menschliche Rasse ist, je mehr von der Welt wir bewohnen".

M6 *Aussage des britischen Kolonialministers Cecil Rhodes*

4 a) Erläutere, wie die Europäer den Kolonialismus rechtfertigten (Text, M6).
b) Beurteile die Rechtfertigungen der imperialistischen Mächte.

5 a) Erstelle zu den Motiven des Imperialismus eine Mindmap (M1–M6).
b) Bewerte die Motive der Kolonialbefürworter aus heutiger Sicht.

100382-123-04
schueler.diercke.de

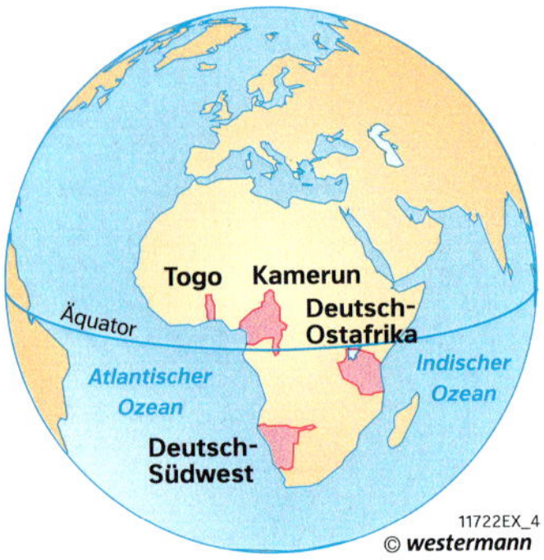

M1 *Deutsche Kolonien in Afrika*

M2 *Deutscher Kolonialist in der deutschen Kolonie Togo*

Kolonialverein

Um die Interessen der Kaufleute gegenüber der Reichsregierung zu stärken, wurden ab 1882 Kolonialvereine gegründet. Durch sie entstand eine einflussreiche Vertretung in den Kolonien für die Wirtschaftsinteressen der Unternehmen und von Privatpersonen. Deren Einrichtungen in den Kolonien wurden oft mit militärischen Mitteln geschützt.

Deutschland wird Kolonialmacht

Noch 1881 betonte Bismarck: „Solange ich Reichskanzler bin, treiben wir keine Kolonialpolitik." Ihm schienen die Verwaltungskosten in den Kolonien zu hoch und er wollte Spannungen zu Frankreich und Großbritannien vermeiden. Doch 1884/85 änderte er seine Haltung auf Druck der Wirtschaft. Diese hatte Kolonialvereine gegründet.

Bismarck gestaltete seine Kolonialpolitik nach englischem Vorbild. So wurde es Unternehmern und Kaufleuten ermöglicht, vor Ort sicher wirtschaften und Handel treiben zu können. Dazu stellte das deutsche Kaiserreich staatliche Schutzbriefe aus. Die Gebiete wurden so zu „Deutschen Schutzgebieten". Zwischen 1884 und 1886 eignete sich Deutschland auf diese Weise Gebiete in Afrika, kleinere Inselgruppen im Pazifik und Gebiete in China an.

Deutsch-Südwestafrika

1883 erwarb Adolph Lüderitz, ein Kaufmann aus Bremen, ein Küstengebiet in Südwestafrika. Er hoffte, dort Rohstoffe zu finden, vor allem Diamanten und Gold. Anfangs handelte Lüderitz auf eigene Faust, aber bald ließ er sich seine Erwerbung politisch absichern. Bismarck gewährte dem Gebiet militärischen Schutz. Das Reich schickte drei Kriegsschiffe nach Südwestafrika. Damit befolgte auch Bismarck den Grundsatz: „Die Flagge folgt dem Handel".

Dies war der Beginn der sogenannten Schutztruppe Deutsch-Südwestafrika, die sich im Laufe der Jahre auf etwa 1500 Mann erhöhte. Unter ihrem Schutz eigneten sich die deutschen Kolonisten durch Betrügereien und mit Gewalt einen großen Teil des Landes an. Die hier siedelnden Völker wurden vertrieben und verloren ihre Lebensgrundlage.

1. a) Nenne die deutschen Kolonien in Afrika (M1).
   b) Ordne die Kolonien den heutigen Staaten zu (Atlas, M1).
2. Beschreibe M2.
3. Erläutere Bismarcks Kolonialpolitik (Text).
4. Vergleiche die Gebiete der Ureinwohner mit denen der deutschen Siedler (M3).

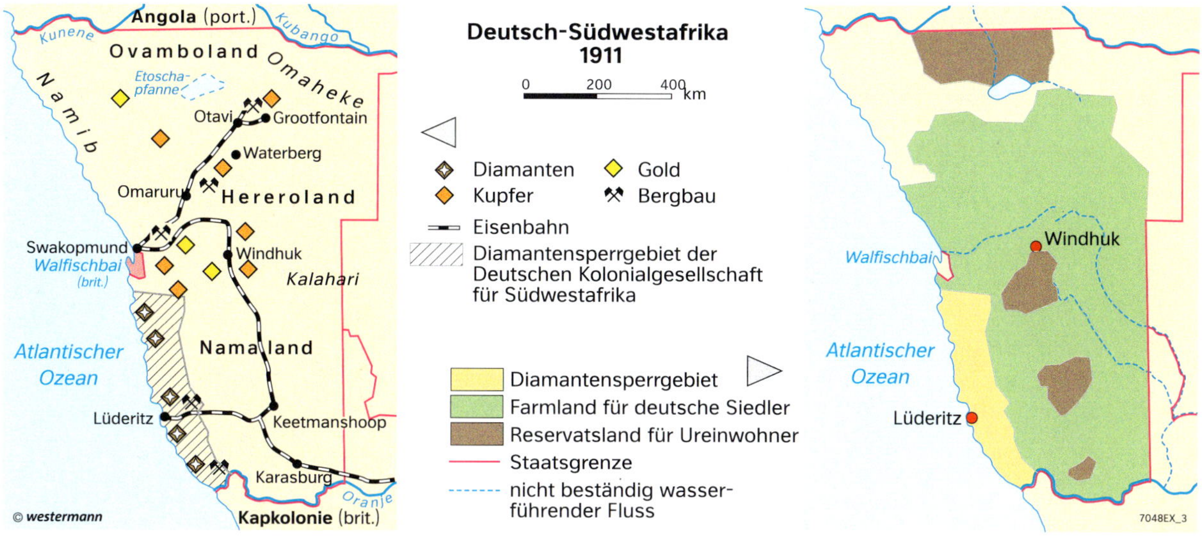

M3 *Rohstoffe und Landaufteilung in Deutsch-Südwestafrika*

	Deutsch-Südwestafrika	Togo	Deutsch-Ostafrika	Kamerun
Bevölkerung	0,09 Mio. (davon 12135 Deutsche)	1 Mio. (davon 316 Deutsche)	7,5 Mio. (davon 3579 Deutsche)	2,5 Mio. (davon 1359 Deutsche)
Einnahmen aus der Kolonie*	24,2 Mio. Mark	3,5 Mio. Mark	15,6 Mio Mark	10,3 Mio. Mark
Ausgaben für die Kolonie**	34,8 Mio. Mark	3,3 Mio. Mark	19,0 Mio. Mark	11,0 Mio. Mark
Handelsausfuhr	z. B. Erze, Edelsteine, Marmor, Mais, Kautschuk, Häute	z. B. Mais, Palmkerne, Baumwolle, Kautschuk, Elfenbein	z. B. Elfenbein, Kautschuk, Baumwolle, Bienenwachs, Kaffee, Erdnüsse	z. B. Kautschuk, Palmkerne, Kakao, Öl, Mais, Ebenholz
Handelseinfuhr	z. B. Eisenbahnanlagen, Maschinen und Eisenwaren, Bier, Getreide, Zement, Kohle	z. B. Brücken- und Eisenbahnanlagen, Schießpulver, Zucker	z. B. Bahnanlagen, Maschinen und Eisenwaren, Zement, Bier, Zucker	z. B. Bahnanlagen, Maschinen und Eisenwaren, Bier, Nadelholz

* Steuern, Zölle und andere Einnahmen

** Kosten für z. B. die Verwaltung, für den Bau und den Unterhalt von Eisenbahn- und Hafenanlagen sowie für Schulen und Krankenhäuser

Quelle: https://www.dhm.de/lemo/kapitel/kaiserreich/aussenpolitik/statistische-angaben-zu-den-deutschen-kolonien.html, Zugriff 21.07.2021

M4 *Statistische Angaben zu den deutschen Kolonien in Afrika im Jahr 1912*

5 a) Nenne Rohstoffe Deutsch-Südwestafrikas (M3).
b) Beschreibe deren Lage (M3).

6 Liste auf, was Deutschland in die Kolonien lieferte und was aus den Kolonien nach Deutschland verschifft wurde (M4).

7 Beurteile anhand M4, ob sich die kolonialen Anstrengungen für Deutschland gelohnt haben.

M1 *Deutsche Maschinengewehrstellung gegen die Herero (1904)*

M2 *Theodor Leutwein*
Er war von 1895 bis 1905 Kommandeur der Kaiserlichen Schutztruppe und Gouverneur von Deutsch-Südwestafrika.

Die Einheimischen wehren sich

Das Auftreten vieler Deutscher gegenüber den Einheimischen in Südwestafrika war größtenteils geprägt von Überheblichkeit, Ungerechtigkeit und Brutalität. Immer wieder gab es Übergriffe und Diebstähle. So vertrieben Deutsche die einheimischen Rinderzüchter aus ihren angestammten Gebieten. Die gestohlenen Gebiete wurden zu privatem Farmland erklärt. Die einheimischen Rinderzüchter verloren ihre Lebensgrundlage.

1904 erhob sich das Volk der Herero gegen die deutschen Kolonialherren. Zu Beginn überfielen sie deutsche Farmen und töteten die Männer. Der Kaiser schickte 14 000 deutsche Soldaten unter Führung von Generalleutnant von Trotha, um den Aufstand niederzuschlagen.

Im August 1904 fand die entscheidende Schlacht statt: Die deutschen Truppen kreisten die Herero am Waterberg ein und beschossen sie mit 30 Geschützen und zwölf Maschinengewehren (M1). Die überlebenden Herero flohen in die Wüste, wo deutsche Truppen sie von allen Wasserstellen abschnitten und sie verdursten ließen (M4). Etwa 80 Prozent der Herero starben. Dieser Kolonialkrieg wird von einigen Historikern als der erste Völkermord des 20. Jahrhunderts bewertet. Angesichts dieser Vorfälle erhoben sich auch die Nama im Süden des Landes. Sie mussten sich jedoch schnell geschlagen geben. Durch die Kämpfe verloren 10 000 Menschen ihr Leben. Das war fast die Hälfte der gesamten Nama-Bevölkerung.

1. Nenne Gründe für die Aufstände der Herero und der Nama gegen die deutschen Kolonialherren.

2. a) Charakterisiere die Körperhaltung Theodor Leutweins in M2.

   b) Vergleiche die Haltung von Samuel Maharero (M6) mit der Haltung von Theodor Leutwein (M2). Warum könnte Samuel Maharero diese Körperhaltung für das Foto gewählt haben?

M3 *Aufstand der Herero aus deutscher Sicht (Holzstich 1904)*

M5 *Gefangene Herero (1904)*

Ich folgte ihren Spuren und erreichte [...] mehrere Brunnen, die einen schrecklichen Anblick boten. Haufenweise lagen die verdursteten Rinder um sie herum, nachdem sie diese mit letzter Kraft erreicht hatten, aber nicht mehr rechtzeitig hatten tränken können. Die Hereros flohen nun weiter vor uns in das Sandfeld. Immer wiederholte sich das schreckliche Schauspiel. Mit fieberhafter Eile hatten die Männer daran gearbeitet, Brunnen zu erschließen, aber das Wasser ward immer spärlicher [...] Sie flohen von einer (Wasserstelle) zur anderen und verloren fast alles Vieh und sehr viele Menschen. Das Volk schrumpfte auf spärliche Reste [...], die allmählich in unsere Gewalt kamen [...] Es war eine ebenso törichte wie grausame Politik, das Volk so zu zertrümmern. Man hätte noch viel von ihm und ihrem Herdenreichtum retten können, wenn man sie jetzt schonte und wieder aufnahm, bestraft waren sie genug. [...] Ich schlug dies dem General von Trotha vor, aber er wollte ihre gänzliche Vernichtung.

(Zimmerer, Jürgen: Krieg, KZ und Völkermord in Südwestafrika. Der erste deutsche Genozid, In: Zimmerer, Jürgen/ Zeller, Joachim (Hrsg): Völkermord in Deutsch-Südwestafrika. Der Kolonialkrieg (1904 – 1908) in Namibia und seine Folgen, Berlin: Ch. Links Verlag, 2003, 276 S.)

M4 *Ein deutscher Hauptmann beschreibt die Situation während des Herero-Aufstandes.*

M6 *Samuel Maharero*
Er führte die Herero in den Aufstand gegen die deutsche Schutztruppe.

3 Stelle dir vor, dass du 1904 in Deutschland lebst und dir das Bild M3 anschaust. Beschreibe, welche Überlegungen es auslösen könnte. Lies anschließend M4 und betrachte M1 sowie M5. Beschreibe, wie du nun über den Aufstand denkst.

4 Vergleiche M3 mit M4. Begründe die abweichende Darstellungen der Ereignisse.

M1 *Flagge Namibias*

Namibia heute

Das ehemalige Deutsch-Südwestafrika ist heute der unabhängige Staat Namibia. Spuren des Kolonialismus findet man aber heute noch. Vielerorts wird deutsch gesprochen und auch heute noch feiert man in manchen Orten Feste wie Karneval oder das Oktoberfest.

Namibia hat günstige Voraussetzungen für eine wirtschaftliche Entwicklung. Dazu zählen reiche Rohstoffvorkommen, politische Stabilität und eine relativ gute Infrastruktur. Bergbau, Fischerei und Tourismus sind die wichtigsten Wirtschaftsbereiche. Bereits 2013/2014 zahlte Deutschland rund 77 Millionen Euro Entwicklungshilfe an Namibia. Die Entwicklungszusammenarbeit konzentrierte sich auf die Bekämpfung von Aids, den Abbau der Armut und Ungleichheit, die Erhöhung des Lebensstands und auf die nachhaltige Wirtschaftsentwicklung sowie den Ausbau der Infrastruktur.

Im Mai 2021, mehr als 100 Jahre nach den Verbrechen der deutschen Kolonialmacht, erkennt die Bundesregierung die Gräueltaten an den Volksgruppen der Herero und Nama als Völkermord an. Deren Nachkommen will sie mit einem Betrag von 1,1 Milliarden Euro über einen Zeitraum von 30 Jahren unterstützen. Mit dem Geld sollen Siedlungsprojekte, die Landwirtschaft, die ländliche Infrastruktur und Wasserversorgung sowie die Berufsbildung gefördert werden.

Denkmal „Der Reiter von Südwest“

Das Reiterdenkmal in Windhuk wurde von den deutschen Kolonialisten 1912 feierlich eingeweiht. Es erinnert an die Niederschlagung der Aufstände der Herero und Nama in den Jahren 1904 bis 1907. Der „Reiter von Südwest“ stand ursprünglich gut sichtbar auf einer Anhöhe. Im Jahr 2009 wurde das Denkmal abgebaut, um Platz für das neue Unabhängigkeitsmuseum für Namibia zu schaffen. Ein Jahr später wurde das Reiterstandbild etwas weiter entfernt wieder aufgebaut und erneut eingeweiht.

Inschrift: Zum ehrenden Angedenken an die tapferen deutschen Krieger, welche für Kaiser und Reich zur Errettung und Erhaltung dieses Landes während des Herero- und Hottentottenaufstandes 1903 bis 1907 und während der Kalahari-Expedition 1908 ihr Leben ließen. Zum ehrenden Andenken auch an die deutschen Bürger, welche den Eingeborenen im Aufstande zum Opfer fielen. Gefallen, verschollen, verunglückt, ihren Wunden erlegen und an Krankheiten gestorben.

von der Schutztruppe:		***von der Marine:***	
Offiziere	*100*	*Offiziere*	*7*
Unteroffiziere	*254*	*Unteroffiziere*	*13*
Reiter	*1180*	*Mannschaften*	*72*

im Aufstande erschlagen:
Männer 119 Frauen 4 Kinder 1

M2 *Reiterdenkmal mit Inschrift am heutigen Standort in Windhuk*

1. Erstelle einen Ländersteckbrief oder ein Lernplakat zu Namibia (Atlas, Internet). 306 311
2. Beurteile die Inschrift auf dem Reiterdenkmal (M2) vor dem Hintergrund des Hereroaufstandes.
3. Begründe, warum das Reiterdenkmal so umstritten ist (Info, M2).
4. Erläutere die Absicht der beiden Künstler des Gemäldes in M5.

Die Erinnerungszeichen der deutschen Kolonialzeit, Gebäude, Straßennamen und Denkmäler wie das Reiterdenkmal, haben die Zeit unbeschadet überstanden. Seit 1923 fand in jedem Jahr eine Feier der Deutschen am Waterberg statt. Sie erinnerte an die Gefallenen sowie den Sieg von 1904 und trug zum Zusammenhalt der Nachkommen der deutschen Südwestafrika-Siedler bei. Im Jahr 2003 verbot der Präsident Namibias diese Feier. Ungebrochen ist die Traditionspflege der Herero, die ebenfalls seit 1923 jährlich im August eine Gedenkfeier veranstalten. Im Mittelpunkt steht eine [...] Prozession mit bis zu 3000 Teilnehmern, die an den Gräbern der Herero vorbeiführt. Allerdings führt die Prozession auch an deutschen Gräbern vorbei, die am Weg liegen. Dieses Ritual steht für den Versuch, die Kriegserfahrungen zu bewältigen und die Gemeinschaft zu festigen.

(Speitkamp, Winfried: Deutsche Kolonialgeschichte. Stuttgart: Reclam, 2005, 207 S.)

M3 *Erinnerung an die Kolonialzeit heute*

Außenminister Heiko Maas sagte zum Abschluss der Verhandlungen mit Namibia:
„[...] Unser Ziel war und ist, einen gemeinsamen Weg zu echter Versöhnung im Angedenken der Opfer zu finden. Dazu gehört, dass wir die Ereignisse der deutschen Kolonialzeit im heutigen Namibia [...] ohne Schonung und Beschönigung benennen. Wir werden diese Ereignisse jetzt auch offiziell als das bezeichnen, was sie aus heutiger Perspektive waren: ein Völkermord. Im Lichte der historischen und moralischen Verantwortung Deutschlands werden wir Namibia und die Nachkommen der Opfer um Vergebung bitten. [...] Einen Schlussstrich unter der Vergangenheit kann es nicht geben. Die Anerkennung der Schuld und unsere Bitte um Entschuldigung ist aber ein wichtiger Schritt, um die Verbrechen aufzuarbeiten und gemeinsam die Zukunft zu gestalten."

(Maas, Heiko, In: auswaertiges-amt.de. 28.05.2021. https://www.auswaertiges-amt.de/de/newsroom/-/2463396 [20.09.2021])

M4 *Pressemitteilung des Auswärtigen Amtes vom 28.05.2021*

◁ **M5** *Wandgemälde an der „Commercial Bank of Namibia Theatre School" in Windhuk (Ausschnitt) – der deutsche Künstler Klaus Klinger malte 2001 zusammen mit der namibischen Künstlerin Natasha Beukes dieses Wandbild. Anstelle der ursprünglichen Inschrift steht dort ein Gedicht eines namibischen Dichters. Dieses Wandgemälde löste bei Teilen der deutschsprachigen Namibier heftige Diskussionen aus, weil es respektlos mit dem Reiterdenkmal umginge.*

5 Diskutiert in der Gruppe den Umgang mit der Erinnerung an die Kolonialzeit heute (M3).

6 Wähle aus:
a) Beurteile die Anerkennung der Verbrechen an den Herero und Nama durch die Bundesregierung als Völkermord (M4).
b) Beurteile, ob die Maßnahmen zur Entwicklungshilfe ein angemessener Beitrag Deutschlands sind (Text).

Die Region im Überblick

Den afrikanischen Kontinent prägen zwei kulturell unterschiedliche Großregionen. Den Bereich von der südlichen Mittelmeerküste bis zum Südrand der Sahara bezeichnen wir als Nordafrika. Der Teil südlich der Sahara wird auch Subsahara-Afrika (M1) genannt. Die Übergänge zwischen den Bereichen sind fließend.

Das subsaharische Afrika zeichnet sich durch eine große kulturelle Vielfalt aus. Es gibt Hunderte Volksgruppen, die rund 2000 Sprachen, beziehungsweise Dialekte, sprechen. Die größte Religion ist das Christentum. Etwa ein Drittel der Menschen sind Muslime. Daneben gibt es Anhänger von Naturreligionen.

Lange Zeit galt Afrika als „dunkler" Kontinent. Grund war die mangelnde Kenntnis der Europäer über das Innere dieses Erdteiles. Licht in dieses Dunkel brachten die Expeditionen einiger kühner Entdecker im 19. Jahrhundert. Das durch sie weitergegebene Wissen war eine Grundlage der kolonialen Ausbreitung europäischer Mächte in das subsaharische Afrika.

M1 *Subsahara-Afrika*

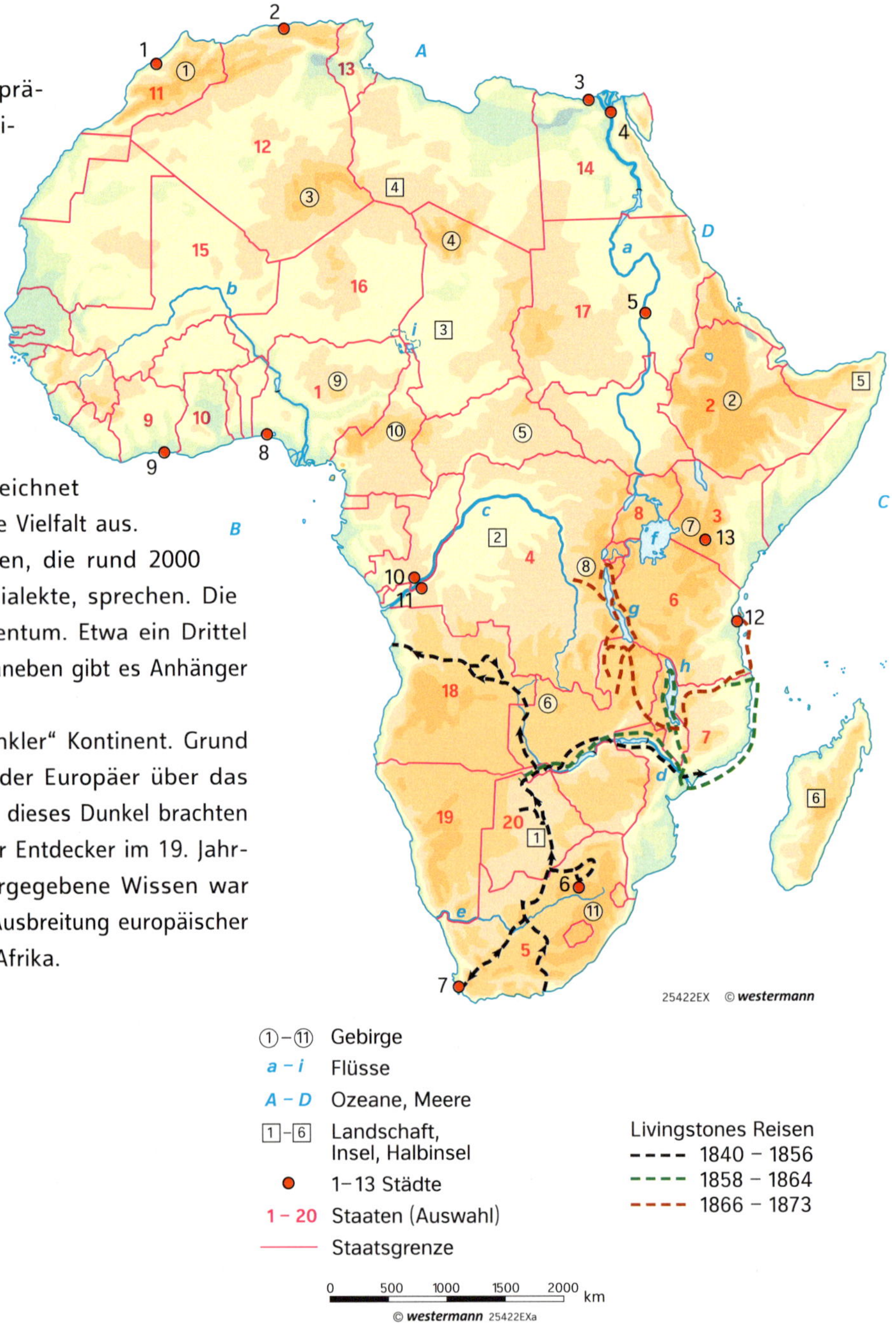

M2 *Afrika – Überblick*

1. Ermittle mithilfe des Maßstabes jeweils die Nord-Süd- und West-Ost-Ausdehnung von Nordafrika und Subsahara-Afrika (M1, M2).

2. Bearbeite die Übungskarte M2.

3. a) Nenne die Länder, durch die die Reisen Livingstones führten (M2, Atlas).
   b) Beschreibe mithilfe geeigneter Atlaskarten das Klima und die Vegetation in Livingstons Reisegebiet (Atlas, M2).

Der gläubige Schotte ging ursprünglich nach Südafrika, um zu missionieren. Er prangerte dort die Unterdrückung und Versklavung der Afrikaner durch weiße Siedler an, die ihn daraufhin verfolgten. Er wagte sich immer weiter in unbekanntes Gebiet vor. Sein respektvolles, höfliches Auftreten sorgte dafür, dass er meist ein gutes Verhältnis zu den ansässigen Stämmen hatte. Doch diese waren oft gegeneinander im Krieg. Gründe waren unter anderem der Raub und der Verkauf von Angehörigen anderer Stämme an Sklavenhändler.
Livingstone war der Überzeugung, dass die Afrikaner über den Handel mit einheimischen Waren auf andere Weise Einnahmen erzielen könnten. Sie müssten so keine Menschen mehr verkaufen. Er forderte in diesem Sinne dazu auf, den Erdteil zu erforschen und Handelswege in das Herz Afrikas zu finden.

M3 *Missionar und Entdeckungsreisender im südlichen Afrika – David Livingstone (1813–1873)*

Es ist Regenzeit und es gießt in Strömen. Die Ufer des Flusses stehen unter Wasser. Ständig platschen die Hufe der Ochsen ins Wasser und die Spritzer machen die Füße nass. Die zu Fuß gehenden Leute klagen, die Nässe weiche ihnen die schwieligen Fußsohlen auf. Es werden viele Flüsse und Bäche durchquert. Den ganzen Tag sind die Männer nass bis auf die Haut. Manche Flüsse sind so tief, dass die Ochsen nur den Kopf über Wasser haben und die Sättel durchweicht werden. Die Achselhöhle ist der einzige Ort, wo die Uhr vor dem Regen von oben und dem Wasser von unten sicher ist. Die Leute überschreiten diese Flüsse, indem sie ihre Lasten hoch über den Kopf halten. Die Ebene steht unter Wasser. Nachts muss man Erdhügel aufwerfen und mit Gras bedecken, um sich niederlegen zu können. Morgens sind die Wassertropfen, die am hohen Grase hängen, so kalt, dass es die Leute vor Frost schüttelt. Die Nahrung wird knapp und die Moskitos peinigen die Gruppe.
Livingstone wird vom Fieber so schwer befallen wie nie zuvor. Stöhnend wirft er sich auf seinem Lager hin und her. Als er sich endlich etwas besser fühlt, erfährt er, dass er 27 Tage gelegen hat und dass seine Gefährten mit den Bewohnern des nahen Dorfes zerstritten sind: Ein Einheimischer ist beim Handel um ein Stück Fleisch ins Gesicht geschlagen worden. Zwar hat er ein Stück Stoff und eine Flinte als Buße erhalten, doch das genügt ihm nicht, und so hat der Häuptling die umliegenden Dörfer aufgefordert, ihm zu helfen, die erlittene Beleidigung zu rächen.
Livingstone hält es für das Beste, einfach weiterzumarschieren. Doch plötzlich springen Bewaffnete aus dem Dickicht und halten die Kolonne auf. Livingstone hört hinter sich Schüsse fallen und sieht, wie einigen seiner Männer die Traglasten heruntergerissen werden. Er eilt den Pfad zurück und entsichert seinen Revolver. Da steht der Dorfhäuptling vor ihm, das Gewehr in der Hand. Mit grimmiger Miene geht Livingstone auf den Häuptling zu und hebt den Revolver. Der Anblick des zornigen Europäers und seiner Waffe kühlt den Mut des Mannes jäh ab.

(Wotte, Herbert: David Livingstone – Das Leben eines Afrikaforschers. Leipzig: VEB Brockhaus Leipzig, 1973, 367 S.)

M4 *Strapazen und Gefahren auf der ersten Entdeckungsreise Livingstones*

4 Wie könnte die Begegnung Livingstones mit dem Häuptling weitergegangen sein (M4)? Schreibe einen kurzen Reisebericht aus der Sicht David Livingstones.

5 Auch deutsche Afrikareisende gelten als Pioniere der Erforschung des Kontinentes. Stelle einen dieser Forscher (z. B. Heinrich Barth, Wilhelm Peters oder Gerhard Rohlfs) in einem Vortrag vor (Internet). 311

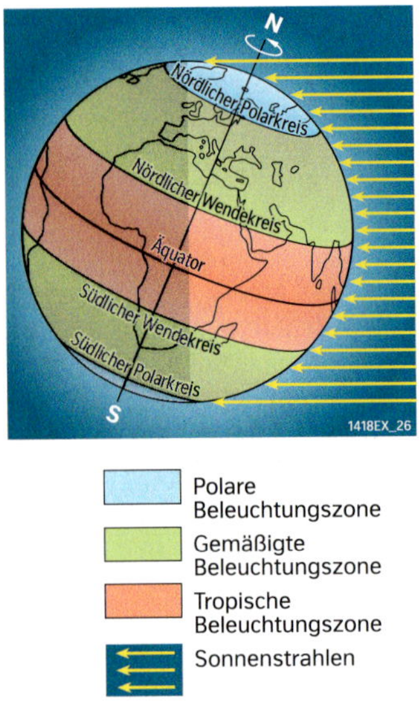

M1 *Beleuchtungszonen der Erde*

Die Sonne – Heizstrahler der Erde

Alles Leben hängt von der Sonnenenergie ab. Die Sonnenstrahlen müssen auf ihrem Weg zur Erdoberfläche jedoch zunächst die Atmosphäre (Lufthülle der Erde) durchdringen. Diese filtert die Strahlung, sodass nur ein Teil der Energie die Erdoberfläche erreicht. Da der Weg der Strahlen durch die Lufthülle an den Polen länger ist als am Äquator (M1), gelangt dort weniger Energie zur Erdoberfläche.

Der Einfallswinkel der Sonnenstrahlen hat einen noch größeren Einfluss auf die Erwärmung der Erdoberfläche. Am Äquator fallen die Strahlen steil ein. Die Sonne verteilt ihre Energie auf eine kleine Fläche. Die Erdoberfläche wird daher stark erwärmt (M2 Ⓐ). An den Polen fallen die Strahlen dagegen flach ein. Ihre Energie verteilt sich dort über eine größere Fläche und erwärmt diese weniger stark (M2 Ⓑ).

Beleuchtungszonen der Erde

Aufgrund der unterschiedlichen Stärke der Sonneneinstrahlung werden verschiedene Beleuchtungszonen der Erde unterschieden (M1). In diesen Zonen sind die Lebensbedingungen für Menschen und Tiere und die Wachstumsvoraussetzungen von Pflanzen verschieden.

Um den Äquator liegt die tropische Beleuchtungszone. Hier ist die Energie der Sonnenstrahlen das ganze Jahr über besonders hoch. In Richtung der beiden Pole schließen sich die gemäßigten Beleuchtungszonen an, in die die Sonnenstrahlen bereits weniger Energie liefern, da ihr Weg durch die Atmosphäre weiter ist und sie in einem flacheren Winkel auftreffen. Um den Nord- und Südpol befinden sich die polaren Beleuchtungszonen. In diese liefert die Sonne nur noch wenig Energie.

❶ Wendekreise

Bei Sommer- und Winteranfang erreicht die Sonne mittags den nördlichsten bzw. südlichsten Punkt ihrer scheinbaren Bahn. An allen Orten mit einer Breite von 23,5 Grad Nord bzw. 23,5 Grad Süd steht die Sonne an diesen Tagen mittags im Zenit. Danach wendet sie.

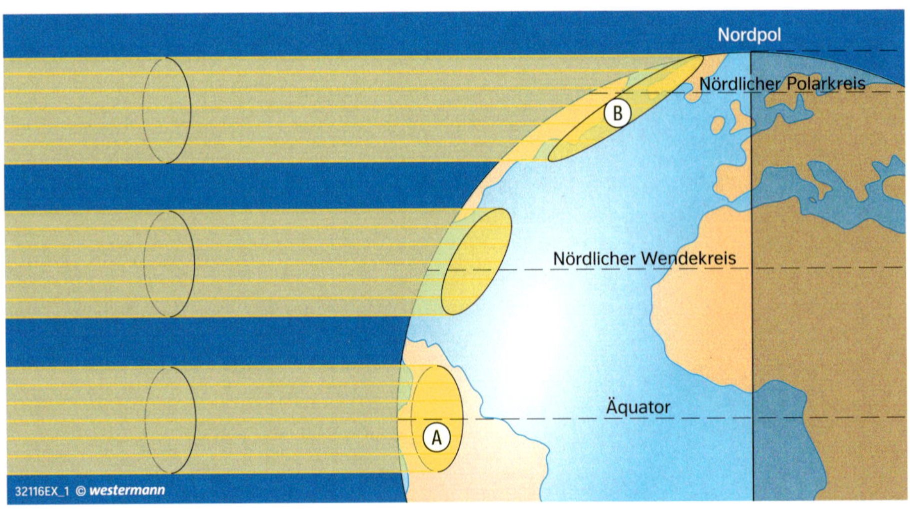

M2 *Unterschiedlicher Einfallswinkel der Sonnenstrahlen auf die Erde*

1 a) Ordne den in M3 genannten Daten die Jahreszeiten der Nordhalbkugel zu.
b) Nenne die Jahreszeiten, die zu den Daten in M3 auf der Südhalbkugel gehören.

2 Sieh dir die Flächen der Sonneneinstrahlung (M2) am Äquator, am nördlichen Wendekreis und am nördlichen Polarkreis an.
a) Beschreibe, was du feststellst.
b) Bringe die Größe der Flächen

Die Zone der Tropen

Der Großteil Afrikas liegt in der tropischen Beleuchtungszone (den Tropen). Der Begriff Tropen begegnet uns häufig. Wir verbinden damit Regenwälder, Wärme oder sogar das Urlaubsparadies. Doch was verbirgt sich tatsächlich hinter dem Begriff Tropen? Die tropische Zone erstreckt sich zwischen den beiden Wendekreisen (23,5° nördliche Breite bis 23,5° südliche Breite). Der Name stammt vom griechischen Wort „tropè" (Sonnenwende).

Nur in den Tropen kann die Sonne genau senkrecht auf die Erdoberfläche einstrahlen, das heißt, im Zenit stehen (Info). Zwischen den Wendekreisen wandert der Zenitstand der Sonne im Jahresverlauf scheinbar immer hin und her (M3).

M4 *Der Zenitstand ist erreicht.*

❷ Zenitstand der Sonne

Wenn die Sonne im Zenit steht, treffen die Sonnenstrahlen senkrecht auf die Erde. Im Verlauf eines Jahres ist dies am Äquator zwei Mal der Fall: am 21. März und am 23. September. Durch die senkrechte Einstrahlung ist die Intensität der Sonnenstrahlen besonders hoch. Sehen kann man das daran, dass der eigene Schatten immer kürzer wird.

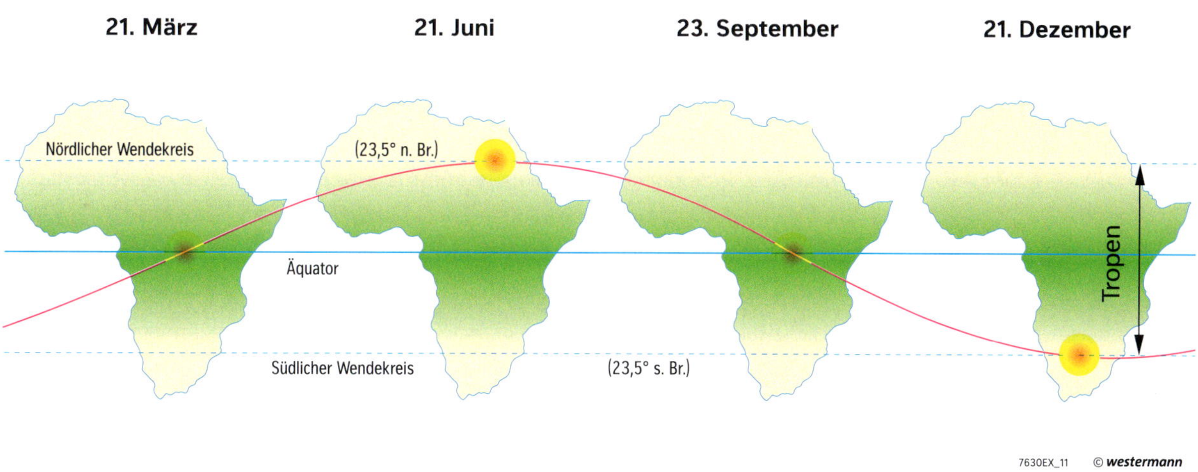

M3 *Das Wandern des Zenitstandes der Sonne über Afrika im Jahresverlauf*

in einen Zusammenhang mit der Intensität der Einstrahlung.

❸ a) Erläutere, woran du erkennst, dass die Sonne in dem Moment, der in M4 erfasst ist, im Zenit steht.

b) An welchem Ort wurde M4 aufgenommen: Kairo, Kapstadt, Nairobi, Khartum, Windhuk (Atlas)?

M1 *Eindrücke der unterschiedlichen Vegetation in den Tropen*

M2 *In den Tropen*

Die Tropen – mal feucht mal trocken

Die Vegetation in den verschiedenen Klimazonen hat sich an das Klima angepasst.

In der Nähe des Äquators befinden sich die inneren Tropen. Es gibt dort keine Jahreszeiten wie bei uns. Die Temperaturen verändern sich im Verlauf eines Jahres nur um 1 bis 2 °C, im Verlauf eines Tages aber um deutlich mehr. Deshalb spricht man hier von Tageszeitenklima. Da es in den inneren Tropen täglich regnet, nennt man sie auch die immerfeuchten Tropen. Hier wachsen die tropischen Regenwälder (M1, M3).

Nördlich und südlich von den immerfeuchten Tropen schließen sich die wechselfeuchten Tropen an. Typisch für diese sind nahezu gleichbleibend hohe Temperaturen und der Wechsel von feuchten und trockenen Perioden. Deshalb spricht man auch hier nicht von Jahreszeiten, sondern von Trocken- und Regenzeiten. Die wechselfeuchten Tropen sind von Savannenlandschaften geprägt. Savannen sind tropische Grasländer. Je feuchter es ist, desto üppiger sind sie bewachsen. An die wechselfeuchten Tropen schließen sich die trockenen Tropen an. Sie ziehen sich bis zu den Wendekreisen und umfassen auch die trockenen Wüsten. Man spricht auch von den äußeren Tropen. Grundsätzlich gilt: Die Länge der Regenzeit nimmt von den inneren Tropen zu den äußeren Tropen hin ab. Die Trockenzeiten werden länger (M3).

1. Ordne die Bilder ①–⑤ in M1 jeweils einer der fünf Zonen aus M3 zu.

2. a) Beschreibe die Bilder in M2.
   b) In welchem Bereich der Tropen könnte M2 aufgenommen worden sein? Begründe mithilfe von M4.

3. Erkläre den Begriff wechselfeuchte Tropen.

Wüste (am Wendekreis)	Dornstrauchsavanne	Trockensavanne	Feuchtsavanne	Tropischer Regenwald (am Äquator)
Jahresniederschläge unter 250 mm	Jahresniederschläge 250 – 500 mm	Jahresniederschläge 500 – 1 000 mm	Jahresniederschläge 1 000 – 1 500 mm	Jahresniederschläge über 1 500 mm
ganzjährig große Trockenheit, nur selten kurze kräftige Gewitter	2 – 4 Monate Regenzeit	4 – 6 Monate Regenzeit	6 – 10 Monate Regenzeit	ganzjährig hohe Niederschläge

M3 *Von der Wüste zum Regenwald (modellhafte Darstellung)*

Trockene Tropen

In den Sommermonaten betragen die Durchschnittstemperaturen oft über 35 °C. Häufig wird es aber mittags mehr als 50 °C heiß. In manchen Gebieten fallen über Jahre keine Niederschläge, deshalb haben sich Wüsten gebildet. Die seltenen Niederschläge fallen als kurze, heftige Schauer.
Pflanzen und Tiere haben sich an Hitze und Trockenheit angepasst. Pflanzensamen fallen in einen langen Trockenschlaf, aus dem sie erst durch die wolkenbruchartigen Niederschläge für kurze Zeit erwachen. Angepasst an Hitze und Trockenheit haben sich auch Schlangen, Skorpione und Kamele. Kleine Tiere, wie die Wüstenspringmaus, vergraben sich am Tag tief im Sand und werden erst nachts aktiv.

Wechselfeuchte Tropen

Zwischen den Wüsten an den Wendekreisen und den immerfeuchten Regenwäldern am Äquator erstrecken sich die Savannen.
In den Dornstrauchsavannen in der Nähe der Wendekreise regnet es nur einige Wochen im Jahr. Wenige Gräser und Dornsträucher können hier wachsen.
In den Trockensavannen gibt es nur eine Regenzeit. In dieser Zeit fällt so viel Niederschlag, dass dichte Gräser, Büsche und auch Bäume wachsen können.
In den Feuchtsavannen gibt es zwei ausgeprägte Regenzeiten. Nach Beginn der Regenzeit ist das Gras saftig. In den Trockenzeiten trocknet der Boden aus und nur an den Flüssen und Wasserlöchern findet man noch grüne Pflanzen.

Immerfeuchte Tropen

Beiderseits des Äquators wachsen tropische Regenwälder. Nirgendwo auf der Erde gibt es eine solche Artenvielfalt.
Eine Kraut- und Strauchschicht sowie drei Baumschichten bilden die Stockwerke des tropischen Regenwaldes. In den einzelnen Etagen leben viele unterschiedliche Tiere und Pflanzen.
In der Pflanzenwelt tobt ein Kampf um das Licht. Das dichte Blätterdach der oberen Baumschicht wird von einzelnen hohen Baumriesen überragt. Lianen schlingen sich von Baum zu Baum. Auf den Bäumen wachsen Pflanzen.
Der Wald ist immergrün, weil er ganzjährig alte Blätter abwirft und neue wachsen lässt. Es ist immer feucht und heiß.

M4 *Die Tropen unterscheiden sich.*

4 Übertrage die Darstellung M3 vereinfacht in dein Heft und kennzeichne die drei Zonen aus M4.

5 Erläutere die wesentlichen Unterschiede zwischen trockenen, wechselfeuchten und immerfeuchten Tropen (M3, M4).

Z Recherchiere Informationen über die besondere Bedeutung der immerfeuchten Tropen für das Weltklima (Internet). 311

M1 *Ausbreitung des tropischen Regenwaldes in Afrika*

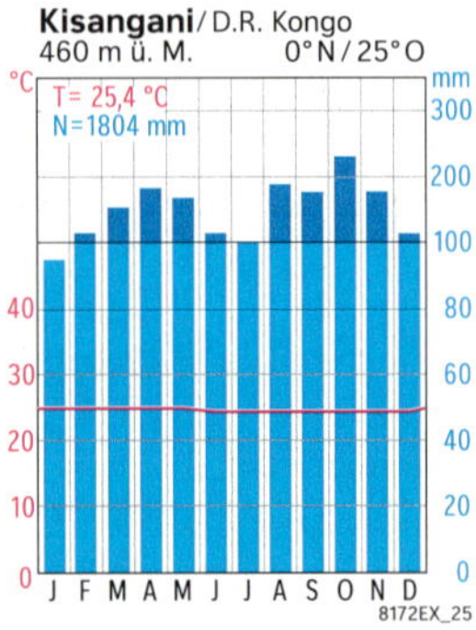

M2 *Klimadiagramm Kisangani (D.R. Kongo)*

M3 *Tropischer Regenwald in der D.R. Kongo*

Ein einzigartiger Lebensraum

Ein Biologe berichtet: „Im tropischen Regenwald gibt es keine Jahreszeiten, es ist das ganze Jahr über heiß und sehr feucht. Jeden Tag gibt es einen ähnlichen Ablauf des Wetters (M4).

Der Wald ist sehr dicht. Die Pflanzen bilden verschiedene Stockwerke. Dies nennt man Stockwerkbau (M5). Unter dem dichten Kronendach der Urwaldriesen und der oberen Baumschicht kämpfen die Pflanzen um Licht. Ein Wirrwarr von Schlingpflanzen (Lianen) spannt sich von Baum zu Baum in die Höhe. Andere Pflanzen, wie zum Beispiel Orchideen wachsen direkt auf den Bäumen.

Im feuchtheißen Klima des tropischen Regenwaldes können die Pflanzen gut wachsen. Weil es keine Jahreszeiten gibt, werfen die Pflanzen ständig ihre Blätter und Äste ab. Gleichzeitig wachsen neue nach.

Ameisen, Käfer und Würmer zerkleinern die Pflanzenteile in nur wenigen Tagen. Pilze und Kleinstlebewesen zerlegen die Teilchen weiter. Es entsteht Humus. Die darin enthaltenen Nährstoffe werden von den Wurzeln der Pflanzen aufgenommen. Der Nährstoffkreislauf ist somit geschlossen (M6). Der Regenwald lebt also von sich selbst."

1. Beschreibe die Lage des tropischen Regenwaldes in
   a) Afrika (M1),
   b) weltweit (Atlas).

2. Werte M2 aus.

3. Wähle aus:
   a) Beschreibe das tägliche Wetter im tropischen Regenwald (M4).
   b) Erläutere den Stockwerbau (M5)

4. „Im Regenwald herrscht ein Kampf um Licht". Erkläre diese Aussage (Text, M5).

5. „Der Regenwald lebt von sich selbst". Erkläre diese Aussage (M6).

6. Stelle Vermutungen an, warum Bäume Brettwurzeln ausbilden (M7).

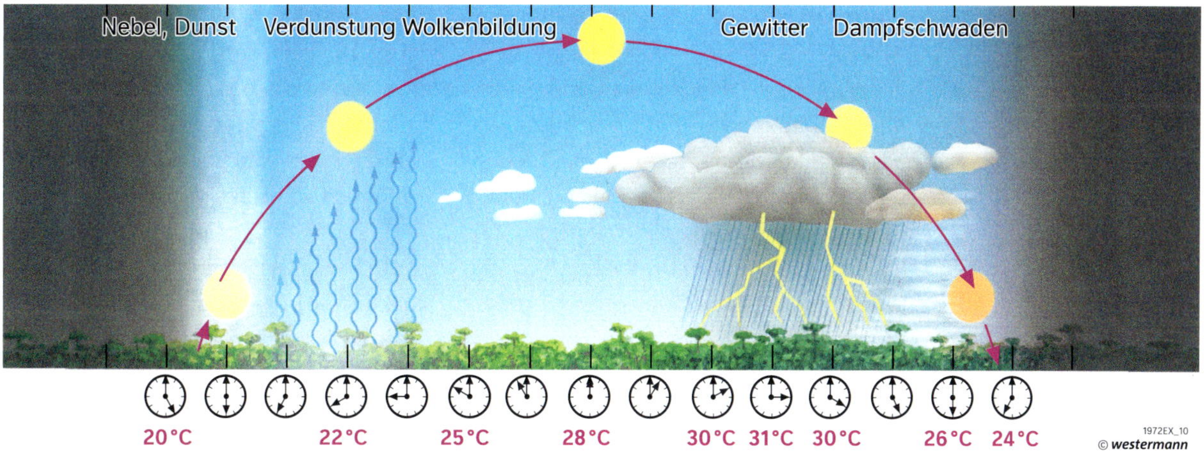

M4 *Täglicher Ablauf des Wetters im tropischen Regenwald*

M5 *Stockwerkbau des tropischen Regenwaldes*

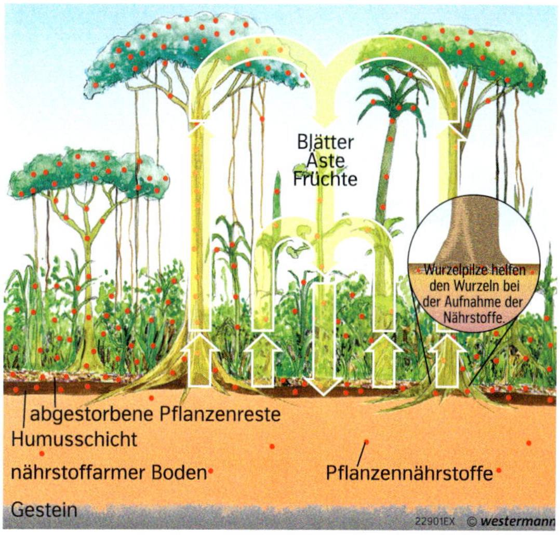

M6 *Nährstoffkreislauf im tropischen Regenwald*

M7 *Brettwurzel*

Ökosystem
Als Ökosystem bezeichnet man die Wechselbeziehungen, die zwischen Pflanzen und Tieren, dem **Boden** und dem Klima bestehen.

Wanderfeldbau
Im tropischen Regenwald leben verschiedene Völker, die Brandrodung und Ackerbau betreiben. Sie roden und brennen Flächen im Regenwald ab. Darauf legen sie Felder an. Die Asche enthält Nährstoffe. Anbaufrüchte sind unter anderem Bananen, Mais und Knollenfrüchte.

Nach drei bis vier Jahren sind die Nährstoffe aufgebraucht. Es muss ein neues Feld angelegt werden. Liegt das neue Feld zu weit vom Dorf entfernt, verlegen die Menschen auch ihre Hütten.

Wenn der Wanderfeldbau kleinflächig ist, schadet er dem Regenwald nicht. Nach etwa 20 Jahren entwickelt sich auf dem aufgegebenen, brach liegenden Feld wieder ein neuer Wald.

Brandrodung wird zur Gefahr
Heute leben viel mehr Menschen als früher im tropischen Regenwald. Sie alle müssen sich ernähren. Immer mehr Regenwald wird gerodet, um Felder anzulegen. Brach liegende Felder werden schon nach wenigen Jahren wieder bepflanzt. So kann sich der Wald nicht erholen. Aus einer angepassten Nutzung des Regenwaldes ist eine zerstörende geworden. Viele Bauern betreiben auch keinen Wanderfeldbau mehr, sondern Dauerfeldbau. Oft werden riesige Regenwaldflächen von großen Firmen gerodet, um auf Plantagen Produkte für den Export anzubauen. Wenn diese großen Flächen brach liegen, kommt es zur großflächigen Erosion, auch wenn die Brache nur kurzzeitig ist.

M1 *Großflächige Brandrodung*

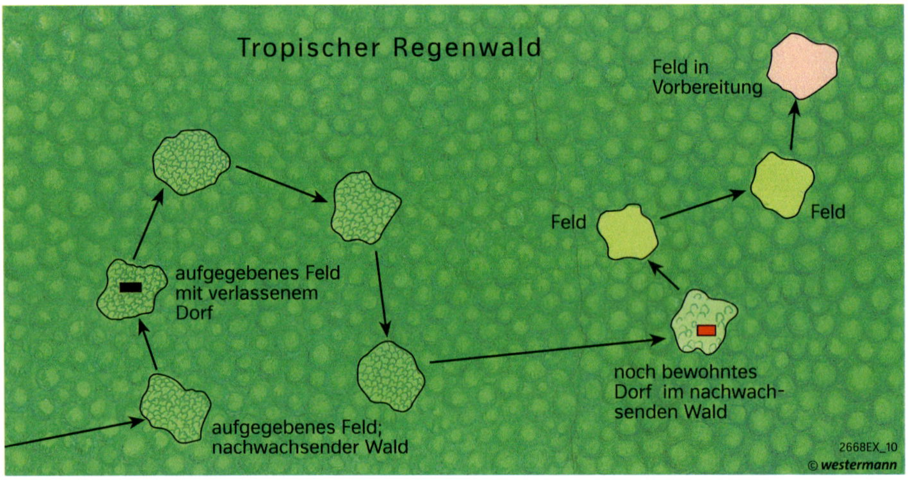

M2 *Wanderfeldbau (Modell)*

1. Beschreibe, wie ursprünglich Wanderfeldbau betrieben wurde (Text, M2).

2. Erläutere, warum der Brandrodungsfeldbau (M1, M2) heute schädlich für den tropischen Regenwald ist.

3. Beschreibe, wie Ackerbau, Viehzucht und Forstwirtschaft bei der Agroforstwirtschaft miteinander verbunden werden (M3).
Bringe dazu die folgenden Sätze in die richtige Reihenfolge. Der Anfang der Beschreibung lautet:
(1) Der Wald wird nur teilweise gerodet, denn die Bäume sind aus mehreren Gründen wichtig.
   - So kann der Boden nicht so leicht abgeschwemmt werden.

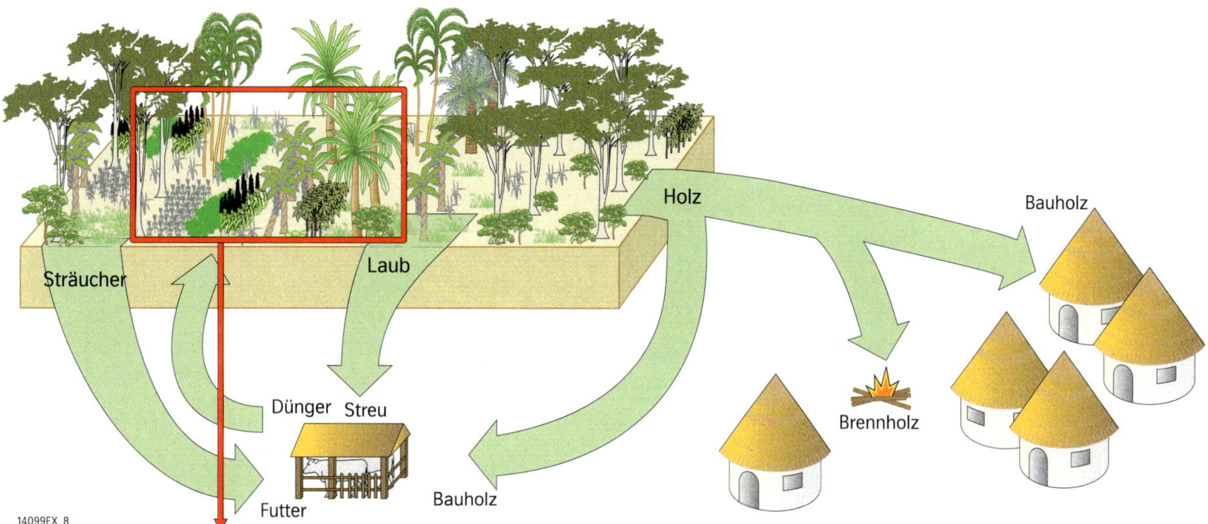

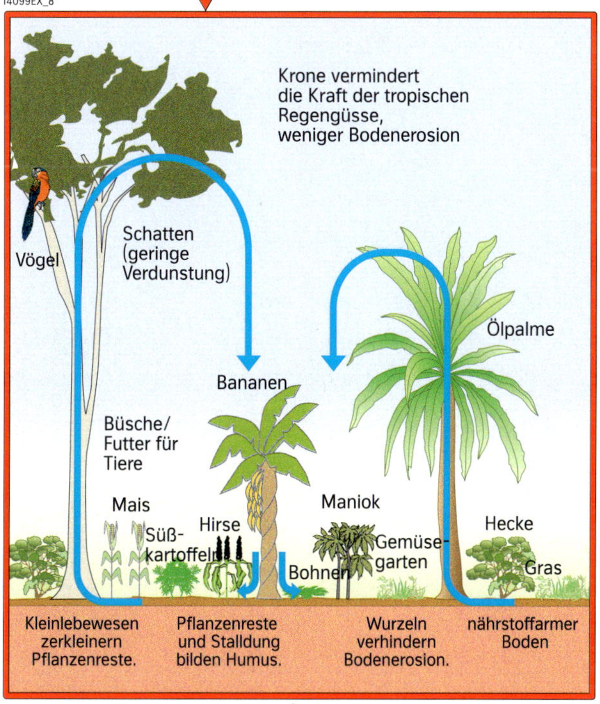

M3 ***Agroforstwirtschaft – ein Beispiel für nachhaltige Nutzung***

M4 ***Ein Biologe berichtet.***

- Die Streu aus dem Stall ist Dünger für das Feld.
- Außerdem wird das Laub als Streu für die Tiere gebraucht.
- Zum anderen vermindern die Baumkronen das Aufprallen der Regentropfen auf den Boden, die Wurzeln halten den Boden fest.
- Pflanzenreste werden zu Humus.
- Die Tiere sind aus zwei Gründen wichtig:
- Zum einen liefert der Wald Bauholz und Brennholz.
- Angebaut werden viele verschiedene Pflanzen, die verschieden hoch wachsen.
- Sie liefern Milch und Fleisch.

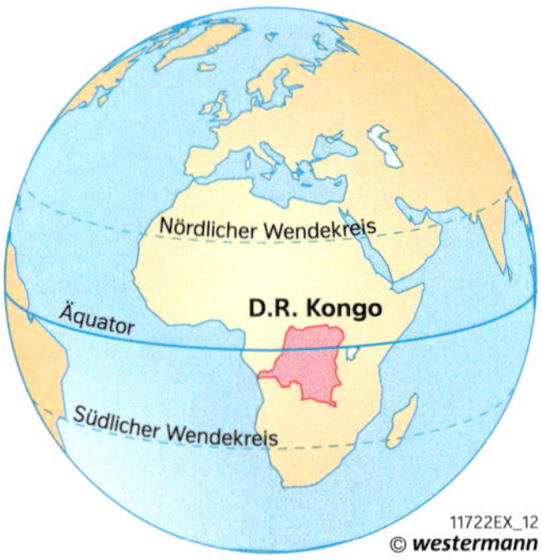

M1 *Lage der D.R. Kongo*

M2 *Flagge der D.R. Kongo*

M3 *Regenwaldabholzung im Kongo*

ERSTAUNLICH

In den Kongo-Regenwäldern leben über 400 Säugetierarten, über 260 Reptilienarten, mehr als 1000 Vogelarten und über 10 000 Pflanzenarten. Zu den faszinierendsten Arten gehören Gorillas (Foto), Schimpansen, Waldelefanten und Waldbüffel.

Das grüne Herz des Landes

Die Demokratische Republik (D.R.) Kongo liegt im Herzen Afrikas. Ihre Hauptstadt Kinshasa liegt nur etwa 4 Grad südlich des Äquators. Die tropischen Regenwälder der D.R. Kongo bedecken eine Fläche, die fast doppelt so groß ist wie Deutschland. In ihnen existieren Tausende von Pflanzen und Tieren, von denen viele nur hier vorkommen. Das macht die D.R. Kongo zu einem der artenreichsten Länder der Welt. Darüber hinaus sind die Wälder Lebensgrundlage vieler Menschen und tragen als Kohlenstoffspeicher zur Stabilisierung des Weltklimas bei.

Armes, reiches Land

Neben dem Reichtum an Arten ist die D.R. Kongo auch reich an Rohstoffen. Hier gibt es Gold, Diamanten, Coltan und andere wertvolle Bodenschätze. Aber obwohl die Rohstoffe des Landes zu den größten Vorkommen der Erde gehören, zählt die D.R. Kongo zu den ärmsten Ländern der Welt. In den letzten 20 Jahren fanden dauerhaft Kriege statt und viele Straßen, Brücken und Dörfer sind dadurch zerstört. Millionen Menschen sind gestorben und die staatliche Ordnung ist weitgehend zerstört. Auch heute noch herrschen in vielen Teilen des Landes Unruhen und Menschen sind auf der Flucht.

1. Beschreibe die Lage der D.R. Kongo unter Angabe der geographischen Koordinaten (Atlas, M1).

2. Erstelle eine Faustskizze der D.R. Kongo. Zeichne darin ein:
   a) Relief,
   b) Gewässer,
   c) bevölkerungsreiche Städte.

3. Erläutere Probleme, die durch die Abholzung der Regenwälder entstehen (M3).

4. Erläutere die Überschrift „Armes, reiches Land" (Text).

M4 *Sicherheitsposten der MONUSCO bei Goma im Osten der D.R. Kongo*

MONUSCO

Die MONUSCO (Mission de l'Organisation des Nations unies pour la stabilisation en République démocratique du Congo) war 2015 der größte friedenssichernde Einsatz der United Nations (UN). Etwa 25 000 Personen (Soldaten und zivile Kräfte) waren im Einsatz.

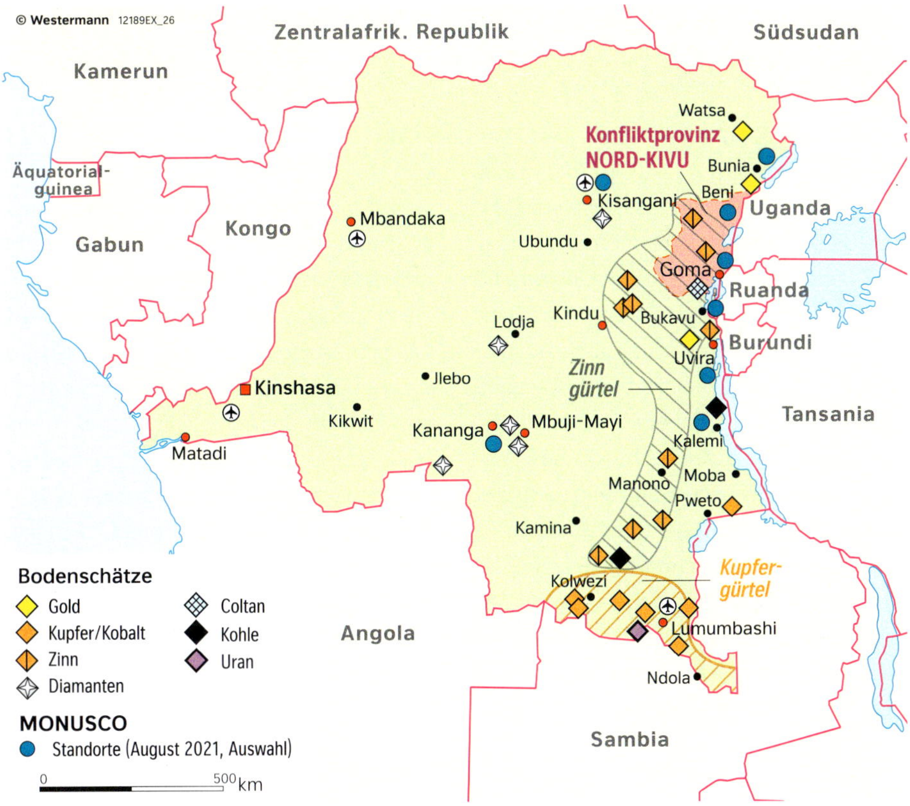

M5 *Die D.R. Kongo – ein rohstoffreiches Land in Zentralafrika*

5 Arbeite mit der Karte M5:
a) Nenne die in der D.R. Kongo vorkommenden Rohstoffe und beschreibe deren Lage.
b) Begründe, warum sich die Standorte der MONUSCO (M4) im Osten des Landes konzentrieren.

6 Recherchiere zu weiteren Einsätzen von Friedenstruppen der United Nations (Vereinte Nationen) in Afrika (Internet). 311

M1 *Coltan-Mine in der Provinz Katanga (D. R. Kongo)*

Coltan – blutiger Rohstoff für Smartphones

Die Demokratische Republik Kongo (D. R. Kongo) ist eigentlich ein reiches Land. Sie verfügt über große Rohstoffvorkommen, hat Süßwasserreserven und beheimatet riesige tropische Regenwälder. Allerdings haben Jahrzehnte ausbeuterischer Kolonialherrschaft und die nachfolgende Diktatur dem Land schwer geschadet. Die darauf folgenden Kriege haben das zentralafrikanische Land bitterarm gemacht. Die soziale und humanitäre Situation ist fast im gesamten Land katastrophal.

Die D. R. Kongo gehört zu den rohstoffreichsten Ländern des Kontinents. Sie besitzt große Vorkommen an Gold, Kupfer, Blei, Zinn, Zink, Diamanten und Coltan.

Coltan ist ein Erz, aus dem Niob und Tantal gewonnen werden. Tantal ist für die Produktion von Mobiltelefonen wichtig, Niob dient als Legierungszusatz für die Herstellung hitzebeständiger Metallbauteile in der Luft- und Raumfahrtindustrie. Etwa 80 Prozent der weltweiten Vorkommen liegen in Nord-Kivu, in der D. R. Kongo. Die meisten legalen Minen und fast alle illegalen Förderstellen werden von militärischen Gruppen kontrolliert. Diese terrorisieren oft unter Einsatz von Kindersoldaten die Schürfer und die Zivilbevölkerung.

Coltan

Coltan ist ein seltenes Erz. Es ist einer der wichtigsten Stoffe, der für die Herstellung von Smartphones, Laptops und anderen Computerteilen gebraucht wird.

1. Recherchiere über die Bedeutung von Coltan für die Elektrotechnik (Internet). 311
2. Beschreibe die Arbeitsbedingungen, unter denen Coltan in der D. R. Kongo abgebaut wird (M2 – M4).

M2 *Abbau von Coltan über der Erde*

M4 *Abbau von Coltan in einem Stollen*

Eine Mine im Kongo: Mühselig schlagen Arbeiter Brocken für Brocken aus dem Gestein – auch Kinder sind unter ihnen. Sie suchen Coltan. [...] Die Männer und Kinder schuften wie Sklaven [...]. Sie buddeln praktisch nackt, es gibt keine Schutzkleidung, keine Helme, keine Handschuhe und als einziges Werkzeug Hammer und Meißel. Oft stürzen Minen ein und begraben Arbeiter unter der Erde. Überhaupt ist Atmen ein Problem: In den winzigen Stollen gibt es kaum Luft. Die Zustände sind unvorstellbar. [...] Seit Jahrzehnten herrscht im Osten des Landes Bürgerkrieg [...]. Nicht zuletzt der Handel mit Coltan hält den Konflikt am Laufen. An den Verkäufen verdienen die Kriegstreiber, die Kommandeure der Rebellengruppen und Politiker. Von den Erlösen werden Waffen gekauft. [...] Menschenrechtler sprechen in Anlehnung an die berüchtigten Diamanten aus Sierra Leone schon von Blut-Coltan. Doch der Handel hat deswegen nicht nachgelassen. Etwa die Hälfte des auf dem Weltmarkt benötigten Coltans stammt aus Zentralafrika, vor allem aus der D.R. Kongo. Zwar wird das Erz auch in Australien oder Brasilien gewonnen – doch dort kostet es mehr. [...] Die Produktion in Australien ist rund doppelt so teuer wie die Produktion in Afrika. Insofern kaufen natürlich Händler großteils in Afrika ein. [...] Für den Verbraucher gilt weiterhin: Das Blut am Coltan ist für ihn unsichtbar. Er kann kaum nachvollziehen, was in seinem Handy, der Spielekonsole oder im Auto verbaut ist. [...]

(Diekhans, Antje: Blut-Handys: Der Rohstoff Tantal nährt Kriege. In: www.deutschlandradio.de, 19.08.2010. https://www.deutschlandradio.de/blut-handys-der-rohstoff-tantal-naehrt-kriege.331.de.html?dram:article_id=203436 [20.09.2021])

M3 *Medienbericht*

3 Erstelle eine Mindmap zu den Auswirkungen des Rohstoffabbaus auf die Umwelt (M1, M2).

4 „Produktion, Nutzung und Entsorgung von Smartphones kosten wertvolle Rohstoffe.“ Diskutiert diese Aussage.

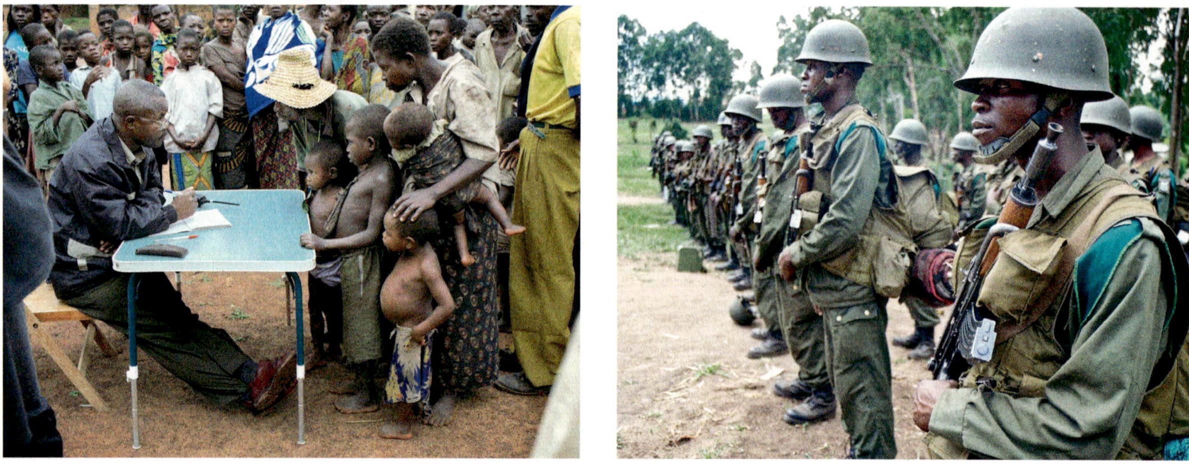

M1 *Links: Flüchtlinge melden sich in einem Flüchtlingslager an; rechts: Regierungssoldaten.*

M2 *Wahrnehmung der D. R. Kongo im Westen*

D. R. Kongo – ein gescheiterter Staat?

Für die D. R. Kongo wurde 2020 ein HDI-Wert von 0,480 ermittelt. Sie gehört damit zu den am geringsten entwickelten Ländern der Erde. Der bloße Zahlenwert sagt aber nichts über die konkreten Lebensbedingungen in diesem Land aus.

Eine öffentliche Verwaltung, Behörden, Krankenhäuser und Schulen gibt es nur in den großen Städten im Westen des Landes. Doch auch dort können nur die wenigen Menschen, die über ein gutes Einkommen verfügen, diese Dienste in Anspruch nehmen.

Die D. R. Kongo ist 6,5-mal so groß wie Deutschland und verfügt über wertvolle Rohstoffe. Diese liegen im Südosten des Landes. Das Straßennetz ist in einem sehr schlechten Zustand. Die meisten Pisten sind nur in der Trockenzeit befahrbar. Da es auch nur wenige funktionierende Eisenbahnstrecken gibt, können Ferntransporte nur auf dem Luftweg erfolgen.

Im Süden und Osten des Landes werden zahlreiche Rohstoffe gefördert. Die Abbaugebiete werden aber zum Teil von ausländischen Firmen kontrolliert. Diese bezahlen in der Regel keine Steuern. Arbeitsschutz und soziale Standards gibt es nicht. Die Abbauprodukte gelangen über die Grenze ins Ausland und werden dort weiterverarbeitet oder von dort aus exportiert. Die Einnahmen gehen an die Minenbetreiber und ihre Milizen.

Zwar verfügt die D. R. Kongo über eine Armee, doch da die Soldaten schlecht bezahlt werden und schlecht ausgerüstet sind, kann diese Armee kaum ihre Aufgaben erfüllen. Die einzelnen Teile des Landes werden von Kriegsherren beherrscht, auf die die Zentralregierung in Kinshasa kaum Einfluss ausüben kann. Formal gibt es das Land D. R. Kongo zwar, man spricht aber von einem gescheiterten Staat (engl.: „failed state").

1. Stelle die geschichtliche Entwicklung der D. R. Kongo dar (M5).
2. Beschreibe die Lebensbedingungen in der D. R. Kongo (Text).
3. Erläutere die in M3 beschriebenen Lebensumstände im Osten der D. R. Kongo.
4. Interpretiere die Karikatur M2.

„Meine Familie stammt aus einem Dorf ungefähr 60 Kilometer südwestlich der Provinzstadt Goma. Wir hatten ein kleines Gemüsefeld und auf zwei weiteren Hektar Land bauten wir Mais an. Wir waren nicht wohlhabend, kamen aber über die Runden und konnten unsere fünf Kinder sogar zur Schule schicken.
Dann kam der Krieg. Soldaten aus Ruanda brannten unser Dorf nieder. Mein Mann und meine beiden ältesten Söhne wurden erschlagen. Die überlebenden Dorfbewohner flohen in den Dschungel. Das ist jetzt 13 Jahre her. Wir haben nichts mehr und leben von dem Wenigen, das wir im Wald finden. Dennoch wird unser kleines Camp immer wieder von Söldnerbanden überfallen, manchmal auch von Soldaten der eigenen Armee. Meinen dritten Sohn haben sie verschleppt, vielleicht überfällt er jetzt auch Flüchtlingscamps. Meine beiden Töchter und ich wurden immer wieder vergewaltigt.
Es gibt keine Polizei, keine Gerichte und keine Ämter, an die ich mich wenden könnte. Der Staat scheint sich aufgelöst zu haben. Dabei brauchen wir doch Unterstützung wie noch nie. So wie mir geht es schließlich Hunderttausenden. Wir haben jede Hoffnung verloren.“

M3 *Bericht einer Bäuerin aus dem Osten der D.R. Kongo*

Land	BIP/Kopf (2020, in US-$)	Lebenserwartung (2020)	Alphabetisierungsrate (Personen älter als 14 Jahre, 2019, in %)	Zugang zu sauberem Trinkwasser (2019, in %)	Kinder pro Frau (2020)	Einwohner mit HIV/Aids (2020, in %)
D.R. Kongo	541	60,5	77	44	5,8	0,8
Botsuana	6781	64,3	88,5	88,4	2,5	22,2
Kenia	2039	68,5	81,5	57,6	3,5	4,8
Deutschland	45733	81	~ 100	100	1,5	0,1

M4 *Entwicklungsindikatoren*

Kaum ein afrikanisches Land hatte unter einer so grausamen Kolonialherrschaft zu leiden wie der Kongo.
Die internationale Kongo-Konferenz, die 1885 in Berlin abgehalten wurde, setzte Belgien als Kolonialmacht ein. Der belgische König betrachtete das Land damals als sein Privateigentum. Er beutete das Land mit einer ungeheuren Brutalität aus.
Zwar konnte sich der Kongo 1960 unter der Führung des Volkshelden Patrice Lumumba von der Kolonialherrschaft befreien, doch im Januar 1961 wurde Lumumba ermordet.
Mit großem Aufwand kam es 2006 zu einer demokratischen Präsidentenwahl, doch geändert hat sich seitdem wenig.
Heute herrscht im Land nach UN-Einschätzung ein Klima der Einschüchterung. Die Menschenrechtslage des Landes ist äußerst problematisch. Zivilisten werden häufig Opfer von Gewalt, die von Regierungstruppen sowie Rebellengruppen verübt wird.

M5 *Ein Blick in die Geschichte*

5 Vergleiche die Entwicklungsindikatoren der D.R. Kongo mit denen anderer Staaten (M4).

6 Im Gegensatz zu seinen Nachbarstaaten hat sich die D.R. Kongo zu einem „failed state“ entwickelt. Erläutere.

Z Erstellt ein Lernplakat zur D.R. Kongo (M1–M5, Atlas, Internet). 306

M4 *Diamantenschleiferin in Botsuana*

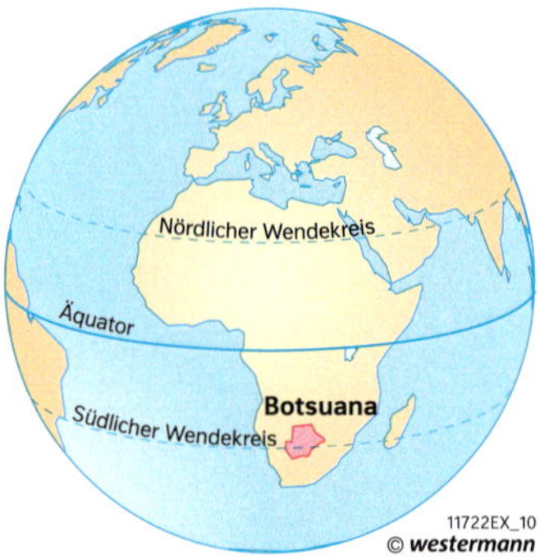

M1 *Lage Botsuanas*

M2 *Flagge Botsuanas*

Präsident Seretse Khama Ian Khama stellte seine Amtszeit unter das Motto von fünf „D“: „Democracy“ (Demokratie), „Development“ (Entwicklung), „Dignity“ (Würde), „Discipline“ (Disziplin) und „Delivery“ (Liefern).

M3 *Präsident Khamas Selbstverpflichtung*

Botsuana – ein Musterstaat?

Keine Hungersnot, keine Unruhen, keine Umstürze – Botsuana gilt vielen als demokratischster Staat in Subsahara-Afrika mit solider Wirtschaft. Kein Land der Region hat ein höheres Bruttoinlandsprodukt pro Kopf als Botsuana (2019). Was macht das Land besser als viele seiner Nachbarn?

Botsuana (2,3 Mio. Einwohner im Jahr 2019) produziert ein Drittel aller Diamanten weltweit. Es war ein Vorteil, dass die reichen Diamantenvorkommen erst kurz nach der Unabhängigkeit des Landes entdeckt wurden. Da die Europäer dachten, dass es in dem kargen Land nichts zu holen gäbe, wurde es wirtschaftlich nicht ausgebeutet. Nach der Unabhängigkeit wurden die Erlöse aus dem Rohstoffhandel, im Gegensatz zu anderen afrikanischen Ländern, nicht verschwendet oder ins Ausland verlagert.

Wie andere Staaten Subsahara-Afrikas weist das Land eine hohe Aids-Rate auf. Die Behandlung der zahlreichen Aidskranken mit modernen Medikamenten ist vergleichsweise vorbildlich.

Politisch ist Botsuana durch Stabilität, Kontinuität und gute Regierungsführung gekennzeichnet. Das Parlament und der Präsident werden demokratisch gewählt. Ein besonderes Augenmerk der Regierung liegt auf der Bildung. Etwa 18 Prozent der Staatseinnahmen werden in den Bildungssektor investiert.

Noch ist Arbeitslosigkeit ein großes Problem. Um es zu lösen, muss die einseitige Ausrichtung der Wirtschaft auf den Bergbau überwunden werden.

1. Erstelle eine Faustskizze Botsuanas (Atlas). Zeichne darin ein:
   a) Vegetationszonen,
   b) die einwohnerstärksten Städte,
   c) Nachbarländer,
   d) Längen- und Breitengrade.

2. Nenne Faktoren, die zur positiven Entwicklung Botsuanas beitragen (Text, M5).

3. Begründe, warum Präsident Khama die fünf Themen als Selbstverpflichtung ausgewählt haben könnte (M3).

Die politische Stabilität macht Botsuana zu einem sehr beliebten Urlaubsziel. Einerseits besteht Botsuana zu 80 Prozent aus der Kalahari-Wüste, zum anderen fasziniert das rund 15 000 km² große Okavango-Becken mit Hunderten von Tierarten und unzähligen kleinen Wasserwegen. Man kann hier auf Reisen und Safaris eine einzigartige Tier- und Pflanzenwelt bestaunen. Etwa 40 Prozent des Landes sind geschützte Naturparks.

M5 *Tourismus in Botsuana*

1965	82
1970	153
1975	479
1980	1182
1985	1042
1990	2946
1995	3220
2000	3522
2005	5513
2010	6435
2014	7781
2015	6800
2019	7961

M7 *Botsuana – Entwicklung des BIP/Kopf (in US-$)*

Botsuana gehört zu den wirtschaftlich stabileren Staaten Afrikas. Dennoch steht auch Botsuana noch immer vor den typischen Herausforderungen eines Entwicklungslandes: Das Land ist abhängig von einem Rohstoff, den Diamanten, und die öffentliche Infrastruktur wie Straßen, Telekommunikation, Wasser- und Stromversorgung ist nur begrenzt ausgebaut. Nach dem Welthungerindex lebten 2017 etwa 20 Prozent der botsuanischen Bevölkerung unterhalb der Armutsgrenze.

Wichtigster Träger der Wirtschaft bleibt der Bergbau, der mit circa 25 Prozent zum BIP beiträgt, dabei fast 90 Prozent der Exporterlöse und mehr als 35 Prozent der Staatseinnahmen erwirtschaftet. In den vergangenen Jahren konnte die Weiterverarbeitung von Rohdiamanten im eigenen Land vorangetrieben werden.

Die Landwirtschaft trägt mit zwei bis drei Prozent zum BIP bei, ist allerdings weiterhin Haupteinnahmequelle weiter Bevölkerungskreise vor allem in den ländlichen Gebieten.
Der Tourismus trägt etwa 15 Prozent zum BIP bei und ist vergleichsweise beschäftigungsintensiv.

M6 *Auf einem guten Weg*

Die Einwohnerzahl Botsuanas stieg wegen der hohen Sterblichkeit durch Aids zu Beginn des 21. Jahrhunderts weniger stark an. Die botsuanische Regierung fühlt sich der Bekämpfung von HIV/Aids stark verpflichtet. Die Infektionsrate lag 2015 insgesamt bei 22,2 Prozent und bei der Gruppe der 25- bis 39-Jährigen über 35 Prozent.

Die kostenlose Verteilung von Medikamenten zeigt Erfolge, die Rate neuer Ansteckungen ist beträchtlich gesunken. Es gibt auch ein Programm für die finanzielle und psychologische Betreuung von über 100 000 Aids-Waisen.

M8 *Problemfeld Aids*

4 a) Nenne Herausforderungen, die Botsuana zu bewältigen hat (M6).
b) Beschreibe die Wirtschaftsstruktur Botsuanas (M6).

5 Erläutere Folgen der HIV-Infektionsrate für Bosuana (M8, S. 277 M4).

6 a) Beschreibe die Entwicklung des BIP/Kopf in Botsuana (M7).
b) Durch einen Nachfragerückgang und Krisen im Bergbau sank das BIP/Kopf des Landes von 2014 bis 2015 um etwa 12 Prozent. Welche Schlüsse sollten Politiker daraus ziehen? Diskutiert.

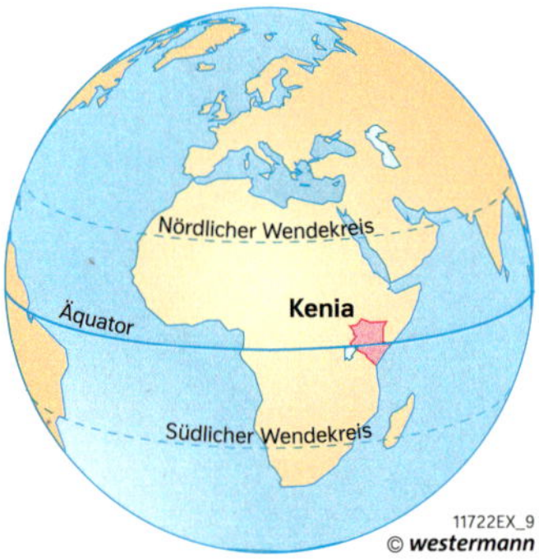

M1 *Lage Kenias*

M4 *Am Strand von Mombasa*

M2 *Flagge Kenias*

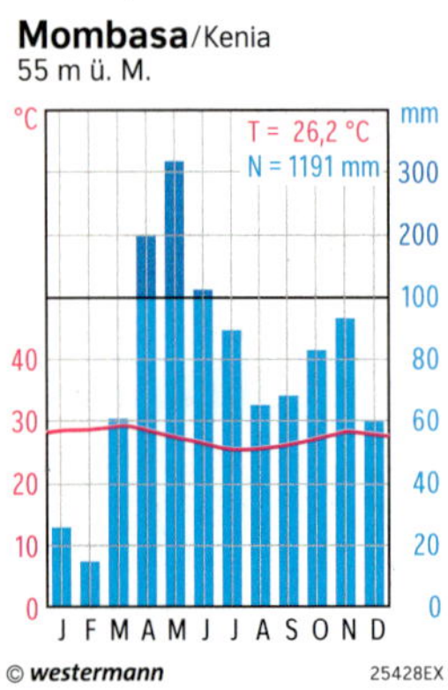

M3 *Das Klima von Mombasa*

Urlaub in armen Ländern

Im Dezember 1963 erlangte Kenia die Unabhängigkeit von Großbritannien. Mit rund 46 Mio. Einwohnern (2016) zählt das Land zu den 30 bevölkerungsreichsten Staaten der Erde. Etwa 42 Prozent der Bevölkerung sind jünger als 15 Jahre. Der Tourismus ist ein wichtiger Wirtschaftsfaktor des Landes. Den Besuchern wird viel geboten. Kenia verfügt über vielfältige Landschaften und schöne Strände. Exotische Tiere durchstreifen die Nationalparks. Eine gute touristische Infrastruktur ermöglicht relativ komfortables Reisen.

Viel Staatsgeld fließt in Werbekampagnen, die das Land als Reiseziel bewerben. Ist dies berechtigt angesichts der Tatsache, dass rund ein Viertel der Kenianer mit weniger als einem US-Dollar pro Tag auskommen muss? Sollte man in armen Ländern Urlaub machen? Wer profitiert vom Tourismus?

Die Materialien auf den nachfolgenden Seiten können helfen, erste Antworten auf diese Fragen zu finden.

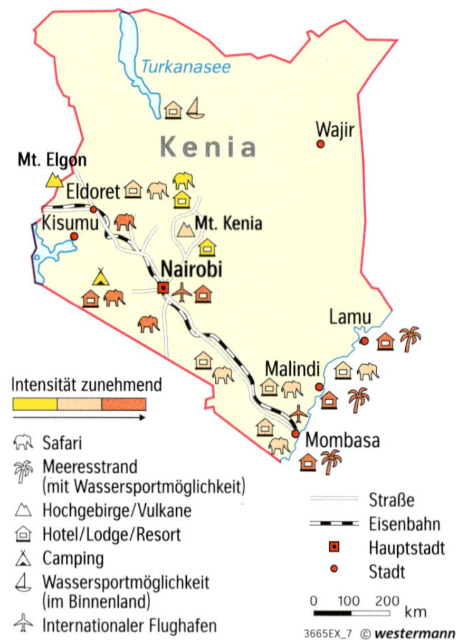

M5 *Tourismuseinrichtungen in Kenia*

1. Beschreibe die Lage Kenias (M1, Atlas).
2. Erstelle eine Faustkizze Kenias. Zeichne darin die Vegetation, Gewässer und wichtige Städte ein (Atlas).
3. a) Werte das Klimadiagramm M3 aus. 196
   b) Begründe, in welchen Monaten du Kenia gerne besuchen möchtest.
4. Erläutere, warum Kenia ein beliebtes Reiseziel ist (Text, M4, M5).

Der Tourismus schafft viele Arbeitsplätze: Hotels werden gebaut und müssen eingerichtet werden. Die Hotelzimmer müssen gereinigt, die Wäsche muss gewaschen werden und die Gäste wollen versorgt sein. Dazu benötigt man Arbeitskräfte vor Ort.
Die Bauern können mehr Produkte anbieten und brauchen ebenfalls mehr Arbeitskräfte. Die Touristen wollen auch Ausflüge machen. Man braucht gute Straßen, sichere Verkehrsmittel und Fremdenführer. Ein Land, das vom Tourismus lebt, hat es jedoch schwer, wenn die Touristen ausbleiben.

M6 *Arbeitsplätze schaffen.*

„Mein Mann und ich reisen gern nach Kenia, besonders nach Lamu. Wir verbinden in der Regel unseren Badeurlaub mit einer Safari durch eines der zahlreichen Wildreservate. Dort sind exotische Pflanzen und Tiere sowie großartige Naturlandschaften zu bewundern. Wir sind fasziniert von der Wildnis und von fremden Kulturen. Probleme mit dem Klima haben wir nicht. Einheimische lernen wir allerdings nicht näher kennen. Sie begegnen uns nur als Kellner, Zimmermädchen, Fahrer und als Modelle für Fotos. Alle Ausflüge und Rundreisen unternehmen wir nur in Reisegruppen."

M8 *Bericht einer Kenia-Urlauberin aus Neunkirchen*

Ein wichtiger Wirtschaftssektor Kenias ist die Landwirtschaft, in der knapp 35 Prozent (2019) des Bruttoinlandsproduktes erwirtschaftet werden. Der bedeutendste Wirtschaftszweig ist aber der Dienstleistungssektor. Hier werden 46 Prozent des Bruttoinlandsproduktes erwirtschaftet. Die Tourismusbranche ist dabei von besonderer Bedeutung. Kenia ist schon seit langem ein beliebtes Reiseland.
Aufgrund politischer Unruhen, überhöhter Preispolitik und gewachsener Konkurrenz durch ähnliche Tourismusziele kam es aber in den vergangenen 15 Jahren immer wieder zu Einbrüchen im Tourismus. Heute bereisen rund zwei Millionen Touristen jährlich das Land. 2019 wurden allein im Tourismus-Sektor rund 1,57 Milliarden Euro erwirtschaftet. Das entspricht 1,8 Prozent des Bruttoinlandsproduktes und circa 14 Prozent aller Tourismuseinnahmen Ostafrikas. Die kenianische Regierung will dies noch steigern und erhofft sich bis zum Jahr 2030 über 5 Millionen Touristen pro Jahr.

M7 *Wichtigste Wirtschaftszweige*

Der Tourismus ist für Kenias Umwelt Fluch und Segen zugleich. Einerseits führt der Tourismus zu mehr Müll und belastet die Natur. Andererseits bringt er viel Geld ein. Kenia verfügt über eine Vielzahl an Nationalparks und Naturschutzgebieten, die durch Eintrittsgelder finanziert werden. Dort kümmern sich zum Beispiel Förster und Wildhüter um die Landschaftspflege und den Artenschutz. Auch werden Ranger beschäftigt, die die Tiere gegen illegale Wilderei schützen. Gerade durch die Reisebeschränkungen während der Coronapandemie und die dadurch sinkenden Touristenzahlen hat der Naturschutz mit drastischen Einschränkungen zu kämpfen.

M9 *Tourismus und Umweltschutz*

5. Beschreibe die Bedeutung des Tourismus für Kenia (M5–M7).

6. Erläutere die Bedeutung des Umweltschutzes für Kenia (M9).

7. Recherchiere im Internet: Vergleiche die Darstellung Kenias auf den Webseiten vom Reiseveranstaltern mit denen von Hilfsorganisationen (z. B. UNICEF, SOS-Kinderdorf, ...). 311

Der Staat Kenia in Ostafrika hat in den letzten vier Jahrzehnten viele Einrichtungen ausgebaut, die für den Tourismus förderlich sind. Dabei hat das Land stark auf Massentourismus gesetzt. Wenn jedoch keine Touristen in das Land kommen, wie zum Beispiel bei Warnungen vor terroristischen Anschlägen oder landesweiten Unruhen, ist das ein großer Rückschlag für die heimische Wirtschaft.
Anfang 2016 hat Kenia ein neues Maßnahmenpaket verkündet, um den Tourismus zu fördern. Die Visagebühr für Kinder unter 16 Jahren soll entfallen. Außerdem werden die Eintrittsgebühren für Nationalparks gesenkt und sind nicht zusätzlich mehr steuerpflichtig. Als weitere Maßnahme werden europäische Flüge zu den kenianischen Küstenflughäfen vom Staat finanziell unterstützt und von Landegebühren befreit, was die Flugpreise für Touristen senkt.

M10 *Tourismus fördern.*

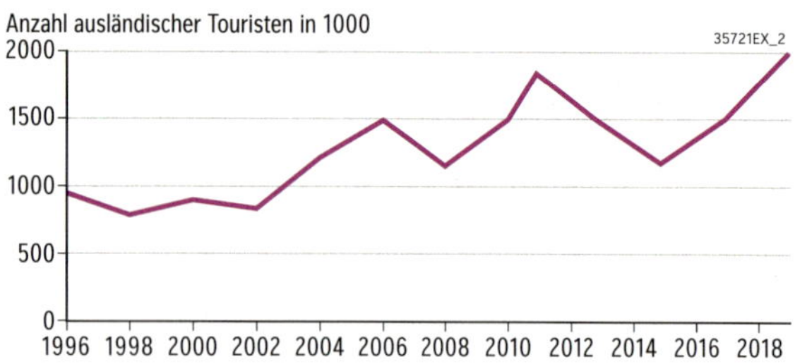

M11 *Ankünfte in Kenia*

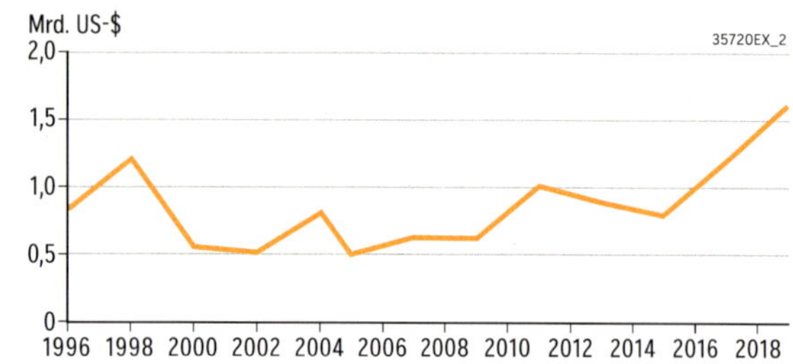

M12 *Einnahmen Kenias durch Tourismus*

2000	2005	2010	2015	2019
397	511	951	1336	1816

M13 *Kenia – Entwicklung BIP/Kopf (US-$)*

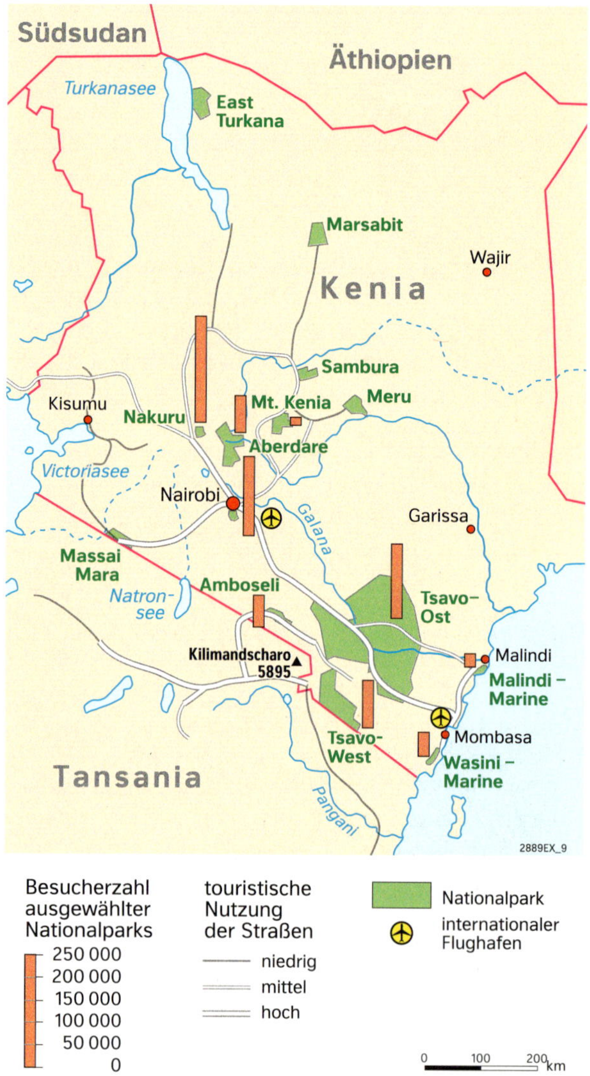

M14 *Tourismus in Kenias Nationalparks*

Grundstückspreise und Lebenshaltungskosten steigen in den touristisch genutzten Regionen. Selten wird beim Hotelbau Rücksicht auf die Umwelt genommen. Golfanlagen, Hotelpools und Tennisplätze benötigen viel Wasser. Die Hotels und Restaurants produzieren zudem Müll und Abwasser, deren Aufbereitung häufig nicht umweltgerecht durchgeführt wird.
Erheblich ist oftmals der Zustrom von Saisonarbeitern aus anderen Landesteilen. Kulturelle Bräuche und Sitten verlieren an Bedeutung, wenn sie für die Unterhaltung der Touristen zur Schau gestellt werden.

M15 *Schattenseiten des Tourismus*

„Seit 2007 arbeite ich als Träger im Mt. Kenya Guides Club. Mein Lohn ist abhängig von der Zahl der Bergsteiger und von der Jahreszeit. Während der beiden Regenzeiten haben wir praktisch nichts zu tun. In der übrigen Zeit bin ich bis zu 13 Tage am Stück als Lastenträger am Berg tätig. Häufig fehle ich dann meiner Frau bei der Feldarbeit. Der Verdienst beträgt im Durchschnitt weniger als die Hälfte dessen, was ein Landarbeiter auf einer großen Farm bekommt. Deshalb müssen meine Kollegen und ich häufig noch anderen Arbeiten nachgehen, zum Beispiel als Fahrer oder als Inhaber von kleinen Läden."

M16 *D. Nchilakoi, Lastenträger im Mt. Kenya Guides Club*

„Die Souvenirs in meinem Laden werden vielfach von anderen Frauen in Heimarbeit hergestellt. Sie nutzen hier vorkommende Materialien und wenden traditionelle Techniken an. Da die Produktion sehr aufwendig ist, bietet sie vielen Menschen einen Arbeitsplatz. Und weil weder Technik noch Materialien teuer aus dem Ausland eingekauft werden müssen, lässt sich mit dem Verkauf der Souvenirs hier in Kenia gutes Geld verdienen. Besonders beliebt sind traditionelle Gebrauchs- und Schmuckgegenstände der nomadischen Hirtenvölker. Auch sie können somit vom Tourismus profitieren."

M18 *A. Mohiddin, Besitzerin eines Souvenir-Geschäfts*

„Ich arbeite seit drei Jahren in einem Hotel als Gärtner. Im Monat verdiene ich 5000 Kenia-Shillings (ca. 45 Euro). Mein bester Freund ist in der Stadt Mombasa in einem gehobenen Hotel als Chefkoch angestellt. Er kommt im Monat auf gut 20 000 Kenia-Shilling (ca. 185 Euro). Das ist ein gutes Gehalt für normale kenianische Verhältnisse. Mein Freund sagt immer: „Was eine einheimische Familie hier zum Leben benötigt, das ist weniger als das Trinkgeld bei einem Dinner in meinem Hotel"."

M17 *A. Ruto, Gärtner in einem Hotel*

„Meine Leute wussten nichts von Profit, Tourismus oder Großwildparks. Erst mit dem Massentourismus begannen die negativen Folgen für Mensch und Umwelt. Wir werden nur noch als Objekte betrachtet, die man für Trinkgelder fotografieren sowie arbeiten und tanzen lassen kann. Aufgeputzt in Kostümen, die früher nur für feierliche Anlässe da waren, bieten unsere Kinder den Touristen gegen Trinkgeld Dienste an. Statt in die Schule zu gehen, tragen sie so zum Haushaltseinkommen bei."

M19 *N. Kenyaga, Massai-Stammesältester*

8 a) Beschreibe die Entwicklung des Tourismus in Kenia (M11, M12).
b) Nenne mögliche Gründe für einen Rückgang der Touristenzahlen (M7, M10).
c) Erläutere Maßnahmen zur Tourismusförderung in Kenia (M10).

9 Erläutere Probleme, die durch den Tourismus entstehen (M15, M19).

10 Analysiere die unterschiedlichen Wahrnehmungen des Tourismus in M8 und M16–M19.

11 „Der Tourismus ist ein Feuer, mit dem man eine Suppe kochen, aber auch sein Haus abbrennen kann." Erläutere diese Aussage.

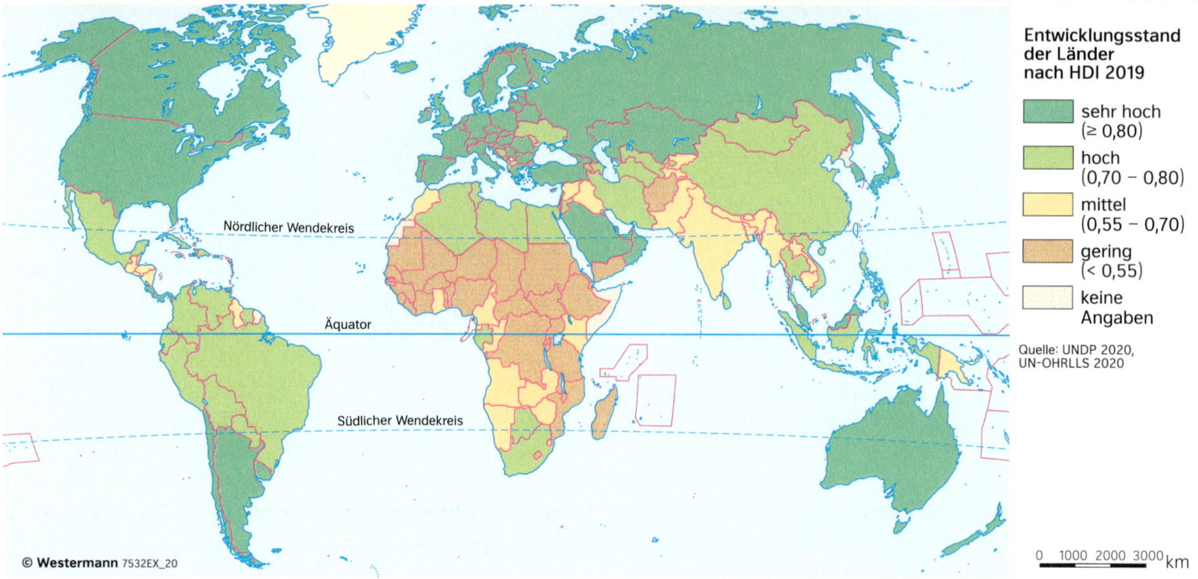

M1 *Der Human Development Index zeigt, wie gut Menschen in verschiedenen Staaten leben.*

ℹ ❶ Dritte Welt
Die Entwicklungsländer nannte man früher auch **Dritte Welt**. Grund ist, dass man die Welt in eine Erste Welt (die Industriestaaten), die Zweite Welt (die damaligen sozialistischen Staaten Osteuropas) und die Dritte Welt einteilte.

ℹ ❷ Bruttonationaleinkommen (BNE)
Das Bruttonationaleinkommen (BNE) ist die Summe aller Einkommen, die die Menschen in einem Land in einem bestimmten Zeitraum erzielen (zum Beispiel durch ihre Arbeit oder durch Zinsen). Das BNE zeigt, wie stark die Wirtschaft in einem Land ist.

Unterschiedliche Lebensbedingungen

Ob ein Mensch hungert oder satt wird, ob er lesen lernt, guten Lohn bekommt, ob er lange lebt oder jung stirbt, das hängt davon ab, wo er lebt. Denn die Lebensbedingungen in den Ländern der Welt sind sehr unterschiedlich.

Ein Maßstab für die Entwicklung eines Landes ist der Human Development Index (HDI). Er berücksichtigt neben der Lebenserwartung auch die Bildungssituation der Menschen und das Bruttonationaleinkommen (siehe Info 2).

Die reichsten Länder auf der Welt nennt man **Industrieländer**. Zu ihnen gehören zum Beispiel Deutschland und die USA. Die Menschen in diesen Ländern haben einen hohen Lebensstandard; Gesundheitsversorgung und Bildung sind gesichert. Sozialversicherungen schützen die Menschen vor den Folgen von Lebensrisiken wie Arbeitslosigkeit, Krankheit und Alter. Die Wirtschaft ist geprägt von Industrie- und Dienstleistungen.

Die ärmsten Länder der Welt sind die **Entwicklungsländer**. Zu ihnen gehören viele Länder Afrikas wie etwa Mali.

Viele Entwicklungsländer sind geprägt durch ein starkes Bevölkerungswachstum, ein unzureichendes Bildungssystem und eine schlechte medizinische Versorgung. Die Arbeitslosigkeit ist oft hoch und viele Menschen arbeiten in schlecht bezahlten, unsicheren Jobs.

Zwischen Entwicklungs- und Industrieländern liegen die sogenannten **Schwellenländer**, zum Beispiel Mexiko. Diese Länder sind keine Entwicklungsländer mehr, sie nähern sich den Industrieländern an. Typisch für Schwellenländer ist das Nebeneinander von Moderne, zum Beispiel in den Bereichen Industrie und Technologie, und sehr armen, unterentwickelten Regionen. Dadurch gibt es große soziale Unterschiede zwischen wohlhabenden und armen Menschen.

1. Nenne Industrieländer, Schwellenländer und Entwicklungsländer (M1).
2. Erläutere Kennzeichen dieser Länder.
3. Erläutere die Grafiken in M2. Vergleiche die Staaten.

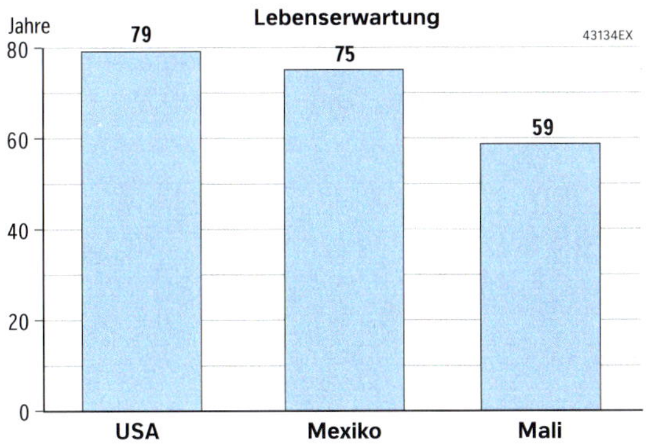

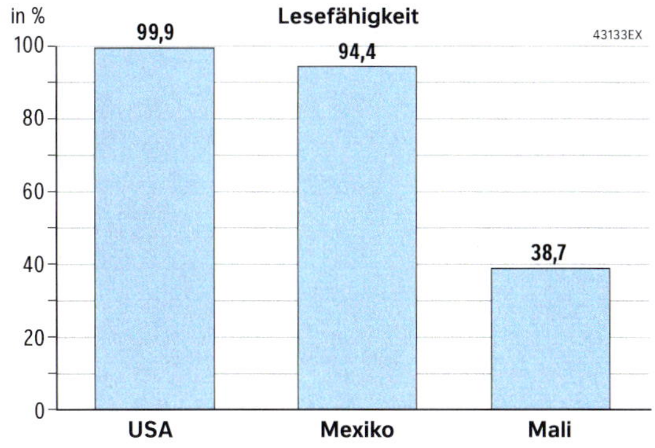

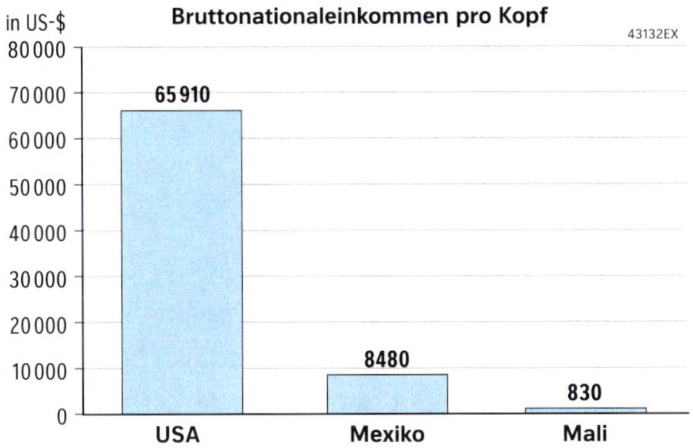

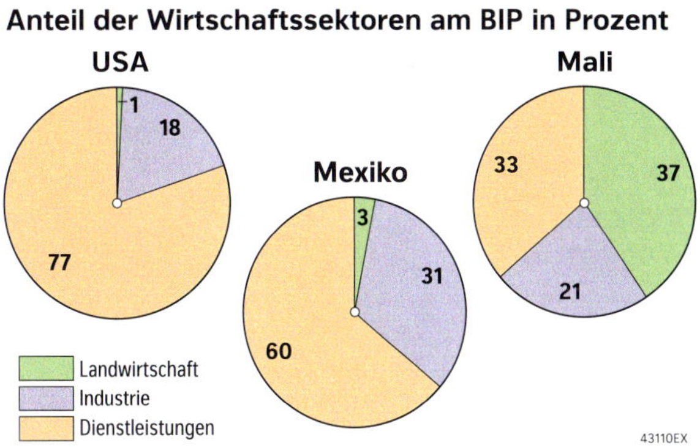

M2 *Lebensbedingungen und Wirtschaft in den USA, Mexiko und Mali (2019)*

Ursachen von Unterentwicklung

Es gibt viele Ursachen, warum Staaten unterentwickelt sind. Nicht alle Ursachen treffen für alle Entwicklungsländer zu.
Manche Ursachen liegen in den natürlichen Gegebenheiten der Staaten. Dazu gehören zum Beispiel der Mangel an Rohstoffen und ein ungünstiges Klima.
Andere Ursachen haben mit den Gesellschaften zu tun. Zum Beispiel können bestimmte religiöse oder kulturelle Traditionen die Entwicklung eines Staates hemmen. Auch ein starkes Bevölkerungswachstum, die Unterdrückung von Frauen und Korruption wirken sich negativ aus.

Historische Geschehnisse wie die Besetzung durch Kolonialmächte haben die Entwicklung von Staaten ebenfalls beeinflusst. Zum Beispiel führen willkürliche Grenzziehungen durch die Kolonialmächte in Afrika immer wieder zu Konflikten.
Auch dass die Wirtschaft vieler afrikanischer Länder stark auf den Export von Rohstoffen oder landwirtschaftlichen Produkten ausgerichtet ist, ist ein Erbe der Kolonialzeit.

i ❸ Welthandel – Terms of Trade

Viele Entwicklungsländer exportieren Rohstoffe in die Industrienationen, zum Beispiel Kaffee oder Kakao. Die Preise für diese Rohstoffe sind niedrig. Gleichzeitig importieren die Entwicklungsländer teure verarbeitete Güter aus den Industrienationen, zum Beispiel Autos, Computer oder Industriemaschinen.
Das Verhältnis zwischen ausgeführten und eingeführten Gütern nennt man Terms of Trade.
Wenn die Preise für Exporte sinken oder die Preise für Importe steigen, verschlechtern sich die Terms of Trade des betroffenen Landes, weil für die gleiche Exportmenge weniger Güter importiert werden können.

4 Erstelle eine Mindmap zu den Ursachen von Unterentwicklung. Erkläre.

5 Recherchiere Ursachen und Merkmale der Entwicklungssituation eines Entwicklungs-, Schwellen- oder Industrielandes. Präsentiere. 311

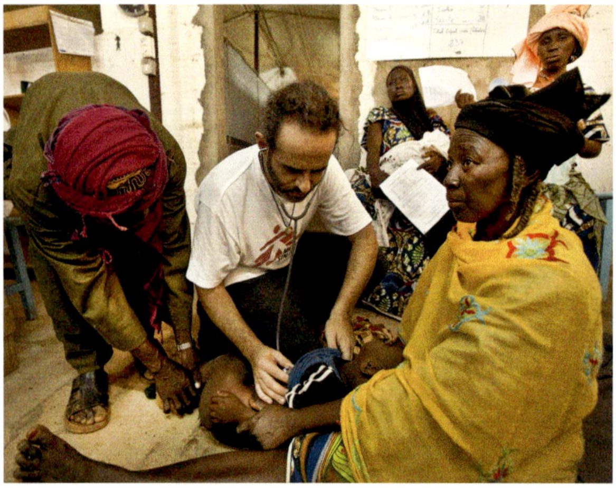

M1 *Die Organisation „Ärzte ohne Grenzen" hilft in Afrika.*

M3 *Bauern in Burkina Faso errichten Steinmauern zum Schutz des Ackerbodens.*

ⓘ ❶ Entwicklungszusammenarbeit
Um die politischen, gesellschaftlichen und wirtschaftlichen Probleme der Entwicklungsländer zu vermindern, formulieren Ländergruppen und internationale Organisationen (z. B. UN) gemeinsam bestimmte Ziele (M4). Maßnahmen, die dazu beitragen, diese Ziele zu erreichen, werden als Entwicklungszusammenarbeit bezeichnet. Häufig geht es dabei um die Förderung von Aus- und Fortbildung, die Lieferung von Sachmitteln und um finanzielle Zuschüsse.

ⓘ ❷ Grenzen der Entwicklungszusammenarbeit
Trotz aller Bemühungen sind der Zusammenarbeit Grenzen gesetzt, wenn zum Beispiel korrupte Politikerinnen und Politiker oder Beamtinnen und Beamte in Entwicklungsländern Hilfsgelder selbst behalten, statt sie ihrer Bevölkerung zukommen zu lassen. Auch eine schlecht funktionierende Verwaltung verhindert oft, dass die Hilfe bei der Bevölkerung ankommt.

Weltweite Zusammenarbeit

Etwa eine Milliarde Menschen auf der Welt lebt in extremer Armut. Ein wichtiges Instrument der Armutsbekämpfung ist die Entwicklungszusammenarbeit (Info 1, Info 2). Sie ist keine wohltätige Hilfe für Arme, sondern sie will die Menschen befähigen, sich selbst aus ihrer Armut zu befreien. Entwicklungszusammenarbeit leistet auch einen Beitrag für unsere eigene Zukunft. Denn durch die enge Verflechtung der Weltwirtschaft bleibt heute kein Land unberührt von den Krisen in anderen Ländern und Regionen. Wer Sicherheit, Frieden und Umweltschutz will, muss sich um weltweite Zusammenarbeit bemühen. Die Entwicklungszusammenarbeit allein wird die Armut in der Welt nicht beseitigen, sie kann aber helfen, die Armut und die Zahl der Konflikte zu verringern (M5).

Der Terra-Verde Förderverein e.V. unterstützt Bauernfamilien in Burkina Faso dabei, eigenverantwortlich Maßnahmen gegen den Verlust von wertvollem Ackerboden zu ergreifen. Eine wichtige Maßnahme ist die Errichtung von Steinwällen auf den Feldern (M3). Dadurch fließt das Regenwasser langsamer ab und der Boden hat mehr Zeit, das Wasser aufzunehmen. Die Steine werden mühsam per Hand in Gemeinschaftsarbeit gesammelt, zerkleinert und verlegt. Für einen Hektar Fläche werden ca. 50 Tonnen Steine benötigt. Die Bauern wünschen sich den Lkw, um die Steine zu den Feldern zu transportieren. Hier kann Terra-Verde bei der Beschaffung der Lkw helfen.

M2 *Projektarbeit zur Stärkung der ländlichen Bevölkerung in Burkina Faso*

1 a) Erkläre den Begriff der Entwicklungszusammenarbeit (Text, Info).
b) Erläutere beispielhaft die Entwicklungszusammenarbeit in M3 mithilfe von M2.

2 Recherchiere Organisationen, die sich in verschiedenen Bereichen der Entwicklungszusammenarbeit engagieren (M4). 311

Nachhaltige Ziele

Am 25. September 2015 wurde auf dem Gipfel der Vereinten Nationen (UN) in New York die „Agenda 2030" für nachhaltige Entwicklung verabschiedet. Sie ist eine Art Weltzukunftsvertrag, der 17 Entwicklungsziele (englisch: „Sustainable Development Goals" (SDG)) für das Jahr 2030 festschreibt (M4).

Diese Entwicklungsziele verbinden wirtschaftliche, ökologische und soziale Entwicklung. Armutsbekämpfung und Nachhaltigkeit werden in einer Agenda, das heißt in einer umfangreichen Aufgabenliste, zusammengeführt.

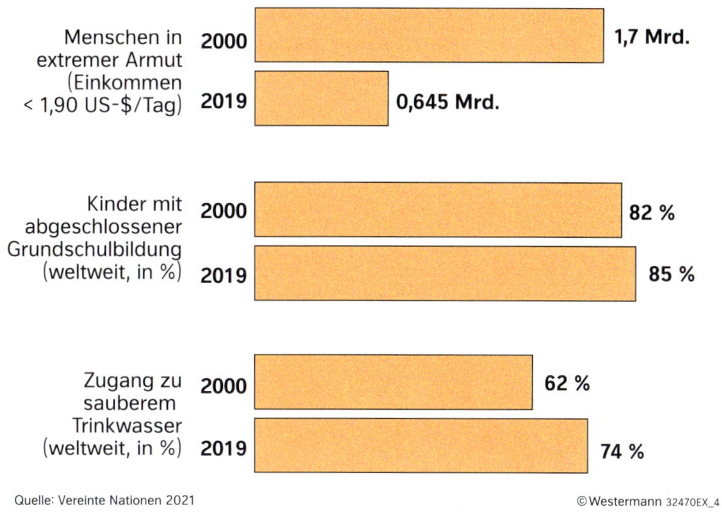

M5 *Erfolge der Entwicklungszusammenarbeit*

M4 *Nachhaltige Entwicklungsziele der Agenda 2030*

3 a) Du hast nicht genügend Geld, um alles zu tun, was nötig wäre. Beschreibe zwei Bereiche der Agenda 2030, die du zuerst bearbeiten würdest (M4).
b) Beschreibe Erfolge, die bei einzelnen Entwicklungszielen erreicht wurden (M5).

4 „Auch die Industrieländer profitieren von der Zusammenarbeit." Erläutere diese Aussage.

M1 *Fairer Handel – Beispiele aus der Produktpalette*

FAIRTRADE
Das Siegel für fairen Handel

BanaFair

M2 *Siegel von fair gehandelten Produkten*

Fairer Handel mit Entwicklungsländern

Veränderungen im Welthandel halten viele für die wichtigste Voraussetzung, um eine Verbesserung der Verhältnisse in den Entwicklungsländern zu bewirken.
Wichtig ist vor allem, dass die Preise für Rohstoffe genauso schnell steigen wie die für Fertigwaren.
Außerdem müsste es den Entwicklungsländern problemlos möglich sein, ihre Fertigwaren in Industrieländer zu exportieren. Beispielhaft für eine faire Zusammenarbeit im Welthandel sind die Partnerschaftsabkommen der Europäischen Union (EU) mit 79 Ländern Afrikas, in der Karibik und im Pazifik, den sogenannten AKP-Staaten.

Bereits 1979 einigten sich die beteiligten Länder darauf, gemeinsam eine faire und gerechtere Weltordnung schaffen zu wollen. Die EU verlangt von den AKP-Ländern geringere Zölle bei der Einfuhr ihrer Waren, außerdem gewährt sie den Ländern finanzielle Unterstützung, um Preisschwankungen bei den exportierten Rohstoffen auszugleichen.
Die Zusammenarbeit ist jedoch an Bedingungen geknüpft. Zum Beispiel müssen sich die Staaten durch „Good Governance", d.h. eine gute Regierungsführung, auszeichnen, die die Grundbedürfnisse und Wünsche aller Menschen im Land berücksichtigt, auch die der Schwächeren.

1. a) Suche in Prospekten nach Fair-Trade-Produkten.
   b) Ordne sie in einer Collage einzelnen Kontinenten zu (M1).

2. Begründe, warum gerade Good Governance eine Bedingung für die Förderung im Rahmen der Entwicklungszusammenarbeit ist.

Luis Torres ist Mitglied der landwirtschaftlichen Genossenschaft APACO. Etwa 160 Bauernfamilien mit Orangenplantagen sind in der APACO vereinigt. Von rund 24 000 Orangenbäumen werden jährlich 630 Tonnen Orangen geerntet. In den vergangenen zwei Jahren wurden davon 110 Tonnen Orangensaftkonzentrat nach Europa verschifft. Sie wurden als Fair-Trade-Orangensaft weiterverarbeitet und in den Regalen deutscher und österreichischer Supermärkte verkauft.
Der internationale Marktpreis liegt bei 900 Dollar pro Tonne. TransFair bezahlt den vertraglich garantierten Minimalpreis von 1200 Dollar. Dazu kommt eine Fairhandelsprämie von 100 Dollar. Dieser Bonus wird in Gemeinschaftsprojekte investiert.
Die Arbeit auf einer Orangenplantage ist hart, aber seit die Orangen in den fairen Handel gelangen, lohnt sie sich für die Arbeitskräfte und die Besitzer.
Früher lebten die Bauern von der Hand in den Mund. Bei Ernteausfällen mussten viele ihre Plantagen aufgeben. Der faire Handel bietet den Bauern auch in Notfällen Sicherheit, sie müssen ihre Dörfer nicht mehr verlassen.

M3 *In der Genossenschaft APACO im Süden Brasiliens*

Fairer Handel mit den Bauern

Waren im Wert von vielen Hundert Milliarden Euro werden täglich auf der Welt gehandelt. Da glaubt man schnell, dass man angesichts so gewaltiger Summen selbst als Einzelner nichts ausrichten kann. Doch das ist falsch!
Jeder von uns entscheidet beim Einkauf, ob er eine faire Entlohnung der Menschen in den Entwicklungsländern unterstützt oder nicht. Fairer Handel hat jedoch seinen Preis: Die Produkte sind teurer als solche, die nicht fair gehandelt sind.
Mehrere Organisationen haben es sich zur Aufgabe gemacht, Waren aus den Entwicklungsländern im fairen Handel zu angemessenen Preisen auf dem Weltmarkt anzubieten. Sie schließen langfristige Lieferverträge mit den Produzenten in den Entwicklungsländern ab. Die Preise sind dabei so hoch, dass die Bauern- und Arbeiterfamilien mit ihren Einnahmen auskommen und ihre Lebensbedingungen sogar verbessern können.
In den fairen Handel werden jedoch nur nachhaltig hergestellte Produkte aufgenommen. Dazu gehören zum Beispiel Kaffee und Bananen aus ökologischem Anbau.
Zu Beginn der 1990er-Jahre gab es fair gehandelte Produkte nur in wenigen Läden, heute kann man sie bereits in vielen deutschen Geschäften kaufen.

Makilimu Kimella schwärmt: „Ich liebe Rosen. Nicht nur, weil sie schön aussehen, sondern weil sie mir Arbeit geben und mich ernähren."
Die Rosen der Farm, auf der Frau Kimella arbeitet, erhalten das TransFair-Siegel. Zusätzlich zum normalen Preis werden für jede Rose zwölf Prozent der Verkaufssumme bezahlt. Jedes Jahr kommen so mehr als 100 000 Euro zusammen, und der Betriebsrat entscheidet, wie das Geld verwendet werden soll. „Wir haben Wassertanks für Grundschulen in der Umgebung angeschafft, damit unsere Kinder in der Schule sauberes Trinkwasser haben", erklärt die Vorsitzende des Betriebsrates stolz.

M4 *Auf der Rosen-Farm „Panda Rosa" in Kenia*

3 Viele Menschen kaufen jedes Jahr Produkte aus fairem Handel, obwohl sie etwas teurer sind. Nenne mögliche Gründe (M1 – M4).

4 a) Erkläre, was man durch fairen Handel erreichen kann (M3, M4).
b) „Fairer Handel verlangt von uns eine Veränderung der Einkaufsgewohnheiten!" Erkläre.

M1 *Spendenbüchse der Welthungerhilfe*

M3 *Schülerlauf für die Kinderhilfsorganisation UNICEF unter dem Motto „Kinder laufen für Kinder“*

- Verlosung organisieren
- Info-Stand mit Ausstellung erstellen
- Theaterstück vorführen
- Kochbuch erstellen
- Fahrräder reparieren
- Kuchen backen und verkaufen
- Basar ausrichten
- Schuhe putzen

M2 *Ideen für einen Projekt-Tag, auch um Spenden zu sammeln*

Entwicklungszusammenarbeit – auch in der Schule

Entwicklungszusammenarbeit hat viele Gesichter. Es ist wichtig, Menschen aus Entwicklungsländern kennenzulernen und zu hören, was sie über das Leben in ihrer Heimat berichten. Dazu können Schulklassen zum Beispiel Menschen aus Afrika, Asien oder Südamerika in die Schule einladen und befragen.

Auch bei gemeinsamen Projekten kann man sich gut kennenlernen. Dédé Mazietele, der aus der demokratischen Republik Kongo stammt und in Sankt Wendel lebt, macht zum Beispiel Trommelworkshops mit Schulklassen und Kindergartengruppen. Kinder und Jugendliche lernen dabei ein Stück afrikanischer Kultur kennen und haben die Gelegenheit, Fragen zu stellen und sich mit Toleranz und Rassismus auseinanderzusetzen.

Viele Schulen im Saarland sammeln Spenden für Menschen in Entwicklungsländern. Schülerinnen und Schüler geben Zeit und Arbeit für Menschen, denen es viel schlechter geht. Zwei Beispiele:

Die Gemeinschaftsschule Gersheim unterstützt seit dem Jahr 2001 ein Waisenhaus für Kinder von an Aids erkrankten Müttern im Norden Thailands. Die Region gehört zu den ärmsten der Welt. Und die Kinder, deren Eltern an Aids gestorben sind, werden von ihren Verwandten oft nicht aufgenommen. Die Schule sammelt Geld für das Waisenhaus zum Beispiel beim Adventsmarkt. Schülerinnen und Schüler sammeln Pfandflaschen und verkaufen fair gehandelte Produkte.

Seit 2002 engagiert sich das Deutsch-Französische Gymnasium in Saarbrücken für soziale Zwecke. Jedes Jahr organisiert die Schule einen Spendenlauf. Für jeden Kilometer, den eine Schülerin oder ein Schüler gelaufen ist, spenden Patinnen und Paten einen bestimmten Betrag.

Die ganze Schulgemeinschaft ist aktiv: nicht nur beim Lauf, sondern auch in der Organisation, als Sanitäter und Helferin an der Strecke. Insgesamt wurden schon über 250 000 Euro erlaufen. Der Erlös des Spendenlaufs wurde zum Teil gespendet und zum Teil für soziale Projekte an der Schule genutzt.

M4 *Projekt gegen Kinderarbeit*

Plan International
Die Organisation will die Zukunft der Kinder sichern. Sie arbeitet in 28 Ländern.

UNICEF
(Kinderhilfswerk der UN) Die Organisation arbeitet in 118 Ländern und will vor allem den Frauen und Kindern helfen.

Misereor
Die Organisation der katholischen Kirche unterstützt zahlreiche Projekte in Afrika, Asien und Lateinamerika nach dem Prinzip der Hilfe zur Selbsthilfe.

Förderverein Afrikaprojekt Dr. Schales e.V.
Der saarländische Verein unterstützt Projekte in den Bereichen Gesundheit und Bildung. Gründer ist der Arzt Hans Schales.

Terres des Hommes
Die Organisation – übersetzt bedeutet der Name „Erde der Menschlichkeit" – hat sich den Schutz von Kindern vor Ausbeutung und Hunger zur Hauptaufgabe gemacht.

Deutsche Welthungerhilfe
Die Deutsche Welthungerhilfe hat sich dem Kampf gegen Hunger und Armut verschrieben und orientiert sich an den Nachhaltigkeitszielen der UN.

Brot für die Welt
Das Entwicklungswerk der evangelischen Kirche arbeitet in über 90 Ländern mit lokalen Partnern zusammen. Hauptschwerpunkt der Arbeit liegt in der Ernährungssicherung für die arme ländliche Bevölkerung sowie in der Förderung von Bildung und Gesundheit.

World Vision Deutschland e.V.
Die Organisation arbeitet in 99 Ländern. Sie unterstützt 3,3 Mio. Patenkinder und ihre Familien.

S.O.S.-Kinderdörfer weltweit
In S.O.S.-Kinderdörfern leben Waisenkinder oder Kinder, deren leibliche Eltern die Erziehung nicht wahrnehmen können.

M5 *Ansprechpartner für eigene Projekte (Auswahl)*

1 Auf dieser Doppelseite findet ihr Projektideen und eine Auswahl an großen Hilfsorganisationen, die ihr mit einem Projekt unterstützen könnt (M5). Vielleicht gibt es auch bei euch vor Ort regionale Organisationen? Erkundigt euch – und legt mit der Projektplanung los.

M1 *Karikatur „Wie sollen wir uns da die Hand geben?“*

Wir empfinden auch durchaus nicht das Bedürfnis, unsere Finger in jeden Topf zu stecken. Aber allerdings sind wir der Ansicht, dass es sich nicht empfiehlt, Deutschland in zukunftsreichen Ländern von vornherein auszuschließen vom Mitbewerb anderer Völker.
Die Zeiten, wo der Deutsche dem einen seiner Nachbarn die Erde überließ, dem anderen das Meer und sich selbst den Himmel reservierte, diese Zeiten sind vorüber. [...]
Wir müssen verlangen, dass die deutsche Flagge gerade so geachtet wird wie diejenige anderer Mächte.

(von Bülow, Bernhard, In: Ritter, Gerhard A. (Hrsg.): Historisches Lesebuch 2: 1871–1914. Frankfurt/M.: Fischer, 1967, 384 S.)

M3 *Aus einer Rede des Staatssekretärs im Auswärtigen Amt, Bernhard von Bülow (1897)*

Die langfristigen Kriegsursachen

In einer Rede im Jahr 1890 warnte der deutsche General von Moltke vor einem Krieg. Er ahnte, dass dieser vernichtend sein würde: „Und wehe dem, der Europa in Brand steckt, der zuerst die Lunte in das Pulverfass schleudert.“ 24 Jahre später explodierte das Pulverfass Europa. Was war der Grund?

In Europa hatten sich in der Zeit des Imperialismus zwei Bündnisblöcke herausgebildet. Das Deutsche Reich wollte als Weltmacht anerkannt und bei der Verteilung der letzten Kolonien berücksichtigt werden. Mit seiner aggressiven Außenpolitik brachte es die anderen Kolonialmächte gegen sich auf. Es kam zum **Wettrüsten**, insbesondere mit Großbritannien. Die Deutschen wollten eine so große Schlachtflotte bauen, dass es Großbritannien im Falle eines Krieges nicht wagen würde, Deutschland anzugreifen. Der Kaiser förderte diesen Plan. Deutschland isolierte sich mit dieser Politik. Der einzig verbliebene Bündnispartner war der Vielvölkerstaat Österreich-Ungarn. Aber dieser geriet durch seine Einflussnahme auf Gebiete in Südosteuropa in einen Konflikt mit Russland. Russland verstand sich als Schutzmacht der slawischen Völker, die dort lebten.

Das gegenseitige Misstrauen zwischen den beiden **Bündnissystemen** wuchs und beschleunigte das Wettrüsten. Die Heere wurden mit neuester Waffentechnik ausgestattet.

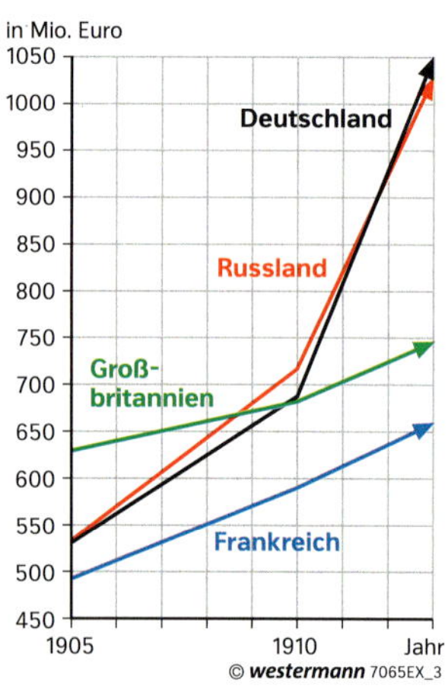

M2 *Rüstungsausgaben europäischer Mächte*

	Großbritannien	Deutschland
1904–1906	4	0
1907–1909	8	9
1910–1912	20	12
1913–1914	10	5
Gesamt	**42**	**26**

M4 *Bau von Großkampfschiffen*

1. a) Nenne die Ziele der deutschen Außenpolitik in der Zeit nach 1890.
   b) Erläutere die Folgen dieser Außenpolitik.

2. a) Beschreibe die Karikatur M1.
   b) Interpretiere die Karikatur M1.

3. a) Werte die Tabelle M4 aus.
   b) Vergleiche die Rüstungsausgaben der europäischen Mächte (M2).

4. Erkläre, warum die Rede von Bernhard von Bülow England und Frankreich beunruhigte (M3).

M5 *Thronfolger Franz Ferdinand mit Frau Sophie am 28. Juni 1914*

M6 *Das Attentat von Sarajevo*

Europa gerät in Brand

Am 28. Juni 1914 spitzte sich die Situation in Europa schlagartig zu. Der österreichische Thronfolger Franz Ferdinand und seine Frau Sophie wurden durch serbische Nationalisten in Sarajevo ermordet. Das **Attentat** wurde von einem Mitglied des serbischen Geheimbundes „Schwarze Hand" verübt. Sarajevo gehörte damals, wie ganz Bosnien, zu Österreich-Ungarn. Serbien hingegen war ein selbstständiger Staat, der eng mit Russland verbündet war.

Die Mitglieder der „Schwarzen Hand" wollten alle Serben und Bosnier, die in Österreich-Ungarn lebten, in einem Großserbischen Reich vereinen. Die führenden Mitglieder des Geheimbundes waren serbische Offiziere, die die Ziele der serbischen Regierung unterstützten.

Zwischen Österreich-Ungarn und Serbien gab es bereits vor dem Attentat starke Spannungen, die sich nun verschärften.

Nach dem Attentat forderten die Medien in Österreich-Ungarn Vergeltung gegenüber Serbien. Der deutsche Kaiser sicherte die deutsche Unterstützung zu. Russland stellte sich auf die Seite von Serbien.

Österreich-Ungarn stellte der serbischen Regierung ein Ultimatum. Obwohl Serbien die Forderungen des Ultimatums weitgehend erfüllte, erklärte Österreich-Ungarn am 28. Juli 1914 Serbien den Krieg. Zwar wurden noch Versuche unternommen, den Krieg abzuwenden, doch es war zu spät. Der Bündnisfall trat ein. Nun mussten die Vertragspartner der beiden Bündnisse ihre eingegangenen Verpflichtungen erfüllen.

Russland mobilisierte seine Armee. Deutschland erklärte daraufhin Russland und Frankreich den Krieg. Dann ließ es seine Truppen am 3. August 1914 in den neutralen Staat Belgien einmarschieren.

i ❶ Ultimatum
Das Wort bedeutet im Lateinischen „das Letzte". Ein Staat fordert einen anderen auf, etwas innerhalb einer gewissen Frist zu tun. Wenn die Forderung bis dahin nicht erfüllt wird, kommt es zu unangenehmen Folgen, wie z. B. dem Abbruch von Handelsbeziehungen oder diplomatischen Beziehungen.

i ❷ neutrale Staaten
Staaten werden als neutral bezeichnet, wenn sie sich nicht in Konflikte zwischen anderen Staaten einmischen und Bündnisse vermeiden.

5 Das Attentat von Sarajevo wurde zum Kriegsauslöser. Erkläre.

6 „Alle Kriegsbeteiligten waren in Bündnissen gefangen. Der Krieg war unausweichlich". Erläutere diese Aussage.

7 Diskutiert in der Gruppe:
a) Könnte ein Attentat auf eine bedeutende Person in Europa heute der Auslöser für einen Krieg sein?
b) Wie hängen Ursachen und Auslöser eines Konflikts zusammen? Sprecht über ein aktuelles Beispiel.

M1 *Französisches Kriegspropaganda-Plakat von 1914 („On les aura!“ = „Die haben wir gleich!“)*

M3 *Deutsche Soldaten 1914 auf dem Weg nach Frankreich*

„Liebe Eltern!
Ich liege auf dem Schlachtfeld mit Bauchschuss. Ich glaube, ich muss sterben. Dank euch, ihr lieben Eltern! Gott befohlen.
Hans.“

(Witkop, Philipp (Hrsg.): Kriegsbriefe gefallener Studenten. München: Langen & Müller, 1928, 355 S.)

M2 *Aus einem Feldpostbrief*

Kriegsausbruch und Kriegsverlauf

In weiten Teilen Europas herrschte eine regelrechte **Kriegsbegeisterung**. Viele junge Männer meldeten sich freiwillig zum Kriegsdienst. Sie glaubten, für eine gute und gerechte Sache zu kämpfen.

Nach Anfangserfolgen Deutschlands und Russlands geriet der Krieg zu einem erbarmungslosen Gemetzel. In der Schlacht von Verdun fand dieses seinen traurigen Höhepunkt. Die Gegner lieferten sich eine bisher nie gesehene Materialschlacht mit neuen Waffen.

Durch den Einsatz von Maschinengewehren, Handgranaten, schweren Geschützen, Minen, Giftgas, Panzern und Flugzeugen erfolgte eine **Technisierung des Krieges**.

Im Seekrieg setzte Deutschland U-Boote ein, die gegnerische Schiffe angriffen. Unter diesen befand sich 1915 auch der britische Passagierdampfer Lusitania. Auf dem Schiff wurden fast 1200 Menschen getötet, darunter auch 128 amerikanische Staatsbürger.

1917 erklärte Deutschland den uneingeschränkten U-Boot-Krieg. Dies war der letzte Anstoß für eine Kriegserklärung der USA gegen das Deutsche Reich. Der Krieg wurde zum Weltkrieg.

Er war bis dahin der blutigste Krieg in Europa. Er endete mit der Kapitulation Deutschlands und seiner Verbündeten im November 1918.

1. a) Erläutere die Beschriftungen auf dem Plakat und dem Güterwagen (M1, M3).
   b) Stelle dir vor, du wärst einer der Soldaten auf dem Güterwagen (M3). Schreibe einen Brief an deine Eltern.
   c) Kurze Zeit später liegst du unter Beschuss in einem Schützengraben in Verdun. Schreibe deine Gedanken auf (M6).

2. Erstelle einen Zeitstrahl zum Ausbruch und Verlauf des Ersten Weltkriegs.

M4 *Gefallene Franzosen vor Verdun*

Deutsches Reich	1 808 500
Russland	1 700 000
Frankreich	1 385 000
Österreich-Ungarn	1 200 000
Großbritannien	947 000
Italien	460 000
Serbien	360 000
Türkei	325 000
Rumänien	250 000
USA	115 000

M6 *Gefallene (getötete) Soldaten im Ersten Weltkrieg – insgesamt starben etwa 9 Mio. Soldaten und 6 Mio. Zivilisten.*

Die Schlacht von Verdun

In der Schlacht von Verdun Anfang 1916 versuchte die deutsche Heeresleitung, dem Krieg eine entscheidende Wende zu geben: Die Franzosen sollten durch Konzentration der Angriffe auf einen Punkt vernichtet werden. Granaten aus Tausenden Geschützen verwandelten das Kampfgebiet in eine Mondlandschaft, etwa 300000 Deutsche und Franzosen fanden den Tod. Hinzu kamen Hunderttausende Vermisste und Verletzte. Doch führte die Hölle von Verdun zu keinem Ergebnis und wurde zum Symbol für die Sinnlosigkeit des Krieges.

1914 hatten sich viele junge Männer freiwillig zum Dienst für das Vaterland gemeldet. Wenn dann die Soldaten an die Front kamen, erlebten sie das Grauen des Krieges. Unter den Neuankömmlingen waren die Verluste stets besonders hoch. Das trug zur schnellen Ernüchterung bei.

Die jeden Tag lauernde tödliche Bedrohung sowie Hunger und Erschöpfung bestimmten den Alltag der Frontsoldaten. Die Generäle hinter den Linien litten hingegen keinen Mangel und verloren zunehmend den Bezug zur Realität der einfachen Soldaten. Versuche, Bewegung in den Stellungskrieg der Westfront zu bringen, blieben oft erfolglos. Sie scheiterten unter großen Verlusten in Minensperren, Drahtverhauen und unter dem Maschinengewehrfeuer aus gestaffelten Grabensystemen.

Auch der Einsatz von Giftgas und immer stärkerer Artillerie brachte keine Entscheidung in diesen Materialschlachten.

M5 *Kriegserfahrung an der Front*

3. Begründe, warum Feldpostbriefe heute eine wichtige historische Quelle sind (M2).

4. Die Industrielle Revolution ermöglichte die Technisierung des Ersten Weltkrieges. Beurteile diese Entwicklung.

5. Ein Historiker bezeichnete den Ersten Weltkrieg als „Urkatastrophe des 20. Jahrhunderts“. Diskutiert diese Aussage (M4–M6).

M1 *Im Ersten Weltkrieg wurden zum ersten Mal Panzer eingesetzt.*

M3 *Deutsche Soldaten im Schützengraben*

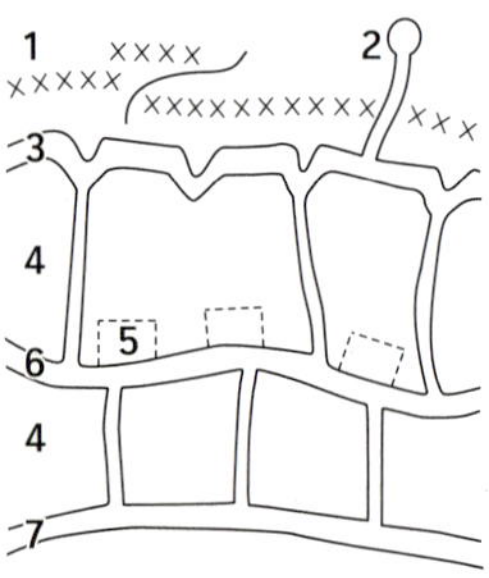

1 Drahthindernisse
2 Graben zur Annäherung an den Feind
3 Kampfgraben
4 Verbindungsgräben
5 Unterstände
6 Wohngraben
7 Reservestellung

37704EX

M2 *Vereinfachte Darstellung eines Schützengrabens*

An der Front – der technisierte Krieg

Mit Beginn des Stellungskrieges veränderte sich die Kriegsführung. Wurde der Krieg davor teils noch sehr traditionell, zum Beispiel mit Kavallerie (also zu Pferd) geführt, so bekämpfte man sich nun mit Panzern und aus befestigten, weit verzweigten Schützengräben heraus mit Maschinengewehren. Angriffen ging oft tagelanges Trommelfeuer mit schweren Kanonen voraus. Erstmals wurden auch Giftgas und Flammenwerfer eingesetzt.

Immer größere Materialschlachten verwüsteten große Landstriche. Dabei wurden riesige Mengen an industriell gefertigten Waffen und Munition sowie riesige Heere eingesetzt und vernichtet.

Auch der Mensch wurde so zum Material. Der Geländegewinn war oft nur minimal.

Zeitungen im Deutschen Reich berichteten über den Stellungskrieg völlig anders. Die Meldungen wurden vom Kriegsministerium kontrolliert und sollten die Armee sehr positiv darstellen. Schon kleinste Erfolge wurden der deutschen Bevölkerung gemeldet. Tote und verwundete Soldaten durften dagegen nicht gezeigt werden.

Ebenso fehlten Berichte über deutsche Kriegsverbrechen, bei denen Soldaten Häuser von Zivilisten niedergebrannt haben und Einwohner hinrichteten. Besetzte Gebiete wurden geplündert oder beim Zurückweichen der Truppen völlig zerstört zurückgelassen.

1. Erstelle einen Kurzvortrag zu den Themen:
   a) Krieg und Alltag an der Front (M1–M3).
   b) Das Leben der Zivilbevölkerung und die Heimatfront (M4–M6).
2. Beschreibe die technische Ausstattung im Kampf vor und im Ersten Weltkrieg (Text, M1–M3).
3. Erläutere die Merkmale des Stellungskrieges (M2, M3).

M4 *Frauen arbeiten in einer Munitionsfabrik.*

M5 *Die ausgehungerte Bevölkerung schlachtet auf der Straße ein totes Pferd aus.*

Leiden der Zivilbevölkerung

Das Vorrücken der Truppen hatte große Zerstörungen und Gräueltaten zur Folge. So gab es Übergriffe der Deutschen auf die Zivilbevölkerung in Belgien und Übergriffe der Österreicher in Serbien. Durch den Beschuss mit Kanonen von beiden Seiten verloren viele französische Zivilisten Hab und Gut, oft auch ihr Leben.

Osmanische Truppen verübten nach Ansicht vieler Historiker einen Völkermord an der Minderheit der Armenier, denen Zusammenarbeit mit Russland vorgeworfen wurde.

In den besetzten Gebieten in Russland nahm die deutsche Verwaltung gewaltsam Ernteerzeugnisse und Vieh in Besitz. Sie rekrutierte Zivilisten gegen ihren Willen für die Arbeit in Deutschland.

Die Heimatfront

In allen Ländern waren an der sogenannten Heimatfront große Anstrengungen nötig, um die Wirtschaft auf den Krieg umzustellen. So lieh sich der Staat zur Finanzierung des Krieges bei seinen Bürgern Geld. Nahrungsmittel mussten rationiert werden.

In Deutschland war die Lage außerordentlich schwierig. Aufgrund von Missernten, einer englischen Blockade der Seehäfen, der Umstellung auf Kriegsproduktion, aber auch wegen einer schlechten Verteilung herrschten in den Großstädten großer Hunger und Mangelernährung. Nach Schätzungen starben bis zu 700 000 Menschen an den Folgen von Unterernährung.

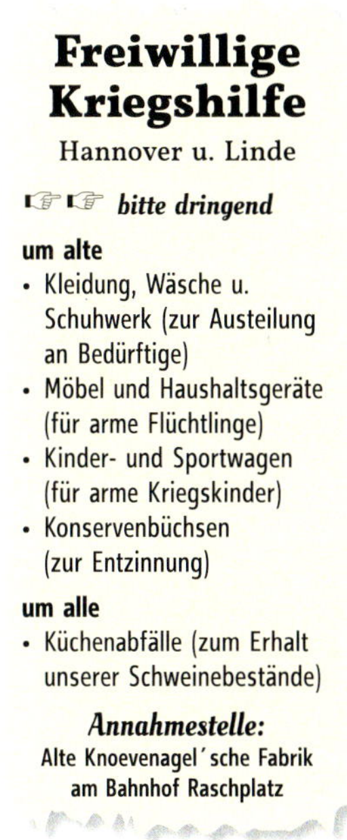

M6 *Anzeige der Freiwilligen Kriegshilfe*

4 Bewerte das Verhalten der Truppen gegenüber den Zivilisten (Text).

5 Benenne Merkmale eines globalen Krieges (Atlas).

6 Recherchiert zu einem aktuell herrschenden Krieg (Internet). Stellt anhand dieses Kriegsbeispiels die unmittelbaren Folgen von Kriegen dar. 311

M1 *Warteschlange mit Hungernden vor einem Lebensmittelgeschäft (1917)*

Gestern Nachmittag gegen 6 Uhr sammelten sich vor dem Rathaus 1000 bis 1200 Personen, besonders Frauen. [...] Die Menge [...] schrie: „Hunger! Wir wollen die Steckrüben nicht mehr [...].“
Ehe es verhindert werden konnte, sind im Rathaus und in der Wohnung des Herrn Bürgermeister [...] je 4 Scheiben mittels Steckrüben, Glasflaschen etc. zertrümmert worden. [...]
Gegen 11 Uhr gelang es, [...] der erregten Menge Herr zu werden.

M3 *Auszug aus einer Polizeimeldung im Januar 1917*

- Steckrübensuppe
- Steckrübenauflauf
- Steckrüben-koteletts
- Steckrüben-pudding
- Steckrüben-marmelade
- Steckrübenkaffee
- Steckrübenbrot

M2 *Lebensmittel aus Steckrüben im Winter 1916/1917*

Die Deutschen werden kriegsmüde

Der Krieg war nicht nur für die Soldaten in den Schützengräben eine schreckliche Erfahrung, auch in der Heimat mussten die Menschen große Entbehrungen auf sich nehmen.

Es gab zwar keine direkten Kriegsschäden, aber die Versorgung der Bevölkerung mit Nahrungsmitteln wurde immer schlechter. Die Versorgung der Soldaten hatte Vorrang. Gleichzeitig fehlten viele Landarbeiter, die an der Front eingesetzt waren.

Hinzu kam eine Land- und Seeblockade durch die Kriegsgegner, sodass kaum Nahrungsmittel nach Deutschland eingeführt werden konnten. Als die Ernte schlecht ausfiel, kam es zu einer Hungersnot.

Im sogenannten Steckrübenwinter 1916/1917 standen fast ausschließlich Steckrüben für die Versorgung der Bevölkerung zur Verfügung. Sie wurden ursprünglich als Futterpflanzen für Tiere angebaut.

Da die meisten Männer an der Front waren, mussten viele Frauen in den Fabriken arbeiten. Wochenarbeitszeiten von 60 Stunden waren keine Seltenheit, denn kriegswichtiges Material musste fortlaufend hergestellt werden.

Die erwarteten militärischen Erfolge blieben aus deutscher Sicht aus und der Krieg dauerte länger als gedacht. Hinzu kamen die unzähligen Opfer an der Front. Die Unzufriedenheit in der Bevölkerung und bei den Soldaten stieg.

Im Zentrum der Kritik standen Kaiser Wilhelm II. und die militärische Führung des Landes.

1. a) Nenne Gründe für die wachsende Kriegsmüdigkeit.
   b) Betrachte M1. Formuliere zwei Forderungen der Menschen.
2. Erkläre, warum die Menschen ausgerechnet mit Steckrüben warfen (M2, M3).
3. Schildere die Ereignisse im Herbst des Jahres 1918.

M4 *In einem Eisenbahnwagon im Wald von Compiègne bei Paris unterzeichneten der deutsche Staatssekretär Matthias Erzberger (Mitte vorne) und der französische Marshall Ferdinand Foch (hinten, stehend) das Waffenstillstandsdokument.*

2. Extraausgabe Sonnabend, den 9. November 1918.

Vorwärts

Berliner Volksblatt.
Zentralorgan der sozialdemokratischen Partei Deutschlands.

Der Kaiser hat abgedankt!

Der Reichskanzler hat folgenden Erlaß herausgegeben:

Seine Majestät der Kaiser und König haben sich entschlossen, dem Throne zu entsagen.

Der Reichskanzler bleibt noch so lange im Amte, bis die mit der Abdankung Seiner Majestät, dem Thronverzichte Seiner Kaiserlichen und Königlichen Hoheit des Kronprinzen des Deutschen Reichs und von Preußen und der Einsetzung der Regentschaft verbundenen Fragen geregelt sind. Er beabsichtigt, dem Regenten die Ernennung des Abgeordneten Ebert zum Reichskanzler und die Vorlage eines Gesetzentwurfs wegen der Ausschreibung allgemeiner Wahlen für eine verfassungsgebende deutsche Nationalversammlung vorzuschlagen, der es obliegen würde, die künftige Staatsform des deutschen Volk, einschließlich der Volksteile, die ihren Eintritt in die Reichsgrenzen wünschen sollten, endgültig festzustellen.

Berlin, den 9. November 1918. Der Reichskanzler.
Prinz Max von Baden.

M6 *Zeitungsmeldung*

Das Ende der Monarchie

Im Herbst 1918 war allgemein klar, dass der Krieg für Deutschland verloren war. Anfang November 1918 meuterten Matrosen der Kriegsmarine in Kiel. Sie wollten ihr Leben nicht sinnlos opfern. Rasch entwickelte sich aus der Befehlsverweigerung eine Revolution. Kriegsmüde Arbeiter verbündeten sich mit Soldaten und bildeten nach russischem Vorbild Arbeiter- und Soldatenräte. Innerhalb weniger Tage griff die Novemberrevolution auf das ganze Land über. Der Zorn des Volkes entlud sich häufig in blutigen Auseinandersetzungen. Am 9. November 1918 demonstrierten Tausende vor dem Reichstag in Berlin gegen den Krieg und den Kaiser. Reichskanzler Max von Baden verkündete schließlich die Abdankung des Kaisers und übergab die Macht an die SPD-Politiker Friedrich Ebert und Philipp Scheidemann. Kurze Zeit später rief Scheidemann vom Balkon des Berliner Reichstagsgebäudes die Deutsche Republik aus. Das Ende der Monarchie in Deutschland war besiegelt; der Kaiser ging nach Holland ins Exil.

Am 11. November 1918 wurde der Waffenstillstand unterzeichnet. Der Erste Weltkrieg war vorbei.

- Rückzug aus den besetzten Gebieten
- Auslieferung von Waffen, Lokomotiven, Waggons, Lastwagen, U-Booten an die Alliierten
- Deutsche Gebiete links des Rheins werden durch alliierte Truppen besetzt.

M7 *Aus den Bedingungen für einen Waffenstillstand an Deutschland (1918)*

„Kurz darauf erschien Marshall Foch, ein kleiner Mann mit harten, energischen Zügen. ... Foch erklärte, dass Verhandlungen (...) unter keinen Umständen zugelassen würden. Deutschland könne sie annehmen oder ablehnen, ein Drittes gebe es nicht.“

◁ **M5** *Matthias Erzberger erinnert sich an das Zusammentreffen im Wald von Compiègne.*

4 Übersetze die in altdeutscher Schrift verfasste Zeitungsmeldung in M6.

5 Bewerte die Tatsache, dass ein Zivilist den Waffenstillstand vom 11. November 1918 unterschrieb (M4, M5).

6 Die Waffenstillstandsbedingungen wurden als sehr hart empfunden. Begründe (M7).

Der größte Teil der Verantwortung liegt bei der Macht, die zumindest den lokalen Krieg wollte. Diese Macht war eindeutig das Deutsche Reich. Es mag gewiss keinen Weltkrieg unter allen Umständen gewollt haben, aber es drängte ein zögerndes Österreich zum Krieg gegen Serbien. Deutschland war außerdem die Macht, die einem Kontinentalkrieg kühl entgegensah, den es glaubte gewinnen zu können, solange England neutral blieb.

(Imanuel Geiss, Historiker, 1967)

Keiner der führenden Männer jener Zeit hat den Krieg tatsächlich gewollt. Sie glitten gewissermaßen hinein, oder besser, sie taumelten oder stolperten hinein, vielleicht aus Torheit.

(David Lloyd George, ehemaliger britischer Premierminister, 1934, Übersetzer unbekannt)

Die Deutschen tragen Schuld am Ersten Weltkrieg – aber nicht mehr als andere.

(Afflerbach, Holger: Schlafwandelnd in die Schlacht. In: Spiegel Online, Hamburg 23.09.2012)

Der Krieg war demnach ein Resultat von Fehlern – nicht wie oft behauptet worden ist, ein absichtlich von Berlin und Wien heraufbeschworener Präventivkrieg. [...] Aber auch nach hundert Jahren, nachdem mit dem Tod des letzten Veteranen aus dem Ersten Weltkrieg dieser wirklich Geschichte geworden ist, tut es dem deutschen Nationalgefühl sichtbar gut, von der Kriegsschuld befreit zu sein, und das erklärt sicherlich, warum vielerorts die These des in den Krieg schlafwandelnden Europas willkommen ist. Nicht jeder hält sie für überzeugend, und es ist unwahrscheinlich, dass zum Thema Kriegsursache das letzte Wort geschrieben oder gesprochen ist; fraglich ist allerdings, ob in Zukunft wirklich neue Erkenntnisse die Debatte bereichern werden.

(Mombauer, Annika: Julikrise und Kriegsschuld – Thesen und Stand der Forschung. Bundeszentrale für politische Bildung, Bonn 10.04.2014)

M1 *Meinungen zur Kriegsschuldfrage*

M2 *Bestseller zur Kriegsschuldfrage*

Wer war Schuld am Krieg?

Bereits 1914 war die Frage, wer für den Ausbruch des Ersten Weltkrieges verantwortlich war, umstritten und erregte auch in der Folgezeit immer wieder die Gemüter. Nach Kriegsende war für die Alliierten die Kriegsschuldfrage zunächst leicht zu beantworten: Der Verlierer Deutschland und seine Verbündeten hatten den Krieg absichtlich begonnen und mussten für dieses Verbrechen bestraft werden. 1919 wird daher Deutschland die alleinige Schuld am Krieg zugewiesen. War das so richtig? In Deutschland sah man das anders.

Nach dem Kriegsende wollte Deutschland von der alleinigen Schuld freigesprochen werden, um Gebietsabtretungen und Reparationszahlungen zu verhindern. Bis heute diskutieren vor allem Historiker und Politiker darüber, wer alles am Ersten Weltkrieg schuld war.

1. Liste die unterschiedlichen Aussagen zur Kriegsschuldfrage auf (M1).

2. Erläutere und diskutiere die Buchtitel. Recherchiere zu den Inhalten des Buches (M2, Internet). 311

3. Fasse die Stellungnahme der Historikerin Annika Mombauer in eigenen Worten zusammen (M1).

4. Diskutiert die Kriegschuldfrage in der Gruppe.

Aus Feldpostbriefen Lebensschicksale erkunden

Während des Ersten Weltkriegs organisierte die Feldpost den Briefaustausch zwischen den Frontsoldaten und ihren Angehörigen. Angehörige wie Soldaten erwarteten ungeduldig die neuen Briefe, denn jeder war ein Lebenszeichen der Familienmitglieder oder Freunde, die an der Front kämpften. Viele Briefe werden bis heute in den Familien aufbewahrt und sind damit eine besonders wertvolle Quelle, weil sie uns mitteilen, wie die Soldaten der am Krieg beteiligten Länder den Krieg auf ihre ganz persönliche Weise erlebt und verarbeitet haben.

Mit der Rekonstruktion ihrer Lebensschicksale gelingt es uns möglicherweise besser, als Warnung die grausame Wirklichkeit des Krieges zu erkennen.

M4 *Feldpostkarte des saarländischen Soldaten Johann Weißgerber an seine Familie (nahe Verdun, 26.12.1914)*

Brief 1 vom 7.8.1914:
Erhebend und packend war unser Abmarsch – diese Begeisterung! Das ganze Bataillon hatte Helm und Uniform mit Blumen geschmückt. Unermüdliches Tücherschwenken aus allen Fenstern und Straßen, Tausende Hurras! [...] Diese Stunde, die selten schlägt im Leben der Völker, ist so gewaltig, dass sie allein viele Anstrengungen und Entbehrungen wert ist.

Brief 2 vom 9.9.1914:
Immer noch wütet diese fürchterliche Schlacht, nun schon den vierten Tag! Bis jetzt bestand sie [...] beinahe nur aus fürchterlichen Artilleriekämpfen. Diesen Brief schreibe ich im grabenartigen [...] Lager der Schützenlinie. Die Granaten schlugen heute vor und hinter uns so häufig ein, dass es als Geschenk Gottes betrachtet werden muss, wenn man heil davonkam.

Brief 3 vom 20.9.1914:
Meine Lieben, guten Eltern, teure Geschwister. Ja, ich kann es selbst noch nicht recht fassen, aber es ist wahr, ich bin [verwundet] auf dem Weg zu Euch und zur Heimat. Oh, was ich glücklich bin wieder eine lichtere Welt zu sehen als diese Welt des Schreckens. Endlich bin ich von dem Gedanken erlöst [...], dass ich Euch und eure Welt nie wieder sehen würde.

(Limmer, Walter, In: Witkop, Phillipp (Hrsg.): Kriegsbriefe gefallener Studenten. Leipzig: Klarwelt Verlag, 2017)

M3 *Feldpostbriefe des Studenten Walter Limmer an seine Familie. Er starb am 24.9.1918 in einem Lazarett in Luxemburg.*

Drei Schritte zum Auswerten eines Feldpostbriefes

1. Schritt: Informationen zur Entstehung
- Wann wurde der Brief verfasst?
- Wer ist der Verfasser?
- An wen ist der Brief adressiert?

2. Schritt: Inhaltsangabe
- Worüber wird im Brief berichtet?
- Was ist die Hauptaussage?
- Wie wirkt der Verfasser/die Verfasserin auf dich?

3. Schritt: Quellenkritik
- Wie glaubwürdig ist die Quelle?
- Welches Ziel verfolgt der Verfasser/die Verfasserin?

M5 *Anleitung zur Auswertung eines Feldpostbriefes*

1. Begründe, warum Feldpostbriefe heute wichtige historische Quellen sind.
2. Analysiere die Feldpostbriefe in M3 mithilfe der Anleitung in M5.

1. Vom Kaiserreich bis zum Ende des Ersten Weltkrieges

a) Bringe die Abbildungen ① bis ⑤ in die korrekte zeitliche Abfolge.
b) Ordne ihnen die Jahreszahlen und die Ereignisse Ⓐ bis Ⓔ zu.

①

Ⓐ Ende des Ersten Weltkrieges

1918

④

②

Vorwärts
Berliner Volksblatt.
Zentralorgan der sozialdemokratischen Partei Deutschlands.
Der Kaiser hat abgedankt!

Ⓑ Gründung des deutschen Kaiserreiches unter preußischer Führung

1884

Ⓒ Wilhelm II. wird deutscher Kaiser.

1914

⑤

③

1871

Ⓓ Deutschland wird Kolonialmacht.

Ⓔ Beginn des Ersten Weltkrieges

1888

2. Welcher Begriff passt nicht zu den anderen? Begründe deine Wahl.

a) Namibia – Togo – Kenia – Ägypten
b) Wilhelm I. – Wilhelm II. – Wilhelm III. – Bismarck
c) Österreich-Ungarn – Frankreich – Großbritannien – Schweiz
d) Herero – Botsuana – Nama – Waterberg

3. Vegetation vom nördlichen zum südlichen Wendekreis

Die fünf Fotos wurden in drei unterschiedliche Vegetationszonen Afrikas aufgenommen.

a) Ordne die Begriffe Savanne (2x), Wüste (2x) und tropischer Regenwald den Fotos zu.

b) Bringe die Fotos in eine mögliche richtige Reihenfolge (vom nördlichen zum südlichen Wendekreis).

4. Im tropischen Regenwald

Ordne die Textbausteine zum Nährstoffkreislauf in einer logischen Reihenfolge (①–⑧) an.

① Die Pflanze wächst weiter.
② Kleinlebewesen zersetzen die Blätter.
③ Eine Schicht aus Pflanzenresten entsteht.
④ Blätter sterben ab und fallen zu Boden.
⑤ Dort werden sie von den Wurzeln der Pflanze aufgenommen.
⑥ Der Nährstoffkreislauf beginnt von Neuem.
⑦ Diese gelangen in den Boden.
⑧ Nährstoffe entstehen.

5. Afrikas Stellung in der Welt

a) Kennzeichne mithilfe der Infografik die Entwicklung von Subsahara-Afrika im weltweiten Vergleich.

b) Nenne Gründe für die Entwicklung Subsahara-Afrikas.

c) Werte die Karikatur aus.

Länder mit niedrigem und mittlerem Einkommen	Zugang zu sauberem Wasser (in % der Bevölkerung)	Zugang zu sanitären Einrichtungen (in % der Bevölkerung)	Kindersterblichkeit unter 5 Jahren (je 1 000 Kinder)	Besuch weiterführender Schulen (in % der entsprechenden Altersgruppe)	Gesundheitsausgaben (pro Kopf in US-Dollar*)
Afrika südlich der Sahara	68	30	83	33	200
Südasien	92	45	53	59	234
Naher Osten und Nordafrika	93	90	25	69	712
Ostasien und Pazifik	94	75	18	76	626
Lateinamerika und Karibik	95	83	18	76	1 087
Europa und Zentralasien	97	86	17	88	1 174
zum Vergleich: Länder mit hohem Einkommen	100	99	6	92	5 193

Quelle: Weltbank 2016 35761EX © Globus 11472

*umgerechnet mit Kaufkraftparitäten jeweils letzter verfügbarer Stand

Fachbegriffe

die kleindeutsche Lösung
der Reichskanzler
die Reichsgründung
der Patriotismus
der Militarismus
das Kolonialreich
der Imperialismus
das Großmachtstreben
das Sendungsbewusstsein
der Boden
die Dritte Welt
das Industrieland
das Entwicklungsland
das Schwellenland
das Wettrüsten
das Bündnissystem
das Attentat von Sarajevo
die Kriegsbegeisterung
die Technisierung des Krieges

Wirkungsketten zeigen Zusammenhänge

Die Wirkungskette ist eine Methode, um Sachverhalte vereinfacht und übersichtlich darzustellen. Eine Wirkungskette geht von einem ursächlichen Ereignis (Auslöser) aus, das eine Kette (Abfolge) von weiteren Ereignissen nach sich zieht.

Sind die Zusammenhänge komplexer, können diese auch in Form eines Begriffsnetzes dargestellt werden. In beiden Fällen erfolgt die Verbindung der Ereignisse über Pfeile, die auch beschriftet werden können. Auf der Seite 70 (der Vesuv in Italien) kann an einem Beispiel das Erstellen einer Wirkungskette geübt werden.

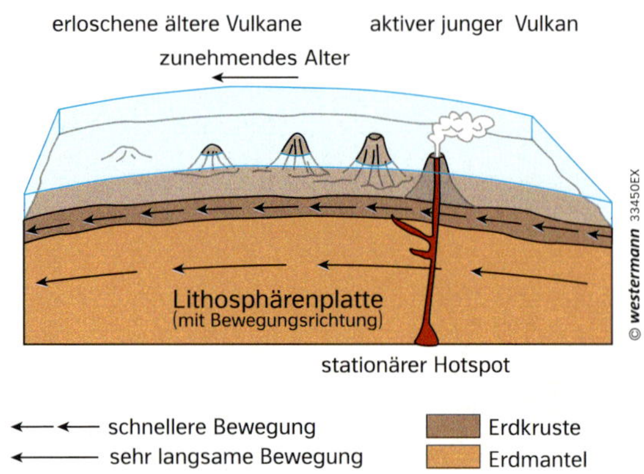

M1 *Hotspot-Vulkanismus*

Vier Schritte zum Erstellen einer Wirkungskette/eines Begriffsnetzes

1. **Schritt:**
   Lies den Text und finde wichtige Begriffe und Textabschnitte.

2. **Schritt:**
   Notiere die Begriffe und Textabschnitte auf Papierschnipseln. Sortiere die Begriffe in der korrekten Reihenfolge und klebe sie auf ein Blatt Papier.

3. **Schritt:**
   Verbinde die Begriffe durch Pfeile und beschrifte sie.

4. **Schritt:**
   Erkläre die Zusammenhänge zwischen den Begriffen.

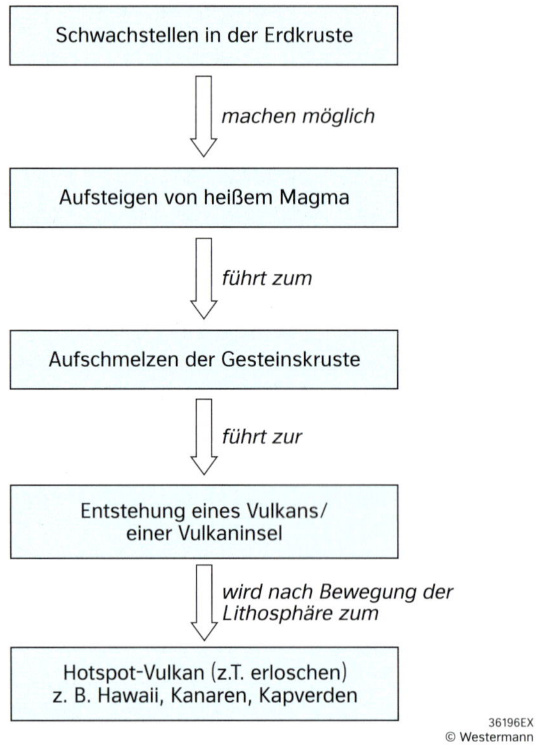

M2 *Wirkungskette – Entstehung eines Hotspot-Vulkans*

ℹ Hotspot-Vulkane

Neben den Vulkanen an den Plattengrenzen gibt es Vulkane, die fernab der Plattengrenzen liegen. Diese Vulkane werden Hotspots (heiße Flecken) genannt. An Schwachstellen der Erdkruste kann heißes Magma aus dem Erdinneren aufsteigen und die Kruste aufschmelzen. Wenn es die Erdoberfläche erreicht hat, entsteht ein neuer Vulkan. Ein Hotspot selbst bleibt ortstreu, bewegt sich also nicht. Die Platte über ihm ist jedoch mit dem Vulkan in Bewegung, der mit der Zeit erlischt. Über einen langen Zeitraum entstehen so Vulkanketten (M1). Die Inselketten Hawaii und die Kanaren sind so entstanden.

1. Erkläre, warum es auch innerhalb der Erdplatten Vulkane gibt, und nicht nur an Plattengrenzen (Info).

2. Erläutere die Entstehung der Kanarischen Inseln (Info, M1, M2, Atlas).

M1 *Landung des Kolumbus auf der Insel Guanahani (Kupferstich von Theodor de Bry, 1594)*

Bilder berichten über die Vergangenheit

Bildquellen helfen uns, eine visuelle Vorstellung von der Vergangenheit zu entwickeln. Zu ihnen gehören zum Beispiel Kupferstiche, Zeichnungen, Gemälde oder Wandmalereien. Forscherinnen und Forscher ermitteln anhand dieser bildlichen Darstellungen, wie sich Ereignisse in der Vergangenheit zugetragen haben könnten. Bilder zeigen uns nämlich immer nur einen Ausschnitt der Vergangenheit und eine bestimmte Perspektive. Zudem können Bilder auch der Phantasie des Künstlers entsprungen oder mit einer ganz bestimmten Absicht gemalt worden sein. Deshalb ist eine gründliche Auswertung von Bildern besonders wichtig. Um ein Bild zu erschließen, solltest du schrittweise vorgehen.

Tipp

Benutze für deine Deutungen unterschiedliche Begriffe, zum Beispiel:
- weisen darauf hin,
- zeigen,
- verdeutlichen,
- betonen,
- bekunden,
- lassen den Schluss zu.

Sechs Schritte zur Auswertung einer Bildquelle

1. **Schritt:** Betrachte das Bild in Ruhe.
2. **Schritt:** Benenne den Künstler und gib den Bildtitel wieder.
3. **Schritt:** Überprüfe und notiere: Hat das dargestellte Ereignis tatsächlich stattgefunden? Wenn ja, wann? Handelt es sich um ein zeitgenössisches oder um ein später entstandenes Bild?
4. **Schritt:** Beschreibe das Bild: Welche Personen oder Personengruppen sind zu erkennen? Wie sind die Personen dargestellt (Haltung, Kleidung)? Welche Handlungen sind dargestellt? Welche Farben werden verwendet?
   Was ist im Vordergrund, was im Hintergrund dargestellt? Welche Personen, Gegenstände und Handlungen stehen im Mittelpunkt?
5. **Schritt:** Erläutere, welche Meinung zum Ereignis der Künstler möglicherweise ausdrücken wollte.
   Wie beurteilst du die Darstellung des Künstlers?
6. **Schritt:** Verfasse einen zusammenhängenden Text mit folgenden Abschnitten: Titel, Überprüfung, Beschreibung, Meinung/Urteil.

1 Es ist wichtig, Bildquellen immer besonders kritisch zu befragen. Begründe (Text, M2).

2 Werte M1 nach der Sechs-Schritte-Methode aus.

Wie können dir Lernplakate nützlich sein?

Auf einem Lernplakat stehen die wichtigsten Informationen und Zusammenhänge eines Themas. Es kann dir in vielerlei Hinsicht nützlich sein. Mit einem gut gestalteten Lernplakat kannst du dich zum Beispiel auf eine Leistungsüberprüfung vorbereiten. Du kannst es aber auch zur Unterstützung eines Vortrages einsetzen. Vielleicht hast du auch die Möglichkeit, ein Lernplakat als Leistungsnachweis bewerten zu lassen. Frag doch einmal deine Lehrerin oder deinen Lehrer!

Fünf Schritte zum Erstellen eines Lernplakates

1. **Schritt: Überblick verschaffen**
   Verschaffe dir zunächst einen Überblick über das Thema. Schlage im Schulbuch und in deinem Heft oder deiner Mappe nach.
2. **Schritt: Stichworte notieren**
   Schreibe Stichwörter und kurze Sätze, die dir zum Thema einfallen, auf Papierstreifen.
3. **Schritt: Thema gliedern**
   Gliedere das Thema in Teilthemen. Lege dazu die Papierstreifen zusammen, die inhaltlich zueinanderpassen.
4. **Schritt: Teilüberschriften wählen**
   Gib jedem Teilthema eine passende Überschrift. Hier helfen die Überschriften im Schulbuch weiter.
5. **Schritt: Anordnung der Teilthemen**
   Ordne die einzelnen Teilthemen auf einem Karton übersichtlich und sinnvoll an. (Bei der Französischen Revolution bietet sich eine zeitliche Anordnung an.) Klebe erst dann die Materialien fest.

- Schreibe kurze Überschriften, kurze Sätze und Stichwörter.
- Benutze Fachbegriffe.
- Hebe Dinge hervor, die dir besonders wichtig sind (z.B. Überschriften und Jahreszahlen durch Farbe, größere Schrift, Kästchen oder Unterstreichungen).
- Ergänze die Stichwörter und Texte mit Bildern. So behältst du die Inhalte besser, die du lernen sollst.

M1 *Tipps zur Gestaltung eines Lernplakats*

1. Liste auf, was du brauchst, wenn du ein Lernplakat anfertigen möchtest.
2. Erkläre anhand von M1 den Verlauf der Französischen Revolution.
3. Gestalte ein Lernplakat zu einem aktuell im Unterricht behandelten Thema (z.B. Absolutismus, Napoleon, Vormärz, Deutsche Revolution, Beginn der Industrialisierung).

Vor der Revolution

Sehr viele arme Menschen

Wenige reiche Menschen

Ständegesellschaft!
König Ludwig XVI. regiert allein.

Es lebe der Kaiser!

1799: Napoleon übernimmt die Macht.
Ende der Französischen Revolution.
Napoleon krönt sich 1804 zum Kaiser.

M1 *Ein Lernplakat zur Französischen Revolution*

Die Französische REVOLUTION

Die gesellschaftlichen und politischen Verhältnisse wurden mit Gewalt verändert.

Kampfansage an den König

Der Dritte Stand erklärt sich zur Nationalversammlung.
Forderung nach einer Verfassung;
Ballhausschwur!

Auf zur Bastille!

14. Juli 1789:
Sturm auf die Bastille;
Ausbruch der Revolution

Alle Menschen sind gleich

Ständegesellschaft wird abgeschafft.
26. August 1789: Erklärung der Menschen- und Bürgerrechte.
Neue Verfassung schränkt Macht des Königs ein.

Der König ist tot

1793: Hinrichtung von König Ludwig XVI.
Ende der Monarchie;
Frankreich wird Republik.

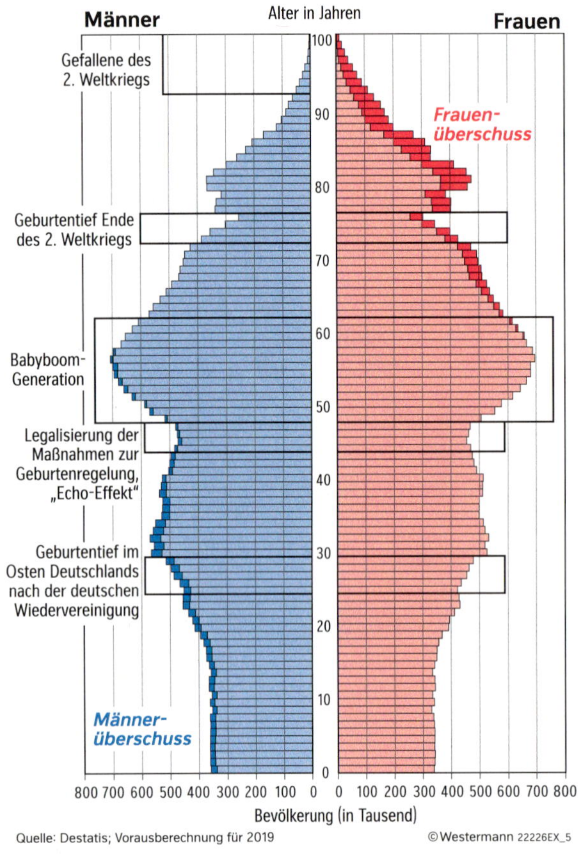

M1 *Bevölkerungsdiagramm Deutschlands (2018)*

Darstellung von Bevölkerungsstrukturen

In einem Bevölkerungsdiagramm wird die Anzahl der Einwohner einer Stadt, die Bevölkerung eines Staates oder eines anderen Raumes an einem bestimmten Stichtag dargestellt.

Dabei wird nach Alter und Geschlecht unterschieden. Bevölkerungsdiagramme werden häufig auch als Bevölkerungspyramiden bezeichnet, weil die ersten grafischen Darstellungen früher pyramidenförmig aussahen.

Aus dieser Darstellung kann man die Anzahl der Menschen und den Anteil an Männern und Frauen in den einzelnen Altersstufen ablesen.

waagerechte (x-)Achse: Anzahl der Menschen
- Aufteilung der Achse: links männliche, rechts weibliche Bevölkerung
- Die Anteile können in absoluten Zahlen (Anzahl der Personen) oder in relativen Werten (Prozentanteile an der Gesamtbevölkerung) angegeben werden.
- Ein Balken stellt die Anzahl der Menschen einer Altersgruppe dar.

senkrechte (y-)Achse: Lebensalter der Menschen

M3 *Aufbau eines Bevölkerungsdiagramms*

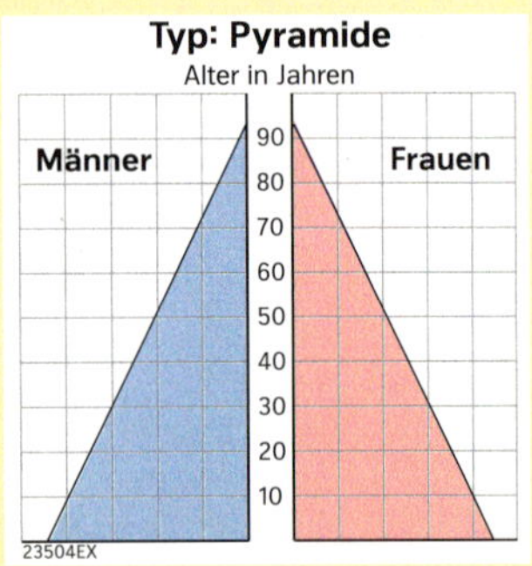

Die klassische Pyramidenform zeigt, dass die Bevölkerung kontinuierlich wächst, weil jeder Neugeborenenjahrgang größer als der vorangegangene ist. Die Balkenlänge nimmt nach oben hin ab. Noch um 1900 war diese Form für Deutschland typisch. Heute finden wir diese Form weiterhin in vielen ärmeren Ländern.

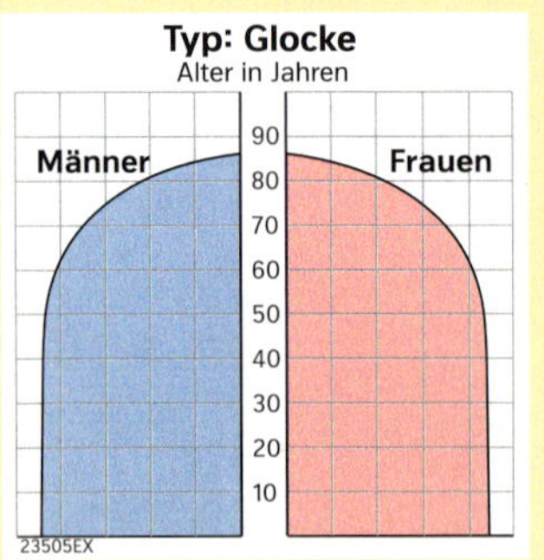

Diese Form entsteht, wenn jeder Neugeborenenjahrgang die Stärke des vorherigen Jahrgangs hat. Erst ab dem Rentenalter nimmt die Balkenlänge nach oben ab. Über viele Jahre ist die Anzahl der Geburten gleich. Diese Form ist typisch für Länder, in denen die Bevölkerungszahl nicht steigt.

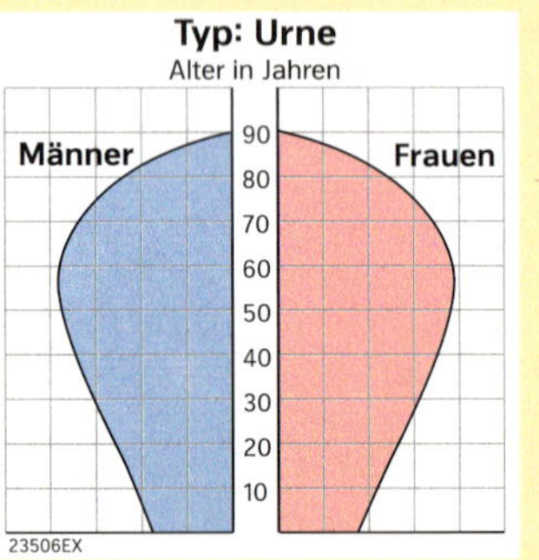

Bei dieser Form ist die Anzahl der Geburten jedes Jahr geringer als im Vorjahr. Die Anzahl der Menschen über 60 Jahre steigt. Die Lebenserwartung ist hoch. Die Balkenlänge nimmt nach oben hin zu. Diese Urnenform entspricht meist Ländern mit Bevölkerungsrückgang.

M2 *Verschiedene Grundformen von Bevölkerungsdiagrammen*

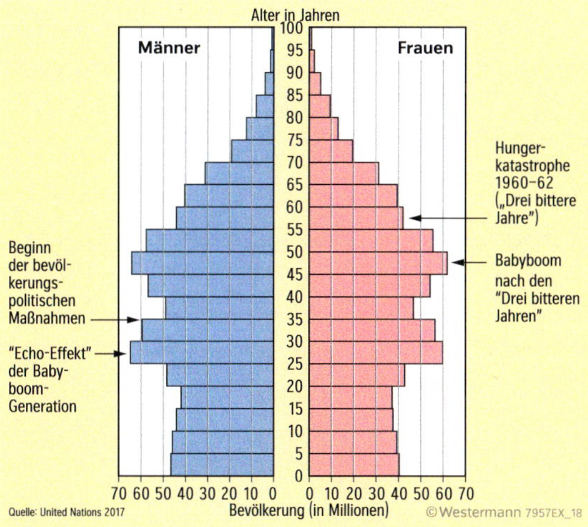

Altersaufbau China

Das Bevölkerungsdiagramm Chinas zeigt, dass die Balkenlängen ab den über 40-Jährigen kontinuierlich kürzer werden. Hohe Geburtenzahlen waren davor in China Tradition, weil die Kinder ihre Eltern im Alter versorgen mussten. Einen Einschnitt gibt es durch die Hungerkatastrophe, die in den Jahren 1960 bis 1962 durch verfehlte Wirtschaftspolitik ausgelöst wurde. Ursachen waren große Ernteausfälle sowie die Konzentration der Arbeitskräfte auf Industrieprojekte. Nach den „drei bitteren Jahren" der Hungerkatastrophe stieg die Zahl der Geburten wieder an. China näherte sich damals der Schwelle zu einer Milliarde Einwohner. Die Regierung setzte die Ein-Kind-Politik durch.
Der Anteil älterer Menschen an der Gesamtbevölkerung nahm in der Folge stark zu. Seit 2016 ist es deshalb Paaren erlaubt, maximal zwei Kinder zu haben.

M4 *Die Bevölkerungsentwicklung Chinas (2017)*

Vier Schritte zur Auswertung eines Bevölkerungsdiagramms

1. Schritt: Betrachte das Diagramm intensiv (Achtung: Auf der x-Achse können absolute Zahlen oder Prozentanteile dargestellt sein).

2. Schritt: Bestimme die Grundform des Bevölkerungsdiagramms (M2).

3. Schritt: Erläutere anschließend die Form. Welche Rückschlüsse auf die Bevölkerungszusammensetzung kann man ziehen? Dabei sollen dir folgende Fragen helfen:
- Hat das Diagramm eine breite Basis? Das heißt, gibt es viele Geburten? Wächst die Bevölkerung stark? Wie hoch ist der Anteil der Kinder von 0–15 Jahre, der Erwerbsfähigen von 15–65 Jahre, der Rentner ab 65 Jahre? Wie hoch ist der Anteil der Geschlechter?
- Verjüngt sich die Pyramide nach oben extrem? Das heißt, sterben viele Menschen sehr früh?
- Lebenserwartung (Werden viele Menschen alt?)
- Weist die Pyramide starke Einschnitte auf? Was könnten die Ursachen dafür sein? Warum hat sich die Anzahl der Geburten oder die Anzahl der Sterbenden so stark verändert? Gab es zu dieser Zeit Kriege, politische Veränderungen oder Naturkatastrophen?

4. Schritt: Nenne Folgen und Probleme, die sich aus dieser Alters- bzw. Bevölkerungsstruktur für das Land ergeben.
- Werden in Zukunft viele Kindergartenplätze und Schulen benötigt?
- Wie können viele ältere Menschen versorgt werden (Seniorenwohnungen, Altenheime, soziale Absicherung)?
- Ist eine Versorgung der Bevölkerung mit Nahrungsmitteln gewährleistet?
- Sollten Maßnahmen ergriffen werden, um einer ungünstigen Bevölkerungsentwicklung entgegenzuwirken?

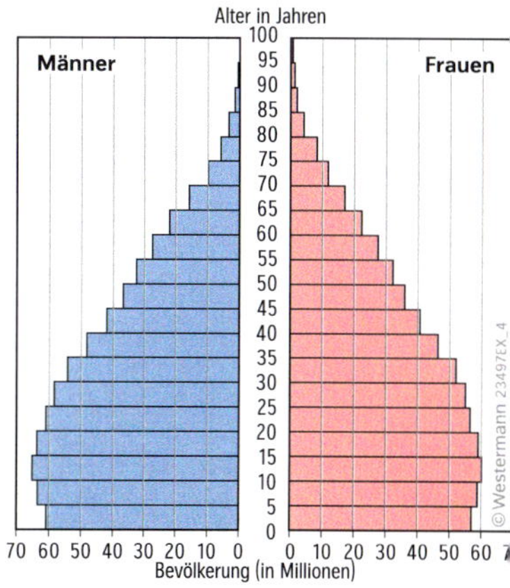

M5 *Bevölkerungsdiagramm Indiens (2017)*

www.destatis.de/bevoelkerungspyramide

1. Stelle dar, zu welchen Aspekten ein Bevölkerungsdiagramm dem Betrachter Informationen liefert.

2. Werte das Bevölkerungsdiagramm von China aus (M2, M4).

3. a) Beschreibe mithilfe des Internetlinks die Bevölkerungsentwicklung der letzten 50 Jahre in Deutschland.
b) Wähle eines der in M1 genannten Ereignisse aus und erkläre, inwieweit es Einfluss auf die Entwicklung der Bevölkerung hatte.

METHODE: Eine Exkursion durchführen

Lavabombe in Strohn (Vulkaneifel)

Laacher See mit kegelförmigen Vulkanbergen bei Mendig (Eifel) – im eingestürzten Krater hat sich Wasser zu einem See angestaut. Diesen nennt man auch Maar.

Der Donnersberg in der Westpfalz, nördlich von Kaiserslautern – ein Verwandter des Schaumbergs

Der Wallende Born (Brubbel) in Wallenborn (Rheinland-Pfalz) ist ein Kaltwassergeysir. Kohlensäuregas aus dem Erdinneren sammelt sich und wird schlagartig frei.

M1 *Mögliche Exkursionsziele in der Region*

- Traumpfad Vulkanpfad
- Lava Dome
- Vulkanpark – Nationaler Geopark Lacher See
- Deutsche Vulkanstraße
- Eifelsteig Georundweg Steffeln

M2 *Tipps für die Eifel*

- Donnersberg-Verein
- Bergbau-Erlebniswelt Imsbach
- Donnersberg Touristik Verband

M3 *Tipps für die Pfalz*

Drei Schritte zur Durchführung einer Exkursion

1. Schritt: Vorbereitung

- Wählt ein Exkursionsziel bzw. eine Exkursionsroute aus.
- Findet heraus, wie ihr am besten dort hinkommt. Gibt es eine Zugverbindung (Fahrzeiten und -preise)? Oder benötigt ihr einen Bus (Kosten für die Miete)?
- Recherchiert, was ihr dort alles machen könnt. Schaut im Internet nach, eventuell gibt es eine Homepage oder einen Ansprechpartner vor Ort. Vereinbart einen Termin.
- Welche Themen interessieren euch besonders? Notiert Fragen, die ihr vor Ort stellen könnt. Bildet Arbeitsgruppen, wenn es mehrere Themen sind.
- Legt fest, was ihr mitnehmen wollt, um eure Exkursion zu dokumentieren (Schreibblock, Stifte, Digitalkamera...).
- Plant euren Exkursionsablauf fertig (Abfahrt bis Rückkehr).

2. Schritt: Vor Ort

- Notiert wichtige Informationen und findet die Antworten auf eure Fragen heraus.
- Vielleicht gibt es Flyer, Lehrtafeln oder Ähnliches, die ihr für die Auswertung benötigen könnt?
- Denkt daran, Fotos zu machen.

3. Schritt: Auswertung

- Tragt eure Ergebnisse zusammen. Konnten alle Fragen geklärt werden?
- Erstellt ein Plakat zum Thema.
- Präsentiert eure Ergebnisse und vergleicht.

1. Recherchiere Informationen über die Vulkanregionen im Saarland, in der Eifel und in der Westpfalz (Alter, Entstehung und Aktivität sowie heutige Bedeutung und Nutzung).
2. Plane eine Exkursion.
3. Nimm begründet Stellung zu den Gefahren durch Vulkane in unserer Region.

Sehr häufig reicht das eigene Wissen nicht aus, um zum Beispiel eine Frage zu beantworten, eine Karte zu interpretieren oder gar ein Referat zu verfassen. Dann muss man recherchieren (französisch: „rechercher“ = nachforschen). Das heißt, man muss nach zusätzlichen Informationen suchen. Dafür gibt es zahlreiche Möglichkeiten: Bibliotheken mit Fachbüchern und Fachzeitschriften, Zeitungen, Filme, die Befragung von Fachleuten und natürlich das Internet.
Doch Vorsicht: Nicht allen Texten, Fotos und Filmen kann man trauen! Das gilt vor allem für Materialien aus dem Internet.

Du willst auf den gefundenen Seiten ...	Mit welcher Eingabe?
... bestimmte Begriffe vorkommen?	Gib die Begriffe in die Suchmaske ein, z. B.: *Regenwald Amazonas*
... bestimmte Begriffe in einer bestimmten Reihenfolge vorkommen?	Setze die Begriffe in Anführungszeichen: *„Regenwald am Amazonas“*
... ein bestimmtes Wort nicht vorkommen soll?	Setze ein Minuszeichen vor das Wort: *tropischer Regenwald -Amazonas*

M1 *Tipps zum Suchen mit Suchmaschinen*

- Internetlexika: Das bekannteste Internetlexikon ist Wikipedia. Hier gibt es keine Redaktion, hier kann jeder an Artikeln mitarbeiten. Deshalb sind die Artikel manchmal nicht ganz objektiv oder sie sind nicht ganz richtig.
- Filmsammlungen: Allein bei Youtube kannst du Zehntausende Lehrfilme abrufen.
- Webcams gibt es an nahezu allen Orten der Erde. Gib Webcam und das gewünschte Land in die Suchmaschine ein und du erhältst Live-Bilder.

M2 *Informationsquellen im Internet*

Neben der bekanntesten Suchmaschine *Google* gibt es viele weitere Suchmaschinenanbieter. *DuckDuckGo* verspricht, möglichst wenig persönliche Daten von Nutzern (also von dir) zu sammeln. Auch *ECOSIA* verspricht, keine Daten zu sammeln. *ECOSIA* nutzt die Werbeeinnahmen, um weltweit damit neue Bäume zu pflanzen (im September 2021 waren es bereits über 130 Millionen).

M3 *Suchmaschinenanbieter im Internet*

Vier Schritte zum Recherchieren nach glaubwürdigen Informationen

1. Schritt: Was will ich wissen?
Nach welchen Informationen möchtest du suchen? Formuliere Fragen und eine übergeordnete Leitfrage.

2. Schritt: Schlüsselwörter finden
Notiere die Fragen und unterstreiche darin die wichtigsten Wörter, die Schlüsselwörter/Schlüsselbegriffe.

3. Schritt: Die Suchmaschinen füttern
Tippe die Schlüsselwörter in die Suchmaske der Suchmaschine ein. Schau dir nun die ersten zehn Suchergebnisse an und bewerte sie: Liefern sie genügend Informationen? Sind sie vertrauenswürdig?

4. Schritt: Die Suche verändern
Willst du nach weiteren Quellen suchen? Dann ...
- verwende eine andere Suchmaschine.
- gib andere Schlüsselwörter oder dieselben in anderer Reihenfolge ein.

Im Gegensatz zu gedruckten Fachbüchern und Fachzeitschriften sind die Informationen aus dem Internet häufig fehlerhaft oder nicht glaubhaft. Anzeichen für unseriöse Internetseiten sind:
- Es gibt kein Impressum, der Autor/die Autorin ist unbekannt.
- Schon die Rechtschreibung ist sehr fehlerhaft.
- Bilder, Tabellen, Diagramme und Texte haben keine Quellenangabe, obwohl sie nicht von demjenigen stammen, der die Seite erstellt hat.
- Die Informationen sind so zusammengestellt, dass sie für etwas werben und nicht mehr objektiv wirken.
- Es gibt keine Angaben zum Erstelldatum.

M4 *Fehler, Fakes und Fälschungen im Internet*

Absolutismus (Seite 110)
Der Absolutismus ist eine Herrschaftsform, bei der ein Monarch die uneingeschränkte (absolute) Macht im Staat hat. Der Herrscher erlässt Gesetze, ist für die Rechtsprechung sowie die Verwaltung zuständig und hat die militärische Macht. Das 17./18. Jahrhundert gilt in Europa als Zeitalter des Absolutismus. Der wohl bekannteste absolute Herrscher dieser Zeit ist König Ludwig XIV., der von 1661 bis 1715 in Frankreich regierte.

Aids-Erkrankung (Seite 56)
Aids (Acquired immune deficiency syndrome) ist die englische Abkürzung für ein Immunschwächesyndrom. Bei einer Aids-Erkrankung zerstört der HI-Virus (HIV) das Immunsystem eines Menschen. Dadurch treten Folgeerkrankungen auf, die zum Tod führen können.

Altersstruktur (Seite 182)
Als Altersstruktur wird die statistische Verteilung von Personen nach deren Alter zu einem bestimmten Erfassungszeitpunkt bezeichnet. Mit der Altersstruktur werden zum Beispiel Bevölkerungen von Ländern beschrieben und es lassen sich Aussagen zur Bevölkerungsentwicklung treffen.

anthropogener Klimawandel (Seite 210)
Durch menschliche Aktivitäten wird der natürliche Treibhauseffekt verstärkt, indem mehr Treibhausgase in die Atmosphäre gelangen und sich dort anreichern. Das führt zu einer zusätzlichen Erwärmung der Atmosphäre und somit zu einem durch Menschen verursachten Klimawandel.

Arbeiterverein (Seite 166)
Im 19. Jahrhundert machte die Industrialisierung immer weitere Fortschritte. Gleichzeitig wurden die Unterdrückung und die Ausbeutung der Menschen immer schlimmer. Es entstand die Klasse der Arbeiter, die mehr und mehr verarmte. 1863 schlossen sich in Leipzig Arbeiter zu einem Verein zusammen, um für ihre Rechte zu kämpfen.

Arbeitsvertrag (Seite 174)
Ein Arbeitsvertrag ist ein Vertrag, der zwischen Arbeitgeber und Arbeitnehmer geschlossen wird. Er begründet ein Arbeitsverhältnis und regelt die wechselseitigen Rechtsbeziehungen.

arid (Seite 196)
Arid (lateinisch: „aridus“ = trocken, dürr) bezeichnet das Klima in Gebieten, in denen die jährlichen Niederschläge im Mittel geringer sind als die Verdunstung.

Atmosphäre (Seite 193)
Die Atmosphäre ist die Lufthülle der Erde. Sie ist ungefähr 1000 Kilometer dick und besteht aus verschiedenen Gasen. Die unterste Schicht der Atmosphäre heißt Troposphäre. Sie reicht bis zu zehn Kilometern Höhe. In ihr findet das Wettergeschehen statt.

Attentat von Sarajevo (Seite 293)
Das Attentat von Sarajevo gilt als entscheidender Auslöser des Ersten Weltkrieges. Am 28. Juni 1914 fielen der österreichische Thronfolger Franz Ferdinand und seine Frau Sophie einem Attentat des serbischen Nationalisten Gavrilo Princip zum Opfer. Wenige Tage später folgten eine Reihe von Kriegserklärungen.

Aue (Seite 81)
Auen sind natürliche Überflutungsflächen entlang von Flüssen oder Bächen. Es sind Niederungen, in denen hohe Wasserstände mit Niedrigwasser-Phasen abwechseln.

Boden (Seite 270)
Boden ist die oberste lockere Erdschicht, in der sich die Wurzeln der Pflanzen befinden und aus der sie sich mit Nährstoffen versorgen. Der Boden ist eine wichtige Voraussetzung für den landwirtschaftlichen Anbau. Fruchtbarer Boden verspricht gute Erträge.

Bodenschatz (Seite 238, 272)
Bodenschätze sind mit Ausnahme von Wasser alle wirtschaftlich nutzbaren mineralischen Rohstoffe, die in der Erde lagern. Wichtige Bodenschätze sind z. B. Erdöl, Erdgas, Kohle, Erze, Kies und Sand.

borealer Nadelwald (Taiga) (Seite 236)
Der boreale Nadelwald ist die am nördlichsten gelegene Vegetationszone, in der noch Bäume wachsen. Sie zieht sich wie ein Gürtel über fast die komplette Nordhalbkugel. Das Wort „boreal“ bedeutet „nördlich“. Oftmals wird für die Vegetationszone auch der Begriff „Taiga“ (russisch für „sumpfig/Sumpfgebiet“) verwendet, da in den wärmeren Sommermonaten der harte Permafrostboden vorübergehend auftaut. Typische Baumarten sind Lärchen, Fichten und Kiefern.

Buchdruck (Seite 93)
Der Buchdruck war eine bedeutende Erfindung von Johannes Gutenberg um 1450. Er benutzte bewegliche Lettern aus Metall, die spiegelverkehrt den Buchstaben trugen, der gedruckt werden sollte. Diese Lettern setzte man zusammen zu dem Text, der gedruckt werden sollte. Daraus entstanden die ersten gedruckten Bücher.

Bündnissystem (Seite 292)
In einem Bündnissystem schließen mehrere Staaten einen Vertrag. Sie versprechen, sich gegenseitig zu unterstützen, vor allem wenn es zum Krieg kommt.

Burg (Seite 18)
Eine Burg ist allgemein ein Ort, der durch Pfähle, Wälle, Mauern oder Gräben befestigt ist. Im Mittelalter waren Burgen große Gebäude aus Stein, in denen ein adeliger Burgherr mit seiner Familie und Bediensteten wohnte und von wo aus er seinen umliegenden Landbesitz verwaltete. Die Burg diente zusätzlich als Vorratslager und als Verteidigungsanlage gegen feindliche Angriffe.

Bürger (Seite 14)
Im Mittelalter waren Bürger Bewohner einer befestigten Stadt, die häufig um eine Burg herum gebaut wurde, in der sie Schutz suchen konnten. Nur wer eigenen Besitz hatte, konnte Bürger sein. Bürger mussten Abgaben leisten, besaßen aber auch Rechte, die ein normaler Einwohner nicht besaß. Die meisten Bürger waren Handwerker, die in Zünften zusammengeschlossen waren.

Bürgerrecht (Seite 30)
Im Mittelalter verstand man unter den Bürgerrechten bestimmte Rechte, die die Bürger einer Stadt besaßen. So konnte man den Stadtrat mitwählen und über die

Geschicke der Stadt mitentscheiden. Einige Leute erhielten nicht das Bürgerrecht, z. B. arme Leute und Menschen mit Berufen, die als unehrenhaft angesehen wurden.

Code Civil (Seite 128)
Der Code Civil ist ein Bürgerliches Gesetzbuch, das Napoleon Bonaparte 1804 einführte und das bis heute Grundlage der Rechtssprechung in Frankreich ist. Es war das erste einheitliche Gesetzesbuch, das für ganz Frankreich galt. Es verankerte die Grundsätze der Gleichheit aller Bürgerinnen und Bürger vor dem Gesetz, der Freiheit für alle und den Schutz des privaten Eigentums.

Dampfmaschine (Seite 148)
Die Dampfmaschine ist eine Maschine, die Feuer und Wasser in Arbeitskraft umwandelt. Sie wurde um 1712 von Thomas Newcomen in England erfunden und 1769 vom Engländer James Watt weiterentwickelt und berühmt gemacht. Mit der Erfindung der Dampfmaschine konnten viele schwere Arbeiten von Maschinen erledigt werden, die zuvor nur mühsam von Hand verrichtet werden konnten.

Dreifelderwirtschaft (Seite 26)
Im Mittelalter entwickelte sich eine Form der Landwirtschaft, bei der im jährlichen Wechsel ein Drittel des Bodens mit Wintergetreide, ein Drittel mit Sommergetreide bepflanzt und ein Drittel unbebaut (Brache) blieb oder als Weide genutzt wurde.

Dreschflegel (Seite 26)
Der Dreschflegel ist ein Werkzeug aus Holz zum Dreschen von Getreide nach der Ernte. Mit ihm werden Getreidekörner aus den Ähren herausgeschlagen (gedroschen). Er besteht aus einem langen Stiel, an dem verbunden mit einem beweglichen Bauteil der eigentliche Flegel, ein Holzprügel aus Hartholz, befestigt ist.

Dritte Welt (Seite 284)
Der Begriff Dritte Welt wird heute kaum noch gebraucht. Man spricht vielmehr von Entwicklungsländern. Der Begriff Dritte Welt entstand in den Zeiten des Kalten Krieges, als sich zwei Militärblöcke gegenüberstanden. Die Länder, die keinem dieser Blöcke angehörten, bekamen den Namen Dritte Welt.

Druckerpresse (Seite 93)
Die Druckerpresse ist eine mechanische Presse, mit der ein Text mittels einer gefärbten Druckform, den Lettern, auf einen Bedruckstoff (Papier) übertragen wird. Die Druckerpresse wurde um 1450 von Johannes Gutenberg erfunden und ermöglichte erstmalig den massenhaften Druck von Büchern.

Einzugsgebiet (Seite 43)
Das Einzugsgebiet umfasst einen räumlich abgegrenzten Bereich, aus dem Kunden für Handel, Handwerk und Dienstleister stammen. Das nähere Umland einer Stadt gilt zum Beispiel als Einzugsgebiet der Stadt. Menschen aus dem Umland fahren in die Stadt, um dort einzukaufen oder zu arbeiten.

Emission (Seite 210)
Als Emission wird allgemein die Abgabe von Stoffen und Störfaktoren an die Umwelt bezeichnet (z. B. Rauch, Abwasser, Wärme, Geräusche). Die Verursacher (Emittenten) von Emissionen sind z. B. Industriebetriebe, Kraftwerke und Kraftfahrzeuge. Treibhausgasemissionen sind beispielsweise maßgeblich für Klimaveränderungen verantwortlich.

Entwicklungsland (Seite 284)
Ein Entwicklungsland ist ein Land, das im Vergleich zu einem Industrieland weniger weit entwickelt ist. Zu den Merkmalen eines Entwicklungslandes gehören: ein relativ starkes Bevölkerungswachstum, unzureichende Nahrungsmittelversorgung, eine hohe Zahl an Analphabeten, eine schlecht ausgebaute Infrastruktur, große Unterschiede beim Lebensstandard zwischen Stadt und Land und ein niedriges Pro-Kopf-Einkommen.

Erdkern (Seite 64)
Im Schalenbau der Erde bildet der Erdkern die unterste Schicht. Der innere Erdkern ist ca. 1400 Kilometer mächtig und besteht aus Eisen und Nickel. Die beiden Bestandteile sind, trotz hoher Temperaturen (7000 °C), aufgrund des hohen Drucks fest.

Erdkruste (Seite 64)
Die etwa 5 bis 70 Kilometer mächtige, äußere verfestigte Schale der Erde, die sich aus kontinentaler und ozeanischer Kruste zusammensetzt, wird Erdkruste genannt.

Erdmantel (Seite 64)
Zwischen der Erdkruste und dem Erdkern befindet sich die dickste Schicht der Erde, der Erdmantel, der durchschnittlich etwa 2850 Kilometer dick ist. Der Großteil des Erdmantels ist fest, im Ganzen ist er jedoch verformbar.

Erdplatte (Seite 64)
Eine Erdplatte besteht aus meist festem und brüchigem Gestein und bildet einen Teil der Lithosphäre, die im Mittel etwa 100 Kilometer mächtig ist und aus sieben großen Lithosphärenplatten besteht.

Erosion (Seite 78)
Erosion beschreibt allgemein die natürliche Abtragung von Gestein und Boden an der Erdoberfläche durch Wasser, Wind und Eis. Flusserosion bedeutet die Schaffung von Einschnitten in die Landoberfläche durch Fließgewässer. Ausgangspunkt für die Flusserosion ist die Quelle, von wo aus Wasser in tiefer liegendes Gelände fließt.

Export (Seite 178)
Der Export umfasst die Ausfuhr und den Verkauf aller Waren, Dienstleistungen und Rohstoffe eines Landes ins Ausland.

Faltengebirge (Seite 67)
Ein Faltengebirge ist ein Gebirge, das durch Auffaltung entstanden ist (z. B. Alpen, Anden, Himalaya, Kaukasus). Durch den seitlichen Druck wurden die ursprünglich waagerecht liegenden Gesteinsschichten aufgewölbt und verschoben.

Französische Revolution (Seite 122)
Unter der Französischen Revolution versteht man den Zeitraum von 1789 bis 1799, in der in Frankreich (und später auch in ganz Europa) bedeutende politische und gesellschaftliche Veränderungen stattfanden. Der Absolutismus und die Monarchie wurden zugunsten der Schaffung einer Republik beendet und die Menschen- und Bürgerrechte wurden in einer Verfassung verankert.

Frondienst (Seite 22)
Unfreie Bauern wurden gezwungen, auf dem Land ihrer Grundherren zu arbeiten, ohne dafür Geld zu erhalten. Diese Pflichtarbeit wurde Frondienst genannt.

Gefälle (Seite 78)
Das Gefälle beschreibt, um wie viel Grad, ausgehend von einer Ebene, beispielsweise ein Fluss nach unten geneigt ist. Je stärker das Gefälle ist, desto stärker ist auch die Fließgeschwindigkeit des Flusses.

Generalstände (Seite 120)
In Frankreich bezeichnete man eine Versammlung der drei Stände (Adel, Geistliche und alle übrigen, vor allem Bauern und Bürger) als Generalstände. Jeder Stand schickte gewählte Vertreter in die Versammlung.

geozentrisches Weltbild (Seite 91)
Im geozentrischen Weltbild stellte man sich die Erde („geo" = Erde) als festes, unbewegliches Zentrum des Weltalls vor. Man nahm an, dass sich Sonne, Mond und Sterne um die Erde drehten. Diese Ansicht wurde in der Antike geprägt und in Europa bis zur Mitte des 16. Jahrhunderts allgemein akzeptiert und als wahr angesehen.

Geschäftsfähigkeit (Seite 35)
Geschäftsfähigkeit sagt aus, wie alt junge Menschen mindestens sein müssen, um sich von geschenktem Geld selbst etwas kaufen zu dürfen. Kinder unter sieben Jahren sind nicht geschäftsfähig, sie dürfen also nicht selbstständig etwas kaufen oder verkaufen. Kinder und Jugendliche zwischen 7 und 18 Jahren sind beschränkt geschäftsfähig, sie können unter Zustimmung der Eltern ein Kaufgeschäft abschließen oder ein Konto eröffnen.

Gewerkschaft (Seite 166, 174)
Eine Gewerkschaft ist eine Organisation von Arbeitnehmerinnen und Arbeitnehmern mit den Zielen: Arbeit für alle Menschen, genügend Lohn und Gehalt, um ohne Sorgen leben zu können, kürzere Arbeitszeiten und Mitbestimmung in den Betrieben. 1918 entwickelten sich in Deutschland die ersten Gewerkschaften als Weiterentwicklung der Arbeitervereine.

Großmachtstreben (Seite 254)
Großmachtstreben umschreibt den Wettbewerb zwischen den europäischen Kolonialmächten zum Ende des Imperialismus, als es einen regelrechten Wettlauf um neue Kolonien gab.

Grundherr (Seite 18)
Ein Grundherr ist ein Herrscher über ein landwirtschaftlich genutztes Gebiet und über die darauf lebenden und arbeitenden Menschen. Landbesitzer, meist adlige Grundherren, aber auch Klöster, gaben an abhängige Bauern Land zur Bewirtschaftung und forderten von diesen Abgaben und Arbeitsleistungen.

heliozentrisches Weltbild (Seite 91)
Das heliozentrische (griechisch: „helios" = Sonne) Weltbild beschreibt die Sonne als ruhendes Zentrum des Universums, um das herum sich die Planeten bewegen. Dabei drehen sich die Planeten um sich selbst und haben Monde. Die Monde bewegen sich wiederum um den zugehörigen Planeten. Der Theologe Nikolaus Kopernikus begründete 1543 dieses Weltbild, das das geozentrische Weltbild ablöste.

HI-Virus (HIV) (Seite 56)
Das humane Immundefizienz-Virus (HI-Virus oder kurz: HIV) ist eine Virenart, die bei Menschen zu einer Schwächung des Immunsystems führt. Ohne ärztliche Behandlung kommt es bei infizierten Menschen in der Regel zu einer Aids-Erkrankung.

Hörige (Seite 22)
Als Hörige werden mittelalterliche unfreie Bauern bezeichnet, die sich in Abhängigkeit von einem Grundherrn befanden. Die Hörigkeit wurde an die Kinder vererbt.

Humanismus (Seite 88)
Das Wort Humanismus leitet sich vom lateinischen Begriff humanitas ab und bedeutet Menschlichkeit. Im 14. und 15. Jahrhundert verbreitete sich der Humanismus als kulturelle Strömung durch Dichter und Denker von Italien aus in Westeuropa. Der Mensch sollte, so forderten die Anhänger des Humanismus, allseitig gebildet sein und eine unabhängige Persönlichkeit werden.

humid (Seite 196)
Humid (lateinisch: „umidus"=feucht, nass, wässrig) bezeichnet das Klima in Gebieten, in denen die jährlichen Niederschläge im Mittel größer sind als die mögliche Verdunstung.

Hygiene (Seite 53)
Unter Hygiene versteht man die Lehre von der Gesunderhaltung des Menschen durch Reinhaltung des Körpers und der Kleidung sowie der Arbeitsumgebung. Dazu zählen alle Maßnahmen, die die ungewollte Vermehrung von Bakterien und Mikroorganismen und so die Ausbreitung von Krankheiten verhindern.

Imperialismus (Seite 252)
Das Wort Imperialismus kommt aus dem Lateinischen. Es bezeichnet das Streben von Staaten, ihre Macht weit über die eigenen Landesgrenzen hinaus auszudehnen. Das kann dadurch erfolgen, dass schwächere Länder gezielt vom stärkeren Land abhängig gemacht werden. Als Zeitalter des Imperialismus gilt der Zeitraum zwischen 1880 und 1918.

Impfung (Seite 53)
Eine Impfung schützt vor der ungewollten Ansteckung mit Krankheiten. Bei einer Impfung werden dem menschlichen Körper zum Beispiel Viren gespritzt. Die verursachen im Körper eine ganz leichte Erkrankung. Der Körper bekämpft die Krankheit und stellt dabei Abwehrstoffe her, die Antikörper. Diese bleiben im Körper und verhindern eine schwere Erkrankung, wenn der Körper noch einmal von den gleichen Viren angegriffen wird.

Import (Seite 178)
Der Import ist wie der Export ein Teil des Außenhandels eines Landes und bezeichnet die Einfuhr, also den Einkauf von Waren, Dienstleistungen und Rohstoffen aus dem Ausland, die in das eigene Land gebracht werden.

Industrieland (Seite 284)
Industrieland bezeichnet ursprünglich ein Land, in dem die Industrie den bedeutendsten Zweig der Wirtschaft darstellt, im Gegensatz zum Agrarland. Heute ist ein Industrieland ein Land, das weit entwickelt und wirtschaftlich stark ist. Der Dienstleistungsbereich ist in der Regel der wichtigste Wirtschaftszweig.

Jakobsstab (Seite 92)
Der Jakobsstab ist ein einfaches Instrument zur Winkelmessung, das vor allem in der Seefahrt ab dem 15.

Jahrhundert verwendet wurde. Er diente hauptsächlich zur Bestimmung der geographischen Breite.

Karavelle (Seite 92, 98)
Die Karavelle war ein Schiffstyp, mit dem Portugiesen und Spanier erste Entdeckungsreisen zu Beginn des 16. Jahrhunderts unternahmen. Karavellen waren kleine und wendige Segelschiffe aus Holz mit einer Länge von 20 bis 25 Metern und oft zwei oder drei Masten.

Klerus (Seite 14)
Der Klerus bezeichnet alle Geistlichen im Mittelalter, die dem ersten Stand zugehörig waren. Dazu zählten, Priester, Bischöfe, Äbte und Mönche. Sie waren meistens gebildet und konnten lesen und schreiben.

Klima (Seite 194, 266)
Das Klima beschreibt die für einen Ort typischen Zustände der erdnahen Atmosphäre. Meteorologen beobachten die Wetter- und Witterungsvorgänge, sammeln Klimadaten und bestimmen die Durchschnittswerte im langjährigen Mittel (30 Jahre). Beeinflusst wird das Klima nicht nur von der Breitenlage, sondern auch von der Höhenlage, der Entfernung vom Meer und der Lage zu Gebirgen (Klimafaktoren).

Klimazone (Seite 204)
Als Klimazonen werden großräumige Gebiete zusammengefasst, in denen wesentliche Bestandteile des Klimas ähnlich ausgeprägt sind. (z. B. Temperatur, Niederschlag). Klimazonen erstrecken sich gürtelartig um die Erde.

kleindeutsche Lösung (Seite 246)
In der deutschen Reichsverfassung von 1849 wurde festgelegt, dass Österreich nicht zum deutschen Reich dazugehören sollte. Man sprach von der kleindeutschen Lösung.

Knappe (Seite 20)
Ein Knappe diente einem Ritter im Mittelalter. Er kümmerte sich um dessen Pferd und Waffen und wurde gleichzeitig selbst für den bewaffneten Kampf ausgebildet. Mit 14 Jahren konnten Jungen aus adligen Familien Knappen werden und mit 21 Jahren zum Ritter ernannt werden.

Kolonialreich (Seite 252)
Als Kolonialreich bezeichnete man während der Zeit des Imperialismus und Kolonialismus die Gesamtheit der Kolonien eines bestimmten Staates, des Mutterlandes der jeweiligen Kolonien.

Kolonie (Seite 104, 252)
Eine Kolonie ist ein Gebiet ohne eigene politische und wirtschaftliche Macht, das sich im Besitz eines fremden Staates befindet. Ab dem 16. Jahrhundert eroberten europäische Länder oft gewaltsam fremde Gebiete auf anderen Kontinenten und machten sie zu ihren Kolonien. Dort wurden einheimische Menschen und Rohstoffe für die Eroberungsländer ausgebeutet.

Konquistador (Seite 100)
Konquistadoren waren die Entdecker und Eroberer, die im 16. Jahrhundert Mittel- und Südamerika erschlossen. Der Begriff „conquistador" ist spanisch und bedeutet Eroberer.

Konvektionsstrom (Seite 64)
Ein Konvektionsstrom ist ein auf- und absteigender Strom von Magma im oberen Erdmantel. Das führt zu Bewegungen der Erdplatten der Erdkruste.

Kriegsbegeisterung (Seite 294)
Zu Kriegsbeginn im August 1914 sahen viele Menschen in Deutschland den Krieg als gerecht an, als einen Verteidigungskrieg. Obwohl Deutschland nicht angegriffen worden war, hatten viele Menschen den Eindruck, sich verteidigen zu müssen. Die Begeisterung in Deutschland wurde dadurch beflügelt, dass die Bevölkerung, die militärische und die politische Führung von einem schnellen Sieg innerhalb weniger Monate ausgingen. Die Kriegsbegeisterung war bei der Landbevölkerung jedoch deutlich weniger ausgeprägt als in der Stadt.

Kummet (Seite 26)
Ein Kummet ist ein gepolsterter Ring, der über Schultern und Brust eines Pferdes gespannt wurde. So konnten im Mittelalter Pferde mit ganzer Kraft einen Räderpflug ziehen und lösten Ochsen als Zugtiere ab.

Lebenserwartung (Seite 182)
Die durchschnittliche zu erwartende Lebensdauer eines Menschen zum Zeitpunkt seiner Geburt ist die Lebenserwartung. Einfluss auf die Lebenserwartung haben unter anderem die Art der Ernährung und die Möglichkeiten der medizinischen Versorgung dieses Menschen. Im Durchschnitt werden Frauen älter als Männer.

Lehen (Seite 15)
Lehen waren im Mittelalter Rechte, die einer Person überlassen wurden. Häufig wurden die Rechte an der Nutzung eines Stück Landes verliehen. Der Landbesitzer, auch Lehnsherr genannt, verlieh zum Beispiel einem Bauern das Recht, ein Stück seines Landes zu nutzen.

Letter (Seite 93)
Eine Letter ist ein Stück aus einem bleihaltigen Metallgemisch, auf dessen Kopf ein spiegelverkehrter Buchstabe hervorsteht. Johannes Gutenberg erfand die Lettern um 1450, mit denen erstmals Schrift auf Papier gedruckt werden konnte. Lettern waren die Grundlage des modernen Buchdrucks.

Lithosphäre (Seite 64)
Die Lithosphäre ist die Gesteinshülle der Erde. Dazu gehören die Erdkruste und die obere feste Schicht des Erdmantels. Die Lithosphäre besteht aus Erdplatten (Lithosphärenplatten), die sich auf einer zähflüssigen Schicht bewegen.

Lohn (Seite 174)
Jeder Arbeitnehmer und jede Arbeitnehmerin erhält für die erbrachte Leistung einen Lohn, der üblicherweise in Geld ausgezahlt wird. Der Fachbegriff dafür ist Geldlohn. Hier ist genau festgelegt, wie viel Geld man pro Arbeitsstunde erhält.

Luftdruck (Seite 206)
Die Luft übt infolge ihres Gewichtes einen Druck auf ihre Unterlage, die Erdoberfläche, aus. Gemessen wird dieser Luftdruck mit einem Barometer in der Einheit Hektopascal (hPa).

Magnetkompass (Seite 92)
Der Magnetkompass dient als Messinstrument zur Orientierung auf der Erde. Er besteht aus einer

magnetischen, frei beweglichen Nadel in der Mitte und einer Skala mit den Himmelsrichtungen rundherum. Die Kompassnadel richtet sich immer in Nord-Süd-Richtung nach dem Magnetfeld der Erde aus.

Markt (Seite 33)
Markt kommt vom lateinischen Wort „mercatus“ und heißt Handelsplatz. Im Mittelalter lag der Markt häufig an Schnittpunkten von Handelsstraßen. Händler verkauften hier ihre Waren. Der Ablauf des Marktes wurde durch eine Rechtsordnung geregelt, Verstöße gegen diese Marktordnung wurden bestraft.

Marktplatz (Seite 28, 33)
Der Marktplatz ist ein zentraler Ort, an dem der Markt abgehalten wird. Er ist ein Umschlagplatz für Handelswaren. Menschen im Mittelalter kauften hier Dinge des täglichen Bedarfs und tauschten Informationen aus.

Marktrecht (Seite 33)
Das Recht, einen Markt abzuhalten, war die Voraussetzung für den wirtschaftlichen Aufstieg einer Stadt. Das Marktrecht wurde vom Landesherrn verliehen, der Abgaben von allen verkauften Waren erhielt.

Mechanisierung (Seite 148)
Die Mechanisierung steht für die Unterstützung und Ersetzung von menschlicher Arbeit durch den Einsatz von Maschinen und technischen Hilfsmitteln.

Militarismus (Seite 250)
Unter Militarismus versteht man eine Einstellung, die militärische Denk- und Verhaltensweisen zur Grundlage des Staates und der Gesellschaft machen will. Militärische Formen und der Einfluss militärischer Ordnung auf die zivile Gesellschaft stehen im Vordergrund.

Minnesänger (Seite 21)
Minne bedeutet Liebe, ein Minnesänger trug im Mittelalter also ein Liebeslied vor. Minnesänger waren Ritter und genossen ein hohes Ansehen.

Mittelozeanischer Rücken
(Seite 64, 67)
Ein Mittelozeanischer Rücken ist eine langgestreckte untermeerische Erhebung in Ozeanen. Sie bildet eine Grenze von Erdplatten. Hier driften Erdplatten auseinander. Das Magma steigt auf und erstarrt zu untermeerischen Gebirgen.

Müllvermeidung (Seite 186)
Unter Müllvermeidung versteht man alle Vorkehrungen und Maßnahmen, die dazu dienen, die Menge von anfallenden Abfallstoffen zu verringern. Eine Möglichkeit der Müllvermeidung ist z. B. der Verzicht auf Produktverpackungen bzw. die Nutzung von langlebigen und wiederverwendbaren Stoffen. Schon bei der Herstellung von Produkten lässt sich Müll vermeiden, indem nur so viel produziert wird, wie auch benötigt wird.

Mündung (Seite 79)
Als Mündung bezeichnet man die Zuflussstelle eines Fließgewässers in ein anderes Gewässer. Ein Fluss kann beispielsweise in einem Ozean münden.

Muskete (Seite 103)
Die Muskete ist ein langes, schweres Gewehr, das Ende des 16. Jahrhunderts entwickelt wurde und eine gesteigerte Reichweite und Durchschlagskraft gegenüber den bis dahin bekannten Gewehren hatte.

Nationalismus (Seite 130, 250, 252)
In dem Begriff Nationalismus steckt das Wort Nation, das politische Gemeinschaft bedeutet. Manchmal behaupten Menschen einer Nation, dass sie selbst besser und bedeutender seien als Menschen einer anderen Nation, dass sie z. B. eine bessere Kultur und Sprache als die anderen Staaten hätten. Oft wird dabei auf andere Völker verächtlich herabgesehen.

Nationalversammlung (Seite 120)
Die Vertreter des dritten Standes erklärten sich 1789 in Frankreich zur Nationalversammlung, also zur Vertretung des gesamten französischen Volkes. Aus ihr ging 1791 eine Verfassung hervor, die die absolute Macht des Königs einschränkte. Die Nationalversammlung wurde zur Volksvertretung, in der Gesetze entwickelt und erlassen wurden.

Natürliche Klimaveränderung
(Seite 208)
Natürliche Klimaveränderungen beschreiben messbare Veränderungen des Klimas der Erde über lange Zeiträume hinweg. Dabei werden insbesondere die Klimaelemente Temperatur, Niederschlag und Wind berücksichtigt. Erst eine Klimaänderung über mehrere Jahrzehnte hinweg gilt als Klimawandel.

Neue Welt (Seite 96)
Die Neue Welt ist eine historische Bezeichnung für das im Jahr 1492 durch europäische Seefahrer in Person von Christoph Kolumbus entdeckte Amerika. Die Neue Welt wurde der Alten Welt gegenübergestellt, die aus den drei bekannten Kontinenten Europa, Asien und Afrika bestand.

Pandemie (Seite 53)
Eine ansteckende, sich schnell über Länder und Kontinente verbreitende Krankheit nennt man Pandemie. Ab dem Jahr 2019 führte die Ausbreitung des Coronavirus zum Beispiel zu einer Pandemie.

Patriotismus (Seite 250)
Aus dem Französischen übersetzt heißt das Wort „Vaterlandsliebe“. Gemeint ist die gefühlsmäßige Bindung an kulturelle und geschichtliche Werte und Leistungen des Volkes, in dem man lebt. Ein Patriot hat oft eine besonders enge Beziehung zu den Symbolen seines Landes wie Hymne, Fahnen oder bestimmte Feste.

Permafrostboden (Seite 236)
Permafrost- oder auch Dauerfrostboden ist Erdboden, der ganzjährig gefroren ist. Er reicht bis in mehrere Hundert Meter Tiefe. Im Sommer taut nur die oberste Schicht auf, die dann schlammig ist. Permafrostböden treten in polaren Regionen und Gebirgen auf.

Quelle (Seite 78)
Eine Quelle ist ein Ort, an dem dauerhaft oder zeitweise Grundwasser auf natürliche Weise an der Geländeoberfläche austritt. Meistens handelt es sich dabei um aus Niederschlägen gespeistes Grundwasser. Mehrere Quellen vereinigen sich häufig zu Bächen und Flüssen.

Räderpflug (Seite 26)
Ein Pflug ist ein Werkzeug, mit dem ein Bauer die Erde auf dem Feld lockert und sie so für die Aussaat vorbereitet. Im Mittelalter setzte sich der Räderpflug durch. Der Pflug

wurde an einem Rad befestigt, das von einem Pferd gezogen wurde.

Reichsgründung (Seite 247)
Als Reichsgründung wird die Gründung des Deutschen Reiches im Januar 1871 bezeichnet. Davor hatte es keinen geeinten deutschen Staat gegeben.

Reichskanzler (Seite 246)
Mit der Gründung des Deutschen Reiches 1871 wurde der Ministerpräsident Otto von Bismarck zum Reichskanzler. Das ist die Amtsbezeichnung für den Regierungschef. Der Kaiser konnte als Staatsoberhaupt den Reichskanzler berufen und entlassen.

Renaissance (Seite 88)
Renaissance ist ein französisches Wort und bedeutet Wiedergeburt. Die Renaissance bezeichnet eine Kulturepoche und markiert das Ende des Mittelalters. Menschen begannen, das Mittelalter als rückständig zu betrachten und besannen sich wieder auf die Werte und Errungenschaften der Antike, die sozusagen wiedergeboren wurde.

Ritter (Seite 18)
Der Ritter war ein Krieger in einer Rüstung aus Eisen, der auf einem Pferd ritt. Er erhielt eine Ausbildung auf einer Burg, wo er als Knappe das Kämpfen mit Schwert und Lanze erlernte. Ritter zogen im Kriegsfall für ihre Lehnsherren in den Kampf.

Savanne (Seite 228)
Die Savanne ist die Hauptvegetationsform der wechselfeuchten Tropen zwischen Wüste und tropischem Regenwald. Dabei lassen sich die Dornstrauchsavanne, die Trockensavanne und die Feuchtsavanne voneinander abgrenzen. Die Abgrenzung erfolgt nach der Menge der Jahresniederschläge, nach der Dauer der Regenzeiten und nach der Anzahl an humiden Monaten.

Schwarzer Tod (Seite 54)
Als Schwarzer Tod wird eine verheerende Pandemie bezeichnet, die in Europa zwischen 1346 und 1353 geschätzt 25 Millionen Todesopfer – ein Drittel der damaligen Bevölkerung – forderte. Als Ursache gilt die durch das Bakterium Yersinia pestis hervorgerufene Pest.

Schwellenland (Seite 284)
Schwellenland bezeichnet ein fortgeschrittenes Entwicklungsland, das aufgrund seines hohen wirtschaftlichen Wachstums beachtliche Fortschritte erzielen konnte. Es hat in seinem Entwicklungsstand gegenüber den Industrieländern deutlich aufgeholt und steht auf der Schwelle, selbst ein Industrieland zu werden.

Sedimentation (Seite 79)
Sedimentation bzw. Sedimentierung (von lat. „sedimentum“ = Bodensatz) ist das Ablagern von Teilchen aus Flüssigkeiten (z. B. in Flussläufen) oder Gasen unter dem Einfluss der Gewichtskraft. Die sich bildende Schicht von Schwebstoffen heißt Sediment.

Sendungsbewusstsein (Seite 255)
Als Sendungsbewusstsein bezeichnet man die Überzeugung einer Person oder Gruppierung, die im eigenen Kreis angestrebten Wertvorstellungen, Lehren oder politisch-soziale Ordnungen auf andere auszudehnen und verbindlich zu machen.

Sextant (Seite 92)
Der Sextant ist ein Winkelmessgerät, das vor allem zur Navigation vewendet wird. Er wird dazu gebraucht, um den Winkel zwischen dem Horizont und einem Stern zu messen. Der Sextant wurde um 1730 erfunden.

sommergrüner Laub- und Mischwald (Seite 232)
Der sommergrüne Laub- und Mischwald ist die typische Vegetationszone der gemäßigten Zone. Ihre Ausbreitung beschränkt sich größtenteils auf die Nordhalbkugel. Vorherrschende Baumarten sind Buchen, Eichen und Kiefern, wobei der Anteil der Laubbäume überwiegt.

soziale Frage (Seite 163, 166)
Mit dem Begriff der sozialen Frage werden soziale Probleme bezeichnet, die es in Deutschland seit Mitte des 19. Jahrhunderts als Folge der industriellen Revolution gab. Wegen des technischen Fortschritts wurden immer mehr Fabriken gebaut. Die Landbevölkerung verarmte und drängte in die Städte, um dort Arbeit zu finden. Es gab aber nicht genügend Arbeitsplätze für alle und die hygienischen Bedingungen in der Stadt verschlechterten sich.

Sozialversicherung (Seite 172)
Die Sozialversicherung umfasst in Deutschland fünf Versicherungen, die vom Gesetz vorgeschrieben sind. Sie sollen Arbeitnehmerinnen und Arbeitnehmer vor den Folgen von Krankheit und Alter und vor Einkommensverlusten bei Arbeitslosigkeit schützen. Das sind die Krankenversicherung, Pflegeversicherung, Unfallversicherung, Rentenversicherung und Arbeitslosenversicherung.

Stadtmauer (Seite 28)
Eine Stadtmauer ist eine Mauer aus Stein, die um eine Stadt herum gebaut ist. Sie diente den Stadtbewohnern im Mittelalter zum Schutz vor äußeren Bedrohungen.

Stand (Seite 14)
Im Mittelalter wurde Personen ein Stand, also ein bestimmter Wert in der Gesellschaft zugeteilt. Man sprach von der Ständegesellschaft. Jeder Stand hatte bestimmte Aufgaben, Rechte und Pflichten. Den ersten Stand bildeten die Geistlichen, den zweiten Stand die Adligen und zum dritten Stand gehörten Stadtbürger und Bauern. In seinen Stand wurde man in der Regel hineingeboren.

Ständegesellschaft (Seite 118)
Die Ständegesellschaft, also die Aufteilung der Gesellschaft in Stände, existierte in Frankreich bis zum Beginn der Französischen Revolution. Den ersten Stand bildete der Klerus, den zweiten Stand die Adeligen und den dritten Stand Bürger, Handwerker und Beamte. Je geringer der Stand, desto weniger Macht und Rechte besaßen die dem Stand angehörigen Menschen. Am wenigsten bedeutsam waren Knechte, Mägde, Landarbeiter und Tagelöhner, die ohne Stand waren.

Streik (Seite 166, 174)
Arbeitnehmer und Arbeitgeber verhandeln über die Arbeitsbedingungen. Wenn es dabei keine Einigung gibt, können Arbeitnehmer für eine bestimmte Zeit die Arbeit niederlegen, um ihre Forderungen durchzusetzen – das nennt man Streik. In der Regel wird ein Streik von Gewerkschaften organisiert.

Subduktionszone (Seite 67)
In der Subduktionszone taucht die ozeanische Kruste unter die kontinentale Kruste ab. An den Reibungsflächen der beiden Krustenteile entstehen Erdbeben. Da die abtauchende Kruste aufgeschmolzen wird, ist entlang der Subduktionszone auch Vulkanismus zu beobachten.

Tarifautonomie (Seite 175)
Die Tarifautonomie umfasst das Recht der eigenständigen Regelung der Arbeits- und Wirtschaftsbedingungen durch Tarifverträge. Sie ist im Grundgesetz festgelegt und garantiert, dass den Tarifparteien bei ihren Verhandlungen niemand reinreden darf, auch nicht der Staat.

Tarifverhandlung (Seite 174)
Tarifverhandlungen sind Bestandteil des deutschen Arbeitsrechts. Ziel ist die Findung eines Kompromisses zwischen Arbeitgeber und Arbeitnehmer. Am Ende einer Tarifverhandlung steht die Ausarbeitung eines Tarifvertrages.

Technisierung des Krieges (Seite 294)
Die Technisierung eines Krieges beschreibt die Nutzung von industriell hergestellten, chemischen und mechanischen Waffen sowie gepanzerten Fahrzeugen im Kampfeinsatz. Im Ersten Weltkrieg kamen diese technisch fortschrittlichen Waffen mit großer Zerstörungskraft zum ersten Mal in großer Zahl zum Einsatz.

Tiefseegraben (Seite 67)
Eine langgestreckte, meist rinnenförmige Einsenkung im Meeresboden mit Tiefen bis zu 11034 Metern (Witjas-Tief) wird Tiefseegraben genannt. Dort findet eine Subduktion der ozeanischen Erdkruste statt.

Treibhausgas (Seite 208)
Treibhausgase sind Gase in der Erdatmosphäre, die die Wärmestrahlung von der Erde aufnehmen. Dadurch wird die Atmosphäre erwärmt. Die wichtigsten Treibhausgase sind Kohlenstoffdioxid (CO_2) und Methan (CH_4). Sie werden auf natürliche Weise in die Atmosphäre ausgestoßen, aber auch verstärkt durch den Menschen verursacht. So tragen die erhöhten Konzentrationen von Treibhausgasen in der Atmosphäre zum Klimawandel bei.

Tundra (Seite 236)
Die Tundra ist die überwiegend baumlose Vegetationszone, die einen Übergang von den arktischen Kältewüsten zur Taiga bildet. Wegen der kurzen Vegetationszeit von drei Monaten wachsen hier nur Gräser, kleine Sträucher, Moose und Flechten.

Turnier (Seite 20)
Im Mittelalter waren Turniere Wettkämpfe zwischen Rittern. Sie dienten vor allem dem Vergnügen von Rittern und dem Volk, waren aber auch für Kampfübungen gedacht.

Vegetation (Seite 224, 266)
Vegetation ist eine Bezeichnung für alle Pflanzen, die in einem Gebiet auf natürliche Weise wachsen. Sie wird vor allem von den Faktoren Klima und Boden geprägt.

Vegetationszone (Seite 224)
Vegetationszonen sind Großräume der Erde, die von einer ähnlichen natürlichen Vegetation geprägt sind. Die Art der Vegetation ist hauptsächlich abhängig von den klimatischen Bedingungen. In Zusammenhang mit den Klimazonen ziehen sich auch die Vegetationszonen, oft parallel zum Äquator, wie Gürtel um die Erde.

Verbraucherrecht (Seite 36)
In Deutschland möchte man die Interessen von Verbrauchern schützen. Daher ist gesetzlich geregelt, dass Verbraucher das Recht haben, für ihr Geld auch eine angemessene Gegenleistung zu bekommen. Mehrere Organisationen sorgen dafür, dass der Verbraucherschutz durchgesetzt werden kann.

Versailles (Seite 116)
Versailles ist eine französische Stadt etwa 20 Kilometer westlich von Paris. Dort steht das Schloss Versailles, das König Ludwig XIV. ab dem Ende des 17. Jahrhunderts zu einem sehr großen Prunkschloss, seinem Machtsitz, ausbauen ließ. Es steht als Symbol für den Absolutismus und galt als Vorbild für viele andere Schlossbauten in Europa.

Vormärz (Seite 134)
Als Vormärz bezeichnet man die Zeit vor der Märzrevolution 1848, vor allem die Zeit zwischen der Julirevolution in Frankreich 1830 bis 1848. Es wurden in vielen Staaten Forderungen nach Demokratie, nach Freiheit und nach geeinten Nationen gestellt, so z. B. auch auf dem Hambacher Fest in Deutschland im Jahr 1832.

Vulkan (Seite 67, 68, 70)
Ein Vulkan ist eine kegel- oder schildförmige Erhebung, die durch den Austritt von Lava, Asche sowie Gesteinsbrocken und Gasen aus dem Erdinneren entstanden ist.

Wettrüsten (Seite 292)
Ein Wettrüsten ist ein Wettstreit darum, wer die meisten Waffen besitzt. Es bedeutet Aufrüsten im gegenseitigen Wettstreit. Ab 1890 kam es beispielsweise zu einem Wettrüsten zwischen dem Deutschen Reich und dem Vereinigten Königreich.

Wind (Seite 206)
Wind ist eine Luftströmung, die einen Ausgleich zwischen hohem und tiefem Luftdruck herstellt. Je größer die Druckunterschiede sind, umso stärker weht der Wind.

Zehnt (Seite 22)
Ursprünglich meint der Begriff den zehnten Teil von einer Sache. Im Mittelalter war der Zehnt eine Abgabe, die Bauern an die Kirche leisten mussten, meistens in Form von Feldfrüchten, Fleisch, Tieren oder Holz. Sie sollten etwa ein Zehntel ihres Ertrages abgeben.

zentraler Ort (Seite 44)
Dies ist der verwaltungsmäßige, wirtschaftliche, gesellschaftliche und kulturelle Mittelpunkt eines bestimmten Gebietes. Seine Einrichtungen (Spezialgeschäfte, Einrichtungen zur Unterhaltung, Bildung, ärztliche Versorgung) dienen nicht nur der eigenen Ortsbevölkerung, sondern auch der des Umlandes.

Zunft (Seite 32)
In den Städten des Mittelalters schlossen sich die Handwerker des gleichen Berufes zu einer Zunft zusammen. Sie unterstützten sich gegenseitig im Alter und in Notzeiten. Die Zunft regelte die Ausbildung, die Höhe der Löhne und setzte den Preis sowie die Menge der herzustellenden Waren fest.